國家古籍整理出版專項資助項目

況周頤全集

四

況周頤　著
鄧子勉　編輯校點

人民文學出版社

歷代詞人考略卷二十八

宋二十二

王質

質，字景文，其先鄆州人，後徙興國。紹興三十年登進士第，召試館職，不就。御史中丞汪澈宣諭荊襄，樞密使張浚都督江淮，先後辟置幕府，旋入爲太學正。孝宗時以上疏論事，干忌罷去。虞允文宣撫川陝，辟與偕行。後入爲敕令所刪定官，遷樞密院編修官。出通判荊南府，改吉州，皆不赴。奉祠山居，卒。有《雪山集》十六卷，詩餘一卷。

〔詞話〕

《蕙風簃二筆》：宋王質詞《江城子》句云：『得到釵梁容略住，無分做，小蜻蜓。』未經人道。

又：韓昌黎《盆池》詩『夜半青蟲聖得知』、劉賓客《和牛相公寓言》『只恐重重世緣在，事須三度副蒼生』、周草窗《西江月》詞『稱銷不過牡丹情，中半傷春酒病』、王質《漁父詞》『遮些快活有誰知』，『聖得』、『事須』、『稱銷』、『遮些』，皆唐宋人方言。校：近見《雪山詩餘》某刻本，改『遮』爲『這』，誤甚，即不作『遮』，亦應作『者』。這，《廣韻》：『魚變切。』《集韻》：『牛堰切。』並音彥。《玉篇》：『迎也。』無它音訓。

《織餘瑣述》：宋王質《雪山詩餘·浣溪沙·和王通一韻》云：『何藥能醫腸九回。榴蓮不似蜀當歸。』『榴蓮』字作『留連』用，必有所本。又《西江月·借江梅蠟梅爲意壽董守》云：『試將花蘂數層層，猶比長年不盡。』此意甚新，似亦未經人道。

《無著盦詞話》：王質《雪山詞·別素質·請浙江僧嗣宗住庵》：『一個茅庵，三間七架。兩畔更添兩廈。倒坐雙亭平分，扶闌兩下。門前數十丘穲稏。膝外更百十株桑柘。一溪活水長流，餘波及、蔬畦菜把。　便是招提與蘭若。時鈔疏鄉園，看經村社。隨分斗米相酬，鐶錢相謝。便缺少、亦堪借借，常收些、筍乾蕨鮓。好年歲，更無兵無火，快活殺也。』初疑『素質』或緇流之名，偶檢《碧雞漫志》載王齊叟《別素質》句云：『此事憑誰知證。有樓前明月，窗外花影。』乃決知《別素質》是調名。此調萬氏《詞律》、徐氏《詞律拾遺》、杜氏《詞律補遺》並未載。

桉：王景文自序《西征叢紀》云：『自丁亥至庚寅得詞五十有一。』今所傳聚珍版《大典》本《雪山集》卷十六詩餘七十五首。今錄小令二首，《清平樂》云：『斷橋流水。香滿扶疏裏。忽見一枝明眼底。人在山腰水尾。　梨花應夢紛紛。征鴻叫斷行雲。不見綠毛么鳳，一方明月中庭。』《虞美人》云：『綠陰夾岸人家住。橋上人來去。行舟遠遠喚相譍。全似孤烟斜日出閶門。　浪花拂拂侵沙觜。直到垂楊底。吳江雖有晚潮回。未比合江亭下水如飛。』斷句如《清平樂·梅影》云：『細看橫斜影下，如聞溪水泠泠。』《鷓鴣天·山行》云：『微茫山路纔通足，行到山深路亦無。』《一斛珠·桃園賞雪》云：『橫吹小弄梅花笛。看你飄零，不似江南客。』《青玉案·池亭》云：『一寸江湖無可付。渚蘭汀草，臥烟欹雨。荒水垂綸處。』並皆疏俊清新，自然妙絶。景文於詞，庶幾造詣甚深，不同口占漫興之作。

樓鍔

鍔，字巨山，一字景山，鄞人。紹興三十年登進士第，由太學正歷樞密院編修官，出知江陰軍，移知武昌府，奉祠。〔一〕

桉：樓巨山詞《攤破浣溪沙·雙檜堂作》云：『夏半陽烏景最長。小池不斷藕花香。電影雷聲催急雨，十分涼。　芡剝明珠隨意嚼，瓜分瓊玉趁時嘗。雙檜堂深新釀好，且傳觴。』見《御選歷代詩餘》。

【校記】

〔一〕此後，《宋人詞話》有『附攷』一項，凡一則，迻録於下：

《萬姓統譜》：　樓鍔，淳熙中知江陰軍，以儒雅飭吏，以仁愛字民。修建貢院，加惠學者，人多稱慕。

林外

外，字豈塵，自號嬾窩，晉江人。紹興三十年登進士第。乾道間任興化令。有《嬾窩類稾》。

〔詞話〕

《四朝聞見錄》：紹興間有題《洞仙歌》於垂虹者，不書其姓名，龍蛇飛動，真若不烟火食者。詞云：『飛梁墜水，虹影澄清曉。橘里漁村半烟草。嘆來今往古，物換人非，天地裏，唯有江山不老。雨中風帽。四海誰知我。一劍横空幾番過。桉玉龍、嘶未斷，月冷波寒，歸去也、林屋洞門無鎖。認雲屏烟障，是吾廬，任滿地蒼苔，年年不埽。』時皆喧傳，以爲洞賓所爲。浸達於高宗，天顔囅然而笑，曰：『是福州秀才云爾。』左右請聖諭所以然，上曰：『以其用韻蓋閩音。』久而知爲閩士林外所爲，聖見異矣。蓋林以巨舟仰而書於橋梁，水天渺然，旁無外路，故世人神之。

《蓮子居詞話》：林外《洞仙歌》見《四朝聞見錄》。海鹽張詠川宗橚《詞林紀事》言此闋用篠嘯韻，後段『我』字、『過』字、『鎖』字用哿個韻，古以魚虞、蕭肴、豪歌、麻尤八韻爲角聲，皆可通轉，此用古韻，不獨方言也。以方言合韻，不獨林外詞，韓玉《賀新郎》、《卜算子》，程珌《滿庭芳》、《減字木蘭花》，趙長卿《水龍吟》，與黄魯直『老子平生，江南江北。最愛臨風笛』，借叶瀘邛間音，均詞家用韻變例。

〔詞評〕

黄蓼園云：林豈塵，奇傑士也。『一劍横空』句，意氣壯偉。

桉：林豈塵《洞仙歌》詞，見於昔賢記述夥矣。比閲元徐大焯《燼餘錄》：『吴雲公雅善詩詞，李山民與雲公爲僚壻，且同爲歲寒社詩友。山民嘗題《洞仙歌》於吴江橋亭「飛梁壓水」云云，全闋與豈塵詞同。雲公和以《念奴嬌》「炎精中否」云云。』全闋見後中興野人詞話。兩詞並刻集中。以豈塵詞爲李山民作，與它書異。亟存其説，以備參攷。豈塵《題西湖酒家壁》絶句『藥爐丹竈舊生涯』

云云，陶九成以爲龍川藍喬作，只數字不同；《西溪叢語》則以爲終南仵磐監青州酒稅題酒樓所作。其詩亦僅存一首，而傳述互異若是。

朱藻

藻，字元章，號野逸，縉雲人。紹興三十年登進士第，調漢中簿兼尉。嘗爲考官，擢知浦城縣，終煥章閣待制。有《西齋集》十卷。

〔詞話〕

《無著盦詞話》：翁五峯之『人生好夢逐春風，不似楊花健』，與朱野逸之『一徑楊花不避人』及盧蒲江之『何處一春遊蕩，夢中猶恨楊花』，皆善於驅使楊花者。〔一〕

桉：朱元章詞《采桑子》云：『障泥油壁人歸後，滿院花陰。樓影沈沈。中有傷春一片心。閒穿綠樹尋梅子，斜日籠明。團扇風輕。一徑楊花不避人。』見《絕妙好詞》。此詞新穩不纖，前段尤極神回氣合之妙。

【校記】

〔一〕此後，《宋人詞話》有『附攷』一項，凡一則，迻錄於下：

《縉雲縣志·宦績傳》：朱藻以梁克家榜第進士，調漢中簿兼尉。南渡以來，夷陵之士鮮有登第者，藻爲考官，所取皆知名士，向學者始衆。知浦城縣，積逋以緡計十餘萬。郡吏迫以輸期，藻曰：『與其橫斂於民，寧得罪於郡。』即日罷歸。先是邑有黠寇，前令莫敢誰何。藻至，悉寘於法，邑民快之，爲立生祠。

沈瀛

瀛，字子壽，號竹齋，歸安人。紹興三十年登進士第，以左從政郎任教授，再入郡，三佐帥幕。有《竹齋詞》一卷。

〔詞話〕

《香海棠館詞話》：《竹齋詞》句云『桂樹深邨狹巷通』，頗能橅寫邨居幽邃之趣，若换用它樹，則意境便遜。

《織餘瑣述》：宋沈瀛詞《減字木蘭花》歇拍云：『成也蕭何。敗也蕭何更是多。』此等諺語在宋人已爲沿用，其所自始，弗可得而攷矣。〔一〕

　按：沈子壽《竹齋詞》，彊邨朱氏刻入《湖州詞徵》。《念奴嬌》：『郊原浩蕩，正奪目花光，動人春色。白下長干佳麗最，寒食嬉遊人物。霧捲香輪，風嘶寶馬，雲表歌聲遏。歸來燈火，不知斗柄西揭。　六代當日繁華，幕天席地，醉拍江流窄。游女人人爭唱道，緩緩踏青阡陌。樂事何窮，賞心無限，惟惜年光迫。須臾聚散，人生真信如客。』〔二〕竹垞《詞綜》錄此一闋，卽卷中第一闋，其它所作未見遠過此闋者。《楊誠齋集·畣子壽書》云：『子壽詩文大篇若春江之壯風濤，短章若秋水之落芙蕖』，何獨於詞未臻超詣？詎皆隨筆漫與、不甚經意之作耶？詞凡八十五闋，間涉理學及禪門道家之言。其《行香子》云：『野叟長年。一室蕭然。都齊收、萬軸牙籤。只留三件，三教都全。時看《周易》，讀《莊子》，誦《楞嚴》。』則自言其梗概矣。

【校記】

〔一〕此後，《宋人詞話》有『附攷』一項，凡二則，迻錄於下：

《吳興掌故集》：《沈子壽文集》葉水心序曰：吳興沈子壽，少入太學，名聞四方。仕四十餘年，絀於王官。再入郡，三佐帥幕，公私憔悴，而子壽老矣。然其平生業嗜文字若性命，在身非外物也。甲乙自著，累百千首。嗚呼！何其勤且多也。余後學也，不足以識子壽之文。其爲音瑰富精切，自然新美，使讀之者如設芳醴珍殽，足飲饜食而無醉飽之失也。又能融釋眾疑，兼趨空寂，又不惟醉飽而已。又當消慍忘憂，心舒意閒，而自以爲有得於斯文也。觀其閉闔疾徐之間，旁觀而橫陳，逸騖而高翔，蓋宗廟朝廷之文，非自娛於幽遠淡泊者也。

《西吳里語》：石人在德清縣南戴港谿濱松楊大木之下，或以爲昔人隧道。不知何代，邑人呼戴港爲石人頭，竹齋沈瀛詩云：『檢點行程歲歲同，石人頭畔且從容。向來奉口谿邊月，此夜乾元寺裏鐘。』

〔二〕《念奴嬌》詞，底本只錄首句，據《宋人詞話》補全。

耿元鼎

元鼎，字時舉，一字德基，吳郡人。紹興間登進士第。或云居太學，不第而卒。

桉：耿時舉詞《浣溪沙》云：『露浥薔薇金井欄。轆轤聲斷碧絲乾。遼陽無信帶圍寬。花落池塘春夢靜，月生簾幙夜香寒。閒愁無力凭闌干。』又：『獨鶴山前步藥苗。青山只隔過溪橋。洞宮深處白雲飄。　碧井卧花人寂寂，畫廊鳴葉雨瀟瀟。漫題詩句滿芭蕉。』並見《陽春白雪》，前闋署耿時舉，後闋注元鼎二字。以《吴郡志》及《中吴紀聞》所載西樓詩事互證之，知時舉名元鼎，一字德基，紹興時人，唯一稱進士，一云不第而卒，未知孰是耳。

仲并

并，字彌性，江都人。紹興中進士，通判湖州。入爲光禄寺丞，出守蘄春，終淮東安撫司參議。有《浮山集》，詩餘一卷。

〔詞評〕

《珠花簃詞話》：仲彌性《浪淘沙》過拍云：『看盡風光花不語，卻是多情。』語淡而深；《憶秦娥・詠木犀》後段云：『佳人斂笑貪先折。重新爲翦斜斜葉。斜斜葉。釵頭常帶，一秋風月。』末二句賦物上乘，可藥纖滯之失。

按：仲彌性《浮山詩餘》嚮少傳本，近彊邨朱氏依《永樂大典・浮山集》本梓行，詞凡三十二闋。中間警句，如《鷓山溪・有贈》云『不是不相逢，淚空滴、年年别袖』、《芰荷香・寄趙智夫》云『朱闌倚偏，又微雨、催下危樓。秋風空響更籌。不將好夢，吹過南州』、《念奴嬌・浮遠堂作》云『白鳥明邊，青山斷處，眼冷江頭立』，皆清婉可誦也。其《浣溪沙・春閨卽事》『淡蕩春光寒食天』云云，乃《漱玉詞》羼入仲集，此詞風格與仲亦殊不類。

揚無咎

無咎，字補之，校：《江西通志》作名補，字無咎。自號逃禪老人、清夷長者，南昌人。高宗朝，以不直秦檜，累徵不起。有《逃禪詞》一卷〔一〕。

〔詞話〕

《古今詞話》：揚補之有贈妓周三五詞，調寄《明月棹孤舟》云：『寶髻雙垂烟縷縷。年紀小、未周三五。壓眾精神，出羣標格，偏向眾中翹楚。　記得譙門初見處。禁不定、亂紅飛去。掌托鞵兒，肩拖裙子，悔不做、閒男女。』補之在高宗朝，以不直時相，累徵不起，自號清夷長者，而言之豔如此。

《隱居通議》：陳伯西吉之，泰和人。學揚補之作梅，其酷好如師，而得筆外意。余藏補之醉筆扇面，後有《玉燭新·梅》詞一闋，補之自書，筆法槎牙可愛，獨恨未見伯西梅耳。其詞曰：『荒山藏古寺。見傍水、雲開一枝，三四蘭枯蕙死。登臨處、慰我魂銷惟此。可堪紅紫。管不解、和羹結子。高壓盡、百卉千葩，因君今修花史。　昭華且莫吹殘，待淺檻枯牀，寫交形似。此時胷次。疑冰雪、洗盡從前塵滓。吟安個字。判不寐、句牽幽思。誰伴我、香宿蠭媒，光浮月姊。』右《玉燭新》，紹興乙亥歲子揚子所作。

《春雨集》：揚補之所居蕭洲有梅，臨之，以進徽廟，戲曰村梅。南渡後，紹興中，嘗畫作疏枝冷葉，清意逼人，自署『奉勑村梅』。題《柳梢青》云：『茅舍疏籬。半飄殘雪，斜臥低枝。可更相宜。烟籠修竹，月在寒溪。　亭亭佇立移時。拚瘦損、無妨爲伊。誰賦才情，畫成幽思，寫入新詩。』

《六硯齋筆記》：　揚補之，子雲之後，極擅詞學，有《逃禪老人詞》一卷。其寫梅特以寄意，然亦妙絶，秦檜求之，不與。楊升菴先生詩云：『請看麝煤鼠尾外，猶有玉佩瓊琚詞。』

《織餘瑣述》：《逃禪詞·傳言玉女》題云：『許永之以水仙、瑞香、黄香梅、幽蘭同坐，名生四和，卽席賦此。』黄香梅疑卽蠟梅，宋時有此名也。

〔詞考〕

《四庫全書總目》『逃禪詞提要』：《逃禪詞》一卷，宋揚無咎譔。無咎字補之，自號逃禪老人，清江人。諸書揚或作楊。桉：《圖繪寶鑑》稱無咎祖漢子雲，其書從『才』不從『木』，則作『楊』，誤也。高宗時秦檜擅權，無咎恥於依附，遂屢徵不起。其人品甚高，所畫墨梅，歷代寶重，遂以技藝掩其文章。然詞格殊工，在南宋之初，不忝作者。陳振孫《書錄解題》載無咎《逃禪詞》一卷，與今本合。毛晉跋稱或誤以爲晁補之詞，則晁無咎亦字補之，二人名字俱同，故傳寫誤也。集中《明月棹孤舟》四首，晉注云：『向誤作《夜行船》，今桉譜正之。』案：此調卽是《夜行船》，亦卽是《雨中花》，諸家詞雖有小異，桉其音律，要非二調。無咎此詞實與趙長卿、吴文英詞中所載之《夜行船》無一字不同。晉第見《詞譜》收黄在軒詞名《明月棹孤舟》，不知明月卽夜、棹卽行、孤舟卽船，近時萬樹《詞律》始辨之，晉蓋未及察也。又《相見歡》本唐腔正名，宋人則名《烏夜啼》，與《錦堂春》之亦名《烏夜啼》，名同實異。晉注：『向作《烏夜啼》，誤。』尤考之未詳。至《點絳脣》，原注：『用蘇軾韻。』其後闋尾韻，舊本作『裹』字，因改作『堁』字，並詳載『堁』字義訓於下。實則蘇詞末句乃『破』字，韻『裹』字且誤，而『堁』字尤爲臆改。明人刊書好以意竄亂，往往如此，今姑仍晉本錄之，而坿糾其繆如右。

桉：逃禪老人詠梅諸作清絕，不染纖塵，然如集中《鋸解令》『送人歸後酒醒時』、《醉花陰》『捧杯不管餘醒惡』、《解蹀躞》『迆邐韶華將半』、《卓牌子慢·中秋次田不伐韻》、《蝶戀花·鞵》詞，又贈牛楚《垂絲釣·贈呂倩倩》、《好事近·黃瓊》、《殢人嬌·李瑩》等闋，亦復能爲情語、豔語。《驀山溪·和鶩州晏倅酴醿》『天姿雅素』云云，尤極細意熨貼。《齊天樂·和周美成韻》『後堂芳樹陰陰見』云云，《瑞鶴仙》『聽梅花再弄』云云，兩長調意致清疏，其能質能淡處，尤近清真矩矱。《逃禪詞》一百七十餘闋，長調約三分之一，疏密濃淡，異格同工，蓋於倚聲之學揅究甚深，非近世畫家幅頭偶綴數十字遂坿詞人之列者可比，特未免詞爲畫掩耳。

【校記】

〔一〕詞：底本作『祠』，據詞集名改。

曾協

協，字同季，南豐人，肇之孫。紹興中舉進士，不第。桉：《宋詩紀事》協小傳云：以詞賦魁胄監。以世賞得官，初爲長興丞，遷嵊縣丞，繼爲鎮江通判，遷臨安通判。乾道九年權知永州事，卒。有《雲莊集》五卷，詞一卷。桉：《大典》本《雲莊集》前有傅伯壽序，敘協仕履，但曰官零陵太守，不及其詳。宋無零陵郡，亦無太守之名，蓋以占地名與古官名假借用之耳。

〔詞評〕

《蕙風簃詞話》：《雲莊詞·點絳脣·賦芍藥》云：『君知否，畫闌幽處。留得韶光住。』尋常意中之言，恰似未經人道。《浣溪沙》前題云『濃雲遮日惜紅妝』，所謂仁者見之謂之仁。又《酹江月》云：『一年好處，是霜輕塵斂，山川如洗。』較『橘綠橙黃』句有意境。

桉：曾同季《雲莊詞》一卷，彊邨朱氏依《大典·雲莊集》本覆鍥以行。詞筆足當清麗字，其慢詞較令爲遜。

韓玉

玉，字未詳，家於東浦。紹興初授江淮都督府計議軍事。有《東浦詞》一卷。

〔詞話〕

《聽秋聲館詞話》：《春草碧》卽《番槍子》，以韓玉詞尾三字名之。《詞律》未加研究，誤分二體。其詞云：『莫將團扇雙鸞隔。要看玉溪頭，春風客。妙處風格蕭閒，翠羅金縷瘦宜窄。轉面兩眉攢，青山色。　到此月想精神，花凝秀質。待與不清狂，如何得。怎奈難駐朝雲，易成春夢恨又積。送上七香車，春草碧。』

〔詞評〕

《珠花簃詞話》：《東浦詞·且坐令》『但寃家何處貪歡樂，引得我心兒惡』之句，爲毛子晉所譏。

桉：宋蔣津《葦航紀談》云：『作詞者流多用「冤家」爲事，初未知何等語，亦不知所出。後因閱《烟花說》有云冤家之說有六：情深意濃，彼此牽累，寧有死耳，不懷異心，此所謂冤家者一也；兩情相繫，阻隔萬端，心想魂飛，寢食俱廢，此所謂冤家者二也；長亭短亭，臨歧分袂，黯然銷魂，悲泣良苦，此所謂冤家者三也；山遙水遠，魚雁無憑，夢寐相思，柔腸寸斷，此所謂冤家者四也；憐新棄舊，孤恩負義，恨切惆悵，怨深刻骨，此所謂冤家者五也；一生一死，觸景悲傷，抱恨成疾，迨與俱逝，此所謂冤家者六也。此語雖鄙俚，亦余之樂聞耳。』誠如蔣氏所云，則『冤家』二字，詞流多用，何獨於東浦而譏之？

〔詞考〕

《四庫全書總目》『東浦詞提要』：《東浦詞》，宋韓玉譔。桉：是時有二韓玉。劉祁《歸潛志》曰：『韓府判玉，字溫甫，燕人。少讀書，尚氣節。擢第，入翰林，爲應奉文字，後爲鳳翔府判官。大安中，陝西帥府檄授都統，或誣以有異志，收鞫，死獄中。』《金史》、《大金國志》並同此一韓玉也，其人終於金。葉紹翁《四朝聞見錄》曰：『司馬文季使北，不屈，生子名通國，蓋本蘇武之意。通國有大志，嘗結北方之豪韓玉舉事，未得要領。紹興初，玉挈家而南，授江淮都督府計議軍事。其兄璘在北，亦與通國善，癸未九月以扇寄玉詩，都督張魏公見詩，甲申春遣信往大梁，諷璘、通國等至亳州，爲邏者所獲。通國、璘等三百餘口同日遇害。』此又一韓玉也。其人由金而入宋，考集中有《張魏公生日》、《上辛幼安生日》、自廣中出過廬陵贈歌姬段雲卿《水調歌頭》三首、廣東與康伯可《感皇恩》一首，則是集爲歸宋後所編。故陳振孫《書錄解題》有《東浦詞》一卷著於錄也。毛晉刻其詞入《宋六十家詞》，又詆其雖與康與之、辛棄疾唱和，相去不止苧羅、無鹽。今觀其詞，雖慶賀諸篇不免俗濫；晉所摘《且坐令》中二句，亦體近北曲，誠非佳製。然宋人詞內此類至多，何獨刻責於玉？且集中如《感皇恩》、《減字木蘭花》、《賀新郎》諸作，未嘗不淒清宛轉，何獨擯置不道而獨糾其『冤家何處』二語？蓋明人一代之積習，無不重南而輕北，內宋而外金，晉直以畛域之見曲相排詆，非真出於公論也。又鄙薄既深，校讎彌略。如《水調歌頭》第二首前闋『容飾尚中州』句，『飾』字譌爲『飭』字。《曲江秋》前闋『淒涼颼舟』句本無遺脫，乃於『颼』字下加一方空；後闋『瀟然傷』句『傷』字下當脫一字，乃反不加以方空記之。《一翦梅》前闋『只怨閒縱繡鞍塵』句『怨』字，據譜，不宜仄。《上西平》調即《金人捧露盤》，前闋『暗惜雙雪』句『惜』字，據譜，亦不宜仄；後闋『不如早』句『早』字下，據譜，尚脫一字。《賀新郎》第三首後闋『冷』字韻復，當屬譌字。《一翦梅》一名《行香子》，乃誤作《竹香子》，不知《竹香子》別有一調，與此迥異。上辛幼安《水調歌頭》誤脫一『頭』字，遂不與《水調歌頭》並載，而別立一《水調歌》之名，排比參錯，備極譌舛。晉刻宋詞，獨此集稱託友人校讎，殆亦自知其疏漏歟？至《賀新郎·詠水仙》以『玉』、『曲』與『注』、『女』並叶，《卜算子》以『夜』、『謝』與『食』、『月』互叶，則由『玉』參用土音，如林外之以『掃』叶『鎖』，黃庭堅之以『笛』叶『竹』，非校讎之過矣。

《蓮子居詞話》：宋人同姓名者又有韓玉，二玉亦同時，一見劉祁《歸潛志》，一見葉紹翁《四朝聞見録》。竹垞《詞綜》選東浦詞，《四朝聞見録》中人也，而系《歸潛志》中人，履貫蓋偶未考。《歸潛志》韓玉，《中州集》有詩。

校：《歸潛志》之韓玉，字溫甫。《四朝聞見録》之韓玉，字未詳。作《東浦詞》者，非《歸潛志》之韓玉，毛子晉跋稱韓溫甫，誤也。

董穎

穎，字仲達，德興士人。紹興初從韓子蒼、汪彥章、徐師川遊。有《霜傑集》三十卷，彥章爲之序。

〔詞話〕

《曲原》：有董穎仲達者作《道宮薄媚·詠西施事》。《道宮薄媚》乃教坊十八調四十六曲之一，董所譔詞凡十，自排徧第八、排徧第九、第十攧、入破第一、第二虛催、第三衮徧、第四催拍、第五衮徧、第六歇拍，至第七煞衮而止。《陳氏樂書》謂優伶常舞大曲，唯一工獨進，但以手袖爲容，蹋足爲節，其妙串者，雖風旋鳥騫，不踰其速矣。然大曲前緩疊不舞，至入破則羯鼓、襄鼓、大鼓與絲竹合作，句拍益急。舞者入場，投節制容，故有催拍、歇拍，姿制俯仰，百態橫出。元注：《樂書》一百八十五卷。由此觀之，則合歌舞以演稍長之故事，而具戲曲之形者，實始於此。董詞蓋合十曲而詠一事，又有起有結，以舞演之，其去戲曲尤近。

桉：董仲達《霜傑集》已佚。陶氏《詞綜補遺》錄仲達《薄媚·西子詞》，末坿桉云：『宋曾端伯《樂府雅詞》以此爲道宮大曲，竝稱九重傳出。』竹垞跋云：『《道宮薄媚》排徧之後有入破、虛催、衮徧、催拍、歇拍、煞衮，其音義不傳。』及閱張叔夏《詞源》，道宮卽仲呂宮，爲黃鐘七宮之一，蓋卽今上《詞源》作ㄅ字調也；又云：道宮是乚勾字結聲，要平下，莫太下，而折則帶人尺一一聲，卽犯中呂宫。其論拍眼，有法曲、大曲之分，又稱法曲之拍，與大曲相類，如大曲《降黃龍》、《花十六》，當用十六拍；前衮、中衮六字一拍，要停聲待拍，取氣輕巧；煞衮則三字一拍，蓋其曲將終也。叔夏精通音律，坿箸其說於此。

李鼐

鼐，字仲鎮，號嬾窩，宣城人。紹興初官都昌尉，擢迪功郎、淮西安撫使準備差遣。

桉：李仲鎮詞《清平樂》云：『亂雲將雨，飛過鴛鴦浦。人在小樓空翠處，分得一襟離緒。片帆隱隱歸舟，天邊雪卷雲浮。今夜夢魂何處，青山不隔人愁。』見《陽春白雪》。

朱雍

雍，紹興中召試賢良。有《梅詞》二卷。桉：今劉本止一卷。

〔詞評〕

丁松生云：《梅詞》筆意清澈，不染纖塵，如《憶秦娥》、《西平樂》諸闋，尤雅麗可誦。

桉：《中興以來絕妙詞選》録朱雍詞三闋，小傳云有《梅詞》二卷。四印齋所刻《梅詞》，依南昌彭文勤知聖道齋藏舊鈔本，卽汲古閣未刻本，僅二十闋，又不分卷。疑原本不止此數，此爲後人重輯也。錢塘丁氏善本書室藏勞巽卿校本，亦止二十闋。朱賢良詞，諧適之調與拗澀之調皆工，自是倚聲嫥家，非涉筆成興、網闕深牿者比。如《憶秦娥》、《梅花引》，此諧適之調也；《迷神引》、《西平樂》用柳耆卿均，此拗澀之調也。連情發藻，詠歎長言，癯僊知己，斯爲不愧。宋蜀人黄大輿輯前賢詠梅詞爲《梅苑》十卷，賢良此帙可與並傳，暗香疏影中，述作之能事畢矣。

張震

震，字東父，自號無隱居士，益寧人。紹興中，高宗嘗命陳俊卿擇文士入掌内制，俊卿以震及范成大對。孝宗朝官至中書舍人。一云嘗爲諫官。桉：《吳興備志》：『張震，字彥亨，歙人。知湖州，官至朝議大夫。』《嘉泰吳興志》：『張震，朝奉大夫，慶元三年十二月知湖州，五年六月除福建路提刑。』歙人、字彥亨之張震別是一人。而《宋詩紀事》小傳乃以知湖州除福建提刑，屬之益寧人字東父之張震，誤甚。有詞一卷。

〔詞話〕

《織餘瑣述》：宋張震詞《鷓鴣天》換頭云：『金底背，玉東西。前歡贏得兩相思。』玉東西，卽酒杯。金底背，未知何物之別名，疑卽鏡也。或以『銀鑿落』對『玉東西』，不知『底背』對『東西』尤工。

〔詞評〕

黄玉林云：無隱居士詞甚婉媚，蓋富貴人語也。

桉：張東父詞見《中興以來絶妙詞選》，凡五闋。其全闋《鷓鴣天》云：『寬盡香羅金縷衣。

心情不似舊家時。萬絲柳暗才飛絮，一點梅酸已著枝。　金底背，玉東西。前歡贏得兩相思。傷心不及風前燕，猶解穿簾度幕飛。』花菴詞客謂其詞甚婉媚，庶乎近之，至謂富貴人語，恐富貴人無此雅骨也。

趙磻老

磻老，字渭師，東平人。娶歐陽懋女。以懋待制恩補官。從范成大使金還，擢知臨安府，坐殿司招兵事，謫饒州，後官至工部侍郎。有《拙菴雜著》三十卷外集四卷，詞一卷。

校：　趙渭師《拙菴詞》一卷，有四印齋《宋元三十一家詞》本〔一〕。茲錄《滿江紅》一闋云：『西郭園林，湖光淨、暮寒清溢。明月上，近環山翠，遠搖天碧。粉澤蘭膏違俗尚，巖花磴蔓從誰覓？問近來、鐺腳許何人，吾其一。　歡樂事，休教畢。經後夜，思前日。想無心不競，水雲流出。物外烟霞供歗詠，個中魚鳥同休逸。又何須、浮海訪三山，尋仙跡。』渭師，門下侍郎野之姪，見《直齋書錄解題》。據王仲言《新志》所云，其人風節不無遺議。虞忠肅亦嘗薦之，當是文字被知遇耳。

【校記】

〔一〕『有四印齋』句，底本作『傳本未見，《御選歷代詩餘》載四闋、《詞綜補遺》載三闋』，旁批改作『有四印齋《宋元三十一家詞》本』，又眉批云：『此有四印齋本，何以云「傳本未見」，習見之書，乃竟忘之，未免貽疏漏之譏。』

周文謨

文謨，官太守。

〔詞話〕

《珊瑚網·法書題跋》：宋周文謨太守有愛姬，善棊而絕色。史衛王以計取去，十年不見。一日，周謁衛王，忽見姬與衛王對局，四目相顧，驚喜不已，遂賦《念奴嬌》詞云：『棊聲特地，把十年心事，恍然驚覺。楊柳樓頭歌舞地，長記一枝纖弱。破鏡重圓，玉環猶在，鸚鵡言如昨。秦箏別後，知他幾換絃索。　誰念顧曲周郎，尊前重見，千種愁難著。猶勝玄都人去後，空怨殘紅零落。綠葉成陰，桃花結子，枉恨東風惡。盈盈淚眼，見人欲下還閣。』

按：周文謨詞事，宋已來諸家詞話未見記述。《珊瑚網》所跋，乃元郭天錫手鈔諸賢遺稿。天錫，名畀，丹徒人，官吳江州學教授。

曾覿

覿，字純甫，汴人。紹興間以寄班祗候爲建王內知客。孝宗受禪，自武翼郎除知閤門事兼皇城司，遷淮西副總管，移浙東，進觀察使。以京祠召，升承宣使，除武泰軍節度使、開府儀同三司加少保、醴泉觀使。有《海野詞》一卷。

〔詞話〕

《武林舊事》：乾道三年三月初十日，上遣使至德壽宮，奏知太上：『連日天氣甚好，欲一二日間恭請車駕幸聚景園看花。』太上云：『傳語官家，本宮後園亦有幾株好花，不若來日請官家過來閒看。』次日，進早膳後，車駕與皇后、太子過宮起居二殿訖。先至燦錦亭進茶，宣召知閣門並兩府以下六員侍宴，同至後苑看花。太上倚闌閒看，適有雙燕掠水飛過，傳旨令曾覿製詞，遂進《阮郎歸》云：『柳陰庭院占風光。呢喃春晝長。碧波新漲小池塘。雙雙蹴水忙。　萍散漫，絮悠颺。輕盈體態狂。爲憐流去落紅香。銜將歸畫梁。』既登舟，知閤張掄進《柳梢青》云：『柳色初勻。餘寒似水，纖雨如塵。一陣東風，縠紋微皺，碧沼鱗鱗。　仙娥花月精神。奏鳳管、鸞絃鬭新。萬歲聲中，九霞杯內，長醉芳春。』曾覿和進云：『桃靨紅勻。梨腮粉薄，鴛徑無塵。鳳閣凌虛，龍池澄碧，芳意鱗鱗。　清時酒聖花神。看內苑、風光又新。一部仙韶，九重鸞仗，天上長春。』各有宣賜。　又：淳熙九年八月十五日，駕過德壽宮，上皇曰：『今日中秋，天氣甚清，夜間必有好月色，可少留看月。』上恭領聖旨，晚宴香遠堂，待月初上，簫韶並舉，縹緲相應，如在霄漢。既入坐，樂少止，太上召劉貴妃，令獨吹白玉笙《霓裳中序》。上自起，執玉杯奉兩殿酒，並以疊金嵌寶注碗杯盤等物賜貴妃。侍宴官開府曾覿恭進《壺中天慢》一首云：『素飇颺碧，看天衢穩送，一輪明月。翠水瀛壺人不到，比似世間秋別。玉手瑤笙，一時同色，小接《霓裳》疊。天津橋上，有人偷記新闋。　當日誰幻銀橋，阿瞞兒戲，一笑成癡絕。肯信羣仙高宴處，移下水晶宮闕。雲海塵清，山河影滿，桂冷吹香雪。何勞玉斧，金甌千古無缺。』上皇大喜，曰：『從來月詞不曾用金甌事，可謂新奇。』賜金束帶、紫番羅、水晶注盌一副。上亦賜寶盞古香。

《齊東野語》：孝宗內宴，酒酣，內人以帕子從曾覿乞詞。

《古今詞話》：花菴詞客曰：曾海野，東都故老，及見中興之盛者。常侍宴上苑，應制進《阮郎歸》賦燕、《柳梢青》賦柳，一時推重。其奉使舊京，作《上西平》；重到臨安，作《感皇恩》，感慨淋漓，甚得大體，人所不及也。

〔詞評〕

王弇州云：曾覿、張掄輩應制之作，志在鋪張，故多雄麗。

〔詞考〕

《四庫全書》『海野詞提要』：《海野詞》一卷，宋曾覿譔。覿有《海野集》，已箸錄。初，孝宗在潛邸時，覿爲建王內知客，常與觴詠唱酬。卷首《水龍吟》後闋有云：『攜手西園宴罷，下瑤臺、醉魂初醒。』卽紀承寵遊宴之事，故用飛蓋西園故實。以後常侍宴應制，如《阮郎歸》賦燕、《柳梢青》賦柳諸詞，亦皆其時所作。覿又嘗見東都之盛，故奉使過京作《金人捧露盤》，邯鄲道上作《憶秦娥》，重到臨安作《感皇恩》等曲。黄昇《花菴詞選》謂其語多感慨，淒然有黍離之悲。雖與龍大淵朋比作姦，名列《宋史·佞倖傳》中，爲談藝者所不齒，而才華富豔，富有可觀，過而存之，亦選六朝詩者不遺江總、選唐詩者不遺崔湜、宗楚客例也。

桉：曾純甫以文詞受知孝宗，乃至觴詠唱酬，字而不名，雖論劾雲湧，卒躋顯秩，當日侍直從容，固宜有俊語名章，渥邀睿賞。今循誦《海野詞》，信能精穩入格，沖融和雅，出色當行，第稍乏神韻耳。

歷代詞人考略卷二十九

宋二十三

張表臣

表臣，字正民。右承議郎，通判常州，與晁以道遊。紹興中爲司農丞。有《珊瑚鉤詩話》三卷。

〔詞話〕

《珊瑚鉤詩話》：　予挈家過吳江，有詞云：『垂虹亭下扁舟住。松江烟雨長橋暮。白紵聽吳歌。佳人淚臉波。　勸傾金鑿落。莫作思家惡。綠鴨與鱸魚。如何可寄書。』有士人覽之，曰：『不聞鴨解附書。』云：『何言鴨？』予不答，信乎柳子厚云：『作之難，知之又難，雌霓之賞爲少也。』

又：　李衛公鎮南徐，甘露寺僧有戒行，公贈以方竹杖，出大宛國，蓋公之所寶也。及公再來，問：『杖無恙乎？』僧欣然曰：『已規圓而漆之矣。』公嗟惋彌日。予近在松江攝帥幕，暇日與同僚遊甘露寺，偶題近作小詞於壁間云：『樓橫北固，盡日厭厭雨。欸乃數聲歌，但渺漠、江山烟樹，寂寥風物。三五過元宵，尋柳眼，覓花英，春色知何處？　落梅嗚咽，吹徹江城暮。脈脈數飛鴻，杳歸期、東風凝佇。

長安不見，烽起夕陽間，魂欲斷，酒初醒，獨下危梯去。』其僧頑俗且瞶，愀然謂同官曰：『方泥得一堵好壁，可惜寫了。』予知之，戲曰：『近日和尚耳明否？』曰：『背聽如舊。』予曰：『恐賢眼目亦自來不認得物事，壁間之題，謾圬墁之，便是甘露寺祖風也。』聞者大笑。

〔詞評〕

蕙風詞隱云：張正民詞言情寫景，恰到好處，筆亦雅潔，所作必多，惜僅見此二闋，爲吉光片語耳。

桉：張正民過吳江詞，調寄《菩薩蠻》；題南徐甘露寺詞，調寄《驀山溪》，二詞竝清婉緜麗，在王通叟、王元澤、李元膺輩伯仲之間，宜其錄入《詩話》，意頗自負也。垂虹亭在吳江長橋之上，姜白石、吳夢窗竝有詞賦之。正民里居未詳，據《珊瑚鉤詩話》『予年十五時感傷寒，至六七日，困重將斃，忽夢二皁持馬，呼予乘之，自城武東北道，濟兗郡縣，直抵嶽祠』云云，疑正民城武人也。

侯寘

寘，字彥周，東武人。紹興中以直學士知建康府。桉：《景定建康志》建康表，建炎以來知府事無侯寘名。有《嬾窟詞》一卷。

〔詞話〕

《珠花簃詞話》：侯彥周《嬾窟詞·念奴嬌·探梅》換頭云：『休恨雪小雲嬌，出羣風韻，已覺桃花俗。』頗能爲早梅傳神。『雪小雲嬌』四字連用，甚新。又《西江月·贈蔡仲常侍兒初嬌》云：『荳蔻梢頭年紀，芙蓉水上精神。幼雲嬌玉兩眉春。京洛當年風韻。』『芙蓉』句亦妙於傳神，『幼雲嬌玉』四字亦新。

〔詞考〕

《四庫全書總目》『嬾窟詞提要』：陳振孫《書錄解題》：『寘，字彦周，東武人。紹興中以直學士知建康。』今考集中有《戲用賀方回韻餞别朱少章》詞，則其人當在南宋之初，而《眼兒媚》詞題下注曰：『效易安體。』易安爲李清照之號，亦紹興初人，寘已稱效，殆猶杜牧、李商隱集中效沈下賢體之例耶？又有《爲張敬夫直閣壽》詞、《中秋上劉共甫舍人》詞，皆孝宗時人，而《壬午元旦》一詞，實爲孝宗改元之前一年，則乾道、淳熙間其人尚存。振孫特舉其爲官之歲耳。寘爲晁氏之甥，猶有元祐舊家流風餘韻，故交皆勝流。其詞亦婉約嫺雅，無酒樓歌館、簪舄狼藉之態，雖名不甚著，而在南宋諸家之中要不能不推爲作者。《書錄解題》著錄一卷，與今本同，毛晉嘗刻之《六十家詞》中，校讐頗爲疏漏。其最甚者，如《秦樓月》即《憶秦娥》，因李白詞中有『秦娥夢斷秦樓月』句，後人因改此名，本屬雙調，晉所刻，於前闋之末脱去一字，與後闋聯屬爲一，遂似此詞别有此體，殊爲舛誤。他如《水調歌頭》之『歡傾擁旌旄』，『傾』字不應作平；《青玉案》之『咫尺清明三月暮』，『暮』字與前闋韻複。又『冉冉年元真暗度』句，『元』字文義不可解，當是『光』字；其『遙天奉翠華引』一首尤譌誤，幾不可讀，今無别本可校。其可改正者改正之，不可考者，亦姑仍其舊云。

校：毛子晉《跋嬾窟詞》，謂彦周能作情語，又云渭陽之誼甚篤，如《玉樓春》、《青玉案》、《朝中措》、《瑞鷓鴣》諸調，情見乎詞矣。其《瑞鷓鴣》全闋云：『遥天拍水共空明。玉鏡開匳特地晴。極目秋容無限好，舉頭醉眼暫須醒。　白眉公子催行急，碧落仙人著句清。後夜蕭蕭葭葦岸，一尊獨酌見離情。』其《玉樓春》句云：『庾樓江闊碧天高，遥想飛觴清夜永。』《青玉案》云：『咫尺清明三月暮。尋芳賓客，對花杯酌，回首西江路。』《朝中措》云：『記取明朝登覽，綠漪唯有秦淮。』皆子晉謂爲情語者也。

趙昂

昂，臨安府學生。從禁弁，御前應對，以詞受知高宗，擢總管。

〔詞話〕

《話腴》：趙昂總管始肄業臨安府學，困躓無聊賴，遂脱儒冠，從禁弁，升御前應對。一日，侍阜陵蹕之德壽宫。高廟宴席間，問：『今應制之臣張掄之後爲誰？』阜陵以昂對。高廟俛睞久之，知其嘗爲諸生，命賦《拒霜》詞。昂奏所用腔，令綴《婆羅門引》；又奏所用意，詔自述其梗槩，即進呈云：『暮霞照水，水邊無數木芙蓉。曉來露溼輕紅。十里錦絲步障，日影轉重重。向楚天空迥，人立西風。　夕陽道中，嘆秋色、與愁濃。寂寞三千粉黛，臨鑑妝慵。施朱太赤，空惆悵、教妾若爲容。花易老、烟水無窮。』高廟喜之，敕賜銀絹加等，仍俾阜陵與之轉官。我朝之獎勵文人也如此。

按：趙昂詞，嚮來選本未見箸録，其《婆羅門引》自『向楚天空迥』句已下，寓意甚佳，豔而有骨，非曹元寵、康伯可輩徒事妍媚者所及，宜高廟契賞之也。高宗問應制孰嗣張掄，皋陵輒以昂對，可知其詞名籍甚，上達宸聰久矣〔一〕。

【校記】

〔一〕『高宗問應制』至此，底本無，據《宋人詞話》補。

曾惇

惇，字宏父，校：一作紘父。南豐人。布之孫，紆之子。歷湖州司錄。紹興中守台州，移黄州。有詞一卷，少卿謝景思爲之序。

〔詞評〕

《珠花簃詞話》：曾宏父《浣溪沙》云：『紫禁正須紅藥句，清江莫與白鷗盟。』尋常稱美語，出以雅令之筆，閱之，便不生厭，此酬贈詞之別開生面者。

校：曾宏父詞見《中興以來絕妙詞選》，凡三闋，其《浣溪沙》云：『無數春山展畫屏。無窮烟柳照溪明。花枝缺處小舟横。紫禁正須紅藥句，清江莫與白鷗盟。主人元自是仙卿。』花菴詞客云：『宏父以故相之孫，工文辭，播在樂府，平康皆習歌之。』

王灼

灼，字晦叔，號頤堂，遂寧人。紹興中嘗佐總幕。有《頤堂先生集》，詞一卷。

〔詞話〕

《蓮子居詞話》：宋王晦叔灼贈妓盧姓《清平樂》曲：『盧家白玉爲堂。于飛多少鴛鴦。縱使東牆隔斷，莫愁應念王昌。』用盧家莫愁，恰好以王昌自寓，信屬巧合。盧家莫愁與王昌事，書缺，無可攷。晦叔《碧雞漫志》云：『李商隱詩「本來銀漢是紅牆，隔得盧家白玉堂。誰與王昌報消息，盡知三十六鴛鴦。」嘗讀古樂府，一曰「相逢狹路間」，一曰「河中之水向東流」，據李商隱詩，知樂府前篇所謂白玉堂及鴛鴦七十二，乃盧家；樂府後篇所謂東家王，卽王昌也。』晦叔以唐人詩證古樂府，甚合。惟以東家王爲王昌，唐人詩皆然，終未知所據耳。

按：王晦叔《頤堂詞》，吾郡彊村朱氏依錢塘丁氏善本書室藏舊鈔本楔行。其贈妓盧姓者《清平樂》題作『妓訴狀立廳下』，前段云：『墜紅飄絮。收拾春歸去。長恨春歸無覓處。心事顧誰分付。』後段『白玉爲堂』作『小苑回塘』。晦叔箸有《碧雞漫志》一卷，詳述曲調源流。首論古初至唐、宋聲歌遞變之由；次列《涼州》、《伊州》、《霓裳羽衣》等曲，凡二十八條，一一溯得名之緣起與其遷變。宋詞之沿革，蓋《三百篇》之餘音，至漢而變爲樂府，至唐而變爲歌詩，及其中葉，詞亦萌芽。至宋而歌詩之法漸絕，詞乃大盛。其時士大夫多嫻音律，往往自製新聲，漸增舊譜，故一調或至數體，一體或有數名，其目幾不可殫舉，又非唐及五代之古法。晦叔作是編，就其傳授分明可以考見者，核其名義，正其宫調，以箸倚聲所自始。其平昔肇究詞學至精，審矣。

吴億

億，字大年，自號谿園居士，蘄春人。官靜江倅。有《谿園集》。

〔詞話〕

《直齋書録解題》：蘄春吴億大年，其父擇仁，爲尚書。億仕至靜江倅。居餘干，有谿園佳勝。世傳其『樓雪初銷』詞，爲建康帥晁謙之作。

桉：吴大年詞《燭影摇紅》云：『臘雪初消，麗譙吹罷單于晚。使君千騎起班春，歌吹香風暖。十里珠簾盡捲。正人在、蓬壺閬苑。賣薪買酒，立馬傳觴，昇平重見。誰識遨頭，去年曾侍傳柑宴。至今衣袖帶天香，行處氤氳滿。已是春宵苦短。且莫遣、歡遊意懶。細聽歸路，壁月光中，玉簫聲遠。』即陳直齋所云爲建康帥晁謙之作者。首句『臘雪』，陳作『樓雪』，蓋傳寫字異。又《南鄉子》云：『江上雪初消。暖日晴烟弄柳條。認得裙腰芳草路，魂銷。曾折梅花過斷橋。潘鬢爲誰凋。長恨金閨閉阿嬌。遙想晚粧呵罷手，夭饒。更傍朱脣暖玉簫。』兩詞並見《陽春白雪》。《南鄉子》前段融景入情，低徊不盡。

李好古李好義

好古，下邽人。有《碎錦詞》一卷。

〔詞評〕

《織餘瑣述》：宋李好古《碎錦詞·菩薩蠻》過拍云：『春水曉來深，日華嬌漾金。』語絕新豔，亦唯『芳晨麗旭』足以當之，與易安居士『落日鎔金』句同工各妙。

丁松生云：《碎錦詞》用筆渾灝，無末流纖弱之習，集中若《八聲甘州》、《江城子》等闋，雄聲壯態，仿佛稼軒，所遜者，生辣耳。

按：李好古《碎錦詞》一卷，有王氏四印齋刻本，歸安陸氏皕宋樓藏汲古閣影宋本，自署鄉貢免解進士。四印齋所刻依南昌彭氏知聖道齋藏舊鈔本，其源亦自汲古出也。詞凡十四闋，丁松生稱其仿佛稼軒，半塘老人推爲白石老仙之亞。竊嘗循覽竟卷，如《八聲甘州》云『古揚州壯麗壓長淮』云云、《酹江月》『西風橫蕩』云云、《清平樂》『清淮北去』云云，三闋以格調言，其在稼軒、白石之間乎。斷句如《八聲甘州》云『遊子凭闌淒斷，百年故國，飛鳥斜陽』、《江城子》云『休傍塞垣釃酒去，傷望眼，怕層樓』、《酹江月》云『見說湖陰，飛飛鷗鷺，半是君曾識』、《賀新郎·僧如梵摘阮》云『聽到三閭沉絕處，慘悲風、搖落寒江岸』，余皆極意誦之。『遊子』云云，白石之『廢池喬木，清角空城』也；『休傍』云云，稼軒之『斜陽正在，烟柳斷腸處』也。又按：《陽春白雪》卷七錄

《謁金門》『花過雨』闋，署李仲敏，下注：『好古。』陶氏《詞綜補遺》據《陽春白雪》入録，謂《碎錦集》中無此詞，以爲別一人作。《渚山堂詞話》又以此詞爲理宗朝武人李好義作。好義官至中軍統制，知西和州，卒謚忠壯，《宋史》有傳。嘗作《望江南》雙調，見《江湖紀聞》，卽亦能作《謁金門》矣。陳水南，明弘正間人，箸述閎富，博學，多見舊籍，其言殆必有本。考《宋史·李好義傳》：『開禧初，吴曦以蜀畔。好義合安丙、楊巨源圖曦，約二月晦舉事。好義與好古、好仁及子姓，拜決於家廟』云云。據此，則箸《碎錦詞》之李好古，或卽好義昺弟行也。

姚寬

寬，字令威，嵊縣人。以任補官。吕頤浩、李光帥江東，皆辟幕職。秦檜執政，以舊怨，抑不用。後以賀允中、徐林、張孝祥等薦，入監進奏院六部門，權尚書戶部員外郎，兼權金倉工部屯田郎，樞密院編修官。以據天象言金亮必滅，未幾果驗，令除郎，召對，俄卒。有《西溪居士樂府》一卷。

〔詞話〕

《古今詞話》：姚令威家於西溪，擅山水之勝，故號西溪，亦以名其集。其《閨詞》云『酒面撲春風，淚眼零秋雨』、《秋思》云『採菱渡口日將斜，飛鴻樓上人空立』，足以見其概矣。

《珠花簃詞話》：姚令威《憶王孫》云：『毿毿楊柳綠初低。淡淡梨花開未齊。樓上情人聽馬嘶。憶郎歸。細雨春風濕酒旗。』與溫飛卿『送君聞馬嘶』各有其妙，正可參看。〔一〕

桉：《西溪樂府・生查子》全闋云：『郎如陽上塵，妾似堤邊絮。相見兩悠揚，蹤跡無尋處。酒面撲春風，淚眼零秋雨。過了別離時，還解相思否？』見弁陽翁《絶妙好詞》〔二〕。

【校記】

〔一〕此後，《宋人詞話》有『附攷』一項，凡一則，迻錄於下：

《宋史翼》：姚寬博學强記，於天文推算尤精。完顔亮入寇，中外皆以爲憂，具云：『虜百萬何可當，惟有退保爾。』寬獨抗論沮止，且上書執政，言：『今八月歲入翼，明年七月入軫，又其行在己巳者，東南屏蔽也。昔越得歲而吳伐越，吳卒以亡；晉得歲而苻堅伐晉，堅隨以滅。今狂虜背盟，犯歲滅亡，指日可待。又推太一熒惑所次，皆賊必滅之兆。』未幾，亮果自斃。又：寬詞章之外，頗工於篆隸及工技之事。嘗謂守險莫如弩，因裒集古今用弩事實及造弩製度爲《弩守書》以獻，且請用韓世忠舊法，以意增損，爲三弓合蟬弩。詔許之。既成，矢激二里，所中皆飲羽。又嘗論大駕鹵簿指南車，得古不傳之法也。所著有《西溪集》十卷、注司馬遷《史記》一百三十卷、《補注戰國策》三十一卷、《五行祕記》一卷、《西溪叢語》一卷、《玉璽書》一卷。注韓文公集未畢，尚數卷。寬每語人曰：『古稱圖書，豈可偏廢？』故其注《史記》、《戰國策》，辭有所不盡，必畫而爲圖；於文最得于詩。葉適云：『寬古樂府流麗哀思，頗雜近體詩，絶去尖巧，乃全造古律，加於作者一等矣。』爲當世推重如此。

〔二〕《宋人詞話》桉語與《歷代詞人攷略》桉語有出入，迻錄於下：

桉：《西溪樂府・菩薩蠻》：『斜陽山下明金碧，畫樓返照融春色。睡起揭簾旌，玉人蟬鬢輕。無言空佇立，花落東風急。燕子引愁來，眉心那得開。』《生查子》云云。見弁陽翁《絶妙好詞》。《生查子》詞雖換頭雨韻二語較遜，而楊湜獨賞之，殊不可解。

黄中輔

中輔，字槐卿，自號細高居士，桉：據《金華府志》，「細」疑誤字。義烏人。

〔詞話〕

《餐櫻廡詞話》：元黄文獻公溍集有《先居士樂府後記》云：「舊傳太平樓，秦檜所建。洎檜再相，和議成，日使士人歌詠太平中興之美，樂府《滿庭芳》所由作也。」元吴師道《敬鄉録》載，宋何茂恭恪《跋黄槐卿題太平樓樂府》云：「予友黄槐卿，有膽略之士也。當秦氏側目磨牙，以鬻忠肉義骨之際，獨不爲威惕，成長短句以磨其須。」《金華府志》：「紹興中，秦檜和議既成，日使士大夫歌誦太平之美，但有言其姦者，輒捕殺之。黄中輔作樂府，題太平樓，有『快磨三尺劍，欲斬佞臣頭』之句。檜聞，大怒，蹤跡不得而止。居鄉，每爲仇家所挾，將發之。會檜死，乃免。自號細高居士，名其齋曰轉拙。」《金華志》所云與《敬鄉録》合，唯《滿庭芳》無兩五字句，「快磨三尺劍」云云，疑《水調歌頭》起調。上句平仄亦不合。黄文獻記父詞事，尤不應誤記調名。或《滿庭芳》詞乃當時士夫誦美者所作，而槐卿之作非寄此調耶？

桉：黄中輔詞斷句僅見《金華府志》，竝調名無從攷定，唯詞以人重，關係大節，卓犖可傳，雖吉光片羽，亦麟角鳳毛也。

呂祖謙

祖謙，字伯恭，學者稱東萊先生，婺州人。初以蔭補入官，復中博學宏詞科，調南外宗教，除太學博士，添差教授嚴州。尋復召爲博士兼國史院編修官，實録院檢討官。外艱免喪，主管台州崇道觀，除祕書郎，遷著作郎，以末疾請祠歸。孝宗朝，奉詔校定《皇朝文鑑》。書成，進呈，除直祕閣。尋主管沖祐觀，復除著作郎，兼國史院編修官，卒。理宗朝賜謚成，爵開封伯，從祀孔子廟庭。有《呂太史集》。

〔詞話〕

《艇齋詩話》：東萊晚年長短句尤渾然天成，不減唐《花間》之作。如一詞云：『柳色過疏籬。花又離披。舊時心緒沒人知。記得一年寒食下，獨自歸時。歸後卻尋伊。月上嫌遲。十分斟酒不推辭。將爲老來渾忘卻，因甚沾衣。』又一詞，其間云『可惜一春多病，等閒過了酴醾』；又一詞，其間云『對人不是惜姚黃。實是舊時心緒，老難忘』，皆精絕，非尋常詞人所能作也。

桉：呂成公詞，嚮來未經箸録。曾裘甫《詩話》所述調寄《浪淘沙》，其斷句『對人不是惜姚黃』云云，《虞美人》之過拍或歇拍也。成公，理學名儒，乃復能爲情語，當與屏山、晦菴諸家並傳，特成公之詞尤能以澹勝耳。

韓淲

淲，字仲止，世居開封，南渡後遊寓信州，遂爲上饒人。元吉子，以蔭補京局。未久，辭歸不出。有《澗泉集》，詩餘一卷。

〔詞話〕

《珠花簃詞話》：明胡廷佩《訂譌雜錄》云：杜少陵《水檻遣心》詩「老去詩篇渾漫與」，今本梓作「漫興」。攷舊刻劉會孟本、千家注本，皆作「漫與」。趙次公云：「『一耽佳句』而『語驚人』，言其平昔如此，今老矣，所爲詩則漫與而已，無復著意於驚人也」云云。韓仲止《澗泉詩餘·鵲橋仙》云：「詩非漫與，酒非無筭，都是悲秋興在。」是亦一證，下句用「興」字，上句必當作「漫與」也。

〔詞評〕

《織餘瑣述》：《澗泉詩餘·減字浣溪沙》云「半怯夜寒褰繡幌，尚餘嬌困剔銀燈」，「尚餘」句極能寫出閨人情態。

按：韓仲止《澗泉詩餘》，彊邨朱氏依錢塘丁氏善本書室藏明梅禹金鈔本刻行。韓集久佚，《四庫》采自《永樂大典》中，得詞九十八首。此本都百九十七首，卷末《攤破浣溪沙》一首，則勞氏權據《大典》本《澗泉集》增入者，其詞小令較多，亦較勝。

馮偉壽

偉壽，字文子，號雲月，小名艾子，延平人。取洽子。

〔詞話〕

《古今詞話》：馮雙溪與黃玉林互相標榜，其子偉壽精於律呂，詞多自製腔。《草堂》選其『春風惡劣。把數枝香錦，和鶯吹折』一首，又有自度《春風嫋娜》詞，殊有前宋秦、晁風豔，比之晚宋酸餡味、教督氣，不侔矣。餘句如『笑呼銀漢入金鯨』，臨邛高恥菴列爲麗句圖，云文子小名艾，非誤文也。以雙溪壽玉林《沁園春》詞考之云『更攜阿艾，同壽靈椿』，可證。

《織餘瑣述》：宋馮偉壽《眼兒媚》詞云『社前風雨，已歸燕子，未入人家』，語淡而倩，嚮來未經人道。

桉：馮文子詞，《草堂》所選《春雲怨》『春風惡劣』云云，調黃鐘商；《春風嫋娜》，調黃鐘羽；又有《迷仙引·詠桂花》，調夾鐘羽。見《中興以來絕妙詞選》，皆文子自度腔。又《玉連環·憶李謫仙》云：『謫仙往矣。問當年、飲中儔侶，於今誰在。嘆沈香醉夢，胡塵日月，流浪錦袍宮帶。高吟三峽動，舞劍九州隘。玉皇歸覲，半空遺下，詩囊酒佩。雲月仰挹清芬，攬虬鬚、尚友千載。晉宋頹波，羲黃春夢，尊前一慨。待相將共躡，龍肩鯨背。海山何處，五雲靉靉。』亦見《中興詞選》。此闋清勁有奇氣，與文子它詞格調略別。『笑呼銀漢入金鯨』，則《木蘭花慢·

和黄玉林》句也。

方信孺

信孺，字孚若，自號詩境甫，又號紫帽山人，莆田人。以父蔭補番禺尉。近臣薦信儒可使金，自蕭山丞召赴都，命以事。使三往返，以口舌折彊敵。後觸韓侂胄怒，奪三秩，臨江軍居住。侂胄誅，乃得自便。尋知韶州，累遷淮東轉運判官兼提刑，知真州、道州，廣西提刑兼判漕。坐上書言事復責降三秩。起，奉祠，稍復官。有《好菴遊戲詩境集》。

桉：《粤西金石略》：方信孺《西江月》詞磨崖在臨桂龍隱巖之風洞，詞云：『碧洞青崖著雨，紅泉白石生寒。揭來十日九遊山。人笑元郎太漫。　絕壁偏宜疊鼓，夕陽休喚歸鞍。茲遊未必勝驂鸞。聊作湘南公案。』信孺又有詩刻西山、虞山、伏波巖。

李石

石，字知幾，蜀人稱方舟先生，資陽人。登進士第。紹興末，以薦任太學博士坐席，爲成都學官，累官知黎州。乾道中召爲都官，爲言者論罷。久之，起守眉州，除成都路轉運判官，十日而罷。有《方舟集》五十卷後集十卷，詞一卷。

〔詞話〕

《古今詞話》：蜀人李方舟著《續博物志》，詞亦風致可喜。其《夏夜》詞云『烟柳疏疏人悄悄』，贈妓云『瘦玉倚香愁黛翠』，皆名句也。

桉：李知幾《方舟詞》，彊邨朱氏依《大典·方舟集》本刻行。其詞芬菲託情，宛委呈妍，其在梅溪、竹山伯仲之間乎。其中《一翦梅》云：『紅映闌干綠映階，閒悶閒愁，獨自徘徊。天涯消息幾時歸。別後無書有夢來。　後院棠梨昨夜開。雨急風忙次第催。羅衣消瘦卻春寒，莫管紅英，一任蒼苔。』又『百濯香殘』闋字句並同。其過拍及換頭下一句，據譜，並應作二句，句四字，李詞作七字一句，二闋相同，知其非有奪文，乃此調又一體。此體《詞律》及《詞律拾遺》、《補遺》並未載。

顧淡雲

淡雲，別號夢粱詞人，吳縣人。有《夢粱集》。

〔詞話〕

《獨醒雜志》：紹興中，有於吳江長橋上題《水調歌頭》云：『平生太湖上，短棹幾經過。如今重到，何事愁與水雲多。擬把匣中長劍，換取扁舟一葉，歸去老漁蓑。銀艾非吾事，丘壑已蹉跎。　鱠新鱸，斟美酒，起悲歌。太平生長，豈謂今日識干戈？欲瀉三江雪浪，淨洗邊塵千里，不爲挽天河。回首望霄漢，雙淚墮清波。』不題姓氏。後其詞傳入禁中，上命詢訪其人其力，秦丞相乃請降黄牓招之，其人竟不至。或曰隱者也，自謂『銀艾非吾事』，可見其泥塗軒冕之意。秦丞相請招以黄牓，非求之，乃拒之也。桉：《中吴紀聞》亦載此詞，云作於建炎庚戌。

《燼餘録》：顧淡雲，别號夢粱詞人。著有《夢粱集》。《和李山民題吴江橋亭》一闋，倚《水調歌頭》『平生太湖上』云云。淡雲居靈芝坊，亦歲寒社友。

桉：此《水調歌頭·題吴江橋亭》詞，《獨醒雜志》、《中吴紀聞》並無作者姓名。據《燼餘録》，則爲顧淡雲作，並詳載淡雲之别號及其所著集名、所居坊名，又與李山民、吴雲公同爲歲寒社友，言之甚碻，不同傳聞惝怳之辭。淡雲蓋吴中耆舊，憤世逃名者，故其名知者絶尠，幸賴徐《録》存其姓字，不至湮没耳。

毛幵

幵，字平仲，信安人。官宛陵、東陽二州倅。有《樵隱集》十五卷，詞一卷。

〔詞話〕

《遯齋閒覽》：毛幵爲郡日，見一婦人陳牒立雨中，作《清平樂》云：『醉紅宿翠。髻嚲烏雲墜。管是夜來不曾睡。那更今朝早起。　春風滿搦腰支。階前小立多時。恰恨一番春雨，想應濕透鞵兒。』桉：此詞《四庫提要》曾辨其誣，然見於宋人小説，當有所本，仍存之。又桉：《豹隱紀談》以此詞爲石次仲《詠妓趙庭陳狀作》，與《遯齋閒覽》異，未知孰是。

《升庵詞品》：毛幵小詞一卷，惟余家有之。其《滿江紅》一闋尤爲清麗，『潑火初收，鞦韆外、輕烟漠漠。春漸遠、綠楊芳草，燕飛池閣。已著單衣寒食後，夜來還是東風惡。對空山、寂寞杜鵑啼，梨花落。　傷別恨，閒情作。十載事，驚如昨。向花前月下，共誰行樂。飛蓋低迷南苑路，湔裙悵望東城約。但老來、顦顇惜春心，年年覺。』

〔詞評〕

《織餘瑣述》：毛幵《樵隱詞·念奴嬌》句云：『天際歸舟，雲中行樹，鷺點汀洲雪。』只一『行』字絕佳。大隄春綠，柔艣聲中，不見舟行，見樹行也。《風流子》云：『粉牆外，杏花無限笑，楊柳不勝垂。』『無限』、『不勝』字亦佳。又《滿庭芳》云：『回頭笑，渾家數口。又泛五湖舟。』『渾家』二字當是宋時方言。

〔詞考〕

《四庫全書總目》『樵隱詞提要』：毛幵，信安人，舊刻題曰三衢，蓋偶從古名也。嘗爲宛陵、東陽二州倅。所著有《樵隱集》十五卷，尤袤爲之序，今已不傳。陳振孫《書錄解題》載《樵隱詞》一卷。此刻計四十二首，據毛晉跋，謂得自楊夢羽家祕藏鈔本，不知卽振孫所見否也。幵他作不甚著，而小詞最工。卷首王木叔題詞，有『或病其詩文視樂府頗不逮』之語，蓋當時已有定論矣。其《江城子》一闋注：『次葉石林韻。』後半『爭勸紫髯翁』句，實押『翁』字，而今本《石林詞》此句乃押『宮』字，於本詞爲複用，可訂正《石林詞》刊本之譌。至於《瑞鶴仙》一調，宋人諸本並同此本，乃題與目錄俱譌作《瑞仙鶴》。又《燕山亭》前闋『密映窺，亭亭萬枝開遍』句，止九字，攷曾覿此調作『寒壘宣威，紫綬幾垂金印』，共十字，則『窺』字上下必尚脫一字；尾句『愁酒醒、緋千片』只六字，曾覿此調作『長占取、朱顏綠鬢』，共七字，則『緋』字上下，又必尚脫一字。其餘如《滿庭芳》第一首注中『東陽』之譌『東易』，第三首注中『西安』之譌『四安』；《好事近》注中『陳天予』之譌『陳天子』。魯魚糾紛，則毛本校讐之疏矣。陳正晦《遯齋閒覽》載：玗爲郡，因陳牒婦人立雨中作《清平調》一事既媟褻，且玗亦未嘗爲郡，此宋人小說之誣，晉不收其詞，特爲有識，今坿辨於此，亦不復補入云。

桉：毛平仲《賀新郎》『風雨連朝夕』云云，清疏雋逸，不在升庵所賞《滿江紅》下。摘句如《念奴嬌》云『夢裏京華，不須驚嘆，春草年年綠』，《蝶戀花》云『殘雪江邨迴馬路。嫋嫋春寒，簾晚空凝佇』，《醉落魄·詠梅》云『更無人處增清絕。冷蘂孤香，竹外朦朧月』，《應天長令》後段云『柳枝風輕嫋嫋。門外落花多少。日日離愁縈繞。不知春過了』，《謁金門》云『回首故人天一角。半江楓又落』，皆玉屑清言也。

盧炳

炳，字叔陽，自號醜齋。高宗時人，嘗仕州縣。有《哄堂詞》一卷。

〔詞話〕

《珠花簃詞話》：毛子晉《跋哄堂詞》謂其善用僻字，如袢溽、皴皵、禐子之類。桉：《詩·鄘風》：『是紲絆也。』《傳》：『是當暑袢延之服也。』《類篇》：『袢，延衣熱也。』鄒浩詩：『清標藐冰壺，一見滌袢暑。』范成大詩：『袢暑驕鼯雜瘴氛。』袢溽，卽袢暑也。皴皵，音逡鵲，皮皺也。鄒浩《四柏賦》：『皮皴皵以龍驚。』《爾雅·釋木》：『大而皵楸，小而皵榎。』樊光云：『皵，豬皮也，謂樹皮粗也。』褑，于眷切，音瑗。《玉篇》：『佩衿也。』《爾雅·釋器》：『佩衿，謂之褑玉，佩玉之帶，二屬。』此類字未爲甚僻。

〔詞評〕

許蒿廬云：《哄堂詞》下語用字亦復楚楚有致。

〔詞考〕

《四庫全書存目》『哄堂詞提要』：盧炳，字叔陽，履貫未詳，時代亦無可攷。陳振孫《書錄解題》列詞集九十二家，而總注其後曰：『自南唐二主詞以下皆長沙書坊所刻，號《百家詞》。』其最末一家爲郭應祥，振孫稱嘉定間人，則諸人皆在寧宗以前。炳詞次序猶在侯寘詞後。寘，紹興中知建康府，則炳亦南渡後人。集中有『庚戌正月』字，庚戌爲建炎四年，故集中諸詞多用周邦彥韻，其時代適相接也。其集名，《書錄解題》本作《哄堂詞》，毛晉刊本則作『烘堂』。桉：唐趙璘《因話錄》：『御史院合座俱笑，謂之哄堂。』炳蓋謙言博笑，故以爲名。若作『烘堂』，於義無取，知晉所刊爲誤。炳蓋嘗仕州縣，故多同官倡和之詞，然其同官無一知名之士，其頌祝諸作亦俱庸下。至於《武陵春》之『老』叶『頭』，《水龍吟》之以『斗』、『奏』叶『表』，《清平樂》之以『皺』叶『好』、『笑』，雖古韻本通，而詞家無用古韻之例，亦爲破格。他若《賀新郎》之『問天公、底事教幽獨。待拉向，錦屏曲』，《玉團兒》之『把不定、紅生臉肉』，《鷓山溪》之『鞭寳馬，鬧竿隨，簇著花藤轎』，皆鄙俚不文，有乖雅調，惟詠物諸作尚細膩熨帖，間有可觀耳。

桉：盧叔陽詞在宋人中未爲上駟，然氣格雅近沈著，句意不涉纖佻。如《念奴嬌》之『晚天清楚』、《踏莎行》之『獵獵霜風』、《點絳脣》之『過眼溪山』，皆集中合作。斷句如《訴衷情》云『秋淨楚天如水，雲葉度牆低』，《謁金門》云『風捲繡簾飛絮入，柳絲縈似織』，又云『尺素待憑魚雁覓，遠烟凝處碧』，殆卽毛跋所謂詞中有畫者歟。

閭丘次杲

次杲，字及爵里未詳。

桉：閭丘次杲詞《朝中措·登浮遠堂作》云：『横江一抹是平沙。沙上幾千家。到得人家盡處，依然水接天涯。危闌送目，翩翩去鷁，點點歸鴉。漁唱不知何處，多應只在蘆花。』見《詞綜》。前段賦『浮遠』二字絕佳。昔宋景文《浪淘沙》句云：『倚闌遙望，天遠水遠人遠。』次杲詞只言水遠，而人遠自在其中，所謂景中有情也。《萬姓統譜》有閭丘次顔，官涇陽尉，疑或次杲昆弟行。朱彊邨云：『疑閭丘杲字次顔，作名次杲，誤也。』此說近是。宋有閭丘昕，字逢辰，麗水人，紹興間知溫州，忤秦檜落職，見《嘉靖浙江通志》。或閭丘杲昆季行。

李流謙

流謙，字無變，德陽人。桉：《宋詩紀事》作綿竹人。以父良臣蔭補將仕郎，授雪泉尉，調雅州教授。以虞允文薦召入，除諸王府大小學教授，改奉議郎，通判潼州府。有《澹齋集》，詞一卷。

〔詞話〕

《珠花簃詞話》：詞家僚友贈畣之作，佳構絕少。德陽李無變流謙《澹齋詞·小重山·緜守白宋瑞席間作》云：『輕著單衣四月天。重來間屈指，惜流年。久聞何處有神仙？安排我，花底與尊前。爭道使君賢。筆端驅萬馬，駐平川。長安只在日西邊。空回首，喬木淡疏烟。』此詞過拍、歇拍言情寫景，疏俊深遠，即換頭『筆端』二句亦頗有氣勢，不涉庸泛俚滑之失。無變詞名不甚顯，自宋已還各家選本未經著錄，比年乃見刻本。其它所作如《虞美人·春懷》後段云：『東君又是悤悤去。我亦無多住。四年薄宦老天涯。閒了故園多少好花枝。』《洞仙歌·憶別》前段云：『雲窗霧閣，塵滿題詩處。枝上流鶯解人語。道別來、知否瘦盡花枝，春不管，更遣何人管取。』並皆婉麗可誦。《滿庭芳·過黃州游雪堂次東坡韻》後段云：『松柏皆吾手種，依然□、烟蕊霜柯。君知否，人間塵事，元不到漁蓑。』則尤返虛入渾，漸近骨幹堅蒼矣。

桉：李無變《澹齋詞》，彊邨朱氏依《大典·澹齋集》本刻行，清麗之筆兼而有之，惜篇幅無多耳。無變以虞允文薦，召入王府教授，蓋紹興、乾道間人。其《醉蓬萊·同幕中諸公勸虞宣威酒》『正紅疏綠密』云云，當時蓋以文字契合也。

李次山

次山，高、孝間人，官提舉。有《漁社詞》〔一〕。

桉：李次山詞《浣溪沙》云：『花圃縈回曲徑通。小亭風捲繡簾重。秋千閒倚畫橋東。雙蝶舞餘紅便旋，交鶯嗁處綠蔥瓏。遠山眉黛晚來濃。』見《陽春白雪》。楊冠卿《客亭樂府》有《霜天曉角·次韻李次山提舉漁社詞》，又《西江月·秋晚白菊叢開，有傲視冰霜之興，李漁社賦長短句云『若將花卉論行藏，蓋在淩烟閣上』，因次其韻》云云。冠卿，高、孝間人，並可考定次山之時代矣。

【校記】

〔一〕詞：底本作『祠』，此據詞集名改。

歷代詞人考略卷三十

宋二十四

陳亮

亮，一名同，字同甫，號龍川，永康人。隆興初以解頭薦，上《中興五論》，不報。居太學上舍。淳熙五年，孝宗卽位，詣闕上書。光宗紹熙四年策進士，擢第一，授僉書建康府判官廳公事，未至官，卒。端平初謚文毅。有《龍川集》，詞二卷。

〔詞話〕

《詞苑》：陳同父開拓萬古之心胷，推倒一世之豪傑，而作詞乃復幽秀。其《水龍吟》云：『鬧花深處層樓，畫簾半卷東風軟。春歸翠陌，平沙茸嫩，綠楊金淺。遲日催花，淡雲閣雨，輕寒輕暖。恨芳菲世界，遊人未賞，都付與、鶯和燕。　寂寞凭高念遠。向南樓、一聲歸雁。金釵鬭草，青絲勒馬，風流雲散。羅袖分香，翠綃封淚，幾多幽怨。正銷凝，又是疏簾淡月，子規聲斷。』

《歷代詞話》：周公謹云：『東風蕩漾輕雲縷。時送瀟瀟雨。水邊臺榭燕新歸。一點香泥濕帶落花飛。　海棠糁徑鋪香繡。依舊成春瘦。黄昏庭院柳啼鴉。記得那人和月折梅花。』蓋《虞美人》詞也。陳龍川好談天下大略，以氣節自居，而詞亦疏宕有致。

《絕妙好詞箋》：葉水心云：同甫長短句四卷，每一章成，輒自歎曰：『平生經濟之懷略已陳矣。』予所謂微言多此類也。

《藝概》：陳同甫與稼軒爲友，其人才相若，詞亦相似。同甫《賀新郎·寄幼安見懷韻》云：『樹猶如此堪重別。只使君、從來與我，話頭多合。行矣置之無足問，誰换妍皮癡骨。但莫使、伯牙絃絕。』其《酬幼安再用韻見寄》云：『斬新换出旌麾别。把當時、一椿大義，拆開收合。據地一呼吾往矣，萬里摇肢動骨。這話欛、只成癡絕。』懷幼安用前韻云：『男兒何用傷離别。況古來、幾番際會，風從雲合。千里情親長晤對，妙體本心次骨。臥百尺、高樓斗絕。』觀此，則兩公之氣誼懷抱俱可知矣。又：同甫《水龍吟》云：『恨芳菲世界，遊人未賞，都付與、鶯和燕。』言近指遠，直有宗留守大呼『渡河』之意。　又：『沒些兒、媻珊勃窣。也不是、峥嵘突兀。管做徹、元分人物。』此陳同甫《三部樂》詞也。余欲借其語以判詞品，詞以『元分人物』爲最上；『峥嵘突兀』，猶不失爲奇傑；『媻珊勃窣』，則淪於側媚矣。

〔詞考〕

《四庫全書》『龍川詞提要』：《龍川詞》一卷補遺一卷，宋陳亮撰。《宋史·藝文志》載其詞四卷，今不傳。此集凡詞三十首，已具載本集，然前後不甚銓次。此本爲毛晉所刻，分調類編，復有晉跋，稱據家藏舊刻，蓋摘出别行之本。又補遺七首，則從黄昇《花菴詞選》採入者。詞多纖麗，與本集迥殊，或疑贗作。毛晉跋稱黄昇與亮俱南渡後人，何至謬誤若此？或昇惟選綺麗一種。而亮子沈所編本集，特表其父磊落骨幹，故若出二手云云。考亮雖與朱子講學，而不廢北里之游。其與唐仲友相忤，讒構於朱子，朱子爲其所賣，誤興大獄，卽由亮狎台州官妓，屬仲友爲脱籍，仲友沮之之故。事載《齊東野語》第十七卷中，則其詞體雜香奩，不足爲異，晉之所跋，可謂得其實矣。

桉：《龍川詞》分清豪、婉麗兩派，前人所稱述，大都婉麗之作。入毛刻補遺卷中者，其以清雄勝者，如《水調歌頭·送章德茂大卿使虜》『不見南師久』云云，慷慨淋漓，可想見其襟抱。

丘崈

崈，字宗卿，江陰軍人。桉：《文定公詞》別本作河南人，誤。隆興元年登進士第，丞相虞允文奏除國子博士，累官知吉州。除戶部郎中，遷樞密院檢詳文字，予祠，起知鄂州。光宗朝，官至焕章閣直學士、四川安撫制置使兼知成都府。寧宗卽位，坐論罷。復職，知慶元府，改知建康府，升寶文閣學士、刑部尚書、江淮宣撫使，進端明殿學士、侍讀，拜簽書樞密院，督視江淮軍馬。忤韓侂胄，落職；侂胄誅，以資政殿學士知建康府，改江淮制置大使、淮南運司，以病丐歸。拜同知樞密院事。卒謚忠定。有《文定桉：與史傳謚忠定異公詞》一卷。

〔詞話〕

《織餘瑣述》：撰，訓撰，作譔述之譔用，非古也。《周禮·夏官·大司馬》：『羣吏撰車徒。』

《禮・內則》：『栗曰撰之。』撰竝擇誼。宋丘崈《沁園春》云：『撰小窗臨水，危亭當巘，隨宜有竹，箸處須梅。』此『撰』字誼與古合。又崈詞《感皇恩・庚申爲大兒壽》云：『時節近中秋，桂花天氣。憶得熊羆夢呈瑞。向來三度，恨被一官縈繫。今朝稱壽，也休辭醉。斑衣戲綵，薄羅初試。華髮雙親賸歡喜。功名榮貴，未要恖恖深計。一盃先要祝，千百歲。』父爲子壽之作，前人集中殆不經見，要亦天倫樂事也。

〔詞評〕

丁松生云：《文定公詞》清轉華妙，無愧作者。

桉：《丘文定詞》一卷，臨桂王氏四印齋刻入《宋元三十一家詞》。《水調歌頭》之《登賞心亭懷古》、《洞仙歌》之《庚申樂淨錦棠盛開作》、《鷓鴣天》之《採蓮曲》三闋，蓋集中尤雅者。斷句如《祝英臺・成都牡丹會》云：『可堪銀燭燒殘，紅妝歸去。任春在、寶釵雲髻。』《夜行船・越上作》後段云：『恣樂追涼忘日暮。簫鼓動、月明人去。猶有清歌，隨風迢遞，聲在芰荷深處。』亦復清新豔逸，妙造自然。

張良臣

良臣，桉：項刻《絕妙好詞》作『景亞』，誤。字武子，號雪窗，大梁人。避寇遷於鄞。隆興元年登進士第，官止監左藏庫。有《雪窗集》十卷。

〔詞話〕

《絶妙好詞箋》：樓鑰《攻媿集・書張武子詩後》云：與武子評詩，謂『當有悟入處，非積學所能到也』。君讀之，以爲得我意。又嘗自哦其詩曰：『客向愁中都老盡，祇留平楚伴銷凝。』又哦其詞云：『昨日豆花籬下過，忽然迎面好風吹。獨自立多時。』其大約可見矣。閉門讀書，室中無一物，妻孥至不免飢寒。或謂：『君獨不爲歲晚計乎？』君曰：『水禽有名信天公者，食魚而不能捕，凝立沙上，俟它禽過，偶墜魚於前，乃拾之，然未聞有餓死者。』其夷澹類此。

《珠花簃詞話》：張武子《西江月》過拍云：『殷雲度雨井桐凋，雁雁無書又到。』昔人句云：『江頭數盡南來雁，不寄西風一幅書。』此詞括以六字，彌覺沈頓。

桉：張武子詞《西江月》云：『四壁空圍恨玉，十香淺捻啼綃。殷雲度雨井桐凋。雁雁無書又到。別後釵分燕尾，病餘鏡減鸞腰。蠻江荳蔻影連梢。不道參橫易曉。』見《絶妙好詞》。《采桑子》云：『佳人滿勸金蕉葉，夜玉春溫。別後黄昏。燕子樓高月一痕。年年依舊梨花雨，粉淚空存。流水孤村。不著寒鴉也斷魂。』見《陽春白雪》。《采桑子》末句描寫淒寂之景，令人殊難爲懷。

許及之

及之，初名綸，字深甫，號涉齋，永嘉人。隆興元年登進士第。知分宜縣，以薦除諸軍審計，遷宗正簿。乾道元年，增置諫員，以及之爲拾遺。光宗受禪，除軍器監，遷太常少卿，以言者罷。紹熙元年，除淮南運判兼淮東提刑，左遷知廬州，召除大理寺少卿。寧宗卽位，除吏部尚書兼給事中。嘉泰二年，拜參知政事，進知樞密院事兼參政。坐奏劾，降兩官，泉州居住。有《涉齋集》三十卷，《北征紀行集》。

桉：許深甫詞《賀新郎·重五》云：『舊俗傳荊楚。正江城、梅炎藻夏，做成重午。門艾釵符關何事，付與癡兒騃女。耳不聽、湖邊鼉鼓。獨炷爐香薰衣潤，對瀟瀟、翠竹都忘暑。時展卷，誦《騷》語。　新愁不障西山雨。問樓頭、登臨倦客，有誰懷古？回首獨醒人何在，空把清尊酹與。漾不到、瀟湘江渚。我又相將湖南去，已安排、弔屈嘲漁父。君有語，但分付。』見《陽春白雪外集》。

傅大詢

大詢，字公謀，號鈴岡，宜春人。

〔詞話〕

《鶴林玉露》：宜春傅公謀詞云：『草草三間屋，愛竹旋新栽。碧紗窗戶，眼前都是翠雲堆。一月山翁高臥，連雪水郵清冷，木落遠山開。唯有平安竹，留得伴寒梅。　家童開門看〔一〕，有誰來。客來一笑，清話煮茗更傳杯。有酒只愁無客，有客又愁無酒，酒熟且徘徊。明日人間事，天自有安排。』此詞清甚，末句尤達，可歌也。

桉：傅公謀《水調歌頭》詞肆口而成，清疏超逸，蓋去張安國、辛幼安諸名輩未遠，其流風餘韻猶有存焉者。以謂骨幹堅蒼，則視龍洲差遜耳。《鶴林玉露》又載許及之爲分宜宰，公謀作《賀雨》詩，及之擊節稱賞。及之爲隆興元年進士，則公謀亦隆興間人矣。

【校記】

〔一〕此句前，底本有空字符一，或係上下片分段標識而誤認作空缺字，據《鶴林玉露·丙編》卷五刪。

樓鑰

鑰，字大防，鄞人，鍔從弟。隆興元年登進士第，累官太府、宗正寺丞，出知溫州。光宗立，除考功郎，改國子司業，擢起居郎，遷給事中。與韓侂胄不合，以顯謨閣學士提舉江州太平興國宫。尋知婺州，移寧國府，罷，奪職。侂胄誅，起爲翰林學士，遷吏部尚書，除端明殿學士，簽書樞密院事，升同知，進參知政事。累疏求去，除資政殿學士，進大學士，提舉萬壽觀。卒贈少師，謚宣獻。有《攻媿集》，詞附。

桉：樓宣獻詞《醉翁操·和東坡韻詠風琴》云：『泠然。輕圜。誰彈？向屋山。何言？清風至陰德之天。悠颺餘響嬋娟。方晝眠。迥立八風前。八音相宣知孰賢。有時悲壯，鏗若龍泉。有時幽香，仿佛猿吟鶴怨。忽若巍巍山顛。蕩蕩幾如流川。聊將娱暮年。聽之身欲仙。絃索滿人間。未有逸韻如此絃。』前調《七月上浣游裴園》云：『茫茫。蒼蒼。青山遶、千頃波光。新秋露風荷吹香。悠颺心地翛然，生清涼。古岸搖垂楊。時有白鷺飛來雙。隱君如在，鶴與翱翔。老先何處，尚有流風未忘。琴與君兮宮商。酒與君兮盃觴。清歡殊未央。西山忽斜陽。欲去且徜徉。更將霜鬢臨滄浪。』見傳鈔本《攻媿集》。其前闋過拍『八音』句作上四下三，與譜不合；後闋前段斂三韻，過拍『時有』句，亦與譜不合。

方有開

有開，字躬明，淳安人。隆興元年登進士第，嘗官淮西運判。有《溪堂集》。校：據《宋詩紀事》小傳、《御選歷代詩餘》『詞人姓氏』：方有聞，字躬明，號堂溪，歙州人。登進士，授南豐尉，累遷司農丞、轉運判官兼廬州帥。有《堂溪集》。《萬姓統譜》：方有開，字躬明，淳安人。紹興中進士，官至戶部侍郎。有開之名及其占籍、官位、集名，三書所載，互有同異，詳略未知孰是。唯其字，則三書竝同耳。〔一〕

桉：方躬明詞《點絳脣·釣臺》云：『七里灘邊，江光漠漠山如戟。漁舟一葉。徑入寒烟碧。　笑我塵勞，羞對雙臺石。身如織。年年行役。魚鳥渾相識。』見《花草粹編》。前半闋意境淡遠。　又桉：《詞綜》亦作方有聞，號堂溪，有《堂溪集》，與《歷代詩餘》同。唯云擢國子學錄由南豐尉，出知和州，則又它書所未載也。

【校記】

〔一〕此後，《宋人詞話》有『附攷』一項，凡一則，迻錄於下：

《萬姓統譜》：方有開官至戶部侍郎，每奏對，輒陳恢復大計。歷官中外，必求其盡職。

趙汝愚

汝愚，字子直，桉：《陽春白雪》作子真。號愚齋，餘干人。漢恭憲王元佐七世孫。隆興二年擢進士第一，召試館職，除祕書省正字。知信、台二州，除江西轉運判官。入爲吏部郎，權吏部侍郎，以集英殿修撰帥福建，進直學士，制置四川，兼知成都府。光宗受禪，除知太平州，進敷文閣學士、知福州。召爲吏部尚書，累進爲樞密使，拜右丞相。韓侂胄黨合謀擯之，以大學士提舉洞霄宫，責寧遠軍節度副使、永州安置，卒。侂胄誅，盡復元官，贈太師，謚忠定，追封周王。

〔詞話〕

《武陵舊事》：南山路豐樂樓，淳祐間趙京尹與簒重建，宏麗爲湖山冠，林暉、施北山皆有賦詠。趙忠定《柳梢青》云：『水月光中，烟霞影裏，湧出樓臺。空外笙簫，雲間笑語，人在蓬萊。天香暗逐風回。正十里、荷花盛開。買個小舟，山南遊徧，山北歸來。』

《宋名家詞評》：趙丞相汝愚有題豐樂樓《柳梢青》詞『水月光中』云云。汝愚謫後，朱晦菴嘆宗臣去國，讒人高張，爲注《楚詞》以哀之。

《古今詞話》：沈雄曰：《詞綜》載餘干王孫趙汝愚，字子直，進士第一，累官至右丞相。盛以詞章鳴世，與師俠、善扛、長卿，爲四宗室工於詞者。

桉：趙子直丁孝、光之際，擢秀璆枝。沈偶僧譔《詞話》，稱爲四宗室工詞者之一。惜其遺篸失傳，並集名亦不可攷。倚聲之作僅存《柳梢青·題豐樂樓》一闋，此詞竟體空靈，無一筆黏著紙上，換頭二句雖只是寫景，卻饒烟水瀰漫之致，合潛氣内轉之法。微嫌歇拍三句近於敷衍，全闋收束不住，蓋詞貴意多，無意便薄也。汝愚，字子直，蓋取《魯論》『古之愚也直』誼。《陽春白雪》署趙子真，且依宋本『真』字缺筆，可知其非傳寫偶誤。然徧檢他書，皆作『直』，無作『真』者。

辛棄疾陳成甫

棄疾，字幼安，歷城人。耿京聚兵山東，節制忠義軍馬，辟爲掌書記，令奉表南歸。高宗召見，授承務郎。乾道四年，通判建康，遷司農主簿。出知滁州，提點江西刑獄，加祕閣修撰。歷大理少卿，湖北、湖南運副，擢知潭州，兼湖南安撫使，加右文殿修撰，差知隆興兼江西安撫使，坐言罷。紹熙二年，起福建安撫提刑，加集英殿修撰，知福州，丐祠歸。再起，知紹興，兼浙東安撫使，進寶文閣待制、樞密院都承旨。卒贈少師，謚忠敏。有《稼軒集》九卷，詞五卷。

〔詞話〕

《桯史》：辛稼軒守南徐，每燕集，必命侍姬歌其所作。特好歌《賀新郎》一詞，自誦其警句曰『我見青山多嫵媚。料青山、見我應如是』，又曰『不恨古人吾不見，恨古人、不見吾狂耳』，每至此，輒拊髀自笑，顧問坐客何如，皆歎譽，如出一口。既而又作一《永遇樂》序北府事，首章曰：『千古江山，英雄無覓，孫仲謀處。』又曰：『尋常巷陌，人道寄奴曾住。』其寓感慨者，則曰：『不堪回首，佛貍祠下，一片神鴉社鼓。憑誰問，廉頗老矣，尚能飯否？』特置酒，召數客，使妓迭歌，益自擊節。徧問客，必使摘其疵，孫謝不可。客或措一二辭，不契其意，又弗答，然揮羽四視不止。予時年少，勇於言，偶坐於席側。稼軒因誦啓語，顧問再四。余率然對曰：『待制詞句脱去今古軫轍，每見集中有「解道此句，真宰上訴，天應嗔耳」之序，嘗以爲其言不誣，童子何知而敢有議？然必欲如范文正以千金求《嚴陵祠記》一字之易，則晚進尚竊有疑也。』稼軒喜，促膝，亟使畢其説。予曰：『前篇豪視一世，獨首尾二腔警語差相似，新作微覺用事多耳。』於是大喜，酌酒而謂坐中曰：『夫君實中予痼。』乃詠改其語，日數十易，累月猶未竟，其刻意如此。是時，潤有貢士姜君玉瑩中嘗與予遊，偶及此。次日，攜康伯可與之《順庵樂府》一帙相示，中有《滿江紅》作於婺女潘子賤席上者，如『嘆詩書萬卷致君人，番沈陸』、『且置請纓封萬戶。徑須賣劍酬黃犢。痛當年、寂寞賈長沙，傷時哭』之句，與《稼軒集》中詞全無異。伯可蓋先四五十年，君玉亦疑之。然予讀其全篇，則它語卻不甚稱，似不及稼軒出一格律。所攜乃板行，又故本殆不可曉也。《順庵樂府》今麻沙尚有之，但少讀者，與世傳俚語不同。

《鶴林玉露》：辛幼安《晚春》詞『更能消、幾番風雨』云云，詞意殊怨，『斜陽』、『烟柳』之句，其與『未須愁日暮，天際乍輕陰』者異矣，使在漢、唐時，寧不賈種豆種桃之禍哉？愚聞壽皇見此詞頗不悦，然終不加罪，可謂至德也已。其《題江西造口》詞『鬱孤臺下清江水』云云，蓋南渡之初，虜人追隆祐太后御舟至造口，不及而還，幼安因此起興。『聞鷓鴣』之句，謂恢復之事行不得也。又《寄丘宗卿》詞『千古江山』云云，此詞集中不載。按：今集中有此詞。尤雋壯可喜。朱文公云：『辛幼安、陳同甫，若朝廷賞罰明，此等人皆可用。』

《齊東野語》：王佐宣子帥長沙日，茶賊陳豐歡聚數千人，出没旁郡，朝廷命宣子討之。時馮太尉湛謫居在焉，宣子乃權宜用之，諜知賊巢所在，遣亡命三十人持短兵以前，湛自率五百人繼其後，徑入山寨，於是成禽。宣子乃以湛功聞於朝，於是湛以勞復原官，宣子亦增秩。辛幼安以《滿江紅》詞賀之，有云：『三萬卷，龍頭客。渾未得，文章力。把詩書馬上，笑驅鋒鏑。金印明年如斗大，貂蟬元自兜鍪出。』宣子得之，疑爲諷己，意頗銜之。殊不知陳後山亦常用此語，《送蘇尚書知常州》云：『枉讀平生三萬卷，貂蟬當復作兜鍪。』幼安政用此。

《耆舊續聞》：辛幼安詞『是它春帶愁來，春歸何處。却不解、帶將愁去』，人皆以爲佳。不知趙德莊《鵲橋仙》詞云：『春愁元是逐春來，卻不肯、隨春歸去。』蓋德莊又本李漢老《楊花》詞：『驀地便和春，帶將歸去。』大抵後輩作詞，無非前人已道底句，特善能轉換爾。又：辛幼安作長短句有用經語者，《水調歌頭》云：『凡我同盟鷗鷺，今日既盟之後，來往莫相猜。』亦爲新奇可喜。

《清波別志》：《稼軒樂府》，辛幼安酒邊遊戲之作也，詞與音叶，好事者爭傳之。在上饒日，屬其室有疾，呼醫對脈。吹笛婢名整整者侍側，乃指以謂醫曰：『老妻病安，以此人爲贈。』不數日，果勿藥，乃踐前約。整整既去，因口占《好事近》云：『醫者索酬勞，那得許多錢物。只有一個整整，也盒盤盛得。　下官歌舞轉悽惶，賸得幾枝笛。覷著這般火色，告媽媽將息。』一時戲謔，風調不羣，稼軒所編遺此。

《古今詞話》：陳亮過稼軒，縱談天下事。亮夜思幼安素嚴重，恐爲所忌，竊乘其廄馬以去。幼安賦《破陣子》詞寄之，詞云：『醉裏挑燈看劍，夢回吹角連營。八百里分麾下炙，五十絃翻塞外聲。沙場秋點兵。　馬作的盧飛快，弓如霹靂弦驚。了卻君王天下事，贏得生前身後名。可憐白髮生。』

《詞林紀事》〔二〕：　張宗橚按：《説海》：　幼安流寓江南，陳同甫來訪。近有小橋，同甫引馬三躍，而馬三卻，同甫怒，拔劍斬馬首，徒步而行。幼安適倚樓見之，大驚異，卽遣人往詢，而陳已及門，遂與定交。後十數年，幼安帥淮，同甫尚落落，貧甚，乃詣幼安，相與談天下事。幼安酒酣，因指南北利害，云：『南之可以並北者如此，北之可以並南者如此。錢塘非帝王居，斷牛頭山，天下無援兵；決西湖水，滿城皆魚鼈。』飲罷，宿同甫齋中。同甫夜思：『幼安沈重寡言，因酒誤發，若醒而悟，必殺我滅口。』遂中夜盜其駿馬而逃。後致書幼安，微露其意，假十萬緡以濟乏，幼安如數與焉。其《破陣子》『醉裏挑燈』闋殆作於是時，故題云『賦壯詩以寄之』。『壯詩』當作『壯詞』。

《歸潛志》：　党懷英、辛棄疾少同舍，屬金國初亂，辛率數千騎南渡，顯於宋；党在北，擢第，入翰林。二公皆有榮寵。後辛退閒，有《鷓鴣天》詞『壯歲旌旗擁萬夫』云云，蓋舉其少年時事也。

《焦氏筆乘》：　王右軍帖云：『寒食近，得且住爲佳耳。』辛幼安《玉蝴蝶》詞：『試聽呵，寒食近也，且住爲佳。』又《霜天曉角》云：『明日落花寒食，得且住、爲佳耳。』凡兩用之，當是絕愛其語。

〔詞評〕

《詞源》：　簸弄風月，陶寫性情，詞婉於詩，蓋聲出鶯吭燕舌間，稍近乎情，可也。若鄰乎鄭、魏，則與纏令何異也。辛幼安《祝英臺近》之『寶釵分』，景中帶情，而存騷雅，故其燕酣之樂、離別之愁、回文題葉之思、峴首西州之淚，一寫於詞，若能屏去浮豔，樂而不淫，是亦漢魏樂府之遺意。

《詞苑》：　稼軒有姬名錢錢，辛年老，遣去，賦《臨江仙》詞與之云：『一自酒情詩興嬾，舞裙歌扇闌珊。好天良夜月團圞。杜陵真好事，留得一文看。　歲晚人欺程不識，怎教阿堵流連。楊花榆莢任漫天。從今花影下，只有緑苔圓。』

《渚山堂詞話》：　辛稼軒詞，或譏其多用事而欠流便，予覽其《琵琶》一詞，則此論未足憑也。《賀新郎》『鳳尾龍香撥』云云，此篇用事最多，然圓轉流麗，絕不爲事所使，允推妙手。

《詞苑叢談》：　廬陵陳子宏云：　蔡光工於詞，靖康中陷金，辛幼安常以詩詞謁之，蔡曰：『子之詩則未也，他日當以詞名家。』故稼軒歸宋，晚年詞筆尤高。嘗作《賀新郎》『緑樹聽鶗鴂』云云，此詞盡集許多怨事，全與李太白《擬恨賦》相似。又止酒《沁園春》『杯汝來前』云云，此又如《賓戲》、《解嘲》等作，乃是把做古文手段寓之於詞。《賦築偃湖》『疊嶂西馳』云云，説松而及謝家、相如、太史公，自非脱落故常者，未易闖其堂奧。

《淥水亭雜識》：　詞雖蘇、辛竝稱，而辛實勝蘇，蘇詩傷學，詞傷才。

《蓮子居詞話》：　辛稼軒別開天地，橫絕古今，《論》、《孟》、《詩小序》、《左氏春秋》、《南華》〔二〕、《離騷》、《史》、《漢》、《世説》、《選》學、李杜詩，拉雜運用，彌見其筆力之峭。《稼軒長短句》十二卷，元大德己亥孫粹然、張公俊刊於廣信書院，余在知不足齋見寫本。　又：　辛詞『小草舊曾呼遠志，故人今有寄當歸』，《日知録》云：　『稼軒久宦南朝，未得大用，晚歲有廉頗思用趙之意。』竊謂此當與《摸魚兒》、《破陣子》等闋合看，感慨自見。

《金粟詞話》：　辛稼軒：　『驀然回首，那人卻在，燈火闌珊處。』秦、周之佳境也。

《七頌堂詞繹》：　稼軒詞『盃汝前來』，《毛穎傳》也；　『誰共我，醉明月』，《恨賦》也，皆非倚聲本色。

《介存齋論詞雜著》：稼軒不平之鳴隨處輒發，有英雄語，無學問語，故往往鋒穎太露。然其才情富豔，思力果鋭，南北兩朝，實無其匹，無怪流傳之廣且久也。又：世以蘇、辛並稱，蘇之自在處，辛偶能到之；辛之當行處，蘇必不能到。二公之詞不可同日語也。又：後人以粗豪學稼軒，非徒無其才，並無其情。稼軒固是才大，然情至處後人萬不能及。又：北宋詞多就景敘情，故珠圓玉潤，四照玲瓏。至稼軒、白石，一變而爲即事敘景，使深者反淺，曲者反直。吾十年來服膺白石，而以稼軒爲外道，由今思之，可謂瞽人捫籥也。稼軒鬱勃，故情深；白石放曠，故情淺。稼軒縱横，故才大；白石局促，故才小。惟《暗香》、《疏影》二詞寄意題外，包蘊無窮，可與稼軒伯仲，餘俱據事直書，不過手意近辣耳。

《藝概》：辛稼軒風節建樹卓絕一時，惜每有成功，輒爲議者所沮。觀其《踏莎行》『吾道悠悠，憂心悄悄』云云，其志與遇概可知矣。《宋史》本傳稱其雅善長短句，悲壯激烈；又稱謝校勘過其墓旁，有急聲大呼於堂上，若鳴其不平。然則其長短句之作，固莫非假之鳴者哉！又：稼軒詞龍騰虎擲，任古書中理語廋語，一經運用，便得風流天姿，是何夐異！又：蘇、辛皆至情至性人，故其詞瀟灑卓犖，悉出於溫柔敦厚。世或以粗獷託蘇、辛，固宜有視蘇、辛爲別調者矣。又：張玉田盛稱白石，而不甚許稼軒，耳食者遂於兩家有軒輊意〔三〕，不知稼軒之體，白石嘗效之矣。集中如《永遇樂》、《漢宮春》諸闋，均次稼軒韻，其吐屬氣味皆若祕響相通，何後人過分門戶耶？

《宋四家詞選序論》：蘇、辛並稱，東坡天趣獨到處，殆成絕詣，而苦不經意，完璧甚少；稼軒則沈著痛快，有轍可循，南宋諸公無不傳其衣盋，固未可同年而語也。稼軒由北開南，夢窗由南追北，是詞家轉境。

《賭棋山莊詞話》：學稼軒，要於豪邁中見精緻。近人學稼軒，只學得莽字粗字，無怪闌入打油惡道。試取辛詞讀之，豈一味叫囂者所能望其頂踵？蔣藏園爲善於學稼軒者。又：稼軒是極有性情人，學稼軒者，胷中須先具一段真氣、奇氣，否則，雖紙上奔騰其中，俄空焉，亦蕭蕭索索如牖下風耳。又：晏、秦之妙麗源於李太白、溫飛卿，姜、史之清真源於張志和、白香山，惟蘇、辛在詞中，則藩籬獨闢矣。讀蘇、辛詞，知詞中有人，詞中有品，不敢自爲菲薄。然辛以畢生精力注之，比蘇尤爲橫出。吳子律曰：『辛之於蘇，猶詩中山谷之視東坡也。東坡之大，殆不可以學而至。』此論或不盡然。蘇風格自高，而性情頗歉，辛卻纏綿惻悱，且辛之造語俊於蘇。若僅以大論也，則室之大不如堂，而以堂爲室，可乎？

《香海棠館詞話》：性情少，勿學稼軒；非絕頂聰明，勿學夢窗。又：東坡、稼軒，其秀在骨，其厚在神。初學看之，但得其麤率而已。其實二公不經意處，是真率，非麤率也。

劉潛夫云：公所作，大聲鏜鞳，小聲鏗鍧，橫絕六合，掃空萬古。其穠麗綿密者，亦不在小晏、秦郎之下。

賀黄公云：稼軒雖入麤豪，尚饒氣骨。

俞仲茅云：唐詩三變愈下，宋詞殊不然。歐、蘇、秦、黄，足當高、岑、王、李。南渡以後矯矯陡健，卽不得稱中宋、晚宋也。惟辛稼軒自度粱肉不勝前哲，特出奇險爲珍錯供，與劉後村輩俱曹洞旁出，學者正可欽佩，不必反脣並捧心也。

劉公勇云：稼軒非不自立門戶，但自散仙入聖，非正法眼藏。

彭羨門云：稼軒詞胷有萬卷，筆無點塵，激昂排宕，不可一世。今人未有稼軒一字，輒紛紛爲異同之論，宋玉罪人，可勝三嘆。

鄒程村云：稼軒詞中調、小令亦間作嫵媚語，觀其得意處，真有壓倒古人之意。

沈江東云：稼軒詞以激揚奮厲爲工，至『寶釵分，桃葉渡』一曲，昵狎溫柔，魂銷意盡，才人伎倆，真不可測。

樓敬思云：稼軒驅使《莊》、《騷》、經、史，無一點斧鑿痕，筆力甚峭。

〔詞考〕

《貴耳集》：呂婆，呂正己之妻。正己爲京畿漕，有女事辛幼安，因以微事觸其怒，竟逐之。稼軒《祝英臺近》詞『寶釵分』云云，因此而作。按：幼安此詞纏綿悱惻，寄託遙深，似是撫時感事之作。張說非也，矧如張所云事實與詞意，亦殊不相合。

《吳禮部詩話》：『新來塞北。傳到真消息。赤地居民無一粒。更五單于爭立。　誰師尚父鷹揚。熊羆百萬堂堂。看取黃金假鉞，歸來異姓真王。』又云：『堂上謀臣尊俎，邊頭將士干戈。天時地利與人和。燕可伐歟曰可。　今日樓臺鼎鼐，明年帶礪山河。大家齊唱大風歌。不日四方來賀。』世傳辛幼安壽韓侂胄詞也。又有小詞一首，尤多俚談，不錄。近讀謝疊山文，論李氏《繫年錄》、《朝野雜記》之非，謂『乾道間，幼安以金有必亡之勢，願詔大臣預修邊備，爲倉卒應變之計』，此憂國遠猷也。今摘數語而曰贊開邊，借江西劉過京師人小詞，曰此幼安作也，忠魂得無冤乎？故今特爲拈出。

《梅花草堂集》：　昔時見閣本《辛稼軒集》，用真、行、篆、隸襍書之，鐫刻遒潤，類名手新落墨者，或云稼軒自爲之。凡二本，而詩餘得半。

《四庫全書》『稼軒詞提要』：　《稼軒詞》，詞慷慨縱横，有不可一世之槩，於倚聲家爲變調，而異軍特起，能於翦紅刻翠之外屹然别立一宗，迄今不廢。觀其才氣俊邁，雖似乎奮筆而成，然岳珂《桯史》記棄疾自誦《賀新涼》、《永遇樂》二詞，使座客指摘其失，珂謂《賀新涼》詞首尾二腔語句相似，《永遇樂》詞用事太多，棄疾乃自改其語，日數十易，累月猶未竟，其刻意如此云云，則未始不由苦思得矣。《書録解題》載《稼軒詞》四卷，又云信州本十二卷，視長沙本爲多。此本爲毛晉所刻，亦爲四卷，而其總目又注『元本十二卷』，殆卽就信州本而合併之歟？　其集舊多譌異，如二卷内《醜奴兒近》一闋，前半是本調，殘闕不全；　自『飛流萬壑』以下則全首係《洞仙歌》。蓋因《洞仙歌》五闋卽在此調之後，舊本遂誤割第一首以補前詞之闕，而五闋之《洞仙歌》遂止存其四。近萬樹《詞律》中辨之甚明。此本尚未及訂正，其中『嘆輕衫帽，幾許紅塵』句，據其文義，『帽』字上尚有一脫字，『樹』亦未經勘及，斯足證埽葉之喻矣。今竝詳爲勘定，其必不可通，而無别本可證者，則姑從闕疑之義焉。

《樂府餘論》：　辛稼軒《永遇樂·京口北固亭懷古》一詞意在恢復，故追數孫、劉，皆南朝之英主；　屢言佛貍，以拓跋比金人也。《古今詞話》載岳倦翁議之，稼軒乃抹改其語〔四〕，日數十易，累月未竟。　桉此，則今傳辛詞已是改本。《詞綜》乃注岳語於下〔五〕，誤也。

《西雲札記》：　梁玉繩《瞥記》七《御覽》引《衛公兵法》：　『令人枕空胡禄臥，有人馬行三十里外，東西南北皆響，見於胡禄中，名曰地聽。』梁云不知胡禄是何物。桉方以智《通雅》『戎器』：　『胡祿，箭室也。《韻會》作「胡簶」，《雜俎》作「胡盝」，一作「胡鹿」。蘇宏家作「箶簏」。』又桉《廣韻》：簶字注：『弧簶，箭室也。』《歸潛志》卷八辛棄疾《鷓鴣天》詞云：『燕兵夜捉銀胡籙，漢箭朝飛金僕姑。』

桉：《稼軒詞》除汲古閣本外，有四印齋重刻元大德本，十二卷，毛刻亦從此出，但並十二卷爲四卷，又脫去詞十一首，其餘脫誤極多。四印齋本附黃蕘圃、王半塘二跋，考之甚詳。嘉慶中萬載辛啓泰曾重刻汲古四卷本，而別據《永樂大典》採輯三十六首，爲補遺一卷，所補與大德本同者僅一首，餘均出大德本之外。《稼軒詞》實以此本爲最足，顧其書傳本頗少，半塘翁初未及見，故刻時未補入。近朱彊邨始據辛本重刻其補遺，以補王本所不足。詞家蘇、辛竝稱，差堪鼎足者，其賀方回乎？蘇詞清雄，其厚在神；辛詞剛健含婀娜，其秀在骨。今世倚聲嫥家富有性情者，其於幼安或粗得涯埃，而於長公未由闚其堂奧也。稍有合於辛矣，不進於蘇不止，其唯取徑東山乎？東山筆力沈至，滿心而發，肆口而成，驟觀之，甚似意中之言；深求之，實有無窮之蘊。蓋具體長公，而於幼安則異曲而同工也。東山獨到之處，在語言文字之外，非於辛有合者不能學，即能學之，亦未必遽近於蘇。特舍此，別無可假之塗耳。此論爲得力於幼安者發。又桉：《稼軒詞》席上送張仲固帥興元《木蘭花慢》句云：『追亡事，今不見，但山川滿目淚沾衣。』蓋用酇侯追韓信事。時本誤『追亡』作『興亡』，遂失本恉。王氏四印齋所刻大德廣信本作『追亡』，此舊本所以可貴也。又桉：《萬姓統譜》：『陳成父，字汝玉，寧德人。』辛棄疾持憲節來閩，聞其才名，羅置賓席，而妻以女。有《和稼軒詞》、《默齋集》，藏於家。其詞今佚無傳，亟坿著其名於此。

【校記】

〔一〕眉批云：此段當移置《焦氏筆乘》後。

〔二〕南華：底本作『南漢』，誤。據《蓮子居詞話》改。

〔三〕『於』字後，底本空半頁又四行（共計十五行）。

〔四〕抹：底本作『味』，據《樂府餘論》改。按，岳珂《桯史》作『詠』，參見前文引録。

〔五〕乃：底本作『仍』，據《樂府餘論》改。

彭止

止，字應期，自號漫者，崇安人。有《刻鵠集》。

桉：漫者詞《滿庭芳·壽平交五十》云：『月閏清秋，時逢誕節，畫堂瑞氣多多。遥瞻南極，瑞彩照盤坡。好是年纔五十，身富貴、福比山河。無些事，方裙短褐，時復自高歌。　歡娱，當此際，香然寶鴨，酒酌金荷。恣柳腰櫻口，左右森羅。縱有人人捧擁，爭得似、正面嫦娥。思量取，朱顔未老，好事莫蹉跎。』見《翰墨全書》戊集。《堅瓠七集》云：『宋崇安彭應期止所爲詩皆清麗典雅，有《刻鵠集》。嘗謁辛稼軒，值其晝寢，題一絕於書齋云：「甚子聲乾案接塵，午窗詩夢煖於春。清風不動階前竹，誰道今朝有故人。」稼軒覺而遣人追之，去已遠矣。』

楊炎正

炎正，字濟翁，廬陵人，萬里族弟。官位未詳。有《西樵語業》一卷。

〔詞話〕

《珠花簃詞話》：楊濟翁《蝶戀花》前段云：『離恨做成春夜雨。添得春江，剗地東流去。弱柳繫船都不住。爲君愁絶聽鳴艣。』亦婉曲，亦新穎，無此詞心，不能有此詞筆。

〔詞考〕

《四庫全書總目》『西樵語業提要』：陳振孫《書録解題》載《西樵語業》一卷，楊炎正濟翁譔。馬端臨《文獻通考》引之，誤以『正』字爲『止』字；毛晉刻《六十家詞》，遂誤以楊炎爲姓名，以『止濟翁』爲别號。近時所印始改刊楊炎正姓名，跋中『止濟翁』字亦追改爲楊濟翁。然舊印之本與新印之本並行，名字兩歧，頗滋疑惑，故厲鶚《宋詩紀事》辨之曰：『嘗見《西樵語業》舊鈔本作楊炎正濟翁，後考《武林舊事》載楊炎正《錢塘迎酒歌》一首，《全芳備祖》亦載此詩，稱楊濟翁是炎正其名，濟翁其字可見云云。』今觀辛棄疾《稼軒詞》中屢有與楊濟翁贈答之作。又楊萬里《誠齋詩話》曰：『余族弟炎正，字濟翁，年五十二乃登第。初爲寧遠簿，甚爲京丞相所知，有啓上丞相云：「秋驚一葉，感蒲柳之先知；春到千花，歎桑麻之後長。」丞相遂厚待，除掌故之令。』其始末甚明，足證厲鶚所辨爲不誤，而毛氏舊印之本爲不足憑矣。是集詞僅三十七首，而因辛棄疾作者凡六首，其縱横排奡之氣雖不足敵棄疾，而屏絕纖穠，自抒清俊，要非俗豔所可擬，一時投契，蓋亦有由云。

桉：楊濟翁詞《水調歌頭・登多景樓》云：『寒眼亂空闊，客意不勝秋。强呼斗酒，發興特上最高樓。舒卷江山圖畫，應答龍魚悲嘯，不暇顧詩愁。風露巧欺客，分冷入衣裘。忽醒然，成感慨，望神州。可憐報國無路，空白一分頭。都把平生意氣，只做如今憔悴，歲晚若爲謀。此意仗江月，分付與沙鷗。』此等詞風骨高騫，自是稼軒法乳。其《賀新郎》句云〔一〕：『獨有荼蘼開未到，留得一分春住。』《蝶戀花》云：『門外馬嘶人去後。亂紅不管花消瘦。』亦稼軒之『斷腸點點飛紅，都無人管，倩誰喚、流鶯聲住』也。劉改之模範稼軒，《龍洲詞》中不少婉約緜麗之作，政與濟翁略同。

【校記】

〔一〕賀新郎：底本作『念奴嬌』。按眉批云：『其《念奴嬌》句云：「獨有荼蘼開未到，留得一分春住。」内「念奴嬌」三字是「賀新郎」之誤，應改正。』此據《西樵語業》改。

謝明遠

明遠，名及占籍未詳，高宗時人。

桉：謝明遠詞《踏莎行》：『楚樹芊綿，江雲蕪漫。曉風吹墮梅千片。驚禽飛去響春空，平沙月落光零亂。人意傷離，物華驚換。武夷此去如天遠。臨分爲我少留連，柳條猶在江南岸。』又有《菩薩蠻》一闋，並見《陽春白雪》。《栟櫚集》有《次謝明遠和韻詩》。

歷代詞人考略卷三十一

宋二十五

劉過

過，字改之，自號龍洲道人，泰和人。辛棄疾之客，嘗權鹽官學。光宗時，伏闕上書，請過宫。復以書抵時宰，陳恢復方略，不報。有《龍洲集》十五卷，詩餘二卷。桉：《彊邨所刻詞》有補遺一卷。

〔詞話〕

《桯史》：廬陵劉改之過，以詩鳴江西，厄於韋布，放浪荊楚，客食諸侯間。嘉泰癸亥歲，改之在中都，時辛稼軒棄疾帥越，聞其名，遣介招之。適以事不及行，作書歸輅者，因效辛體《沁園春》一詞並緘往〔一〕，下筆便逼真。其詞『斗酒彘肩』云云，辛得之，大喜，致餽數百千，竟邀之去。館燕彌月，酬唱亹亹，皆似之，逾喜。垂別，賙之千緡，曰：『以是爲求田資。』改之歸，竟蕩於酒，不問也。詞語峻拔，如尾腔對偶錯綜，蓋出唐王勃體而又變之。余時與之飲西園，改之中席自言，掀髯有得色。余率然應之曰：『詞句固佳，然恨無刀圭藥療君白日見鬼證耳。』坐中烘堂一笑。

我哉？

《吹劍錄》：稼軒帥越，招劉改之，不去，乃寄情《沁園春》『斗酒彘肩』云云。此詞雖粗，而局段高。與三賢遊，固可睨視稼軒，視林、白之清致，則東坡所謂『淡妝濃抹』已不足道稼軒，富貴焉能浼我哉？

《江湖紀聞》：劉改之性疏豪好施，辛稼軒客之。稼軒帥淮時，改之以母病告歸，囊橐蕭然。是夕，稼軒與改之微服登倡樓，適一都吏命樂飲酒，不知爲稼軒也，命左右逐之。二公大笑而歸。即以爲有機密文書喚某都吏，其夜不至，稼軒欲籍其產而流之，言者數十，皆不能解，遂以五千緡爲改之母壽言於稼軒，稼軒曰：『末也，令倍之。』都吏如數增作萬緡，稼軒爲買舟於岸，舉萬緡於舟中，曰：『可即行，無如常日輕用也。』作《念奴嬌》『爲別知音者少』云云。

《游宦紀聞》：劉改之能詩詞，流落江湖，酒酣耳熱，出語豪縱，自謂晉、宋間人物，尤好作《沁園春》，上稼軒詞已見岳侍郎珂《桯史》，最爲辛所喜。今又得數篇：其一，黄尚書由帥蜀，中閤乃胡給事晉臣之女，過雪堂，行書《赤壁賦》於壁間，改之從後題一闋『按轡徐驅』云云。後黄知爲劉所作，厚有饋貺。又：壽皇鋭意親征，大閲禁旅，軍容肅甚。郭杲爲殿巖從駕還內，都人昉見一時之盛。改之以詞與郭，『玉帶猩袍』云云，郭餽劉亦踰數十萬錢。

《西湖遊覽志》：辛棄疾遊湖《酹江月》詞之『西風吹雨』，劉改之遊湖《賀新郎》詞之『睡覺啼鶯曉』，二公詞格相肖，宜其賓主投歡也。

《渚山堂詞話》：劉改之《沁園春》『綠鬢朱顔』云云〔二〕，此詞題云『代壽韓平原』，然在當時不知竟代誰作。改之與康伯可俱渡江後詩人，康以詞受知秦檜，致位通顯，而改之竟流落布衣以死，人之幸不幸，又何也？然改之詞意雖媚，其『收拾用儒』、『收斂若無』與『芝香棗熟』等句，猶有勸侂胄謙沖下賢及功成身退之意。若康之壽檜云『願歲歲，見柳梢青淺。梅英紅小』，則迎導其怙寵固位，志則陋矣。

《古今詞話》：劉改之《天仙子》，遊戲詞耳，惟『雪迷村店酒旗斜』爲佳句。《豔異編》曰：淳熙甲午，改之赴試，賦《天仙子·過麻姑山下，使小僮歌以侑酒，夜有美媛執拍來唱一詞，卽賡前調者》，有云：『別酒未斟心已醉，忍聽《陽關》辭故里。』又云：『蔡邕博識爨桐聲，君抱負。卻如是。酒滿金杯來勸你。』改之與偕東。擢第後，過臨江，道士熊若水密謂：『隨車女子非人也。』改之具以告，道士作法，使改之緊抱焉，則一栞也，爲趙知軍前葬麻姑山下，令焚之。

《蓮子居詞話》：《山房隨筆》載劉改之見辛幼安，朱子、張南軒爲之地云云，與《宋史》不合。幼安兩知紹興府，皆在慶元四年以後；朱子官浙東，乃淳熙八九年間；南軒初未嘗官浙東也，又何得爲之地乎？正與《絕妙詞選》載毛澤民見蘇子瞻事，同爲無稽之言也。

〔詞評〕

黃叔暘云：改之，稼軒之客，王簡卿侍郎嘗贈以詩云：『覯渠論到前賢處，據我看來近世無。』其詞多壯語，蓋學稼軒者也。

《皺水軒詞筌》：詞有如張融危膝，不可無一，不可有二者。如劉改之《天仙子·別妾》是也。中云：『馬兒不住去如飛。牽一憩，坐一憩。』又云：『去則是，住則是。煩惱自家煩惱你。』再若效顰，寧非打油惡道乎？然篇中『雪迷村店酒旗斜』，固非雅流不能作此語。

《七頌堂詞繹》：詞字字有眼，一字輕下不得。如詠美人足，前云『微褪些跟』，下云『不覺微尖點拍頻』，二『微』字殊草草。

劉融齋云：劉改之詞，狂逸之中自饒俊致。

〔詞考〕

《四庫全書》『龍洲詞提要』：陳振孫《書録解題》載劉改之詞一卷，此本爲毛晉所刊，題曰《龍洲詞》，從全集之名也。黄昇《花菴詞選》謂改之乃稼軒之客，詞多壯語，蓋學稼軒。然過詞凡贈辛棄疾者，則學其體，如『古豈無人，可以似吾，稼軒者誰』等詞是也。其餘雖跌宕淋漓，實未嘗全作辛體。陶九成《輟耕録》又謂：『改之造語贍逸有思致，《沁園春》二首尤纖麗可愛。』今觀集中詠美人指甲、美人足二闋刻畫猥褻，頗乖大雅，九成乃獨加推許，不及張端義《貴耳集》獨取其《南樓》一詞爲不失賞音矣。《渚山堂詞話》云改之《沁園春》『緑鬢朱顔』一闋係『代壽韓平原，然在當時不知竟代誰作』，今亦無從詳考。觀集中《賀新郎》第五首注曰：『平原納寵姬，奏方響，席上賦。』則改之且身預南園之宴，不止代人祝嘏矣。蓋縱横遊士志在功名，固不能規言而矩行，亦不必曲爲之諱也。又《沁園春》第七首注曰：『寄辛承旨，時承旨招，不赴。』此原注也，其事本明。又注或作：『風雪中欲詣稼軒，久寓湖上，未能一往，賦此以解。』此毛晉校本注也，已自生譌異。《樂府紀聞》乃謂幼安守京口日，改之卽敝衣曳履，承命賦詩，是兩人定交在幼安未帥越之前。《山房隨筆》載此詞又稱稼軒帥越東時，改之欲見，辛不納，藉晦庵、南軒二人爲之地，始得進見云云。考岳珂與過相善，珂所作《桯史》第二卷載此事與集中自注相合，則諸説之誣審矣。珂又稱過誦此詞，掀髯有得色，珂乃以『白日見鬼』調之。其言雖戲要，亦未嘗不中其病也。

校：《龍洲詞》行世者，有《龍洲集》全本，有汲古閣本，有歸安朱氏刻本，雖略有同異，然無大參差，要皆同出一源，不過後刻者有自他書增補者耳。上虞羅氏嘗得天一閣藏明初沈愚刻本，不獨增詞甚多，且今本譌脱之處，皆得藉以補正，因校而刻之，並加補輯，計比他本增詞數十首，補正脱誤更不可勝計，乃《龍洲詞》最足最善之本也。《四庫全書提要》謂《龍洲詞》不全學辛，今讀之，信然。如《賀新郎》之『老去相如倦』、《贈張彦公》之『曉印霜花步』、《祝英臺近》之『窄輕衫』、《醉太平》之『情高意真』，此等詞，跌宕則近之，淋漓則未也，疑是龍洲本色。

【校記】

〔一〕效：底本作『欲』，據《桯史》改。

〔二〕之：底本脱，此據人姓字補。

蘇洞

洞，字紹叟，校：一作召叟。山陰人。有《泠然閣校：一作齋集》二十卷。

〔詞話〕

《游宦紀聞》：予於菊磵高九萬處，見蘇紹叟手書憶劉改之《摸魚兒》一闋云：『望關河、試窮遥眼，新愁似絲千縷。劉郎豪氣今何在，應是九嶷三楚。堪恨處。便拚得、一生寂寞長羇旅。無人寄語。但弔麥傷桃，邊松倚竹，空憶舊詩句。文章事，到底將身自誤。功名難料遲暮。鶉衣簞食年年瘦，受侮世間兒女。君信否。盡縣簿高門，歲晚誰青顧。何如引去。任槎上張騫，山中李廣，商略盡風度。』又賦《雨中花》一闋云：『予往時憶劉改之，作《摸魚兒》詞，頗爲朋友間所喜，然改之尚未之見也。數日前忽聞改之去世，悵惘殆不勝言，因憶改之每聚首，愛歌《雨中花》，悲壯激烈，令人鼓舞。今輒倚此聲以寓余思，凡未忘吾改之者，幸爲我和之。』『十載尊前，放歌起舞，人間酒戶詩流。盡期君淩厲，羽翮高秋。世事幾如人意，儒冠還負身謀。嘆天生李廣，才氣無雙，不得封侯。榆關萬里，一去飄然，片雲甚處神州。應悵望、家人父子，重見無由。隴水寂寥傳恨淚，淮山宛轉供愁。者回休也，燕鴻南北，長隔英遊。』紹叟有《泠然詩集》行於世。

桉：蘇紹翁兩詞並爲劉改之作，其《摸魚兒》前段旅韻、後段女韻，言之最爲沈痛。《雨中花》聲情悲壯，其後段『隴水寂寥傳恨淚』句，據萬氏《詞律》，《雨中花》平韻三體，此句東坡作『高會聊追短景』，稼軒作『石臥山前認虎』，京松坡作『惜別未催鷁首』，皆六字句，紹叟此詞殆又一體耶？抑『淚』字衍文，傳寫者之失耶？近彊邨朱氏所刻《龍洲詞》依黃蕘圃藏錢遵王校本，紹叟兩詞附錄於後，它刻本並未載。

陸淞 陳鵠

淞，字子逸，號雲溪，又號雪窗，游之兄。官辰州守。

〔詞話〕

《耆舊續聞》：　南渡初，南班宗子寓居會稽，爲近屬士家最盛，園亭甲於浙東，一時坐客皆騷人墨客，陸子逸實預焉。士有侍姬盼盼者，色藝殊絶，公每屬意焉。一日宴客，偶睡，不預捧觴之列。陸因問之，士即呼至，其枕痕猶在臉，公爲賦《瑞鶴仙》，有『臉霞紅印枕』之句，一時盛傳之，逮今爲雅唱。後盼盼亦歸陸氏。二陸兄弟俱有時名，子逸詞勝，而詩不及其弟。　又：　陸辰州子逸，左丞農師之孫，太傅公之元孫也。晚以疾廢，卜築於秀野，越之佳山水也。公放傲其間，不復有榮念，客到，終日清談不倦，尤好語及前輩事，纚纚傾人聽。余嘗登門，出近作《贈別》長短句以示公，其末句云：『莫待柳吹緜。吹緜時杜鵑。』公賞誦久之，是後從遊頗密。公嘗謂余曰：『曾看東坡《賀新郎》詞否？』余對以世所共歌者。公云：『東坡此詞，人皆知其爲佳，但後擷用榴花事，人少知其意。某嘗於晁以道家見東坡真迹，晁氏曰東坡有妾名朝雲、榴花，朝雲死於嶺外，東坡嘗作《西江月》一闋，寓意於梅，所謂「高情已逐曉雲空」是也。惟榴花獨存，故其詞多及之。觀「浮花浪蘂都盡，伴君幽獨」，可見其意矣。又《南歌子》詞云：「紫陌尋春去，紅塵拂面來。無人不道看花回。惟見石榴新蘂一枝開。冰簟堆雲髻，金罇灩玉醅。綠陰青子莫相催。留取紅巾千點照池臺。」意有所屬也。或云贈王晉卿侍兒，未知其然否也〔一〕。』　又：　公之詞傳於曲編者，獨《瑞鶴仙》『臉霞紅印枕』之句。有和李漢老『叫雲吹斷横玉』，詞語高妙，惜其不傳於世。其詞云：『黄橙紫蟹，映金壺瀲灩，新醅浮綠。共賞西樓今夜月，極目雲無一粟。揮麈高談，倚闌長嘯，下視鱗鱗屋。轟然何處，瑞龍聲噴蘄竹。　何況露白風清，銀河瀲漢，髣髴如懸瀑。此景古今如有價，豈惜明珠千斛。灝氣盈襟，泠風入袖，只欲騎鴻鵠。廣寒宮殿，看人顔似冰玉。』觀公之詞，可以知其風流醖藉矣。

《皺水軒詞筌》：從來文之所在，不必名之所在，如陸雪窗，名不甚著，其《瑞鶴仙·春情》末云：『待歸來，先指花梢教看，卻把心期細問。問因循、過了青春，怎生意穩。』迷離婉妮，幾在秦、周之上。今誤作歐公，非是。

〔詞評〕

張叔夏云：陸雪窗《瑞鶴仙》、辛稼軒《祝英臺近》〔二〕，皆景中帶情，屏去浮豔。〔三〕

桉：陸子逸《瑞鶴仙》全闋云：『臉霞紅印枕。睡起來、冠兒猶是不整。屏間麝煤冷。但眉山壓翠，淚珠彈粉。堂深晝永。燕交飛、風簾露井。悵無人，與說相思，近日帶圍寬盡。重省。殘燈朱幌，淡月紗窗，那時風景。陽臺路遠，雲雨夢，便無準。待歸來，先指花梢教看，卻把心期細問。問因循、過了青春，怎生意穩。』〔四〕見《絕妙好詞》。此詞後段，意頗深遠，當是觸境生感，不僅爲盼盼言也。陳西塘鵠《耆舊續聞》載其自作『莫待柳吹緜，吹緜時杜鵑』之句，當是《菩薩蠻》歇拍。西塘詞傳於世者，祇此二句而已。

【校記】

〔一〕『又陸辰州子逸』至『纚纚傾人聽』，『公嘗謂余曰』至『未知其然否也』，底本無，據《宋人詞話》補。

〔二〕軒：底本作『仙』，據人姓號改。

〔三〕此後，《宋人詞話》有『附攷』一項，凡一則，迻錄於下：

《銅熨斗齋筆記》：《耆舊續聞》云：『二陸兄弟俱有時名，子逸詞勝，而詩不及其弟。』子逸亦爲農師之孫，所云二陸，當指子逸與務觀，則子逸寔爲放翁之兄。今竹垞編《詞綜》，先放翁而後子逸，蓋亦攷之未審矣。

〔四〕《瑞鶴仙》一詞，全文底本無，據《宋人詞話》補。

陸游

游，字務觀，自號放翁，山陰人。蔭補登仕郎，瑣廳薦送第一，試禮部主事，復前列，授寧德簿。以薦除敕令所删定官，遷大理寺司直兼宗正簿。孝宗立，遷樞密院編修官兼編類聖政所檢討官，以史浩、黄祖舜薦召見，賜進士出身。出通判建康府，易隆興府，坐言者免歸。久之，通判夔州。范成大帥蜀，辟爲參議官，遷江西常平提舉，知嚴州。紹熙元年，由軍器少監遷禮部郎中。嘉泰二年，權同修國史兼祕書監，升寶章閣待制，致仕。有《放翁詞》一卷。〔一〕

〔詞話〕

《四朝聞見録》：陸游，字務觀。觀，去聲，蓋母氏夢秦少游而生，公故以秦名爲字而字其名，云公慕少游者也。公早求退，官已階中大夫，遂致仕，不復出。韓侂胄固欲其出，落致仕，除次對，公勉爲之出。韓喜公附己，至出所愛四夫人擘阮琴舞，索公爲詞，有『飛錦裀紅縐』之語。《詞林紀事》張宗橚按：『王宗沐《續資治通鑑》：「韓侂胄愛妾張、譚、王、陳四人，皆知郡夫人。」』又按：『「飛上錦裀紅縐」，《放翁詞》無此句。』

《鶴林玉露》：陸務觀，農師之孫，有詩名。恃酒頹放，因自號放翁。作詞云：『橋如虹。水如空。一葉飄然烟雨中。天教稱放翁。』晚年爲韓平原作《南園記》，除從官。楊誠齋寄詩云：『君居東浙我江西，鏡裏新添幾縷絲。花落六回疎信息，月明千里兩相思。不應李杜翻鯨海，更羨夔龍集鳳池。道是樊川輕薄殺，猶將萬戶比千詩。』蓋切磋之也。然《南園記》惟勉以忠獻之事業，無諛詞。晚年和平粹美，有中原承平時氣象，朱文公喜稱之〔二〕。

《齊東野語》：放翁在蜀日有所盼，嘗賦詩云：『碧玉當年爲破瓜，學成歌舞入侯家。如今顦顇蓬窗底，飛上青天妒落花。』出蜀後，每懷舊遊，多見之賦咏，有云：『金鞭珠彈憶春遊，萬里橋東罨畫樓。夢倩曉風吹不斷，書憑春鴈寄無由。鏡中顏鬢今如此，席上賓朋好在否？篋有吳牋三百箇，擬將細字寫春愁。』又云：『裘馬清狂錦水濱，最繁華地作閒人。金壺投箭消長日，翠袖傳杯領好春。幽鳥語隨歌處拍，落花鋪作舞時茵。悠然自適君知否，身與浮名孰是親？』又以此詩檃括作《風入松》云〔三〕：『十年裘馬錦江濱。酒隱紅塵。黃金選勝鶯花海，倚疏狂、驅使青春。弄笛魚龍盡在，題詩風月俱新。　自憐華髮滿紗巾。猶是官身。鳳樓曾記當時語，問浮名、何似身輕。欲寫吳牋說與，這回真個閒人。』前輩風流雅韻，猶可想見也。又：陸務觀初娶唐氏，閎之□女也〔四〕，於其母夫人爲姑姪，伉儷相得。而弗獲於其姑；既出，而未忍絕，爲之別館，時時往焉。其姑知而掩之，雖先知挈去，然事不得隱，竟絕之，亦人倫之大變也。唐後改適同郡宗子士程，嘗以春日出遊，相遇於禹跡寺南之沈園。唐以語趙，遣致酒肴，翁悵然久之，爲《釵頭鳳》一詞，題園壁間云：『紅酥手。黃藤酒。滿城春色宮牆柳。東風惡。歡情薄。一懷愁緒，幾年離索。錯、錯、錯。　春如舊。人空瘦。淚痕紅浥鮫綃透。桃花落，閒池閣。山盟雖在，錦書難託。莫、莫、莫〔五〕。』蓋慶元己未歲也。翁居鑒湖之三山，晚歲每入城，必登寺眺望，不能勝情。嘗賦二絕云：『夢斷香銷四十年，沈園柳老不飛綿。此身行作稽山土，猶弔遺蹤一悵然。』又云：『城上斜陽畫角哀，沈園無復舊池臺。傷心橋下春波綠，曾是驚鴻照影來。』蓋慶元己未歲也。未久，唐氏死。至紹熙壬子歲，復有詩，序云：『禹跡寺南有沈氏小園，四十年前嘗題小詞一闋壁間，偶復一到，而園已三易主，讀之悵然。』詩云：『楓葉初丹槲葉黃，河陽愁鬢怯新霜。林亭感舊空回首，泉路憑誰說斷腸。壞壁題詞塵漠漠，斷雲幽夢事茫茫。年來妄念消除盡，回向蒲龕一炷香。』又至開禧乙丑歲，暮夜夢遊沈氏園，又兩絕句云：『路近城南已怕行，沈家園裏更傷情。香穿客袖梅花在，綠蘸寺橋春水生。』『城南小陌又逢春，只見梅花不見人。玉骨久成泉下土，墨痕猶鎖壁間塵。』沈園後屬許氏，又爲汪之道宅云〔六〕。

《耆舊續聞》：陸放翁官南昌日，代還，有《贈別》詞云：『雨斷西山晚照明。悄無人、幽夢自驚。說道去、多時也，到如今、真個是行。遠山已是無心畫，小樓空、斜掩繡屏。你嚎早、收心呵，趁劉郎、雙鬢未星。』閒居三山日，方務德侍郎攜妓訪之〔七〕，公有詞云：『三山山下閒居士，巾履蕭然。小醉閒眠。風引花飛落釣船。』並不載於集。

《六硯齋筆記》：《放翁詞稿》陳深跋語云：陸放翁詞稿，行草，爛熳如黃如米；細玩之，則顏魯公、楊少師，精髓皆在。詞乃《大聖樂》，亦辛稼軒之流也。詞云：『電轉雷驚，自嘆浮生，四十二年。試思量往事，虛無似夢，悲懽萬狀，合散如烟。苦海無邊，愛河無底，流浪看成百漏舡。何人解，向無常火裏，鐵打身堅。須臾便是華顛。好收拾形骸歸自然。又何須，著意求全問舍，生須宦達，死欲名傳。壽夭窮通，是非榮辱，此事由來都在天。從今去，任東西南北，作個飛仙。』南宋《放翁詞稿》真蹟，凡一百一十七字，至正改元獲於山陰王英孫家，細窮詳玩，備見句法清真，筆勢圓熟〔八〕，信一代之名跡也。按：放翁工詞翰，累官華文閣待制，封渭南縣伯。有集百卷行世，斯其人風流文雅可知矣。此詞雖係草稿，妙在不經意中天真爛發，姿態横生，種種可爲師法，雜之楊凝式、大小米間，又曷媿耶？是歲十月之望，吳郡陳深敬題〔九〕。

〔詞評〕

《升菴詞品》：放翁詞纖麗處似淮海，雄快處似東坡。其感舊《鵲橋仙》一首『華燈縱博』云云，英氣可掬，流落亦可惜矣。

《皺水軒詞筌》：陸務觀《王忠州席上作》曰：『欲歸時、司空笑問，微近處，丞相嗔狂。』笑嘑不敢之致描勒殆盡，較東坡『司空見慣，應謂尋常。座中有狂客，惱亂柔腸』，豈惟出藍，幾於點鐵矣。升菴以爲不減少游，此幾于以樂令方伯仁也。

《詞統》：放翁呈范至能待制《雙頭蓮》末句云：『空悵望，鱠美菰香，秋風又起。』又夜聞杜鵑《鵲橋仙》末句云：『故山猶自不堪聽，況半世、飄然羇旅。』去國懷鄉之感，觸緒紛來，讀之令人於邑。

《古今詞話》：山谷謂好詞唯取陸健圓轉。陸放翁云：『只有夢魂難再遇。堪嗟夢不由人做。』此則陸健圓轉之榜樣也。

劉潛夫云：放翁、稼軒一掃纖豔，不事斧鑿，高則高矣，但時時掉書袋，要是一癖。

劉融齋云：陸放翁《釵頭鳳》孝義兼摯。又：陸放翁詞安雅清贍。

許蒿廬云：南渡後唯放翁爲詩家大宗，詞亦掃盡纖淫，超然拔俗。

〔詞考〕〔一〇〕

《四庫全書》『放翁詞提要』：《書録解題》載《放翁詞》一卷，毛晉所刊。《放翁全集》內附長短句二卷，此本亦晉所刊，又併爲一卷，乃集外別行之本。據卷末有晉跋云：『余家刻《放翁全集》已載長短句二卷，尚逸一二調，章次亦錯見，因載訂入《名家》』云云，則較集本爲精密也。游生平精力盡於爲詩，填詞乃其餘力，故今所傳者，僅乃詩集百分之一。劉克莊《後村詩話》謂其『時掉書袋，要是一病』，楊慎《詞品》則謂其『纖麗處似淮海，雄快處似東坡』，平心而論，游之本意蓋欲驛騎於二家之間，故奄有其勝，而皆不能造其極。要之，詩人之言終爲近雅，與詞人之冶蕩有殊，其短其長，故具在是也。葉紹翁《四朝聞見録》載韓侂胄喜游附己，至出所愛四夫人號滿頭花者索詞，有『飛上錦裀紅皺』之句，今集內不載。蓋游老而墮節失身，侂胄爲一時清議所譏，游亦自知其誤，棄其稿而不存。《南園閱古泉記》不編於《渭南集》中，亦此意也，而終不能禁當代之傳述，是亦可爲炯戒者矣。

按：放翁詞風格雋上，亦有芊緜溫麗之作。其《雙頭蓮・呈范致能待制》『華髮星星』云云，此闋尤矜心作意之筆，氣體沈著。又如《月上海棠・詠成都城南蜀王舊苑古梅》『斜陽廢苑朱門閉』，則尤卓然嫥家，不得謂詩人餘事矣。《絕妙好詞》録其小令三闋，殊未盡集中之勝。《六硯齋隨筆》云放翁累官華文閣待制，封劍南縣伯。據《宋史》本傳，放翁終寶章閣待制，無封劍南伯之文，未知李君實何所據也。〔一一〕

【校記】

〔一〕此後，《宋人詞話》有序跋文兩則，逐録於下：

《放翁詞》自序：雅樂既微，斯有鄭、衛之音，音雖變，然琴瑟笙磬猶在也。及變而爲燕之筑、秦之缶、胡部之琵琶、箜篌，則又鄭、衛之下矣。風、雅、頌之後爲騷，爲賦，爲曲，爲引，爲行，爲謠，爲歌，千餘年後，乃有倚聲製辭起於唐之季世，則其變愈薄，可勝嘆哉！予少時汩於世俗，頗有所爲，晚而悔之，然漁歌菱唱猶不能止。今絕筆已數年，念舊作終不可揜，因書其首，以識吾過。淳熙己酉炊熟日放翁自序。

汲古閣刻《宋六十家詞·放翁詞》跋：余家刻《放翁全集》已載長短句二卷，尚逸一二調，章次亦錯見，因載訂入名家。楊用修云：『纖麗處似淮海，慷慨處似東坡。』予謂超爽處更似稼軒耳。古虞毛晉子晉記。

〔二〕『晚年爲韓平原』至此，底本無，據《宋人詞話》補。

〔三〕自『嘗賦詩云』至『又以此詩檃括』底本無，據《宋人詞話》補。

〔四〕核《齊東野語》，此句作『閟之女也』，無缺字。

〔五〕《釵頭鳳》一詞，底本只錄前二句，其他據《宋人詞話》補。

〔六〕『翁居鑒湖之三山』至此，底本無，據《宋人詞話》補。

〔七〕訪：底本作『妨』，據文意改。

〔八〕熟：底本作『熱』，據文意改。

〔九〕『有集百卷行世』至此，底本無，據《宋人詞話》補。

〔一〇〕《宋人詞話》有『附攷』一項，凡二則，迻錄於下：

《劍南集題跋》：孝宗一日問周益公曰：『今代詩人亦有如唐李白者乎？』益公以放翁對，由是人競呼爲小李白。

《詞林紀事》：陸游常自稱爲龜堂老子。元引《宋史》本傳。校：本傳無此文。

又末有『附攷補遺』一則，迻錄於下：

韓平原南園既成，遂以記屬之陸務觀。務觀辭不獲，遂以其歸耕、退休二亭名以警其滿溢，勇退之意甚婉。韓不能用其語，遂致於敗。務觀亦以此得罪，遂落次對太中大夫致仕。外祖章文莊兼外制行詞云：『山林之興方適，已遂挂冠；子孫之累未忘，胡爲改節？雖文人不顧於細行，而賢者責備於《春秋》。某官：早著英猷，寖躋膴仕。功名已老，瀟然鑑曲之酒船；文采不衰，貴甚長安之紙價。豈謂宜休之晚節，蔽於不義之浮雲。深刻大書，固可追於前輩；高風勁節，得無愧於古人？時以是而深譏，朕亦爲之慨嘆。二疎既遠，汝其深知足之思；大老來歸，朕豈忘善養之道。勉圖終去，服我寬恩。』此文已載於《嘉林外制集》。或以爲蔡幼學，或謂出於馮端方，皆非也。

〔一一〕《宋人詞話》桉語與《歷代詞人攷略》桉語出入頗多，迻錄於下：

桉：放翁詞風格雋上，亦有芊緜溫麗之作。如《定風波·進賢道上見梅贈王伯壽》云：『欹帽垂鞭送客回。小橋流水一枝梅。衰病逢春都不記。誰謂。幽香卻解逐人來。　安得身閒頻置酒。攜手。與君看到十分開。少壯相從今雪鬢。因甚。流年羈恨兩相催。』《鵲橋仙》云：『一竿風月，一蓑烟雨。家在釣臺西住。賣魚生怕近城門，況肯到、紅塵深處。　潮生理櫂，潮平繫纜，潮落浩歌歸去。時人錯把比嚴光，我自是、無名漁父。』以清雋勝者。如《鷓鴣天·薛公肅家席上作》云：『南浦舟中兩玉人。誰知重見楚江濱。憑教後苑紅牙版，引上西川綠錦茵。　纔淺笑，卻輕嚬。淡黃楊柳又催春。情知言語難傳恨，不似琵琶道得真。』《水龍吟》云：『摩訶池上追游客，紅綠參差春晚。韶光妍媚，海棠如醉，桃花欲暖。挑菜初閒，禁烟將近，一城絲管。看金鞍爭道，香車飛蓋，爭先占、新亭館。　惆悵年華暗換。黯銷魂、雨收雲散。鏡奩掩月，釵梁拆鳳，秦箏斜雁。身在天涯，亂山孤壘，危樓飛觀。嘆春來只有，楊花和恨，向東風滿。』此以緜麗勝者。至如《雙頭蓮·呈范致能待制》：『華鬢星星，驚壯志成虛，此身如寄。蕭條病驥，向暗裏、消盡當年豪氣。夢斷故國山川，隔重重烟水。身萬里，舊社凋零，青門俊遊誰記。　盡道錦里繁華，嘆官閒書永，柴荊添睡。清愁自醉，念此際、付與何人心事。縱有楚柁吳檣，知何時東逝。空悵望，鱠美菰香，秋風又起。』此闋殆矜心作意之筆，氣體沈著。又如《月上海棠·詠成都城南蜀王舊苑古梅》云：『斜陽廢苑朱門閉。弔興亡、遺恨淚痕裏。淡淡宮梅，也依然、點酥剪水。凝愁處，似憶宣華舊事。　行人別有淒涼意。折幽香、誰與寄千里。佇立江皐，杳難逢、隴頭歸騎。音塵遠，楚天危樓獨倚。』《珍珠簾》云：『燈前月下嬉遊處。向笙歌、錦繡叢中相遇。彼此知名，纔見便論心素。淺黛嬌蟬風調別，最動人、時時偷顧。歸去。想閒窗深院，調弦促柱。　樂府初翻新譜。漫裁紅點翠，閒題金縷。燕子入簾時，又一番春暮。側帽燕脂坡下過，料也計、前年崔護。休訴。待從今須與。好花爲主。』則尤卓然嫥家，不得謂詩人餘事矣。《絕妙好詞》錄其小令三闋，殊未盡集中之勝。《放翁詞》中《桃源忆故人》：『城南載酒行歌路。冶葉倡條無數。一朶鞓紅凝露。最是關心處。　鶯聲無賴催春去。那更兼旬風雨。試問歲華何許。芳草連天暮。』草窗所錄此類是已。　又桉《六硯齋隨筆》云：『放翁累官華文閣待制，封劍南縣伯。』據《宋史》本傳，放翁終寶章閣待制，無封劍南伯之文，未知李君實何所據也。

戴復古

復古，字式之，天台人。仕履未詳。嘗登陸游之門，爲江湖四靈之一。所居有石屏山，有《石屏集》六卷，長短句一卷。〔一〕

〔詞話〕

《藝概》：詩有西江、西崑兩派，惟詞亦然。戴石屏《望江南》云『誰解學西崑』，是學西江派人語，吳夢窗一流當不喜聞。

《珠花簃詞話》：《石屏詞》往往作豪放語，緜麗是其本色。《滿江紅・赤壁懷古》云：『赤壁磯頭，一番過、一番懷古。想當年、周郎年少，氣吞區宇。萬騎臨江貔虎噪，千艘烈炬魚龍怒。捲長波、一鼓困曹瞞，今如許。江上渡，江邊路。形勝地，興亡處。覽遺蹤，勝讀詩書言語。幾度東風吹世換，千年往事隨潮去。問道旁、楊柳爲誰春？搖金縷。』歇拍云云，是本色流露處。

〔詞考〕〔二〕

《四庫全書總目》『石屏詞提要』：《石屏詞》一卷，乃毛晉所刻別行本。復古爲陸游門人，以詩鳴江湖間。方回《瀛奎律髓》稱其『清新健快，自成一家』。今觀其詞，亦音韻天成，不費斧鑿。其《望江南・自嘲》第一首云：『賈島形模元自瘦，杜陵言語不妨村。誰解學西崑。』復古論詩之宗旨，於此具見，宜其以詩爲詞，時出新意，無一語蹈襲也。集內《大江西上》曲卽《念奴嬌》，本因蘇軾詞起句，故稱《大江東去》，復古乃以己詞首句又改名《大江西上》曲，未免效顰。此本卷後載樓鑰所記一則，卽係《石屏集》中跋語，陶宗儀所記一則見《輟耕錄》。其『江右女子』一詞不著調名，以各調證之，當爲《祝英臺近》，但前闋三十七字俱完，後闋則逸去起處三句十四字，當係流傳殘闕。宗儀旣未經辨及，後之作圖譜者因詞中第四語有『揉碎花箋』四字，遂另造一調名，殊爲杜撰。至於《木蘭花慢・懷舊》詞前闋有『重來故人不見』云云，與『江右女子』詞『君若重來，不相忘處』，語意若相酬答，疑卽爲其妻而作，然不可考矣。

桉：戴式之《石屏詞》爲壺山宋謙父作《望江南》四曲，又自嘲三解、《沁園春・自述》、《賀新郎・寄豐宅之》等闋，並豪放近辛、劉，然如《鵲橋仙》之『新荷池沼，綠槐庭院。簷前雨聲初斷。

喧喧兩部亂蛙鳴，怎得似、啼鶯睍睆。　風光流轉。客遊汗漫。莫問鬢絲長短。醒時杯酒醉時歌，算省得、閒愁一半』、《醉太平》之『長亭短亭。春風酒醒。無端惹起離情。有黄鸝數聲。芙蓉繡茵，江山畫屏。夢中昨夜分明。悔先行一程』〔三〕，兩詞清麗芊緜，未墜北宋風格。其《木蘭花慢·懷舊》闋『鶯啼啼不住』云云，則以情真而語工，非其它所作可比也，見宋版《石屏長短句》，卷尾有『臨安府棚北大街睦親坊南陳宅書籍鋪印行』一行，各詞編次與汲古閣刻本不同，其九日吳勝之運使黄鶴山登高《醉落魄》後段『此懷只有黄花覺』句，汲古本奪『此懷』二字。

【校記】

〔一〕此後，《宋人詞話》有序跋文二則，迻錄於下：

汲古閣刻《宋六十名家詞·石屏詞跋》：　式之以詩名東南半天下，所稱南渡後江湖四靈之一也。石屏，其所居山名，因以爲號。性好游，南適甌閩，北窺吳越，上會稽，絕重江，浮彭蠡，泛洞庭，望匡廬五老、九嶷諸峯，然後放於淮泗，歸老委羽之下。讀其自述《沁園春》一闋、自嘲《望江南》三闋，可想見其大概矣。一時樓四明、吳荊溪輩盛稱其痛念先人，固窮繼志，以爲天台詩品，莫出其右者。楊用修乃以江西烈女一事疵其爲人，不幾以小節掩大德耶？至如『胷中無千百字書』云云，是石屏自恨少孤失學之語，方虚谷指而短之，抑謬矣。樓大防、陶南村所記二則，聊附于左，以俟賞識君子。古虞毛晉子晉識。

樓鑰云：　黄岩戴君敏才，獨能以詩自適，號東皋子。不肯作舉子業，終窮而不悔。且死，一子方繈褓中，語親友曰：『吾之病革矣，而子甚幼，詩遂無傳乎？』爲之太息，語不及他，與世異好乃如此。子既長，名曰復古，字式之。或告以遺言，收拾殘編，僅存一二，深切痛之。遂篤意古律，雪巢林監廟景思、竹隱徐直院淵子，皆丹丘名士，俱從之遊，講明句法。又登三山陸放翁之門，而詩益進。一日，攜大編訪予，且言：『吾以此傳父業，然亦以此而窮，求一語以書其志。』余答之曰：『夫詩能窮人，或謂惟窮然後工，笠澤之論李長吉、玉溪生甚悲也，子惟能固窮，則詩愈昌矣。』余之言固何足爲軒輊邪？嘗聞戴安道善琴，二子勃、顒並受琴于父，父沒，所傳之聲不忍復奏，乃各造新弄《廣陵》、《止息》之流，皆與世異。其孝固可稱，然似稍過。果爾，則琴亦當廢矣。式之豈其苗裔邪？而能以詩承先志，殆異於此，東皋子其不死矣。陶南村所記一則入石屏妻詞話，茲不錄。

〔二〕《宋人詞話》有『附攷』一項，凡二則，迻錄於下：

《歸田詩話》：戴式之復古嘗見夕照映山，得句云：『夕陽山外山。』自以爲奇，欲以『塵世夢中夢』對之，而不愜意。後行村中，春雨方霽，行潦縱橫，得『春水渡傍渡』之句，以對，上下始相稱。其苦心搜索卽此可見一端。

《臼辛漫筆》：毛子晉《跋石屏詞》云：『式之以詩名東南，南渡後天下所稱江湖四靈之一也。』桉：宋詩人徐照、徐璣、翁卷、趙紫芝傳唐賢宗法，號稱四靈。據子晉云云，則又別有四靈之目矣。

〔三〕《鵲橋仙》和《醉太平》二詞底本只錄首句，據《宋人詞話》補全。

張栻

栻，字敬夫，學者稱南軒先生，緜竹人。以廕補官，辟宣撫司都督府書寫機宜文字，除直祕閣。孝宗卽位，除知撫州，改嚴州，召爲吏部侍郎兼侍講，除左司員外郎。以忤宰相，出知袁州。俄除舊職，知靜江府，經略安撫廣南西路，進秩直寶文閣。尋除祕閣修撰，荊湖北路轉運副使。改知江陵府，撫安本路。因事自求去職，以右文殿修撰提舉武夷山沖祐觀。卒謚曰宣。淳祐初從祀孔子廟庭。

桉：朱文公《晦庵詞》聯句《問訊羅漢此二字疑有脫誤同張敬夫》云：『雪月兩相映。水石互悲鳴。不知巖上枯木，今夜若爲情。應見塵中膠擾，便道山間空曠，與麼了平生。與麼平生了〔一〕，止水不流行。　起披衣，瞻碧漢，露華清。寥寥千載誰會，此事本分明。若向乾坤識易，便信行藏無間，處處總圓成。記取淵水語，莫錯定盤星。』前段文公作，後段宣公作也。宣公詞傳世者僅此半闋耳，换頭三句饒有清空超曠之趣。

【校記】

〔一〕『與麼』句：底本作『與麼了平生了』，據《全宋詞》改。

晁公武戴平之

公武，字子止，學者稱昭德先生，沖之子。歷侍御史，出知榮州。乾道初知興元府，官至敷文閣直學士、臨安少尹。

桉：晁子止詞《鷓鴣天》云：『笑擘黄柑酒半醒。玉壺金斗夜生冰。開窗盡見千山雪，雪未消時月正明。　蘭燼短，麝煤輕。畫樓鐘鼓已三更。倚闌誰唱清真曲，人與梅花一樣清。』見《陽春白雪》。元注或云戴平之，平之詞亦未經見。戴復古，字式之，疑平之其兄弟行也。子止著有《郡齋讀書志》四卷後志二卷行世，爲攷證者所取資。

蔡戡

戡，字定夫，其先仙遊人。襄之四世孫。祖紳，紹興中官左中大夫，始寓武進，遂爲武進人。幼承門蔭，補溧陽尉。乾道二年登進士甲科，除正字，除知江陰軍。淳熙十年以朝奉郎守太府少卿，任建康總領。紹熙元年以朝散大夫直寶文閣，任會稽提刑，除中書門下省檢正諸房公事。五年，以朝請大夫試司農卿兼知臨安府，兼權戶部侍郎，爲湖廣總領。校：《尊白堂集》有《右文殿修撰蔡戡除集英殿修撰知靜江府制》，戡又嘗仕京西運判、廣東運判、湖北總領、廣西經略、淮西總領等官。有《定齋集》二十卷，詩餘坿。

〔詞話〕

《蕙風簃詞話》：蔡定夫《點絳脣·詠百結》云：『皓腕輕纏，結就相思病。』《風俗通》：『五月五日造百索，一名長命縷，又名朱索。』《文昌雜錄》：『唐歲時節物，五月五日造百索粽。』《首楞嚴經》：『阿難白言世尊此寶疊華，緝績成巾，雖本一體，如我思惟如來，一綰得一結，名若百結成，終名百結。百結之制與百索同。』《易》『損·六四』：『損其疾，使遄有喜。』疏：『疾者，相思之疾也。』相思病名託始於此，入詞雅絕。或者病其近俗，是爲俗不可醫。

校：蔡定夫詩餘僅三首，坿《定齋集》第二十卷後。集元四十卷，《大典》本二十卷。《點絳脣·詠百索》云：『纖手工夫，采絲五色交相映。同心端正。上有雙鴛並。皓腕輕纏，結就相思病。憑誰信。玉肌寬盡。卻繫心兒緊。』《水調歌頭·南徐秋閱宴諸將代老人作》云：『肅霜靡衰草，驟雨洗寒空。刀弓斗力增勁，萬馬驟西風。細看外團合陣，忽變横斜曲直，妙在指麾中。號令肅諸將，談笑聽元戎。　坐中客，休笑我，已衰翁。十年重到，今日此會與誰同。羞把龍鍾鶴髪，來對虎頭燕頷，年少總英雄。飛鏃落金盌，酣醉吸長虹。』

羅願

願，字瑞良，號存齋，歙縣人。紹興中以父汝楫廕補承務郎，監新城税。乾道二年登進士第，任贛州通判。秩滿，差知南劍州，改知鄂州。有《爾雅翼》二十卷，《鄂州小集》七卷。

桉：羅瑞良詞《水調歌頭·中秋和施司諫》云：『秋宇淨如水，月鏡不安臺。欝孤高處張樂，語笑脱塵埃。簷外白毫千丈，坐上銀河萬斛，心境兩佳哉。俯仰共清絶，底處著風雷。　問天公，邀月姊，媿凡才。婆娑人世，羞見蓬鬢漾金罍。來歲公歸何處，照耀彩衣簪橐，禁直且休催。一曲庾江上，千古繼韶陔。』見《御選歷代詩餘》。

徐似道

似道，字淵子，號竹隱，黄巖人。乾道二年進士，初官户曹，歷權直學士院、祕書少監，終提點江西刑獄。有《竹隱集》。

〔詞話〕

《鶴林玉露》：徐淵子詩云：『俸餘擬辦買山錢，卻買瑞州古硯甎。依舊被渠驅使在，買山之事定何年。』劉改之《賀其除直院啓》云：『以載鶴之船載書，入覲之清標如此；移買山之錢買硯，平生之雅好可知。』淵子詩詞清雅，余尤喜其《夜泊廬山》詞云：『風緊浪淘生。蛟吼黿鳴。家人睡著怕人驚。只有一翁捫虱坐，依約三更。　雪又打殘燈。欲暗還明。有誰知我此時情。獨對梅花傾一盞，還又詩成。』

《癸辛雜識·續集》：竹隱徐淵子似道，天台人。名士也，筆端輕俊，人品秀爽。初官爲戶曹，其長方以道學自高，每以輕脫目之。淵子積不能堪，適其長丁母憂去官，淵子賦《一翦梅》詞云：『道學從來不則聲。行也東銘。坐也西銘。爺娘死後更伶仃。也不看經。也不齋僧。　卻言淵子大狂生。行也輕輕。坐也輕輕。它年青史總無名。我也能亨。你也能亨。』元注：能亨，鄉音也。

《容齋隨筆》：徐淵子好以詩文諧謔。丁少詹與妻有違言，乃棄家，居茶寮山，茹素誦經，日買海物放生，久而不歸。妻患之，祈徐爲譬解。徐許諾，出門見賣老婆牙者，買一巨筐餉丁，並遺以《阮郎歸》詞云：『茶寮山上一頭陀。新來學者麼。蝤蛑螃蠏與烏螺。知它放幾多？　有一物，似蜂窩。姓牙名老婆。雖然無奈得它何。如何放得它。』丁見詞大笑，遽歸。〔一〕

桉：徐淵子《一翦梅》『我也能亨，你也能亨』，能亨，猶言者樣，卽寧馨，聲近之轉。宋時詞學盛行，墨林騷客譏評談笑，悉以韻令出之。金元曲語諢諧通俗，蓋濫觴乎此矣。淵子又有《瑞鶴仙令》『西子湖邊春正好』云云，見《陽春白雪》。

【校記】

〔一〕此後，《宋人詞話》有『附攷』一項，凡二則，迻錄於下：

《貴耳集》：徐淵子韻度清雅，爲《小蓬朝聞彈疏》，坐以小舟，載菖蒲數盆，翩然而去，道間爭望，若神仙然。

《耆舊續聞》：徐淵子《賀謝相深甫二子登科啓》云：『三槐正位，人瞻袞繡之榮；雙桂聯芳，天發階庭之秀。出則告辰猷於虎拜稽首之際，入則訓義方於鯉趨過庭之時。滄海珠胎，發爲朝采；藍田玉種，積有夜光。』又云：『雖官爵乃公家之自有，而世科豈人力之能爲？』謝以爲譏己，亦不樂之。

王炎

炎，字晦叔，婺源人。乾道五年登進士第，調明州司法參軍，再調崇陽主簿。江陵帥張拭檄補幕僚，秩滿，授潭州教授。以特立有守，薦改臨湘令，通判臨江軍。三攝郡政，除太學博士，遷祕書郎、著作佐郎兼實錄院檢討官，陞著作郎兼考功郎、吴興郡王府教授，又兼侍左郎官，又兼禮部員外郎。除軍器少監，主管武夷山沖祐觀。起知饒州，尋與部使者不合去，改知湖州，以謗罷再奉祠，積官至中奉大夫軍器監，賜金紫。有《雙溪類稿》，詩餘一卷。

〔詞評〕

四印齋刻《宋元三十一家詞·雙溪詩餘跋》：《古今詞話》云：『林外題詞垂虹，傳者以爲仙。壽皇閱之，咲曰：「此閩人作耳。」蓋以「老」叶「我」，爲閩音也。』雙溪此集以方音叶者，十居三四。其時取便歌喉，所謹嚴者，在律而不在韻，故不甚以爲嫌。毛稚黄嘗主是説，而戈寶士力詆之，則以防下流之偭越，固兩是也。納蘭侍衛云：『韻本休文，小學之書以爲詩韻，已誤；今人又爲詞韻，謬之謬也。其理其微，特難爲躁心人道耳。』又寶士著書動謂宋詞失韻，余謂執韻以繩今之不知宫調者則可，若以繩宋人，似尚隔一塵也。

桉：王晦叔《雙溪詩餘》疏俊處，雅有北宋風格，如《鷓鴣天》之『淡淡疏疏不惹塵』、《念奴嬌》之『曉來雨過』是也。斷句如《卜算子》云：『那得心情似少年，雙燕歸時候。』又云：『蓓蕾枝頭怯苦寒，恰似人顛頷。』又云：『雨意纔收日氣濃，玉靨紅如醉。』言情肖物，並皆佳妙。又《南柯子》云：『青翰載酒泛晴暉，不忍十分寥落負花時。』《好事近》云：『閒日似年長，又在他鄉春暮。柳外一聲鷤鴂，怨落花飛絮。』晦叔自序之言曰：『長短句命名曰曲，取其曲盡人情，唯婉轉嫵媚爲善。』如右所作，固猶在婉轉嫵媚之上也。

歷代詞人考略卷三十二

宋二十六

石孝友

孝友，字次仲，南昌人。乾道中登進士第。有《金谷遺音》一卷。

〔詞評〕

《宋名家詞評》：石次仲南渡初上舍，嘗賦《鷓鴣天》『萬里羈孤困一簞。平頭四十誤儒冠』云云，其不遇，可知矣。又云：『浮雲富貴何須羨，畫餅聲名肯浪求。』其人品亦可知矣。又：《金谷遺音》一卷，大都迷花殢酒、弄月嘲風之作，不乏謔詞俳體，利於嘌唱者之口，覽者往往目倦。然如《水調歌頭》云：『高情邈雲漢，長揖謝君侯。脱遺軒冕，簸弄泉石下清幽。心契匡廬猿鶴，淚染固陵松柏，一衲且蒙頭。風月感平髮，魂夢繞神州。漾一葉，橫孤管，去來休。琵琶亭畔，正是楓葉荻花秋。點檢詩囊酒盌，擡帖舞裀歌扇，收盡兩眉愁。回望碧雲合，相伴赤松遊。』是亦有託而逃也。詞凡百四十八闋，沙中有金，清麗者亦盡可誦。作者瓣香在秦淮海，故其高處亦不減淮海也。

《古今詞話》：楊用脩曰：石次仲《金谷遺音》有『西湖晚』一詞，按次仲於宋末著名，而清奇宕逸如此。此宋之填詞，猶晉之字、唐之詩，不必名家而皆可傳也。

《四庫全書存目》『金谷遺音提要』：《書録解題》載孝友《金谷遺音》一卷〔一〕，與此本合。其詞長調以端莊爲主，小令以輕倩爲工。而長調類多獻諛之作，小令亦間近於俚俗。毛晉跋黄機詞『恨《草堂詩餘》不載機及孝友一篇』，跋孝友詞又獨稱其《茶瓶兒》、《惜奴嬌》諸篇，謂爲輕倩纖麗。今考《茶瓶兒》結句云：『而今若没些兒事。卻枉了、做人一世。』《惜奴嬌》前一闋云：『我已多情，更撞著、多情底你。』後一闋云：『冤家，你教我、如何割捨。』『冤家，休直待、教人呪罵。』直是市井俚談，而晉乃特激賞之，反置其佳者於不論，其爲顛倒更在《草堂詩餘》下矣。又楊慎《詞品》極稱孝友《多麗》一闋，此集不載，詳攷其詞，乃元人張翥所作，慎偶誤記，今附辨於此，不復據以補入焉。

桉：石次仲《金谷遺音》言情寫景，並多佳構，《四庫》僅列存目，未免屈抑，如《水調歌頭》之『美人在何許』、《點絳脣》之『醉倚危檣』、《謁金門》之『雲樹直』、《望江南》之『山又水』、《蝶戀花》之『薄倖人人留不住』、《千秋歲引》之『春工領略』，觀以上各闋，或寓情於景，或融景入情，有清新疏俊之長，而無輭媚纖佻之失，在兩宋人詞中抑亦駸駸上駟矣。間有言情通俗，體涉俳諧，遂開金、元劇曲蹊徑，是則風會遷流，有不期然而然者。又按：次仲詞《南歌子》云：『春淺梅紅小，山寒嵐翠薄。斜風吹雨入簾幕。夢覺南樓嗚咽數聲角。歌酒工夫嬾，別離情緒惡。舞衫寬盡不堪著。若比那回相見更消削。』通首叶入聲韻。《蝶戀花》云：『別後相思無限期，欲說相思，要見終無計。擬寫相思持送伊，如何盡得相思意。眼底相思心裏事。縱把相思，寫盡憑誰寄。多少相思都做淚。一齊淚損相思字。』『期』、『伊』二韻，以平叶仄，皆別體，殊僅見〔二〕。

【校記】

〔一〕解題：底本作『題解』，據書名改。

〔二〕眉批云：石孝友《蝶戀花》詞，萬氏《詞律》已收，作又一體。又：謂之平仄兩叶。

朱景文

景文，清江人。乾道間登進士第，攝新建尉，豫章酒官，調袁州分宜主簿，未至官，卒。

〔詞話〕

《異聞總錄》：舊傳荊州江亭柱間有詞曰：『簾捲曲闌獨倚。山展暮天無際。淚眼不曾晴，家在吳頭楚尾。數點雪花亂委。撲漉沙鷗驚起。詩句欲成時，沒入蒼烟叢裏。』黃魯直讀之，悽然曰：『似爲予發也，不知何人所作，筆勢類女子。又「淚眼不曾晴」之句，疑爲鬼耳。』是夕夢女子曰：『我家豫章吳城山，附客舟至此，墮水死，不得歸，登江亭有感而作，不意公能識之。』魯直驚寤，曰：『此必吳城小龍女輩也。』時建中靖國元年。乾道六年，吳明可帥守豫章，其子登科同年生清江朱景文因緣來見，得攝新建尉。適府中葺吳城龍王廟，命之董役塑偶像。朱指壁間所繪神女容相，謂工曰：『必肖此，乃佳。』凡三四易，然後明麗豔冶如之。朱甚喜，忽憶荊州詞，以謂語意憤抑淒惋，殆非龍宮嫺雅出塵態度，爲賦《玉樓春》一闋書於壁，曰：『玉階瓊室冰壺帳。寮地水晶簾不上。兒家住處隔紅塵，雲氣悠揚風淡蕩。有時閒把蘭舟放。霧鬟烟鬟乘翠浪。夜深滿載月明歸，畫破琉璃千萬丈。』既而夜夢美女子傳言龍女來謁，宴飲寢昵，如經一日夜。將行，謂朱曰：『君前身本南海廣利王幼子，因行遊江湖，爲我家壻，妾實得奉箕帚。今君雖以宿緣來生朱氏，然吳城之念正爾不忘，故得祿多在豫章之分。須君官南海，陽祿且盡，此時當復諧佳偶。知君所作《玉樓春》詞，破前人之誤，甚以爲感。非君憶舊遊，亦無因知我家如此其熟也。』言畢，愴別而去。久而病瘠，罷歸。明年又以事來攝酒官，俄以家難去，服闋，調袁州分宜主簿。頃次家居，縣之士子聞其歸鄉，相率來謁，因話邑中風土，偶及主簿廨前有南海王廟，朱恍然自失，明日抱疾，遂不起。蓋初治像及撰詞時，方寸墜妄境，故自絕其命。神女之夢契，殆必黠鬼託以爲姦者歟？

桉：朱景文《玉樓春》詞思筆俱清，沖淡飄逸，信有出塵態度，宜其可以契合神靈。《總錄》之言景文『心墜妄境』云云，自是正論，而不免於腐，與法雲秀訶山谷語略同。

吳琚

琚，字居夫，號雲壑，汴人。憲聖太后之姪，太寧郡王益之子。乾道九年特授添差臨安府通判，其後歷尚書郎部使者，換資至鎮安軍節度使，復以才選出知明州兼沿海制置使。寧宗卽位，乃得祠，奉朝請，尋知鄂州，再知慶元府，位至少師，判建康府兼留守。卒謚忠惠。有《雲壑集》。

〔詞話〕

《武林舊事》：　淳熙八年元日，上至德壽宮行朝賀禮，恭請太上、太后來日就南内排當。初二日遣太子到宮，恭請官家親至殿門拱迎，扶太上降輦至損齋，進茶。次至清燕殿，午正三刻至萼緑華堂看梅。未初，雪大下，正是臘前。太上、官家大喜，云：『今年正欠些雪，可謂及時。』節使吳琚進喜雪《水龍吟》詞，太后命本宮歌，板色歌此曲進酒，太上盡醉還宮。

《乾淳起居注》：　淳熙十年八月十八日，上詣德壽宮恭請兩殿往浙江亭觀潮。太上喜見顔色，曰：『錢塘形勝，東南所無。』上起奏曰：『錢塘江潮亦天下所無也。』太上宣諭侍宴官，令各賦《酹江月》一曲，至晚進呈，太上以吳琚爲第一，其詞云：『玉虹遥挂〔一〕，望青山隱隱，一眉如抹。忽覺天風吹海立，好似春霆初發。白馬淩空，瓊鼇駕水，日夜朝天闕。飛龍舞鳳，鬱葱環拱吳越。　此景天下應無，東南形勝，偉觀真奇絶。好是吳兒飛彩幟，蹴起一江秋雪。黄屋天臨，水犀雲擁，看擊中流檝。晚來波靜，海門飛上明月。』兩宮並有宣賜。

《景定建康志》：　吳琚居父《浪淘沙》詞《遊青溪呈馬野亭》云：『岸柳可藏鴉。路轉溪斜。忘機鷗鷺立汀沙。咫尺鍾山迷望眼，一半雲遮。　臨水整烏紗。兩鬢蒼華。故鄉心事在天涯。幾日不來春便老，開盡桃花。』野亭跋其後云：『秦淮海之詞獨擅一時，字未聞；米寶晉善詩，然終不及字。若公，可謂兼之矣。辛酉季春，馬之純謹書。』

按：　吳居父應制兩詞，格調精穩，雅有儒臣風度，非曹元寵、康伯可輩所及。其《遊清溪》一闋尤能情景融洽，極駘宕騷逸之致。又有《柳梢青》、《浪淘沙》二闋，見《絶妙好詞》。

【校記】

〔一〕『玉虹』句：底本闕，據《武林舊事》補。

徐珌

珌，字公飾，爵里無攷。

〔詞話〕

《雲谷雜記》：沅州道間有古驛，曰幽蘭鋪。有徐珌者，凡兩經過，書二詞於其壁，一云：『秋欲暮。路入亂山深處。撲面西風吹霧雨。驛亭欣暫駐。　可惜國香風度。空谷寂寥誰顧。已作竹枝傳楚女。客愁推不去。』其二云：『春欲半。重到寂寥山館。修竹連山青不斷。誰家門可款。　紅暈花梢未半。綠蘸柳芽猶短。金縷香消春不管。素蟾光又滿。』乾道中先君曾寓是館，愛其語意悽惋，每舉似於人。珌字公飾，不知何許人也。

　　桉：徐公飾詞，鄉來選家未經箸錄。張淏《雜記》所錄二闋，調寄《謁金門》，並皆雋婉可誦。

趙彥端

彥端，字德莊，魏王廷美七世孫。乾道、淳熙間以直寶文閣知建寧府開府事，官至朝請大夫左司郎官，賜紫金魚袋。有《介菴集》十卷外集三卷，詞四卷。

〔詞話〕

《貴耳集》：德莊，宗室之秀，能作文。嘗賦西湖《謁金門》云『波底夕陽紅濕』，阜陵問誰詞，答云彥端所作，上曰：『我家裏人也，會作此等語。』甚喜。有《介菴詞》三卷。

《耆舊續聞》：趙德莊詞『波底夕陽紅濕』，『紅濕』二字當時以爲新奇，不知乃用李後主（桉：當作馮延巳）『細雨濕流光』與《花間集》『一簾疏雨濕春愁』之『濕』字。

《堅瓠補集》：楊升庵少與恆、忱二弟賞梅世耕堂，懸挂燈于梅枝上，賦詩云：『疏梅懸高燈，照此花下酌。只疑梅枝然，不覺燈火落。』王浚川廷相見而賞之曰：『此奇事奇句，古今未有也。』後閱趙德莊《眼兒媚》詞云：『黃昏小宴到君家。梅粉試春華。暗垂素蘂，橫枝疏影，月淡風斜。更燒紅燭枝頭挂，粉蠟鬥香奢。元宵近也，小園先試，火樹銀花。』則昔人已有此事矣。

〔詞評〕

《四庫全書總目》『介菴詞提要』：集末《鷓鴣天》十闋，乃爲京口角妓蕭秀、蕭瑩、歐懿、劉雅、歐倩、文秀、王婉、楊蘭、吳玉九人而作，詞格凡猥，皆無可取。且連名入之集中，殆於北里之志，殊乖雅音。自唐宋以來士大夫不禁狹邪之遊，彥端是作蓋亦移於習俗，存而不論，可矣。

桉：趙德莊《介菴詞》，《宋史·藝文志》作四卷，《貴耳集》作三卷，而汲古閣刻本乃只一卷，當以史志爲可據，毛刻殆非足本耳。其賦西湖《謁金門》全闋云：『休相憶。明夜遠如今日。樓外綠烟村羃䍥。花飛如許急。柳外晚來船集。波底夕陽紅濕。送盡去雲成獨立。酒醒愁又人。』《詞林紀事》張宗橚按：『柳外』疑當作『柳下』。然各本俱作『柳外』，似複。今據毛刻本，『柳外』作『柳岸』，『岸』字較『下』字爲佳，詠川詎未攷耶？

游次公

次公，字子明，號西池，建安人。乾道、淳熙間參桂林帥幕，通判汀州。

〔詞話〕

《竹山漫錄》：范石湖坐上客有譚劉婕妤事，公與客約賦詞，游次公子明倚《金縷曲》先成，公不復作，衆亦斂手。詞云：『暖靄烘晴籞。鏁垂楊、籠池罩閣，萬絲千縷。池上曉光分靄霧。日近羣芳易吐。尋並蒂、闌邊凝竚。不信釵頭雙鳳去。奈寶刀、被妾先留住。天一笑，萬花妒。　阿嬌好在金屋貯。甚秋風、易得蕭疏，扇鸞塵污。一自昭陽宮閉後，牆角土花無數。況多病、情傷幽素。臺上百花空雨露。望紅雲、杳杳知何處。天尺五。去無路。』捷按：起處垂楊、絲縷，雖屬賦景，實則比體，蓋用高廟賜婕妤詞語耳。『並蒂』指大劉妃及婕妤也，餘詳方勺《行都記》。

《山樵暇語》：唐人『風雨』字入詩最佳者，載於《麓堂詩話》；宋詩惟潘邠老『滿城風雨近重陽』之句播傳人口。後邨《續詩話》按：見《後村詩話·後集》。載游次公《卜算子》詞云：『風雨送人來，風雨留人住。草草杯盤話別離，風雨催人去。　淚眼不曾晴，眉黛愁還聚。明日相思莫上樓，樓上多風雨。』一詞而四句有『風雨』字，讀者亦不覺其多，句意清婉，亦是可喜。

按：據《建康縣志》：范石湖帥桂林，次公實參閫幕，有唱酬詩卷甚多，尤長於詞，惜全集已佚，僅存一班半豹耳。蔣捷《竹山漫録》未見傳本，歸安揚鳳苞《西湖秋柳》詩注引此一則，豈揚氏曾見此書耶？

俞國寶按：俞一作于，或作干。

國寶，臨川人。乾淳間太學生，以詞稱旨，特予釋褐。有《醒菴遺珠集》十卷。

〔詞話〕

《武林舊事》：淳熙間德壽三殿遊幸湖山。一日御舟經斷橋，橋旁有小酒肆，頗雅潔，中飾素屏風，書《風入松》一詞於上，光堯駐目，稱賞久之，宣問何人所作，乃太學生俞國寶醉筆也。其詞云：『一春常費買花錢。日日醉湖邊。玉驄慣識西湖路，驕嘶過、沽酒樓前。紅杏香中歌舞，綠楊影裏鞦韆。煖風十里麗人天。花壓鬢雲偏。畫船載取春歸去，餘情在、湖水湖烟。明日重攜殘酒，來尋陌上花鈿。』上笑曰：『此詞甚好，但末句未免儒酸。』因爲改定云『明日重扶殘醉』，則迥不同矣。即日宣命解褐云。

〔詞評〕

蕙風詞隱云：俞醒菴《風入松》詞，歡娛之言不涉規諷，以此博當宁之知。蓋闕於其微者，審矣。

按：俞國寶占籍臨川，有《醒菴遺珠集》十卷，見《直齋書錄解題》。醒菴，其自號也。《宋詩紀事》僅據《全芳備祖》錄其《詠山茶》七絶一首，詞亦僅見此闋，蓋本集已佚久矣。

張掄

掄，字材甫，一作才甫，自號蓮社居士，又號灌園老圃。淳熙初知閤門事。有《蓮社詞》一卷，附《道情鼓子詞》。

〔詞話〕

《乾淳起居注》：乾道三年三月初十日，上遣使至德壽宮，奏知太上，欲一二日間恭請車駕幸聚景園看花。太上云：『本宮後園亦有幾株好花，不若來日請官家過來閒看。』次日車駕與皇后、太子過宮起居二殿訖，先至燦錦亭，進茶。宣召知閤門並兩府以下六員侍宴，同至後苑看花。知閤張掄進《柳梢青》云：『柳色初勻。餘寒似水，纖雨如塵。一陣東風，縠紋微皺，碧沼鱗鱗。　仙娥花月精神。奏鳳管、鸞絃鬭新。萬歲聲中，九霞杯內，長醉芳春。』

《武林舊事》：淳熙六年三月十五日車駕過宮，恭請太上、太后幸聚景園。次日，太上、太后至會芳殿降輦，上及皇后至翠光降輦，遂至錦壁賞大花。三面漫坡牡丹，約千餘叢，各有牙牌金字，上張碧油絹幕。是日知閤張掄進《壺中天慢》云：『洞天深處賞嬌紅，輕玉高張雲幙。國豔天香相競秀，瓊蕊清光如昨。露洗妖妍，風傳馥郁，雲雨巫山約。春濃似酒，五雲臺榭樓閣。　聖代治定功成，一塵不動，四境無鳴柝。屢有豐年天助順，基業增隆山岳。兩世明君，千秋萬歲，永享昇平樂。東皇呈瑞，更無一片花落。』賜金杯盤、法錦等物。又：九月十五日明堂大禮，十三日值雨，十四日早車駕自景靈宮回太廟宿齋，雨終不止。午後太上遣使提舉至太廟傳語官家：『連日祀事不易，所有十六日詣宮飲福，以陰雨泥濘勞頓，可免到宮行禮。』至晚，雨不止，遣御藥奏聞北內：『來日爲值雨，更不乘輅，謹遵聖旨，更不過宮行飲福禮。』至黄昏後，雨止月明，上大喜，再遣御藥奏聞北內：『以天晴，仍舊乘輅，候登門肆赦訖，詣宮行飲福禮。』禮畢，知閤張掄進《臨江仙》詞云：『聞道彤庭森寶仗，霜風逐雨驅雲。六龍扶輦下青冥。香隨鸞扇遠，日映赭袍明。　簾捲天街人頂戴，滿城喜氣氤氳。等閒散作八荒春。欲知天意好，昨夜月華新。』又：十一年六月初一日太上至冷泉堂，後苑小廝兒三十人打息氣、唱道情，太上云：『此是張掄所撰鼓子詞。』

《蓮社詞選》：張材甫，南渡故老，及見太平之盛者。集中多應制詞，如《蝶戀花》、《朝中措》、《霜天曉角》，傑作也。

《古今詞話》：淳熙中張材甫應制詞云：『柳色初濃，餘寒如水，纖雨如塵。』復命曾海野和詞云：『桃靨紅勻，梨腮粉薄，鴛徑無塵。』《詞品》曰：『句句叶而起句未叶，則亦未知詞者矣。』夫《柳梢青》起句不用韻者間有，既在應旨聯賡之作，是亦可通融者。極言其未知詞也，過矣。

《詞林紀事》：張材甫賦禁中丹桂《臨江仙》云：『玉宇涼生清禁曉，丹葩色照晴空。珊瑚敲碎小玲瓏。人間無此種，來自廣寒宮。　雕玉闌干深院靜，嫣然凝笑西風。曲屏須占一枝紅。且圖歆醉枕，香到夢魂中。』桉陳藏一《話腴》：四明之象山士子史本有木犀，忽變紅色，異香。因接本獻闕下。高廟雅愛之，畫爲扇面，仍製詩以賜從臣。自是四方爭傳其本，歲接數百，史氏由是昌焉。

〔詞評〕

毛子晉云：材甫好填詞應制，極其華豔。

　　校：張材甫上元有懷《燭影搖紅》『雙闕中天』云云，此詞情真調楚，悃款纏綿，故國故君之思溢於楮墨之表，求之雲壑、海野詞中，殆未曾有覯於此。而《蓮社》詞格夐乎尚已。《蓮社詞》一卷，《直齋書錄解題》箸錄，久佚不傳。近彊邨朱氏依善本書室藏本刻行，惜缺字太多，無從據補。有春、夏、秋、冬及山居、漁父、詠酒、詠閒、修養、神仙詞各十闋，疑卽所謂《道情鼓子詞》，當時別爲一卷，坿《蓮社詞》以行者。宋人有十二月鼓子詞，此昉其體而稍稍變通之。而《蓮社詞》僅九闋，則後人鈔撮而成，非足本矣。

何令修

令修，仁壽人。淳熙二年官渠州牧。

　　校：何令修詞《望江南》石刻不具調名題龍脊石云：『登龍脊，撫劍一長歌。巫峽峯高騰鳳鶴，夔門波闊失蛟鼉。東望意如何。』後識云：『丁酉歲不盡六日，武陽何令修奉憲檄東下，道出雲安，獨游龍脊石，荒江沍寒，水落石出，賦此，刻之崖壁，並記歲月。子塤侍行。』見拓本。丁酉，淳熙四年。

章良能

良能，字達之，歸安人。校：《絕妙好詞箋》小傳：『良能，麗水人。』《宋詩紀事》小傳云：『麗水人，居吳興。』《湖州府志》：『據《宰輔編年錄》，作歸安人。』淳熙五年登進士第，除箸作佐郎。嘉泰元年爲起居舍人，二年除御史中丞，遷中大夫，同知樞密院事，六年拜參知政事。卒謚文莊。有《嘉林集》百卷。

〔詞話〕

《齊東野語》：外大父文莊章公自少好雅潔，性滑稽，居一室，必汛埽巧飾，陳列琴書。親朋或譏其齷齪無遠志，一日大書素屏云：『陳蕃不事一室，而欲埽除天下，吾知其無能爲矣。』識者知其不凡。後入太學，爲集正。嘗置酒，揭饌單於爐亭，品目多異，其間有大鶉卵者最奇，其大如瓜，片切餖飣大盤中，衆皆駭愕，不知何物。好事者窮詰之，其法乃以鳧彈數十，黃白各聚一器，先以黃入羊胞蒸熟，次復入大猪胞，以白實之，再蒸而成。嘗迎駕於鸛橋，戲以書句爲隱語，云：『仰觀天文，俯察地理，吾嘗終日不食，終夜不寢，以思無益，不如學也。』衆皆莫測。公笑云：『乃此橋華表柱木鸛耳。』其他善戲多類此。其後居兩制，登政地。有《嘉林集》百卷〔一〕，間作小詞，極有思致。先妣能口誦數闋。《小重山》云：『柳暗花明春意深。小闌紅芍藥，已抽簪。雨餘風軟碎鳴禽。遲遲日，猶帶一分陰。把酒莫沈吟。身閒無個事，且登臨。舊遊何處不堪尋。無尋處，唯有少年心。』今家集已不復存，而外家凋謝殆盡，暇日追憶，書之，以寄余《凱風》寒泉之思云。

《渚山堂詞話》：章文莊春日《小重山》意甚婉約，但鳴禽曰『碎』，於理不通，殊爲語病。唐人句云『風煖鳥聲碎』，然則何不曰『煖風嬌語碎鳴音』也。桉：『音』字疑『禽』，誤。〔二〕

桉：章文莊公《小重山》詞雅韻天然，不假追琢。後段寫情，過拍禽、陰兩韻僅十五字，不盡宛委低徊之致，隱有無限深情，寓乎其閒〔三〕。所謂融情入景，卻無筆墨痕跡可尋，寫景者皆當以爲法，然而未易企及也〔四〕。周公瑾以宅相至親，野記所述斷無舛誤。朱竹垞錄此詞入《詞綜》，署章潁名。章潁，《宋史》有傳，作穎，誤。小傳云：『潁字茂獻，臨江軍人。第進士，累官禮部尚書兼侍讀。卒贈光祿大夫，謚文肅。』名字、占籍、官謚並與公瑾所記不同，《宋史》潁本傳：『淳熙二年禮部奏明第一』，亦異。疑其有誤。

【校記】

〔一〕自『自少好雅潔』至此，底本無，據《宋人詞話》補。

〔二〕此後，《宋人詞話》有『附攷』一項，凡一則，迻錄於下：

《癸辛雜識·前集》：外祖文莊公居城南，後依南城，有地數十畝。元有潛溪閣，昔沈晦巖清臣故園也，有嘉林堂、懷蘇書院，相傳坡翁作守多遊於此。城之外別業可二頃，桑林果樹甚盛，濠濮橫截，車馬至者數返復。有城南書院，然其地本郡志之南園，後廢，出售於民。與李賓謨者各得其半。李氏者，後歸牟存齋。又：玲瓏山，在卞山之陰，嵌空奇峻，略如錢塘之南屏及靈隱薌林，皆奇石也。文莊公有詩云：『短鍤長鑱出萬峯，鑿開混沌作玲瓏。市朝可是無巇嶮，更向山林巧用工。』又《別集》：章文莊參政與其兄宗卿雖世家五馬，而清貧自若。少依卿校沈丞相該之，家學相連，章日過其門，沈氏少年與客坐於廳事，時方嚴冬，二章衣不掩脛，沈哂之曰：『此人會著及時衣。』客儆之曰：『二章才學，鄉曲所推，不可忽也。』章亦微聞之。既而兄弟聯登第，駸駸通顯，沈氏之屋適有出售者，宗卿首買之以居焉。

〔三〕自『後段寫情』至此，底本無，據《宋人詞話》補。

〔四〕『然而』句：底本無，據《宋人詞話》補。

劉褒

褒，字伯寵，一字春卿，自號梅山老人，建安人。桉：《閩詞鈔》小傳作崇安人，《花菴詞選》云武夷人。淳熙五年登進士第，累官司門郎中。慶元元年任臨桂儒學教授，以朝請郎擢知全州。有《梅山集》。

〔詞話〕

《珠花簃詞話》：劉伯寵生平宦轍在吾廣右，惜其姓名廑見省志《金石略》，而事行無傳焉。《水調歌頭·中秋》云：『破匣菱花飛動，跨海清光無際，草露滴明璣。』『跨海』云云，是何意境？下乃忽作小言。子雲《解嘲》所云：『大者含元氣，細者入無間。』略可喻詞筆之變化。

桉：劉伯寵詞見《中興以來絶妙詞選》，凡五闋。《水調歌頭·中秋》云：『天淡四垂幕，雲細不成衣。西風掃盡纖翳，掠我鬢邊絲。破匣菱花飛動，跨海清光無際，草露滴明璣。杯到莫停手，何用問來期。　坐虛堂，揩病眼，泝流輝。雲山應有幽恨，瑤瑟掩金徽。河漢無聲自轉，玉兔有情亦老，世事巧相違。一寫謫仙怨，雙淚滿君頤。』昔賢賦《水調歌》往往作壯語、放語，此詞清麗爲鄰，而體格自高，殊不多覯。又有《六州歌頭·上廣西張帥》一闋，張帥卽張栻也。《粤西金石略》：『臨桂龍隱巖劉焞題名磨崖跋。』《宋史·吳獵傳》云：『張栻經略廣西，劉焞代栻而撫水鑾。』又云：『乾道六年，詔補蒙澤進武副尉。初，宜州鑾莫才都爲亂，廣西經略劉焞遣進勇副尉蒙明質賊巢。明死，焞乞推恩其子澤，故有是命。』考張栻經略在淳熙間，據此，則焞經略反在栻前矣。今雜以石刻史傳考之，張孝祥以乾道元年知靜江府、廣西經略安撫使。二年張維代之。元注：見《宋史》及《水月洞詩紀》。五年維有《開潛洞記》，尚未去桂。六年李浩知靜江府，主管廣南西路安撫使，治廣二年召還。元注：見《宋史》。是乾道八年也。范成大以是年帥桂，淳熙二年移蜀。元注：見《驂鸞錄》及碧虛亭題名。張栻卽以是年知靜江府、經略安撫廣南西路，元注：見《宋史》及朱子《虞帝廟碑》。五年閏六月去桂，元注：見冷水巖題名。焞始代之。歷任皆有確據，『撫水鑾』云云，傳誤也。伯寵以淳熙五年登第，當是釋褐卽授靜江文學。甫抵桂，卽賦詞呈省帥，猶及張栻去桂之前。栻爲桂帥之年，卽此詞亦可攷見。此詞章之關係攷據者。

楊冠卿

冠卿，字夢錫，江陵人。嘗舉進士，知廣州府，以事罷職。有《客亭類稾》十五卷，樂府一卷。

〔詞評〕

蕙風詞隱云：宋人詞如《客亭樂府》，不失其爲清辭麗句，顧絕無迴腸盪氣、驚才絕豔之筆，以其無事外遠致，乃至循覽竟卷，不能言其佳勝所在。蓋猶是中駟，非上乘也。

桉：楊夢錫《客亭樂府》一卷，彊邨朱氏依《大典·客亭類稾》本刻行，詞凡三十六首。《垂絲釣》云：『翠簾晝捲。庭花日影初轉。酒力未醒，眉黛還歛。停歌扇，《詞綜補遺》作『眉黛斂。還傳歌扇』。背畫闌倚徧。情無限。悵韶華又晚。錦韉去後，愁寬珠袖金釧。碧雲信遠。難託西樓鴈。空寫銀箏怨。腸欲斷。更落紅萬點。』此調澀甚，詞則妥帖易施，可稱合作。《水調歌頭》序云：『歸自羅浮，舟過于湖，哭張安國；至采石，弔李謫仙。悼今昔二賢豪之不復見也。月夜酹酒江濆，慨然而去，作長短句。』『曳杖羅浮去，遼鶴正南翔。青鸞爲報消息，巖壑久相望。無奈漁溪欸乃，喚起蘋洲昨夢，風雨趁歸航。萬里家何許，天闊水雲長。歷五湖，轉湘楚，下三江。興亡千古餘恨，收拾付詩囊。重到然犀磯渚，不見騎鯨仙子，客意轉淒涼。舉酒酹江月，襟袖淚淋浪。』此詞稱題，自是不易，以其傷今弔古，一往情深，頗有關於襟褒，故錄之。詞格如楊客亭，當以『穆』字藥一『近』字。

史彌遠

彌遠，字同叔，鄞縣人。浩子。淳熙六年補承事郎，八年銓試第一，十四年登進士第。授大理司直，改諸王宮大小學教授，遷太常丞，改宗正丞。匃外，知池州。入爲司封郎官，權刑部、禮部侍郎，遷禮部尚書兼國史實録院修撰，拜少師，進太師，拜左丞相兼樞密使，特授保寧昭信軍節度使，充醴泉觀使。封鄞縣男，進封伯，進奉化郡侯，魏、魯二國公，會稽郡王。卒，特贈中書令，追封衛王，謚忠獻。

〔詞話〕

《堅瓠二集》：建炎中，金人追高宗至舟山。登岸，斫道隆觀柱，柱忽流血，金人畏而遁去，高宗得免。史彌遠題詞觀中，曰：『試凭闌干春欲暮，桃花點點臙脂。故鄉凝望水雲迷。數堆青玉髻，千頃碧琉璃。我本清都閒散客，蓬萊未是幽奇。明朝歸去鶴齊飛。三山乘縹緲，海運到天池。』

桉：史彌遠《臨江仙》詞能作遊仙語，似有覺悟。然以蓬萊爲未奇，期天池之運到，可知其非真能澹退矣〔一〕。

【校記】

〔一〕《宋人詞話》桉語與《歷代詩人攷略》桉語不同，迻錄於下：

桉：史彌遠《臨江仙》詞題道隆觀云：『試凭闌干春欲暮，桃花點點胭脂。故山凝望水雲迷。數堆蒼玉髻，千頃碧琉璃。我本清都閒散客，蓬萊未是幽奇。明朝歸去鶴齊飛。三山乘縹緲，海運到天池。』見《四明近體樂府》。史相能作遊仙語，詎亦有覺悟之時乎？以蓬萊爲未奇，期天池之運到，可知其非真能澹退矣。

馬子嚴

子嚴，字莊甫，自號古洲居士，建安人。淳熙六年攝廣西帥幕文字官，除知岳陽府。著有《岳陽志》二卷。

〔詞話〕

《珠花簃詞話》：馬古洲《海棠春》：『護取一庭春，莫彈花間鵲。』用徐幹臣『悶來彈鵲，又攪碎、一簾花影』，可謂善變。又《月華清》云：『怕裏。又悲來老卻，蘭臺公子。』『怕裏』，宋人方言，草窗詞中屢見，猶言恰提、防閑。大致如此詮釋，尚須就句意活動用之。

《織餘瑣述》：『翻騰妝束鬧蘇隄』，宋馬子嚴《阮郎歸》詞句，形容靨釵膩粉，可謂妙於語言。天與娉婷，何有於翻騰妝束，適成其爲鬧而已。

〔詞評〕

況蕙風云：馬古洲詞間有拙處、欠熨帖處，卻不涉俗，不楚楚作態故也。

桉：馬莊甫在南宋詞人中名不甚顯。《御選歷代詩餘》『詞人姓氏』：馬莊甫，字子嚴，蓋名字互誤。其詞見《花菴詞選》、《花草粹編》、竹垞《詞綜》者，署馬莊甫；見《全芳備祖》者，署馬古洲。明以前選家，其於作者往往僅署字不書名，或僅署別號，甚或僅記所從出之書《粹編》多有，久之，而其人之名乃至不可攷，是亦缺憾也。莊甫詞格與康伯可、曹元寵、田不伐輩近似。有《卜算子慢》云：『璧月上極浦。帆落人撾鼓。石城倒影，深夜魚龍舞。佳氣鬱鬱，紫閣騰雲雨。回首分今古。千載是和非，夕陽中、雙燕語。向人訴。記玉井轆轤。臙脂漲膩，幾許蛾眉妒。感嘆息、花好隨風去。流景如羽。且共樂昇平，不須後庭玉樹。』見《景定建康志》，爲選本所未收。

李洪

洪，字子大，廬陵人。校：《花菴絕妙詞選》洪小傳云：『家世同登桂籍，躋膴仕。』與弟漳、泳、洤、淛箸《花萼集》五卷，姪直倫爲之序。

校：李子大詞《念奴嬌》『曉起觀落梅，麗譙吹角』云云，見《中興以來絕妙詞選》〔一〕。又《浪淘沙·櫻桃》云：『上苑又春殘。櫻顆如丹。明光宮裏水晶盤。想得退朝花底散，宣賜千官。往事記金鑾。茘子難攀。多情更有酪漿寒。蜀客筠籠相贈處，愁憶長安。』見《詞綜》。

【校記】

〔一〕妙：底本作『好』，據書名改。

李漳

漳，字子清，一作子申，洪弟。

校：李子清詞《桃源憶故人·閨情》云：『小樓簾捲闌干外。花下朱門半啓。中有傾城佳麗。一笑西風裏。　盈盈臨水情難致。盡日相看如醉。乾鵲不知人意。只管聲聲喜。』見《中興以來絕妙詞選》。《多麗》『好人人，去來欲見無因』云云，見《花草粹編》。長調連情發藻，雅近屯田。

李泳

泳，字子永，號蘭澤，漳弟。淳熙六年爲阮冶司幹官據《夷堅志》，十四年爲溧水令據《景定建康志》。

〔詞話〕

《夷堅己志》：大江富池縣隸興國軍，有甘寧將軍廟，殿宇雄偉。行舟過之者，必具牲醴祇謁。李子永嘗自西下，舟次散花洲，有神鴉飛立檣竿，久之東去，卽遇便風。晡時，抵岸步，青蛇激箭而來，至舟尾不見。是夕艤泊。明日賽神，其前大樓七間，尤偉壯。郡守周少隱采東坡詞語，扁爲『卷雪』，每潮漲時，石柱半插入水。方三伏中，登望江面萬頃，羣山環合，賦望月《水調歌》云：『危樓雲雨上，其下水扶天。羣山四合，飛動寒翠落簷前。盡是秋清闌檻，一笑波翻濤怒，雪陣卷蒼烟。炎暑去無跡，清駃久翩翩。　夜將闌。人欲靜，月初圓。素娥弄影，光射空際綠嬋娟。不用濯纓垂釣，喚取龍公仙駕，耕此萬瓊田。橫笛望中啓，吾意已超然。』及旦，移舟，神鴉、青蛇俱送至長沙，風乃止。

桉：李子永詞《賀新郎》『門掩長安道』云云，見《中興以來絕妙詞選》。《定風波》『點點行人趁落暉』云云，《清平樂》『亂雲將雨』云云，並見《絕妙好詞》。合以《夷堅志》所載《水調歌頭》，子永詞傳於世者僅此四闋而已，雖吉光片羽，卽已卓然名家，五李之中最爲擅勝，宜乎見於各家選本者屢也。

李洤

洤，字子召，泳弟。

桉：李子召詞《滿庭芳·送張守漢卿赴召》『麥秀連雲』云云，見《中興以來絕妙詞選》。

李淛

淛，字子秀，洤弟。官新城丞。

桉：李子秀詞《踏莎行·送新城交代李達善》云：『紅藥香殘，綠筠粉嫩。春歸何處尋春信。繡鞍初上馬蹄輕，舉頭便覺長安近。　別酒無情，啼妝有恨。山城向晚斜陽褪。清江極目帶寒烟，錦鱗去後憑誰問。』見《中興以來絕妙詞選》。

李廷忠

廷忠，字居厚，號橘山，於潛人。淳熙八年登進士第。有《橘山甲乙稿》。〔一〕

桉：李橘山詞《鷓鴣天·詠牡丹》云〔二〕：『洛浦風光爛漫時。千金開宴醉爲期。花方著雨猶含笑，蝶不禁寒總是癡。　檀暈吐，玉華滋。不隨桃李競春菲。東君自有回天力，看把花枝帶月歸。』《生查子・詠薔薇》云：『玉女翠帷薰，香粉開妝面。不是占春遲，羞被羣花見。　纖手折柔條，絳雪飛千片。流入紫金卮，未許停歌扇。』並見《全芳備祖》。《滿江紅・上夔帥樂祕閣生日》云：『玉帳西來，道前是、繡衣使者。游覽處、秋風鼓吹，自天而下。湘水得霜清可鑒，巫峯過雨森如畫。有神仙佳致在胷襟，真瀟洒。　荊州寶，元無價。夔門政，長多暇。聽談兵尊俎，百川傾瀉。此日壽觴容我勸，他年樞柄還公把。趁桂花時節去朝天，香隨馬。』《水調歌頭・武昌南樓落成次王漕韻》云：『撫景幾今古，遺恨此江山。百年形勝，但見幽草雜枯菅。多少名流登覽，賴有神扶壞棟，詩墨尚斑斑。風月要磨洗，顧我已衰顏。　擎天手，攜玉斧，到江干。一新奇觀，領客觴詠有餘閒。烟草半川開霽，城郭兩州相望，都在畫屏間。便擬騎黃鵠，直上扣雲關。』〔三〕並見《花草粹編》。橘山仕履未詳，以兩長調審之，當在楚蜀間也。

【校記】

〔一〕此後，《宋人詞話》有『附攷』一項，凡一則，迻錄於下：

《西湖秋柳詞注》：李廷忠《橘山甲乙稿・西湖紀遊》云：『鈿轂轔轔訪早秋，柳絲低拂錦韉收。鏤金羅薄吹香細，手折柔條話舊游。』

〔二〕丹：底本作『舟』，據《全芳備祖・前集》卷二改。

〔三〕《滿江紅・上夔帥樂祕閣生日》和《水調歌頭・武昌南樓落成次王漕韻》二詞，底本無，據《宋人詞話》補。

呂勝己

勝己，字季克，其先建陽人，以父祉死義，桉：祉字安老，《宋史》有傳。敕葬邵武，因家焉。任湖南幹官，歷長沙幕僚。淳熙八年假守沅州，坐貶罷。營別業，號小渭川。有《渭川居士詞》一卷。

〔詞話〕

《負暄野錄》：呂勝己，渭川人。嘗爲沅州守，部使者忌之，中以事罷歸。桉：《渭川居士詞·滿江紅·憶昔西來》闋自注：『於時部使者一二人，修私怨，攘微功，陰加中傷，不遺餘力。有一故人當道，甚憐無辜，津送之意甚勤，逆旅不至狼狽者，故人之恩也。遂發興于風雨梅花之間。』有別業一區，可五百畝，植花竹其上，號小渭川。作《渭川行樂詞》。桉：詞云：『殘梅飄簌簌。看柳上春歸，柔條新綠。嬌鶯離幽谷。弄彈簧清響，飛遷喬木。年華迅速。嘆浮生、流暉轉燭。自春來，每每遨遊，多辦九霞醽醁。　　溪北，踏青微步。鬥草傭眠，錦裀花褥。鉛華簇簇。歌聲妙、閒絲竹。愛一川好處。高山流水，不減城南杜曲。笑平生、卓地無錐，老來富足。』調《瑞鶴仙》。善隸書。

《織餘瑣述》：宋呂勝己《渭川居士詞·醉桃源》云：『去年手種十株梅。而今猶未開。山翁一日走千迴。今朝蝶也來。　高樹梢，暗香微。慳香越惱懷。更燒銀燭引春回。英英露粉顋。』『來』、『顋』二韻，意趣絕佳，『來』韻更勝。又《蝶戀花·觀雪作》云：『白玉裝成全世界。江湖點染微瑕纇。』前調前題云：『玉女凝愁金闕下。褪粉殘妝，和淚輕揮灑。』兩意均新，似未經人道過。又《浣溪沙》云：『直繫腰圍鶴間霞。雙垂項帕鳳穿花。新妝全學内人家。』寫閨人裝束如畫。又《鷓鴣天》

云：『疊金梳子雙雙耍，鋪翠花兒裊裊垂。』『耍』字、『花兒』字不易，用於詞格非宜，此卻尚可。其歇拍云：『門前恰限行人至，喜鵲如何聖得知。』『聖得知』，宋人方言。韓昌黎《盆池》詩『夜半青蟲聖得知』，則唐賢有用之者。又《瑞鶴仙·栽梅》云：『南州春又到。向臘盡冬殘，冰姑先報。』《江城子·盆中梅》云『年年臘後見冰姑』，梅稱冰姑，甚新，於此僅見。

按：呂季克《渭川居士詞》一卷，彊邨朱氏依善本書室藏舊鈔本刻行，以鐵琴銅劍樓藏鈔本校，校記附後。詞凡八十九首，間見沖淡渾成之作。此詞傳本絕少，《詞綜》、《詞綜補遺》竝未之載。葉申薌《閩詞鈔》遵《御選歷代詩餘》録十五首。當瞿、丁二鈔本未出，唯《四庫》有藏本，陶樑不應未見，《歷代詩餘》乃亦未經著録，何耶？

謝直

直，元名希孟，避寧宗諱，改名直，字古民，黃巖人。淳熙十一年登進士第，歷太社令、嘉興府通判。

〔詞話〕

《談藪》：謝希孟在臨安狎娼，陸氏象山責之，希孟敬謝。他日，復爲娼造鴛鴦樓，象山聞之，又以爲言。希孟曰：『非特建樓，且爲之記。』象山喜其文，不覺曰：『樓記云何？』卽口占首句云：『自遜、抗、機、雲之死，而天地美靈之氣不鍾於世之男子，而鍾於婦人。』象山默然。希孟一日在娼所，忽起歸興，遂不告而行。娼追送江滸，泣涕戀戀，希孟毅然取領巾，書一詞與之，云：『雙槳浪花平，夾岸青

山鎖。你自歸家我自歸，說著如何過。　　我斷不思量，你莫思量我。將你從前於我心〔一〕，付與旁人可。』〔二〕

桉：謝古民固嘗從陸象山遊，魯《論》曰：『大德不踰閑，小德出入可也。』象山之責古民，措辭不無稍過。《鴛鴦樓記》首句云云，機鋒亦已甚矣。將無犯無隱之謂，何耶？〔三〕古民書領巾詞，調寄《卜算子》，坎止流行，明決而不凝滯，庶幾見道之言，亦唯象山門人迺克辦此。

【校記】

〔一〕從前：底本作『前從』，據《談藪》改。

〔二〕此後，《宋人詞話》有『附攷』一項，凡一則，迻錄於下：

《談藪》：謝希孟與鄉友陳伯益好相調戲。伯益黑面、身狹、多髯，希孟見其寫真挂壁上，題云：『伯益之面，大無兩指，髭髯不仁，侵擾乎其旁而不已，於是乎伯益之面所餘無幾。』此語喧傳，伯益病之，而莫能報。希孟後避寧宗諱，改名直字古民，伯益於是以兩句咏其名云：『炊餅擔頭挑取去，典衣舖上唱將來。』聞者絕倒。伯益又嘗寫真，衣皂道服，躡僧鞵，希孟贊之曰：『禪鞵俗人髭鬚，道服儒巾面皮。秋水長天一色，落霞孤鶩齊飛。』

〔三〕『魯論曰』至此，底本無，據《宋人詞話》補。

廖行之

行之，字天民，其先延平人，徙衡州。桉：《御選歷代詩餘》『詞人姓氏』作衡陽人。淳熙十一年登進士第，官巴陵尉，以親老匄養歸，注授寧鄉主簿，未赴。有《省齋集》十卷，詩餘一卷。

〔詞評〕

丁松生云：廖天民詞筆質樸，絕去雕飾。

桉：《省齋詩餘》一卷，《直齋書録解題》、《善本書室藏書志》竝著録。近彊邨朱氏依姚氏邃雅堂藏舊鈔本付梓，最四十一闋，壽詞居其泰半。嘗流覽竟卷，擘其佳勝。《西江月·舟中作》云：『紺滑一篙春水，雲横幾里江山。一番烟雨洗晴嵐。向曉碧天如鑑。　客枕謾勞魂夢，心旌長繫鄉關。封姨慳與送歸帆。愁對緑波腸斷。』《如夢令》詠梅絕句云『芳意與香撩亂』。

歷代詞人考略卷三十三

宋二十七

高似孫

似孫，字續古，號疏寮，餘姚人。淳熙十一年登進士第，爲會稽主簿，擢校書郎。樓鑰除給事中，嘗舉以自代。其後爲禮部郎。桉：一作禮部侍郎。出倅徽州，守處州，累官中大夫。句祠，提舉崇禧觀。卒贈通議大夫。有《疏寮小集》、《剡錄》、《緯略》。

〔詞話〕

《癸辛雜識》：高疏寮守括蒼日，有籍妓洪渠慧黠過人。一日，歌《真珠簾》詞，至『病酒情懷猶困嬾』，使之演其聲，若病酒而困嬾者，疏寮極稱賞之。適有客云：『卿自用卿法。』高因視洪云：『吾亦愛吾渠。』遂與落籍而去。〔一〕

桉：《陽春白雪》錄高疏寮詞三闋。《送范東叔給事帥維揚》云：『下明光，違宣曲，上揚州。玉帳暖、十萬貔貅。梅花照雪，月隨歌吹到江頭。牙檣錦纜，聽雁聲、夜宿瓜洲。南山客，東山妓，蒲萄酒，鸕鶿裘。占何遜、杜牧風流。瓊花紅藥做珠簾、十里遨頭。竹西歌吹，理新曲、人在春樓。』《眼兒媚》云：『翠簾低護鬱金堂。猶自未忺妝。梨花新月，杏花新雨，怎奈昏黄。　春今不管人相憶，欲去又相將。只銷相約，與春同去，須到君行。』〔二〕其《鶯啼序》有序曰：『屈原《九歌·東皇太一》，春之神也。其詞悽惋，含意無盡，略采其意，以度春曲。』云：『青旂報春來了，玉麟麟風旆〔三〕。陳瑤席、新奏琳琅，窈窕來薦嘉祉。桂酒洗瓊芳，麗景暉暉，日夜催紅紫。湛青陽新沐，人聲澹蕩花裏。　光汎崇蘭，坼遍桃李，把深心料理。共攜手、蘅室蘭房，奈何新恨如此。對佳時、芳情脈脈，眉黛蹙、羞搴瓊珥。折微馨、聊寄相思，莫愁如水。　青蘋再轉，淑思菲菲，春又過半矣。細雨濕香塵，未曉又止。莫教一鳩無聊，羣芳亹亹。傷情漠漠，淚痕輕洗。曲瓊桂帳流蘇暖，望美人、又是論千里。佳期杳渺，香風不肯爲媒，可堪玩此芳芷。　春今漸歇，不忍零花，猶戀餘綺。度美曲、造新聲，樂莫樂此新知，思美人兮，有花同倚。年華做了，功成如委。天時相代何日已。悵春功、非與他時比。殷勤舉酒酬春，春若能留，□還亦喜。』據《詞譜》，《鶯啼序》第二句應叶，『風旆』二字當是傳刻之誤，第四段『不忍』至『新知』數句，亦與譜不合。

【校記】

〔一〕此後，《宋人詞話》有『附攷』一項，凡三則，迻錄於下：

《齊東野語》：程大昌《演繁露》初成，文虎（按：似孫之父）假觀，似孫年尚少，因竊窺之。越日，程索問原書，似孫因出一帙曰《繁露詁》，其間多大昌所未載，而辨證尤詳。大昌盛稱賞之。

《隨隱漫錄》：高疎寮《騎鸞引》云：『夜騎白鶴出琳闕，千萬仙官鏘珮玦。雲雷貼妥過罡風，左推日丸右扶月。一息瑤池翠水家，阿母迎謁龍驅車。青娥彈絲玉妃酒，折盡蟠桃紅玉花。九天丈人來問道，太極之前天不老。丹霞一炁玉虛宮，寶笈繩金容探討。井君沐浴波五色，洞房光芒上奔日。天上傳呼六丁直，星斗離闌礙鸞翼。』是不食烟火人語。

《癸辛雜識》：高疎寮，一代名人，親書與其妾銀花一紙，爲之略云：慶元庚申正月，余尚在翰苑。初五日得成何氏女，爲奉侍湯藥，又善小唱、嘌唱，凡唱得五百餘曲。又善雙韻，彈得賺五六十套。以初九日來余家。時元宵將近，點燈會客，又連日大雪，余因記劉夢得詩：『銀花垂院榜，翠羽撼條鈴。』王禹玉《和賈直孺内翰》詩：『銀花無奈冷，瑤草又還芳。』蘇味道《元宵》詩：『火樹銀花合，星橋鐵鎖開。』《羣仙錄》：『姚君上昇之日，天雨銀花，繽紛滿地。』宋之問《雪中應制》：『瓊章定少千人和，銀樹先舒六出花。』遂名之曰銀花。余喪偶二十七年，兒女自幼至長大，恐疎遠他，照管不到，更不再娶，亦不蓄妾婢，至此始有銀花，至今只有一人耳。

又有『補遺附攷』二則，遂錄於下：

《四朝聞見錄》：高疎寮居近城，因城叠石，曰南麓。麓後高數級，登汲於甕，泄之於管，淙淙環珮聲，入方池，池方四五尺，畫瑤於扁。自麓之後登城爲嘯臺。

《佩楚軒客談》：高續古東墅亭館名：秀堂，疏閣，分繡閣，是堂，雪廬，京觀，聽雪齋，雲壑，清香館，漁莊，歷齋，綠漪，墨沼，游雅齋，藏書寮，疎寮，蘭磴，集硯亭，朝丹霞，藻景亭，光碧鄉，剡興亭，蓬萊游，探春塢，霽雪亭，耶溪月，木蘭徑，陽明麓，雪巖，西窯，鰲峯，巖壑。

〔二〕『送范東叔給事』至此，底本無，據《宋人詞話》補。

〔三〕旐：一作『旎』，當是。

趙希邁

希邁，字端行，號西里，永嘉人。燕王德昭九世孫，師僚第三子。有《西里稿》。桉：《續文獻通攷》云高似孫跋。

〔詞話〕

《浩然齋雅談》：『三十年前，愛買劍、買書買畫。凡幾度、詩壇爭敵，酒兵爭霸。春色秋光如可買，錢慳也不曾論價。任麤豪、爭肯放頭低，諸公下。　今老大，空嗟呀。思往事，還驚詫。是和非未說，此心先怕。萬事全將飛雪看，一閒且問蒼天借。樂餘齡、泉石在膏肓，吾非詐。』此西里趙希邁《滿江紅》也〔一〕。

桉：趙端行詞嘗有《八聲甘州・竹西懷古》〔二〕：『寒雲飛萬里，一番秋、一番攪離懷。向隋堤躍馬，前時柳色，今度蒿萊。錦纜殘香在否，枉被白鷗猜。千古揚州夢，一覺庭槐。　歌吹竹西難問，拚菊邊醉著，吟寄天涯。任紅樓蹤跡，茅屋染蒼苔。幾傷心、橋東片月，趁夜潮、流恨入秦淮。潮回處，引西風恨，又渡江來。』〔三〕見《絕妙好詞》。

【校記】

〔一〕邁：底本作『孟』，據上下文改。

〔二〕州：底本脫，據《絕妙好詞》補。

〔三〕《八聲甘州》底本只録首句，據《絶妙好詞》補全。

危稹

稹，舊名科，字逢吉，臨川人。淳熙十四年登進士第，孝宗更名稹。除南康軍教授，調臨安府教授，幹辦京西安撫司公事。入爲武學諭，改太學録，遷武學博士，又遷諸王宮教授。嘉定九年改創宗子學成，充博士，遷祕書郎、著作佐郎兼吳益王府教授，升著作郎兼屯田郎官。忤宰相，出知潮州，坐論罷。提舉千秋鴻禧觀。起知漳州，作龍江書院於臨漳臺上，以提舉崇禧觀致仕，卒。有《巽齋集》。

桉：危逢吉詞《漁家傲》云：『老去諸餘情味淺。詩情不上閒釵釧。寶幌有人紅兩靨，簾間見，紫雲元在深深院。　十四條絃音調遠。柳絲不隔芙蓉面。秋入西窗風露晚。歸去嬾。酒酣一任烏巾岸。』見《御選歷代詩餘》。語豔而清，『柳絲不隔芙蓉面』，尤風致絶倫。

王居安

居安，字資道，始名居敬，字簡卿，自號方巖老圃，黄巖人。淳熙十四年舉進士，授江東提刑司幹官。入爲太學博士，遷校書郎，坐論劾，主管仙都觀。起知興化軍，召爲祕書丞，遷著作郎，擢右司諫，坐越職，劾罷。復官知太平州，以直龍圖閣提點浙西刑獄，以集英殿修撰知隆興府，徙鎮襄陽，再劾罷。

嘉定中與魏了翁同召，遷工部侍郎，知溫州。理宗卽位，以敷文閣待制知福州，升龍圖閣直學士，轉大中大夫，提舉崇福官，卒，累贈少保。有《方巖集》。〔一〕

桉：王資道《沁園春・敬次白真人韻》云：『湖海襟期，烟霞氣宇，天上星郎。有靈方肘後，年年卻老，神鋒耳底，夜夜騰光。萬卷蟠胷，千鍾醮甲，袞袞詞源三峽旁。功成處，見須彌日月，河嶽星霜。　興來引筆千行。看舉世何人是智囊。任縱橫萬變，難瞞道眼，優遊自樂，不識愁腸。鬧市叢中，密林靜處，鼻觀常聞三界香。天書到，聽笙簫競奏，幢蓋班行。行韻復。』居安詞，鄉來選家未經箸錄。此闋彊邨錄示玉蟾先生。有《送王郎侍帥三山》詞『錦繡文章』云云，卽元唱也。又資道有《贈劉改之》詩云：『不識劉郎莫便語，酒酣耳熱未全疎。士當窮困能無慊，我自斟量愧不如。橫槊賦詩俱有分，輕裘緩帶特其餘。當今四野無塵土，宜有奇才在草廬。』〔二〕見《瀛奎律髓》。

【校記】

〔一〕此後，《宋人詞話》有『附攷』一項，凡二則，迻錄於下：

吳子良《方巖集序》：公之文明白夷暢，絕類其胷襟。詩尤圓妥曠遠，嘗有句云：『高下水痕元自定，後先花信不須催。』公于出處去就，此二語可以占矣。

僧居簡《北磵詩集》云：方巖王侍郎江西破賊歸，小舟廹窄，自笑曰：『今爲摺疊侍郎矣。』

〔二〕《贈劉改之詩》之全文，底本未錄，據《宋人詞話》補。

王自中

自中，字道甫，平陽人。淳熙中登進士乙科〔一〕，授淮寧主簿，擢分水令、中書舍人。王藺薦其才，召對稱旨，改籍田令。遷通判郢州道，除知光化軍。光宗朝以郎官召，固辭命。知信州，再知邵州，終知興化軍。

桉：王道甫詞《酹江月·題釣臺》云：『扁舟夜泛，向子陵臺下，偃帆收艣。水闊風搖舟不定，依約月華新吐。細酌清泉，痛澆塵臆，喚起先生語。當年綸釣，爲誰高臥烟渚。還念古往今來，功名可共，能幾人光武。一旦文星驚四海，從此故人何許。到底軒裳，不如蓑笠，久矣心相與。天低雲淡，浩然吾欲高舉。』見《御選歷代詩餘》。此詞一氣呵成，如高雲盪空，舒捲自如，略無筆墨之跡，而疏朗曠逸，尤雅與題稱，可想見其襟裛矣。

【校記】

〔一〕士：底本作『名』，據《御選歷代詩餘》卷一百五『詞人姓氏』改。

韓彥古韓鑄

彥古，字子師，延安人，世忠第三子。淳熙中知平江府，終敷文閣待制、戶部尚書。〔一〕

桉：韓子師詞《浣溪沙》云：『一縷金香永夜清。殘編未掩古琴横。繡衾寒擁寶缸明。坐聽竹風敲竹磴，旋傾花水漱春酲。落梅和雨打簾聲。』見《陽春白雪》。又《詞旨》云：蘄王孫韓鑄，字亦顔，雅有才思，學詞於樂笑翁。一日，與周公謹泛舟西湖，泊荷花而飲。酒半，公謹舉似亦顔學詞之意，翁指花云：『蓮子結成花自落。』《山中白雲·慶宮春》『淺草猶霜』闋題云〔二〕：『韓亦顔歸隱兩水之濱，殆未遜王右丞茱萸沜。余從之遊，盤花旋竹，散懷吟眺，一任所適。太白去後三百年，無此樂也。』又《聲聲慢》『鬢絲溼霧』闋題云：『和韓竹間韻贈歌者關關，在兩水居。』竹間，亦顔別字也。方回《桐江集·爲韓王孫亦顔題蘄王湖上騎驢歌》云：『亦顔用意何崢嶸，大司馬侃孫淵明。』其襟袌可想。亦顔必工倚聲，今乃未見隻字，姑坿其名於此。

【校記】

〔一〕此後，《宋人詞話》有『附攷』一項，凡一則，迻録於下：

《宋稗類鈔》：韓彦古詭譎任數，李仁甫惡其爲人，弗與交。請謁，嘗瞰其亡。一日，知其出，往見之，則實未嘗出也。既見，延入書室，有二廚貯書，牙籤黄袱，扃護甚嚴。仁甫問：『此爲何書？』答曰：『先人在軍中日得於北方，蓋本朝野史編年成書者。』是時仁甫方修此編，既成，詔給筆札。就其家繕録以進，而卷帙浩博，未見端緒。彦古欲觀不可得，至是仁甫聞言，亟欲得見之，乃曰：『且爲某飲酒，續當以呈。』酒罷，笑謂仁甫曰：『此即公所著《長編》也。已用佳紙作副本裝治，便可進御矣。』蓋陰戒書吏傳録，每一版酬千錢，吏畏其威，利其賞，輒先録送，故李未能成帙，而韓已得全書矣。仁甫雖奮愧不平，而亦幸蒙其成，竟用以進。

〔二〕云：底本作『雪』，據文意改。

劉仙倫

仙倫，一名儗，字叔儗，倫，一作掄，一云名儗，字仙倫。號招山翁，廬陵人。有《招山小集樂章》一卷。

〔詞話〕

《花菴詞選》小傳：叔儗自號招山，有詩集行於世，樂章尤爲人所膾炙。吉州刊本多遺落，今以家藏善本選集。

《詞旨》警句：劉叔儗《一翦梅》云：『一般離思兩消魂。馬上黄昏。樓上黄昏。』

〔詞評〕

《珠花簃詞話》：詞有淡遠取神，只描取景物，而神致自在言外，此爲高手。然不善學之，最易落套，亦如詩中之假王、孟也。劉招山《一翦梅》過拍云：『杏花時節雨紛紛。山繞孤邨。水繞孤邨。』頗能景中寓情。昔人但稱其歇拍三句『一般離思』云云，未足盡此詞佳勝。

桉：招山詞清勁疏雋，風格在南北宋之間。《絶妙好詞》錄十七闋，如《賀新郎·題吳江》云：『依舊四橋風景在，爲問坡仙甚處。但遺愛、沙邊鷗鷺。天水相連蒼茫外，更碧雲、去盡山無數。潮正落，日還暮。』《永遇樂·春暮有懷》云：『解籜吹香，遺丸薦脃，小芰浮鴛浦。畫闌如舊，依稀猶記，佇立一鉤蓮步。』皆可誦之句。其短調如《霜天曉角·題蛾眉亭》云：『倚空絶壁。直下江千尺。天際兩蛾凝黛，愁與恨、幾時極。暮潮風正急。酒醒聞塞笛。試問謫仙何處，青山外、遠烟碧。』亦復玉致瑤姿，不假琱飾。

周文璞

文璞，字晉仙，一號方泉老人，又號埜齋，又號山楹，陽谷人。有《方泉先生集》二卷。

〔詞話〕

《貴耳集》：埜齋周晉仙文璞曾語余曰：《花間集》只有五字絶佳，『細雨濕流光』，景意俱微妙。

《貞居詞》：周晉仙有詞云：『還了酒家錢。便好安眠。大槐宫裏著貂蟬。行到江南知是夢，雪壓漁船。盤礴古梅邊。也信前緣。鵞黄雪白又醒然。一事最奇君聽取，明日新年。』晉仙，宋南渡名士。此詞鮮于困學每愛書之。百年後方外士張雨追和一章，以爲笑樂，惜困學公不能爲我賞音：『抛下杖頭錢。取決高眠。玉梅金縷孟家蟬。説著錢塘都似夢，嬾問遊船。誰信酒壚邊。别有仙緣。自家天地一陶然。醉寫桃符都不記，明日新年。』

桉：周晉仙題酒家壁詞《浪淘沙》雖自然超妙，然學之非宜，恐墮野狐禪也。晉仙又有《一翦梅》云：『風韻蕭疏玉一團。更著梅花，輕裊雲鬟。者回不是戀江南。只爲溫柔，天上人間。賦罷閒情共倚闌。江月庭蕪，總是消魂。流蘇斜掩燭花寒。一樣眉尖，兩處關山。』見弁陽翁《絶妙好詞》。斯爲倚聲正軌。晉仙所稱『細雨濕流光』五字，乃馮正中《陽春集·南鄉子》詞句，謂出《花間集》，誤也。晉仙子伯弜，嘗選《唐三體詩》。

管鑑

鑑，字明仲，龍泉人。以父澤官江西常平提幹，始家臨川。孝宗朝累官至廣東提刑，權知廣州兼經略安撫使。有《養拙堂詞》一卷。

〔詞評〕

《餐櫻廡詞話》：管明仲《養拙堂詞·驀山溪·甲辰生日醉書示兒輩》云：『浮雲富貴，本自無心羨。金帶便圍腰，也應似、休文瘦減。』以韻語入淡語，略無求新之跡，政復新豔絶倫。

桉：管明仲《養拙堂詞》一卷，最六十八闋，有四印齋刻本。南宋人詞别集，往往循覽一過，中間不無率意之句、積放之筆。明仲詞獨能勻腴妥帖，竟卷一律，尤有風格韻致，蓋深於倚聲之學者矣。茲撰録五闋如左：《念奴嬌·癸巳重九同陳漢卿、張叔信、王任道登金石臺作》云：『登高作賦，嘆老來筆力，都非年少。古觀重游秋色裏，冷怯西風吹帽。千里江山，一時人物，迥出塵埃表。危闌同凭，皎然玉樹相照。　惆悵紫菊紅萸，年年簪發、應笑人空老。北闕西江君賜遠，難得一枝來到。莫話升沈，且乘閒暇，贏得清尊倒。飲酣歸暮，浩歌聲振林杪。』前調《夷陵九日憶去歲金石之遊，用舊韻寄漢卿、叔信，蓋嘗歸飲任道家，故有『徐娘』及『悲歡』之句》云：『楚山萬疊，悵高情、不比當年嵩少。官況全如秋淡薄，枉卻塵侵烏帽。菊蕊猶青，茱萸未紫，節意憑誰表。故園何處，暮雲低盡殘照。　追念往昔佳辰，尊前絶唱，未覺徐娘老。聚散悲歡回首異，今歲古臺誰到。藉甚聲名，難忘風味，何日重傾倒。交情好在，雁書頻寄雲杪。』《醉落魄·正月二十日張園賞海棠作》云：『春陰漠漠。海棠花底東風惡。人情不似春情薄。守定花枝，不放花零落。綠尊細細供春酌。酒醒無奈愁如昨。殷勤待與東風約。莫苦吹花，何似吹愁卻。』《虞美人·與客賞海棠，憶去歲臨川所賦，悵然有遠宦之嘆，晚過楚塞作》云：『海棠花下春風裏。曾拚千場醉。如今老去謾情多。步繞芳叢無力、奈春何。　蜀鄉不遠長安遠。相向空腸斷。不如攜客過西樓。卻是江山如畫、可消憂。』《臨江仙》云：『三月更當三十日，留春不住春歸。問春還有再來時？臘前梅蕊破，相見未爲遲。　不似人生無定據，匆匆聚散難期。水遙山遠謾相思。情知難捨棄，何似莫分飛。』〔一〕

【校記】

〔一〕『茲撰錄五闋』以下，底本無，據《宋人詞話》補。

沈端節

端節，字約之，吳興人，寓溧陽。曾官京職，令蕪湖，知衡州，提舉江東茶鹽，淳熙間仕至朝散大夫。有《克齋詞》一卷。〔一〕

〔詞評〕

《珠花簃詞話》：宋詞名句多尚渾成，亦有以刻畫見長者。沈約之《謁金門》云：『獨依危闌清書寂。草長流翠碧。」又云：「寒色著人無意緒。竹鳴風似雨。」《如夢令》云：「忺睡，忺睡，窗在芭蕉葉底。」《念奴嬌》刻本無題，當是詠海棠之作云：「醉態天真，半羞微歛，未肯都開了。」雖刻畫而不涉纖，所以爲佳。

〔詞考〕

《四庫全書總目》「克齋詞提要」：是集見陳振孫《書録解題》，然振孫亦不詳其始末。毛晉跋語疑其卽《詠賈耘老苕上水閣》沈會宗之同族，亦無確證。惟《湖州府志》及《溧陽縣志》均載端節寓居溧陽，嘗令蕪湖，知衡州，提舉江東茶鹽，淳熙間官至朝散大夫，其說必有所據，獨載其詞名《充齋集》，則「充」、「克」二字形近致譌耳。其詞僅四十餘闋，多有詞而無題。攷《花間》諸集，往往調卽是題，如《女冠子》則詠女道士、《河瀆神》則爲送迎神曲、《虞美人》則詠虞姬之類〔二〕，唐末五代諸詞例原如是。後人題詠漸繁，題與調兩不相涉，若非存其本事，則詞意俱不可詳。集中如《念奴嬌》二闋之稱太守，《青玉案》第一闋之稱使君、第三闋之稱賢侯，竟不知所贈何人。至《念奴嬌》「尋幽覽勝」一闋似屬端節自道，據詞中「自笑飄零驚歲晚，欲挂衣冠神武」及「羣玉圖書。廣寒宮殿，一一經行處」云云，則端節固當曾官京職，以其題已佚，遂無可援據。宋人詞集似此者頗少，疑原本必屬調與題全，輾轉傳寫，苟趨簡易，遂遭删削耳。今無可攷補，姑存其舊。至其吐屬婉約，頗具風致，固不以《花庵》、《草堂》諸選不見採録稍減聲價矣。

桉：沈約之詞全闋如《虞美人》之「碧雲衰草連天遠」、《洞仙歌》刻本無題，當是詠雪之「夜來驚怪，冷逼流蘇帳」，摘句如《卜算子》云：「千里江山暗淡中，總是悲秋意」、《南歌子》云「雪篷烟櫂烱寒光，疑是風林纖月到船窗』、《醉落魄》云『深院無人，只有燕穿幕』、《太常引》云『天遠樹冥冥。悵好夢、纔成又醒』，竝方雅清渾，未墜宋人標格〔三〕。

【校記】

〔一〕此後，《宋人詞話》有序跋文一則，迻錄於下：

汲古閣《宋六十名家詞・克齋詞跋》：按：《花庵》、《草堂》二集俱不載沈端節，故其品行亦無從考。惟馬端臨云字約之，家於苕溪，豈卽沈會宗同族孫？會宗詞亦不多見，其膾炙人口者，惟《詠賈耘老苕上水閣》一闋云：『景物因人成勝槩。滿目更無塵可礙。等閒簾幕小闌干，衣未解。心先快。明月清風如有待。誰信門前車馬隘。別是人間閒世界。坐中無物不清涼，山一帶。水一派。流水白雲長自在。』苕溪漁隱云：『賈耘老水閣遺址正與余水閣相近，景物清曠，悉如會宗之詞。故余嘗有句云：「三間小閣賈耘老，一首佳詞沈會宗。」』今讀克齋詞，風致亦甚相類，獨長於詠物寫景，又不墮鄭、衛惡習，殆梅溪、竹屋之流歟？海虞毛晉子晉識。

〔二〕人：底本脱，此補。

〔三〕《宋人詞話》校語與《歷代詞人攷略》校語有出入，迻錄於下：

校：沈約之詞全闋如《虞美人》云『碧雲衰草連天遠。不記離人怨。可憐無處不關情。夢斷孤鴻哀怨、兩三聲。恨眉醉眼何時見。夜夜相思徧。梧桐葉落候蛩秋。唯有一江烟雨、替人愁。』《洞仙歌》刻本無題，當是詠雪，云：『夜來驚怪，冷逼流蘇帳。夢破初聞打窗響。曉開簾，淩亂千里寒光，清興發，鶴氅誰同縱賞。江南春意動，梅竹潛通，醉帽沖風自來往。慨念故人疏，便理扁舟，須通道、吾曹清曠。待石鼎煎茶洗餘醺，更依舊歸來，淺斟低唱。』摘句如《卜算子》云：『千里江山暗淡中，總是悲秋意。』又詠梅云：『卻撚寒枝（刻本誤窗）倚綺疏，恨極東風。』《南歌子》云：『雪篷烟櫂烱寒光。疑是風林纖月到船窗。』《醉落魄》云：『深院無人，只有燕穿幕。』《太常引》云：『天遠樹冥冥。悵好夢、纔成又醒。」《菩薩蠻》云：『楚山千疊傷心碧，傷心只有遙相憶。』竝方雅清渾，未墜宋人標格。集中佳勝約略具此。又桉：《錦繡萬花谷》有沈約之《挽張于湖》詩，當即端節，以字傳也，云：『氣概淩雲孰敢先，中興事業冠英躔。朝廷議論一言定，翰墨風流四海傳。恰跨鰲頭升紫闥，忽騎箕尾上青天。竹林笑傲今陳迹，撫櫬江臯涕泫然。』

陳善

善，字敬甫，號秋塘。有《雪篷夜話》三卷。

〔詞話〕

《貴耳集》：秋塘陳敬甫善，淳熙間一豪士，有《滿江紅》詞曰：『三月風前花薄命，五更枕上春無力。』

〔詞考〕

《餐櫻廡詞話》：《吹劍録》云：『古今詩人間出，極有佳句，無人收拾，盡成遺珠。陳秋塘詩：「不知筋力衰多少，但覺新來嬾上樓。」』桉：此二句乃稼軒詞《鷓鴣天》歇拍，稼軒，倚聲大家，行輩在秋塘稍前，何至取材秋塘詩句？秋塘平昔以才氣自豪，亦豈肯沿襲近人所作？或者俞文蔚氏誤記辛詞爲陳詩耶？此二句入詞則佳，入詩便覺未合。

桉：陳秋塘《滿江紅》對句云云，其詞傳於世者，僅此二句而已。此等語雖出自宋人，亦斷不可學，學之易涉纖佻，於格調非宜也。

王嵎

嵎，字季夷，號貴英，北海人。紹興、淳熙間寓居吴興。有《北海集》二卷。

〔詞話〕

《癸辛雜志》：或云上巳當作十干之『己』，蓋古人用日例以十干，如上辛、上戊之類，無用支者。若首午尾卯，則上旬無巳矣。故王季夷嵎《上巳》詞云『曲水湔裙三月二』，此其證也。

《詞旨》：王季夷警句：『春在賣花聲裏。』

〔詞評〕

王定甫云：王季夷詞筆如旋珠，妙在收捺得住，便有餘音，且意深矣。

桉：王季夷詞有《祝英臺近》、《夜行船》，並見《絕妙好詞》。《夜行船》後段『不覺小窗人静』，『不覺』二字，據譜誤多，卽以詞論，亦不宜多此二字。

陸維之

維之，字仲永，一名凝，字子才，餘杭人。嘗應舉不第，隱於大滌山之石室，人因以石室稱之。有

《石室小隱集》三卷。

〔詞話〕

《洞霄圖志》：陸維之隱於大滌山之石室，人因以石室稱之。消搖林谷，詩酒自娱。嘗觀潮錢塘，有《酹江月》詞云：『遠山一帶。遡晴空、極目天涯浮白。楓落鴉翻談笑處，不覺雲濤橫席。酒病方蘇，睡魔猶殢。一掃無留跡。吳帆越棹，恍然飛上空碧。長記草賦梁園，淩雲筆勢。倒三江秋色。對此驚心空悵望，老作紅塵閒客。別浦烟平，小樓人散，回首千波寂。西風歸路，爲君重噴霜笛。』高宗嘉賞，欲召見，辭疾不赴。及上退處北宫，嘗幸大滌，憲聖亦偕行。上問山中詩客，或以維之對，進其行卷，上讀數首，太息曰：『布衣入翰林可也。』欲歸，與孝宗言之，憲聖曰：『山林隱士，必不求名，强之出山，乃大勞苦。』遂止。未幾以疾卒。

桉：陸仲永觀潮詞，起調三句便覺彌漫浩瀚，湧見豪端；歇拍云云，便是潮之餘音，與『曲終人不見，江上數峯青』，並臻神妙；『回首千波寂』，能於驚心駴目中忽呈靜悟之一境，殆非不食烟火人未易領會，宜乎關博士以得道稱之也。

徐沖淵

沖淵，字叔靜，自號棲霞子，吳人。淳熙中典洞霄通明館，主豫章玉隆觀。有《經進西遊集》。桉：《宋詩紀事》沖淵小傳云大滌山凝神齋高士。

桉：徐叔靜詞《水調歌頭·懷山中》云：『窮達付天命，生死見交情。人今老矣，□□狗苟與蠅營。贏得一頭霜雪，閒卻五湖風月，鷗鳥負前盟。顏厚已如甲，太息誤生平。　想箕山，懷潁水，挹餘清。只今歸去，滄浪深處濯吾纓。笑撫山中泉石，細說人間荊棘，有道苦難行。好補青蘿屋，且占白雲耕。』見《洞霄詩集》。

張頎

頎，嘉興人。字及官位待攷。

桉：張頎詞《水調歌頭·徐高士游洞霄》云：『雨後烟景綠，春水漲桃花。繫舟溪上，筍輿十里達平沙。路轉峯回勝處，無數青熒玉樹，縹緲羽人家。樓觀倚空碧，水竹湛清華。　縱幽尋，攜蠟屐，上蒼霞。古仙何在，空餘藥竈委巖窪。它日倘然歸老，乞取一庵雲臥，隨分了生涯。底用更辛苦，九轉鍊黃芽。』見《洞霄詩集》。徐高士，即徐沖淵也。

杜旟

旟，字伯高，號橋齋，金華人。淳熙、開禧間，兩以制科薦。有《橋齋集》。

〔詞話〕

《筆乘》續集：　杜旟，字伯高，賦石頭城《酹江月》云：『江山如此，是天開萬古，東南王氣。一自髯孫横短策，坐使英雄鵲起。玉樹聲消，金蓮影散，多少傷心事。千年遼鶴，並疑城郭非是。　當日萬騆雲屯，潮生潮落處，石頭孤峙。人笑褚淵今齒冷，只有袁公不死。斜日荒烟，神州何在，欲墮新亭淚。元龍老矣，世間何限餘子。』

《珠花簃詞話》：　杜伯高《酹江月·賦石頭城》云：『人笑褚淵今齒冷，只有袁公不死。』『寧爲袁粲死，不作褚淵生』，宋時石城謠也。

〔詞評〕

許蒿廬云：　杜伯高詞豪邁處不減稼軒。〔一〕

桉：　杜伯高詞《驀山溪》：『春風如客，可是繁華主。紅紫未全開，早綠遍、江南千樹。一番新火，多少倦遊人，纖腰柳，不知愁，猶作風前舞。　小闌干外，兩兩幽禽語。問我不歸家，有佳人、天寒日暮。老來心事，惟只有春知，江頭路，帶春來，更春歸去。』見《花草粹編》〔二〕。此詞清新流麗，雅近北宋，與《酹江月》『江山如此』闋異曲同工。又《摸魚兒》『放扁舟、萬山環處，平鋪碧浪千頃。仙人憐我征塵久，借與夢遊清枕。風乍靜。望兩岸、羣峯倒浸玻瓈影。樓臺相映。更日薄烟輕，荷花似醉，飛鳥墮寒鏡。　中都内，羅綺千街萬井。天教此地幽勝。仇池仙伯今何在，堤柳幾眠還醒。君試問，此意只今，更有何人領。功名未竟。待學取鴟夷，仍攜西子，來動五湖興。』見《詞綜》。　又桉：　陳同甫云：『伯高奔風逸足而鳴以和鸞，仲高麗句，晏叔原不得擅美；叔高戈矛森立，有吞虎食牛之氣。左右輝映，匪獨一門之盛，可謂一時之豪。』見《詞綜》旟小傳後。同甫斯言，似乎兼評詩詞，唯於仲高以晏叔原相比況，則似專評詞者。同甫又云：『仲高之詞，叔高之詩，皆入能品。』見《萬姓統譜》。竊疑倚聲一當，數仲高尤爲擅長；詎雖吉光片羽，今亦不可得見，文采銷沈，曷勝悵惘〔三〕。

【校記】

〔一〕此後，《宋人詞話》有『附攷』一項，凡二則，迻錄於下：

《萬姓統譜》：杜伯高，桉：佚其名，僅標其字。登東萊呂成公之門。同時陸務觀、陳君舉、葉正則、陳同甫咸稱其文。又：葉正則贈杜幼高詩云：『杜子五兄弟，詞林俱上頭。規模古樂府，接續後春秋。奇崛令誰賞，羈栖浪自愁。故園如鏡水，日日抱村流。』

《宋詩紀事》杜旃小傳：旃，字仲高，旟弟，與弟斿叔高、旝季高、旞幼高，俱博學工文，人稱金華五高。

〔二〕編：底本作『篇』，據書名改。

〔三〕自『平鋪碧浪千頃』以下，底本作『見《詞綜》』，據《宋人詞話》改補。

杜旃

旃，字仲高，蘭谿人，旟弟。淳熙間湖漕舉首。有《癖齋小集》。

〔詞話〕

《金華府志·人物志》：仲高嘗占湖漕舉首，吳獵、楊長孺與之善。所著有《杜詩發微》、《癖齋集》。陳同甫書云：『惠教高文麗句，見所謂「半落半開花有恨，一晴一雨春無力」，令人眼動。及讀到「別纜解時風度緊，離觴盡處花飛急」，然後知晏叔原之「落花人獨坐，微雨燕雙飛」，不得專長擅美矣。「雲破月來花弄影」，何足以勞歐公之拳拳乎？』又云：『仲高之詞，叔高之詩，皆入能品，此非獨一門之盛，蓋可謂一時之豪矣。』

桉：杜仲高詞全闋未見箸錄，陳同甫書所稱斷句，乃《滿江紅》前後段中間對句也。『離觴盡處花飛急』，融景入情，最爲佳句。少陵翁『感時花濺淚，恨別鳥驚心』，視此微嫌辭費。仲高它作今雖不可得見，以此例之，未必如同甫所云僅臻能品而已。

趙善括

善括，號應齋，隆興人。商王謚恭靖元份六世孫，鄎王謚康孝仲御曾孫。孝宗朝登進士第，初爲常熟令，改郡倅，擢知鄂州。歷官凡四十年，因事謫罷。復出充幕職，終岳州漕佐。有《應齋雜著》，詞一卷。

〔詞話〕

《四庫全書總目》『應齋雜著提要』：詩詞多與洪邁、章甫唱和，而與辛棄疾酬贈尤多。其詞氣駿邁，亦復相似。觀其《金陵有感》詩有『謝安王導亦可罪，至今遂使南北分』句，其不滿於湖山歌舞，文酣武嬉，意趣蓋與棄疾等，宜其相契甚深也。

《織餘瑣述》：宋趙善括《應齋詞·醉落魄·江閣》云：『天公著意秤停著。寒色人情，都恁兩清薄。』秤停，猶言平亭、權衡之意。《廣韻》：『秤，俗「稱」字。』

桉：趙善括《應齋詞》一卷，彊邨朱氏依輯《大典·應齋雜箸》本刻行。應齋與辛幼安、洪景盧唱酬，宜其詞筆超軼凡近也。如《摸魚兒·和辛帥》云：『天涯勞苦。望故國江山，東風吹淚，渺渺在何處。』《醉落魄·江閣》云：『碧山回繞闌干角。一縷行雲，忽向杯中落。』於緜邈處寫情，於空靈處寫景，各得象外環中之妙。又《水調歌頭·席上作》『燭影烘寒成煖，花色照人如畫』二句，亦工鍊。

王千秋

千秋，字錫老，號審齋，東平人。有《審齋詞》一卷。

〔詞評〕

《四庫全書》『審齋詞提要』：毛晉跋稱其詞多酬賀之作，然生日椵詞，南宋人集中皆有之，何獨刻責於千秋？況其體本《花間》而出入於東坡門徑，風格秀拔，要自不雜俚音，南渡之後亦卓然爲一作手。黄昇《中興詞選》不見采錄，或偶未見其本耳。晉跋遽以『絕少綺豔』評之，亦殊未允。集中如《憶秦娥》、《清平樂》、《好事近》、《虞美人》、《點絳脣》以及詠花諸作，短歌微吟，興復不淺，何必屯田《樂章》始爲情語也？

《珠花簃詞話》：《審齋詞·好事近·和李清宇》云：『歸晚楚天不夜。抹牆腰橫月。』只一『抹』字，便得冷靜幽瑟之趣。

黄蓼園云：王審齋有詞筆，時有佳句，非杜壽域輩所及。

〔詞考〕

《四庫全書提要》：陳振孫《書録解題》載《審齋詞》一卷，而不詳其始末，據卷内有《壽韓南澗生日》及《席上贈梁次張》二詞。南澗名元吉，隆興中爲吏部尚書；次張名安世，淳熙中爲桂林轉運使，是千秋爲孝宗時人矣。惟安世詩稱千秋爲金陵耆舊，與陳振孫所稱爲東平人不合，或流寓於金陵耶？

桉：《審齋詞·浣溪沙·詠焦油物名，待攷》云：『買市宣和預賞時。流蘇垂蓋寶燈圍。小鐺烹玉鼓聲隨。金彈玲瓏今夕是，鼇山縹緲昔遊非。馬行遺老想霑衣。』感物興懷，不沾不脱。其斷句如《虞美人》云：『老來心緒怯么絃。出塞移船莫遣到愁邊。』前調云：『海棠閒盡野棠開。匹馬崎嶇還入亂山來。』骨幹疏俊。蓼園黄氏稱其時有佳句，此類是已。又《青玉案》云：『擁翅欲去，鞾蛾還住，不盡徘徊意。』描寫閨人姿態，栩栩豪端。毛子晉譏其絕少綺語，非知人之言也。又《審齋詞·浣溪沙》云：『不止恨伊唯準擬，也先傷我太因循。而今頭過總休論。』或疑『頭』是誤字，『頭過』，或宋人方言，猶『稱消』、周草窗《西江月》句『稱消不過牡丹情』『遮些』、王質《漁父詞》『遮些快活有誰知』『怎奈向』秦少游《八六子》句：『怎奈向、歡娱漸隨流水』之類。

李處全 龍大淵

處全，字粹伯，號晦菴，洛陽人。登進士第，除宗正簿，遷太常丞，爲杭郡掾，知沅州，提舉湖北茶鹽，授祕書丞兼禮部郎官，遷殿中侍御史，進侍御史。母憂去職，奉祠。後知袁州、處州，移贛州，未赴，改舒州，卒於任。有《晦菴詞》一卷。

〔詞話〕

《織餘瑣述》：宋李處全《晦菴詞·念奴嬌·京口上元雪夜》云：『我亦低窗翻蠹紙。失喜瑤花盈尺。』《水調歌頭》云：『睡起推窗凝睇，失喜柔桑微緑，便擬作春衣。』『失喜』，當是宋人方言。《減字木蘭花》菊詞云『色莊香重』〔二〕，此四字亦甚新。

桉：李粹伯《晦菴詞》，臨桂王氏四印齋刻入《宋元三十一家詞》。其詞氣格雅近蒼淡，與康伯可、曹元寵輩迥乎不侔。如《水調歌頭·冒大風渡沙子》云：『我常欲，利劍戟，斬蛟鼉。胡塵未掃，指揮壯士挽天河。誰料半生憂患，成就如今老態，白髮逐年多。』又《詠梅》云：『松下淩霜古榦，竹外横窗疏影，同是歲寒姿。喚取我曹賞，莫使俗流知。』又云：『誰道梳風洗雨，不許調脂弄粉，容易涴天姿。』此等詞饒有骨榦。又如《朝中措》之『薰風庭院』、《鷰山溪》之『梨花過雨』兩闋，稍近穠麗，卻無便辟輭媚之習，其人品大概可知矣。《德壽宫起居注》稱侍御李處全上《玉京秋》詞，此詞集中不載。竟卷亦無應制之作，詎晚直禁廷所作不復入稿耶？　又桉：粹伯占籍亦有作溧陽者。粹伯從兄處權字巽伯，《瀛奎律髓》選其詩，注亦云洛陽人。而《景定建康志》卷四十九《儒雅傳》則稱處全，淑之曾孫，本徐州豐縣人，遷居溧陽，登第云云。《四庫全書》『崧菴集提要』謂『《瀛奎律髓》所稱洛陽，當由刻本傳譌，以溧爲洛』。今據兩説攷定之。《晦菴詞·水調歌頭》云：『此地嵩高名里，信美元非吾土。清夢繞瀍洢。』瀍、洢，皆河南水名，引爲吾土，詎溧陽人之言耶？《建康志》謂處全溧陽人，嘗登第矣，而是書進士題名卷三十二《儒學志》卻無處全姓名。處權以崧名菴，亦與洛陽相切。則二李當是洛陽人，作溧陽者，洛、溧聲近致誤也。《崧菴集·夢歸賦》引云『予洛陽人也』，此尤證據親切，無庸側引旁徵者已。《崧菴集》有『淳熙六年八月弟處全跋』，自稱行年五十，則處全生於建炎四年；當淳熙九年內直上《玉京秋》，時年已五十三矣。又桉《德壽宮起居注》云：『承旨龍大淵上《瑤臺聚八仙》。』此詞今亦未見。大淵它作亦無傳者，茲坿箸其名於此。

【校記】

〔一〕字：底本脱，據詞牌名補。

吳禮之

禮之，字子和，自號順受老人，錢塘人。有詞五卷。

〔詞話〕

《西湖遊覽志餘》：　西湖競渡，自二月八日爲始，而端午尤盛。是日畫舫齊開，遊人如蟻，龍舟六隻，俱裝十太尉、七聖、二郎神雜劇。帥守往一清堂彈壓，立標竿於湖中，挂錦綵、銀碗、官楮，以賞捷者。諸舟競發，先至標者取賞，其餘犒錢而已。吴子和賦《喜遷鶯》云：『梅霖初歇。正絳色海榴，爭開佳節。角黍包金，香蒲切玉，是處玳筵羅列。鬭巧盡輸年少，玉腕綵絲雙結。艤畫舫，見龍舟兩兩，波心齊發。　奇絕。難畫處，激起浪花，翻作湖間雪。畫鼓轟雷，紅旗掣電，奪罷錦標方徹。望中水天日暮，猶自珠簾高揭。棹歌歸晚，載荷香十里，一鉤新月。』

《南宋雜事詩注》：　花菴《中興絕妙詞選》：『吴禮之，字子和。王生、陶氏月夜共沈西湖。賦《霜天曉角》弔之云：「連環易缺。難解同心結。癡騃佳人才子，情緣重、怕離別。　意切。人路絕。共沈烟水闊。蕩漾香魂何處，長橋月，斷橋月。」』桉：《西湖志》本《癸辛雜識》載王生、陶氏事，但云都人作『長橋月，短橋月』以哀之，不記全篇，且不知作者姓字。得此，可以補之。『短橋』，花菴本作『斷橋』，是斷橋可名短橋也，亦前此所未聞。桉《西湖遊覽志餘》：　淳熙初，行都角妓陶師兒與蕩子王生狎甚，相眷戀，爲惡姥所間，不盡綢繆。一日，王生拉師兒游西湖，更闌，舉舟倦寢，舟泊淨慈寺藕花深處，王生、師兒相抱投水中，舟人驚救不及而死。都人作『長橋月，短橋月』以歌之。

〔詞評〕

鄭國甫云：　順受老人詞久著名，皆能以尋常語言爲極透脱文字。

桉：　吴子和時代未詳，其賦西湖競渡《喜遷鶯》詞，丁臨安全盛時，殆必在光、寧前矣。順受老人詞，花菴撰錄，凡十六闋。《蝶戀花·別恨》：『急水浮萍風裏絮。恰似人情，恩愛無憑據。去便不來來便去。到頭畢竟成輕負。簾捲春山朝又暮。鶯燕空忙，不念花無主。心事萬千誰與訴。斷雲零雨知何處。』〔一〕空中傳恨，循環無端，十六闋中最爲擅勝。斷句如《醜奴兒·秋別》云：『去也難留。萬重烟水一扁舟。錦屏羅幌，多應換得，蓼岸蘋洲。』《杏花天》云：『遥山好似宮眉淺。人比遥山更遠。』《漁家傲》云：『曉妝鏡裏春愁滿。』差不愧絕妙二字。

【校記】

〔一〕《蝶戀花》底本只錄首句，據《宋人詞話》補全。

胡浩然

浩然，字及爵里未詳。

〔詞話〕

《西湖遊覽志餘》：立春前一日，臨安府進大春牛，設於福寧殿庭。及駕臨幸，內官皆用五色綵杖鞭牛。是日賜百官春旛勝，宰執、親王以金，餘以金裹銀及羅帛爲之，各帶於襆頭之左入謝。後苑辦造春盤供進及分賜貴邸宰臣巨璫翠鏤紅綠、金雞玉燕，備極珍巧，每盤直萬錢。學士院撰進春帖，帝后、貴妃、夫人諸閤，各有定式，絳羅金鏤，華彩可觀。臨安府亦鞭春開宴，而邸第饋遺，多仿效內庭焉。胡浩然上郡守《喜遷鶯》云：『譙門殘月。聽畫角曉寒，梅花吹徹。瑞日祥雲，和風解凍，青帝乍臨東闕。

暖向土牛簫鼓，天路珠簾高揭。最好是，帶綵幡春勝，披頭雙結。奇絕。開宴處，珠履玳簪，俎豆爭羅列。舞袖翩韆，歌喉縹緲，壓倒柳腰鶯舌。勸我應時納祜，還把金爐香爇。願歲歲，這一巵春酒，長陪佳節。』

《聽秋聲館詞話》：《春霽》，一名《秋霽》，與《送入我門來》二調，皆始自胡浩然，夷猶誕漫，自成一格，他詞亦頗可觀。乃《詞綜》及《補遺》均未錄，至《草堂詩餘》誤以晁無咎《傳言玉女》詞爲浩然作，所錄吉席《滿庭芳》詞，鄙穢已甚，宜爲竹垞太史指摘。

桉：胡浩然詞見《草堂詩餘》，凡三闋，非罕見之書也。乃朱氏《詞綜》、陶氏《詞綜補遺》、王氏《詞綜》補人，並皆無之，疏漏政同。《御選歷代詩餘》錄其詞矣，而詞人姓氏中亦不著其名，《歷代詩餘》有詞無名者，胡浩然、陳沂孫、僧仲璋三家。是亦奇矣。丁杏舲錄其《秋霽》『虹影侵堦』闋，所據蓋《歷代詩餘》。《草堂詩餘》有浩然《春霽》『遲日融和』云云，其《秋霽》『虹影侵堦』闋，則署陳後主。顧後主時安得有倚聲長調？《歷代詩餘》注云：《秋霽》調始於胡浩然。其非是，可不辨而決。此二詞字句多同，疑浩然同時之作。

曹邍

邍，字擇可，號松山，占籍待攷。官御前應制。有《松山小稾》。

桉：曹松山詞，見《陽春白雪》及《絕妙好詞》，共六闋。茲錄其《瑞鶴仙》云：『爐烟消篆碧。對院落秋千，晝永人寂。濃春透花骨。正長紅小白，暈香塗色。銅駞巷陌，想遊絲、飛絮無力。念繡窗、深鎖紅鸞，虛度禁烟寒食。空憶。象牀沈水，鳳枕屏山，殢歡尤惜。粉香狼藉。海棠下、東風急。自秦臺簫咽，漢皋佩冷，斷雨零雲難覓。但杏梁、雙燕歸來，似曾相識。』其應制詠花諸作，亦工麗合體裁。

姜特立

特立，字邦傑，麗水人。靖康中以父綬殉國，廕補承信郎。以特奏名，四舉禮部。孝宗召試，遷閤門舍人，爲太子春坊。光宗即位，除知閤門事，校：《武林舊事》：特立觀察使，與周端臣、曹邍、陳郁，同爲御前應制。累官浙東馬步軍副總管、慶遠軍節度使。卒，祀武義縣鄉賢祠。有《梅山稾》六卷，《續稾》五卷，詞一卷。

〔詞話〕

《德壽宮起居注》：淳熙九年八月十五日，駕過宮起居太上，晚宴香遠堂。教坊樂部皆妙絕，極一時之選。待月初上，簫韶齊舉，縹緲相應，如在霄漢。既入座，太上召小劉貴妃獨吹白玉笙《霓裳中序第一》。上自起，執玉盃奉兩殿酒。侍宴官賦詞以進，各有宣賜。舍人姜特立上《金盞子慢》。校：此詞今《梅山詞》失載。〔一〕

〔詞評〕

《織餘瑣述》：宋姜特立《梅山詞·菩薩蠻》云：『苗葉萬珠明。露華圓更清。』『圓更清』三字，其所以然，未易說出，卻有無限真趣深致，决非鈍根人所能領會耳。又《蝶戀花》云：『明日尊前無覓處。咿軋籃輿，只向雙溪路。』『籃輿』入詞，似乎前此未有，『咿軋』，肖其聲，妙。

蕙風詞隱云：梅山詞妍麗丰腴是其本色，漸近深造，恰未成變化，以故紛披沈頓之筆，間一見之，而究不敵本色語多也。

桉：姜邦傑《梅山詞》一卷，半塘老人依南昌彭氏知聖道齋藏舊鈔本，刻入《宋元三十一家詞》，凡二十闋。錄令、慢各一如左：其在集中較爲清疏遒上者也，如《霜天曉角·爲夜遊湖作》云：『驢娱電掣。何況輕離別。料得兩情無奈，思量盡、總難說。　酒熱，淒興發。共尋波底月。長結西湖心願，水有盡、情無歇。』《滿江紅·辛酉生朝》云：『小小華堂，朱闌外、亂山如簇。更雲中仙掌，一峯高矗。南極老人呈瑞處，丙丁躔次光相燭。又誰知、堂上有閒人，無拘束。賓朋至，須歌曲。風月好，紛絲竹。都不管、世間是非榮辱。屈指如今儕輩少，幾人老後能知足。問此身、何地寄生涯，唯松菊。』〔二〕均是。又《浣溪沙》之後段云：『蝸角虚名真誤我，蠅頭細字不禁愁。班超何日定封侯。』上二句屬對工活，末句恰能承束上意。余嘗謂宋詞名作皆有理脈可尋，於此等處見之。《德壽宮起居注》載姜特立進《金盞子慢》詞，今集中失載。

【校記】

〔一〕此則，底本無，據《宋人詞話》補。

〔二〕《霜天曉角·爲夜遊湖作》和《滿江紅·辛酉生朝》二詞，底本衹錄首句，據《宋人詞話》補全。

周端臣

端臣，字彦良，號葵窗，建業人。官御前應制。有《葵窗小史》。

〔詞話〕

《西湖秋柳詞》注：周端臣葵窗有《廖氏香月園詞》，調寄《瑤臺聚八仙》。桉：此詞惜未見《秋柳詞》，續賦十六首，注引《葵窗小史餘錄》一則。

《香東漫筆》：白石詞『少年情事老來悲』，宋朱服句『而今樂事他年淚』，二語合參，可悟一意化兩之法。宋周端臣《木蘭花慢》句云：『料今朝別後，它時有癨，應癨今朝。』與『而今』句同意。

〔詞評〕

儀墨莊云：周葵窗詞，音節神采最佳。

桉：周彦良詞，《陽春白雪》及《絶妙好詞》共四闋，如《木蘭花慢》之『靄芳陰未解』、《越調·清夜遊》之『西園昨夜』，斷句如《玉樓春》歇拍云：『重來花畔倚闌干，愁滿闌干無倚處』，與《木蘭花慢》『梢』、『飄』韻，並極輕清婉約之致。彦良與姜梅山、曹松山、陳藏一同時爲御前應制，見《武林舊事》。四君皆擅倚聲之學。

徐照

照，字道暉，又字靈暉，號山民，桉：《文獻通考》作天民。永嘉人。卒於嘉定四年。據《宋詩鈔》小傳。有《芳蘭軒集》三卷，一名《山民集》。

〔詞話〕

《花草蒙拾》：顧太尉『换我心，爲你心，始知相憶深』，自是透骨情語。徐山民『妾心移得在君心。方知人恨深』全襲此，然已爲柳七一派濫觴。

《珠花簃詞話》：徐山民《瑞鷓鴣》云：『雨多庭石上苔文。門外春光老幾分。爲把舊書藏寶帶，誤翻殘酒濕綃裙。　風頭花片難裝綴，愁裏鶯聲怯聽聞。恰似翦刀裁破恨，半隨妾處半隨君。』《瑞鷓鴣》調與七言律詩同，山民此詞，卻必不可作七律觀，此詞與詩之別也。

《織餘瑣述》：宋徐照《清平樂》後段云：『迎人捲上珠簾。小螺未拂眉尖。貪教玉籠鸚鵡，楊花飛滿妝匳。』描寫閨娃憨態，饒絃外音。〔一〕

桉：徐山民詞《南歌子》云『相思無處説相思。笑把畫羅小扇覓春詞』、《阮郎歸》云『妾心移得在君心。方知人恨深』，此陸輔之所摘警句也。余喜其《玉樓春》起調云『螢飛月裏無光色。波水不摇樓影直』，狀夜景妙肖入神，尤能以淡靜勝。又《文獻通考》云：『徐照、徐璣、翁卷、趙師秀四人，號永嘉四靈，唯趙師秀嘗登第改官。』則山民或竟一布衣矣。檢《芳蘭軒詩集》有《永州書懷》、《題浯溪》、《永州寄翁靈舒》諸作，其《寄靈舒》句云：『古郡百蠻邊，蒼梧九點烟。去家疑萬里，歸計在明年。』山民蓋寓永稍久，或嘗薄宦此間，今不可攷。其卒在嘉定初，則當爲孝、光時人。

【校記】

〔一〕此後，《宋人詞話》有『附攷』一項，凡二則，迻錄於下：

《文獻通考》：陳氏云：徐照、徐璣、翁卷、趙師秀四人，號永嘉四靈，皆晚唐體者也。惟師秀嘗登科改官，亦不顯。

《梅磵詩話》：永嘉徐照《題子陵釣臺》詩云：『梅福神仙者，新知是婦翁。』子陵爲梅公壻，傳記不載，詩必有所本。

又有『補遺附攷』一則，迻錄於下：

葉適撰徐照墓誌：山民嗜苦茗，上下山水，穿幽透深，拾其勝會。有詩數百，斲思尤奇，皆橫絶欻起，冰懸雪跨，使讀者變踔憀慄，肯首吟嘆不自已。發今人未悟之機，回百年已廢之學，使後復言唐詩自照始，亦一快也。

劉瀾

瀾，字養源，號江邨，天台人。嘗爲道士，卒於嘉定九年。

〔詞話〕

《浩然齋雅談》：『御風來、翠鄉深處，連天雲錦平遠。臥遊已動蓬舟興，那在芙蓉城畔。巾嬾岸。任壓頂嵯峨，滿鬢絲零亂。飛吟水殿。載十丈青青，隨波弄粉，菰雨淚如霰。斜陽外，也有仙妝半面。無言應對花怨。西湖千頃腥塵暗。更憶鑑湖一片。何日見。試折藕占絲，絲與腸俱斷。遐征漸倦。當穎尾湖頭，綠波彩筆，相伴老坡健。』此劉灝養源遊天台雁蕩東湖所賦《買陂塘》詞絕筆也，哀哉！

《剡源集·王德玉樂府倡答小序》：往年客錢塘，與金仁翁、劉養源、翁處靜輩商略樂府，往往花朝月夕，皆能自爲而自歌之。余雖不能，輒從旁拊掌擊節稱善，亦一時之快也。聚散三十年，升沈工拙，是非賢否，悉所不問，獨江湖交友過從之樂，時時未能去心耳。

〔詞評〕

王定甫云：江邨清挺，能作豪俊語，而自不戾格。〔一〕

按：劉養源詞清拔處具體白石，見《絕妙好詞》，凡三闋，皆合作也。《慶宮春·重登蛾眉亭感舊》云：『春翦綠波，日明金渚，鏡光盡浸寒碧。喜溢雙蛾，迎風一笑，兩情依舊脈脈。那時同醉，錦袍濕、烏紗欹側。英遊何在？滿目青山，飛下孤白。片帆誰上天門，我亦明朝，是天門客。平生高興，青蓮一葉，從此飄然八極。磯頭綠樹，見白馬、書生破敵。百年前事，欲問東風，酒醒長笛。』此詞從白石『雙槳蓴波』闋脫化而出，所不逮白石者，質與遒耳。其《瑞鶴仙·詠海棠》後段云：『紅蹙。花開不到，杜老溪莊，己公茅屋。山城水國。歡易斷，夢難續。記年時、馬上人酣花醉，樂奏開元舊曲。夜歸來、駕錦漫天，絳紗萬燭。』《齊天樂·吳興郡宴遇舊人》後段云：『劉郎今度更老，稚懷都不到，書帶題扇。花信風高，苕溪月冷，明日雲帆天遠。』此等詞，濃處見骨幹，淡處彌腴韻，置之碧山、玉田集中，未易伯仲。又《蘋洲漁笛譜》有和劉養源《明月引》、《六么令》各二闋，惜元唱已佚。

【校記】

〔一〕此後，《宋人詞話》有『附攷』一項，凡一則，迻錄於下：

《瀛奎律髓》注云：　劉瀾嘗爲道士，還俗。學唐詩有所悟，干謁無成。

歷代詞人考略卷三十四

宋二十八

蔡幼學

幼學，字行之，瑞安人。年十八，試禮部第一，以對策忤時相，得下第，教授廣德軍。孝、光間官至校書郎。寧宗卽位，特除提舉福建常平。時朱熹居建陽，幼學每事諮訪。坐劾罷，奉祠。尋起知黄州，召入爲吏部員外郎，歷國子司業、宗正少卿，遷中書舍人兼侍講，兼直學士院，除刑部侍郎，改吏部，除龍圖閣待制，知泉州，徙建康府、福州，進福建路安撫使，力求罷去。升寶謨閣直學士，提舉萬壽宫，召權兵部尚書兼太子詹事。卒謚文懿。有《育德堂集》。〔一〕

桉：蔡文懿詞《好事近》云〔二〕：『日日惜春殘，春去更無明日。擬把醉同春住，又醒來岑寂。明年不怕不逢春，嬌春怕無力。待向燈前休睡，與留連今夕。』見《花草粹編》。《御選歷代詩餘》：『蔡幼學有名無詞。』

【校記】

〔一〕此後，《宋人詞話》有『附攷』一項，凡一則，迻錄於下：

《吹劍錄外集》：　蔡尚書幼學師陳止齋，乾道壬辰同赴省試，止齋知其必魁取，乃自下賦卷。已而師生經賦俱爲第一，賦場先試出『聖人之於天道論』，次場『天地之性人爲貴』，其文意步驟全倣止齋，蓋有所授也。　又：　慶元二年張貴謨指論《太極圖》之非，知舉葉翥、倪思奏道學之魁，鼓惑天下，乞毁《語録》之類。是科所取，稍涉義理之説，皆黜之。六經《語》、《孟》、《中庸》、《大學》爲世大禁，朝論洶洶，爭以晦翁爲奇貨。胡紘草疏欲上，而遷以授察官。沈繼祖上之，晦菴褫職，蔡元定編置道州卒。侍郎劉珏目爲逆黨，請置僞學逆黨籍，凡五十九人，餘官第二十三蔡幼學。

〔二〕文，底本作『忠』，據上文改。

高觀國

觀國，字賓王，號竹屋，山陰人。有《竹屋癡語》一卷。〔一〕

〔詞話〕

楊湜《古今詞話》：　高觀國精於詠物，《竹屋癡語》中最佳者有《御街行》詠轎、詠簾、《賀新郎》詠梅、《解連環》詠柳、《祝英臺近》詠荷、《少年遊》詠草，皆工而入逸，婉而多風。

《歷代詞話》『姜堯章』云：　高竹屋有中秋夜懷史梅溪《齊天樂》詞，卽『晚雲知有關山念』一闋也，徘徊宛轉，交情如見。

沈雄《古今詞話》：　僧皎然《送春》詞：　『有意送春歸，無計留春住。畢竟年年用著來，何似休歸去。』高賓王全用之：『屈指數春來，彈指驚春去。簷外蛛絲網落花，也要留春住。幾日喜春晴，幾夜愁春雨。十二闌干六曲屏，題徧傷春句。』

〔詞評〕

《珠花簃詞話》：高竹屋有梅花詞二闋，調寄《金人捧露盤》、《絶妙好詞》錄其『念瑤姬』闋，其『楚宮閒』闋風格尤遒上，未審公謹何以不登。此並錄二闋如左，俟知音者擇焉。『念瑤姬，翻瑤佩，下瑤池。冷香夢、吹上南枝。羅浮夢杳，憶曾清曉見仙姿。天寒翠袖，可憐是、倚竹依依。溪痕淺，雪痕凍，月痕淡，粉痕微。江樓怨、一笛休吹。芳信待寄，玉堂烟驛雨淒遲。新愁萬斛，爲春瘦、卻怕春知。』又：『楚宮閒，金成屋，玉爲闌。斷雲夢、容易驚殘。驪歌幾疊，至今愁思怯陽關。清音恨阻，抱哀箏、知爲誰彈。年華晚，月華冷，霜華重，鬢華斑。也須念、閒損雕鞍。斜緘小字，錦江三十六鱗寒。此情天闊，正梅信、笛裏關山。』〔二〕又：《竹屋詞·齊天樂·中秋夜懷梅溪》云：『古驛烟寒，幽垣夢冷，應念秦樓十二。』此等句開國朝詞門徑，鉤勒太露，便失之薄。

《織餘瑣述》：高觀國《竹屋詞·臨江仙》句云『詩俊爲梅新』，此語亦俊而新。《謁金門》云『濕紅如有恨』，亦佳句。

張叔夏云：竹屋、白石、梅溪、夢窗，格調不凡，句法挺異，俱能特立清新之意，刪削靡曼之詞，自成一家。

劉融齋云：高竹屋爭驅白石，然嫌多綺語。

王定甫云：竹屋詞力量稍遜梅溪，較梅溪爲和渾耳。

黄蓼園云：　豔詞寧近質，勿涉纖，如高竹屋，尚不失爲作者。

〔詞考〕

《四庫全書總目》『竹屋癡語提要』：　陳振孫《書録解題》載《竹屋詞》一卷，高觀國譔，不詳何許人，高郵陳造並與史達祖二家爲之序。此本爲毛晉所刊，末有晉跋，僅録造序中所稱『竹屋、梅溪語皆不經人道，其妙處少游、美成不及』數語，而不載全文。然考造《江湖長翁集》亦不載是序，或當時削其稾歟？　詞自鄱陽姜夔句琢字鍊，始歸醇雅，而達祖、觀國爲之羽翼，故張炎謂數家『格調不凡，句法挺異，俱能特立清新之意，删削靡曼之詞』。乃《草堂詩餘》於白石、梅溪則概未寓目，竹屋詞亦止選其《玉蝴蝶》一闋，蓋其時方尚甜熟，與風尚相左故也。觀國與史達祖疊相酬唱，旗鼓俱足相當。惟《梅溪詞》中尚有《賀新郎》一闋，注云『湖上與高賓王同賦』，今集中未見此調，殆佚之歟？

桉：　融齋劉氏《藝概》云：　『高竹屋詞爭驅白石，然嫌多綺語。』竊嘗瀏覽竟卷，亦有並非綺語而詞甚工，如《玉蝴蝶》云：　『唤起一襟涼思，未成晚雨，先做秋陰。楚客悲殘，誰解此意登臨。古臺荒、斷霞斜照，新夢黯、微月疏砧。總難禁。盡將幽恨，分付孤斟。　從今。倦看青鏡，既遲勳業，可負烟林。斷梗無憑，歲華搖落又驚心。想蓴汀、水雲愁凝，閒蕙帳、猿鶴悲吟。信沈沈。故園歸計，休更侵尋。』《鷓鴣天》云：　『有約湖山卻解襟。晝眠占得一庭深。樹邊風色寒滋味，愁裏年華雁信音。　驚楚夢，聽瑤琴。黄花尚可伴孤斟。斷雲萬一成疏雨，卻向湖邊看晚陰。』此等詞亦復饒有骨榦，未可付之十八女郎紅牙拍板也。其實雖豔而不俗，卽亦無傷高格，如《夜合花》云：　『斑駁雲開，濛濛雨過，海棠花外寒輕。湖山翠暖，東風正要新晴。又唤醒，舊遊情。記年時、今日清明。隔花陰殘，香隨笑語，特地逢迎。　人生好景難並。依舊鞦韆巷陌，花月蓬瀛。春衫抖擻，餘香半染芳塵。念嫩約，杳難憑。被幾聲、啼鳥驚心。一庭芳草，危闌晚日，無限消凝。』《蘭陵王·爲十年故人作》云：『鳳簫咽。花底寒輕夜月。蘭堂靜，香霧翠深，曾與瑤姬恨輕別。羅巾淚暗疊。情入歌聲怨切。殷勤意，欲去又留，柳色和秋爲重折。　十年迥淒絕。念髻怯瑤簪，衣褪香雪。雙鱗不渡烟江闊。自春來人見，水邊花外，羞倚東風翠袖怯。正愁恨時節。　南陌。阻金勒。甚望斷青禽，難倩紅葉。春愁欲解丁香結。整新歡羅帶，舊香宮篋。淒涼風景，待見了，盡向說。』此等詞雖涉言情，未可以綺語目之。其氣清，其神淡也。斷句如《玲瓏四犯》云：『魂驚苒苒江南遠，烟草愁如許。』《醉落魄》云：『亂峯低處明殘日。雁字成行，界破暮天碧。』繇邈疏爽，各擅所長，並皆可誦〔三〕。

【校記】

〔一〕此後，《宋人詞話》有序跋文一則，迻錄於下：

汲古閣《宋六十名家詞·竹屋癡語跋》：賓王詞，《草堂集》不多選，選入如《玉蝴蝶》，坊刻竟逸去。又如《杏花天》、《思佳客》諸作混入他人，先輩多拈出，以慨時本之誤。陳造敘云：『高竹屋與史梅溪皆周、秦之流，所作要是不經人道語，其妙處少游、美成亦未及也。』湖南毛晉子晉識。

〔二〕『此並錄二闋』至此，底本無，據《宋人詞話》補。

〔三〕桉語中所引諸詞原祇錄各詞的首句，據《宋人詞話》補全。

張鎡張樞

鎡，字功甫，一字時可，自號約齋居士，成紀人，居臨安，循王曾孫。淳熙、紹熙間歷承事郎、宣義郎、直祕閣通判、臨安軍府事。開禧初爲右司郎官，終少卿。有《南湖集》十卷、《詩餘》一卷。校：一名《玉照堂詞》。

〔詞話〕

《浩然齋雅談》：放翁在朝日，嘗與館閣諸人會飲於張功父南湖園，酒酣，主人出小姬新桃者，歌自製曲以侑尊。校：今檢《南湖詩餘》未見有自製曲，當是已佚。《南湖集》朱文藻《書後》，稱公詩存者僅三之一，即詞亦非全豹矣。以手中團扇求詩於翁，翁書一絕云：『寒食清明數日中，西園春事又悤悤。梅花自避新桃李，不爲高樓一笛風。』蓋戲寓小姬名於句中以爲一笑，當路有恚之者，遽指以爲有所譏，竟以此去。

《蕉壁瑣言》：鄭君光錫語余：曩赴張功甫南湖園春燕，置酒聽鸎亭，亭外垂柳數十株，柔荑初綠。酒半，出家伎十餘輩，悉衣鵝黃宮錦半臂，並歌唐人《柳枝詞》，作貼地舞；歌竟，又易十餘輩，悉衣淺碧蜀錦幃，手執柳枝，唱名流詠柳樂府送客，諸伎籠燈者以百計。

《古今詞話》：花庵詞客曰：楊萬里極稱張功甫之詞。《玉照堂詞》以種梅得名，如『光搖動、一川銀浪，九霄珂月』是也。周草窗曰：『張功甫，西秦人，其「月洗高梧」一闋乃詠物之入神者。』此白石論史邦卿詞而及之。

《詞統源流》：　張南湖《詩餘圖譜》於詞學失傳之日創爲譜系，有華路藍縷之功。《虞山詩選》云：『南湖少從西樓王氏遊，刻意填詞，必求合某宮某調第幾聲，其聲出入第幾犯，抗墜圓美，必求合作。』則此言似屬溢論，大約南湖所載俱係習見諸體，一桉字數多寡，韻腳平仄，而於音律之學尚隔一塵。試觀柳永《樂章集》中，有同一體而分大石、歇指諸調，按之平仄，亦復無別。此理近人原無見解，亦如公戫所言徐六擔板耳。

《絶妙好詞箋》：《玉照堂詞》詠菱《鵲橋仙》云：『連汀接溆，縈蒲帶藻，萬葉香浮光滿。濕烟吹霽木蘭輕，照波底、紅嬌翠婉。　玉纖採處，銀籠攜去，一曲山長水遠。綵鴛雙慣貼人飛，恨南浦、離多夢短。』〔一〕

《南湖集》朱文藻《書後》：　玉照之梅，桂隱之桂，邀客宴賞，對花獨吟，集中屢見。至於牡丹之會，王簡卿嘗一赴之。如《齊東野語》所述，可謂極聲伎之盛矣。而集中《擁繡堂看大花》詞云：『手種滿闌花，瑞露一枝先坼。拄個杖兒來看，兩三人門客。』又何其清況！若是公有小姬，放翁會飲，則有贈詩書扇之新桃。公集中於《夢遊仙》題下云：『小姬病起，幡然有入道之志。』正與自詠詩所謂『紅裙遣去如僧榻，白髮梳來稱道冠』之語合。故史魏公《慧雲寺記》稱其閒居，遠聲色，薄滋味，矻矻詩文自處，不異布衣臞儒。而明之吳本如作公祠記，遂疑史語非實錄。然公不云乎『光明藏中，孰非遊戲？能於有差別境中，入無差別定。則淫房酒肆，遍歷道場；鼓樂音聲，皆談般若』。後之論公者，當作如是觀耳。

〔詞評〕

《皺水軒詞筌》：稗史稱『韓幹畫馬，人入其齋，見幹身作馬形』，凝思之極，理或然也，作詩文亦必如此始工。如史邦卿詠燕，幾於形神俱似矣；次則姜白石詠蟋蟀，然尚不如張功甫『月洗高梧』云云，不惟曼聲勝其高調，兼形容處心細如絲髮，皆姜詞之所未及發。

《織餘瑣述》：《玉照堂詞·宜雨亭詠千葉海棠》云：『紫膩紅嬌扶不起，好是未開時候。半怯春寒，半便晴色，養得臙脂透。』宋邵康節云『好花看到半開時』，此更於未開時著眼，豈稼軒詞所謂『惜春長怕花開早』耶？蕙風外子句云：『玉奴羯鼓悔催花，花若遲開應未落。』才人之筆往往恉趣略同，而抒辭愈變愈工也。

沈雄《古今詞話》：張功甫有送陳退翁分教衡湘《賀新郎》詞，楊升菴曰：『此詞首尾變化，送教官而及陰山狂虜，非善轉換不及此。末句「呼翠袖，爲君舞」，又能換回結煞，真有千鈞筆力。稼軒有「憑誰喚取，盈盈翠袖，揾英雄淚」，似之。』

許蒿廬云：約齋居士詞響逸調遠，亦有工細處。〔二〕

桉：《玉照堂詞》，朱竹垞選《詞綜》時曾見之。今《南湖詩餘》有知不足齋刻本，乃館臣自《永樂大典》輯出，鮑氏又據《詞綜》補《蘭陵王》一首，可見《大典》所錄非足本也。近彊邨朱氏又據鮑本重校刻之，後附張斗南詞。斗南，名樞，一字雲窗，功甫諸孫，叔夏父也。仁和許氏輯其詞，置於《山中白雲》卷首，朱氏改附《南湖詞》後。今讀《南湖詩餘》，泰半對花拊景之作，茲擇其尤雅者標目如左：《昭君怨》『園池夜汎，月在碧虛』闋，《菩薩蠻·詠鴛鴦梅》『前生曾是』闋，《好事近・擁繡堂看大花》『手種滿闌花』闋，《虞美人・詠水莢花》『濃妝未試』闋，《感皇恩・駕霄亭觀月》『詩眼看青天』闋，《蝶戀花》『楊柳鞦韆』闋，又『門外滄洲』闋，《鷓鴣天・自興遠橋過清夏堂》『閒立飛虹』闋，《念奴嬌・宜雨亭詠千葉海棠》『綠雲影裏』闋，《八聲甘州・秋夜奉懷浙東辛帥》『領千巖萬壑』闋，《宴山亭》『幽夢初回』闋。斷句如《南鄉子・春雪》云：『小立妖嬈何所似，風前，柳絮飛時見牡丹。』〔三〕《眼兒媚・詠女貞木》云：『月兒照著，風兒吹動，香了黃昏。』《鵲橋仙・采菱》云：『濕烟吹霽木蘭輕，照波底、紅嬌翠婉。』皆可誦。《滿庭芳・詠促織》後段云：『兒時，曾記得，呼燈灌穴，斂步隨音。任滿身花影，猶自追尋。攜向華堂戲鬭，亭臺小、籠巧妝金。今休說，從渠牀下，涼夜伴孤吟。』狀物寓情，庶幾石帚孚響。《瑞鶴仙》云：『悶歸來，已早遊人回盡，燈暗重門欲閉。』與『那人正在燈火闌珊處』同一黯然銷魂〔四〕。唯《風入松》云：『耳邊囑付話兒姦。休放鑾檀。』『姦』韻絕奇，『鑾檀』字亦廑見。

【校記】

〔一〕此則，底本無，據《宋人詞話》補。

〔二〕此後，《宋人詞話》有『附攷』一項，凡四則，迻錄於下：

楊誠齋《張功甫畫像贊》：香火齋祓，伊蒲文物，一何佛也。襟帶詩書，步武瓊琚，又何儒也。門有珠履，坐有桃李，一何佳公子也。冰茹雪食，琱碎月魄，又何窮詩客也。約齋子方外歟？方內歟？風流歟？窮愁歟？老夫不知，其問諸白鷗。

《齊東野語》：張鎡功甫號約齋，循忠烈王諸孫。能詩，一時名士大夫莫不交游，其園池、聲伎、服玩之麗甲天下。嘗於南湖園作駕霄亭，於四古松間以巨鐵絙懸之空半而羈之松身，當風月清夜，與客梯登之，飄搖雲表，真有挾飛仙、遡紫清之意。王簡卿侍郎嘗赴其牡丹會，云：『衆賓既集，坐一虚堂，寂無所有。俄問左右，云：「香已發未？」荅云：「已發。」命捲簾，則異香自内出，郁然滿坐。羣妓以酒肴、絲竹次第而至，别有名姬十輩皆衣白，凡首飾、衣領皆牡丹，首帶照殿紅一枝，執板奏歌侑觴，歌罷樂作，乃退。復垂簾，談論自如，良久香起，捲簾如前，别十姬易服與花而出，大抵簪白花則衣紫，紫花則衣鵞黄，黄花則衣紅，如是十杯，衣與花凡十易。所謳者，皆前輩牡丹名詞。酒竟，歌者樂者無慮數百十人，列行送客，燭光香霧，歌吹雜作，客皆恍然如仙遊也。』

《西湖遊覽志餘》：張功甫爲梅園，於湖上作堂，其間曰玉照堂。其自敘云：梅花爲天下神奇，而詩人尤所酷好。淳熙歲乙巳，予得曹氏荒圃于南湖之濱，有古梅數十株，輟地十畝，移種成列，增取西湖北山别圃紅梅，合三百餘本。築堂數間以臨之，又夾以兩室，東植千葉緗梅，西植紅梅，各一二十章。前爲軒楹如堂之數，花時居宿其中，瑩潔輝映，夜如對月，因名曰玉照。復開澗環繞，小舟往來，未始半月捨去。自是客有遊桂隱者，必求觀焉。頃者，太保周益公秉鈞子嘗造東閣，坐定，首顧予曰：『一棹徑穿花十里，滿城無此好風光。』蓋予舊詩尾句。衆客相與歆豔，於是遊玉照者又必求觀焉。值春凝寒，又能留花，過孟月始盛。名人才士題詠層委，亦可謂不負此花矣。但花豔並秀，非天時清美不宜。又標韻孤特，若三閭、首陽二子寧槁山澤，終不肯頫首屏氣，受世俗湔拂。間有身親貌悦，而此心落落，不相領會，甚至於汚褻。附近略不自揆者，花雖眷客，然我輩胷中空洞，幾爲花呼叫稱寃，不特三嘆而足也。因審其性情，思所以爲奬護之策，凡數月乃得之。今疏花宜稱、憎嫉、榮寵、屈辱四事，總五十八條，揭之堂上，使來者有所警省。且世人徒知梅花之貴而不能愛敬之，使以予之言傳布流誦，亦將有媿色云。花宜稱，凡二十六條：爲澹陰，爲曉日，爲薄寒，爲細雨，爲輕烟，爲佳月，爲夕陽，爲微雪，爲晚霞，爲珍禽，爲孤鶴，爲清溪，爲小橋，爲竹邊，爲松下，爲明窗，爲踈籬，爲蒼厓，爲緑苔，爲銅瓶，爲紙帳，爲林間吹笛，爲膝上横琴，爲石枰下棋，爲掃雪煎茶，爲美人淡粧簪戴。花憎嫉，凡十四條：爲狂風，爲連雨，爲烈日，爲苦寒，爲醜婦，爲俗子，爲老鴉，爲惡詩，爲談時事，爲論差除，爲花徑喝道，爲對花張緋幙，爲賞花動鼓板，爲作詩用調羹驛使事。花榮寵，凡六條：爲烟塵不染，爲鈴索護持，爲除地鏡淨落瓣不淄，爲主人旦夕留盼，爲詩人閣筆評量，爲妙妓淡粧雅歌。花屈辱，凡十二條：爲主人不好事，爲主人慳鄙，爲種富家園內，爲與麄婢命名，爲蟠結作屏，爲賞花命猥妓，爲庸僧牕下種，爲酒食店内插瓶，爲樹下有狗屎，爲枝上晒衣裳，爲青紙屏粉畫，爲生猥巷穢溝邊。

《紫桃軒雜綴》：張功甫豪侈而有清尚，嘗來吾郡海鹽，作園亭自恣，令歌兒度曲，務爲新聲，所謂海鹽腔也。

〔三〕『南鄉子』至此，底本無，據《宋人詞話》補。

〔四〕『瑞鶴仙』至此，底本無，據《宋人詞話》補。

史達祖

達祖，字邦卿，汴人。有《梅溪詞》一卷。

〔詞評〕

《玉林詞話》：史邦卿《雙雙燕》『過春社了』云云，姜堯章極稱賞。『柳昏花暝』之句，形容雙燕亦曲盡其妙矣。

《詞源》：詩難於詠物，詞爲尤難，體認稍真，則拘而不暢；模寫差遠，則晦而不明。要須收縱聯密，用事合題，一段意思全在結句，斯爲絶妙。如史邦卿《東風第一枝·詠春雪》、《綺羅香·詠春雨》、《雙雙燕·詠燕》，此皆全章精粹，所詠瞭然在目，且不留滯於物。又：史邦卿《春雨》云：『臨斷岸、新綠生時，是落紅、帶愁流處。』《燈夜》云：『自憐詩酒瘦，難應接、許多春色。』此皆平易中有句法。又：史邦卿《東風第一枝·賦立春》、《黄鐘喜遷鶯·賦元夕》，此等妙詞不獨措辭精粹，又且見時序風物之盛、人家宴樂之同。

《詞品》：姜堯章謂邦卿之詞奇秀清逸，有李長吉之韻。蓋能融情景於一家，會句意於兩得者，其『做冷欺花，將烟困柳』一闋，將春雨神色拈出；『飄然快拂花梢，翠尾分開紅影』，又將春燕形神書出矣。姜亦當時名手，而推服之如此。

《絕妙好詞箋》：《梅溪詞·水龍吟·陪節欲行留別社友》『道人越布單衣』云云，桉：梅溪曾陪使臣至金，故有此詞。

《古今詞話》：沈雄曰：史梅溪《換巢鸞鳳·春情》句云：『花外語香，時透郎懷抱。暗握荑苗，乍嘗櫻顆，猶恨侵階芳草。』《詞統》謂醉心蘇魄之語，恐非生人所安也。又：《詞統》曰：史邦卿《喜遷鶯》細心苦思，不幸有改之者，如『芳草漸侵裙幄』則改爲『雙燕漸窺簾幙』，又『鶯囀綠窻，也似來相約。粉壁題詩，香堦走馬，爭奈髩絲輸卻』又改爲『無奈綠窻，孤負敲碁約。錦瑟調絃，銀瓶索酒，年少也曾迷著』，不亦大損風韻也哉？此不可以我面爲子面者，終必爲識法者懼也。

《玉塵集》：用詩入詞，名家往往不免。如史邦卿與陸放翁同時，而翻其句云：『小雨空樓，無人深巷，早已杏花先賣。』

《皺水軒詞筌》：作險韻者以妥爲貴，史達祖《一斛珠》曰：『鴛鴦意愜。空分付、有情眉睫。齊家蓮子黄金葉。爭比秋苔，韡鳳幾番躡。　牆陰月白花重疊。悤悤輭語頻驚怯。宮香錦字將盈篋。

雨長新寒，今夜夢魂接。』語甚生新，卻無一字不安也，末語尤有致。　又：嘗觀姜論史詞，不稱其『輭語商量』，而賞其『柳昏花暝』，固知不免項羽學兵法之恨。

《花草蒙拾》：宋南渡後，梅溪、白石、竹屋、夢窗諸子極妍盡態，反有秦、李未到者。雖神韻天然處或減，要自令人有觀止之歎。正如唐絕句至晚唐劉賓客、杜京兆，妙處反進青蓮、龍標一塵。

《金粟詞話》：南宋詞人如白石、梅谿、竹屋、夢窗、竹山諸家之中，當以史邦卿爲第一。昔人稱其分鑣清真，平睨方回，紛紛三變行輩不足比數，非虛言也。

《遠志齋詞衷》：梅溪、白石、竹山、夢窗諸家，麗情密藻，盡態極妍，要其追琢處，無不有蛇灰蚓線之妙。

《詞徑》：詞中四字對句最要凝鍊，如史梅溪云：『做冷欺花，將烟困柳。』只八個字，已將春雨畫出。

《香海棠館詞話》：《梅溪詞》『幾曾湖上不經過。看花南陌醉，駐馬翠樓歌』，下二語人人能道，上七字妙絕，似乎不甚經意，所謂得來容易卻艱辛也。

《珠花簃詞話》：『詩酒尚堪驅使在，未須料理白頭人』，少陵句也。梅溪詞《喜遷鶯》云：『自憐詩酒瘦，難應接、許多春色。』蓋反用其意。

陳唐卿云：梅溪、竹屋詞要是不經人道語，其妙處，雖少游、美成不及也。

許蒿廬云：白石、梅溪，昔人往往並稱。驟閱之，史似勝姜，其實則史少減堯章。昔鈍翁嘗問漁洋曰：『王、孟齊名，何以孟不及王。』漁洋曰：『孟詩味之未能免俗耳。』吾于姜、史亦云。倚聲者試取兩家詞孰玩之，當不以予爲蚍蜉之撼。

劉融齋云：史邦卿詞句最警鍊，微嫌意貪。

黄蓼園云：史邦卿詞如珠玉豔秋，羅綺嬌春。

〔詞考〕

《四庫全書總目》『梅溪詞提要』：田汝成《西湖志餘》稱韓侂胄有堂吏史達祖擅權用事，與之名姓皆同。今考集中《齊天樂》第五首注云：『中秋宿真定驛。』《滿江紅》第二首注云：『九月二十一日東京懷古。』《水龍吟》第三首注云：『陪節欲行，留别社友。』《鷓鴣天》第四首注云：『衛縣道中。』《惜黄花》一首注云：『九月七日定興道中。』核其詞意，必李壁使金之時，侂胄遣之隨行覘陰，故有諸詞。知譔此集者，卽侂胄所用之史達祖。又考玉津園事，張鎡雖預其謀，而鎡實侂胄之狎客，故於滿頭花生辰，得移廚張樂於其邸。此篇前有鎡序，足證其爲侂胄黨，序末稱數路得人，恐不特尋美於漢，亦足證其實爲掾史，確非兩人。惟序作於嘉泰元年辛酉，而集中有壬戌立春一首；序稱『初識達祖，出詞一編』，而集中有與鎡唱和詞二首，則此本又後來所編，非鎡所序之本矣。

四印齋刻《梅溪詞》跋：陳氏《書錄解題》云汴人史達祖邦卿撰，張約齋鎡爲作序，不詳何人。葉紹翁《四朝聞見錄》云：『韓侂胄爲平章，專倚省吏史達祖，韓敗，黥焉。』或遂謂邦卿卽侂胄吏，并引詞中陪節北行『一錢不值』等語實之。桉：陳氏去侂胄未遠，邦卿果爲其省吏，何必曲爲之諱，猥云不詳？卽以詞論，如《滿江紅》之『好領青衫』、《齊天樂》之『郎潛白髮』，皆非胥吏所能假託。且約齋爲手刃侂胄之人，何至與其吏唱訓、復作序傾倒如此？殆不然矣。堂吏非輿臺，侂胄之姦，視秦、賈有間，邦卿卽真爲省掾，原不必深論，特古今同時同姓名者正自不乏，强爲牽合，亦知人論世者所宜辨也。

按：史梅溪，宋詞名家也。其賦詠諸作久膾炙人口，乃至工於言情，則論者殊未之及。茲略舉數闋，如《三姝媚》之『烟光搖縹瓦』、《瑞鶴仙》之『杏烟嬌溼鬢』，乃其最濃至者；《八歸》之『秋江帶雨』、《玉蝴蝶》之『晚雨未摧宮樹』，乃其較疏俊者；《蝶戀花》之『二月東風吹客袂』、《解佩令》之『人行花塢』，則又以標韻勝矣。又《梅溪詞》尋春服感念《壽樓春》云：『裁春衫尋芳。記金刀素手，同在晴窗。幾度因風飛絮，照花斜陽。誰念我、今無腸。自少年、消磨疏狂。但聽雨挑燈，欹牀病酒，多夢睡時妝。　飛花去，良宵長。有絲闌舊曲，金譜新腔。最恨湘雲人散，楚蘭魂傷。身是客，愁爲鄉。算玉簫、猶逢韋郎。近寒食人家，相思未忘蘋藻香。』此自度曲也。前段『因風飛絮，照花斜陽』，後段『湘雲人散，楚蘭魂傷』句，『風飛』、『花斜』、『雲人』、『蘭魂』，並用雙聲疊韻字，是聲律極細處。

劉光祖

光祖，字德修，陽安人，寓居德清。登進士第，累官除右正言，知果州，以趙汝愚薦召入。光宗卽位，除軍器少監，補殿中侍御史，徙太府少卿，求去，除直祕閣、潼川運判，改夔州提刑。寧宗卽位，除侍御史，改司農少卿，進起居郎。忤韓侂胄，奪職，謫房州，起知眉州，除潼川路提刑，權知瀘州。侂胄誅，召除右文殿修撰，知襄陽府，進寶謨閣待制，知遂寧府，改京湖制置使，以寶謨閣直學士知潼州府，升顯謨閣學士，提舉西京嵩山崇福宫。嘉定十五年卒，進文華閣學士，謚文節。有《後溪集》十卷，《鶴林詞》一卷。

〔詞話〕

《絕妙好詞箋》：《鶴林詞·踏莎行》：『掃徑花零，閉門春晚。恨長無奈東風短。起來消息探荼蘼，雪條玉蕊都開徧。晚月魂清，夕陽香遠。故山别後誰拘管。多情於此更情多，一枝䰐罷還重撚。』

桉：劉文節詞氣體清疏，不假追琢。《洞仙歌·荷花》一闋允推佳構，其詞云：『晚風收暑，小池塘荷淨。獨倚胡牀酒初醒。起徘徊、時有香氣吹來，雲藻亂，葉底遊魚動影。空擎承露蓋，不見冰容，惆悵明妝曉鸞鏡。後夜月涼時，月淡花低，幽夢覺、欲憑誰省。也應記、臨流凭闌干，便遥想，江南紅酣千頃。』見《中興以來絕妙詞選》及《絕妙好詞》。題作敗荷。《鵲橋仙·留別》歇拍云：『如何不寄一行書，有萬緒、千端别後。』倒裝句法，亦佳。魏文靖《鶴山詞》與文節唱酬之作絕夥，蓋氣類之雅，琴筑同聲也。

崔與之

與之，字正子，廣州人。少遊太學，紹熙四年登進士第，授潯州司法參軍，知新城縣，通判邕州，特授廣西提點刑獄。入爲金部員外郎，授直寶謨閣，權發遣揚州事，主管淮東安撫司公事。升祕書監兼太子侍講，權工部侍郎，以煥章閣待制知成都府，本路安撫使。理宗卽位，提舉南京鴻慶宫，俄授廣東經略安撫使，兼知廣州，拜參知政事，拜右丞相，皆力辭。嘉熙三年致仕，以觀文殿大學士提舉洞霄宫。卒謚清獻，累封至南海郡公。有《菊坡集》。

〔詞話〕

李昴英《文溪集·題菊坡〈水調歌頭〉後》：清獻崔公劍閣賦長短句，卷卷愛君憂國，遑惜身計，此意類《出師表》雅趣，欲結茅庾嶺邊，一琴一鶴，谿湘桂，歸南海，竟不得踐緑陰青子約。然幅巾藜杖，徜徉老圃寒花間十有六年，晏歲之樂不減洛中耆英也。好事者揭此詞山中，惜非公手跡。某敬以所藏本授横浦校官賴君棟，使刻之。文獻張公始鑿嶺路，而未有祠。著公同龕爲宜，此則地主事，非過客所得專也。又：《崔清獻公行狀》：公嘗度劍閣，留題詞『蒲澗清泉白石』，『怪我舊盟寒』。里人采其語，立公生祠於其地。

桉：崔清獻詞《水調歌頭·帥蜀作》：『萬里雲間戍，立馬劍門關。亂山極目無際，直北是長安。人苦百年塗炭，鬼哭三邊鋒鏑，天道久應還。手寫留屯奏，炯炯寸心丹。對青燈，搔白首，漏聲殘。老來勳業未就，妨卻一身閒。蒲澗清泉白石，梅嶺緑陰青子，怪我舊盟寒。烽火平安夜，歸夢遶家山。』見《中興以來絕妙詞選》。清獻在蜀帥任，以疾告歸。未幾召爲禮部尚書，除知潭州，知隆興府，復召爲吏部尚書。理宗數以御筆起之，皆力辭不拜。其敝屣榮利，樂志丘園，於此詞見之矣。其後安撫廣東，卽家治事，則亦攸於恩命，萬不獲已耳。

俞灝

灝，字商卿，自號青松居士，世居杭。紹熙四年登進士第，歷麾節，皆有聲。寶慶二年致仕。有《青松居士集》。又嘗與姜夔、葛天民同作詩詞，鈔爲一卷，名《載雪錄》，夔爲之序。

〔詞話〕

《浩然齋雅談》：慶元丙辰冬，姜堯章與俞商卿、銛朴翁、張平甫自封禺同載，詣梁溪，道吳淞。既歸，各得詩詞若干解，鈔爲一卷，命之曰《載雪錄》。其自敘云：『予自武康與商卿、朴翁同載至南谿道，出苕霅、吳淞，天寒野迥，仰見鴈鶩飛下玉鑑中，詩興橫發，嘲唫吟諷，造次出語便工。而朴翁尤敏不可敵，未浹日，得七十餘解，復有伽語小詞，隨事一笑。大要三人鼎立，朴翁似曹孟德，據詩社出奇無窮；商卿似江東，多奇秀英妙之士；獨予椎魯不武，雖自謂漢家子孫，然不敢與二豪抗也。』且云此編向見之雪林李和父，後歸之僧頤蒙，乃朴翁手書也。古律、絕句、贊、頌、偈、聯句、詞、曲、紀夢凡一百五十三，多集中所無者。蕭介父題云：『亂雲連野水連空，只有沙鷗共數公。想得句成天亦喜，雪花迎櫂入吳中。』孫季蕃云：『詩字崢嶸照眼開，人隨塵劫挽難回。清苕載雪流寒碧，老我扁舟獨自來。』〔一〕

《白石道人詞》：《浣溪紗》小序：己酉歲，客吳興，收燈夜，闔戶無聊，俞商卿呼之不出，因記所見。又：丙辰臘，與俞商卿、銛朴翁同寓新安溪莊舍，得臘花韻甚，賦二首。又：《慶宮春》小序：紹熙辛亥除夕，予別石湖，歸吳興，雪後夜過垂虹，嘗賦詩云：『笠澤茫茫雁影微，玉峯重叠護雲衣。長橋寂寞春寒夜，只有詩人一舸歸。』後五年冬，復與俞商卿、張平甫、銛朴翁自封禺同載，詣梁溪，道經吳松，山寒天迥，雪浪四合。中夕相呼，步垂虹，星斗下垂，錯雜漁火，朔吹凜凜，卮酒不能支。朴翁以衾自纏，猶相與行吟，因賦此闋，蓋過旬塗稾乃定。朴翁咎予無益，然意所耽，不能自已也。平甫、商卿、朴翁皆工於詩，所出奇詭，予亦强追逐之。此行既歸，各得五十餘解〔二〕。又：《角招》小序：甲寅春，予與俞商卿燕遊西湖，觀梅於孤山之西邨，玉雪照映，吹香薄人。已而商卿歸吳興，予獨來，則山横春烟，新柳被水，遊人容與飛花中。悵然有懷，作此寄之。商卿善歌聲，稍以儒雅緣飾。予每自度曲，吹洞簫，商卿輒歌而和之，極有山林縹緲之思。今予離憂，商卿一行作吏，殆無復此樂矣。〔三〕

桉：俞商卿詞《點絳脣》云：『欲問東君，爲誰重到江頭路。斷橋薄暮。香透溪雲渡。細草平沙，愁入淩波步。今何許。怨春無語。片片隨流水。』見《絕妙好詞》。商卿與白石道人唱酬，生平佳構，殆未易僂指，乃僅存此短章，令人惆悵曷極？

【校記】

〔一〕『其自敘云』至此，底本無，據《宋人詞話》補。

〔二〕『《浣溪紗》』至此，底本無，據《宋人詞話》補。

〔三〕此後，《宋人詞話》有『附攷』一項，凡二則，迻錄於下：

項刻《絕妙好詞》俞灝小傳：『東淮宣撫丘崈令其佐畢再遇救山陽，料北人必窺采石，請回軍石梁河，以遏其鋒。

再遇知揚州，盪平江湖，多灝計。再遇欲誅脅從者，救活甚衆。開禧議開邊，政府密引灝畫計。灝言輕脱寡謀之人不可信，趙良嗣、張覺往轍可鑒。』桉：據小傳所云，商卿運籌帷帳，功胡可沒？檢《宋史》丘崈、畢再遇兩傳，並不著其姓名，則記載之疏也。

《南宋古蹟攷》：俞商卿世居杭州，寶慶二年致仕，築室九里松。買舟西湖，會意處，竟日忘返。自號青松居士，有詩詞集。又：俞灝《湖隄晚行》詩：『暝色俄從草色生，管絃羅綺盡歸城。不應閒卻孤山路，我自扶藜月下行。』

程珌

珌，字懷古，先世居洺州，自號洺水遺民，休寧人。紹熙四年登進士第，以祕書丞出爲江東轉運判官，遷浙西提舉常平，升著作郎。歷軍器少監、國子司業、起居舍人、直學士院，遷禮部侍郎。進尚書，封休寧縣男，兼同修國史實錄院同修撰，拜翰林學士知制誥。以焕章閣學士知建寧府，進新安郡侯，加寶文閣學士，知福州兼福建安撫使，以端明殿學士致仕。卒贈少師。有《洺水集》，詞一卷。

〔詞話〕

《餐櫻廡詞話》：程珌《洺水詞·西江月·壬辰自壽》首句『天上初秋桂子』，自注：『今歲七月，月中桂子下。』《織餘瑣述》謂此典絕新，惜語焉弗詳。桉：宋舒岳祥《閬風集》有《月中桂子記》，可與程詞印證，唯歲月不同耳。《記》云：『余童丱時，先祖拙齋翁夜課余讀書。會中秋，月色浩然，聞瓦上聲如撒雹，甚怪之。先祖曰：「此月中桂子也，我少時嘗得之天台山中。」呼童子就西廂天井燭之，得二升許，其大如豫章子，無皮，色如白玉，有紋，如雀卵。其中有仁，嚼之，作脂麻氣味。余囊之，雜菊花作枕。其收拾不盡，散落磚罅甓縫者，旬日後，輒出樹，子葉柔長如荔支，其底粉青色，經冬猶在，便可尺餘。兒戲不甚愛惜，徙植盆斛，往往失其所在矣。是後未之見也。』

〔詞評〕

《四庫全書存目》『洺水詞提要』：珌有《洺水集》，詩餘止二十一闋，已載集中。此毛晉摘出別行之本也。珌文宗歐、蘇，其所作詞亦出入於蘇、辛二家之間，中多壽人及自壽之作，頗嫌寡味。至《滿庭芳》第二闋之『蕭』、『歌』通叶，《減字木蘭花》後闋之『好』、『坐』同韻，皆係鄉音，尤不可爲訓也。

桉：程懷古《洺水詞》頗多奇崛之筆，足當一重字，《四庫》列之存目，稍形屈抑。如《水調歌頭》『日轂金鉦赤』云云，此等詞可醫庸弱之失。又如前調之『天地本無際』、《滿江紅》之『黃鶴樓前』，此兩闋亦集中佳勝。斷句如《念奴嬌·憶先廬春山之勝》云：『忍見庭前，去年芳草，依舊青青色。』又云：『燕子春寒渾未到，誰說江南消息。』則又以疏俊擅長矣。

程垓

垓，字正伯，眉山人。紹熙間以制舉論薦。有《書舟詞》一卷。

〔詞話〕

《詞品》：程正伯，東坡中表之戚也。其《酷相思》、《四代好》、《折紅英》諸闋皆佳，故盛以詞名，獨尚書尤公以爲正伯之文過於詞。

《梅墩詞話》：『沈水熨香年似日，薄雲垂帳夏如秋』，書舟佳句也。

《詞苑叢談》：眉山程正伯，號虛舟，與錦江某妓眷戀甚篤，別時作《酷相思》詞『月挂霜林寒欲墜』云云。

〔詞考〕

《四庫全書》『書舟詞提要』：程垓家有擬舫，名『書舟』，見本集詞注。《古今詞話》謂『號虛舟』者，蓋字音近似之誤也。《書錄解題》載垓《書舟詞》一卷，傳本或作《書舟雅詞》二卷，而《宋史·藝文志》乃作陳正伯《書舟雅詞》十一卷，則又誤程爲陳，誤二爲十一矣。此本爲毛晉所刻，仍作一卷，前有王偁序，與《書錄解題》所載合。集內《攤破江神子》『娟娟霜月又侵門』一闋，諸刻多作康與之《江城梅花引》，僅字句小有異同。此調相傳爲前半用《江城子》，後半用《梅花引》，故合云《江城梅花引》；至過變以下，則兩調俱不合。攷《詞譜》，《江城子》亦名《江神子》，應以名《攤破江神子》爲是。詳其句格，亦屬垓本色。其題爲康作，當屬傳譌。又卷末毛晉跋《意難忘》、《一翦梅》諸闋，俱定爲蘇作，悉行刪正。今攷東坡詞內，已增入《意難忘》一首，而《一翦梅》尚未載入，其詞亦仍載此集中，未嘗刊削。然數詞語意淺俚，即在垓，亦非佳製，可信其必非軾作。晉之所云，未詳其何所據也。

桉：楊升菴《詞品》云：『程正伯，東坡中表之戚也。』毛子晉《書舟詞跋》云：『正伯與子瞻中表兄弟也。』二家之說於它書未經見。據王季平《書舟詞序》，季平實與正伯同時。東坡卒於建中靖國元年辛巳，季平《書舟詞序》作於紹熙五年甲寅，上距東坡之卒，凡九十三年，正伯與東坡安得爲中表兄弟乎？攷東坡詩集《送表弟程六之楚州》一首，施元之注云：『東坡母成國太夫人程氏，眉山著姓，其姪之才字正輔，弟二；之元字德孺，弟六；之邵字懿叔，弟七。』同是程氏，又同是眉山人，遂致譌舛。子晉又改『中表之戚』爲『中表兄弟』，更不知何據。升庵述舊之言，本不盡可信，此其踳盭之尤者也。

孫惟信

惟信，字季蕃，號花翁，開封人，遊寓婺州。光宗時嘗調監當，棄去，隱西湖。有《花翁詞》一卷。校：《西湖遊覽志》：『好藝花卉，自號花翁。』

〔詞話〕

《浩然齋雅談》：古詞有元夕《望遠行》云：『又還到元宵臺榭。記輕衫短帽，酒朋詩社。爛漫向、羅綺叢中，馳騁風流俊雅。轉頭是，三十年話。　量減才慳，自覺是、歡情衰謝。但一點難忘，酒痕香帕。如今雪鬢霜髭，嬉遊不忺深夜。怕相逢、風前月下。』翁賓暘謂是孫季蕃詞，然集中無之。校：據《詞律》、《望遠行》無此體，此詞調名待攷，且恐有脫句。

《後邨詩話·後集》：孫季蕃歲爲一詞，自壽其四十九歲詞云：『壽花戴了，山童問、華庚多少。待瞞來、又怕旁人笑。況戒臘、淳熙可考。大衍之用恰恰好。學《易》後，尚一年小。謝屣唐衣眉山帽。薰風送下蓬島。　生巧。呂翁昨夜，鍾離明早。也曾參、兩個先生道。又也曾偷桃啖棗。百屋堆錢都不要。更不要、衮衣茸纛。但要酒星花星照。鶻突到老。』

《絕妙好詞續鈔箋》：羅希聲所書孫花翁《水龍吟・除夕》一詞：『小童教寫桃符，道人還了常年例。神前竈下，袚除清淨，獻花酌水。禱告些兒，也都不是，求名求利。但吟詩寫字，分數上面，略精進，盡足矣。飲量添教不醉，好時節、逢場作戲。驅儺爆竹，軟餳酥豆，通宵不睡。四海皆兄弟，阿鵲也、同添一歲。願家家戶戶，和和順順，樂昇平世。』此集中所無也。

《文獻通考》：陳氏曰：花翁在江湖頗有標致，多見前輩，多聞舊事，善雅談，長短句尤工。

〔詞評〕

《詞旨》：花翁詞警句，《燭影搖紅》云：『絮飛春盡，天遠書沈，日長人瘦。』又：屬對：『薄袖禁寒，輕妝媚晚。』

《銅鼓書堂詞話》：花翁詞《夜合花・閨情》云：『風葉敲窗，露蛩吟甃，謝娘庭院秋宵。』又云：『斷魂留夢，烟迷楚驛，月冷藍橋。』又云：『羅衫暗摺，蘭痕粉跡都消。』又云：『幾時重憑，玉驄過去，小褎輕招。』又《燭影搖紅・詠牡丹》云：『對花臨景，爲景牽情，因花感舊。』又云：『絮飛春盡，天遠書沈，日長人瘦。』又《南鄉子・感舊》云：『霜冷欄杆天似水，揚州。薄倖聲名總是愁。』又云：『一夢覺來三十載，風流。空對梅花白了頭。』詞之情味纏綿，筆力幽秀，讀之令人涵泳不盡。

沈伯時云：孫花翁有好詞，亦善運意，但雅正中時有一二市井語。

桉：孫花翁《夜合花》詞云：『風葉敲窗，露蛩吟甃，謝娘庭院秋宵。鳳屏半掩，釵花映燭紅搖。潤玉暖，膩雲嬌。染芳情、香透鮫綃。斷魂留夢，烟迷楚驛，月冷藍橋。　誰念賣藥文簫。

望仙城路杳，鶯燕迢迢。羅衫暗摺，蘭痕粉跡都消。流水遠，亂花飄。苦相思、寬盡香腰。幾時重恁，玉驄過處，小袖輕招。』此詞風流藴藉，神韻獨絕。又《燭影搖紅·詠牡丹》『一朶鞓紅』云云、《南鄉子》『璧月小紅樓』云云，二詞亦集中佳勝，誠如查恂叔云：『纏綿幽秀，令人涵泳不盡。』

謝懋

懋，字勉仲。有《靜寄居士樂章》二卷。

〔詞話〕

《花菴絕妙詞選》：黄叔暘云：靜寄居士有《樂章》二卷，吴坦伯明爲之序，稱其『片言隻字，戛玉鏗金，藴藉風流，爲世所貴』云。

〔詞評〕

《升菴詞品》：靜寄居士有聲樂府，其七夕《鵲橋仙》一詞入《草堂》選，即『鉤簾借月，染雲爲幌』是也。若『餘酲未解扶頭嬾。屏裏瀟湘夢遠』，亦的的奇句。

《古今詞話》：沈雄曰：『染雲爲幌，借月爲鉤』，按：與元句異。謝勉仲《七夕》詞，稱爲險麗語。

《織餘瑣述》：《花菴詞選》謝懋《杏花天》歇拍云：『餘酲未解扶頭嬾。屏裏瀟湘夢遠。』昔人盛稱之，不如其過拍云：『雙雙燕子歸來晚。薔落紅香過半。』此二語不曾作態，恰妙造自然。蕙風外子論詞之恉如此。

桉：謝勉仲《鵲橋仙·七夕》詞，前人所最稱賞，余不知其何以佳也。《詞旨》警句：『燕子不歸花有恨，小院春寒』，是亦非其至者。勉仲詞見於《花菴絕妙詞選》及《絕妙好詞》，凡十三闋，以《石州引》一闋爲最完整：『日腳斜明，秋色半陰，人意淒楚。飛雲特地凝愁，做弄晚來微雨。誰家別院，舞困幾葉霜紅，西風送客聞砧杵。鞭馬出都門，正潮平洲渚。　無語。匆匆短棹，滿載離愁，片帆高舉。京洛紅塵，因念幾年羈旅。淺顰輕笑，風月逢迎，別來誰畫雙眉嫵。回首一銷凝，望歸鴻容與』云云。惜後段『風月』上仍闕二字。《詞綜》有此詞，亦闕此二字。

俞克成

克成，字及占籍待攷。

桉：俞克成詞《蝶戀花》云：『夢斷池塘驚乍曉。百舌無端，故作枝頭鬧。報道不禁寒料峭。未教舒展閒花草。　盡日簾垂人不到。老去情疏，底事傷春瘦。相對一尊歸計早。玉山不減巫山好。』《聲聲令》云：『簾移碎影，香褪衣襟。舊家庭院嫩苔侵。東風過盡，暮雲鎖、綠窗深。怕對人、閒枕賸衾。　樓底輕陰。春信斷、怯登臨。斷腸魂夢兩沈沈。飛水遠，便從今、莫追尋。又怎禁、驀地上心。』竝見《草堂詩餘》。《草堂》載俞詞《蝶戀花》有二首，其一爲『海燕雙來歸畫棟』云云，乃歐陽文忠詞，宋本《近體樂府》、《醉翁琴趣外篇》，汲古本《六一詞》均載之，筆意與南宋詞家迥異。《草堂》作俞克成，誤也，特爲辨正。　又：考古以魚虞、蕭肴、豪歌、麻尤八韻爲角聲，皆可通轉。俞克成《蝶戀花》後段以『瘦』字叶『到』、『早』、『好』，用古韻也。閩音往往與古韻合。林外《洞仙歌》，宋高宗一見而知爲閩士之作，其詞以歌韻叶蕭肴也。克成或亦閩人耶？俟攷。

趙德仁

德仁，字及占籍待攷。

桉：趙德仁詞《小重山》云：『樓上風和玉漏遲。秋千庭院靜，落花飛。午窗纔起暖金巵。勻面了，闌畔看春池。何事苦顰眉。碧雲春信斷，盡來時。鴛鴦遊戲鎮相隨。雲霧斂，新月挂天西。』《醉春風》云：『陌上清明近。行人難借問。風流何處不歸來，悶悶悶。回雁峯前，戲魚波上，試尋芳信。夜永蘭膏燼。春睡何曾隱。枕邊珠淚幾時乾，恨恨恨。唯有窗前，過來明月，照人方寸。』竝見《草堂詩餘》。其《醉春風》闋，《草堂》不具作者姓名，據《花草粹編》作趙德仁。《小重山》闋，《粹編》作趙德麟，誤。

右《草堂詩餘》載詞人二家，時代無考。此書《四庫全書提要》考爲慶元時人編輯，則所錄詞必在慶元以前也，故置於寧宗以前。

歷代詞人考略卷三十五

宋二十九

魏子敬無名氏

子敬，光、寧間人。有《雲溪樂府》四卷。

〔詞話〕

《蘆浦筆記》：道涂間題壁有可采者，嘗記《生查子》一首，甚工，云：『愁盈鏡裏山，心疊琴中恨。露濕玉蘭秋，香伴金屏冷。　雲歸月正圓，鴈到人無信。孤損鳳凰釵，立盡梧桐影。』蓋魏子敬詞也。

桉：魏子敬《雲溪樂府》，陳直齋曾箸錄，惜已久佚。其《生查子》詞見劉昌詩《蘆浦筆記》。據《江西志》，昌詩開禧元年進士，則子敬亦光、寧間人。又桉：《蘆浦筆記》載《鷓鴣天》上元詞十五首，劉興伯云：『備述宣、政之盛，非想像者所能道，當與《夢華錄》並行也。』詞云：『春曉千門放鑰匙。萬官班從出祥曦。九重綵浪浮龍蓋，一點紅雲護赭衣。　車馬過，打毬歸。芳塵灑定不教飛。鈞天品動回鑾曲，十里珠簾待日西。』二：『日暮迎祥對御回。宮花載路錦成堆。天津橋畔鞭聲過，宣德樓前扇影開。　奏舜樂，進堯盃。傳宣車馬上天街。君王喜與民同樂，八面三呼震地來。』三：『紫禁烟光一萬重。五門金碧射晴空。梨園羯鼓三千面，陸海鼇山十二峯。　香霧重，月華濃。露臺仙仗綵雲中。朱欄畫棟金泥幕，捲盡紅蓮十里風。』四：『香霧氤氳結綵山。蓬萊頂上駕頭還。繡韉狨坐三千騎，玉帶金魚四十班。　風細細，珮珊珊。一天和氣轉春寒。千門萬戶笙簫裏，十二樓臺月上闌。』五：『禁衛傳呼約下廊。層層掌扇簇親王。明珠照地三千乘，一片春雷入未央。　宮漏永，御街長。華燈偏共月爭光。樂聲都在人聲裏，五夜車塵馬足香。』六：『寶炬金蓮一萬條。火龍圍輦轉州橋。月迎仙仗回三殿，風遞韶音下九霄。　登複道，聽鳴鞘。再頒酥酒賜臣僚。太平無事多歡樂，夜半傳宣放早朝。』七：『玉座臨軒宴近臣。御樓燈火發春溫。九重天上聞仙樂，萬寶牀邊侍至尊。　花如海，月如盆。不任宣勸醉醺醺。豈知頭上宮花重，貪愛傳柑遺細君。』八：『九陌遊人起暗塵。一天燈霧鎖彤雲。瑤臺雪映無窮玉，閬苑花開不夜春。　攢寶騎，簇雕輪。漢家宮闕五侯門。景陽鐘動才歸去，猶挂西窗望月痕。』九：『宣德樓前雪未融。賀正人見綵山紅。九衢照影紛紛月，萬井吹香細細風。　複道遠，暗相通。平陽主第五王宮。鳳簫聲裏春寒淺，不到珠簾第二重。』十：『風約微雲不放陰。滿天星點綴明金。燭龍銜耀烘殘雪，羯鼓催花發上林。　河影轉，漏聲沈。縷衣羅薄暮雲深。更期明夜相逢處，還盡今宵未足心。』十一：『五日都無一日陰。往來車馬鬧如林。葆真行到燭初上，豐樂遊歸夜已深。　人未散，月將沈。更期明夜到而今。歸來尚向燈前說，猶恨追遊不稱心。』十二：『徹曉華燈照鳳城。猶嗔宮漏促天明。九重天上聞花氣，五色雲中應笑聲。　頻報到，奏河清。萬民和樂見人情。年豐米賤無邊事，萬國稱觴賀太平。』十三：『憶得當年全盛時。人情物態自熙熙。家家簾幙人歸晚，處處樓臺月上遲。　花市裏，使人迷。州東無暇看州西。都人只到收燈夜，已向尊前約上池。』十四：『步障移春錦繡叢。珠簾翠幙護春風。沈香甲煎薰爐煖，玉樹明金蜜炬融。　車流水，馬遊龍。歡聲浮動建章宮。誰憐此夜春江上，魂斷黃粱一夢中。』十五：『真箇親曾見太平。元宵且說景龍燈。四方同奏昇平曲，天下都無嘆息聲。　長月好，定天晴。人人五夜到天明。如今一把傷心淚，猶恨江南過此生。』惜作者姓名不可攷，坿箸於此。

王楙

楙，字勉夫，長洲人。光、寧間人，養母不仕。有《野客叢書》三十卷。

〔詞話〕

《野客叢書》：張子野晚年多愛姬，東坡有詩曰：『詩人老去鶯鶯在，公子歸來燕燕忙。』正均用當家故事也。魯直作《蘇翰林出遊》詩曰：『人間化鶴三千歲，海上看羊十九年。』皆用本家故事，而不失之偏枯，可以爲法也。僕嘗有一詞爲張儀真壽曰：『三傑後，福壽兩無涯。食乳相君功未既，嫵眉京兆眷方滋。富貴莫推辭。　門兩戟，卻棹一綸絲。蓴菜秋風鱸鱠美，桃花春水鱖魚肥。笑傲雪溪湄。』

校：王勉夫壽張姓詞，調寄《雙調·憶江南》，其後段句云：『蓴菜秋風鱸鱠美，桃花春水鱖魚肥。』典切工雅，妙造自然，庶幾麗而有則。所箸《野客叢書》，嘗辨秦少游詞『杜鵑聲裏斜陽暮』句『暮』字不誤，持論允叶。其於倚聲之學，殆亦孯究有素。獨惜生平傳作，僅此壽詞一闋耳。

劉之翰

之翰，校：一作翰。字武子，長沙人。有《小山集》一卷。

〔詞話〕

《夷堅志·丙集》：田世輔爲金州都統制。荊南人劉之翰者，待峽州遠安主簿闕，作《水調歌頭》獻之曰：『涼露洗金井，一葉下梧桐。謫僊浪遊，何事華髮作詩翁。□□烏巾一幅，坐對清泉白石，矯首撫長松。獨鶴歸來晚，聲在碧霄中。　神仙宅，留玉節，駐金狨。黔南一道，千萬貔虎控雕弓。笑折碧荷倒影，自唱採蓮新曲，詞句滿秋風。劍佩八千歲，長入大明宮。』田覽之大喜，致書約來金城，欲厚加資給，之翰遽亡。明年田出閱武，見之翰立道左泣曰：『人鬼殊塗，公能恤吾家，亦足表踐言之義。』忽不見，田大驚異，亟送千緡與其孤。

校：劉武子名，《絕妙好詞》、《宋詩紀事》並作之翰，《陽春白雪》作翰，其時代未詳。程珌《洺水詞》有《謝劉小山寄詞》之作，則是光、寧間人矣。《洺水詞·沁園春》云：『君有新詞，何妨爲我，時遣奚奴。看此山大小，風流晉宋，眼中餘子，苦自侏儒。九曲清溪，千枝楊柳，還記新條更有無。春將好，欲從君商略，君意如何。　佳人玉佩瓊琚。更胷中、澆灌有詩書。把古人行處，從頭檢點，今人說底，卻不須渠。更上石頭，重登鍾阜，畫作金陵攷古圖。頻相見，怕薰風早晚，便隔天隅。』武子詞《好事近》云：『花底一聲鶯，花上半鉤斜月。月落烏啼何處，點飛英如雪。　東風吹盡去年愁，解放丁香結。驚動小亭紅雨，舞雙雙金蝶。』又有《清平樂》『萋萋芳草』云云，《蝶戀花》『團扇題詩春又晚』云云，並見《絕妙好詞》。《好事近》前段摹寫春曉景物，絕佳。

朱晞顏

晞顏，字子囦，新安人。慶元初官廣西漕使。

桉：《粵西金石略》：朱晞顏《南歌子》詞磨崖在臨桂水月洞，詞云：『影落三秋月，寒生六月霜。是誰幻出玉篔簹。乞與一枝和雪釣瀟湘。　勁節依琳館，虛心陋草堂。筆端元自有雌黃。疑是化龍飛到葛仙旁。』『□□桂林，過□□玉堂仙，景盧餞別野處，壁間歌姬所作墨竹，上有同年傅景仁長短句，走筆次韻。既抵嶠南，回首野處，後會之期未卜也。因鍥石湘灕江上，以寓萬里之思云。紹熙五年清明後二日，新安朱晞顏。』又有詩刻虞山及伏波巖、白龍洞、彈子巖。

游九言

九言，初名九思，字誠之，學者稱默齋先生，建陽人。初仕古田尉，入監文思院，辟廣西帥幕。慶元元年以承直郎幹辦江東安撫司公事調全椒令，開禧初主管淮西安撫司機宜文字，尋知光化軍，充荊鄂宣撫參謀官，卒。端平中特贈直龍圖閣，謚文靖。桉：一作文清。有《默齋遺稿》二卷。

桉：游文靖詞存者僅四闋，有《沁園春·五十五歲自述》一闋，又有華陽洞詞三章云調寄《搗練子》：『河漢徹，碧霄晴，九華仙子到凡塵。涼夜山頭吹玉笛，纖雲卷盡月分明。』其一『香露濕，草晶瑩，起看大地盡瑤璚。下界千門人寂寂，空山夜靜海波聲。』其二『仙子去，眇雲程，天香杳杳佩環清。回望九州烟霧日，千山月落影縱橫。』其三並見《默齋遺稿》，坿詩後。《四庫全書提要》云其華陽洞詞三首從元劉大彬所輯《茅山志》補錄。

姜夔

夔，字堯章，號石帚，鄱陽人。寓居吳興之武康，與白石洞天爲鄰，自號白石道人。慶元三年上書論雅樂，並進《大樂議》一卷、《琴瑟攷古圖》一卷，詔付奉常同寺官校正，不合，歸。五年上《聖宋鐃歌鼓吹曲》十二章，詔免解，與試禮部，不第，尋卒。有《白石道人詩》一卷《歌曲》四卷《別集》一卷。

〔詞話〕

《後村詩話》：姜堯章有平聲《滿江紅》，自敘云：『《滿江紅》，舊詞用仄韻，多不協律，如「無心撲」，歌者將「心」字融入去聲，方諧音律。予欲以平韻爲之，久不能成，因泛巢湖，祝曰：「得一夕風，當以平韻《滿江紅》爲神姥壽。」言訖，風與帆俱駛，頃刻而成。末句「聞佩環」則協律矣。此闋甚佳，惜無人能歌之者。』

《樂府紀聞》：鄱陽姜堯章流寓吳興，嘗暇日遊金閶，徘徊弔古，賦《柳枝詞》有『行人悵望蘇臺柳，曾爲吳王掃落花』之句，楊誠齋極喜誦之。蕭東父尤愛其詞，以其兄之子妻焉。

《耆舊續聞》：姜堯章嘗寓吳興張仲遠家，仲遠屢外出，其室人知書，賓客通問，必先窺來札，性頗妒。堯章戲作《百宜嬌》以遺仲遠『看垂楊連苑』云云。仲遠歸，竟莫能辨，則受其指爪損面，至不能出外云。

《硯北雜志》：小紅，順陽公元注：即范石湖青衣也，有色藝。順陽公請老，姜堯章詣之。一日，授簡徵新聲，堯章製《暗香》、《疏影》兩詞，公使二妓肄習之，音節清婉。堯章歸吳興，公尋以小紅贈之，其夕大雪，過垂虹，賦詩曰：『自琢新詞韻最嬌，小紅低唱我吹簫。曲終過盡松陵路，回首烟波十四橋。』堯章每喜自度曲，吹洞簫，小紅輒歌而和之。堯章後以疾歿，石湖挽之曰：『幸是小紅方嫁了，不然啼損馬塍花。』宋時花藥出東西馬塍，西馬塍皆名人葬處，堯章歿後葬此。

〔詞評〕

《詞源》：詞中句法要平妥精粹，姜白石《揚州慢》云：『二十四橋仍在，波心蕩、冷月無聲。』此平易中有句法。　又：　詞要清空，不要質實。清空則古雅峭拔，質實則凝澀晦昧。白石詞如《暗香》、《疏影》、《揚州慢》、《一萼紅》、《琵琶仙》、《探春》、《八歸》、《淡黃柳》等曲，不唯清空，又且騷雅，讀之使人神觀飛越。　又：　詞以意爲主，不要蹈襲前人語意。姜白石《暗香》、《疏影》二詞清空中有意趣，無筆力未易到。　又：　詞用事最難，要體認著題，融化不澀。白石《疏影》云：『猶記深宮舊事，那人正睡裏，飛近蛾綠。』用壽陽公主事。又云：『昭君不慣胡沙遠，但暗憶、江南江北。想佩環、月夜歸來，化作此花幽獨。』用少陵詩。此皆用事不爲事所使。　又：　白石《齊天樂·詠蟋蟀》全章精粹，所詠瞭然在目，且不留滯於物。　又：　『春草碧色，春水綠波。送君南浦，傷如之何。』矧情至於離，則哀怨必至，苟能調感愴於融會中，斯爲得矣。白石《琵琶仙》『雙槳來時』云云，離情當如此作，全在情景交鍊，得言外意。有如『勸君更盡一杯酒，西出陽關無故人』，乃爲絕唱。　又：　作慢詞，看是甚題目，先擇曲名，然後命意。命意既了，思量頭如何起，尾如何結，方始選韻，而後述曲。最是過片不要斷了曲意，須要承上接下，如姜白石詞云：『曲曲屏山，夜涼獨自甚情緒。』於過片則云『西窗又吹暗雨』，此則曲之意脈不斷矣。　又：　詞之賦梅惟姜白石《暗香》、《疏影》二曲，前無古人，後無來者，自立新意，真爲絕唱。太白云：『眼前有景道不得，崔顥題詩在上頭。』誠哉！是言也。

《詞旨》：　白石詞如『虛閣籠雲，小簾通月』、『池面冰膠，牆腰雪老』、『酒祓清愁，花消英氣』，此屬對之妙。又『冷香飛上詩句』、『湖山盡入尊俎』、『高樹晚蟬，說西風消息』、『最可惜、一片江山，總付與啼鴂』、『千樹壓、西湖寒碧』、『二十四橋仍在，波心蕩、冷月無聲』，皆警句也。

《詞品》：　姜白石詩家名流，詞尤精妙。其《少年遊》『別母情懷，隨郎滋味，桃葉渡江時』，《玲瓏四犯》『酒醒明月下，夢逐潮聲去』，《探春慢》『拂雪金鞭，欺寒茸帽，嘗記章臺走馬』、『鴈磧波平，漁汀人散，老去不堪遊冶』，《一萼紅》『朱戶粘雞，金盤簇燕，空嘆時序侵尋』、『待得歸來到時，只怕春深』，《翠樓吟》『酒祓清愁，花消英氣』等語，句法奇麗，其腔皆自度者。元注：桉諸調中，止《翠樓吟》爲自製曲，餘皆舊腔。惜舊譜零落，未能被管絃也。

《蓮子居詞話》：言情之詞，必藉景色映託，迺具深宛流美之致。白石『問後約，空指薔薇，嘆如此溪山，甚時重至』，又『想文君望久，倚竹愁生步羅襪。歸來後，翠尊雙飲，下了珠簾，玲瓏閒看月』，似此造境，覺秦七、黄九尚有未到，何論餘子？

《賭棋山莊詞話》：白石道人爲詞中大宗，論定久矣。讀其說詩諸則，有與長短句相通者，節錄一二於左，略以鄙意注之，而傳諸同志焉，無怪予之附會也。韻度欲其飄逸，其失也輕。詞嫌重滯，故渾厚宏大，諸說俱用不箸。然使其飄逸而輕也，則又無繞梁之致，而不足繫人思。雕刻傷氣，敷衍露骨。若鄙而不精巧，是不雕刻之過；拙而無委曲，是不敷衍之過。此即疏密相間之說也。故白石句雕字刻，而必準之以雅，雅則氣和而不促，辭穩而不澆，何患其不精巧委曲乎？僻事實用，熟事虛用。『那人正睡裏，飛近蛾綠』〔一〕，此即熟事虛用之法。說景要微妙。微妙則耐思，而景中有情，『寒鴉數點，流水遶孤村』、『楊柳岸，曉風殘月』，所以膾炙人口也。短章醖藉，大篇有開闔乃妙。不醖藉，則吐露言盡意盡，成何短章？無開闔，則板拙。周草窗之詞，或譏之爲平矣。委曲盡情曰曲。竹垞贈紐玉樵曰：『吾最愛姜、史，君亦厭辛、劉，亦以其徑直不委曲也。』語貴含蓄，句中無餘字，篇中無長語，非善之善者也；句中有餘味，篇中有餘意，善之善者也。填詞有一定字數，但使填畢讀之，短不可增，長不可節，已極洗伐操縱功夫矣。若餘味餘意，則詞家率不留心，故講之爲尤難。體物不欲寒乞，今之搜討冷僻者，其去寒乞亦無幾矣，而奈何自以爲淹博哉？一曰理高妙，二曰意高妙，三曰想高妙，四曰自然高妙。自然高妙，詞家最重，所謂本色當行也。

《樂府餘論》：詞家之有姜石帚，猶詩家之有杜少陵，繼往開來，文中關鍵。其流落江湖，不忘君國，皆借託比興，於長短句寄之，如《齊天樂》傷二帝北狩，《揚州慢》惜無意恢復也，《暗香》、《疏影》恨偏安也，蓋意愈切，則辭愈微，屈、宋之心，誰能見之？乃長短句中復有白石道人也。

《皺水軒詞筌》：姜白石詠蟋蟀：『露濕銅鋪。苔侵石井，都是曾聽伊處。哀音似訴。正思婦無眠，起尋機杼。』蟋蟀無可言，而言聽蟋蟀者，正姚鉉所謂賦水不當僅言水，而言水之前後左右也。

《藝概》：姜白石詞幽韻冷香，令人挹之無盡，擬諸形容，在樂則琴，在花則梅也。又：詞家稱白石曰白石老仙，或問：『畢竟與何仙相似〔二〕？』曰：『藐姑冰雪，蓋爲近之。』又：詞中用事，貴無事障：晦也，膚也，多也，板也，此類皆障也。姜白石詞用事入妙，其要訣所在，可於其《詩說》見之，曰：『僻事實用，熟事虛用。學有餘而約以用之，善用事者也；乍敘事而間以理言，得活法者也。』

《人間詞話》：白石寫景之作，如『二十四橋仍在，波心蕩、冷月無聲』、『數峯清苦，商略黃昏雨』、『高樹晚蟬，說西風消息』，雖格韻高絕，然如霧裏看花，終隔一層。梅溪、夢窗諸家寫景之病皆在一隔字。北宋風流，渡江遂絕，抑真有運會存乎其間耶？

黃叔暘云：白石詞極精妙，不減清真，其高處，有美成所不能及。

張叔夏云：白石詞如野雲孤飛，去留無跡。又云：格調不侔，句法挺異，特立清新之意，删削靡曼之詞。

陳藏一云：白石道人意到語工，不期高遠而自高遠。

沈伯時云：姜白石清勁知音，亦未免有生硬處。

趙子固云：白石，詞家之申、韓也。

朱竹垞云：詞莫善於姜夔，宗之者，張輯、盧祖皋、史達祖、吳文英、蔣捷、王沂孫、張炎、周密、陳允平、張翥、楊基，皆具夔之一體。基之後，得其門者寡矣。

劉融齋云：白石，才子之詞〔三〕。

許蒿廬云：詞中之有白石，猶文中之有昌黎也，世固以昌黎爲穿鑿生割者，則以白石爲生硬也亦宜。

〔詞考〕

《四庫全書總目》『白石道人歌曲提要』：《白石道人歌曲》四卷《別集》一卷，宋姜夔撰。其集久無善本，舊有毛晉汲古閣刊板，僅三十四闋，而題下小序往往不載原文。康熙甲午陳撰刻其詩集，以詞坿後，亦僅五十八闋，且小序及題下自注多意爲删竄，又出毛本之下。此本從宋槧翻刻，最爲完善，卷一《宋鐃歌》十四首、《越九歌》十首、琹曲一首；卷二詞三十三首，總題曰令；卷三詞二十首，總題曰慢；卷四詞十三首，皆題曰自製曲。別集詞十八首，不復標立總名，疑後人所掇拾也。其《九歌》皆注律吕於字旁，琴曲亦注指法於字旁，皆尚可解。惟自製曲一卷及二卷《鬲溪梅令》、《杏花天影》、《醉吟商小品》、《玉梅令》，三卷之《霓裳中序第一》，皆記拍於字旁。宋代曲譜今不可見，亦無人能歌，莫辨其似波似磔，宛轉欹斜，如西域旁行字者，節奏安在？然歌詞之法僅僅留此一線，錄而存之，安知無懸解之士能尋其分刌者乎？魯鼓薛鼓，亡其音而留其譜，亦此意也。

《思適齋集·白石集跋》：　鄉者山尊學士見語曰：『子曾校《文選》，亦知《吳都賦》，今本有脱句否？』予叩其故，則舉姜白石《琵琶仙》詞題中引《吳都賦》『戶藏烟浦，家具畫船』二句。予心知白石雖聖於詞，而此卻不可爲典要。然當時無切證，未能奪之也。今校姚鼎臣《文粹》，至李庾《西都賦》有曰『其近也，方塘含春，曲沼澄秋，戶閉烟浦，家藏畫舟』，則正其所引矣。『藏』、『具』兩字皆誤，又誤『舟』爲『船』，皆失原韻。且移唐之西都於吳都，地理又錯，可見白石舊但襲志書或類書之舛耳，豈得便謂之《文選》之脱文哉？知其所無，爲之一快，遂識於白石集後，以諗讀者。

《蓮子居詞話》：　白石自製曲，其旁注半字譜，共十七調。譜與《朱子全集》字樣微不同，由涉筆時就各便也。半字之譜昉自唐以來，陳氏《樂書》可證。黄泰泉佐因《楚辭·大招》『四上競氣』之語，謂即大呂四字、仲呂上字，尋摭穿鑿，不若王叔師舊注爲長。　又：　歌家十六字外，別有疾徐重輕、赴節合拍之字，見《夢溪筆談》，亦半字也。白石此譜有折有掣，折高半格，掣低半格，於畢曲處尤兢兢不苟，足見當時詞律之細。

《舒藝室餘筆》：　宋人詞集存於今者，惟張子野、柳耆卿分箸宮調；其有旁譜者，惟堯章此集耳。其據張叔夏《詞源》，言其父斗南名樞有《寄閒集》，亦旁綴音譜，今已不傳。則此集實吉光之片羽矣。其中雖錯亂脱落，就其可辨處尋之，猶稍能領其音節。安得好事者重刊之，庶不與《寄閒集》同歸泯滅乎？宋人歌詞以合、西、四、下、一、上、勾、尺、王、工、瓦、凡配十二律，以六、丟、五、亓配四清聲，凡十六聲。今人度曲，以上、尺、工、六、五配五聲，以乙、凡配二變，而各有低聲、高聲，凡二十一聲，然皆不能盡用也。以之配字，各有條理，故卽依旁譜歌堯章詞，必不能相合也。

《香東漫筆》：乾隆寫本《白石道人集》，靈鶼閣藏，余曾迻鈔一本。白石自序後有『洪武十年八世孫福四謹志』，略云：『公詩一卷，歌曲六卷，早已板行。暮年復加刪竄，定爲五卷，無雕本，藏於家。經兵火，帖軸無隻字，而是編獨存，錄寫兩本，一付兒子，一詒猶子，通世世珤之。』又『萬曆二十一年十六世孫鰲謹書』，略云：『此青坡徵君手書，以遺侍御哦客公者，今又二百餘年。褚雖蝨落，而字蹟猶在，因付匠整頓，且命鯉弟以側理漿紙照本臨出，用時莊誦焉。』又『乾隆甲子二十世孫虬綠謹書』，略云：『公詩初本刻於嘉泰間，晚又塗改刪汰爲定本，藏於家，五六百年，世無知者。爰搜取各家刊本，彼此讎勘，坿以累朝詩語掌固，有入近代者，竝爲箋略，獨篇什不敢擅爲增損，間有捃拾，僅以坿別之。』余藏白石詩詞集，常熟汲古閣本、江都陸鍾輝本、華亭張奕樞本、歙洪正治本、華亭姜氏祠堂本、臨桂倪鴻本、王鵬運本、仁和許增本，許本參互各家，備極精審。除此寫本未見外，所據各本與余所藏略同。寫本備錄所見各本序跋，有康熙庚寅通越諸錦序、康熙戊戌廣陵書局刻本龍溪曾時燦序，爲許氏及余所未見。所錄詩話、詞評、軼聞、故事，亦眡刻本爲多。間有虬綠自識，亦極該博。又有姜氏世系、白石年譜，足資考證。祠堂本姜熙序以世表無攷爲恨，亦未見此寫本。坿采五絕二首，《訪全老於淨林觀沈傳師碑隆茂宗畫》二首，刻本有。七絕二首。《和朴翁悼牽牛》一首，刻本有；《三高祠》一首，刻本無，據《姑蘇志》采入首句『不貪名爵不爭勢』。填詞二首，《越女鏡心》卽《法曲獻仙音》，刻本無。細讀兩詞，雖非集中桀作，然如前闋『雨緒路』、後闋『綺幾醉』等均是白石風格，非竄入它人之作也。《越女鏡心·別席毛瑩》云：『風竹吹香，水楓鳴綠。睡覺涼生金縷。鏡底同心，枕前雙玉。相看轉傷幽素。旁綺閣、清陰度。飛來鑑湖雨。近重午。燎銀篝、暗薰溽暑。羅扇小、空寫數行怨苦。纖手結芳蘭，且休歌、《九辯》懷楚。故國情多，對溪山、都是離緒。但一川烟草，恨滿西陵歸路。』前調《春晚》云：『檀撥么絃，象奩雙陸，舊日留懽情意。瘮別銀屏，恨栽蘭燭，香篝夜悶鴛被。料燕子、重來地。桐陰鎖窗綺。倦梳洗。暈芳鈿、自羞鸞鏡，羅袖冷、疏竹畫簾半倚。淺雨滲酴醾，指東風、芳事餘幾。院落黃昏，怕春驄、咲人顦顇。倩柔紅約定，喚起玉簫同醉。』元注：況周頤校：右詞二闋，采坿《法曲獻仙音》『虛閣籠寒』闋後，細審詞調，有與《法曲獻仙音》小異者，前段『輕陰度』、『重來地』叶，後段『空寫數行怨苦』、『疏竹畫簾半倚』，『怨』字、『半』字，去聲是也，有與《法曲獻仙音》脗合者。前闋前段『風竹』『竹』字、『嗚綠』『綠』字，『睡覺』『覺』字，後段『故國』『國』字；後闋前段『檀撥』『撥』字、『雙陸』『陸』字、『舊日』『日』字，後段『院落』『落』字，竝入聲也。守律若是謹嚴，自是白石家法。

桉：白石詞刻本極多，《香東漫筆》所載諸本外，余尚見他刻三四種，然皆同出一源，無大參差。最近朱彊村刻江研南本亦然，特此本附刻張嘯山校語，考求聲律，至爲精審，爲他本所無耳。若《漫筆》所稱之白石裔孫虬綠鈔本，乃刻集後，更經白石刪改者，斯爲定本，非他刻所能及矣。《四庫提要》云：『宋代曲譜今不可見，白石詞皆記拍於句旁，莫辨其似波似磔，宛轉欹斜，如西域旁行字者，節奏安在？』攷《四庫存目》箸錄張炎《樂府指迷》一卷，《提要》云其書分詞源、製曲、句法、字面、虛字、清空、意趣、用事、詠物、節序、賦情、令曲、襍論十四篇，卽《詞源》下卷，不知何所本，而以沈伯時《樂府指迷》之名名之。而其上卷則當時並未經見，故於白石譜字竟不能辨識也。宋燕樂譜字流傳至今者絕少，日本貞亨初當中國康熙初所刻《增類羣書類要事林廣記》吾國西潁陳元靚編輯。卷八『音樂舉要』有『管色指法譜字』，與白石所記政同；卷九『樂星圖譜』所列律呂隔八相生圖，及四宮清聲律生八十四調，於諸譜字之陰陽配合，剖析尤詳；卷二『文藝類』有黃鐘宮散套曲，爲《願成雙令》、《願成雙慢》已上係宮拍、《獅子序》、《本宮破子》、《賺》、《雙勝子》、《急三句兒》等名，首尾完具，節拍分明，讀白石詞者得此可資印證，亟記之。

【校記】

〔一〕綠：底本作『綠綠』，當衍一『綠』字，此刪其一。

〔二〕似：底本作『仙』，據《藝概》改。

〔三〕此則前，底本有『白石詞幽韻冷香』云云，已見於前文引錄《藝概》首則，眉批云『重複』，據刪。

黃岩叟

岩叟，字及里居、官位未詳。

校：黃岩叟《望海潮》云：『梅天雨歇，柳隄風定，江浮畫鷁縱橫。瀛女弄簫，馮夷伐鼓，雲間鳳咽鼉鳴。波面走長鯨。捲怒濤來往，攪碎滄溟。兩岸遊人笑語，羅綺間簪纓。靈均逝魄無憑。但湘沅一水，到底澄清。菰黍萬家，絲桐五綵，年年弔古深情。錦幟片霞明。使操舟妙手，翻動心旌。向晚魚龍戲罷，千里浪花平。』見《陽春白雪》，蓋重午詞也。《望海潮》調過拍二句應上四下七，下句首二字應作仄平，歇拍同。《淮海詞》『秦峯蒼翠』闋歇拍作『最好金龜換酒，相與醉滄洲』，句法上六下五，『酒』字用仄聲，與它家之作不同，萬氏《詞律》即據此闋列爲又一體。今審岩叟此詞，則並過拍二句亦與秦詞同，更應列爲又一體矣，乃《詞律》未經收入，徐氏《詞律拾遺》、杜氏《詞律補遺》又皆無之，未免攷訂偶疏。

易祓

祓，字彦祥，按：一作彦祚，又作彦章。自號山齋居士，寧鄉人。寧宗朝以第一人登進士第，以優校爲前廊。開禧間歷左司諫、翰林學士，拜禮部尚書，以時論不合謫融州。尋復原官，轉朝議大夫，賜紫金魚袋，封寧鄉縣開國男。有《山齋集》。

〔詞話〕

《織餘瑣述》：易祓《喜遷鶯》云：『記得年時，膽瓶兒畔，曾把牡丹同嗅〔一〕。』語小而不纖，極不經意之事，信手拈來，便覺旖旎纏綿，令人低徊不盡。納蘭成德《浣溪沙》云：『被酒莫驚春睡重，賭書消得潑茶香。當時祇道是尋常。』亦復工於寫情，視此微嫌詞費矣。《喜遷鶯》歇拍云：『强消遣，把閒愁推入，花前杯酒。』由『舉杯消愁』意翻變而出，亦前人所未有。

按：易彦祥詞《驀山溪》、《喜遷鶯》竝見《中興以來絶妙詞選》。據《西湖遊覽志餘》，韓侂冑用事，易祓撰答詔，以元聖褒之。則彦祥爲人，未免與陳合、郭居安輩譔壽詞諛賈似道者同譏，卽其詞，亦第以婉麗勝，未可與言骨榦也。

【校記】

〔一〕丹：底本作『舟』，據《全宋詞》改。

許奕

奕，字成子，簡州人。慶元五年以第一人登進士第，爲祕書省正字，遷祕書郎，權考功郎，以起居舍人宣撫四川。使金還，權禮部侍郎，遷吏部侍郎。出知瀘州，移遂寧府，進龍圖閣待制，知潼川府。被劾，降一官，提舉玉隆宮。卒。

桉：楊升庵《丹鉛總録》：『唐詩「春寒側側掩重門」，王介甫「側側輕寒翦翦風」，許奕小詞「玉樓十二春寒側」，呂聖求詞「側寒斜雨」，「側寒」字，詞人相承用之，不知所出〔一〕。』大意『側』，不正也。『側寒』字字甚新，特拈出之。許成子詞嚮來選家未經箸録，升庵所引『玉樓』句，其全闋亦不可得，惜哉！

【校記】

〔一〕知：底本脱，據《丹鉛總録》補。

真德秀

德秀，字景元，後改景希，學者稱西山先生，浦城人。慶元五年登進士第，繼中博學宏詞科，累官起居舍人兼太常少卿。出爲祕閣修撰、江東轉運副使，以右文殿修撰知泉州，以集英殿修撰知隆興府，以寶謨閣待制、湖南安撫使知漳州。理宗立，召爲中書舍人，擢禮部侍郎，直學士院，劾罷。再起，以顯謨閣待制知福州，召爲戶部尚書，改翰林學士知制誥，拜參知政事。乞祠，進資政殿學士，提舉萬壽觀。卒謚文忠。有《西山甲乙稾》諸書如干卷。

〔詞話〕

《宋名家詞評》：真德秀詠紅梅詞云：『兩岸月橋花半吐。紅透肌香，暗把遊人誤。盡道武陵溪上路。不知迷入江南去。先是冰霜真態度。何事枝頭，點點臙脂涴。莫是東君嫌淡素。問花花又嬌無語。』蓋《蝶戀花》也。作《大學衍義》人，又有此等詞筆。

桉：真文忠詠紅梅《蝶戀花》見《絶妙好詞》，雖涉豔語，卻有骨榦，絶無詞流軟媚之失。儀墨莊云：『歇拍三句，殆爲小人蠱君者發。』說亦近似。

夏元鼎

元鼎，字宗禹，自號雲峯散人，又號西城真人，永嘉人。屢試不第，辟幕職，有功兵間，棄官入道。有《蓬萊鼓吹》一卷。〔一〕

桉：《蓬萊鼓吹》一卷，彊邨朱氏依知聖道齋藏明鈔本刻行，詞凡三十首，皆羽衣丹鼎家言。唯《滿江紅》云：『人人何爲，江湖上、漁蓑堪老。嗚榔處，汪汪萬頃，清波無垢。欸乃一聲虛谷應，夷猶短棹關心否？向晚來、垂釣傍寒汀，牽星斗。砂磧畔，蒹葭茂。烟波際，盟鷗友。喜清風明月，多情相守。紫綬金章朝路險，青蓑篛笠滄溟浩。捨浮雲、富貴樂天真，釃江酒。』此闋詞人之詞，亦復清超拔俗。『老』、『浩』二韻，用古韻通叶。

【校記】

〔一〕此後，《宋人詞話》有序跋文一則，迻錄於下：

明鈔本《蓬萊鼓吹》坿識：夏元鼎，字宗禹，永嘉人。幼嗜學，博極羣書，屢試不第。應賈、許二帥幕，入兵間，以兵得賞，驅馳於山東、河北。登日觀，拜孔林。一日，至上饒，默禱曰：『未登龍虎，落平川，被犬欺榜。』先登龍虎山，夜感異夢，後遂棄官入道。至南嶽祝融峯，遇赤城周真人，求其印證。三更月下，指示天機玄妙之祕，乃大悟。明旦，失師所在，門扃如故。因題詩曰：『崆峒訪道至湘湖，萬卷詩書看轉愚。踏破鐵鞋無覓處，得來全不費功夫。』西山真德秀贈之詩曰：『龍虎山前形異夢，祝融峯頂遇真仙。勸君早辦驂鸞事，莫把天機漫浪傳。』取陶詩『夏雲多奇峯』句，號雲峯散人，有自記。後再遊幔亭諸峯歸，又號西城真人。所著有《陰符經講義》三卷圖說一卷（寶慶三年樓昉序）、《崔公藥鏡箋》一卷（寶慶丙戌劉元剛序、丁亥王九萬後序），傳於世今。永嘉有夏仙里云。

歷代詞人考略卷三十六

宋三十

魏了翁

了翁，字華父，蒲江人。慶元五年登進士第，爲國子正，改武學博士。開禧元年召試學士院，以策忤韓侂胄，改祕書省正字。嘉定十年遷直祕閣知瀘州，十七年遷起居舍人，寶慶改元以集英殿修撰知常德府。理宗親政，進華文閣待制，權禮部尚書兼吏部尚書，以端明殿學士同僉書樞密院事，督視京湖軍馬兼領江淮，封臨邛郡開國侯，僉書樞密院事。改資政殿學士、湖南安撫使知潭州，改知紹興府、浙東安撫使，改知福州、福建安撫使。卒，贈太師、秦國公，謚文靖。有《鶴山大全集》，長短句三卷。

〔詞話〕

《詞品》：魏了翁，道學宗派，與真西山齊名。詞不作豔語，有長短句一卷，皆壽詞也。《菩薩蠻·壽江倅》云：『東窗五老峯前月。南窗九疊坡前雪。推出侍郎山。著君窗戶間。《離騷》鄉裏住。卻記庚寅度。挹取芷蘭芳。酌君千歲觴。』又《鷓鴣天·壽范靖州》云：『誰把璿璣運化工。參旗又挂玉梅東。三三律琯聲餘亥，九九元經卦起中。』又《水調歌頭》桉：亦壽范靖州云：『玉圍腰，金繫肘，繡籠鞍。』宋代壽詞無有過之者。

《睹棋山莊詞話・續編》：竹垞曰：『宣政而後，士大夫爭爲獻壽之詞，連篇累牘，殊無意味。至魏華父，則非此不作矣，置之不錄也。』桉：此說本於花庵。然華父《鶴山長短句》三卷，雖未臻上乘，亦未嘗全作諛詞，其《水調歌頭・過凌雲和太博張方韻》『千古蛾眉月』云云，亦疏暢可誦。竹垞謂曾覽觀是集，殆未諦審乎？又《臨江仙・上元放燈約束伎前燈火》云：『千燈渾是淚，一笑不論錢。』《八聲甘州》云：『多少曹符氣勢，只數舟燪葦，一局枯棋。更完顏何事，花玉困重圍。算眼前、未知誰恃，恃蒼天、終古限華夷。還須念，人謀如舊，天意難知。』則不可謂非有心人也。又：田元均曰：『爲三司使數年，强笑多矣，直笑得面似鞾皮。』《月泉吟社》謝詩賞啓用之，云：『恭維某官，笑面如鞾。』阮亭議其不雅馴。元注：《香祖筆記》。華父《清平樂・詠白笑花》云：『纔問爲誰含笑，盈盈鞾面欹風。』知此語爲宋人所習用。然『鞾面』上頭贅以『盈盈』字，亦殊不倫。

〔詞考〕

《織餘瑣述》：宋魏文靖《鶴山長短句・水調歌頭・壽李參政》云：『輦路升平風月，禁陌清時鐘鼓，嗺送紫霞觴。』自注：『嗺，子須反，撮口也。』《念奴嬌・鮮于安撫勸酒》云：『嗺送春江舡上水，笑指故山歸去〔一〕。』《鷓鴣天・十六日再賦觀燈》云：『被人嗺送作遨頭。』桉：《廣韻》：『嗺，素回切。嗺，送歌。』《集韻》：『蘇回切，音毸，促飲也。』或作啐音切，竝與魏詞自注異。《玉篇》：『嗺，撮口也。』自注本此。又《水調歌頭・壽李提刑》云：『溥露浸秋色，零雨濯湖弦。』《浣溪沙・次韻李參政》云：『亭亭雙秀倚湖弦。』『湖弦』字新，湖邊也。鶴山詞有《清平樂·即席和李參政白笑花》、前調《次李提刑白笑詞竝呈李參政》，此花未見它家題詠，殆宋時有之，今不可得矣。

《蕙風簃詞話》：魏文靖《鶴山長短句》屢用『嗺送』字。《織餘瑣述》嘗拈出之。比閱《雙溪醉隱詩集》有《西園仙居亭對雪命酒作白雪嗺》七絕五首，序云：『嗺與攉同音，蘇回切。李涪《刊誤》言攉酒二十拍促曲，名《三臺攉》。攉合作啐。啐，馳送酒聲，後誤爲平聲。』李正文所説亦然。然則余以字書驗之，爲平聲，於義爲得。啐一字凡幾音，一音蘇内切，曰送酒聲。嗺，一字凡幾音，一音蘇回叨，曰促飲也。又嗺，送歌也。程林曰：『攉與嗺同。則嗺酒也，以侑酒爲義，唐人熟語也。』其於嗺字音義言之綦詳悉，仍未審『嗺，送歌』作何語耳。

桉：魏文靖詞，黄玉林云皆壽詞之得體者，朱竹垞本花菴之説，遂謂非壽詞不作。今攷《鶴山先生大全文集》，卷九十四至九十六，皆長短句，最一百八十八首，非壽詞八十七首。黄、朱二氏之説皆不然矣。文靖，理學名臣，藴蓄深厚，即其倚聲之作亦復局度沖夷，體製樸雅，非尋常摛華掞藻、角逐詞壇者所可同日語也。

【校記】

〔一〕故：底本闕，據《鶴山集》補。

李肩吾

肩吾，桉：《鶴山集》作李從周，字肩吾。字子我，號蠙洲，眉州人。魏文靖之客，精六書之學，著有《字通》。

〔詞話〕

《墨莊詞話》：李蠙洲《清平樂》云：『美人嬌小。鏡裏容顏好。秀色侵人春帳曉。郎去幾時重到？丁寧記取兒家。碧雲隱映紅霞。直下小橋流水，門前一樹桃花。』『碧雲』『紅霞』句先爲下『流水』、『桃花』寫照也。

《珠花簃詞話》：李蠙洲《抛毬樂》云：『綺窗幽夢亂如柳，羅袖淚痕凝似鍚。』《謁金門》云：『可奈薄情如此點，寄書渾不畬。』『鍚』、『點』叶韻雖新，卻不墜宋人風格，然如『鍚』韻二句所爭，亦止絫黍間矣。其不失之尖纖者，以其尚近質拙也，學詞者不可不知。

桉：李子我詞見《陽春白雪》及《絶妙好詞》，共十闋。《風流子》『雙燕立虹梁』云云，龍壁山人賞其穠麗。余尤喜其《清平樂》云：『東風無用。吹得愁眉重。有意迎春無意送。門外濕雲如夢。　韶光九十慳慳，俊遊回首關山。燕子可憐人去，海棠不分春寒。』《鷓鴣天》云：『綠色吳箋覆古苔。濡毫重擬賦幽懷。杏花簾外鶯將老，楊柳樓前燕不來。　倚玉枕，墜瑤釵。午窗輕夢繞秦淮。玉鞭何處貪遊冶，尋偏春風十二街。』此等詞，所謂生香真色，人難學也。

盧祖皋

祖皋，字申之，又字次夔，自號蒲江居士，永嘉人，一云本邛州人。慶元五年登進士第，除軍器少監。嘉定十四年權直學士院。有《蒲江集》，詞一卷。〔一〕

〔詞話〕

《蘆浦筆記》：吳江三局祠前作釣雪亭，蓋漁人之窟宅也。盧申之賦《賀新郎》一詞云：『挽住風前柳。問鴟夷、當日扁舟，近曾來否。月落潮生無限事，零亂茶烟未久。謾留得、蓴鱸依舊。可是從來功名誤，撫荒祠、誰繼風流後。今古恨，一搔首。　江涵雁影梅花瘦。四無塵、雪飛風起，夜窗如畫。萬里乾坤清絕處，付與漁翁釣叟。又恰是、題詩時候。猛拍闌干呼鷗鷺，道他年、我亦垂綸手。飛過我，共尊酒。』〔二〕

《貴耳集》：盧申之，貌宇修整，作小詞纖雅，曰《蒲江集》。余領先生詞外之旨。

《豹隱紀談》：平江妓送太守詞桉：調寄《賀新郎》曰：『春色元無主。荷東君、著意看承，等閒分付。多少無情風與浪，又那更、蝶欺蜂妒。算燕雀、眼前無數。縱使簾櫳能愛護。到如今、已是成遲暮。芳草碧，遮歸路。　看看做到難言處。怕仙槎、輕轉旌旗，易歌襦袴。月滿西樓絃索靜，雲蔽崑城閬府。便恁地、一帆輕舉。獨倚闌干愁拍碎，慘玉容、淚眼如紅雨。去與住，兩難訴。』或云是蒲江盧申之作。

〔詞評〕

《珠花簃詞話》：盧申之《江城子》後段云：『年華空自感飄零。擁春酲。對誰醒。天闊雲間，無處覓簫聲。載酒買花年少事，渾不似，舊心情。』與劉龍洲詞『欲買桂花重載酒。終不似、少年游』，可稱異曲同工，然終不如少陵之『詩酒尚堪驅使在，未須料理白頭人』爲倔彊可喜。其《清平樂》歇拍云：『何處一春遊蕩，夢中猶恨楊花。』是加倍寫法。

《墨莊詞話》：《詞綜》載盧祖皋《洞仙歌・詠茉莉》一首，其結句云：『正紋簟如波帳如烟，更奈向、月明露濃時候。』不即不離，所謂賦物當賦神也。

周止菴云：蒲江小令時有佳趣，長篇則枯寂少味，此才小也。

〔詞考〕

《四庫全書總目》『蒲江詞提要』：《貴耳集》稱其小詞纖雅，曰《蒲江集》，然不言卷數。陳振孫《書錄解題》著錄一卷，其篇數多寡亦不可考。此本爲明毛晉所刻，凡二十五闋。今以黄昇《花菴詞選》相校，則前二十四闋悉《詞選》之所錄，惟最後《好事近》一闋爲晉所增入。疑原集散佚，晉特鈔撮黄昇所錄，以備一家耳。其中字句與《詞選》頗有異同，如開卷《賀新郎》『荒詞誰繼風流後』句，《詞選》作『荒祠』；《水龍吟》『帶酒離恨』句，『帶酒』《詞選》作『帶將』；《烏夜啼》第三首後闋『昨日幾秋風』句，『昨日』《詞選》作『昨夜』。並應以《詞選》爲長，晉蓋未及詳校。惟《賀新郎》序首『沈傅師』字，晉注《詞選》作『傳帥』，然今《詞選》實作『傳師』，則不知晉所據者何本矣。至《鷓鴣天》後闋『丁寧須滿玉西東』句，據文應作『玉東西』，而此詞實用東韻，則由祖皋偶然誤用，如黄庭堅之押『秦西巴』爲

『巴西』，非校者之誤也。

按：《蒲江詞》近有彊邨朱氏刻本，比汲古本多七十一闋，乃據知聖道齋藏明抄《南詞》本傳刻，當卽黄叔暘著録之本。汲古所刻，誠如『提要』所云乃出於抄撮，非原本也。盧蒲江詞中《錦園春三犯・賦牡丹》一闋乃自度腔，萬氏《詞律》、徐氏《詞律拾遺》、杜氏《詞律補遺》並未載此調，未見《蒲江詞》足本耳〔三〕。

【校記】

〔一〕此後，《宋人詞話》有序跋文二則，迻録於下：

汲古閣《宋六十名家詞・蒲江詞跋》： 盧祖皋，字申之，自號蒲江居士，永嘉人。大防之甥也。一時永嘉詩人爭學晚唐體，徐照字道暉，徐璣字文淵，翁卷字靈舒，趙師秀字紫芝，稱爲四靈，與申之倡和，莫能伯仲，惜其詩集不傳。黄叔暘謂其樂府甚工，字字可入律呂，浙人皆唱之，《中興集》中幾盡採録。或病其偶句太多，未足驚目。余喜其『柳色津頭泫緑，桃花渡口啼紅』，較之秦七『鶯嘴啄花紅溜，燕尾點波緑皺』不更鮮秀邪？又『玉簫吹未徹，窗影梅花月』、『無語只低眉，閒拈雙荔枝』，直可步趨南唐『孤枕夢回雞塞遠，小樓吹徹玉笙寒』矣。至如『江涵雁影梅花瘦』、『花片無聲簾外雨』云云，蓋古樂府佳句也。惜乎《蒲江詞》一卷，僅僅二十有五闋耳。古虞毛晉子晉識。

《彊邨所刻詞・蒲江詞稿跋》： 右《蒲江詞稿》一卷，南昌彭氏知聖道齋藏明鈔《南詞》本，比毛氏汲古閣刻本多七十一闋，疑卽黄叔暘所謂有《蒲江詞稿》行於世者。毛刻與花庵《中興絶妙詞選》略同，而增《好事近》『雁外雨絲絲』一闋，《中興詞選》載之，標爲吳君特詞。今考彭本，亦無是闋，殆非申之作也。癸丑仲夏校訖並記，歸安朱孝臧。

〔二〕《賀新郎》詞底本只録首句，據《宋人詞話》補。

〔三〕《宋人詞話》按語與《歷代詞人攷略》按語有出入，迻録於下：

桉：《蒲江詞·錦園春三犯·賦牡丹》云：『晝長人倦。正凋紅漲綠，懶鶯忙燕（《解連環》）。絲雨濛晴，放珠簾高捲（《醉蓬萊》）。神仙笑宴。半醒醉，綵鸞飛徧（《雪獅兒》）。碧玉闌干，青油幢幕，沈香庭院（《醉蓬萊》）。洛陽畫圖舊見。向天香深處，猶認嬌面（《解連環》）。霧轂霞綃，聞綺羅裁翦（《醉蓬萊》）。情高意遠。怕容易、曉風吹散（《雪獅兒》）。一笑何妨，銀臺換蠟，銅壺催箭（《醉蓬萊》）。』又《賦海棠》云：『醉痕潮玉。愛柔英未吐，露叢如簇（《解連環》）。絕豔矜春，分流芳金谷（《醉蓬萊》）。風梳雨沐。耿空抱、夜闌清淑（《雪獅兒》）。杜老情疏，黃州賦冷，誰憐幽獨（《醉蓬萊》）。　玉環睡醒未足。記傳榆試火，高照宮燭（《解連環》）。錦幄風翻，渺春容難續（《醉蓬萊》）。迷紅怨綠。漫惟有、舊愁相觸（《雪獅兒》）。一舸東遊，何時更約，西飛鴻鵠（《醉蓬萊》）。』此自度腔也。萬氏《詞律》、徐氏《詞律拾遺》、杜氏《詞律補遺》並未載此調，未見《蒲江詞》足本耳。　又桉：《豹隱紀談》所載《賀新郎》詞，集中未見，當作申之作，氣格亦不類。

王澡

澡，字身甫，初名津，字子知，寧海人。官太常博士。有《瓦全居士詩詞》二卷。

〔詞話〕

《深雪偶談》：太常博士瓦全先生王公名澡，字身甫，有《落梅》小詞：『疏明瘦直。不受東皇識。留取伴春應肯，千紅底、怎著得。　夜色。何處笛。曉風無奈力。若在壽陽宮院，一點點、有人惜。』劉公潛夫賞之，已坿此詞於《後村集·詩話》中。予亦僭坿之拙藁。雖然先生文行表表，一詞固何足爲先生軒輊也？予少卽登門，以先公同生丙戌且相友善之故，遂辱撰先公墓銘誌，中有『文不逮岳，而岳强以銘』之語，當知前輩奬掖後進有如此也〔一〕。

桉：　瓦全居士又有《祝英臺近》別詞云：『玉東西，歌宛轉、未做苦離調。著上征衫，字字是愁抱。月寒鬢影刁蕭，柁樓開纜，記柳暗、乳鴉啼曉。　短亭草。還是綠與春歸，羅屏夢空好。燕語難憑，憔悴未渠了。可能妒柳羞花，起來渾嬾，便瘦也、教春知道。』見《四明近體樂府》。又桉：《深雪偶談》，宋寧海方岳譔。宋有兩方岳，一字巨山，祁門人，有《秋崖詞》一卷，刻入王氏四印齋《宋元三十一家詞》。茲據《偶談》云身甫《落梅》詞『予亦僭埘之拙藁』，則是寧海方岳亦有詞稿，惜已久佚，無從訪求矣。

【校記】

〔一〕『雖然先生文行』至此，底本無，據《宋人詞話》補。

劉鎮

鎮，字叔安，自號隨如子，學者稱隨如先生，南海人。嘉泰二年登進士第。桉：戴石屏《送叔安入京詩序》『謫居三山二十餘年，真西山奏令自便』云云，叔安以何官被謫，不可攷。有《隨如百詠》刻於三山。

〔詞評〕

《皺水軒詞筌》：　作詞不待用事，用之妥切，則語始有情。劉叔安《水龍吟·立春懷內》曰：『雙燕無憑，尺書難表，甚時回首。想畫闌、倚偏東風，閒負卻、桃花呪。』此用樊夫人劉綱事，妙在與己姓暗合。若他人用之，雖亦好語，終減量矣。

《樊榭詞話》：劉隨如詞：『黃昏人靜，暖香吹月，一簾花碎。芳意婆娑，綠陰風雨，畫橋烟水。』寫景皆妙。

《織餘瑣述》：宋劉鎮《水龍吟·立春懷內》云：『試燈簾幕，送寒幡勝，暗香攜手。』『暗香』句只四字，饒有無限景中之情，自非雅人深致，未易領會得到。

《堅瓠八集》：劉叔安元夕《慶春澤》一首入《草堂》選。又有《阮郎歸》云：『寒陰漠漠夜來霜。階庭楓葉黃。歸鴉數點帶斜陽。誰家砧杵忙。　燈弄幌。月侵廊。熏籠添寶香。小屏低枕怯更長。和雲入醉鄉。』亦清麗可誦。

劉潛夫云：隨如詞，以騷人墨士之豪，寓放臣逐子之意，麗不至褻，新不犯陳，周、柳、辛、陸之能，庶乎兼之。

桉：劉隨如《水龍吟·丙子立春懷內》云：『三山臘雪才消，夜來誰轉回寅斗。試燈簾幕，送寒幡勝，暗香攜手。少日歡娛，舊遊零落，異鄉歌酒。到如今，生怕春來太早，空贏得、兩眉皺。　春到蘭湖少住，肯殷勤、訪梅尋柳。相思人遠，帶圍寬減，粉痕消瘦。雙燕無憑，尺書難表，甚時回首。想畫闌、倚偏東風，閒負卻、桃花呪。』歇拍二句，與秦太虛《眼兒媚》後段『綺窗人在東風裏』云云，異曲同工。又《玉樓春·東山探梅》歇拍云：『白頭空負雪邊春，著意問春春不語。』語意亦淡而深。

曹豳

豳，字西士，號東畎，桉：一作東猷。瑞安人。嘉泰二年登進士第，授安吉州教授，調重慶府司法參軍，改知建昌縣，擢祕書丞兼倉部郎官。出爲浙西提舉常平，移浙東提點刑獄。召爲左司諫，上疏請立太子，又論劾余天錫、李鳴復，迕旨，遷起居郎，進禮部侍郎，不拜。久之，起知福州，再以侍郎召，爲臺臣沮止，以守寶章閣待制致仕。卒謚文恭。

〔詞話〕

《堅瓠集》：康熙壬子冬在德州旅店中見壁上一詞云：『春闈將近也，望帝鄉迢迢，猶在天際。懊恨這一雙腳底。一日廝趕上五六十里。　爭氣。扶持吾去。博得官歸，恁時賞你。穿對朝鞾，安排你在轎兒裏。更選個、弓樣鞵，夜間伴你。』不知爲何人所作。後讀顧元慶《簷曝偶談》，知爲曹東猷赴省試，陸行良苦，自慰其足而作。桉：東猷名豳，字西士，宋嘉熙時人，詞名《紅窗迥》。〔一〕

桉：曹西士《紅窗迥》詞又見元盛如梓《庶齋老學叢談》，唯云曹東畎作，而《堅瓠集》作『東猷』，且一則之中字凡兩見，似非傳刻之譌。『畎』、『猷』字形相近，未審何者爲是。西士晚歲之作又有《西河·和王潛齋韻》云：『今日事。何人弄得如此。漫漫白骨蔽川原，恨何日已。關河萬里寂無烟，月明空照蘆葦。　謾哀痛，無及矣。無情莫問江水。西風落日慘新亭，幾人墮淚。戰和何者是良籌，扶危但看天意。　只今寂寞藪澤裏。豈無人、高臥閭里。試問安危誰寄。定相將有詔催公起。須信前書言猶未。』見《花草粹編》。

【校記】

〔一〕此後，《宋人詞話》有『附攷』一項，凡一則，迻錄於下：

《宋史·曹叔遠傳》：族子豳，少從錢文子學。調重慶府司法參軍。郡守度正欲薦之，豳辭曰：『章司錄母老，請先之。』正敬歎，改知建昌縣。復故尚書李常山房建齋舍以處諸生，爲浙西提舉常平。建虎丘書院，以祀尹焞。移浙東提點刑獄。寒食放囚歸，祀其先，囚感泣，如期至。召爲左司諫，與王萬、郭磊卿、徐清叟俱負直聲，當時號嘉熙四諫。

馮鎔

鎔，字景範，夔州人。嘉泰間鄉貢進士。

校：馮景範詞《如夢令·題龍脊石》云：『素養浩然之氣。鐵石心腸誰擬？蒿目縣前江，不逐隊魚遊戲。藏器。藏器。只等時乘奮起〔二〕。』前署郡人馮鎔姓名，後書『嘉泰壬戌仲春鄉進士馮鎔景範遊此，因成《如夢令》一闋，書之于石』云云，見《魚龍文字記》。龍脊石在四川夔州府雲陽縣龍脊灘，石壁題刻殆徧，以濱江窪下，非水涸甚，不得見，故未經前人著錄。光緒壬寅，蕙風況先生薄遊雲安，是年冬乾，水落石出，諸刻呈露，爰亟命工從事氈椎，得孟蜀已還題名九十餘種，景範詞，其一也。況氏審醳全文，合以涪州石魚題名拓本一百有蓋，爲《魚龍文字記》二卷。

【校記】

〔一〕眉批云：『乘』疑當作『來』。

李訦

訦，字誠之，自號山澤道人，晉江人。邴孫，建炎中邴避地泉州，子孫遂籍晉江。訦以祖蔭補承務郎，調仙遊丞，改主管南外睦宗院，除通判漳州，擢知黄州。外艱，服闋，知袁州，遷夔州路提點刑獄。開禧初移荊湖北路轉運判官，入爲大理正卿，權戶部侍郎，坐忤韓侂胄，劾罷。起知靖江府，兼廣西安撫使。嘉定改元，加敷文閣待制知建寧府，丐歸，畀祠。再除寶文閣待制，致仕。卒贈宣奉大夫。

桉：李訦和劉改之《六州歌頭·弔武穆鄂王忠烈廟》『高皇神武』云云，見《龍洲詞》坿錄。又《水調歌頭·敬次瓊山韻》云：『足跡半天下，家説在瓊川。往來無定，蓬頭垢面任憎嫌。揮掃筆頭萬字，貫穿胷中千古，不記受生年。海角一相過，緣契似從前。　鍾離歌，呂公篆，醉張顛。恍如赤城龍鳳，來過我鯨仙。笑我未離世網，不染個中塵土，飢食困來眠。擬問君家祖，兜率樂天天。』此闋彊邨錄示。

李好義易靜

好義，下邽人。桉：《全蜀藝文志》作宕渠人。弱冠善騎射，西邊第一，以準備將討文州蕃部有功。開禧初爲興州正將，蜀吴曦叛，好義約楊巨源同舉事，誅曦，立安丙宣撫，遂率衆出關，復西和州，以中軍統制知西和。卒贈檢校少保，謚忠壯。

〔詞話〕

《江湖紀聞》：宋理宗時李好義爲某郡總管，作詞名《望江南》云：『思往事，白盡少年頭。曾帥三軍平蜀難，沿邊四郡一齊收。逆黨反封侯。　元宵夜，燈火鬧啾啾。廳上一員閒總管，門前幾個紙燈毬。簫鼓勝皇州。』

桉：李好義《望江南》詞，所謂滿心而發、肆口而成，質樸伉爽，不假追琢。中間敘述生平，感慨時世，寧無拔劍斫地之哀，而語意不涉過激。吾見其嫵媚之至，未見其爲俗也。嘗閲《蕙風簃隨筆》：『《兵要望江南》詞，宋武安軍左押衙易靜譔，起「占委任」，止「占報」，最五百二十首。詞雖不工，具徵天水詞學之盛，下至方伎曲士亦犄諳宫闋。雲自在龕藏舊鈔本』云云。易靜詞誠蕪而俚，以視好義之作，猶不逮遠甚，未便列爲一家，坿記於此。　又桉：宋李仲敏好古《謁金門》云：『花著雨。又是一番紅素。燕子歸來愁不語。故巢無覓處。　誰在玉樓歌舞。誰在玉關辛苦。若使胡塵吹得去。東風侯萬户。』《花草粹編》、《渚山堂詞話》並誤作李好義詞。

卓田

田，字稼翁，號西山，建陽人。開禧元年登進士第，改官，遽卒。桉：《福建通志·選舉志》：『開禧元年毛自知榜特奏名：建安縣卓田。』《後邨詩話》：『卓田，策名改秩，卒。』又桉：《尚友録》：『卓田，紹興間文士，工詞，有三衢買舟詞。』蓋指《好事近》『奏賦《謁金門》』闋，非田詞集以『三衢買舟』名也。

〔詞話〕

《山房隨筆·補遺》桉：《藕香簃叢書》本有補遺一卷：三山卓田桉：『田』元誤『用』能賦馳聲，嘗作詞云：『丈夫隻手把吳鉤。欲斷萬人頭。因何鐵石，打成心性，卻爲花柔。君看項籍並劉季，一怒使人愁。只因撞著虞姬戚氏，豪傑都休。』其爲人風趣可想。

《柳塘詞話》：《眼兒媚》起句平黏、仄黏俱通。阮閎一首『樓上黄昏杏花寒。斜月小闌干』，仄黏起也；卓田一首『丈夫隻手把吳鉤。欲斷萬人頭』，平黏起也。

桉：卓稼翁詞《好事近·三衢買舟》、《昭君怨·送人赴上庠》、《品令·新秋》三闋，並見《中興以來絶妙詞選》。其《眼兒媚》『丈夫隻手把吳鉤』云云，又見《花草粹編》，題云『題蘇小樓』。

陳韡

韡，字子華，號抑齋，侯官人。開禧元年登進士第，辟京東河北幹官，累遷太府寺丞，差知真州，淮東提點刑獄兼知寶應州，累遷倉部員外郎。以寶章閣直學士知南劍州，福建路兵馬鈐轄兼招捕使，進右文殿修撰兼知建寧府，進寶章閣待制知隆興府，節制江西、廣東、福建三路捕寇軍馬，進華文閣待制、江西安撫使，改江東，知建康府。召爲兵馬尚書，拜參知政事，知樞密院事，授福建安撫大使知福州，提舉佑神觀，致仕。卒贈少師，謚忠肅。

桉：陳忠肅詞《蘭陵王》云：『角聲切。何處梅梢弄雪。還鄉夢，玉井樓前，千朵芙蕖插空碧。鄰翁問消息。爲說。紅塵倦客。應憐笑，弓劍旌旗，底事留人未歸得。　淮山舊相識。記急處笙歌，靜裏鋒鏑。隋堤楊柳猶春色。嗟十載人事，幾番碁局，青油年少已鬢白。漫惆悵京國。　朱墨。困無力。似病鶴樊籠，老驥羈勒。夕陽不繫棲林翼。待添竹東圃，種松西陌。功名休問吾老矣，付俊傑。』見《陽春白雪》。此詞布置妥帖，局度從容，非擅長倚聲不辦。

留元剛

元剛，字茂潛，自號雲麓子，桉：《陽春白雪》錄元剛詞，署劉雲巖元剛。永春人。開禧元年試博學宏詞科，授國子監學錄，遷祕閣校理，累遷直學士院。歷軍器少監，權起居舍人。出知溫州，加直寶文閣，移知贛州。坐言者，詔與宮觀，罷歸。有《雲麓集》。

桉：留茂潛詞《滿江紅·泛舟武夷午炊仙游館次呂居仁韻》：『風送清篙，沿流泝、武夷九曲。回首處，虹橋無復，幔亭遺屋。翠壁雲屏臨釣石，銀河雪瀑飛寒玉。想當年、鐵笛倚林吹，秋空綠。　褰荇帶，揞筇竹。披荷芰，餐椒菊。問丹崖碧嶺，底堪重辱。青笈不妨娛老眼，烏韡未許污吾足。恰仙遊、一枕夢醒來，胡麻熟。』見《陽春白雪》。元剛，正長子恭之子，見《泉州府志》。

李珏

珏，字元暉，號鶴田，吉水人。年十二通《書》經，召試館職，除祕書省正字，批差充幹辦御前翰林司，主管御覽書籍，除閤門宣贊舍人。開禧三年以朝散大夫直寶謨閣，嘉定元年除右侍郎。有《雜箸四集》、《穆陵大事記》、《錢唐百詠》。

桉：李元暉詞《擊梧桐·別西湖社友》、《木蘭花慢·寄豫章故人》並見《絕妙好詞》。《都城紀勝》云：『文士有西湖詩社，非其它社集之比，乃行都士夫及寓居詩人，舊多出名士。』

趙廱

廱，一作雍，字浦夫，號竹潭，聞喜人。鄖國公德鈞之後，丞相鼎裔孫。開禧間爲處州太守。

桉：趙浦夫詞《謁金門》云：『天色晚。雲外一箏斜雁。獨凭闌干秋滿眼。菊花寒尚淺。葉落香篝紅泛。懶把新詩題怨。何處笛聲三弄斷。月遲簾未捲。』見《陽春白雪》。又桉：《宋詩紀事補遺》：『趙廱《星巖紀游》五古一首，其後識云：「浚儀趙廱和仲以淳熙二年來守肇慶。」』據《宋詩紀事》小傳：『趙廱，字浦夫，聞喜人。開禧間爲處州太守。』與《星巖紀游》之趙廱字籍竝異。淳熙二年下距開禧凡三十年，廱以三十年前守肇慶、三十年後守處州，揆之事實，亦似不甚相合，竊疑別是一人，坿記糇攷。陸氏於趙廱姓名下注云：『厲有則竟以爲一人矣。』

汪晫

晫，字處微，績溪人。開禧中一至闕下，不就舉試而歸，結廬隱居，曰環谷。卒，里人私謚康範先生。德祐元年孫夢斗上所箸書，特贈通直郎，有《環谷存稾》、《康範詩餘》一卷。

〔詞話〕

《織餘瑣述》：宋汪晫《康範詩餘·水調歌頭·次韻荷淨亭小集》云：『落日水亭靜，藕葉勝花香。』與秦湛『藕葉香風勝花氣』句同意。藕葉之香，非静中不能領略，淨而後能静，無塵則不囂矣。只此起二句便恰是詠荷淨亭，不能移到它處，所以爲佳。

校：汪處微《康範詩餘》一卷，彊村朱氏依勞巽卿傳録《康範集》本刻行。《鷓鴣詞·春愁》云〔一〕：『傷時懷抱不勝愁。野水粼粼緑徧洲。滿地落花春病酒，一簾明月夜登樓。明眸皓齒人難得，寒食清明事又休。只是鷓鴣三兩曲，等閒白了幾人頭。』詞筆疏宕，有骨幹，藉可想像其爲人。其《念奴嬌·環谷夜酌借坡公韻餞汪平叔》云：『後夜山深何處宿，紅豆寒燈明滅。一老堪憐，兩生未起，應念星星髮。』則尤古誼今情，芬芳悱惻，雖嫥家之作，曷以加茲？又《賀新郎·開禧丁卯端午中都借石林韻》一闋，蓋卽赴闕不試時作。此詞换頭『《離騷》古意盈洲渚』云云，忠愛至情流露楮墨之表，可知其巖阿高蹈，殆有見於時輩之難與有爲，非真好遯忘世也。

【校記】

〔一〕詞：底本脱，據《康範詩集》補。

林正大

正大，字敬之，號隨菴，永嘉人。開禧中爲嚴州學官。有《風雅遺音》二卷。

〔詞考〕

《四庫全書總目》『風雅遺音提要』：據卷首易嘉靖序，蓋開禧中爲嚴州學官，其里籍則不可考。

是編皆取前人詩文檃括其意，製爲襍曲，每首之前仍全載本文，蓋仿蘇軾檃括《歸去來辭》之例，然語意蹇拙，殊無可采。卷末有徐釚跋云：『《風雅遺音》上下卷，南宋刊本，泰興季滄葦家藏書，靈壽傅使君於都門珠市口購得，遂付小史鈔錄。林序闕前七行，卷末《清平調》逸其半，皆舊時脫落，今亦仍之。』此本字畫譌缺，蓋又從釚本傳寫云。

桉：林敬之《風雅遺音》二卷，元和江氏依知聖道齋藏舊鈔本鍥行於湘中。杜工部醉時歌《酹江月》云：『諸公臺省，問先生何事，冷官如許。甲第紛紛粱肉厭，應恠先生無此。道出羲皇，才過屈宋，空有名垂古。得錢沽酒，忘形欲到爾汝。　好是清夜沈沈，共開春酌，細聽簷花雨。茅屋石田荒已久，總待先生歸去。司馬子雲，孔丘盜跖，到了俱塵土。不須聞此，生前杯酒相遇。』自餘檃括昔賢詩文，大略昉此。宋時聲伎工歌者衆，往往長篇文字亦可被之管絃，填入詞調更鰓鬯耳。　又桉：《四庫全書總目》『風雅遺音提要』『卷首易嘉靖序』云云，『嘉靖』當作『嘉猷』，『靖』係寫刻之誤。又云『林序闕前七行，卷末《清平調》逸其半，皆舊時脫落』。錢塘丁氏《善本書室藏書志》：『《風雅遺音》二卷，前有嘉泰壬戌、甲子自序二篇。明初據南宋本重刻，尚多嘉泰甲子陳子武序一篇，序云：「居士實永嘉林君正大，字敬之，爲道州史君之子，尚書吏部開府之孫。生長華胄，恪守詩禮，體大易隨時之義，故自號曰隨菴。」』是正大乃永嘉人也，今湘中刻本《風雅遺音》衹存嘉泰壬戌自序，其甲子自序、易嘉猷序、陳子武序均佚。《四庫提要》所云『林序闕前七行』者，當卽甲子自序，今並闕行者而亦無之。唯卷末太白《清平調》括《酹江月》，完全無闕，則此本較《四庫》本爲勝耳。

吳泳

泳，字叔永，潼川人。嘉定二年登進士第，歷軍器少監。升祕書丞兼權司封郎官兼樞密院編修官，升著作郎兼權直舍人院。遷祕書少監，權中書舍人，遷起居舍人，權吏部侍郎兼直學士院，權刑部尚書兼修玉牒。以寶章閣直學士知寧國府，提舉太平興國宫，進寶章閣學士。差知溫州，改知泉州，以言罷。有《鶴林集》四十卷，詞一卷。

〔詞話〕

《蕙風簃詞話》：吳人呼女曰囡，讀若奴頑切。《柳南續筆》：『漁家日在湖中，自無不肌面粗黑。有生女瑩白者多名曰囡，以寵異之』云云。吳叔永泳《鶴林詞·賀新郎·宣城壽季永弟》云：『爺作嘉興新太守，囡拜謁書天府。況哥共、白頭相聚。』則宋人已用之入韻語矣。叔永，蜀人，亦作吳語，何耶？『囡』字，徧檢字書，並未之載。又：《鶴林詞·清平樂·壽吳毅夫》云：『荔子纔丹梔子白，擡貼誕彌嘉月。』『擡貼』字亦方言，於此僅見。又：《鶴林詞·祝英臺近·春日感懷》云：『有時低按銀箏，高歌《水調》，落花外、紛紛人境。』末七字，余極喜之，其妙處難以言說，但覺芥子須彌猶涉執象。又：『算一生繞徧，瑤堦玉樹，如君樣、人間少。』吳叔永《水龍吟·壽李長孺》句，壽詞能爲此等語，視尋常歌誦功德，何止仙塵糟玉之別？

桉：吳叔永《鶴林詞》一卷，彊邨朱氏依《大典·鶴林集》本鍥行，詞凡三十二首。其中如

《八聲甘州·壽魏鶴山》、《賀新郎·送游景仁赴夔漕》、《洞仙歌·惜春和李元膺》，前二首以遒勁勝，後一首以緜麗勝，全卷以送游景仁作爲第一。《四庫全書提要》：『吳泳《鶴林集》在西蜀文字中頗有眉山蘇氏之風，繼魏了翁《鶴山集》後，固無多讓』云云，如以詞論，似乎叔永尤爲當行，第無庸以文章餘事軒輊二公耳。

洪咨夔

咨夔，字舜俞，於潛人。嘉定二年進士，除如皋主簿，授南外宗學教授。應博學宏詞科。崔與之帥淮東，辟幕職。及帥成都，授爲籍田令，通判成都府，尋知龍州。還朝，爲祕書郎，遷金部員外郎，轉考功員外郎。忤史彌遠，論鐫二級。彌遠死，以禮部員外郎召，拜監察御史，擢殿中侍御史，歷中書舍人、吏部侍郎，進刑部尚書，拜翰林學士知制誥，加端明殿學士。卒贈兩官，謚忠文。有《平齋詞》一卷。〔一〕

〔詞話〕

《絕妙好詞箋》：《平齋詞·南鄉子·德清舟中和韻》云：『霜月冷娉婷。夾岸蘆花雪點成。短艇水晶宫裏繫，閒情。誰道芙蓉更有城。　阿鵲數歸程。人倚低窻小畫屏。莫恨年華飛上鬢，堪憑。一度春風一度鶯。』〔二〕

〔詞評〕

《織餘瑣述》：宋洪咨夔《平齋詞·風流子·詠芍藥》句云：『金䌽花腰，玉勻人面。』八字工麗可喜。又《水調歌頭·送曹侍郎歸永嘉》句云：『氣脈《中庸》、《大學》，體統《采薇》、《天保》，幾疏柘袍紅。』『中庸』、『大學』字入詞，絕奇，『體統』字亦僅見。

〔詞考〕〔三〕

《四庫全書總目》『平齋詞提要』：《平齋詞》一卷，爲毛晉所刊。晉跋稱未見其集，蓋汲古閣偶無其本，僅見其詞也。咨夔以才藝自負，新第後，上書衛王，自宰相至州縣無不捃摭其短，遂爲時相所忌，十年不調。故其詞淋漓激壯，多抑塞磊落之感，頗有似稼軒、龍洲者。晉跋乃徒以王岐公文多富貴氣擬之，殊爲未允。咨夔父名鉞，號谷隱，有詩名。咨夔出蜀時得書數千卷，藏蕭寺中。父子考論諷誦，學益宏肆。詞注内所稱『老人』，即其父也。其子勳、燾、熹，亦皆能紹其家學。《鷓鴣天·爲老人壽》後闋云：『諸孫認取翁翁意，插架詩書不負人。』可想見其世業之盛。又《漢宫春》一闋乃慶其父七十作。據《平齋集》有《壬辰小雪前奉親游道場何山》五言古詩一首，中有句云『老親八十健』。而集内未載其詞，疑其傳稿尚多散佚矣。

桉：《四庫全書提要》云《平齋詞》『頗有似稼軒、龍洲者』，今閲洪詞，細審之，其中懷所蘊蓄，鬱勃不能自已，及至放筆爲詞，慷慨淋漓，自然與辛、劉契合，非刻意橅昉辛、劉也。其詞如《賀新郎·詠梅用甄龍友韻》云：『放了孤山鶴。向西湖、問訊水邊，嫩寒籬落。試粉盈盈微見面，一點芳心先著。正日暮、烟輕雲薄。欲攬清香和月嚥，倩馮夷、爲洗黄金杓。花向我，勤多酌。單于吹徹今成昨。未甘渠、琢玉爲堂，把春留卻。倚徧黄昏闌十二，知被兒曹先覺。更笑殺、盧仝赤腳。但得東風先在手，管綠陰、好踐青青約。方寸事，兩眉角。』又前調云：『誰識昂昂鶴。且隨緣、剩水殘山，東村西落。世事幾番新局面，看底卻高三著。況轉首、西山日薄。雪意壓簷梅索笑，任柄長、柄短鄰家杓。蒻小甕，動孤酌。　見花憶得年時昨。正微醺、獨步黃昏，被花迷卻。冷月吹香春弄影，么鳳梢頭先覺。恍夢斷、羅浮山腳。欲寄心期無驛使，想淩寒、不奈腰肢約。空凭暖，畫欄角。』兩詞仍以清疏擅勝〔四〕，唯『覺』、『腳』兩韻，體格近似辛、劉耳。弁陽翁《絕妙好詞》錄其《眼兒媚》：『平沙芳草渡頭村，綠遍去年痕。游絲下上，流鶯來往，無限銷魂。　綺窗深靜人歸晚，金鴨水沈溫。海棠影下，子規聲裏，立盡黃昏。』〔五〕此等詞似非平齋本色，集中亦不多見，草窗選詞未免偏重婉麗一派。　又按：《平齋詞》有老人游東山追和俞貳卿詞謹用韻《滿江紅》、老人用僧仲殊韻詠荷花橫披謹和《念奴嬌》、敬借老人燈韻爲壽前調、德清舟中和老人韻《南鄉子》各一闋，老人卽咨夔父鉞，號谷隱，見《四庫提要》，所作詞惜不傳。兩宋士夫不能詞者殆尠，幸而得傳十之一二而已。方勺之父有詞無名，方教授，見前卷。平齋之父有名無詞，皆缺憾也。

【校記】

〔一〕此後，《宋人詞話》有序跋文一則，迻錄於下：

汲古閣《宋六十名家詞·平齋詞跋》：　舜俞，於潛人，其功烈載在史冊，如毀鄧艾祠，更祠諸葛武侯，告其民曰：『毋事仇讎而忘父母。』尤爲當時稱歎。迨卒時，御筆批其『鯁亮忠慤』，令抄所著兩漢詔暨詩文行世。樓大防又極賞《大冶賦》一篇。予恨未見全集。其詩餘四十有奇，多送行獻壽之作，無判花嗜酒之篇。昔人謂王岐公文多富貴氣，予于舜俞之詞亦云。湖南毛晉子晉識。

〔二〕此則，底本無，據《宋人詞話》補。

〔三〕《宋人詞話》有『附攷』一項，凡二則，迻錄於下：

《梅磵詩話》：　王荊公行青苗、免役等法，引用一等小人，天下受其害，卒召六十年後靖康之禍。洪平齋有詩云：『君臣一德盛熙寧，厭故趨新用《六經》。但怪畫圖來鄭俠，何斯奏議出唐坰。掌中大地山河舞，舌底中原草木腥。養就禍胎身始去，依然鍾阜向人青。』按國史，俠嘗從安石學，坰乃安石所薦，皆以新法不便攻之。此詩乃五十六字史論。

又：　紹定辛卯，臨安大火，九廟俱毀，獨丞相史彌遠賜第以殿司軍救撲而存。洪平齋《吳都城火》詩云：『九月丙戌夜未中，祝融漲焰連天紅。層樓傑觀舞燧象，綺峯繡陌奔燭龍。始從李博士橋起，三面分風十五里。崩摧洶洶海潮翻，填咽紛紛釜魚死。開禧回祿前未聞，今更五分多二分。大塗小撤禁不講，拱手坐視連宵焚。殿前將軍猛如虎，救得汾陽令公府。祖宗神靈飛上天，痛哉九廟成焦土。』末意規諷時宰甚切，聞之者足以戒。

《稗史》：　洪平齋新第後上衛王書，自宰相至州縣無不指摭其短，大槩云：『昔之宰相端委廟堂，進退百官；今之宰相招權納賄，倚勢作威而已。』凡及一職，必如上式，末俱用『而已』二字，時相怒，十年不調。洪有桃符云：『未得之乎一字力，只因而已十年閒。』

〔四〕自『又前調云』至『兩詞』二字，底本無，據《宋人詞話》補。

〔五〕《眼兒媚》一詞，底本只錄首句，據《宋人詞話》補全。

撫掌詞

《撫掌詞》一卷，坿《十二月宮樂詞》，譔人姓名無攷。

〔詞評〕

丁松生云：《撫掌詞》頗多清婉之語，小令亦尚有風致，惟瑕瑜雜陳耳。

〔詞考〕

四印齋刻《撫掌詞》王鵬運跋：『「《撫掌詞》卷前不署姓名，從《典疋詞》傳出，蓋南渡人詞也。歐良，乃編集者之名。此本去『後學』二字，遂以當作者矣。末坿傚李長吉《十二月宮樂詞》，此係樂府，固不得入詞，元本所有，仍補入之。良，南城人，官司戶，見劉後邨所作詩集序。咸豐癸丑五月廿三日午後，據曝書亭鈔本《典疋詞》校過，飲香詞隱勞巽卿記於漚喜亭池上。」桉：皕宋樓藏本有此跋，據補「後學」字於首，所云《十二月宮樂詞》，此亦有之，餘與勞本同不同，亦未可知耳。』

桉：《撫掌詞・多麗・楊花》云：『日初長，寶爐一縷沈烟。綠陰新，垂楊亭榭，知誰巧擘香綿。有時共、落紅零亂，有時共、芳草留連。只道無情，那知有意，幾回飛過綺窗前。人爭訝，豔陽三月乾，雪舞晴天。遊絲外，不堪燕掠，無奈蜂粘。　那小鬟、忒瞰嬌劣，鎮日地、倚闌干。輕吹處，櫻桃的的，閒拈處、筍指纖纖。愛點猩耀，妝成粉纈，嗔人不許放朱簾。端相好、驀然風起，特送上秋千。明朝看，池塘雨過，萍翠應添。』《更漏子》云：『鬢慵梳，眉嬾畫。獨自行來花下。情脈脈，淚垂垂。此情知爲誰。　雨初晴，簾半捲。兩兩銜泥新燕。人比燕，不成雙，枉教人斷腸。』如右二闋，庶幾丁評所稱清婉有風致者；其《多麗》換頭『那小鬟』云云，近於元人曲語，殆卽所謂『瑕瑜雜陳』矣。《四庫提要》謂爲南渡人詞，雖不能確指其時代，然編者歐良，劉後村爲作詩集序，則作者必在歐良、後村以前可知，今故列於後村之上〔一〕。

【校記】

〔一〕此後，空十六行，眉批云：『接下「劉克莊」，不必空行。』

劉克莊

克莊，初名灼，字潛夫，號後邨，莆田人。嘉定二年郊恩補將仕郎，調靖安主簿，累官至太府少卿。淳祐六年賜同進士出身，除祕書少監兼權國史院編修、實録院檢討官。景定元年除寶章閣學士知建寧府，咸淳四年特除龍圖閣學士，致仕。卒贈銀青光禄大夫，謚文定。有《後邨集》五十卷，長短句五卷，明毛氏刻本名《後邨别調》一卷。

〔詞話〕

《渚山堂詞話》：劉後邨作《摸魚兒》以詠海棠，後闋云：『君試論，花共酒，古來二字天猶吝。年光更迅。謾緑葉成陰，青苔滿地，做取異時恨。』舊見瞿山陽《摸魚兒》，尾云：『怕緑葉成陰，紅花結子，留作異時恨。』殆全用後邨句格，或者宗吉誦劉詞久熟，不覺用爲己語耶？

《古今詞話》：沈雄曰：後邨《清平樂》云：『除是無身方了，有身定有閒愁。』特用《楞嚴》『因我有身，所以有患』句也，疑是妙悟一流人語。

〔詞評〕

《歷代詞話》：張炎云：劉潛夫《後邨别調》一卷，大抵直致近俗，乃效稼軒而不及者。

《四庫全書存目》『後邨别調提要』：克莊在宋末以詩名，其所作詞，張炎《樂府指迷》譏其『直致近俗，效稼軒而不及』，今觀是集，雖縱横排宕，亦頗自豪，然於此事究非當家。如贈陳參議家舞姬《清平樂》詞『貪與蕭郎眉語，不知舞錯《伊州》』者，集中不數見也。

《藝概》：劉後村詞旨正而語有致，真西山《文章正宗》『詩歌』一門，屬後村編類，且約以世教民彝爲主，知必心重其人也。後村《賀新郎·席上聞歌有感》云：『粗識國風《關雎》亂。羞學流鶯百囀。總不涉、閨情春怨。』又云：『我有生平離鸞操，頗哀而不愠，微而婉。』意殆自寓其詞品耶？

《珠花簃詞話》：後邨《玉樓春》云：『男兒西北有神州，莫滴水西橋畔淚。』楊升菴謂其壯語，足以立懦，此類是已。

桉：劉潛夫文章鄧匠，餘事填詞，真率坦夷，信筆抒寫，往往神似稼軒，非刻意傚稼軒也。竊嘗雒誦竟卷，就所賞會之句綴錄如左〔一〕，其於後邨勝處殆猶未逮什一。《風入松·福清道中作》云：『多情唯是燈前影，伴此翁、同去同來。逆旅主人相問，今回老似前回。』真語可喜。《生查子·燈夕戲陳敬叟》云：『人散市聲收，漸入愁時節。』賦情絶工。《摸魚兒·賞海棠》云：『甚春來、冷烟淒雨，朝朝遲了芳信。驀然作暖晴三日，又覺萬株嬌困。』尤能字字跳脱，婉轉關生。又前調云：『暮雲千里傷心處，那更亂蟬疏柳。』《臨江仙·潮惠道中》云：『最憐幾樹木芙蓉。手栽纔數尺，别後爲誰紅。』《踏莎行·甲午重九牛山作》云：『向來吹帽插花人，盡隨殘照西風去。』此等句，非必矜心作意而後出之，亦何庸於稼軒詞中求生活耶？又桉：潛夫詞，前人箸録皆《後邨别調》一卷。吾湖彊邨朱侍郎所刻長短句五卷，據劉燕庭藏鈔《後邨大全集》本，以張氏愛日精廬、張氏適園藏兩舊鈔本校補，末坿校記若干條，尤極精審，可資攷訂。别有《晨風閣叢書》本，亦足。

【校記】

〔一〕『就』字後原空半頁，即空十一行。而此空頁後插補一頁，所錄爲『《藝概》：劉後村詞旨』云云，眉批云：『此條宜列「劉克莊」下，此誤入。』蓋原本不在此，爲移補。此置於『《珠花簃詞話》：後村《玉樓春》』云云一則前。

黄孝邁

孝邁，字德父，桉：《御選歷代詩餘》『詞人姓氏』作德文。號雪舟。

〔詞話〕

《後邨集·跋雪舟長短句》：十年前曾評君樂章，耄矣，復觀新腔一卷，《賦梨花》云：『一春花下，幽恨重重。又愁晴，又愁雨，又愁風。』《水仙》云：『自側金巵，臨風一笑，酒容吹盡。恨東風、忙去薰桃染柳，不念淡妝人冷。』又云：『驚鴻去後，輕抛素襪，杳無音信。細看來，衹怕蕊仙不肯，讓梅花俊。』《暮春》云：『店舍無烟，關山有月，梨花滿地。二十年好夢，不曾圓合。而今老、都休矣。』其清麗，叔原、方回不能加其綿密，駸駸秦郎『和天也瘦』之作。

《珠花簃詞話》：黄雪舟詞，清麗芊緜，頗似北宋名作。唯傳作無多，殊爲恨事。其《水龍吟》云：『柔腸一寸，七分是恨，三分是淚。』蓋仿東坡『春色三分，二分塵土，一分流水』之句，所不逮者，以刻鏤稍著痕跡耳。其歇拍云：『待問春、怎把千紅换得，一池緑水。』亦從『一分流水』句引伸而出。

桉：德父詞《湘春夜月》、《水龍吟》均見《絶妙好詞》，其賦梨花、水仙全闋，惜未得見。

歷代詞人考略卷三十七

宋三十一

程公許

公許，字季與，一字希潁，自號玉局散吏，宣化人。嘉定四年登進士第，授華陽尉，調綿州教授，改知崇寧縣，通判簡、施二州。端平初授大理司直，遷太常博士，除祕書丞兼考功郎官，坐劾罷，差主管雲臺觀，知衢州。未幾以著作郎召，兼權尚左郎官兼直舍人院，累遷將作少監。淳祐元年遷祕書少監兼直學士院，拜太常少卿，再劾罷，以直寶謨閣知袁州。尋以薦召，拜宗正少卿，遷中書舍人，進禮部侍郎，權刑部尚書。卒贈宣奉大夫。有《塵缶集》。

〔詞話〕

《織餘瑣述》：宋程公許詞《沁園春·用履齋多景樓韻》歇拍云：『憑誰問，借天河一挽，洗甲休鬥。』『鬥』字作平叶，僅見。《集均》：『鬥，當侯切，音兜，交爭也。』

桉：程季與詞見《陽春白雪外集》，凡四闋，其《沁園春·用履齋多景樓韻》全闋云：『萬里飄萍，送江入海，過古潤州。正羈懷無奈，凭高縱覽，濛濛烟雨，簇簇漁舟。南北區分，江山形勝，憂憤令人扶上樓。沈凝久，任斜飛雪片，急灑貂裘。　英風追想孫劉，似黑白兩奩棊未收。把烟霞饒與，坡仙米老，丹青難覓，摩詰營丘。斗野號風，海門殘照，長與人間管領愁。憑誰問，借天河一挽，洗甲休門。』

李劉

劉，字公甫，號梅亭，崇仁人。嘉定七年登進士第，授禮部郎官兼崇政殿說書。出守榮、眉二州，進總漕事，管理都大茶馬，知成都府兼本路安撫使。召入爲中書校：一作起居舍人、直學士院、寶章閣待制。有《類稾》、《續類稾》各三十卷。

校：李公甫詞《賀新郎·上趙侍郎生日》云：『鵠立通明殿。又重逢、揆余初度，夢庚華旦。不學花奴簪紅槿，且看秋香宜晚。任甲子、從新更換。天欲東都修車馬，故降神、生甫維周翰。歌崧嶽，詠江漢。　明堂朝罷夷琛獻。引星辰、萬人共聽，風塵長算。清晝山東諸將捷，席捲黃河兩岸。問誰在、玉皇香案。師保萬民功業別，向西京、原廟行圭瓚。定郟鄏，卜瀍澗。』見《中興以來絕妙詞選》。　又：《如意令·八月二十一日壽王學老》、《滿朝歡·壽韓尚書出守》、《壽星明·慶黃宰秩滿》，竝見《花草粹編》，雖皆慶祝之作，亦自莊雅典重，不失大家風度。《翰墨全書》有李劉《春秋得舉謝啓》：『年當五歲，日記萬言』云云，公甫蚤歲穎惠，宜其詞華富贍也。

吳淵

淵，字道夫，號退庵，寧國人，一云德清人。桉：《湖州府志》：吳淵，祕閣修撰，柔勝第三子，柔勝徙居德清。嘉定七年登進士第，累官直煥章閣、知平江府，以樞密副都承旨知江州，遷太府少卿，加集英殿修撰知鎮江，以寶章閣直學士知太平州，以華文閣學士知隆興府。歷江西安撫使，陞兵部尚書，知平江府，進端明殿學士、江東安撫使兼知建康府，拜資政殿大學士，封金陵公。徙知福州、福建安撫使，改知寧國府，予祠。起知江陵府，拜參知政事。卒贈少師，謚莊敏。有《退庵集》。

〔詞話〕

《珠花簃詞話》：宋王沂公之言曰：『平生志不在溫飽。』以梅詩謁呂文穆，云：『雪中未問調羹事，先向百花頭上開。』吳莊敏詞《沁園春·詠梅》云：『雖虛林幽壑，數枝偏瘦，已存鼎鼐，一點微酸。松竹交盟，雪霜心事，斷是平生不肯寒。』二公襟抱政復相同。『一點微酸』即調羹心事；不志溫飽，爲有『不肯寒』者在耳。又莊敏《滿江紅》詞有『晚風牛笛』句，絕雅鍊可憙。〔一〕

桉：吳莊敏《退庵詞》有朱彊村刻本，其中《念奴嬌》之『我來牛渚』、《水調歌頭》之『太白已仙去』，崎嶔磊落，吐屬不凡。〔二〕《沁園春·詠梅》云：『草草村墟，疏疏籬落，猶記花間曾卓庵。茶甌罷，問幾回吟繞，冷淡相看。』何其沖夷曠遠若是。隱居求志，行義達道，昔賢固操之有要耳。

【校記】

〔一〕此後，《宋人詞話》有『附攷』一項，凡一則，迻錄於下：

《宋史》本傳：淵有才略，迄濟事功。所至興學養士，然政尚嚴酷，好興羅織之獄，籍入豪横，故時有蜈蚣之謠，其弟潛亦數諫止之。又：與執政恩例，賜『錦繡堂』、『忠勤樓』大字。

〔二〕前此按語，《宋人詞話》按語作：

按：《湖州詞徵》吳莊敏詞凡五闋，《念奴嬌·牛渚》云：『我來牛渚，聊登眺、客裏襟懷如豁。誰著危亭當此處，占斷古今愁絶。江勢鯨奔，山形虎踞，天險非人設。向來舟艦，曾掃百萬胡羯。　追念照水然犀，男兒當似此，英雄豪傑。歲月悤悤留不住，鬢已星星堪鑷。雲暗江天，烟昏淮地，是斷魂時節。欄干捶碎，酒狂忠憤俱發。』《水調歌頭》云：『太白已仙去，詩骨此山藏。胷中錦繡如屋，都乞與東皇。碎翦杏花千樹，濃抹胭脂萬點，妖豔斷人腸。曉露沐春色，晴日漲風光。　孤村路，逢休暇，共徜徉。酒旗斜處，□□一簇幾紅妝。暫息江頭烽火，無奈鬢邊霜雪，聊復放疏狂。倚俟玉壺渴，未肯寶鞭揚。』崎嶔磊落，吐屬固自不凡。

陳耆卿

耆卿，字壽老，臨海人。嘉定七年登進士第，十年以迪功郎主青田簿，十三年陞從事郎、慶元府教授，嘗爲沂王府記室。寶慶二年召試館職，除祕書省正字，轉校書郎。紹定元年除祕書郎，三年除著作佐郎，六年除著作郎。端平元年兼國史院編修官，除將作少監，官至國子監司業。有《篔窗先生初集》三十卷續集三十八卷，詞一卷。

桉：陳壽老詞坿《簣窗集》，僅四首，彊邨朱氏覆鍥以行。《鷓鴣天·南校場賞芙蓉》云：『莫惜花前泥酒壺。沙場千步錦平鋪。將軍閒試臨邊手，按出吳宮小陣圖。　清露裹，曉霜餘。嬌紅淡白更憐渠。人間落木蕭蕭下，獨倚秋江畫不如。』前調再賦云：『豔朶珍叢閒舞衣。蹴毬場外打紅圍。小輿穿入花深處，且住簪花醉一巵。　秋欲盡，最憐伊。江梅未破菊離披。情知不與韶華競，回首西風怨阿誰？』其《三臺令》乃誤收王建詞，王詞本二首，誤合爲一首。

林表民

表民，字逢吉，號玉溪。其先魯人，六世祖廣之卒天台稅官，遂居臨海。有《玉溪吟草》、《赤城續志》、《赤城集》。〔一〕

桉：林玉溪詞《玉漏遲·和趙立之》云：『並湖游冶路。垂隄萬柳，麴塵籠霧。草色將春，離思暗傷南浦。舊日愔愔坊陌，尚想得、畫樓窗戶。成遠阻。鳳箋空寄，燕梁何許。　淒涼瘦損文園，記翠筦聯吟，玉壺通語。事逐征鴻，幾度悲歡休數。鶯醉亂花深裏，悄難替、愁人分訴。空院宇，東風晚來吹雨。』此詞停勻緜麗，出色當行，允推能品。玉溪，字逢吉，及其里居譔箸並據《宋詩紀事補遺小傳》〔二〕。

【校記】

〔一〕此後，《宋人詞話》有『附孜』一項，凡一則，迻錄於下：

《宋詩紀事補遺小傳》：林表民，師葴子。博物洽聞。師葴編《天台集》，表民續之。陳耆卿修《赤城志》，屬表民撰述，又自爲續志、三志，世多稱之。復以記序銘贊之文，志載不盡者爲《赤城集》若干卷。

〔二〕『玉溪』以下三句：底本無，據《宋人詞話》補。

吴潛

潛，字毅夫，號履齋，寧國人，一云德清人。桉：據《湖州府志》，詳潛兄淵小傳。嘉定十年以第一人登進士第，授承事郎簽鎮東軍節度判官，累遷知建康府、江東安撫留守，以直論忤時相罷。淳祐十一年爲參知政事，拜右丞相兼樞密使。以久任丐祠，進封慶國公。判寧國府，還家。未幾，以醴泉觀使兼侍讀召入對，特進左丞相，改封許國公。屬立儲密奏，以論劾落職，責授化州團練使，循州安置，卒。德祐元年追復元官，仍還執政恩數，特贈少師。有《履齋詩餘》三卷。

〔詞話〕

《豹隱紀談》：徐參政清叟微時《贈建寧妓唐玉》詩云：『上國新行巧樣花，一枝聊插鬢雲斜。嬌羞未肯從郎意，故把芳容故故遮。』吴履齋丞相和以《賀新郎》詞云：『可意人如玉。小簾櫳、輕勻淡抹，道家妝束。長恨春歸無尋處，全在波明黛綠。看冶葉、倡條渾俗。比似江梅清有韻，更臨風對月斜依竹。看不足，詠不足。　曲屏半掩春山簇。正輕寒、夜深花睡，半攲殘燭。縹緲九霞光裏夢，香在衣裳賸馥。又只恐、銅壺聲促。試問送人歸去後，對一簾花影垂金粟。腸易斷，恨難續。』

《升菴詞品》：吴毅甫爲賈似道所陷，南遷嶺表，其送李御帶祺《滿江紅》云：『報國無門空白怨，濟時有策從誰吐。』亦自道也。李祺，號竹湖，亦當時名士。

《渚山堂詞話》：吴履齋潛，字毅夫，宋狀元及第。初，其父柔勝仕行朝，晚寓予里，履齋實生焉。曩予作《仙潭誌》，求其制作，不可見。近偶獲其《滿江紅》一詞云：『柳帶榆錢，又還過、清明寒食。天一笑、滿園羅綺，滿城簫笛。花樹得晴紅欲染，遠山過雨青如滴。問江南、池館有誰來，江南客。烏衣巷，今猶昔。烏衣事，今難覓。但年年燕子，晚烟斜日。抖擻一春塵土債，悲涼萬古英雄跡。且芳尊、隨分趁芳時，休虚擲。』史稱履齋爲人豪邁，不肯附權要，然則固剛腸者，而『抖擻』、『悲涼』等句，似亦類其爲人。

《皺水軒詞筌》：吴履齋贈妓詞不載於集，又與生平手筆不類。然如『錦字偷裁，立盡西風雁不來』，致何妍媚也，乃出自稼軒之手，文人固不可測。

《珠花簃詞話》：《履齋詞·滿江紅·九日郊行》云：『數本菊，香能勁。』『勁』韻絶雋峭，非菊之香不足以當此。《二郎神》云：『凝竚久，驀聽棋邊落子，一聲聲静。』《千秋歲》云：『荷遞香能細。』此『静』與『細』，亦非雅人深致，未易領略。

《織餘瑣述》：宋吴潛詞《念奴嬌·詠白蓮》云：『天然縞質，想當年此種，來從太素。』自注：『太素，國名，出荷花。』此國名甚新，殆卽所謂香國耶？《滿江紅·爲蒼雲堂後桂樹作》云：『劉安笑，淹留耳。吴猛約，何時是。』吴猛，卽吴剛也。《青玉案·四明窗會客》云：『歸去來兮，不如歸去，鐵定知今是。』『鐵定』字入詞，亦新。

〔詞評〕

《四庫全書總目》『履齋遺集提要』：詩餘一卷，激昂悽勁，兼而有之，在南宋詞人中不失爲佳手。〔一〕

按：《四庫》箸錄《履齋遺集》四卷，宣城梅鼎祚所編，凡詩一卷、詩餘一卷、雜文二卷。吾郡彊邨朱氏近輯《湖州詞徵》，《履齋詞》凡三卷卷十一迄卷十三，其一卷卽《四庫遺集》本，其二卷錄自《開慶四明續志》。履齋詞筆清超，不事追琢，風格在張安國、洪舜俞之間。《滿江紅·豫章滕王閣》云：『萬里西風，吹我上、滕王高閣。正檻外、楚山雲漲，楚江濤作。何處征帆林杪去，有時野鳥沙邊落。近簾鉤、暮雨掩空來，今猶昨。秋漸緊，添離索。天正遠，傷飄泊。嘆十年心事，休休莫莫。歲月無多人易老，乾坤雖大愁難著。向黃昏、斷送客魂消，城頭角。』《水調歌頭·霅川溪亭》云：『皎月亦常有，今夜獨娟娟。浮雲萬里收盡，入在水晶匳。矯首銀河澄澈，搔首金風浩蕩，毛髮亦泠然。宇宙能空闊，磨蟻正迴旋。倩漁翁，撐舴艋，柳陰邊。垂綸下餌，須臾釣得兩三鮮。喚客烹魚釃酒，伴我高吟長嘯，爛醉卽佳眠。何用驂鸞去，已是地行仙。』《長相思》云：『燕高飛。燕低飛。正是黃梅青杏時。榴花開數枝。夢歸期。數歸期。相見畫樓天四垂。有人攢黛眉。』卷中不少佳構，略舉以槩其餘。斷句如《滿江紅·禾興月波樓和友人韻》云：『要斬齟齬蘊九地，可憐烏兔馳雙轂。』又《京口鳳凰池和蘆川韻》云：『歲月從今休點檢，江湖自古多流落。』《賀新郎·寄趙南仲端明》云：『自古鍾情須我輩，況人間、萬事思量遍。』又《春感》云：『回首秦樓雙燕語，到如今、目斷斜陽外。』《祝英臺近·和辛稼軒韻》云：『被它輕暖輕寒，將人憔悴，正悶裏、梅花殘去。』《更漏子》云：『人獨自，倚危樓，夕陽多少愁。』《暗香・和姜堯章》云：『偏是三花兩蕊。消萬古、才人騷筆。』《滿江紅・碧沚月湖》云：『望湖光、一片浸韶光，真雙美。』又《戊午九月七日碧沚和制幾韻》云：『欲插黃花身已老，强傾綠醑心先醒。』造句並極自然，其中卻非枵然，非一經細桉了無意境可尋者所可同日語。又桉：《四庫全書總目》『履齋遺集提要』：『詩餘中有和呂居仁侍郎一首，居仁卽呂本中字，呂好問之子也，爲江西派中舊人，在南北宋之間。寶祐四年，潛論鄂渚被兵事，稱年將七十，則其生當在孝宗之末，何由見本中而和之？則捃拾殘賸，不免濫入它人之作』云云。宋人詞中常有追和昔賢元韻，履齋或追和居仁，未可知耳。提要又云：『又如題金陵烏衣園《滿江紅》詞「天一笑、滿園羅綺，滿城簫笛」句，乃用杜甫「每逢天一笑，復似物皆春」語，甫則用《神異經》玉女投壺天爲之笑事，本非僻書，而鼎祚乃注「天」疑作「添」，則其校讎亦多妄改。』鼎祚本非詞章嫥家，宜其不免於疏誤，亦非必有意妄改標新異耳〔二〕。又桉：《吳興掌故集》『遊寓類』：『吳潛，溧水人，登第後寓居德清之新市。』桉：《溧水志》云：『吳柔勝，淳熙八年進士，仕至祕閣修撰。生四子：源、泳、淵、潛。淵登嘉定七年進士，潛後三年及第，二公俱入溧水鄉賢祠。』今《湖州志》乃列潛爲長興人，尤謬。《德清新志》又並吳柔勝收入之，秉筆疏妄，一至於此。潛兄弟俱葬德清縣北之張家山，據此，則二吳之於德清，第遊寓耳。其爲溧水人，於它書未經見。曰寧國，曰溧水，曰長興，曰德清，二公占籍乃至紛如聚訟，蓋才名碩望，後人樂於比坿，亦可見攷訂之不易矣。

【校記】

〔一〕此後，《宋人詞話》有『附攷』一項，凡四則，迻録於下：

《德清新志》：吴淵、吴潛皆生長德清，非流寓也。潛死時，焚清詞以告天，爲詩曰：『夫子曳杖逍遥，曾子易簀兢戰。聖賢樂天知天，吴子中庸一線。』又曰：『生在湖州新市鎮，死在循州貢院中。一場褦劇也好笑，來時無物去時空。』

《履齋詩餘·疏影》自注：梅聖俞詩云：『十分清意足。』余别墅有梅亭，扁曰清足。

項刻《絕妙好詞》坿録季苾《祭吴履齋先生》：文潞公不能不疎，溫公不能不毁，趙忠簡不能不遷，寇萊公不能不死。爾既無禄，豈天厭之？嗚呼！後而無先生者乎？孰能志之後世而有先生者乎？孰能待之？尚饗。

《宋狀元録》：吴潛、吴淵居霅，未第時，日侍其父讀書。食後倘佯門外，有道人來訪。問曰：『先生有何術？』道人曰：『能墨戲。』曰：『得非楳竹乎？』曰：『非，可將小瓮磨墨來，爲君作一筆戲。』因欣然從之。道人乃以帚醮墨刷于壁間。稍乾，腰上出銅篦劃開，引其伯仲來觀，中有五色祥雲覆以寶殿，屏上『金裝狀元吴潛』字隨揜而去。後潛以大魁，歷仕拜相；淵參大政，開制閫。

〔二〕自『《滿江紅·豫章滕王閣》』至此，底本唯有『卷中不少佳構，略舉以槩其餘。斷句如』，據《宋人詞話》補改。

王邁

邁，字實之，號臞軒居士，桉：一云號臞菴。又自稱敕賜狂生，仙遊人。嘉定十年登進士第，調南外睦宗院教授。召試學士院，除正字，因論事，鐫二秩，改通判漳州。淳祐中知邵武軍，召入，爲右司郎官，予祠。卒贈司農少卿。有《臞軒集》，詩餘一卷。

〔詞話〕

《齊東野語》：王邁實之，莆人。登甲科。甚有文名，落魄不羈。爲正字日，因輪對，及故相擅權，理宗宣諭曰：『姑置衛王之事。』邁即抗聲曰：『陛下一則曰衛王，二則曰衛王，何容保之至耶？』上怒不答，徑轉御屏，曰：『此狂生也。』邁後歸鄉里，自稱敕賜狂生。嘗有詩云：『未知死所先期死，自笑狂生老更狂。』又賦《沁園春》曰：『狂如此，更狂狂不已，』押赴瓊崖。

桉：《臞軒詩餘》，吾郡彊邨朱先生依《永樂大典·臞軒集》本鍥行。《沁園春》序云：『尹和靖，宣政官，不爲權臣詘，隱於洛中。及兵起，全家受禍，老先生獨以身免，賢者之不出如此。楊龜山屢出，不合又去，未幾又出。靖康之變，以諫議大夫從駕入經營〔一〕，賢者之出竟如此。謹詳二先生出處之節，求質正於西山真先生，遂成此詞以呈。』『人物渺然，蕙蘭椒艾，孰臭孰香？昔尹公和靖，與龜山老，雖同名節，卻異行藏。尹在當年，深居養道，親見兵戈興洛陽。楊雖出，又何裨於蔡，何救於章。　公今爲尹爲楊。這一著、須平心較量。正南洲潢弄，西淮鼎沸，延紳禁舌，舉國如狂。招鶴亭前，居然高臥，許大乾坤誰主張。公須要，起擎天一柱，支架明堂。』以此等題爲詞，求之兩宋人集中，殆未曾有。有《臞軒集》，詩餘僅五闋。又有《沁園春·迎方右史德潤》一闋『首尾四年』云云，見《花草粹編》，本集未載。彊村補輯五闋，近海寧趙氏輯本又增補七闋，共得十七闋〔二〕。

【校記】

〔一〕諫：底本作『練』，據官職改。

〔二〕『彊村補輯』以下三句：爲增補，又眉批云：『朱刻乃又補五首，共得十首。』

姚鏞

鏞，字希聲，號雪篷，又號敬菴，剡溪人。嘉定十年登進士第，爲吉州判官。以平寇功擢贛州守，貶衡陽。有《雪篷集》。〔一〕

校：姚希聲詞《謁金門》云：『吟院靜。遲日自行花影。薰透水沈雲滿鼎。晚妝窺露井。飛絮遊絲無定。誤了鶯鶯相等。欲喚海棠教睡醒。奈何春不肯。』見《絕妙好詞》。『遲日』句頗得春晝靜中之趣。

【校記】

〔一〕此後，《宋人詞話》有『附攷』一項，凡三則，迻錄於下：

《浩然齋雅談》：姚鏞，字希聲，號雪篷。紹定間以忤陳子華，謫之衡陽，嘗有一聯云：『癡雲蔽嶽行人遠，淫雨摧花白髮生。』戴復古由閩度嶺訪之，有云：『一官不幸有奇禍，萬事但求無愧心。』姚謝之云：『萬里尋遷客，三年見此人。』蕭大山亦寄詩云：『得謗何須囊薏苡，工騷且自製芙蓉。』剡僧淵萬壑云：『故里田園拋弟妹，異鄉燈火對妻兒。十年漂泊孤篷雪，誰補梅花入楚辭。』至端平丁酉，甫得自便，有詩云：『天恩下釋湘纍客，心事悠悠月一船。種藥已收思病日，著書不就負殘年。雜花怪石分人去，老竹荒亭入畫傳。歸夢鑑湖三百里，白鷗相候亦欣然。』故剡僧皓鐵山以詩迎之云：『楚鴈傳歸信，吳鷗候過船。』

《鶴林玉露》：姚鏞爲吉州判官，以平寇論功，不數年擢守章貢。嘗令畫工肖其像，騎牛於澗谷之間，索郡人趙東野題詩。東野題云：『騎牛無笠又無蓑，斷隴横岡到處過。暖日暄風不常有，前村雨暗卻如何。』蓋規切之也。居無何，忤帥臣被劾，貶衡陽，人服東野先見。

《南宋古蹟攷》：姚鏞寓，未詳定處，《雪篷槀·賃宅》詩有『及春遊帝里，賃宅似吾家』之句。

尹煥

煥，字惟曉，山陰人。嘉定十年登進士第。淳祐六年任兩浙轉運司運判，除右司郎官，轉左司，歷大監。有《梅津集》。

〔詞話〕

《齊東野語》：梅津尹渙按：渙當作煥惟曉未第時，嘗薄遊苕溪，籍中適有所盼。後十年自吳來霅，艤舟碧瀾，問訊舊遊，則久爲一宗子所據，已育子而猶挂名籍中。於是假之郡將，久而始來，顔色痒悴，不足膏沐，相對若不勝情。梅津爲賦《唐多令》云：『蘋末轉清商。溪聲供夕涼。緩傳杯、催喚紅妝。斜綰烏雲新浴罷，裙拂地、水沈香。　歌短舊情長。重來驚鬢霜。悵綠陰、青子成雙。說著前歡佯不采，颺蓮子、打鴛鴦。』數百載而下，真可與杜牧之『尋芳較曉』爲偶也。

《絕妙好詞箋》：《全芳備祖》云：『素馨花，舊名那悉茗，一名野悉茗。昔劉鋹有侍女名素馨，冢上生此花，因以得名。』尹梅津《霓裳中序第一》：『青鬢粲素靨。海國仙人偏耐熱。餐盡香風露屑。便萬里淩空，肯憑蓮葉。盈盈步月。悄似憐、輕去瑤闕〔一〕。人何在，憶渠癡小，點點愛輕撅。

愁絶。舊遊輕別。忍重看、鎖香金篋。淒涼今夜簟席，怕杳杳詩魂，真化風蝶。冷香清到骨。夢十里、梅花霽雪。歸來也，懨懨心事，自共素娥説。』桉：《陽春白雪》卷七載此詞，江都秦氏石研齋刻本，注云《絶妙好詞》，『餐盡』上增『早』字，『青撧』作『清絶』，與換頭短韻疊。『簟席』作『簟茀』，『杳杳』上增『怕』字，『風蝶』作『蜂蝶』。今檢錢唐徐氏問蘧廬歙項氏羣玉書堂所刻《絶妙好詞》，此詞字句並與《陽春白雪》同，其不同者唯『杳杳』上增『怕』字耳。秦氏所見《好詞》，未知是何別本。〔一〕

《交翠軒筆記》：《絶妙好詞》梅津尹惟曉《唐多令》云：『説著前歡佯不采，颺蓮子、打鴛鴦。』『不采』二字，見《北齊書·穆后傳》。今人猶以不見答爲不采，宋、元詞曲多用之。唐杜荀鶴《登靈山水閣貽釣者》云：『未勝漁父閑垂釣，獨背斜陽不采人。』二字入詩，僅見。

《墨莊詞話》：『冷香清到骨，夢十里、梅花霽雪』，尹梅津茉莉詞句也。道光丙午戴文節督學粤東，按試廣州，經古以此二句命排律詩題，全場無知出處者。

《織餘瑣述》：宋尹煥詠柳《眼兒媚》句云『一好百般宜』，五字可作美人評語。明王彦泓詩『亂頭粗服總傾城』，所謂『一好百般宜』也。〔二〕

桉：尹梅津詞，《絶妙好詞》箸錄凡三闋，《霓裳中序第一·詠茉莉》見《全芳備祖》，《唐多令·苕溪有牧之之感》見《齊東野語》，《眼兒媚·詠柳》全闋云：『垂楊裊裊蘸清漪。明綠染春絲。市橋繫馬，旗亭沽酒，無限相思。雲梳雨洗風前舞，一好百般宜。不知爲甚，落花時節，都是顰眉。』《御選歷代詩餘》搜羅閎富，非其它選本所及，所錄梅津詞亦止此三闋，蓋自餘不多覯也。吳夢窗與梅津文字交情最爲切至，其詞《四稿》中壽梅津之作三、和梅津、餞梅津各二，慶梅津、送梅津各一，又畿漕新樓上梅津，又題梅津所藏趙昌《芙蓉圖》，共得十一闋，皆慢調。

【校記】

〔一〕『餐盡香風露屑』以下至此，底本無，據《宋人詞話》補。

〔二〕此後，《宋人詞話》有『附攷』一項，凡二則，迻錄於下：

《彝齋文編·謝大監尹梅津先生舉陞陟啓》：恭遇某官，星宿羅胷中，雲烟生筆底。卓爾師帥，淵乎範模。在舉子中，已頌有物混成之賦；爲文盟主，稍憐壓甃玲瓏之辭。不惟較藝以取長，蓋欲觀文而成化。卽茲風厲之意嚮，可占鈞宰之規模。（桉：《吹劍錄外集》：括蒼王琮宰清江，公車交薦。尹漕使煥舉詞漢彭城令橋梁郵置不治過者，知其不能。本司近令諸處修葺驛路，獨清江知縣申未準帖，間已創立堠石，仍繳連到儀制墨本，部内惟清江之政卓冠諸縣，設施不擾，和糴有方云云。）

《咸淳臨安志》：兩浙轉運司東廳福星樓，淳祐間尹運判煥建。（桉：《夢窗丁稿》有畿漕廨建新樓上尹梅津《聲聲慢》詞『清漪銜苑』云云。）

趙以夫

以夫，字用父，號虛齋，自號芝山老人，長樂人。宋宗室。嘉定十年登進士第，紹定間知邵武軍，移建康府。端平初知漳州。嘉熙元年入爲樞密都承旨，二年拜同知樞密院事。淳祐初罷，尋加資政殿學士，進吏部尚書兼侍讀，詔與劉克莊同纂修國史。有《虛齋樂府》二卷。桉：歙鮑氏知不足齋藏明鈔本《虛齋樂府》二卷，與《御選歷代詩餘》卷數合。無錫侯氏刻《十家詞》本、元和江氏湘中刻本，並止一卷。

〔詞話〕

《織餘瑣述》：趙以夫《謁金門》云：『梅共雪。著個玉人三絕。醉倒醉鄉無寶屑。照人些子月。　催得花王先發。一曲《陽春》圓滑。疑是嵬坡留錦襪。至今香未歇。』世人稱牡丹爲花王，此則屬之梅花矣。又《青玉案·贛州巢龜亭荷花爲曾提管賦》云：『亭上佳人雲態度。天然嬌韻，十分撋就，唱盡《黃金縷》。』撋就，宋人方言。《唐韻》：『撋，而緣切，輭，平聲。』《考工記》：『鮑人進而握之。』注謂：『親手煩撋之。』阮孝緒《字略》：『煩撋，猶捼抄。』《方言》：『撋就，猶言搓挪成就也。』

〔詞評〕

《織餘瑣述》：《虛齋樂府·萬年歡·慶元聖節》，此詞吉語蟬嫣，裔皇典麗，與無名氏《鷓鴣天》『宣德樓前』等闋，庶幾競爽同工，所謂一片承平雅頌聲也。

桉：趙虛齋詞沈著中饒有精采，可誦之闋甚多，兹略具其目如左：《芙蓉月》『黃葉舞』云云、《徵招·雪》『玉壺凍裂』云云、《漢宮春》『投老歸來』云云、《秋蘂香》『一夜金風』云云、《解語花》『紅香濕月』云云、《鳳歸雲》『正愁予』云云、《桂枝香》『水天一色』云云、前調『青霄望極』云云、《水龍吟》『塞樓吹斷』云云、《探春慢》『寶勝賓春』云云、《龍山會》『九日無風雨』云云、《二郎神》『野塘暗碧』云云〔一〕、《摸魚兒》『古城陰』云云、《賀新郎》『葵扇秋來賤』云云、前調『載酒陽關去』云云。其尤雅者，《孤鸞·詠梅》、《玉燭新·和方時父並懷孫季蕃》、《角招·詠梅》諸闋。虚齋在南宋名家中，庶幾上駟矣。

【校記】

〔一〕神：底本脱，此補。

鄭清之

清之，字德源，初名燮，字文叔，鄞人。嘉定十年登進士第，調陝州教授。理宗卽位，授諸王宫大小學教授。寶慶元年遷起居郎，進給事中。紹定元年遷翰林學士，六年拜右丞相兼樞密使。端平二年進左丞相，匄去，授觀文殿大學士、醴泉觀使。封申國公，進越國，拜少師，奉國軍節度使。淳祐七年拜太傅，復右丞相兼樞密使。九年進左丞相，十一年以保寧軍節度使、醴泉觀使、齊國公致仕。卒特贈尚書令，追封魏郡王，謚忠定。有《安晚集》六十卷。〔一〕

桉：鄭忠定詞《念奴嬌·詠菊》云：『楚天霜曉，看秋來老圃，寒花猶在。金闕栽培端正色，全勝東籬風采。雅韻清虚，幽香淡泊，惟有陶家愛。由他塵世，落紅愁處如海〔二〕。多少風雨飄摇，夫君何素，晚節應難改。休道三閭曾舊識，輕把木蘭相對。延桂同盟，牽梅爲友，不復嬌春態。年年秋後，笑觀芳草蕭艾。』見《陽春白雪》。正色幽香，桂盟梅友，風采固自不凡。

【校記】

〔一〕此後，《宋人詞話》有『附攷』一項，凡一則，迻錄於下：

《梅磵詩話》：鄭安晚未貴時，賦《冬瓜》詩云：『剪剪黄花秋後春，霜皮露葉護長身。生來籠統君休笑，腹内能容數百人。』宰相氣寬，已於此詩見之。

〔二〕處：底本作『海』，據《陽春白雪》改。

樓采

采，字君亮，鄞人，鑰從孫。嘉定十年登進士第。

〔詞評〕

王定甫云：諸樓以君亮爲最良。

桉：樓君亮詞見《絕妙好詞》，凡六首。《玉漏遲》云：『絮花寒食路。晴絲罥日，綠陰吹霧。客帽欺風，愁滿畫船烟浦。綵柱鞦韆散後，悵塵鎖、燕簾鶯戶。從間阻，夢雲無準，鬢霜如許。　夜永繡閣藏嬌，記掩扇傳歌，剪燈留語。月約星期，細把花須頻數。彈指一襟幽恨，謾空趁、啼鵑聲訴。深院宇，黄昏杏花微雨。』〔一〕斷句《好事近》云『簾外杏花細雨，罥春紅愁濕』、《玉樓春》云『淡烟疏柳一簾春，細雨遙山千疊恨』、《瑞鶴仙》云『記衝香嘶馬，流紅回岸，幾度綠楊殘照。想暗黄、依舊東風，灞陵古道』，並如初寫蘭亭，恰到好處，宜乎龍壁山人評爲諸樓之冠也。又有句云『珠蹙花輿，翠翻簾額』、『汗粉難融，袖香新竊』，見《詞旨》屬對，其全闋未見。

【校記】

〔一〕此後，《宋人詞話》有《法曲獻仙音》詞一首，云：『花匣麼弦，象奩雙陸，舊日留歡情意。夢怯銀屏，恨裁蘭燭，香篝夜闌鴛被。料燕子重來地，桐陰瑣窗綺。　倦梳洗。暈芳鈿、自羞鸞鏡，羅袖冷、烟柳畫闌半倚。淺雨壓荼蘼，指東風、芳事餘幾。院落黃昏，怕春鶯、驚笑憔悴。倩柔紅約定，喚取玉簫同醉。』

劉子寰

子寰，字圻父，校：《御選歷代詩餘》『詞人姓氏』作名圻父，字子寰。自號篁嵲翁，建陽人，居麻沙。嘉定十年登進士第。早游晦庵朱子之門。有《麻沙集》，劉克莊爲之序；《篁嵲詞》一卷。校：《皕宋樓藏書志》作《篁嵲詞》。

〔詞話〕

《古今詞話》：劉圻父早登朱晦庵之門，劉後村嘗序其詞集。其詠山泉云：『靜坐時看松鼠飲，醉眠不礙山禽浴。』是真得山泉之興趣者。

桉：劉圻父詠山泉句，爲楊湜所稱賞，此詞調寄《滿江紅》，題爲『風泉峽』。又有《玉樓春·蒲小竿嶺》云：『今來古往吳京道。歲歲榮枯原上草。行人幾度到江濱，不覺身隨風樹老。　花易晚蘆花早。客裏光陰如過鳥。一般垂柳短長亭，去路不如歸路好。』清老沖淡，詞人之詞，求之理學家集中未易多覯。圻父詞見《花菴詞選》八闋，見《閩詞鈔》二闋。又桉：《皕宋樓藏書志》：『《篁⿰山票與他書作『⿰山栗』異詞》一卷，汲古閣影宋本。宋麻沙劉子寰譔，其詞《四庫》未收，各家書目亦罕箸録』云云。曩見王氏四印齋傳鈔本，計十六葉，僅存第十二葉，其第一葉首書詞名及譔人占籍名字，餘葉皆空白，僅書號數，當是汲古元鈔亦有如許空葉，王鈔依式爲之耳。以其殘闕泰甚，王氏刻《宋元名家詞》及朱氏彊邨所刻詞並未收入。其第十二葉存全詞二闋，爲各家選本所未載，兹移録全葉如左，以存毛鈔之舊云。原鈔半頁十行行十八字。此詞最近趙氏有輯本，增補十五首。

晝錦堂〔一〕

思縱步，時自駐籃輿，策杖荒郊。爲有柔荑可坐，野菜時挑。　思憶家山行樂處，片心時逐野雲飄。歌長鋏、遥寄故人，歸路賦隱辭招。

解語花雪

龍沙殿臘，兔苑留寒，花照冰壺夜。亂山平野。裝珠樹滿眼，買春無價。牆頭苑下，渾不見、桃夭杏冶。疑趁風、庾嶺寒梅，觸處都飄謝。　吹面峭寒未怕。覽瑶池萬里，飛觀高榭。霓旌鶴駕。歌黄竹、勝躍踏青驕馬。峯巒似畫，但點綴、片時相借。驚望中、玉宇瓊樓，殘溜空鴛瓦。

玉漏遲 夏

翠草侵園徑。陰陰夏木，鳴鳩相應。縱目江天，窈窈雨昏烟暝。屋角黃梅乍熟，聽落顆、時敲金井。深院靜。閒堦自長，花磚苔暈。　樓居簟枕清涼，盡永日闌干，與誰同凭？舊社鷗盟，雲落斷無音信。遼鶴追思舊事，向華表、空吟遺恨。縈念損、休怪暮年多病。

又 秋

暮天初過，雨淒清，頓覺今年秋早。夜景虛明，仿佛露華清曉。蕙草繁花競吐，向暗裏、幽香縹緲。

【校記】

〔一〕晝錦堂：底本無，據《全宋詞》補。

劉清夫

清夫，字靜甫，建陽人，居麻沙。

桉：劉靜甫與劉圻父齊名，有《沁園春·詠劉篁嵲碧蓮時其內子將誕》『淺碧芙蓉』云云。陶氏《詞綜補遺》錄靜甫詞止此一闋，題曰《白蓮》，蓋沿前人選本之誤。靜甫詞見《花菴絕妙詞選》，凡五闋。《念奴嬌·武夷詠梅》云：『亂山深處，見寒梅一樹，皎然如雪。的皪妍姿羞半吐，斜映小窗幽絕。玉染香腮，酥凝冷豔，容態天然別。故人雖遠，對花誰肯輕折？疑是姑射神仙，幔亭宴罷，迤邐停瑤節。愛此溪山供嘯詠，飽玩洞天風月。萬石叢中，百花頭上，誰與爭高潔。麄桃俗李，不須連夜催發。』又有《金菊對芙蓉·戲贈沙邑宰琴妓》。此二闋實較勝，陶不選入，何也？

程先

先，字傳之，休寧人。朱文公弟子。有《東隱集》。

桉：程傳之詞《鎖窗寒·有感》云：『雨洗紅塵，雲迷翠麓。小車難去。淒涼感慨，未有今年春暮。想曲江水邊麗人，影沈香歇誰爲主。但兔葵燕麥，風前搖蕩，徑花成土。空被多情苦。慶會難逢，少年幾許。紛紛沸鼎，負了青陽百五。待何時、重享太平，典衣貰酒相與汝。算蘭亭、有此歡娛，又卻悲今古。』見《花草粹編》，蓋憂時念亂之作。『影沈香歇誰爲主』，痛朝綱之解紐也；葵麥風前，『徑花成土』，恢復無望，正類摧殘也；『鼎沸』中『負了青陽』，不能及時圖治防亂也；末數語想望昇平，低徊掩抑，如不勝情，我聞此語，心骨悲矣。前段『主』、『土』二韻，頗近婉麗，不圖於理學家得之。

嚴羽

羽，字儀卿，一字丹丘，自號滄浪逋客，邵武人。與族人仁、參齊名，稱邵武三嚴。有《滄浪吟》，詞坿。

桉：嚴丹丘詞《滿江紅·送廖叔仁赴闕》，見《詞綜》。《沁園春·爲董叔宏賦溪莊》云：『問訊溪莊。景如之何，吾爲平章。自月湖不見，江山零落，驪塘去後，烟月淒涼。有老先生，如梅峯者，健筆縱横爲發揚。還添得、石屏詩句，一段風光。　主人雅興猖狂，每攜客、臨流泛羽觴。想歸來松菊，小煩管領，同盟鷗鷺，未許相忘。我道其間，如斯人物，只合盛之白玉堂。還須把、扁舟借我，散髮滄浪。』見《滄浪詞》明鈔本，彊邨朱氏藏。

嚴仁

仁，字次山，號樵溪，邵武人。有詞名《清江欸乃》，杜月渚爲之序。

〔詞話〕

《草堂詞評》：嚴次山《清江欸乃集》，極爲詞家所重。《玉樓春》之春怨、《鷓鴣天》之别情、《緑頭鴨》之記恨、《金縷曲》之送春，無不入選。而吾獨愛其『看黏雲、江影傷千古。流不去，斷魂處』，自是才人創句。

《詞品》：趙汝愚《題鼓山寺》云：『幾年奔走厭塵埃，此日登臨亦快哉。江月不隨流水去，天風常送海濤來。』朱晦菴摘其中『天風海濤』四字題扁，人莫知爲趙公詩也。嚴次山有《水龍吟》詞題壁云：『飆車飛上蓬萊，不須更跨琴高鯉。砉然長歗，天風澒洞，雲濤無際。我欲乘桴，從茲浮海，約任公子。辨虹竿千丈，犗鉤五十，親點對、連鼇餌。誰榜佳名空翠，紫陽仙去騎箕尾。銀鉤鐵畫，龍拏鳳翥，留人間世。更憶東山，登臨一曲，暗霑襟淚。到而今幸有，高亭遺愛，寓甘棠意。』此詞前段言江山風景，後段『紫陽仙去』指朱文公，『東山』、『甘棠』指趙公也。趙詩、朱字、嚴詞，可謂三絕，特記於此。按：次山《水龍吟》詞題云『題天風海濤亭呈潘料院』。

〔詞評〕

《織餘瑣述》：宋嚴仁詞《醉桃源》云：『拍隄春水蘸垂楊。水流花片香。弄花噆柳小鴛鴦。一雙隨一雙。』描寫芳春景物，極娟妍鮮翠之致，微特如畫而已，政恐刺繡妙手，未必能到。

黃花菴云：次山詞，極能道閨襜之趣。

按：嚴次山詞除《玉樓春》等四闋見稱於《草堂詞評》外，斷句如《蝶戀花》云：『風送生香來近遠。笑聲只在秋千畔。』《鷓鴣天》云：『挑成錦字心相向，未必君心似妾心。』《一落索》云：『一春不忍上高樓，爲怕見，分攜處。』《南柯子》云：『門前溪水泛花流。流到西川猶是故家愁。』《菩薩蠻》云：『寄語笛休橫。只消三兩聲。』可謂工於言情。次山詞見《花菴絕妙詞選》，凡三十闋。

嚴參

參，字少魯，自號三休居士，邵武人。

桉：嚴少魯詞《沁園春·題吳明仲竹坡》云：『竹焉美哉，愛竹者誰，曰君子歟？向佳山水處，築宮一畝，好風烟裏，種玉千餘。朝引輕霏，夕延涼月，此外塵埃一點無。須知道、有樂其樂者，吾愛吾廬。　竹之清也何如。應料得詩人清矣乎。況滿庭秀色，對拈彩筆，半窗涼影，伴讀殘書。休說龍吟，莫言鳳噦，且道高標誰勝渠。君試看、正遶坡雲氣，似渭川圖。』見《中興以來絕妙詞選》。《邵武舊志》云：『嚴少魯志氣崖岸，外無廉棱。或勸廣交延譽，則揜耳不盒，高臥中林，瞪視一世。』蓋其人品甚高，故其詞亦饒清曠之趣，非有意學蘇、辛，乃不蘄而自合矣。

劉學箕

學箕，字習之，桉：一作習文。自號種春子，崇安人。子翬孫，淡於仕進，年未五十，隱居南山之下。有《方是閒居士詞》一卷。

〔詞話〕

《萬姓統譜》：劉學箕，乜者翁玶之子，爲文高爽閒雅，得其家傳。劉叔通淮稱其詩摩香山之壘，詞拍稼軒之肩，至若松江《哨徧》直欲與坡仙爭衡，時人以爲知言。

按：劉習之《方是閒居士詞》一卷，彊邨朱氏依元刊《方是閒居士小稿》本鍥行。其《哨徧》乃隱括東坡《赤壁賦》者，又嘗作《賀新郎·和稼軒詞韻》，故《萬姓統譜》云云。又《賀新郎》題云：『白牡丹，樂師妓李師師也，畫者曲盡其妙，輸棋者賦之，代黃端夫。』『午睡鶯鶯起。鬟雲偏、鬅鬆未整〔一〕，鳳釵斜墜。宿酒殘妝無意緒，春恨春愁如水。誰共說、厭厭情味。手展流蘇腰肢瘦，嘆黃金、兩鈿香消臂。心事遠，仗誰寄？　簾櫳漸是槐風細。對梧桐、清陰滿院，夏初天氣。回首春堂梨花夢，屈指從頭暗記。嘆薄倖、拋人容易。目斷孤鴻沈雙鯉，恨蕭郎、不寄相思字。幽恨積。黛眉翠。』此闋緜密停勻，不愧嫭家之作。《天一閣書目》：《方是閒居士小稿》二卷，嘉定丁丑自序稱『游季仙來山中相訪，索余詩文不寘口，辭拒不能，爲檢尋舊倡和，揭出一百首，新作七十一首，雜箸二十七首，詞四十一首，集成兩編，以讐其雅志』云云。今四印齋所刻《方是閒居士詞》祇三十八首，則尚非足本矣。

【校記】

〔一〕起：底本下有『看』字，據《全宋詞》刪。

虞剛簡

剛簡，字仲易，一字子韶，學者稱滄江先生，仁壽人。元學士集之曾祖。以郊恩任官，再舉禮部，知華陽縣教授，再知永康軍。以薦詔赴都堂，不果，奉祠。未幾起用，未上，遭劾罷。嘉定十一年詔知簡州，金人犯邊，制置使董居誼辟爲參議官，遷夔州路提點刑獄兼提舉常平，改利州路。與制置使鄭損不相得，告歸，五上報可，坐誣劾，罷祠。

桉：虞仲易詞《南鄉子·用子和韻送珏西歸就試，珏屢勸予早還家，因一致意》云：『兒有掌中杯。但把歸期苦苦催。□世衣冠仍上第〔一〕，公台。元自詩書裏面來。　秋色爲渠開。先我梁山馬首回。猿鶴莫輕窺蕙帳，驚猜。抬步歸休亦樂哉。』嘉定元年秋七月丁丑漢中澤物堂書。見《鐵網珊瑚》『書品』《虞提刑尚書父子詞翰二帖》。

【校記】

〔一〕□世：明朱存理《珊瑚木難》卷三作『兩世』，清卞永譽《式古堂書畫彙考》卷十五作『奕世』。

王埜

埜，字子文，號潛齋，金華人。嘉定十二年登進士第，辟潭帥幕。紹定初汀、邵盜作，辟議幕，攝邵武令，復攝軍事。後爲樞密院編修兼檢討，繼爲副都承旨，拜禮部尚書，爲江西轉運副使，知隆興府，移鎮江府。淳祐末遷沿江制置使、江東安撫使，節度和州、無爲軍、安慶府。寶祐二年拜端明殿學士，簽書樞密院事，封吴郡侯。與宰相不合，坐言者以前職主管洞霄宫。卒贈七官，位特進。有文集。

〔詞話〕

《焦氏筆乘·續集》：長短句《六州歌頭》音節最爲悲壯，昨見王潛齋埜詠金陵二闋，讀之，亦自爽然：『龍蟠虎踞，今古帝王州。水如淮，山似洛，鳳來遊。五雲浮。宇宙無終極，千載恨，六朝事，同一夢，休更問，莫閒愁。風景悠悠，得似青溪曲，著我扁舟。對殘烟衰草，滿目是清秋。白露汀洲。夕陽收。　黄旗紫蓋，中興運，鍾王氣，護金甌。駐游蹕，開行殿，夾朱樓。送華輈。萬里長江險，集鴻雁，列貔貅。埽關河，清海岱，志應酬。機會何常，鶴唳風聲處，天意人謀。臣今雖老，來遣壯心休。擊楫中流。』〔一〕

桉：王子文又有《西河》一闋，見《花草粹編》，與《六州歌頭》氣格近似。詞云：『天下事。問天怎忍如此。陵圖誰把獻君王，結愁未已。少豪氣槩總成塵，空餘白骨黄葦。　千古恨，吾老矣。東游曾吊淮水。繡春臺上一迴登，一迴搵淚。醉歸撫劍倚西風，江濤猶壯人意。　只今袖手野色裏。望長淮、猶二千里。縱有英心誰寄。近新來、又報胡塵起。絕域張騫歸來未。』〔二〕其《六州歌頭》只一闋，焦弱侯云二闋，蓋因調長，誤以換頭以下爲又一闋也。

【校記】

〔一〕此後，《宋人詞話》原有『附攷』一項，凡一則，迻錄於下：

《宋史》本傳：埜因德秀知朱熹之學，凡熹門人高第，必加敬禮。知建寧府，創建安書院，祠熹，以德秀配。　又：埜工于詩，書法祖唐歐陽詢，署書尤清勁。

〔二〕『詞云』至此，底本無，據《宋人詞話》補。

宋人詞話

六卷

《宋人詞話》，浙江圖書館所藏，凡七册，毛裝，清稿本，紅方格，左右雙邊，半頁十行，二十一字，每位詞人均是另起頁，不連抄。每册封面墨筆題曰『況蕙風撰宋人詞話』。原書不分卷，但每册有目錄。此書與南京圖書館所藏《歷代詞人考略》有關聯，均是在況氏所編原稿基礎上重新抄錄編排而成的，兩書所收詞人互有出入，《宋人詞話》規模不及《歷代詞人考略》一半，所收爲浙江籍、或仕宦和僑寓浙江者，凡一百八十餘位詞人，其中近半數不見在於今存的《歷代詞人考略》中，凡已見於《歷代詞人考略》一書的詞人，參見本編相關書之校語等。至於只見於《宋人詞話》中者，此彙輯一起，仍冠以《宋人詞話》，附於《歷代詞人考略》之後。其中第一册所載詞人均見於《歷代詞人考略》中，第二至第七册所載不盡見於《歷代詞人考略》，收入本編時，仍以每册所載各爲一卷，共釐爲六卷。

末附原書各册目錄，本編所摘錄人物名下加下劃綫，以示其本來位置。

宋人詞話卷一

韋驤

驤，字子駿，錢塘人。年十七，王安石見其借著賦，大奇之。皇祐五年進士，累遷至屯田員外郎，改朝奉郎，少府監簿。元祐初以韓維、李常、楊汲等薦，擢利路運判，移福建路，召爲主客郎中，後出爲夔路憲，知明州，乞閒提舉洞霄宮。卒年七十三，有文集二十卷、賦二十卷、詞一卷。

桉：韋先生詞一卷，近彊邨朱氏有刻本，詞凡十一闋，茲撰錄二闋如左：《鵲橋仙》云：『歲華將暮，寒林蕭索，極目凍雲垂地。官梅忽見一枝芳，便頓覺、新春情味。小筵開處，歌喉清婉，舞態蹁躚爭媚。沈腰潘鬢兩休論，共舉白、何須惜醉。』《洛陽春·詠丁香花》云：『冷豔幽香奇絶。粉金裁雪。無端又欲恨春風，恨不解、年年結。曲檻小池清切。倚烟籠月。佳人纖手傍柔條，似不忍、輕攀折。』又有《菩薩蠻·和舒信道水心寺會次韻》一闋，信道卽烏臺詩案構坡公者，《宋史翼》稱子駿秀眉仌骨，樂易靜退，孝友廉平，文章藻麗，一時推先後。復以政事彰聞，率德勵行，有宿儒循吏之風，而乃有此一詞，繩以取友必端之義，甚惜白璧微瑕矣。

呂本中

本中，字居仁，學者稱爲東萊先生，金華人，元祐宰相公著之曾孫，以遺表恩授承務郎，元符中主濟陰簿、泰州士曹掾，辟大名府帥司幹官，宣和六年除樞密院編修官，靖康改元，遷職方員外郎。紹興六年特賜進士出身，擢起居舍人，兼權中書舍人。引疾乞祠，主管太平觀。召爲太常少卿，遷中書舍人，兼權直學士院。秦檜風御史蕭振劾罷之，卒謚文清。有《東萊集》二十二卷、《紫薇詞》一卷。

〔詞話〕

《苕溪漁隱叢話》：《摸魚兒》一詞晁無咎所作也，《滿江紅》一詞呂居仁所作也。余性樂閒退，一丘一壑，蓋將老焉，二詞能具道阿堵中事，每一歌之，未嘗不擊節也〔一〕。『買陂塘、旋栽楊柳』云云，此《摸魚兒》也。『東里先生，家何在、山陰溪曲。對一川平野，數間茅屋。昨夜岡頭新雨過，門前流水清如玉。抱小樓、回合柳參天，搖新綠。　疎籬下，叢叢菊。虛檐外，蕭蕭竹。嘆古今得失，是非榮辱。須信人生歸去好〔二〕，世間萬事何時足。問此春、春醞酒何如，今朝熟。』此《滿江紅》詞也。

《歡翁詞評》：呂居仁有詠柳花詞按：《花菴詞選》作《柳塘書事》云：『柳塘新漲。艇子搖雙槳。閒倚曲闌成悵望。是處春愁一樣。　傍人幾點飛花。夕陽又送棲鴉。試問畫樓西畔，暮雲恐近天涯。』蓋《清平樂》也。居仁直忤柄臣，深居講道，而小詞乃工穩清潤至此。

《古今詞話》：沈雄曰：兩句一樣爲疊句，一促拍，一曼聲。《瀟湘神》、《法駕導引》，一氣流注者，促拍也。《東坡引》「雄心消一半，雄心消一半」，不爲申明上意，而兩意全該者，曼聲也。體如是也。若呂居仁之「恨君不似江樓月，南北東西。南北東西。只有相隨無別離」，是承上接下，偶然戲爲之耳。又：紫薇詞「羅帕分柑霜落齒，冰盤剝芡珠盈掬」。安陸詞「晴鴿試翎風力輭，雛鶯弄舌春寒薄」，楊慎特舉之爲詠物之工倩。今《彈指詞》中，有「清脆鈴聲檐鴿夜，悠揚燈影紙鳶風」，清新亦未有人道。又：呂居仁嘗集江西宗派詩，其所詠「春盡茅檐低著燕，日高田水故飛鷗」，見《紫薇集》。杜伯高、仲高出其門，爲集《東萊詞》。

《珠花簃詞話》：宋周端臣《木蘭花慢》句云：「料今朝別後，它時有夢，應夢今朝。」呂居仁《減字木蘭花》云：「來歲花前，又是今年憶昔年。」命意政同，而遣詞各極其妙

桉：呂居仁《紫薇詞》，據仁和吳氏雙照樓詞目，近人陽湖呂氏有輯本，惜未得見。《宋史》本傳：祖希哲，師程頤，本中聞見習熟。少長從楊時、游酢、尹焞遊，箸有《師友淵源錄》、《童蒙訓》等書。而填詞卻無道學氣，如《清平樂》云「閒倚曲闌成悵望。是處春愁一樣」、《生查子》云「更聽斷腸猿，一似聞絃雁」、《虞美人》云「幾回衝雨過疏籬。已見一番青子綴殘枝」、《浣溪沙》云「中酒心情渾似夢，探花時候不曾閒」，竝工於言情而語又甚俊者。

【校記】

〔一〕未：底本作「不」，據《苕溪漁隱叢話》改。

〔二〕生：底本作「身」，據《苕溪漁隱叢話》改。

吴益

益，字及里居未詳，歸安人。政和五年登進士第。

桉：吴益《玉樓春》壽詞云：『玉樓春信梅傳早。三八芳辰陽復後，稱觴喜對一椿高。萊庭雙桂森蘭茂。慚無好語爲公壽。富貴榮華公自有。請歌詩雅祝遐齡，永如松柏如山阜。』見《湖州詞徵》。

沈會宗

會宗，字文伯，吴興人。官位未詳。

〔詞話〕

《苕溪漁隱叢話》：賈耘老舊有水閣在苕溪之上，景物清曠。東坡作守時，屢過之，題詩畫竹於壁間。沈會宗又爲賦小詞云：『景物因人成勝槩〔一〕。滿目更無塵可礙。等閒簾幕小闌干，衣未解，心先快。明月清風如有待。　誰信門前車馬隘。别是人間閒世界。坐中無物不清涼，山一帶，水一派。流水白雲長自在。』其後水閣屢易主，今已摧毁久矣。遺址正與余水閣相近，同在一岸，景物悉如會宗之詞，故余嘗有鄙句云：『三間小閣賈耘老，一首佳詞沈會宗。無限當時好風月，如今總屬續溪翁。』蓋謂此也。

　　桉：沈文伯賦賈耘老水閣詞，寄《天仙子》，閣名浮暉，見《嘉泰吳興志》。近彊邨朱氏《湖州詞徵》輯文伯詞，凡二十三闋。茲撰錄令、慢各一如左，《小重山》云：『花過園林清蔭濃。琅玕新脱筍，綠叢叢。雨聲只在小池東。閒欹枕，直面芰荷風。　長日敞簾櫳。輕塵飛不到，畫堂空。一尊今夜與誰同。人如玉，相對月明中。』《傾杯》云：『梅英弄粉，尚淺寒、臘雪消未盡。布綵箔、層樓高下，燈火萬點，金蓮相照映。香徑縱橫，聽畫鼓、聲聲隨步緊。漸霄漢無雲，月華如水，夜久露清風迅。　輕車趁馬，微塵雜霧，帶曉色、綺羅生潤。花陰下、瞥見仍回，但時聞、笑音中香陣陣。奈酒闌人困，殘漏裏、年年餘恨。歸來沈醉何處，一片笙歌又近。』

【校記】

〔一〕槩：底本作『襯』，據《苕溪漁隱叢話》改。

朱淑真

淑真，錢塘人，自號幽栖居士，有詞一卷。桉：明人魏端禮名之曰《斷腸詞》，非淑真自名也。

《四庫全書總目》『斷腸詞提要』：

《斷腸詞》一卷，宋朱淑真撰。淑真，海寧女子，自稱幽栖居士。是集前有《紀略》一篇，稱爲文公姪女，然朱子自爲新安人，流寓閩中。攷年譜世系，亦別無兄弟著籍海寧，疑依坿盛名之詞，未必確也。

《紀略》又稱其匹偶非倫，弗遂素志，賦《斷腸集》十卷以自解。其詞則僅《書録解題》載一卷，世久無傳。此本爲毛晉汲古閣所刊，後有晉跋，稱詞僅見二闋於《草堂》集，又見一闋於十大曲中，落落如晨星，後乃得此一卷，爲洪武間鈔本，乃與《漱玉詞》並刊。然其詞止二十七闋，則亦必非元本矣。楊慎《升菴詞品》載其《生查子》一闋，有『月上柳梢頭，人約黄昏後』語，晉跋遂稱爲白璧微瑕。然此詞今載歐陽修《廬陵集》第一百三十一卷中，不知何以竄入淑真集内，誣以桑濮之行，慎收入《詞品》，既爲不攷，而晉刻《宋名家詞》六十一種，《六一詞》即在其内，乃於《六一詞》漏註互見《斷腸詞》，已自亂其例，於此集更不一置辨，且證實爲白璧微瑕，益鹵莽之甚。今刊此一篇，庶免於厚誣古人，貽九泉之憾焉。

第一生修楳華館刻《斷腸詞》跋：

右校補汲古閣刻本宋朱淑真《斷腸詞》一卷，詞學莫盛於宋，易安、淑真尤爲閨閣雋才，而皆受奇謗。國朝盧抱孫、俞理初、金偉軍三先生竝爲易安辨誣，吾鄉王幼遐前輩鵬運刻《漱玉詞》，即以理初先生《易安事輯》坿焉，顯微闡幽，庶幾無憾。淑真《生查子》詞，《欽定四庫全書提要》辨之綦詳。宋曾慥《樂府雅詞》、明陳耀文《花草粹編》，竝作永叔，慥録歐詞特慎。《雅詞》序云：『當時或作豔曲，謬爲公詞，今悉删除。』此闋適在選中，其爲歐詞明甚。毛刻《斷腸詞》校讎不精，跋尾又襲升菴臆說。不足以傳，賢媛此本得自吳縣許鶴巢，與《雜俎》本互有異同，訂誤補遺，得詞三十一闋，鈔付手民。書成，與四印齋《漱玉詞》合爲一集，亦詞林快事云。光緒己丑端陽臨桂況周頤夔笙識於都門寓齋。

〔詞話〕

《女紅志餘》：錢唐朱淑真詞多幽怨，每到春時，下幃趺坐，人詢之，則云：『我不忍見春光也。』

魏端禮爲輯其詞，曰《斷腸集》。

《渚山堂詞話》：聞之前輩，朱淑真才色冠一時，然所適非偶。故形之篇章，往往多怨恨之句。世因題其稾曰《斷腸集》。大抵佳人命薄，自古而然，斷腸獨斯人哉？古婦人之能詞章者，如李易安、孫夫人輩，皆有集行世。淑真繼其後，所謂代不乏賢。其詞曲頗多，予精選之，得四五首，《念怒嬌》云：『斜倚東風，渾漫漫，頃刻也須盈尺。』已盡雪之態度，繼云：『擔閣梁吟，寂寥楚舞，空有獅兒隻。』復道盡雪字，又覺醞藉也。詠梅云：『濕雲不渡溪橋冷。嫩寒初破霜風影。溪下水聲長。一枝和月香。』別闋云：『拂拂風前度暗香，月色侵花冷。』梨花云：『粉淚共宿雨闌珊，清夢與寒雲寂寞。』凡皆清楚流麗，有才士所不到。而彼顧優然道之，是安可易其爲婦人語也？〔二〕

《蓮子居詞話》：朱淑真詞『無奈春寒著摸人』，『著摸』二字，孔平仲、彭汝礪詩皆用之。

《湖壖雜記》：順治辛卯，有雲間客扶乩於片石居，一士以休咎問，乩書曰：『非余所知。』士問仙來何處，書曰：『兒家原住古錢唐，曾有詩篇號斷腸。』士問仙何名氏，書曰：『猶傳小字在詞場。』士不知《斷腸集》誰氏作也，見曰兒家，意其女郎也，曰：『仙得非蘇小小乎？』書曰：『漫把若蘭方淑女。』曰：『然則李易安乎？』書曰：『須知清照異真娘，朱顏說與任君詳。』士方悟爲朱淑真。故隨問隨答，即成《浣溪紗》一闋。隨又拜祝，再求珠玉，乩又書曰：『轉眼已無桃李，又見荼蘼綻蕊。偶爾話三生，不覺日移階晷。去矣去矣，嘆惜春光似水。』乩遂不動。或疑客所爲，知之者謂客只知扶乩，非知文者。

《香海棠館詞話》：歐陽永叔《生查子·元夕》詞誤入朱淑真集，升菴引之，謂非良家婦所宜。

《欽定四庫全書提要》辨之詳矣，魏端禮《斷腸集序》云：『蚤歲父母失宷，嫁爲市井民妻，一生抑鬱不得志。』升菴之說實原於此。今據集中詩，余藏《斷腸集》，鮑淥飲手斠本，巴陵方氏碧琳瑯館景元鈔本，又從《宋元百家詩》、《後邨千家詩》、《名媛詩歸》暨各撰本輯補遺一卷。及它書攷之，淑真自號幽棲居士，錢唐人《四庫提要》。或曰海寧人，文公姪女《古今女史》。居寶康巷，《西湖遊覽志》：在湧金門內如意橋北。或曰錢塘下里人，世居桃邨《全浙詩話》。幼警慧，善讀書《遊覽志》。文章幽豔《女史》，工繪事，杜東原集有朱淑真《梅竹圖題跋》，沈石田集有《題淑真畫竹詩》。曉音律，本詩《答求譜》云：『春醲醲處多傷感，那得心情事筦弦。』父官淛西。紹定三年二月，淑真作《璿璣圖記》，有云：家君宦遊淛西，好拾清玩，凡可人意者，雖重購不惜也《池北偶談》。其家有東園、西園、西樓、水閣、桂堂、依綠亭諸勝。本詩《晚春會東園》云：『紅點苔痕綠滿枝，舉杯和淚送春歸。倉庚有意留殘景，杜宇無情戀晚暉。蝶趁落花盤地舞，燕隨柳絮入簾飛。醉中曾記題詩處，臨水人家半掩扉。』《春遊西園》云：『閒步西園裏，春風明媚天。蝶疑莊叟夢，絮憶謝娘聯。蹋草翠茵軟，看花紅錦鮮。徘徊林影下，欲去又依然。』《西樓納涼》云：『小閣對芙蕖，囂塵一點無。水風涼枕簟，雪葛爽肌膚。』《夏日游水閣》云：『澹紅衫子透肌膚，夏日初長板閣虛。獨自凭闌無個事，水風涼處讀殘書。』《納涼桂堂》云：『微涼待月畫樓西，風遞荷香拂面吹。先自桂堂無暑氣，那堪人唱雪堂詞。』《夜留依綠亭》云：『水鳥棲烟夜不喧，風傳宮漏到湖邊。三更好月十分魄，萬里無雲一樣天。』案：各詩所云如長日讀書，夜留待月，碻是家園遊賞情景。淑真它作多思親念遠之意，此獨不然，《依綠亭》云『風傳宮漏到湖邊』，當是寓錢塘作，不在于歸後也。夫家姓氏失攷，似初應禮部試，本詩《賀人移學東軒》云：『一軒瀟灑正東偏，屏棄囂塵聚簡篇。美璞莫辭雕作器，涓流終見積成淵。謝班難繼予慚甚，顏孟堪希子勉旃。鴻鵠羽儀當養就，飛騰早晚看沖天。』《送人赴禮部試》云：『春闈報罷已三年，又向西風促去鞭。屢鼓莫嫌非作氣，一飛當自卜沖天。賈生少達終何遇，馬援才高老更堅。大抵功名無早晚，平津今見起菑川。』案：二詩似贈外之作。其後官江南者，本詩《春日書懷》云：『從宦東西不自由，親懷千里淚長流。』《寒食詠懷》云：『江南寒食更風流，絲筦紛紛逐勝遊。春色眼前無限好，思親懷土自多愁。』案：二詩言親幃千里，思親懷土，當是于歸後作。淑真從宦，常往來吳、越、荊、楚間。本詩《舟行卽事》其六云：『歲暮天涯客異鄉，扁舟今又渡瀟湘。』《題斗野亭》云：『地分吳楚界，人在斗牛中。』案：《舟行卽事》其二云『白雲遙望有親廬』，其四云『目斷親幃瞻不到』，其七云『庭闈獻壽阻傳杯』。又《秋日得書》云『已有歸寧約』，足爲于歸後遠離之碻證。與曾布妻魏氏爲詞友《御選歷代詩餘》『詞人姓氏』，嘗會魏席上，賦小鬟妙舞，以『飛雪滿羣山』爲韻作三絶句。又宴謝夫人堂有詩，今竝載集中。淑真生平大略如此，舊說悠謬，其證有三：其父既曰宦遊，又嘗留意清玩，東園諸作可想見其家世，何至下嫁庸夫？一證也；市井民妻，何得有從宦東西之事？二證也；案本詩《江上阻風》云：『撥悶喜陪尊有酒，供廚不慮食無錢。』《酒醒》云：『夢回酒醒嚼盂冰，侍女貪瞑喚不應。』《睡起》云：『侍兒全不知人意，猶把梅花插一枝。』淑真詩凡言起居服御，絶類大家口吻，不同市井民妻，若近日《西青散記》所載賀雙卿詩詞，則誠鄉僻小家語矣。魏、謝大家，豈友駔婦？三證也。淑真之詩，其詞婉而意苦，委曲而難明，當時事蹟，別無記載可攷，以意揣之，或者其夫遠宦，淑真未必皆從，容有竇滔陽臺之事，未可知也。本詩《恨春》云：『春光正好多風雨，恩愛方深柰別離。』《初夏》云：『待封一掬傷心淚，寄與南樓薄倖人。』《梅窗書事》云：『清香未寄江南夢，偏惱幽閨獨睡人。』《惜春》云：『願教青帝長爲主，莫遣紛紛點翠苔。』《愁懷》云：『鷗鷺鴛鴦作一池，須知羽翼不相宜。東君是與花爲主，一任多生連理枝。』案：《愁懷》一首大似諷夫納姬之作，近有才婦諷夫納姬詩云：『荷葉與荷花，紅綠兩相配。鴛鴦自有羣，鷗鷺莫入隊。』政與此詩闇合。《遊覽志餘》改後二句作『東君不與花爲主，何似休生連理枝』，以爲淑真厭薄其夫之左證，何樂爲此？其心地殆不可知。它諸《思親》、《感舊》諸什意各有指，以證斷腸之名。案：淑真歿後，端禮輯其詩詞，名曰《斷腸集》，非淑真自名也。尤爲非是。《生查子》詞，今載《廬陵集》第一百三十一卷《四庫提要》，宋曾慥《樂府雅詞》、明陳耀文《花草粹編》並作永叔，慥錄歐詞特慎，《雅詞》序云：『當時或作豔曲，謬爲公詞，今悉刪除。』此闋適在選中，其爲歐詞明甚。余昔斠刻汲古閣未刻本《斷腸詞》，跋語中詳記之，茲復箸於篇。

《蕙風簃隨筆》：曩余譔詞話辨朱淑真《生查子》之誣，多據集中詩比勘事實。沈匏廬先生《瑟榭叢談》云淑真《菊花》詩：『寧可裛香枝上老，不隨黃葉舞秋風。』實鄭所南《自題畫菊》『寧可枝頭裛香死，何曾吹落北風中』二語所本，志節皦然，卽此可見。其論亦據本詩，足補余所未備，亟記之。

〔詞評〕

卜清姒云：幽栖居士詞如初月展眉，新鶯弄舌。

〔坿孜〕

《池北偶談》：朱淑貞《璿璣圖記》：辛亥冬於京師見宋朱女郎淑貞手書《璿璣圖》一卷，字法妍嫵，有記云：『若蘭名蕙，姓蘇氏，陳留令道質季女也。年十六歸扶風竇滔，滔字連波，仕苻秦爲安南將軍，以若蘭才色之美，甚敬愛之。滔有寵姬趙陽臺，善歌舞，若蘭苦加捶楚，由是陽臺積恨，讒毀交至，滔大恚憤。時詔滔留鎮襄陽，若蘭不願偕行，竟挈陽臺之任。若蘭悔恨自傷，因織錦字爲回文，五彩相宣，瑩心炫目，名曰《璿璣圖》，亙古以來所未有也。乃命使齎至襄陽，感其妙絕，遂送陽臺之關中，具輿從迎若蘭於漢南，恩好踰初。其著文字五千餘首，世久湮沒，獨是圖猶存。唐則天常序圖首，今已魯魚莫辨矣。初家君宦遊浙西，好拾清玩，凡可人意者，雖重購不惜也。一日，家君宴郡倅衙，偶於壁間見是圖，償其值，得歸，遺予。於是坐臥觀究，因悟璿璣之理，試以經緯求之，文果流暢。蓋璿璣者，天盤也；經緯者，星辰所行之道也；中留一眼者，天心也。極星不動，蓋運轉不離一度之中，所謂居其所而斡旋之。處中一方，太微垣也，乃疊字四言詩。其二方，紫微垣也，乃四言回文。二方之外四正，乃五言回文。四維，乃四言回文。三方之外四止，乃交首四言詩，其文則不回也。四維乃三言回文，三方之經以至外四經皆七言回文，詩可周流而讀者也。紹定三年春二月望後三日，錢唐幽棲居士朱氏淑真書首。』首有璿璣變幻四小篆，後有小朱印。予向見《斷腸集》不載此文，諸家撰閨秀詩筆者皆未之載，宋桑世昌澤卿、明雲間張玄超之象撰《回文類聚》亦未收此。家考功兄輯《然脂集》三百餘卷，多徵奥僻，因錄一通歸之。後有仇英實父補圖四幅，亦極妙。按張萱、周昉、李伯時輩皆有織錦回文圖，英此圖殆有所本也。

杜瓊《東原集·題朱淑真梅竹圖》：右《梅竹圖》，并題爲女子朱淑真之蹟，觀其筆意詞語皆清婉，似夫女人之所爲也。夫以朱氏乃宋時能文之女子，誠閨中之秀，女流之傑者也。惜乎恃其才膽，擬古人閨怨數篇，難免哀傷嗟悼之意，不幸流落人間，遂爲好事者命其集曰《斷腸詩》。又謂其下嫁庸夫，非其佳配而然，不亦冤乎哉？嗚呼！人之一念不以自防，則身後之禍遂致如此。若夫程明道先生之母訓女子，唯教識字讀書，不可教之吟詠，可爲萬世良法焉。是圖乃吳山青蓮里陸允章家者，厥父士昂、厥祖孟和謂其遠祖所蓄，爲真蹟無疑。孟和、士昂隱居耕讀，不妄人也，其言蓋可信。允章求志，當無誣辭。

《蘭雲菱夢樓筆記》：《玉臺名翰》，元題《香閨秀翰》，檇李女史徐範所藏墨蹟，元注：範爲白榆山人貞木女兄，跛足，不字，自號蹇媛。凡晉衛茂漪、唐吳采鸞、薛洪度、宋胡惠齋、張妙靜、元管仲姬、明葉瓊章、柳如是八家，舊尚有長孫后、朱淑貞、沈清友、曹比玉四家，已佚。卷尾當湖沈彩跋，元注：彩，字虹屏，陸烜妾。亦殘缺，餘俱完好。向藏嘉興馮氏石經閣，道光壬辰，宜興程朗岑大令璋楷勒上石。亂後，逸亭金氏得之。余頃得幖本甚精，竝朱淑真書殘石別藏某氏者，亦得拓本。淑真書銀鉤精楷，摘錄《世說》『賢媛』

一門，涉筆成趣，無非懿行嘉言，而謂駔婦能之乎？柳梢月上之誣，尤不辯自明矣。嚮於淑真差有文字雅，故戊子年斠刻汲古閣未刻本《斷腸詞》，與四印齋所刻《漱玉詞》合爲一冊。庚寅秋，逡鈔鮑淥飲手斠本《斷腸集》於滬上，得淑真小象，橅弁卷端。辛卯夏，客羊城，叚巴陵方氏碧琳琅館景元鈔本斠閲一過。又從《宋元百家詩》、《後邨千家詩》、《名媛詩歸》暨各撰本輯補遺一卷。壬辰回京，昉黟俞氏《癸巳類稿·易安事輯》例，據集中詩及它書作《淑真事略》，辨《生查子》之誣，凡二千數百言，編入《香海棠館詞話》，殆無祕不搜矣，而唯簪花妙蹟流傳至今，則誠意料所不及，奚啻一字一珠？

桉：《香海棠館詞話》『朱淑真事輯』，其要恉亟亟於辨誣，自餘未遑攷訂。淑真與曾布妻魏氏爲詞友，曾布貴盛，當元祐以後、崇寧以前，以大觀元年卒，淑真爲布妻之友，則是北宋人無疑。自來選家列之南宋，謂是文公姪女，甚且以爲元人，其誤甚矣。以時代攷之，李易安猶稍後於淑真，卽以詞之風格論，淑真純乎北宋，易安則漸近南宋，風會所趨，不期然而然也。《池北偶談》謂淑真《璿璣圖記》作於紹定三年，『紹定』當是『紹聖』之誤，紹定，理宗改元，已近南宋末季。浙地隸輦轂久矣，宧游浙西云云，措詞亦不類也。

【校記】

〔一〕按：此後底本空八行。

琴操

琴操，杭州女冠。

〔詞話〕

《能改齋漫録》：杭之西湖有一倅，閒唱少游《滿庭芳》詞，偶然誤舉一韻，云『畫角聲斷斜陽』，妓琴操在側，云：『「畫角聲斷譙門」，非「斜陽」也。』倅因戲之曰：『爾可改韻否？』琴即改作陽字韻，云：『山抹微雲，天連衰草，畫角聲斷斜陽。暫停征轡，聊共飲離觴。多少蓬萊舊侶，頻回首、烟靄茫茫。孤邨裏，寒鴉萬點，流水遶紅墻。　魂傷。當此際，輕分羅帶，暗解香囊。漫贏得、青樓薄倖名狂。此去何時見也，襟袖上、空有餘香。傷心處，長城望斷，燈火已昏黄。』東坡聞而稱賞之。後因東坡在西湖，戲琴曰：『我作長老，爾試來問。』琴云：『何謂湖中景？』東坡答云：『秋水共長天一色，落霞與孤鶩齊飛。』琴又云：『何謂景中人？』東坡云：『裙拖六幅瀟湘水，鬢嚲巫山一段雲。』又云：『何謂人中意？』東坡云：『惜他楊學士，鼈殺鮑參軍。』琴又云：『如此究竟如何？』東坡云：『門前冷落車馬稀，老大嫁作商人婦。』琴大悟，即削髮爲尼。

桉：琴操詞雖無傳作，然能改少游詞韻，脱口而出，視少游元作幾無可軒輊，則平昔精擘宫閿可知。詞人之目，當之無愧色矣。至於偶爾參禪迎機澈悟，尤爲夙具慧根，宜長公之稱賞有加也。

唐琬

琬，字里無攷，陸游之妻。

〔詞話〕

《歷代詞話》：陸放翁娶婦，琴瑟甚和，而不當母夫人意，遂至解褵。然猶餽遺殷勤，嘗貯酒贈陸，陸謝以詞，有『東風惡，歡情薄』之句，蓋寄聲《釵頭鳳》也，婦亦答詞云：『世情薄。人情惡。雨送黄昏花易落。曉風乾。淚痕殘。欲箋心事，獨語斜闌。難難難。　人成各。今非昨。病魂常似秋千索。角聲寒。夜闌珊。怕人尋問，咽淚妝歡。瞞瞞瞞。』未幾以愁怨死。

《香東漫筆》：放翁出妻，爲作《釵頭鳳》者，姓唐名琬，和放翁《釵頭鳳》詞見《御選歷代詩餘》後附詞話及《林下詞選》，『世情薄』云云，前後段俱轉平韻，與放翁詞不同。

〔坿攷〕

《蓮子居詞話》：吾鄉許蒿盧先生昂霄嘗疑放翁室唐氏改適趙某事爲出於傅會，説見《帶經堂詩話》校勘類附識。《拜經樓詩話》亦以《齊東野語》所敘歲月先後參錯，不足信，與蒿盧説合。則當時仲卿新婦之厄，翁子故妻之情，殆好事者從而爲之辭與。唐氏答詞，語極俚淺，然因知《釵頭鳳》有換平韻者，紅友《詞律》又疏已。

桉：《耆舊續聞》云：放翁《釵頭鳳》詞，其婦見而和之，有『世情薄，人情惡』之句，惜不得其全闋。陳西塘時代距放翁非遠，當時未聞傳誦耳。《帶經堂詩話》附識疑唐氏改適事出於傅會，其論甚正。唯謂和詞語極淺俚，則殊不然，兒女言情之作，何庸責之以深？唐詞語意近質則有之，不得謂爲俚也。其詞前後段均换平韻，此體萬氏《詞律》、徐氏《詞律拾遺》、杜氏《詞律補遺》並失載。

〔坿攷〕補遺　應在《蓮子居詞話》之前

《拜經樓詩話》：陸放翁前室改適趙某事，載《後村詩話》及《齊東野語》，殆好事者因其詩詞而傅會之。《野語》所敘歲月先後尤多參錯，且玩詩詞中語意，陸或別有所屬，未必曾爲伉儷者，正如『玉堦蟋蟀鬧清夜』四句本七律，明載《劍南集》，而《隨隱漫錄》翦去前四句，以爲驛卒女題壁，放翁見之，遂納爲妾云云，皆不足信。

陸放翁妾

放翁妾姓名無攷，蜀人。

〔詞話〕

《隨隱漫錄》：陸放翁宿驛中見題壁詩云：『玉堦蟋蟀鬧清夜，金井梧桐辭故枝。一枕淒涼眠不得，呼燈起作感秋詩。』放翁詢之，則驛卒女也，遂納爲妾。半載，夫人逐之，妾賦《卜算子》詞云：『只知眉上愁，不識愁來路。窗外有芭蕉，陣陣黄昏雨。　曉起理殘粧，整頓教愁去。不合畫春山，依舊留愁住。』

〔埘攷〕

《帶經堂詩話》：『玉堦蟋蟀鬧清夜，金井梧桐辭故枝。一枕淒涼眠不得，呼燈起作感秋詩。』小說載此爲蜀中某驛卒女詩，放翁見之，納以爲妾，爲夫人所逐。又有《卜算子》詞『不合畫春山，依舊留愁住』云云，按《劍南集》此詩乃放翁在蜀時所作，前四句云：『西風繁杵擣征衣，客子關情正此時。萬事從初聊復爾，百年强半欲何之。』『玉堦』作『畫堂』，『鬧』作『怨』，後人稍竄易數字，輒傅會，或收入閨秀詩，可笑也。

桉：放翁妾詞調寄《生查子》，非《卜算子》也。《帶經堂詩話》附識辨放翁妻唐氏改適之誣，惜無左證。茲據陳氏《漫錄》所云其妾見逐於大婦，夫放翁之妻已猶被出，何暇逐人？放翁家庭多故，何至若是其甚？大抵宋人小說支離糾紛，不可盡信，事之真相卽亦無從究詰也。

蔣興祖女〔一〕

興祖女，佚其名，浙西人，仕履無攷。

〔詞話〕

《梅磵詩話》：金人犯闕，武陽令蔣興祖死之，其女被擄至雄州驛，題詞於壁，調《減字木蘭花》云：『朝雲橫度。轆轆車聲如水去。白草黃沙。月照孤村三兩家。飛鴻過也。百結愁腸無晝夜。漸近燕山。回首鄉關歸路難。』蔣乃靖康間浙西人。

桉：興祖女詞寥寥數十字，寫出步步留戀，步步悽惻，當戎馬流離之際，不難於慷慨，而難於從容〔二〕。偶然攬景興懷，非平日學養醇至不辨〔三〕。興祖以一官一邑成仁取義，得力於義方之訓深矣。雄州宋隷河北東路，金屬中都路。

【校記】

〔一〕女：底本作『父』，據《梅磵詩話》改，下同。

〔二〕從：底本作『從從』，其一係衍文，茲刪改。

〔三〕辨：底本作『辦』，據文意改。

宋人詞話卷二

徐逸

逸，字無競，號抱獨子，自稱汝陽被褐公，天台人。

〔坿攷〕

《梅磵詩話》：詩人游孤山弔和靖者，佳製不一而足。近世徐抱獨之作，人多稱之，云：『咸平處士風流遠，招得梅花枝上魂。疏影暗香如昨日，不知人世幾黄昏。』

仇遠《稗史》：徐抱獨少與朱文公爲友，公提舉浙東，日過其家，然燈夜話，至鐘鳴而别。公嘗託無競作謝恩表書，云：『可放筆力稍低，使人見之，無假手之議也。』其推獎如此。

《詞綜補遺》陶樑桉：周密《志雅堂雜鈔》載紹定辛卯徐逸《跋毛復父所藏盧鴻草堂圖》，自稱汝陽被褐公，汝陽當是其郡望也。

桉：徐無競詞《清平樂》云：『風韶雨秀。春色平分後。陡頓故人疏把酒。閒凭畫闌搔首。爭須攜手踏青。人生幾度清明。待得燕慵鶯懶，楊花點點浮萍。』見《陽春白雪》，『風韶雨秀』四字甚新。

樓扶

扶，校：一作扶，誤。字叔茂，號梅麓，鄞人，鑰孫。端平中爲沿江制置司幹官，校：見《景定建康志》。或作沿海，誤。淳祐中知泰州軍，移邵武軍。

〔詞話〕

《延祐四明志》：招寶山宋梅麓樓公扶登山《沁園春》云：『開闢以來，便有此山，獨當怒濤。正秋空萬里，寒催雁信，塵寰一族，輕算鴻毛。小可詩情，尋常酒量，到此應須分外豪。難爲水，算平生未有，此番登高。　飄飄。身踏金鼇。笑終日風波無限勞。看檣烏縹緲，帆歸遠浦，塵魚雜遝，網帶餘潮。待約詩人，相將月夜，取次擕杯持蟹螯。乘桴意，問誰人領解，空立亭皋。』詞鐫崖石，今訪求，不可復得。

〔坿攷〕

《延祐四明志》：靈應廟，鄞人樓扶爲記。

《全芳備祖》：樓梅麓句：『夜深更擁寒衾坐，明月梅花共一窗。』

校：樓叔茂詞《水龍吟·次周清真梨花韻》云：『素娥洗盡繁妝，夜深步月秋千地。輕腮暈玉，柔肌弄粉，緇塵斂避。霽雪留香，曉雲同夢，昭陽宮閉。悵仙園路杳，曲闌人寂。疏雨濕、盈盈淚。　未放游蜂葉底。怕春歸、不禁狂吹。象牀困倚，冰魂微醒，鶯聲喚起。愁對黄昏，恨催寒食，滿襟離思。想千紅過盡，一枝獨冷，把梅花比。』《菩薩蠻》云：『絲絲楊柳鶯聲近。晚風吹過秋千影。寒色一簾輕。燈殘夢不成。耳邊消息在。笑指花梢待。又是不歸來。滿庭花自開。』並見《絕妙好詞》，《御選歷代詩餘》『詞人姓氏』宋末列梅扶字叔茂、樓扶字鵬舉二家，而詞中《水龍吟》『素娥洗盡』闋、《菩薩蠻》『絲絲楊柳』闋並署樓扶名，『枎』誤作『扶』，由來舊矣，謂枎字鵬舉，而以叔茂屬之梅扶，未詳所本。

樓槃

槃，字考甫，一字曲澗，鄞人。枎兄弟行。

〔詞評〕

儀墨莊云：樓考甫詞讀去，似率直，正是白描妙手。

〔坿攷〕

《秋崖小稿》有《書考甫梅花百詠因徐直孺寄考甫》詩。

《西廬詞話》：曲澗詞各選本小傳不著鄉里官秩，《絜齋集·先祖墓表》云曾孫女適進士樓槃，

桉：篇中序次女適林穎，孫女適戴樟、吳适，曾孫女適戴廙、吳埜、陳定、林宻、樓槃、鄭景、曹慜、舒鐻、李師說、邊應時，或書進士，或書官。而李師說書『紹興府鄉貢進士』，邊應時『江西轉運司進士』，以別土著。則曲澗爲鄞人可知。郡志選舉不載者，宋人舉進士未第並補進士也。太師异元孫行命名皆從

木旁，不知曲澗究竟爲何人之後，他日當取樓氏譜審定之。

桉：樓考甫詞《霜天曉角·詠梅》云：『月淡風輕。黃昏未是清。吟到十分清處，也不啻、二三更。　曉鐘天未明。曉霜人未行。只有城頭殘角，説得盡、我平生。』前調云：『翦雪裁冰。有人嫌太清。又有人嫌太瘦，都不是、我知音。　誰是我知音。孤山人姓林。一自西湖別後，辜負我、到如今。』見《絶妙好詞》。

史嶲之 史衛卿

嶲之，桉：嶲或作雋，誤。嶲之兄弟行有嵩之、岩之，字皆從山。字子聲，一字石隱，鄞人。浩孫，以祖澤歷太府寺簿、直寶謨閣。紹定初知江陰軍。

〔坿攷〕

《萬姓統譜》：嶲之紹定初知江陰軍，三年冬李全、陸梁直抵海陵，江陰當要害。雋之下車踰月，請兵分屯以廣聲援，報可調殿司禁旅千五百人來戍，軍整民安，秋毫無擾。鄉飲酒禮，時俗視爲墜典，嶲之究古德意，推行之，燕席序登，環觀歎息，有補風化。

桉：史子聲詞《望海潮·浮遠堂作》云〔一〕：『危峯孤秀，飛軒爽豁，空江泱漭黃流。吳札故丘。春申舊國，西風吹換清秋。滄海浪初收。共登高臨眺，尊俎綢繆。鳳集高岡，駒留空谷接英遊。　八窗盡控瓊鉤。送帆檣杳杳，潮汐悠悠。今古興懷，關河極目，愁邊滅沒輕鷗。淮岸隔重洲。認澹霞天末，一縷青浮。未許英雄老去，西北是神州。』見《御選歷代詩餘》。又案：《四明近體樂府》：史衛卿，字景靈，巂之從子，浙漕發解進士。《柳梢青》云：『萼綠華身。小桃花扇，安石榴裙。子野聞歌，周郎顧曲，曾惱夫君。悠悠羈旅愁人。似零落、青天斷雲。何處銷魂。初三夜月，第四橋春。』此詞見《御選歷代詩餘》，署羅椅名，歇拍三句世頗傳誦，袁鈞以爲史衛卿詞，未知何據？坿記於此。《江湖後集》有史衛卿詩。

【校記】

〔一〕遠：底本脱，據《全宋詞》補。

鄔文伯

文伯，案：當是字，名佚。鄞人，端平二年登進士第。

〔坿攷〕

《野谷詩集》有《臨川縣治古桂兩大株與葉濳仲鄔文伯飲花下》詩，又《鄔文伯歸自邵陽》云：『賓主西遊久，賡詩日日傳。交情誰似此，歸興忽翩然。楚岸猿吟樹，湘江月載船。我窮君更甚，相助愧無錢。』

案：鄔文伯詞《翻香令》云：『醉和春恨拍闌干。寶香半炧倩誰翻。丁寧告、東風道，小樓空，斜月杏花寒。夢魂無夜不關山。江南千里霎時間。且留得、鸞光在，等歸時，雙照淚痕乾。』見《陽春白雪》。

陸叡

叡，字景思，號雲西，會稽人。桉：《四明近體樂府》録叡詞《瑞鶴仙》一闋，小傳云鄞人，未知何據？紹定五年登進士第，桉：據《會稽續志·進士表》可證其爲會稽人。淳祐中官沿江制置使司參議，入爲禮部員外郎，兼崇政殿説書。景定五年進中大夫、集英殿修撰、江南東路計度轉運副使兼淮西總領。

〔詞話〕

《齊東野語》：賈師憲當國日，每歲八月八日生辰，四方善頌者以數千計，悉俾翹館謄考以第甲乙，一時傳誦，爲之紙貴。陸景思《甘州》云：『滿清平世界慶秋成，看斗米三錢。論從來活國，論功第一，無過豐年。辦得閒民一飽，餘事笑談間。若問平戎策，微妙難傳。　玉帝要留公住，把西湖一曲，分入林園。有茶爐丹竈，更有釣魚船。覺秋風、未曾吹著，但砌蘭、長倚北堂萱。千千歲，上天將相，平地神仙。』

桉：謝皋羽編《天地間集》，録陸景思《退宫人》詩，列於文、謝諸公後。景思，蓋宋之遺民，以品節增重其詩者。其壽時相《甘州》一闋，不過官寮酬應之作，未遽爲盛德累也。其《瑞鶴仙》云：『濕雲黏雁影。望征路愁迷，離緒難整。千金買光景。但疏鐘催曉，亂鴉啼暝。花悰暗省。許多情、相逢夢境。便行雲、都不歸來，也合寄將音信。　孤迴。盟鸞心在，跨鶴程高，後期無準。情絲待翦，翻惹得，舊時恨。怕天教何處，參差雙燕，還染殘朱剩粉。對菱花、與說相思，看誰瘦損。』見《絕妙好詞》。歇拍『對菱花』云云，《詞旨》摘爲警句。《八聲甘州·送翁時可如宛陵》云：『問纏腰跨鶴，事如何，人生最風流。怕江邊潮汐，世間歧路，只是離愁。白馬青衫往事，贏得鬢先秋。目送紅橋晚，幾番行舟。　蘭佩空餘依黯，便南風吹水，人也難留。但從今別後，我亦似浮漚。敬亭上、半牀琴月，記彈將、寒影落南州。秋聲裏，塞鴻來後，爲爾登樓。』見《陽春白雪》。

曹良史

良史，字子才，號梅南，錢唐人。有《梅南摘稿》。

〔詞話〕

《桐江集·跋曹梅南詩詞三摘》云：曹君良史，錢唐人。衣冠佳盛，湖傲山酣，則有《咸淳詩摘》；兵火變遷，江淮奔走，則有《梅南詩摘》。句如『雲生畫佛壁，葉落病僧房』、『閒來閉門處，認得讀書聲』、『墻圍敗屋知無主，風響荒林似有人』、『深樹月昏神火出，斷烟雪霽獵人回』。展轉征旗，戰鼓十年間，筆力益老矣。至如《鏤冰詞摘》，則以詩之餘演爲雕刻流麗之作，以至竇丹之字料生薑臼之文法，寄於少游、美成之聲調。

《織餘瑣述》：宋曹良《江城子》句云：『背燈暗卸乳鶯裘，酒初醒，夢初醒。』『乳鶯裘』，未知出處。

〔附攷〕

《梅南摘稿》俞宗大序：曹君《故宫詞》十九首與《拜景靈宫》、《游湖曲》、《登北城》，悼今思古，所謂哀而不傷，怨而不怒，忠厚而悱惻者也。

《剡源文鈔》：杭人有文者仇遠仁近、白珽廷玉、屠約存博、張模仲實、孫晉康侯、曹良史子才〔一〕、宋芬文芳。

《霞外集·傷曹梅南》詩：『仕路久忘貧自樂，好山未買事多魔。』

桉：曹子才詞《江城子》云：『夜香燒了夜寒生。掩銀屏。理銀箏。一曲春風，都似斷腸聲。杜宇欲啼楊柳外，愁似海，思如雲。背燈暗卸乳鸞衾。酒初醒。夢初醒。蘭炷香篝，爲誰暖羅衾。二十四簾人悄悄，花影碎，月痕深。』見《絶妙好詞》。

【校記】

〔一〕子：底本作『之』，參照前文改。

仇遠

遠，字仁近，一字仁父，自號山邨民，錢塘人。元至元中部使者强起之，爲溧陽州教授。有《金淵集》、《無絃琴譜》二卷。

金匱孫氏刻本《無絃琴譜》孫爾準序：

曩在史館，繙《永樂大典》，見有《無絃琴譜》，不著撰人名氏。讀其詞，清麗和雅，與玉田、中仙、草窗相鼓吹，證以《絕妙好詞》、《花草粹編》所載及《貞居》、《蛻巖》和作，知爲仇仁近詞。仁近名遠，一字仁父，自號山村民，所著有《山村集》、《金淵集》、《稗史》、《式古堂書考》、《批註唐百家詩選》，元史不傳文苑，不志藝文，其姓名著作僅散見於他書，雖存其目，類皆遺佚。惟《金淵集》著錄《四庫》。其詩皆官溧陽學官時所作，地有投金瀨，故取以爲名，不收他什。又有《山村遺集》，則項夢昶就所見編次，而《興觀集》者，乃曹倦圃侍郎得仁近手書詩數十篇，倦圃以『興觀』二字題其卷首者也。其書皆掇拾殘賸，非仁近之舊。《無絃琴譜》名不經見，而數百年後，出之於棄擲銷蝕之餘，獨完無闕，光景如新，尤足爲藝林瓌寶。爾準錄藏篋衍，未嘗示人。今年長夏，馮雲伯太史聞而索觀，因與陸萊莊司馬校正羼補，喜識真有人，而賞心之不孤也。因述其緣起，以詔來者。時道光九年秋，金匱孫爾隼。〔一〕

【校記】

〔一〕此則，底本鈔錄不全，孫氏序文只鈔錄至『其姓名著作僅散見於他書』爲止，其後未見其他文字，原書編者的按語也無，或是鈔錄時遺漏。據編寫體例，此處把孫氏序文補全，其他付之闕如。

黄中

中，字仲庸，號澹翁，平陽人。

〔坿攷〕

《夢窗詞集補·憶舊游·別黃澹翁》：『送人猶未苦，苦送春、隨人去天涯。片紅都飛盡，正陰陰潤綠〔一〕，暗裏啼鴉。賦情頓雪雙鬢，飛夢逐塵沙。嘆病渴淒涼，分香瘦減，兩地看花。西湖斷橋路，想繫馬垂楊，依舊欹斜。葵麥迷烟處，問離巢孤燕，飛過誰家。故人爲寫深怨，空壁掃秋蛇。但醉上吳臺，殘陽草色歸思賒。』

《翦綃集·送黃澹翁入吳門》詩：『行到鱸魚鄉裏時，一宮花渚漾漣漪。看春又過清明節，更把愁心說向誰。』

《芸隱橫舟稿·開爐次夕以不禁離抱來訪宏菴挑燈細語漏促忘歸卽事有賦時黃澹翁在焉》：『客裏情懷不自如，夜深來訪子雲居。挑燈細按新翻曲，拂案同看架上書。梧葉敲風蛩砌冷，菊香消雨鶴庭虛。相逢且與開眉笑，莫遣吟邊酒琖疎。』

桉：黃仲庸《瑞鶴仙·用陸淞韻》云：『睡餘抛倦枕。憶篆鼎香銷，起來慵整。晴光破清泠。正柳横梅淡，染金勻粉。茶甌雋永，試經行、桐花舊井。記前回、未綠鴛波，近日燕芹青盡。因省。春風如舊，人面何歸，對時傷景。樓高望迥。潮有信，雁無准。任相如多病，沈郎全瘦，都沒音塵寄問。便做無、阿鵲頻頻，可能睡穩。』見《陽春白雪》。吳夢窗別黃澹翁詞宛委纏緜，含思無盡，觀於澹翁詞筆，『染金勻粉』亦復近似夢窗，則夫同聲之雅，非尋常朋輩可同日語矣。

【校記】

〔一〕正：底本闕，據《欽定詞譜》補。

朱昺孫

昺孫，校：昺或作鼎，誤。字令則，一字萬山，鄞人。

〔詞評〕

儀墨莊云：令則詞鍊氣鍊聲，並皆佳妙。

校：朱令則詞《真珠簾》云：『春雲做冷春知未。春愁在、碎雨敲花聲裏。海燕已尋蹤，到畫溪沙際。院落秋千楊柳外，待天氣、十分晴霽。春市。又青簾巷陌，紅芳歌吹。須信處處東風，又何妨對此，籠香覓醉。曲盡索餘情，奈夜航催離。夢滿冰衾身似寄。算幾度、吳鄉烟水。無寐。試明朝說與，西園桃李。』見《絕妙好詞》。昺，《廣韻》：所去切，音捩，明也。《篇海》云暖也。

趙孟堅

孟堅，字子固，號彝齋。太祖十一世孫，其先以安定郡王從高宗南渡，爲海鹽人。寶慶三年登進士第，爲湖州掾，入轉運司幕，知諸暨縣，以御史言罷歸。校：《四庫全書》『彝齋文編提要』云見於詩文自述。後終提轄左帑，校：《齊東野語》云：終提轄左帑，身後有嚴陵之命。周密與孟堅同時，當必可信。《嘉興府圖記》云：孟堅初以父蔭入仕，後登進士第，歷官集英殿修撰，知嚴州，遷翰林學士承旨。年九十七卒，謚文簡。其説與『提要』及《野語》不同，存以備攷。有《彝齋文編》四卷詞一卷。

〔詞話〕

《詞學集成》：趙子固曰：白石，詞家之申韓也。

《珠花簃詞話》：填詞檃括一體，宋賢集中往往有之，大都牽彊支離，遷就句調，微特其所檃括之作，佳處未能傳出，乃至以文害辭，以辭害志，並生趣而無之，欲求言外餘情、事外遠致，烏可得耶？彝齋詞《花心動》序云：外祖中司常公春日詞曰：『庭院深深春日遲，百花落盡蜂蝶稀。柳絮隨風不拘管，飛入洞房人不知。畫堂繡幕垂朱戶，玉鑪銷盡沈香炷。半褰斗帳曲屏山，盡日梁間雙燕語。』『美人睡起斂翠眉，强臨鸞鑑不勝衣。門外鞦韆一笑發，馬上行人腸斷歸。』近日《風雅遺音》多譜前賢名作，因效顰云：『庭院深深，正花飛零亂，蝶嬾蜂稀。柳絮狂蹤，輕入房櫳，悄悄可有人知。畫堂鎮日閒晴晝，金鑪冷、繡幕低垂。梁間燕，雙雙並翅，對舞高低。　蘭幌玉人睡起，情脈脈、無言暗斂雙眉。斗帳半褰，六曲屏山，憔悴似不勝衣。一聲笑語誰家女，鞦遷映、紅粉牆西。斷腸處，行人馬上醉歸。』此詞熨帖渾成，如自己出。蓋元詩既工麗，詞筆亦掉運靈活，非它人浪費楮墨者比。

〔坿攷〕

《樂郊私語》：子固入本朝，隱居嘉禾之廣陳鎮，時載以一舟，舟中琴書尊勺畢具，往往泊蓼汀葦岸，看夕陽、賦曉月爲事。從弟子昂自苕中來訪公，閉門不納，夫人勸之，始令從後門入坐定，第問弁山笠澤佳否？子昂云：『佳。』公曰：『弟奈山澤佳何。』子昂慚退，便令蒼頭濯其坐具。

《西湖遊覽志餘》：趙孟堅，字子固，號彝齋，宋諸王孫也。修雅博識，善筆札，工詩文，酷嗜法書，多藏三代以來金石名蹟，遇其會意時，雖傾囊易之，不靳也。又善作梅竹，往往得逃禪石室之妙。於山水爲尤奇，時人珍之，襟度蕭爽，有六朝諸賢風氣，時比之米南宫，而子固亦自以爲不歉也。東西薄遊，必挾所有以自隨，一舟横陳，僅留一席爲偃息地，隨意左右取之。撫摩吟諷，至忘寢食。所至識不識，望之而知爲米家書畫船也。嘗客行都，會菖蒲節，周公謹偕一時好事者，邀子固各攜所藏，買舟湖上，相與評賞。飲酣，子固脱帽，以酒晞髮，箕踞歌《離騷》，旁若無人。薄暮，入西泠橋，掠孤山，艤櫂茂樹間，指林麓最幽處，瞪目絶叫曰：『此真洪谷子、董北苑得意筆也。』鄰舟數十皆驚駭絶歎，以爲真謫僊人。異時有蕭千岩者，得舊藏禊敘，後歸之俞壽翁家，子固復從壽翁善價得之，喜甚。乘舟夜汎而歸至霅之弁山，風作舟覆，行李渰溺無餘。子固方被濕衣立淺水中，手持禊帖，示人曰：『《蘭亭》在此，餘不足介意。』因題八言于卷，首云：『性命可輕，至寶是保。』蓋其酷嗜雅尚出于天性如此。

《珊瑚網》：趙孟堅水墨雙鉤水仙卷自跋云：『余久不作此，又方病目未愈。子用徵夙諾良亟，急起描寫，轉益拙俗，觀者求於形似之外可爾。彝齋。』弁陽老人周密題夷則商《國香慢》云：『玉潤金明。記曲屏小几，翦葉移根。經年汜人重見，瘦影娉婷。雨帶風襟零落，步雲冷、鵞管吹春。相逢舊京洛，素靨塵緇，仙掌霜凝。　國香流落恨，正冰消翠薄，誰念遺簪。水空天遠，應想騷弟梅兄。渺渺魚波望極，五十絃、愁滿湘雲。淒涼耿無語，夢入東風，雪盡江清。』

《畫禪室隨筆》：子固水仙欲與楊無咎梅花作敵，周草窗極重其品，曾刺舟嚴陵灘下，見新月出水，大笑云：『此文公所謂綠淨不可唾，乃我水仙出現也。』

桉：趙子固《彝齋詩餘》一卷，彊邨朱氏依知不足齋藏《彝齋集》舊鈔本刻行，詞凡十一闋，其《花心動》一闋見稱於況氏詞話，自餘擅勝之作，《驀山溪·怨别》：『桃花雨動，側側輕寒小。曲檻面危闌，對東風、傷春懷抱。酒邊心事，花下舊閒情，流年度，芳塵杳，懊惱人空老。　粉紅題字，寄與分明道。消息燕歸時，輾柔茵、連天芳草。瑣窗孤影夜，卜燭花明，清漏斷，月朦朧，挂在梅梢裊。』託恉溫麗，蓋亦有中司常公之遺風焉。

章謙亨

謙亨，字牧之，桉：一作牧叔。湖州人。紹定間爲鉛山令，嘉熙三年除直祕閣、浙東提刑兼知衢州。

〔詞話〕

《浩然齋雅談》：章牧之謙亨嘗爲浙東憲，風采爲一時所稱。然醖藉滑稽，嘗賦守歲小詞云：『團圞小酌醺醺醉。厮捱著、没人肯睡。呼盧直到五更頭，便鋪了粧臺梳洗。　庭前鼓吹喧人耳。驀忽地、又添一歲。休嫌不足桉：「足」疑「是」誤少年時，有多少，老如我底。』桉：調寄《步蟾宮》。

〔坿攷〕

《吳興備志》：章謙亨，字牧叔，吳興人。紹定間知鉛山，爲政寬平，人號爲佛家，置像而祠焉。

《湖州府志》：章謙亨其先正貳卿，歷言路，謙亨克世其家。元注：陳文蔚《西湖羣賢堂記》。

桉：章牧之詞見彊邨朱氏《湖州詞徵》凡六闋，唯《念奴嬌》『垂楊得地』闋，見《御選歷代詩餘》。《步蟾宫》『團欒小酌』闋，見《浩然齋雅談》。自餘《摸魚兒》、《念奴嬌》『畫樓側畔』云云，《浪淘沙》、《小重山》各一闋，並未詳所出。朱氏《詞徵》乃據皕宋樓陸氏《吳興詞存》舊稿從事增輯，比詢彊邨先生，章詞乃陸氏元輯，采從何書，未經注出，陸氏箸述各書頗稱賅博，唯應注不注，與徐電發《詞苑叢談》缺憾略同耳。又有《石州引》一闋見《歷代詩餘》，此闋在牧之詞中庶幾合作，而《詞徵》未載，詞云：『半角庭陰，弓月映眉，珠露侵靸。花棚倒挂風枝，低罥鬟唇匎葉。凭肩笑問，甚日罷織流黃，泥人無語吟蛩答。燈近悄分攜，溜鈿釵犀合。一霎。蓮絲易折，未穩棲鴛，陡驚彈鴨。幾度空階，宵永篴聲孤壓。玉腰烟瘦，梨夢香消，醒來涼袖闌干壓。不盡渡檐雲，寫問愁千疊。』其《摸魚兒·過期思稼軒之居，漕留，飲于秋水觀，賦一詞謝之》過拍云：『帶湖鷗鷺。猶不忍寒盟，時尋門外，一片芰荷浦。』語亦清婉可誦，周公謹與牧之同時，乃稱道其《步蟾宫》俳諧之作，詎其它所作當時未嘗得見耶？又按：《石州引》即《石州慢》，據譜，後段第四均應四字一句、六字一句、七字一句叶，牧之詞『玉腰烟瘦，梨夢香消』作四字對句，少二字，詎又體耶？《詞律》未載。

唐珏

珏，字玉潛，號菊山，越州人。

〔詞話〕

《歷代詞話》：　陳子龍曰：　唐玉潛與林景熙同爲采藥之行，潛葬諸陵骨，樹以冬青，世人高其義烈，而詠蓴、詠蓮、詠蟬諸作巧奪天工，亦宋人所未有。

《介存齋論詞雜著》：　玉潛非詞人也，其《水龍吟·白蓮》一首，中仙無以遠過。信乎忠義之士，性情流露，不求工而自工。特錄之，以終第一卷，後之覽者，可以得吾意矣。

〔坿攷〕

《輟耕錄》：　歲戊寅有總江南浮屠者楊璉真珈，怙恩横肆，勢燄爍人，不可具狀。十二月十有二日帥徒役頓蕭山，發趙氏諸陵寢，至斷殘支體，攫珠襦玉柙，焚其胔，棄骨草莽間。時珏年三十二歲，聞之痛憤，亟貨其家具，得白金百星，許執券行貸，得白金又百星許。乃具酒醪，市羊豕，邀里中少年若干輩狎坐轟，飲酒且酣，少年起請曰：『君，儒者，若是將何爲焉？』唐慘然，具以告，願收遺骸，共瘞之。衆謝曰諾，中一少年曰：『發丘，中郎將耽耽餓虎，事露，奈何？』唐曰：『余固籌矣，今四郊多暴骨，取竄以易，誰復知之？』乃斵文木爲匱，復黄絹爲囊，各署其表曰某陵某陵，分委而散遺之，蕝地以藏，爲文而告。詰旦，事訖來集，出白金羡餘以酬，戒勿泄。越七日，總浮屠下令裒陵骨雜置牛馬枯骼中，築一塔壓之，名曰鎮南。杭民悲切，不忍仰視，了不知陵骨之猶存也。禍淫不爽，流傳京師，上達四聰，天怒赫赫，飛風雷，號令捽首禍者北焉。山陰人始有籍籍傳唐氏者，由是唐之義風震動吳越，聲生勢長，若胥江掀八月之濤，名雖高困，固自若。明年己卯後上元兩日，唐出觀燈歸，忽坐隕息，奄奄若將絕者。良久始蘇，曰吾見黄衣吏持文書來告，曰王召君導之往，觀闕巍峩，宫宇靚麗，殆非人間有。一冕旒坐殿上，數黄衣貴人逡巡降揖，曰：「藉君掩骸，其有以報。」唐乃陞謁，造王前，王謂曰：『汝受命窶且貧，兼無妻若子，今忠義動天，帝命賜汝伉儷子三人，田三頃。』拜謝降出，遂覺，罔不知其何也。踰時，越有治中袁俊齋至，始下車爲子求師，有以唐薦者，一見，置賓館。一日，問曰：『吾渡江，聞有唐氏瘞宋諸陵骨，子豈其宗耶？』左右指君曰：『即此是已。』袁大駭，拱手曰：『君此舉，豫讓不能抗也。』曳之，坐北面而納拜焉，禮敬特加，情款益篤。叩知家徒四壁，惻然嗟矜，語左右曰：唐先生家甚寒，吾當料理，使有妻有田，以給左右逢迎，爰諏爰度。不數月，二事俱愜，聘婦偶故國之公女，負郭食故國之公田，所費一一自袁出，人固奇唐之節，而又奇唐之遇，兩高之，曰二公真義士。爾後獲三丈夫子，鼎立頎頎，凡夢中神所許，稽其數，無一不合。咄咄怪事，乃如此。唐葬骨後，又於宋常朝殿掘冬青樹，植於所函土堆上，作《冬青行》二首，其一：『馬箠問髐形，南面欲起語。野麕尚屯束，何物敢盜取。餘花拾飄蕩，白日哀后土。六合忽怪事，蜕龍挂茅宇。老天鑒區區，千載護風雨。』其二：『冬青花，不可折，南風吹涼積香雪。遥遥翠蓋萬年枝，上有鳳巢下龍穴。君不見犬之年、羊之月，霹靂一聲天地裂。』

桉：菊山先生詞見《樂府補題》，凡四闋，以人重微特，並皆佳妙而已。兹全録如左：《水龍吟·賦白蓮》云：『淡妝人更嬋娟，晚奩淨洗鉛華膩。泠泠月色，蕭蕭風度，嬌紅斂避。太液池空，霓裳舞倦，不堪重記。嘆冰魂猶在，翠輿難駐，玉簪爲誰輕墜。　別有淩空一葉，泛清寒、素波千里。珠房淚濕，明璫恨遠，舊遊夢裏。羽扇生秋，瓊樓不夜，尚遺仙意。奈香雲易散，綃衣半脱，露涼如水。』《摸魚兒·賦蓴》云：『漸滄浪、凍痕消盡，瓊絲初漾明鏡。鮫人夜翦龍髯滑，織就水晶簾冷。凫葉淨。最好似、嫩荷半捲浮晴影。玉流翠凝。早枯豉融香，紅鹽和雪，醉齒嚼清瑩。功名夢，曾被秋風喚醒。故人應動高興。悠然世味渾如水，千里舊懷誰省。空對景。奈回首、姑蘇臺畔愁波暝。烟寒夜靜。但只有芳洲，蘋花共元注一作與老，何日泛歸艇。』《齊天樂·賦蟬》云：『蠮元注一作蛻痕初染仙莖露，新聲又移涼影。佩玉流空，綃衣翦霧，幾度槐昏柳暝。幽窗睡醒。奈欲斷還連，不堪重聽。怨結齊姬，故宮烟樹翠陰冷。　當時舊情在否，晚妝清鏡裏，猶記嬌鬟。亂咽頻驚，餘悲漸杳，搖曳風枝未定。秋期話盡。又抱葉淒淒，暮寒山靜。付與孤蛩，苦吟清夜永。』《桂枝香·賦蟹》云：『松江舍北。正水落晚汀，霜老枯荻。還見青匡似繡，紺螯如戟。西風有恨無腸斷，恨東流、幾番潮汐。夜燈爭聚微光，挂影誤投簾隙。　更喜薦、新蒭玉液。正半殼含黃，一醉秋色。纖手香橙風味，有人相憶。江湖歲晚聽飛雪，但沙痕、空記行跡。至今茶鼎，時時猶認，眼波愁碧。』《樂府補題》諸家皆一時名輩，玉潛所作尤與碧山、草窗抗手，特其詞名爲忠義所掩耳。周介存謂玉潛非詞人，斯言未爲允協。

岳珂

珂，字肅之，號亦齋，又號倦翁，湯陰人，居於嘉興。桉：別業在金陀坊。忠武鄂王之孫。理宗時管內勸農使，知嘉興府，持京口鑲節，仕至戶部侍郎、淮東總領兼制置使。有《玉楮集》。

〔詞話〕

《玉楮集》：評岳倦翁登北固亭賦《祝英臺近》，其末云：『倚樓休弄新聲，重城門掩，歷歷數、西州更點。』真佳句也。校：『歷歷』句與賀方回《天門謠》闇合。

《詞品》：岳亦齋《祝英臺近·登北固亭》云：『澹烟橫，層霧斂，勝概分雄占。月下鳴榔，風急怒濤颭。關河無限清愁，不堪臨鑑。正雙鬢，秋風塵染。　謾登覽。極目萬里沙場，事業頻看劍。古往今來，南北限天塹。倚樓休弄新聲，重城門掩。歷歷數、西州更點。』此詞感慨忠憤，與辛幼安『千古江山』一闋相伯仲。

《絕妙好詞箋》：《京口三山志》：岳珂登多景樓《祝英臺近》云：『甕城高，盤徑近，十里笱輿穩。欲駕還休，風雨苦無準。古來多少英雄，平沙遺恨，又總被、長江流盡。　倩誰問。因甚衣帶中分，吾家自畦畛。落日潮頭，慢寫屬鏤憤。斷腸烟樹揚州，興亡休論，正愁盡、河山雙鬢。』

《蓮子居詞話》：『雲中雞犬劉郎過，月下笙歌煬帝歸。』羅江東句也，人謂之見鬼詩。然則岳倦翁笑劉改之白日見鬼，語亦有本。

《珠花簃詞話》：岳倦翁《滿江紅》過拍云：『笑十三、楊柳女兒腰，東風舞。』歇拍云：『正黃昏時候，杏花寒，廉纖雨。』脫口輕圓，而丰神婉約，它人或極意矜鍊不能到。

《浩然齋雅談》：馮去辯可訥之遊京口也，岳肅之持鑲節在焉，相得甚懽。岳號倦翁，嘗自敘云：『司馬長卿故倦遊。』注謂：『厭宦遊也。』是時長卿方以士客臨卭，令所固未嘗宦焉，知倦耶？如予所謂倦者，乃真知之。嘗賦二詩有云：『片雲出岫猶知倦，流水吟湘肯伴牢。』又云：『尚有奏篇煩狗監，肯辭馳傳爲騶臣。』可訥次韻云：『鑲事十年當結局，襟期千古與同牢。』又云：『琴心自誤誰料理，犢鼻雖貧未主臣。』肅之爲之擊節不已，題其末云：此小馮君讀珂之文也。

《南宋古蹟攷》：岳珂寓在三橋，亦稱三橋子。按：今稱三橋址。珂號倦翁，忠武王之孫，敷文閣待制霖之子，著《玉楮集》八卷。倦翁故居玉楮，有《初還故居》詩，按：詩語在宮亭西。按：《四庫全書總目》『玉楮集提要』云名曰玉楮，蓋取《列子》『刻玉爲楮葉，三年而成』之意，據《古蹟攷》，則玉楮乃地名也。詩云：『元是廬山莫逆交，宮亭西畔著衡茆。』又有《夢尚留三橋旅邸》詩。

按：岳倦翁詞《祝英臺近》兩闋，嚮來膾炙人口，多景樓闋尤爲忼慨蒼涼，不愧忠武《滿江紅》嗣響。倦翁有《滿江紅》云：『小院深深，悄鎮日、陰晴無據。春未足、閨愁難寄，琴心誰與。曲徑穿花尋蛺蝶，虛闌傍日教鸚鵡。笑十三、楊柳女兒腰，東風舞。　雲外月，風前絮。情與恨，長如許。想綺窗，今夜與誰凝竚。洛浦夢回留珮客，秦樓聲斷吹簫侶。正黄昏、時候杏花寒，廉纖雨。』《生查子》云：『芙蓉清夜游，楊柳黄昏約。小院碧苔深，潤透雙鴛薄。　暖玉慣春嬌，簌簌花鈿落。缺月故窺人，影轉闌干角。』見《絕妙好詞》。又有《醉落魄·詠巖桂花》，見《全芳備祖》。明《內閣書目》云《續東几詩餘》，岳珂譔，惜今已佚。倦翁箸述閎富，有《九經三傳沿革例》、《讀史備忘》、《東陲事略》、《籲天辨誣録》、《金陀粹編》、《桯史》、《媿郯録》、《北宋宫詞百首》諸書行世。

楊舜舉

舜舉，字觀我，金華人。入元隱居不仕。

〔詞話〕

《江邨詩詞賸語》：　楊舜舉觀我，金華人，栗里翁本然之子。隱居不仕，父子一門自爲師友。栗里善説經，觀我精攷史，均出王深寧尚書之門，他文辭亦工。觀我於填詞尤妙，其錢塘有感《浣溪沙》云：『殘照西風一片愁。疏楊畫出六橋秋。遊人不上十三樓。　有淚金仙還泣漢，無心玉馬已朝周。平湖寂寂水空流。』玉馬朝周，蓋譏趙氏宗室入仕元朝者。

桉：楊觀我《浣溪沙》詞換頭云云，爲天水宗室仕元者發其託恉，一何恕也，非宗室，可勿責耶？士生不幸，丁改玉改步之世在，僅可不死之列，亦唯自潔其身，獨行其志可矣，於它人何責焉？然而微詞諷刺，往往賢者不免，若出於不獲自已，是亦得謂文字之過否耶？余輯是編，嘗自訂一例，凡宋人入元不仕者列之宋季，從其志也，雖仕而非其志者，或亦姑坿焉，則略昉乎觀我先生之恕也。

牟巘

巘，字獻甫，一字獻之，其先井研人，徙居吳興。子才子，登進士第。宋末官至大理少卿。桉：《陵陽集》男應龍譔跋，稱巘敭歷踰二紀，而所歷官位不可具詳。《陵陽集》有《武岡置靖安寨申省狀》、《謝除侍右郎中啓》、《謝除大理寺正啓》、《辭免除浙東提刑狀》、《申省乞祠兩狀》，其生平宦蹟略可攷見，集跋首稱先父提刑，則是官終提刑矣。《吳興備志》：按戴表元《牟氏壽席詩序》：『先生還會稽使者節，則巘當晚宋，嘗守越』云云。今以本集攷之，蓋提刑，非作守也。入元，絶意仕進，隱居三十六年，卒。有《陵陽先生集》二十四卷，詞一卷。

〔詞話〕

《織餘瑣述》：宋牟巘《陵陽詞·滿江紅·壽樞密》云：『七莢新春，問底事、以人爲日。記正觀、鄭公恰至，名因人得。』桉《西京雜記》：魏鄭公徵嘗出行，以正月初七日謁太宗，太宗勞之曰：『卿今日至，可謂人日矣。』牟詞用此，殊典切雅稱，蓋樞密初度值人日也。

〔坿攷〕

《宋史翼》：牟巘父子才大節重一世，巘在旁，贊助居多，人謂存齋有子矣。敭歷踰二紀，所至以廉靖仁厚稱，理宗訓辭有曰元注：《陵陽集序》：『爾之才學，漢人所稱。家之珍寶，國之英俊者，秉平反之筆，以廣哀矜之意。』除大理司直。元注：劉後村集外制。至元丙子，即杜門隱居，凡三十六年，元注：《陵陽集序》。既與世相違，優游事外，居家庭之間，與子應龍自相師友，日以經學道義相切磨，學者有所不知，必之巘考質焉。其於前朝制度之損益，故家文獻之源流，歷歷如指諸掌，元注：黄溍《隆山文集序》。爲文操筆立就，若不經意而有過人者，晚歲筆力逾勁，南北學者皆師尊之，達官鉅人嚮慕拜謁求文者相屬於門，文益富於壯作，年八十五以終。元注：《陵陽集序》。

桉：牟巘甫《陵陽詞》一卷，彊邨朱氏依王伯沆校舊鈔《陵陽集》本刻行，其全集刻入《嘉業堂叢書》，詞見第二十三卷，凡九首，壽詞居其八。唯《漁家傲》云：『病枕逢逢驚曉鼓。那堪送客江頭路。莫唱驪駒催客去。風又雨。花飛一片愁千縷。折柳淒然無勝語。加餐更把篝衣護。泥滑籃輿須穩度。雲飛處。親闈安問應旁午。』旁午之旁作平聲用，僅見。此闋非壽詞耳，顧自餘雖壽詞尚多，莊雅可誦，如《木蘭花慢・餞公孫倅》云：『山城如斗大，君肯爲、兩年留。問讀易堂前，翛然松竹，留得君不。天邊乍傳消息，趁春風、歸侍翠雲裘。留取去思無限，江蘺香滿汀洲。

不妨無蟹有監州。臭味喜相投。怪底事朝來，驪歌催唱，喚起離愁。羨君戲衫脫卻〔一〕，一身輕、無事也無憂。昨夜夢隨杖履，道林岳麓同遊。』筆意頗近清遒，未墜詞人風格。

【校記】

〔一〕衫：底本闕，據《全宋詞》補。

吳大有

大有，字有大，桉：《四庫全書》作字勉道。號雲壑，嵊人。寶祐間太學上舍生，元初辟爲國子檢閱，不赴。有《松下偶鈔》、《雪後清音》、《歸來幽莊》等集。

〔詞話〕

《墨莊詞話》：吳雲壑《點絳脣》云：『江上旗亭，送君還是逢君處。』史梅溪《綺羅香》云：『臨斷岸、新綠生時，是落紅、帶愁流處。』興懷感物意同，而掉運略殊，史稱穠郁吳，尤以簡淡勝。

〔坿攷〕

《宋詩紀事》吳大有小傳：寶祐間遊太學，率諸生上書，言賈似道姦狀，不報。遂退處林泉，與林昉、仇遠、白珽等以詩酒相娛。

桉：吴大有《點絳脣·送李琴泉》云：『江上旗亭，送君還是逢君處。酒闌呼渡。雲壓沙鷗暮。　漠漠蕭蕭，香凍梨花，雨添愁緒。斷腸柔艣。相逐寒潮去。』見《絕妙好詞》。此詞亦穠至，亦疏俊，所謂自然從追琢中出，惜乎傳作止此，誠吉光片羽矣。

錢選

選，字舜舉，號玉潭，又號巽峯，自號霅川翁，烏程人。景定三年登進士第。桉：據《湖州詞徵》小傳，《西吴里語》亦云景定進士，唯《畫史會要》云景定間鄉貢進士。入元不仕。

〔坿攷〕

《畫史會要》：錢選，字舜舉，霅川人。宋景定間鄉貢進士。元初，吴興有八俊之號，以子昂爲稱首，而舜舉與焉。及子昂被薦登朝，諸公皆相附取宦達，獨舜舉齟齬，不合流連。詩畫以終其身，人物、山水、花鳥師趙昌，青緑山水師趙千里，尤善作折枝，其得意之筆，輒賦詩其上。

《白雲集》：選嗜酒，酒不醉不能畫，然絕醉，不可畫矣。惟將醉時，心手調和，是其畫趣，畫成，亦不計較，往往爲好事者持去。今人有圖記精明，又旁附謬詩猥札者，蓋贋本，非親作也。

《石塘文稿》：舜舉，畫高者。至與古人無辨，嘗借人《白鷹圖》，夜臨摹裝池，翼日以臨本歸之，主人弗覺也。湖之人經舜舉指授，類皆以能畫稱。

《容臺集》：舜舉山水師趙令穰，人物師李伯時，皆稱具體。趙文敏嘗從之問畫法。

《西吳里語》：錢選，字舜舉，號玉潭，宋景定進士。攻詩，尤善畫折枝，翎毛入妙，但多畫美女。嘗畫《楊妃出浴圖》，人譏之曰：『錢選如何不丈夫，浴餘誰得見肌膚。要將粉黛誇名譽，辭輦班姬亦可圖。』然其畫精絕，今世莫與之比。又按：選，宋進士，入於元，竟不仕，所守優於趙孟頫矣。又：元時以趙孟頫字、錢選畫、馮應科筆爲吳興三絕。又：元吳興趙孟頫、張復、牟應龍、蕭子中、陳無逸、陳仲信、姚式、錢選，號吳興八駿。

桉：錢舜舉詞《行香子·詠折枝芙蓉》云：『如此紅妝。不見春光。向菊前、蘭後纔芳。秋波易老，寂寞横塘。正一番風，一番雨，一番霜。浣紗人去，歌韻悠揚。□□□、□□□□。□□□□，□□□□。但月溶溶，雲渺渺，水茫茫。』見《湖州詞徵》。舜舉人品高，其詞爲之增重，惜止此一闋耳，殘缺十五字，然吉光片羽，罕益見珍矣。又桉：《山中白雲詞》有《華胥引·錢舜舉幅紙畫牡丹、梨花，牡丹名洗妝紅，爲賦一曲，並題二花》。

葉閶

閶，字史君，號秋臺，又號真庵，金華人。咸淳間知南康府。

〔坿攷〕

鄭剛中《北山集·先正題跋詩贊》『姓氏目録』：葉閶，字史君，號秋臺，金華人。公墓誌，其手書。

吳錫疇《蘭皋集》：咸淳間南康太守葉閶聘主白鹿洞書院，不赴。

桉：葉秋臺詞《摸魚兒》云：『倚薰風、畫闌亭午。採蓮柔艣如語。紅裙濺水鴛鴦濕，幾度雲朝雨暮。遊冶處。最好是、小橋芳樹尋幽趣〔一〕。繡簾低護。任凉入霜紈，月侵冰簟，長夏等閒度。　都如夢，悵望遊仙舊侶。遺蹤今在何許。愁予渺渺瀟湘浦。檻竹空敲朱戶。黯無緒。念多情文園，會草《長門賦》。酒酣自舞。笑滿袖緇塵，數莖霜鬢，羞煞照溪鷺。』見《陽春白雪》。詞筆頗鬆秀，『多情』字不應作平，當是病誤。

【校記】

〔一〕最：底本作『是』，據《全宋詞》改。

龔大明

大明，字若晦，自號山隱道士，仁和人。寧宗時賜紫衣，賜號冲妙大師。洞霄住持，都監兼通明殿焚修。有《南軒稾》。

〔坿攷〕

《洞霄圖志》：龔大明，字若晦，仁和人。七歲讀書，一再過，輒成誦。其家與洞霄胡先生志行族相鄰，先生省親，奇之，引歸，度爲弟子。弱冠遇異人，得修煉旨，神采秀發，積三十餘年，升山中主席，力辭弗獲，强起，應緣者四十年，自宴坐外以吟詠自適。有《南軒稿》，平淡清逸可觀。先是山中留題至多，久皆散滅，至君始裒爲集，併刻《洞天真境錄》。寧宗聞其名，召至禁中齋修感格，及勾歸，上曰：『卿居洞天，與此間孰勝？』對曰：『陛下居天上洞天，臣不過人間洞天爾，安可相方？然人身自有洞天，神明居之。貴賤一理存，存於中，不爲外邪客氣所據，則道同仙聖，足以無愧於洞天之居。』上稱善，賜紫衣，賜號冲妙大師，遺金幣甚厚。還山，建法堂，復賜御書演教堂扁，理宗朝以國事擾攘，遣内臣劉世亨等諭旨，欲鑄鐘以卜休咎，賚金五拾兩、白金五佰五拾兩，令合精銅爲之，一鼓而就，發音清越。詔降内帑設普天醮謝恩，併鐘樓改作，由是宫宇一新。嘉熙丁酉秋，語其徒曰：『吾住山，緣事畢矣。』遂掩關，不問世事，宴坐累月。明年仲春，扶杖出，徧詣親舊，若告別者。歸，經夕而逝，容貌如生，壽七十有一。

桉：龔若晦詞《西江月·書懷》：『我本無爲野客，飄飄浪跡人間。一時被命住名山。未免隨機應變。識破塵勞擾擾，何如樂取清閒。流霞細酌詠詩篇。且與白雲爲伴。』見《洞霄詩集》，又《詠山居》云：『山居好，山居好。斸月鋤雲種瑤草。泠泠碧澗響寒泉，簌簌落花風自掃。』贈道友雪崖朱先生云：『清高絕，雪崖翁。向上元機頓觀通。金鼎有丹成九轉，凝然宴坐白雲中。』亦長短句也。

吳仲方

仲方，字季仁，霅川人。桉：仲方詞《沁園春·自鄞歸賦》有『歸來也是休官令尹』云云，似曾官鄞令。有《秋潭集》、《虚齋樂府》。

桉：四庫所編《江湖後集》從《永樂大典》中録出吳季仁詞七闋，内《鵲橋仙》、《永遇樂》二闋，《詞綜》以爲趙以夫作。茲撰録二闋如左：《漢宮春·次方時父元夕見寄》云：『投老歸來，記踏青堤上，三度逢君。寒窗冷淡活計，明月空尊。紅紅白白，又一番、春色撩人。誰信道，閒中天地，園林幾見成塵。

今夕偶無風雨，便滿城簫鼓，來往紛紛。鼇山寶燈照夜，羅綺千門。珠簾盡捲，看娉婷、水上行雲。應自笑，周郎少日，風流羽扇綸巾。』《賀新郎·送鄭怡山歸里》云：『載酒陽關去。正西湖、連天野草，滿天晴絮。采翠拾芳遊冶處。應和嬌弦鼉鼓。看柳外、畫船無數。萬頃琉璃渾鏡淨，涉風波、洶洶魚龍舞。談笑裏，遽如許。　流觴滿引澆離緒。便東西、斜陽立馬，淥波前浦。自是蓴鱸高興動，恰值春山杜宇。謾回首、軟紅香霧。咫尺佳人千里隔，望空江、明月横洲渚。清夢斷〔一〕，恨如縷。』

【校記】

〔一〕清：底本無，據《花菴詞選》補。

宋人詞話卷三

戴復古妻

復古妻，姓名無考，武寧人。

〔詞話〕

《輟畊錄》：戴石屏先生復古未遇時，流寓江右武寧，有富家翁愛其才，以女妻之。居二三年，忽欲作歸計，妻問其故，告以曾娶。妻白之父，父怒，妻宛曲解釋，盡以奩具贈夫，仍餞以詞云：『惜多才，憐薄命，無計可留汝。揉碎花牋，忍寫斷腸句。道旁楊柳依依，千絲萬縷。抵不住、一分愁緒。如何訴。便教緣盡今生，此身已輕許〔一〕。捉月盟言，不是夢中語。後回君若重來，不相忘處。把杯酒、澆奴墳土。』石屏既別，遂赴水死，可謂賢烈也已。

《江城舊事》：《輟耕錄》戴石屏薄游江西云云見前，嗚呼！婦人之道，從一而終，夫婦之間，性情各別。識石屏此去必不復來，觀其詞中『君若重來』，卽一『若』字，已寫其不來之意。所以明說酒澆墳土，以示別後必死。此女之死，可謂賢而且烈矣！惜乎姓氏未傳，表揚莫及，爲之慨嘆。南昌楊垕題夢中語樂府云：『才子負心乃如許，佳人牽衣不得語。門邊一別是前生，夢裏相逢定何所。掉臂出門不回顧，可憐風滿垂楊樹。重來不改木石心，有酒當澆比肩墓。』

桉：戴式之妻情義兼至，毅烈可風，詞以人重矣。其詞調寄《祝英臺近》脫去换頭三句，後人取詞中語名以《憐薄命》，又名《揉碎花箋》，竝非是。又桉：《石屏詞·木蘭花慢·懷舊》云：『鶯啼啼不盡，任燕語、語難通。這一點閒愁，十年不斷，惱亂春風。重來故人不見，但依然、楊柳小樓東。記得同題粉壁，而今壁破無蹤。　蘭皋新漲緑溶溶。流恨落花紅。念著破春衫，當時送別，燈下裁縫。相思漫然自苦，算雲烟、過眼總成空。落日楚天無際，凭闌目送飛鴻。』此詞情真意苦，當是釵分已後之作，然亦何解於薄倖耶？

【校記】

〔一〕『如何訴』三句：底本無，據《全宋詞》補。

吴文英

文英，字君特，自號夢窗，晚號覺翁，四明人。桉：《四明近體樂府》小傳作鄞人。景定時嘗客榮王邸，受知於丞相吴潛。有《夢窗詞集甲乙丙丁稿》四卷補遺一卷。

《四庫全書總目》『夢窗詞稿提要』：

《夢窗稿》四卷補遺一卷，宋吴文英撰。文英，字君特，夢窗，其自號也。慶元人所著詞有《甲乙丙丁四稿》，毛晉初得其丙丁二稿，刻於宋詞第五集中，復摭其絕筆一篇，佚詞九篇，附刻於末。續乃得甲乙二稿，刻之第六集中。晉原跋可考，此本卽晉所刻，而四稿合爲一集，則又後人所移併也。所錄絕筆《鶯啼序》一首殘缺過半，而乃有全文在。《乙稿》，補遺之中《絳都春》一首亦先載《乙稿》之中，今卷末仍未削去，是亦刊非一時，失於檢校之故矣。其分爲四集之由不甚可解，晉跋稱文英謝世之後，同遊集其丙丁兩年詞稿釐爲二卷，案：文英卒於淳祐十一年辛亥，不應獨丙丁二年有詞，且《丙稿》有乙巳所作《永遇樂》、甲辰所作《滿江紅》，而甲午歲旦一首乃介於其中，《丁稿》有癸卯所作《思佳客》、壬寅所作《六醜》、甲辰所作《鳳棲梧》，而丙午所作《西江月》亦在卷內，則丙丁二稿不應分屬丙丁二年。且《甲稿》有癸卯作，《乙稿》有端平丙申作，淳祐辛亥作，亦絕不以編年爲序。疑其初不自收拾，後乃裒輯舊作得一卷，卽爲一集，以十干爲之標目，原未嘗排比先後耳。文英及與姜夔、辛棄疾游，倡和具載集中，而又有壽賈似道諸作，殆亦晚節頹唐如朱希真、陸游之比。其詞則卓然南宋一大宗，沈泰嘉《樂府指迷》稱其深得清真之妙，但用事下語太晦處人不易知。張炎《樂府指迷》亦稱其如七寶樓臺，炫人眼目，拆碎下來，不成片段。所短所長，評品皆爲平允。蓋其天分不及周邦彥，而堅鍊之功則過之。詞家之有文英，亦如詩家之有李商隱也。其稿屢經傳寫，多有訛脫，如朱存理《鐵網珊瑚》載文英手書《江南春》詞，題下註：張筠莊杜衡山莊，而刻本佚上三字，是其明證。他如《夜飛鵲》後闋『輕冰潤』句，『輕』字上當脫一字。《解語花》『門橫皺碧』一首後闋『冷雲荒翠』句，『翠』字與全首之韻不叶。《塞翁吟》別一首後闋『吳女暈濃』句，『女』字據譜當作平聲，《高山流水》後闋『唾碧膍噴花茸』句音律不叶，文義亦不甚可解。《惜紅衣》一闋仿白石調而作，後闋『當時醉近繡箔夜吟』句止八字，考姜夔原詞作『維舟試望故國渺天北』句，實九字，不惟少一字，且脫一韻。《齊天樂》尾句『畫旗塞鼓』，據譜尚脫一字。《垂絲釣》前闋『波光掩映，燭花黯淡』二句，『掩』字不應叶，又不宜作四字句。《繞佛閣》『蒨霞豔錦』一首前闋，『東風搖颺花絮』下闕三字，然『花絮』二字乃句尾押韻，以前詞『怕教徹膽，寒光見懷抱』句推之，則闕字當在『花絮』二字之上。毛本校刊皆未及是正，至《乙稿》中之《醜奴兒慢》，《丙稿》又易其名曰《愁春未醒》，則因潘元質此詞以『愁春未醒』作起句，故後人又有此名，據以追改，舊題尤乖舛矣。

汲古閣刻《宋六十名家詞·夢窗甲乙丙丁稿跋》：

余家藏書未備，如四明吳夢窗詞稿，二十年前僅見丙、丁二集，因遂授梓。蓋尺錦寸繡，不忍祕諸枕中也。今又得甲、乙二冊，但錯簡紛然，如『風裏落花誰是主』，此南唐後主亡國詞讖也；『無可奈何花落去，似曾相識燕歸來』巧對，晏元獻公與江都尉同遊池上一段佳話，久已耳熱，豈容攘美？又如秦少游『門外綠陰千頃』、蘇子瞻『敲門試問野人家』、周美成『倚樓無語理瑤琴』、歐陽永叔『佳人初試薄羅裳』之類，各入本集，不能條舉，但如『雲接平岡，對宿烟收』諸篇，自注附某集者，姑仍之，未識誰主誰賓也。古虞毛晉子晉識。

或云《夢窗詞》一卷，或云凡四卷，以甲乙丙丁釐目，或又云四明吳君特從吳履齋諸公遊，晚年好填詞，謝世後，同遊集其丙丁兩年稿若干篇，釐爲二卷，末有《鶯啼序》，遺缺甚多，蓋絕筆也，與余家藏本合符。既閱花菴諸刻，又得逸篇九闋附存卷尾，山陰尹煥序略云：求詞于吾宋，前有清真，後有夢窗，此非煥之言，四海之公言也。湖南毛晉子晉識。

杜文瀾刻《夢窗詞》序：

南宋端平、淳祐之間工於倚聲者，以吳夢窗爲最著。夢窗名文英，字君特。據《蕢洲漁笛譜》末附錄，夢窗所題《踏莎行》自稱覺翁，蓋晚年之號。家於四明，高尚不仕，久客杭都及浙西、淮南諸郡，與吳履齋諸公遊。尹惟曉、沈義甫、張叔夏皆稱之，與周草窗爲忘年之交。《草窗詞》有《玲瓏四犯》一闋題爲『戲調夢窗』，《拜星月慢》一闋題爲『春暮寄夢窗』，《朝中措》一闋題爲『擬夢窗』，而《玉漏遲》一闋卽『題夢窗《霜花腴詞集》』。傾倒尤至，夢窗詞以緜麗爲尚，筆意幽邃，與周美成、姜堯章竝爲詞學之正宗。顧《片玉詞》、《白石歌曲》均行於世，而夢窗手定《霜花腴詞集》爲周草窗所題者，散軼不傳，後人補輯之，《甲乙丙丁四稾》僅附刻於汲古閣《六十家詞》集中，無單行本，因摘出校勘付梓，以廣其傳焉。秀水杜文瀾敍。

杜刻《夢窗詞》劉毓崧序：

觀察杜公博極羣書，深於詞律。重編吳夢窗詞稿既成，以定本見示，屬爲作敍。其校正之精，刪移之善，輯補之密，評論之公，具見自敍及凡例之中。本無待於揚榷，惟是夢窗之詞品，諸書言之甚詳，而夢窗之人品，諸書言之甚略，故聲律之淵源可溯，而行事之本末罕知。汲古閣毛氏跋語，言其絕筆於淳祐十一年辛亥，今以詞中所述推之，知其壽不止於此。蓋夢窗嘗爲榮王府中上客，《丙稿》内《宴清都》一闋題爲『餞嗣榮王仲亨還京』，有『翠羽飛梁苑』之語；《埽花遊》一闋題爲『賦瑤圃萬象皆春堂』，有『正梁園未雪』之語。據周草窗《癸辛雜識》，言榮邸瑤圃，則瑤圃卽榮王府中園名，故以梁王比榮王，而以鄒枚自比也。榮王爲理宗之母弟，度宗之本生父，夢窗詞中有壽榮王及壽榮王夫人之作，雖未注明年月，然必在景定元年六月以後。蓋理宗命度宗爲皇子係寶祐元年正月之事，立度宗爲皇太子係景定元年六月之事，寶祐元年干支係癸丑，後於辛亥二年。景定元年干支係庚申，後於辛亥九年。今按《夢窗乙稿》內《燭影搖紅》一闋題爲『壽嗣榮王』，其詞云『掌上龍珠照眼』，又云『映蘿圖星暉海潤』。《丙稿》內《水龍吟》一闋題亦爲『壽嗣榮王』，其詞云『望中璇海波新』。《甲稿》內《宴清都》一闋題爲『壽榮王夫人』，其詞云：『長虹夢入仙懷，便洗日、銅華翠渚。』又云：『東周寶鼎，千秋鞏固。何時地拂龍衣，待迎入、玉京閬圃。』《齊天樂》一闋題亦爲『壽榮王夫人』，其詞云『鶴胎曾夢電繞』，又云『少海波新』。所用詞藻皆係皇太子故實，不但未命度宗爲皇子之時萬不敢用，卽已命爲皇子之後、未立爲皇太子之前，亦不宜用。然則此四闋之作斷不在景定元年五月以前，足證度宗册立之時，夢窗固得躬逢其盛矣。據壽詞所言時令節候，榮王生辰當在八月初旬，《水龍吟》詞云『金風細裹』，又云『半涼生』。《燭影搖紅》詞云『寶月將弦』，又云『未須十日便中秋』。榮王夫人生辰當亦在於秋月。《宴清都》詞云『蟠桃正飽風露』，《齊天樂》詞云『萬象澄秋』，又云『涼入堂階綵戲』。《水龍吟》詞言『璇海波新』，《齊天樂》詞言『少海波新』，必在甫經册立之際。則此兩闋當卽作於庚申秋間。若《燭影搖紅》、《宴清都》兩闋之作，至早亦在辛酉秋間，是時夢窗尚無恙也。況周草窗詞內《拜星月慢》一闋，題爲『春莫寄夢窗』，《蘋洲漁笛譜》此調有敘，謂作於癸亥春間，是時夢窗仍無恙也，安得謂辛亥之作爲絕筆乎？夢窗曳裾王門，而老於韋布，足見襟懷恬澹，不肯藉藩邸以攀援，其品概之高，固已超乎流俗。若夫與賈似道往還酬答之作，皆在似道未握重權之前，至似道聲勢熏灼之時，則並無一闋投贈，試檢《丙稿》內《木蘭花慢》一闋題爲『壽秋壑』，其詞云『想漢影千年，荊江萬頃』，又云『訪武昌舊壘』，又云『倚樓黃鶴聲中』。《宴清都》一闋題亦爲壽秋壑，其詞云：『翠市西門柳，荊州昔，未來時正春瘦。』又云：『對小弦、月挂南樓。』就其中所用地名古跡推之，必作於似道制置京湖之日。《乙稿》內《金盞子》一闋題爲『秋壑西湖小築』，其詞云：『轉城處、他山小隊登臨，待西風起。』《丙稿》内《水龍吟》一闋題爲『過秋壑湖上舊居寄贈』，其詞云：『黄鶴樓頭月午，奏玉龍、江梅解舞。』亦均作於似道制置京湖之日。蓋《水龍吟》詞言『黄鶴樓頭』，固京湖之確證；《金盞子》詞言『登臨小隊』，亦制置之明徵；《金盞子》詞題言『西湖小築』，必作於落成之初；《水龍吟》詞題言『湖上舊居』，必作於既居之後，其次第固顯然也。似道官京湖制置使在淳祐六年九月，其進京湖制置大使在淳祐九年三月。迨十年三月，改兩淮制置大使，始去京湖。夢窗此四闋之作，當不出此數年之中，或疑開慶元年正月，似道爲京湖南北、四川宣撫大使，次年四月還朝，此一年有餘，亦在京湖，夢窗之詞，安見其非作於此際？不知似道生辰係八月初八日。周草窗《齊東野語》言之甚詳，開慶元年正月以後，元兵分攻荊湖、四川，七八月間，正羽檄飛馳之際，似道膺專閫之任，身在軍中，而夢窗此四闋之詞皆係承平之語，無一字及於用兵，《木蘭花慢》詞云：『歲晚玉關，長不閉，靜邊鴻。』《宴清都》詞：『正虎落，馬靜晨嘶，連營夜沈刁斗。』《金盞子》詞云：『應多夢，㟧扃冷雲空翠。』《水龍吟》詞云：『錦帆一箭，攜將春去。算歸期未卜。』豈得謂其作於此際乎？似道晚節誤國之罪，固不容誅，而早年任事之才，實有可取。觀於元世祖攻鄂之時，似道作木柵環城，一夕而就。世祖顧扈從諸臣曰：『吾安得如似道者用之？』其後廉希憲對世祖亦嘗稱述此言，是似道在彼時固曾見重於敵國君相，故周草窗雖深惡似道之擅權，而於前此措置合宜者，未嘗不加節取。王魯齋爲講學名儒，生平不肯依附似道，而其致書似道亦嘗稱其援鄂之功，則夢窗於似道未肆驕横之時，贈以數詞，固不足以爲累。況淳祐十年歲在庚戌，下距景定庚申，已及十年，此十年之中，似道之權勢日隆，而夢窗未嘗續有投贈。且庚申、辛酉，正似道入居揆席之初，而夢窗但有壽榮邸之詞，更無壽似道之詞，不獨灼見似道專擅之跡日彰，是以早自疏遠，亦以疇昔受知於吳履齋，詞稿中有追陪遊讌之作，最相親善，《丁稿》内《浣谿紗》一闋題爲出迓履翁舟中卽興。補遺内《金縷歌》一闋題爲陪履齋先生滄浪看梅。是時履齋已爲似道誣譖罷相，將有嶺表之行，夢窗義不肯負履齋，故特顯絶似道耳。否則似道當國之日，每歲生辰，四方獻頌者以數千計，悉俾翹館謄考，以第甲乙。就中曾膺首選者，如陳惟善、廖瑩中等人，其詞備載於《齊東野語》。夢窗詞筆超越諸人，假令彼時果肯作詞，非第一人，無以位置，勢必衆口喧傳，一時紙貴，焉有不在草窗所録之内者乎？縱使草窗欲爲故人曲諱，又豈能以一人之手揜天下之目而禁使弗傳乎？然則夢窗始與似道曾相贈答，繼則惡其驕盈而漸相疏遠，較之薛西原始與嚴嵩相酬唱，繼則嫉其邪佞而不相往來，先後洵屬同揆。西原之集爲生前自定，故和嵩之作一字不存，夢窗之稿爲後人所編，故贈似道之詞四闋具在。然刪存雖異，而志趣無殊。夢窗之視西原初無軒輊，則存此四闋，豈但不足爲夢窗人品之玷，且適足以見夢窗人品之高，此知人論世者所當識也。故詳爲推闡，以見詞品之潔，實由人品之純。觀察尚友古人，爲之刊布，是帙不特其詞藉以傳播，卽其人亦藉以表章，此實扶輪大雅之盛意也夫。咸豐庚申儀徵劉毓崧。

四印齋刻《夢窗詞》跋：

右《夢窗甲乙丙丁稿》四卷補遺一卷坿劄記一卷，校勘之略已詳《述例》中。夫校詞之難易，有與它書異者，詞最晚出，其託體也卑，又句有定字，字有定聲，不難按圖而索，但得孤證，卽可據依，此其易也。然其爲文也，精微要眇，往往片辭懸解，相餉在語言文字之外，有非尋行數墨所能得其端倪者，此其難也。況夢窗以空靈奇幻之筆，運沈博絶麗之才，幾如韓文杜詩，無一字無來歷，復一誤於毛之失校，再誤於杜之妄改，廬山真面，遂沈薶雲霧中，令人不可復識。是刻與古微學士再四讎勘，俶落於己亥始春，至冬初斷手，約計一歲中無日不致力於此，其於杜氏之妄，庶乎免矣。其能免於毛氏之失與否，則非所敢知。回首丹鉛雜遝，一燈熒然，與古微相對冥搜，幾不知門外風塵，今夕何夕，蓋校書之難與思誤之適，於此刻實兼得之云。臨桂王鵬運跋。

《彊邨所刻詞·夢窗詞跋》：

夢窗詞，毛氏汲古閣刻《甲乙丙丁稿》外，傳槧極尟。此舊鈔本，不分卷，明萬曆中太原張廷璋藏，今歸嘉興張氏涵芬樓，疑卽子晉所稱或云《夢窗詞》一卷者也。通卷分調類次，略同甲乙稿而小有出入，汰去誤入他人之作，凡得二百五十六首，視毛本少六十八首，標注宮調者六十有四，爲從來著錄家所未載，則沈翳也，久矣，君特以雋上之才，舉博麗之典，審音拈韻，習諳古諧，故其爲詞也，沈邃縝密，脈絡井井，縋幽抉潛，開徑自行，學者匪造次所能陳其義趣，余治之二十年，一校於己亥，再勘於戊申，深鑒戈氏、杜氏肆爲專輒之敝，一守半塘翁五例，校：四印齋刻《夢窗詞》述例：一正誤，二校異，三補脫，四存疑，五刪複。不敢妄有竄亂，迷誤方來。今遘是編，覆審曩刻，凡訂補毛刊二百餘事，竝調名亦有舉正者。舊校疏記，兼爲理董，依詞散坿，取便繙帬，質之聲家，或無訾焉。比見鄧正闇《羣碧樓藏書目》，有張夫人學象手錄《吳夢窗詞集》一卷，國初時從父拱端僑吳中，亦屬籍太原，與廷璋同氏里，而後之百年所錄或出一源，他日稽譔異同，倘猶有剏獲於是編之外者，當別爲校錄云。歸安朱孝臧跋於無著庵。

〔詞話〕

《武林舊事》：都城自舊歲冬孟駕回，則已有乘肩小女鼓吹舞綰者數十隊，以供貴邸豪家幕次之翫。而天街茶肆漸已羅列燈毬等求售，謂之燈市，自此以後，每夕皆然。三橋等處客邸最盛，舞者往來最多，每夕樓燈初上，則簫鼓已紛然。自獻於下，酒邊一笑，所費殊不多，往往至四鼓乃還。自此日盛一日，吴夢窗《玉樓春》詞云：『茸茸貍帽遮梅額。金蟬羅剪胡衫窄。乘肩爭看小腰身，倦態强隨閒鼓笛。　問稱家住城東陌。欲買千金應不惜。歸來困頓殢春眠，猶夢婆娑斜趁拍。』深得其意態也。

《詞源》：詞中句法，要平妥精粹，如吴夢窗登靈岩云：『連呼酒，上琴臺去，秋與雲平。』閏重九云：『簾半捲，帶黄花、人在小樓。』皆平易中有句法。　又：詞要清空，不要質實，清空則古雅峭拔，質實則凝澀晦昧。姜白石詞如野雲孤飛，去留無跡。吴夢窗詞如七寶樓臺，眩人眼目，碎拆下來，不成片段，此清空質實之説。夢窗《聲聲慢》云：『檀欒金碧，婀娜蓬萊，遊雲不蘸芳洲。』前八字恐亦太澀。如《唐多令》云：『何處合成愁。離人心上秋。縱芭蕉、不雨也颼颼。都道晚凉天氣好，有明月、怕登樓。　前事夢中休。花空烟水流。燕辭歸、客尚淹留。垂柳不縈裙帶住，謾長是、繫行舟。』此詞疏快，卻不質實，如是者集中尚有，惜不多耳。

《樂府指迷》：余自幼好詩，壬寅秋始識静翁於澤濱，癸卯識夢窗。暇日相與倡酬，率多填詞。因講論作詞之法，然後知詞之難於詩。蓋音律欲其協，不協則成長短之詩；下字欲其雅，不雅則近乎纏令之體；用字不可太露，露則直突而無深長之味；發意不可太高，高則狂怪而失柔婉之意。思此，則知所以爲難。

《詞旨》：夢窗詞警句：《八聲甘州》云：『連呼酒，上琴臺去，秋與雲平。』《聲聲慢》云：『簾半捲，帶黄花、人在小樓。』《西江月》云：『玉奴最晚嫁東風，來結梨花幽夢。』前調云：『綠陰青子老溪橋，羞見東鄰嬌小。』《齊天樂》云：『月落杯空無影。』《倦尋芳》云：『不約舟移楊柳岸。有緣人映桃花見。』又云：『漸老芙蓉，猶自帶霜看。』又，屬對：『霜杵敲寒，風燈摇夢』、『盤絲繫腕，巧篆垂簪』、『落葉霞飄，敗窗風咽』、『風泊波驚，露零秋冷』。

《鐵網珊瑚》：吴文英手書詞稿《古香慢·自度腔，夷則商犯無射宫，賦滄浪看桂》云：『怨娥墜柳，離佩摇葓，霜訊南圃。謾憶橋扉，倚竹袖寒日暮。還問月中游，夢飛過、金風翠羽。把殘雲剩水萬頃，暗熏冷麝凄苦。漸浩渺、淩山高處。秋澹無光，殘照誰主。露粟侵肌，夜約羽林輕誤。剪碎惜秋心，更腸斷、珠塵蘚路。怕重陽，又催近、滿城細雨。』

《金粟詞話》：夢窗之詞雖雕繢滿眼，然情致纏緜，微爲不足。余獨愛其《祝英臺近·除夕立春》一闋，兼有天人之巧。

《絶妙好詞箋》：《夢窗乙稿·絳都春·余往來清華池館六年，賦咏屢矣，感昔傷今，益不堪懷，乃復作此解》云：『春來雁渚。弄豔冶、又入垂楊如許。困舞瘦腰，啼濕宫黄池塘雨。碧沿蒼蘚雲根路。尚追想、淩波微步。小樓重上，憑誰爲唱，舊時金縷。凝佇。烟蘿翠竹。欠羅袖、爲倚天寒日暮。强醉梅邊，招得花奴來尊俎。東風須惹春雲住。莫把飛瓊吹去。便教移取薰籠，夜溫繡戶。』《花心動·郭清華新軒》云：『入眼青紅，小玲瓏、飛簷度雲徹溼。繡檻展春，金屋寬花，誰管采菱波狹。翠深知是深多少，都不放、夕陽紅入。待妝綴，新漪漲翠，小園荷葉。此去春風滿篋。應時鎖蛛絲，淺虚塵榻。夜雨試燈，晴雪吹梅，趁取玳簪重盍。捲簾不解招新燕，春須笑、酒慳歌澀。半窗掩，日長困生翠睫。』按：郭園當卽是郭清華池館，惜人與地俱不可考矣。

《蓮子居詞話》：史彌遠專權三十餘年，威焰聲勢，尤甚於侂胄，而《宋史》不入姦臣傳，豈以弛僞學之禁而爲之諱哉？乃僞學禁弛，旋禁其士大夫作詩，益可笑已。《江湖集》詩餘凡二家，殆即《瀛奎律髓》所謂孫花翁之徒，改業而爲詞與？陳宗之書肆名芸居樓，在今杭城之弼教坊。吴夢窗《丹鳳吟》詞，感芸居樓而作。

桉：『吟』字之誤

《介存齋論詞雜著》：良卿曰：尹惟曉『前有清真，後有夢窗』之説，可謂知言，夢窗每於空際轉身，非具大神力不能。又：夢窗非無生澀處，總勝空滑，况其佳者，天光雲影，摇蕩緑波，撫玩無斁，追尋已遠。又：尹特意思甚感慨，而寄情閒散，使人不易測其中之所有。

《詞徑》：夢窗足醫滑易之病，不善學之，便流於晦。余謂詞中之有夢窗，如詩中之有長吉。篇篇長吉，閲者生厭。篇篇夢窗，亦難悦目。

《樂府餘論》：吴夢窗《西子妝》云：『流水麴塵，豔陽醅酒。』按醅酒，謂酒味醅烈也。白香山《詠家醖》云：『甕揭開時香醅烈。』此醅字所本。太白詩：『風吹柳花滿店香，吴姬壓酒勸客嘗。』當風吹柳花之時，先聞香味之醅烈，而後知店中有酒，故先言香，後言酒也。豔陽醅酒，正同此意。萬氏《詞律》，疑醅是酤字之訛，然但言酤酒，便索然無味。

《香海棠館詞話》：詞太做，嫌琢；太不做，嫌率。欲求恰如分際，此中消息，正復難言。但看夢窗何嘗琢，稼軒何嘗率，可以悟矣。又：性情少，勿學稼軒；非絶頂聰明，勿學夢窗。

《香東漫筆》：近人學夢窗，輒從密處入手，夢窗密處，能令無數麗字一一生動飛舞，如萬花爲春，非若瑪璃蹙繡，豪無生氣也。如何能運動無數麗字，恃聰明，尤恃魄力。如何能有魄力，唯厚，乃有魄力。夢窗密處易學，厚處難學。又夢窗句云『心事稱吴妝暈穠』七字兼情意、妝束、容色。《玉梅後詞・臨江仙》云『姸風吹墜彩雲香』，彩雲麗矣，而又有香，且是姸風吹墜，亦七字三層意。

《人間詞話》：周介存謂『夢窗詞之佳者，如水光雲影，搖蕩綠波，撫玩無極，追尋已遠。』余覽《夢窗甲乙丙丁稿》中，實無足當此者，有之，其『隔江人在雨聲中，晚風菰葉生秋怨』二語乎？　又：夢窗之詞，吾得取其詞中之一語以評之，曰：『映夢窗，淩亂碧。』

〔詞評〕

尹惟曉云：求詞于吾宋者，前有清真，後有夢窗，此非煥之言，天下之公言也。

沈伯時云：夢窗深得清真之妙，其失在用事下語太晦處，人不可曉。

張叔夏云：夢窗詞如七寶樓臺，眩人眼目，碎拆下來，不成片段。

張遡堪云：夢窗詞殿天水一朝，分鑣清真，碎璧零璣，觸之皆寶，雖蘊藻溷其精神行天壤，固自不敝。

〔坿攷〕

《夢窗詞集小箋》：《蘋洲漁笛譜》坿錄夢窗所題《踏莎行》，又稱覺翁，蓋晚年自號。

《彊邨詞》：霜花腴題吳夢窗《鷓鴣天》『楊柳閶門』之句，蓋有『老屋相近皋橋』，其《點絳脣・懷蘇州》詞所云南橋，殆指此。

桉：《香海棠館詞話》云宋詞有三要，重、拙、大。又云：重者，沈著之謂。在氣格，不在字句。於夢窗詞庶幾見之，卽其芬悱鏗麗之作，中間雋句豔字，莫不有沈摯之思、灝瀚之氣，挾之以流轉，令人玩索而不能盡。則其中之所存者厚，沈著者，厚之發見乎外者也。欲學夢窗之緻密，先學夢窗之沈著。卽緻密、卽沈著，非出乎緻密之外，超乎緻密之上，別有沈著之一境也。夢窗之詞與東坡、稼軒諸公，實殊流而同源。其見爲不同者，則夢窗緻密其外耳。其至高至精處，雖欲擬議形容之，猶苦不得其神似。穎惠之士，束發操觚，勿輕言學夢窗也。

楊纘

纘，字繼翁（一作嗣翁），號守齋，自號紫霞翁，嚴陵人。本鄱陽洪氏恭聖太后姪楊石之子，麟孫早夭，遂祝爲嗣。後居錢塘，官至司農卿、浙東帥。度宗朝以女選進淑妃贈少師。

〔詞話〕

《武林舊事》：除夜，比屋以五色錢紙酒果以迎送六神於門。至夜，蕡燭糝盆，紅映霄漢，爆竹鼓吹之聲喧閧徹夜，謂之聒聽。小兒女終夕博戲不寐，謂之守歲，如飲屠蘇、百事吉、膠牙餳、燒术、賣懵等事，率多東都之遺風焉。守歲之詞雖多，極難其選，獨楊守齋《一枝春》最爲近世所稱，其詞云：『竹爆驚春，競喧填、夜起千門簫鼓。流蘇帳暖，翠鼎緩騰香霧。停杯未舉。奈剛要、送年新句。應自有、歌字清圓，未誇上林鶯語。　從他歲窮日暮。縱閒愁、怎減劉郎風度。屠蘇辦了，迤邐柳欺梅妒。宮壼未曉，早驕馬、繡車盈路。還又把、月夜花朝，自今細數。』

《浩然齋雅談》：楊纘，字嗣翁，號守齋，又稱紫霞，本鄱陽洪氏恭聖太后姪楊石之子，麟孫早夭，遂祝爲嗣。時數歲往謁史衛王，王戲命對云：『小官人當上小學。』卽答云：『大丞相已立大功。』衛王大驚喜，以爲遠器，公廉介自將，一時貴戚無不敬憚，氣習爲之一變。洞曉律吕，嘗自製琴曲二百操。又常云：琴一絃可以盡曲中諸調，當廣樂合奏，一字之誤，公必顧之，故國工樂師無不嘆服。以爲近世知音，無出其右者。任至司農卿、浙東帥，以女選進淑妃贈少師。所度曲多自製譜，後皆散失。今書一闋於此，《被花惱》云：『疎疎宿雨釀寒輕，簾幃靜垂清曉。寶鴨微溫瑞烟少。簷聲不動，春禽對語，夢怯頻驚覺。欹珀枕，倚銀屏，半牕花影明東照。惆悵夜來風，生怕飛香濕瑤草。披衣便起，小徑曲廊，處處都行到。正蜂癡蝶騃戀芳妍，怎奈向、平生被花惱。驀忽地，省得而今雙鬢老。』

《詞源》：近代楊守齋精於琴，故深知音律，有《圈法周美成詞》。與之游者，周草窗、施梅川、徐雪江、奚秋崖、李商隱，每一聚首，必分題賦曲。但守齋持律甚嚴，一字不苟作，遂有作詞五要。觀此，則詞欲協音，未易言也。

楊守齋《作詞五要》：作詞之要有五：第一要擇腔，腔不韻則勿作，如《塞翁吟》之衰颯，《帝臺春》之不順，《隔浦蓮》之寄煞，《鬬百花》之無味是也。第二要擇律，律不應月則不美，如十一月調須用正宫、元宵詞必用仙吕宫爲宜也。第三要填詞按譜，自古作詞，能依句者已少，依譜用字者百無一二。詞若歌韻不協，奚取焉？或謂善歌者，融化其字則無疵，殊不知詳製轉折，用或不當，卽失律，正旁偏側，淩犯他宫，非復本調矣。第四要隨律押韻，如越調《水龍吟》、商調《二郎神》，皆合用平入聲韻。古詞俱押去聲，所以轉摺怪異，成不祥之音，昧律者反稱賞之，是真可解頤而啓齒也。第五要立新意，若用前人詩詞意爲之，則蹈襲無足奇者，須自作不經人道語，或翻前人意，便覺出奇。或秖能煉字，誦纔數過，便無精神，不可不知也。更須忌三重四同，始爲具美。

〔詞評〕

王定甫云：　紫霞翁詞有性情，無堆砌，擅長在此。

〔附攷〕

《齊東野語》：　《混成集》，修内司所刊本，巨帙百餘，古今歌詞之譜靡不備具，只大曲一類凡數百解，他可知矣。然有譜無詞者居半，《霓裳》一曲共三十六段，嘗聞紫霞翁云，幼日隨其祖郡王曲宴禁中，太后令内人歌之，凡用三十人，每番十人，奏音極高妙。翁一日自品象管作數聲，真有駐雲落木之意，要非人間曲也。又言無太皇最知音，極喜歌，木笪人者，以歌《杏花天》，木笪遂補教坊都管。間憶舊事，因書之，以遺好事者。蓋二曲，皆今人所罕知云。　又：　往時余客紫霞翁之門，翁知音妙天下，而琴尤精詣，自製曲數百解，皆平淡清越，灝然太古之遺音也。復攷正古曲百餘，而異時官譜諸曲多黜削無餘。曰此皆繁聲，所謂鄭衛之音也。余不善此，頗疑其言爲太過。後讀《東漢書》，宋弘薦桓譚，光武令鼓琴，愛其繁聲。弘曰：『薦譚者，望能忠正導主，而令朝廷耽悦鄭聲，臣之罪也。』是蓋以繁聲爲鄭聲矣。又《唐國史補》，于頔令客彈琴，其嫂知音，曰：『三分中一分箏聲，二分琵琶。』全無琴韻，則新繁皆非古也，始知紫霞翁之説爲信然。翁往矣，回思著唐衣，坐紫霞樓，調手製閒素琴，第元注：一作新製《瓊林》、《玉樹》二曲，供客以玻瓈瓶洛花，飲客以玉缸春酒元注：翁家釀名。笑語竟夕不休，猶昨日事。而人琴俱亡，冢上之木已拱矣，悲哉！

《圖繪寶鑑》：　楊瓚，紹興人，度宗朝，女爲淑妃官列卿，好古博雅，善琴，有《紫霞洞譜》傳世，時作墨竹。

桉：弁陽老人《絕妙好詞》錄楊守齋詞《八六子·牡丹》、《一枝春·除夕》、《被花惱》自度腔共三闋，其《八六子》云：『怨殘紅。夜來無賴，雨催春去悤悤。但暗水、新流芳恨，蝶淒蜂慘，千林嫩綠迷空。那知國色還逢。柔弱華清扶倦，輕盈洛浦臨風。細認得凝妝，點脂勻粉，露蟬聳翠，蕊金團玉成叢。幾許愁隨笑解，一聲歌轉春融。眼朦朧。凭闌干、半醒醉中。』此詞句法字數與秦少游、晁補之作均不盡合，霞翁精譜宮律，無庸泥守前轍也。

江緯

緯，字彥文，三衢人。元符中爲太學生，徽宗登極，賜進士及第，除太學正，擢太常少卿，改除宗正少卿，出知處州。

〔坿攷〕

《王照新志》：江緯，字彥文，三衢人。元符中爲太學生，徽宗登極，應詔上書，陳大中至正之道，言頗剴切，上大喜，召對，稱旨，賜進士及第，除太學正。自此聲名籍甚，陸農師爲左丞，以其子妻之。政和末爲太常少卿，蒙上之知，將有禮篚之命，時陸氏已亡，再娶錢氏，秦魯大主女也。偶因對揚，奏畢，上忽問云：『聞卿近納錢景臻女爲室，亦好親情。』言訖，微笑。是晚批出，改除宗正少卿，彥文知非美意，卽丐外出知處州，由是遂擯不復用。

桉：江彥文自題讀書堂《向湖邊》詞云：『退處鄉關，幽棲林藪，舍宇第須茅蓋。翠巘清泉，啓軒窗遥對。遇等閒、鄰里過從，親朋臨顧，草草便成幽會。策杖攜壺，向湖邊柳外。旋買溪魚，便斫銀絲膾。誰復欲痛飲，如長鯨吞海。共惜醺酣，恐歡娱難再。矧清風明月非錢買，休追念、金馬玉堂心膽碎。且鬭尊前，有阿誰身在。』見《花草粹編》。此詞其作於栝蒼罷守之後乎？『休追念、金馬玉堂心膽碎』，則淵仌之惕懼深矣。

張樞

樞，字斗南，校：《宋詩紀事》小傳：字雲窗。《浩然齋雅談》作窗雲，《蘋洲漁笛譜》作窗雲。號寄閒，西秦人，寓居臨安。循王俊四世校一作五世孫，官位未詳。校：《浩然齋雅談》云：爲宣詞令，閤門簿書。有《寄閒集》，嘗度依聲集百闋。

〔詞話〕

《浩然齋雅談》：窗雲張樞字斗南，又號寄閒，忠烈循王五世孫也。筆墨蕭爽，人物醞藉，善音律，嘗度依聲集百闋，音韻諧美，真承平佳公子也。予已選六闋於《絶妙詞》，今别見於此。《戀繡衾》云：『屏綃裛潤惹篆烟。小牕閒、人泥晝眠。正雪暖、荼蘼架，奈愁春、塵鏁鴈絃。楊花做了香雪夢，化池萍、猶汎翠鈿。自不怨、東風老，怨東風、輕信杜鵑。』《清平樂》云：『鳳樓人獨。飛盡羅心燭。夢繞屏山三十六。依約水西雲北。　曉奩嬾試脂鉛。一綰鸞髻微偏。留得宿粧眉在，要教知道孤眠。』又《木蘭花慢》云：元案：『花慢』二字原本脱，今據《詞譜》增入。『歌塵凝燕壘，又軟語、在雕梁。記剪燭調絃，翻香校譜，學品伊涼。屏山夢雲正暖，放東風、捲雨入巫陽。金冷紅絛孔雀，翠閒綵結鴛鴦。銀釭，燄冷小蘭房，夜悄怯更長。待采葉題詩，含情贈遠，烟水茫茫。春姸尚如舊否，料啼痕、暗裹浥紅粧。須覓流鶯寄語，爲誰老卻劉郎。』

《詞源》：先人曉暢音律，有《寄閒集》，旁綴音譜，刊行於世。每作一詞，必使歌者按之，稍有不協，隨即改正。曾賦《瑞鶴仙》一詞云：『捲簾人睡起。放燕子歸來，商量春事。芳菲又無幾。減風光、都在賣花聲裏。吟邊眼底，被嫩綠、移紅換紫。甚等閒、半委東風，半委小橋流水。還是苔痕湔雨，竹影留雲，做晴猶未。繁華迤邐，西湖上、多少歌吹。粉蝶兒、撲定花心不去，閒了尋香兩翅。那知人、一點新愁，寸心萬里。』此詞按之歌譜，聲字皆協，惟『撲』字稍不協，遂改爲『守』字乃協。始知雅詞協音，雖一字亦不放過，信乎協音之不易也。又作《惜花春·起早》云『鎖窗深』，『深』字音不協，改爲『幽』字，又不協，改爲『明』字，歌之始協。此三字皆平聲，胡爲如是？蓋五音有脣、齒、喉、舌、鼻，所以有輕清重濁之分，故平聲字可爲上入者，此也。又：余疏陋譾才，昔在先人侍側，聞楊守齋、毛敏仲、徐南溪諸公商榷音律，嘗知緒餘。

《伯牙琴》：寄閒翁善詞名世，子炎，能傳其家學。

《詞旨》：寄閒翁屬對：『金谷移春，玉壺貯暖』、『擁石池臺，約花闌檻』。又警句：『甚等閒，半委東風，半委小溪流水』《瑞鶴仙》，『粉蝶兒，守定落花按《詞源》作「花心」不去，濕重《詞源》作「閒了」尋香兩翅』同上，雲引吟情閒遠。又詞眼：移紅換紫。

《珠花簃詞話》：寄閒翁《風入松》云：『舊巢未著新來燕，任珠簾、不上瓊鉤。』用『待燕歸來始下簾』句意，翻新入妙。《戀繡衾》云：『自不怨、東風老，怨東風、輕信杜鵑。』是未經人道語。

《織餘瑣述》：宋張樞《謁金門》詞歇拍云：『款步花陰尋蛺蝶，玉纖和粉捻。』寫閨人情態如畫。

〔詞評〕

王定甫云：寄閒詞濃至清新，兼擅其勝，是老斲輪。玉田生，僅乃肖子。

〔坿攷〕

《浩然齋雅談》：張樞斗南，其出處已略載詞話，踐歷朱華，爲宣詞令閤門簿書，詳知朝儀典故。其姑緡雲夫人承恩穆陵，因得出入九禁，備見一時宮中燕幸之事。嘗賦宮詞七十首，盡載當時盛際，非其他想像而爲者。今摭其十於此：『堯殿融春大宴開，山呼纔了樂聲催。侍臣宣勸君恩重，宰相親王對舉盃。』『觀堂鐘響待催班，步入朱廊十二間。宣坐賜茶開講席，花磚咫尺對天顔。』『月籠梅影夜深時，白玉排簫索獨吹。傳得官家暗宣賜，黄金約臂翠花枝。』『翠枝斜插滴金花，桉：花讀若呵，蓋吳音也。特髻低蟠貼水荷。應奉人多宣喚少，海棠花下看飛梭。』『笙歌散後歸深院，花柳陰中過曲廊。靜掩金鋪三十六，黄昏處處爇衙香。』『燦錦堂西過夕陽，水風吹起芰荷香。內監催掃池邊地，準備官家納晚涼。』『晚涼開燕近中秋，香染金風倚桂樓。花月新篇初唱徹，內人傳旨索歌頭。元註：穆陵製花月篇。』『銀簧乍艷參差竹，玉軸新調尺合絃。奏罷《六么花十八》，水晶簾底賜金錢。』『迴廊隔樹簾簾捲，曲水穿橋路路通。禁漏滴斜花外日，御香薰暖柳邊風。』『紫閣深嚴邃殿西，書林飛白揭宸奎。黄封繳進昇平奏，直筆夫人看內批。』

《絕妙好詞箋》：陳允平《日湖漁唱·木蘭花慢·和李篔房題張寄閒家圃韻》云：『愛吟休問瘦，爲詩句、幾凭闌。有可畫亭臺，宜春帳箔，如寄身閒。胷中四時勝景，小蓬萊、幻出五雲間。一掬蘋香暗沼，半梢松影虛壇。 相看。倦羽久知還。回首鷺盟寒。記步屧尋雲，呼燈聽雨，越嶺吴巒。幽情未應共懶，把周郎舊曲譜新翻。 簾外垂楊自舞，爲君時按弓彎。』

《蘋洲漁笛譜・一枝春・寄閒飲客春窗，促坐款密，酒酣意洽，命清吭歌新製。余因爲之沾醉，且調新弄以謝之》：『碧淡春姿，柳眠醒、似怯朝來酥雨。芳程乍數，喚起探花情緒。東風尚淺，甚先有、翠嬌紅嫵。應自把、羅綺圍春，占得畫屏春聚。 留連繡叢深處。愛歌雲裊裊，低隨香縷。瓊窗夜暖，試與細評新譜。妝梅媚晚，料無那、弄顰佯妒。還怕裏、簾外籠鶯，笑人醉語。』

桉：《浩然齋雅談》《四庫全書》本： 惢雲張樞字斗南云云，《宋詩紀事》作雲窗，未詳所本。《蘋洲漁笛譜・一枝春》兩闋及《瑞鶴仙》皆爲張寄閒作，題中並稱寄閒。又有《露華》次張窗雲韻，窗雲疑別是一人，廣陵江氏作《笛譜攷證》節錄《雅談》於《露華》詞後，窗雲張樞字斗南云云，詎江氏曾見《雅談》別本不作惢雲作窗雲耶？ 寄閒有月夕登繪幅堂《壺中天》云：『雁橫迥碧，漸烟收極浦，漁唱催晚。臨水樓臺乘醉倚，雲引吟情閒遠。露腳飛涼，山眉鎖暝，玉宇冰奩滿。平波不動，桂華底印清淺。 應是瓊斧修成，鉛霜搗就，舞《霓裳》曲遍。窈窕西窗誰弄影，紅冷芙蓉深苑。賦雪詞工，留雲歌斷，偏惹文簫怨。人歸鶴唳，翠簾十二空捲。』《絕妙好詞箋》云繪幅堂在湖上，攷《武林舊事》諸書不載，始末未詳。今據《蘋洲漁笛譜・瑞鶴仙》序：『寄閒結吟臺，出花柳半空閒，遠迎雙塔，下瞰六橋，標之曰，湖山繪幅，霞翁領客落成之』云云，則繪幅堂爲寄閒所自築矣。又張約齋鎡爲寄閒先世，約齋《桂隱百課》云：『羣仙繪幅樓盡見江湖諸山』云云，意湖山繪幅卽其地，或別有所築，而追溯先世風流，沿以舊名，亦未可定。

宋人詞話卷四

張炎

炎，字叔夏，號玉田，又號樂笑翁，西秦人，家臨安。循王俊五世孫，樞子。宋亡不仕。有《山中白雲詞》八卷《詞源》二卷。

《四庫全書總目》「山中白雲詞提要」：

《山中白雲詞》八卷，宋張炎撰。炎字叔夏，號玉田，又號樂笑翁，循王張俊之五世孫。家於臨安，宋亡後潛蹤不仕，縱遊浙東西，落拓以終。平生工爲長短句，以春水詞得名，人因號曰張春水。其後編次詞集者卽以此首壓卷，倚聲家傳誦至今，然集中他調似此者尚多，殆如賀鑄之稱梅子，偶遇品題，便爲佳話耳，所長實不止此也。炎生於淳祐戊申，當宋邦淪覆，年已三十有三，猶及見臨安全盛之日，故所作往往蒼涼激楚，卽景抒情，借寫其身世盛衰之感，非徒以剪紅刻翠爲工。至其研究聲律，尤得神解，以之接武姜夔，居然後勁，宋元之間亦可謂江東獨秀矣。炎詞世鮮完帙，此本乃錢中諧所藏，猶明初陶宗儀手書。康熙中錢塘龔翔麟始爲傳寫授梓，後上海曹炳曾又爲重刊。舊附《樂府指迷》一卷，今析出，別著於錄。其仇遠原序、鄭思肖原跋及戴表元送炎序，則仍並錄之，以存其舊焉。

《山中白雲詞》宋鄭思肖序：

吾識張循王孫玉田先輩，喜其三十年汗漫南北數千里，一片空狂懷抱，日日化雨爲醉。自仰扳姜堯章、史邦卿、盧蒲江、吴夢窗諸名勝，互相鼓吹春聲於繁華世界，飄飄徵情，節節弄拍。嘲明月以謔樂，賣落花而陪笑，能令後三十年西湖錦繡山水猶生清響，不容半點新愁飛到遊人眉睫之上，自生一種歡喜痛快，豈無柔劣少年於萬花叢中唤取新鶯穉蝶，翬然飛舞下來，爲之賞聽？三外野人所南鄭思肖書於無何有之鄉。

又宋鄧牧序：

古所謂歌者，詩三百止爾。唐宋間始爲長短句，法非古意古，然數百年來工者幾人？美成、白石，逮今膾炙人口。知者謂麗莫若周，賦情或近俚；騷莫若姜，放意或近率。今玉田張君無二家所短，而兼所長，『春水』一詞絕唱今古，人以『張春水』目之。蓋其父寄閒先生善詞名世，君又得之家庭所傳者，中間落落不偶，北上燕南，留宿海上，憔悴見顏色。至酒酣浩歌，不改王孫公子醖藉，身外窮達，誠不足動其心，餒其氣與。歲庚子相遇東吴，示予詞若干首，使爲序云。

又元仇遠跋：

讀《山中白雲詞》，意度超玄，律吕協洽，不特可寫音檀口，亦可被歌管、薦清廟，方之古人，當與白石老仙相鼓吹。世謂詞者，詩之餘，然詞尤難於詩，詞失腔，猶詩落韻，詩不過四五七言而止。詞乃有四聲、五音、均拍、重輕、清濁之別，若言順律舛律協言謬，俱非本色。或一字未合，一句皆廢；一句未妥，一闋皆不光采，信戛戛乎其難！又怪陋邦腐儒、窮鄉村叟每以詞爲易事，酒邊興豪，卽引紙揮筆，動以東坡、稼軒、龍洲自況。極其至四字《沁園春》、五字《水調》、七字《鷓鴣天》、《步蟾宫》，拊几擊缶，同聲附和，如梵唄，如步虚，不知宫調爲何物，令老伶俊倡面稱好而背竊笑，是豈足與言詞哉？余幼有此癖，老頗知難，然已有三數曲流傳朋友間，山歌村謠，是豈足與叔夏詞比哉？古人有言：『鉛汞交鍊而丹成，情景交鍊而詞成。』《指迷》妙訣，余將從叔夏北面而求之。山村仇遠。

又元舒岳祥序：

宋南渡勳王之裔子玉田張君，自社稷變置，淩烟廢墮，落魄縱飲，北游燕、薊，上公車，登承明有日矣。一日，思江南菰米蓴絲，慨然襆被而歸，不入古杭，扁舟浙水東西，爲漫浪游。散囊中千金裝，吴江楚岸，楓丹葦白，一奚童負錦囊自隨。詩有姜堯章深婉之風，詞有周清真雅麗之思，畫有趙子固瀟灑之意，未脱承平公子故態，笑語歌哭，騷姿雅骨，不以夷險變遷也，其楚狂歟？其阮籍歟？其賈生歟？其蘇門嘯者歟？歲丁酉二月客我寧海，將登台峯，於其行也，舉觴贈言。是月既望，閬風舒岳祥八十歲書。

又元陸文圭序：

『詞』與『辭』字通用，《釋文》云：『意内而言外也。』意生言，言生聲，聲生律，律生調，故曲生焉。《花間》以前無雜譜，秦、周以後無雅聲，源遠而派别也。西秦玉田張君著《詞源》上下卷，推五音之數，演六六之譜，按月紀節，賦情詠物，嘗自稱得聲律之學於守齋楊公、南溪徐公。淳祐、景定間，王邸侯館，歌舞升平，君生處樂郊，不知老之將至。梨園白髮，濞宫蛾眉，餘情哀思，聽者淚落。君亦因是棄家，客遊無方，三十年矣。昔柳河東銘姜祕書，閔王孫之故態；銘馬淑婦，感謳者之新聲。言外之意，異世誰復知者。覽君詞卷，撫几三嘆。江陰陸文圭。

又明殷重跋：

聲音之道久廢，玉田張君獨振戛乎喪亂之餘，豈特藉以怡適性情，殆將以繼其傳也。後之君子得是帙而遡之，則去希微不遠矣。况幾經兵燹，猶自璧全，非天有以寶之，能至此乎？尚德君子，幸共表章，庶于好古之懷無憾焉耳。吳門孝思殷重識。

又明成化寫本跋：

成化丙午春二月朔，偶見是帙鶴城東門藥肆中，即購得之，南村先生手鈔者，蓋百餘年矣，凡三百首，惜無錄目。五月初九日輯錄，以便檢閱。或笑余衰遲目眩，何不求諸善書者，曰：『身健在，飽食終日，豈不勝博弈乎？何計字之工拙，使得時時展玩，恍惚坐春風中，聽玉田子慷慨灑落之言笑焉。併錄以記歲月，井時年六十有五

又李符序：

余曩客都亭，從宋員外牧仲借鈔《玉田詞》，僅一百五十三闋。越數年，復睹《山中白雲》全卷，則吾鄉朱檢討竹垞錄錢編修庸亭所藏本也。累楮百翻，多至三百首，始識向購特半豹耳，參殷孝思璧全一語，更閱陸輔之《詞旨》載樂笑翁警句奇對，無有出於是編之外者，知爲完書無疑。竹垞釐卷爲八，與諸同志辨正魚魯，緘寄白門，余復與龔主事蘅圃取他本較對，或字句互異，題目迥別，則增入兩存之，鋟棗以傳，可稱善本。繼又從戴帥初、袁清容集內得送贈序疏與詩，因附刻於後，而其生平約略可見。余布袍落魄，放浪形骸，自謂頗類玉田子。年來亦以倚聲自遣，愛讀其詞。今得是帙，日與古賢爲友，移

我情矣。嘉興李符。

又龔翔麟刻本序：

玉田生係出朱邸，遭逢不偶，遺行不少概見。今讀詞，觀其紀地紀時，而出處歲月，宛然在目。如末卷所賦《風入松》，自識爲至大庚戌作；賦《臨江仙》，又云甲寅秋寓吳，時年六十有七，則此甲寅實元仁宗延祐元年也，由此知宋理宗淳祐戊申爲玉田生始生之歲。第《宋史》載張循王有五子：琦、厚、顏、正、仁，玉田生出誰後，惜無考耳。若舒序所稱北游燕、薊，蓋在少壯時，迨至元庚寅始返江南，而年已四十餘矣。其先雖出鳳翔，然居臨安久，故遊天台、明州、山陰、平江、義興諸地，皆稱寓稱客，而于吾杭必言歸，感嘆故園荒蕪之作凡三四見，又安得謂之秦人乎？吾鄉詞人自周清真知名北宋，其後與玉田生同時者，惟仇山村爲工，他若避俗翁、句曲外史亦有足觀，惜皆流傳無幾。獨《山中白雲》得陶、井兩君先後藏護，竹垞、庸亭傳寫於今，幸而不至散軼，余得借以鏤板。嗚呼！豈偶然哉？錢塘龔翔麟。

〔詞話〕

《詞源》書後：乙卯歲，余以公事留杭數月，而玉田張君來，寓錢塘縣之學舍。時主席方子仁始與余交，道玉田來所自，且憐其才，而不知余與玉田交且舊也，因相從歡甚。玉田爲況，落寞似余，其故友張伯雨方爲西湖福真費修主，聞之，遂挽去。子仁與余買小舟並湖，同爲道客，伯雨爲設茗具饌盤，旋日入而歸。玉田嘗賦《臺城路》詠歸杭一詞，錄此卷後，其詞云：『當年不信江湖老，如今歲華驚晚。路改家迷，花空蔭落，誰識重來劉阮。殊鄉頓遠。甚猶帶羈懷，雁淒蛩怨。夢裏忘歸，亂浦烟浪片帆轉。　閒門休嘆故苑，杖藜游冶處，蕭艾都遍。雨色雲西，晴光水北，一洗悠然心眼。行行漸懶。快料理幽尋，酒瓢詩卷。賴有湖邊，舊時鷗數點。』丁巳正月，江村民錢良祐書。

《研北雜志》：都下寒食，遊人於水邊以柳圈祓禊，張叔夏賦《慶春宫》詞以道其事，甚佳，詞云：『波蕩蘭觴，鄰分杏酪，晝輝冉冉烘晴。罥索飛仙，戲船移景，薄遊也自忺人。短橋虚市，聽隔柳、誰家賣餳。月題爭繫，油壁相連，笑語逢迎。　池亭小隊秦箏。就地圍香，臨水湔裙。冶態飄雲，醉妝扶玉，未應閒了芳情。旅懷無限，忍不住、低低問春。梨花落盡，一點新愁，曾到西泠。』

《能改齋漫錄》：張叔夏《國香》詞自序云：沈梅嬌，杭妓也，忽於京師見之，把酒相勞苦，猶能歌周清真《意難忘》、《臺城路》二曲，因屬余紀其事，詞成，以素羅帨書之。『鶯柳烟堤。記未吟青子，曾比紅兒。嬌蕊弄香微透，鬟翠雙垂。不道留仙不住，便無夢、吹到南枝。相看兩流落，掩面凝羞，怕說當時。　淒涼歌楚調，嫋餘音不放，一朶雲飛。丁香枝上，幾度款語深期。拜了花梢淡月，最難忘、弄影褰衣。無端動人處，過了黄昏，猶道休歸。』

《宋名家詞評》：張叔夏《臺城路》自序云：歲庚辰，會江蘭坡於薊北，怳然如夢。回憶舊遊，已十八年矣。其起句云：『十年舊事翻如夢，重逢可憐俱老。水國春空，山城日曉，無語相看一笑。』如此等詞，卽以爲杜詩韓筆，可也，豈止極填詞之能事？　又：叔夏《瑣牕寒》自序云：王碧山又號中仙，越人也。其詩清峭，其詞閒雅，有姜白石意趣，今絶響矣，因作此以悼之。其前段云：『斷碧分山，空簾到月，故人天外。香留酒滯，蝴蝶一生花裏。想如今、愁魂正遠，夜臺夢語秋聲碎。自中仙去後，詞牋賦筆，更無清致。』其推碧山至矣，然如此等詞，其清致不更勝碧山耶？

《草窗詞選》：樂笑翁張炎詞如『荒橋斷浦，柳陰撐出漁舟小』，賦春水入畫。其咏孤鴈云：『自顧影，欲下寒塘，正沙淨草枯，水平天遠。寫不成書，只寄得相思一點。』如此等語，雖丹青難畫矣。

《至正直記》：錢塘張叔夏嘗賦孤雁詞，有『寫不成書，只記得相思一點』，人皆稱之張孤雁。

《詞旨》：蘄王孫韓鑄，字亦顏，學詞於樂笑翁。一日，與周公謹買舟西湖，泊荷花，而飲酒杯半。公謹舉似亦顏學詞之意，翁指花云：『蓮子結成花自落。』又：樂笑翁奇對：『隨花甃石，就泉通沼』、『斷碧分山，空簾剩月』、『沙淨草枯，水平天遠』、『接葉巢鶯，平波捲絮』、『晴光轉樹，曉氣分嵐』、『鶴響天高，水流花浮』、『料理琴書，夷猶今古』、『款竹門深，移花檻小』、『埽花尋徑，撥葉通池』、『亂雨敲春，深烟帶晚』、『開簾過雨，隔水呼燈』、『浪捲天浮，山邀雲去』、『岸角衝波，籬根聚葉』、『波蕩蘭觴，鄰分杏酪』、『雲映山輝，柳分溪影』、『荷衣銷翠，蕙帶餘香』、『香尋古字，譜掐歌聲』、『行歌趁月，喚酒延秋』、『穿花覓路，傍柳尋鄰』、『門當竹逕，路管臺城』、『鬢絲溼霧，扇錦翻桃』、『因花整帽，借柳維船』。又警句：『和雲流出空山，甚年年淨洗，花香不了』《南浦・春水》、『寫不成書，只寄得相思一點』《解連環・孤雁》、『纔放些晴意，早瘦了梅花一半。也知不作花看。東風何處吹散』《探春慢・雪霽》、『見說新愁，如今也到鷗邊』《高陽臺・西湖》、『莫開簾，怕見飛花，怕聽啼鵑』同上、『須待月，許多情，都付與秋』《聲聲慢》、『幾日不來，一片蒼雲未歸』《掃花遊・踈寮東墅園》、『春風不奈垂楊柳，吹卻絮雲多少』《齊天樂》、『帶天香，吹動一身秋』《八聲甘州・贈桂卿》、『茂樹石牀因坐久，又卻被清風留住』《真珠簾・近雅軒即事》、『忍不住低低問春』《慶宮春・都下寒食》、『不知能聚愁多少』《霜葉飛・聽老妓歌》。

《珊瑚網》：元姑蘇汾湖居士陸行直輔之有家妓名卿卿，以才色見稱。友人張叔夏爲作古《清平樂》贈之云：『候蟲淒斷。人語西風岸。月落沙平流水漫。驚見蘆花來鴈。可憐瘦損蘭成。多情因爲卿卿。只有一枝梧葉，不知多少秋聲。』後二十一載，行直以翰林典籍致歸，則叔夏、卿卿皆下世矣。行直作《碧梧蒼石圖》，并書張詞於卷端，且和之云：『楚天雲斷。人隔瀟湘岸。往事悠悠江水漫。怕聽樓前新鴈。深閨舊夢還成。夢中獨記憐卿。依約相思碎語，夜涼桐葉聲聲。』又郭天錫手抄諸賢遺稿張玉田《山中白雲詞·華胥引·賦松花》：『碧浮春盎，黃點秋旗，細芳泛月。露委殘釵，烟梳高髻曾戲折。幾度宿寄山房，麴塵雲屑。香入蜂鬚，蜜房風味應別。篘酒浮蕩，愛霏霏、粉黃清絕。嫩苞新子，憑誰香歌五粒。只怕東風吹盡，長蕭蕭黃髮。獨鶴歸來，滿庭零亂金雪。』

《叩舷凭軾錄》：張叔夏過錢塘西湖慶樂園賦《高陽臺》詞自序云：慶樂園，韓平原之南園也，戊寅歲過之。有碑石在荊棘中，惟存古桂百餘，故末句有猶之視昔之感。『古木迷雅，虛堂起燕，歡游轉眼驚心。南圃東窻，酸風掃盡芳塵。鬢貂飛入平原草，最可憐、渾是秋陰。夜沈沈、不信歸魂。不到花深。吹簫踏葉幽尋去，任船依斷石，袖裹寒雲。老桂懸香，珊瑚碎擊無聲。故園已是愁如許，撫殘碑、又卻傷今。更關情，秋水人家，斜照西林。』余嘗讀此詞，不覺爲之增嘆再三。夫花石之盛，莫盛于唐之李贊皇，讀《平泉莊記》則見之矣。而宋之艮嶽，至南渡愈盛，而臨安園囿如此者，不可屈指數也，今誰在耶？余爲童子時見所謂慶樂園者，其峯磴石洞猶有存者。至正德間，盡爲有力者移去矣。杭城中假山，稱江北陳家第一，許銀家第二，今陳家者已鬻之而拆去矣，止遺一坎許氏者。自余結髮已來，不三十年，已七易主矣。吁！此奢僭之尤者也。君子貽厥孫謀，當訓之以勤儉，慎毋蹈此，而取誚於後人焉。余因讀叔夏詞，重有感也，於戲！

《皺水軒詞筌》：詞誠薄技，然實文事之緒餘，往往便於伶倫之口者，不能入文人之目。張玉田《樂府指迷》，其詞叶宮商，鋪張藻繪，抑以可矣。至於風流蘊藉之事，真屬茫茫，如啖官廚飯者，不知牲牢之外，別有甘鮮也。

《西湖便覽》：南園，南宋御前別園也，光宗時慈福太后以賜韓侂胄，葺名南園。陸游爲撰園記，其略云：堂之最大者曰許閒，上親御翰墨以榜其額；其射廳曰客和，臺曰寒碧，門曰藏春，閣曰凌風，積石爲山曰西湖洞天，瀦水藝稻，爲囷爲場，爲牧羊牛養雁鶩之地，曰歸耕之莊。其他因其實而命之名：堂之名，則曰采芳，曰豁望，曰鮮霞，曰矜春，曰歲寒，曰忘機，曰眠香，曰堆錦，曰清芬，曰紅香。亭之名，則曰遠塵，曰幽翠，曰多稼。自紹興以來，王侯將相之園林相望，皆莫能髣髴者。《四朝聞見錄》謂南園更有晚節香亭，植菊二百種，取其祖魏公詩句名之，陸游記中不及也。又云曰秋水觀，宋賈似道別墅也，統名水竹院落，有理宗御書奎文之閣，閣下爲堂曰秋水觀，度宗御書三字賜焉。又有道院、舫亭、思剡亭、梅塢諸勝，時人稱遊覽之最。元張雨嘗居觀中，鄭元祐詩：『相府尚餘秋水觀，酒旗多挂夕陽樓。』張炎《高陽臺》詞結句謂此。桉：《高陽臺》歇拍云：『更關情、秋水人家，斜照西泠。』

《詞絜》：美成如杜，白石兼王、孟、韓、柳之長，與白石竝有中原者，後起之玉田也。又：白石老仙後，衹有玉田與之竝立，《探春慢》二詞工力悉敵，試掩姓氏觀之，不辨孰爲堯章？孰爲叔夏？

《西湖秋柳詩注》：王奕《玉斗山人續集·書陳又新太白山人詩稾後》云：昔與又新萍聚行都，一日出遊湖上，約各倚《綺羅香慢》和周公謹十景樂府，又新卽席上立成十解，予研思苦索未克，就一調而罷。又新餘興未已，復成《柳枝詞》八絕，予益歛手歎服。桉：《山中白雲》有寄陳又新調《臺城路》云：『太白秋聲，東瀛柳色，一縷離痕輕折。』殆卽指《柳枝詞》也。

《蓮子居詞話》：陸輔之《詞旨》摘樂笑翁警句十餘條，閱《山中白雲》，警句殆不止此，因爲之補：『能幾番遊，看花又是明年』《高陽臺・西湖春感》，『梨花落盡，一點新愁，曾到西泠』《慶春宮・都下寒食》，『十年前事翻疑夢，重逢可憐俱老』《臺城路・遇汪菊坡回憶舊遊》，『折蘆花贈遠，零落一身秋』《甘州・別沈堯道並寄趙學舟》，『卻笑歸來，石老雲荒，身世飄然一葉』《疏影・北歸與諸友夜酌》，『怕依然、舊時歸燕，定應未識江南冷。最憐他、樹底薦紅不語，背人吹盡』《瑣窗寒・旅窗孤寂，雨意垂垂，買舟西渡未能也》，『未了清遊興，又飄然獨去，何處山川』《憶舊遊・寄沈堯道諸公》，『記小舟夜悄，波明香遠，渾不見、花開處』《水龍吟・白蓮》，『回潮似咽，送一點愁心，故人天末』《臺城路・寄陳文卿》，『依稀倩女離魂處，緩步出、前村時節』《疏影・梅影》，『江風緊，一行柳陰吹暝』《梅子黃時雨・病後別羅江諸友》，『楊花點點是春心，替風前、萬花吹淚』《西子妝慢・野游江上》，『雅淡不成嬌，擁玲瓏春意』《真珠簾・梨花》，『恨西風不庇寒蟬，使掃盡、一林殘葉』《長亭怨・舊居有感》，『水痕吹杏雨，正人在、隔江船』《木蘭花慢・舟行》。　又：張玉田云：詞貴雅正，如周美成『最苦今宵，夢魂不到伊行。天便教人，霎時廝見何妨』、『許多煩惱，只爲當時一晌留情』，所爲變淳泊爲澆漓矣。韙哉是言，雅俗正變之殊，學者誠不可不辨。『銷魂，當此際』，東坡所以致誚於少游也。

又：張叔夏題曾心傳藏溫日觀墨蒲萄畫卷詞，《山中白雲》失載，曾與叔夏交最深，集中故多寄贈之作。溫號知歸子，宋末僧也。詞云：『想不勞、添竹引龍鬚，斷梗忽傳芳。記珠懸潤碧，飄搖秋影，曾印禪窗。詩外片雲落莫，錯認是花光。無色空塵眼，霧老烟荒。　一翦靜中生意，任前看冷淡，真味深長。有清風如許，吹斷萬紅香。且休教夜深人見，怕誤他、看月上銀牀。凝眸久，卻愁捲去，難博西涼。』係《甘州》調。叔夏亦工墨水仙，當時謂得趙子固瀟灑之意。

《珠花簃詞話》：玉田詞余最喜其『能幾番游，看花又是明年』，惜此詞全闋未稱。又《山中白雲詞》余能背誦者獨少，《新鶯詞·齊天樂·秋雨》云：『一片蕭騷，細聽不是故園樹。』《鶯嗁序·葦灣觀荷》云：『問併作、幾多紅怨，畫裏回首。卻又盈盈，未開剛吐。』鶩翁謂似玉田，殆偶然似之耳。

《織餘瑣述》：《山中白雲詞·水龍吟·詠白蓮》云：『記小舟夜悄，波明香遠，渾不見、花開處。』幽夐空靈，不減陸魯望月曉風清之句。《西子妝》云：『楊花點點是春心，替風前、萬花吹淚。』較蘇東坡詞『點點是離人淚』，更覺纖新。

〔詞評〕

樓敬思云：南宋詞人姜白石外，唯張玉田能以翻筆側筆取勝，其章法句法俱超清虛騷雅，可謂脫盡谿徑，自成一家，迄今讀集諸闋，一氣卷舒，不可方物，信乎其爲山中白雲也。

秦敦夫云：《山中白雲詞》流連光景，噫嗚婉抑，備寫其身世盛衰之感，實能冠絕流輩，足與白石競響，可謂詞家龍象矣。

劉融齋云：玉田詞清遠蘊藉，悽愴纏緜，大段瓣香白石〔一〕。

周介存云：玉田，近人所最尊奉。才情詣力，亦不後諸人；終覺積穀作米，把纜放船，無開闊手段；然其清絕處，自不易到。又：玉田詞，佳者匹敵聖與，往往有似是而非處，不可不知。又：叔夏所以不及前人處，只在字句上著功夫，不肯換意，若其用意佳者，卽字字珠輝玉映，不可指摘。近人喜學玉田，亦爲修飾字句易，換意難。

許蒿廬云：玉田詞澹語能腴，常語有致。又：玉田詠物諸作，可謂筆如其手，手如口矣。

〔附攷〕

戴表元《送張叔夏西遊序》：玉田張叔夏與余初相逢錢塘西湖上，翩翩然飄阿錫之衣，乘纖離之馬，於是風神散朗，自以爲承平故家、貴游少年不翅也。垂及强仕，喪其行資，則既牢落偃蹇，嘗以藝北遊，不遇失意，亟亟南歸，愈不遇，猶家錢塘十年。久之，又去東遊山陰、四明、天台間，若少遇者。既久棄之西歸，於是余周流授徒，適與相値，問叔夏何以去來道塗，若是不憚煩耶？叔夏曰：『不然，吾之來，本投所賢，賢者貧，依所知，知者死，雖少有遇，而無以寧吾居，吾不得已違之，吾豈樂爲此哉？』語竟，意色不能無沮然。少焉，飲酣氣張，取平生所自爲樂府詞自歌之，噫嗚宛抑，流麗清暢，不惟高情曠度，不可褻企，而一時聽之，亦能令人忘去窮達得喪所在。蓋錢塘故多大人長者，叔夏之先世高曾祖父，皆鐘鳴鼎食，江湖高才詞客姜夔堯章、孫季蕃花翁之徒，往往出入館穀其門，千金之裝，列駟之聘，談笑得之，不以爲異，迨其途窮境變，則亦以望於他人，而不知正復堯章、花翁尚存，今誰知之，而誰暇能念之者？嗟乎！士固復有家世才華如叔夏而窮甚於此者乎？六月初吉，輕行過門，云將改遊吳公子季札、春申君之鄉而求其人焉，余曰唯唯，因次第其辭以爲別。

袁桷《贈張玉田》詩自注：玉田爲循王五世孫，時來鄞，設卜肆。校：有句云：『兩曜奔飛互朝夕，璇府森芒蠡莫測。要須畫紙爲君聽，落筆雌黄期破的。』

《延祐四明志》：張炎《腰帶水》絶句：『犀繞魚懸事已非，水光猶自溼雲衣。山中幾日渾無雨，一夜溪痕又減圍。』校：玉田詞哀然鉅帙，詩僅見。

馬臻《霞外詩集·集句題張玉田畫水仙》：『賞月吟風不要論，曳裾何處覓王門。誰人得似張公子，粉蝶如知合斷魂。』

桉：《山中白雲詞》，彊邨朱氏所刻揚州江賓谷昱疏證本最爲精審。玉田以賦春水、孤雁得名，茲錄二詞全闋如左，集中擅勝之作，不止此也。《南浦·春水》云：『波暖綠粼粼，燕飛來、好是蘇堤纔曉。魚沒浪痕圓，流紅去、翻喚東風難掃。荒橋斷浦，柳陰撐出扁舟小。回首池塘青欲遍，絕似夢中芳草。　和雲流出空山，甚年年淨洗，花香不了。新淥乍生時，孤村路、猶憶那回曾到。餘情渺渺。茂林觴詠如今悄。前度劉郎從去後，溪上碧桃多少。』《解連環·孤雁》云：『楚江空晚。悵離羣萬里，恍然驚散。自顧影、欲下寒塘，正沙淨草枯，水平天遠。寫不成書，只寄得、相思一點。料因循誤了，殘氈擁雪，故人心眼。　誰憐旅愁荏苒。謾長門夜悄，錦箏彈怨。想伴侶、猶宿蘆花，也曾念春前，去程應轉。暮雨相呼，怕驀地、玉關重見。未羞他、雙燕歸來，畫簾半捲。』玉田故國王孫，飄零湖海，寓麥秀黍離之感於選聲訂韻之間，其詞固卓然名家，抑亦品節爲之增重矣。

【校記】

〔一〕辦：底本作『辨』，據上下文改。

黄機

機，字幾仲，一云字幾叔。東陽人，嘗仕州郡。有《竹齋詩餘》一卷。

《四庫全書總目》『竹齋詩餘提要』：

《竹齋詩餘》一卷，宋黄機撰。機字幾仲，一云字幾叔，東陽人。其事蹟無可考見，據詞中所著，有時欲之官永興語，蓋亦嘗仕宦於州郡，但不知爲何官耳。其遊蹤則多在吳楚之間，而與岳總幹以長調唱酬爲尤夥，總幹者，岳飛之孫珂也，時爲淮東總領兼制置使。岳氏爲忠義之門，故機所贈詞亦皆沈鬱蒼涼，不復作草媚花香之語，其《乳燕飛》第二闋乃次徐斯遠寄辛棄疾韻者，棄疾亦有和詞，世所傳稼軒詞本賦字，凡復用兩韻，今考機詞，知前闋所用乃付字，足證流俗刊刻之誤。又辛詞調名《賀新郎》，此則名《乳燕飛》者，以蘇軾此調中有『乳燕飛華屋』句，後人因而改名，其實一調也。卷末毛晉跋，惜《草堂詩餘》不載其一字。案：《草堂詩餘》乃南宋坊賈所編，漫無鑒别，徒以其古而存之，故朱彝尊謂《草堂》選詞可謂無目，其去其取，又何足爲機重輕歟？

汲古閣《宋六十名家詞·竹齋詩餘跋》：

《草堂詩餘》若干卷，向來豔驚人目，每祕一册，便稱詞林大觀，不知抹倒幾許騷人墨客。卽如石次仲、黄幾叔輩，不乏『寵柳嬌花』、『燕盻鶯眈』等語，何愧大晟上座耶？《草堂》集竟不載其一篇，真堪嘆息。余隨得本之先後，次第付棗梨，凡經商緯羽之士，幸兼擷焉。秋分日，湖南毛晉子晉識。

《珠花簃詞話》：黄幾仲《竹齋詩餘·西江月》題云『垂絲海棠，一名醉美人』：『撚翠低垂嫩萼，匀紅倒簇繁英。穠纖消得比佳人。酒入香肌成暈。簾幕陰陰窗牖，闌干曲曲池亭。枝頭不起夢春酲。莫遣流鶯喚醒。』此花唯吾鄉有之，太半櫻桃花椄本江南，薊北未之見也，紫豔沈酣，信足當醉美人品目。

桉：黄幾仲《竹齋詩餘》清辭麗句，駱驛行間，茲摘錄如左，毛子晉所稱，不愧大晟上座者也。《乳燕飛》云：『問取歸期何日是，指點庭前幽樹，定冷蕊、疏花將吐。』《摸魚兒》云：『鬖鬆不理金釵溜，鸞鏡一奩香霧。』又云：『任門外東風，流鶯聲裏，盡日攪飛絮。』《木蘭花慢》云：『春來故園漸好，似不應、不醉把春休。』《滿江紅》云：『歸夢不知家遠近，飛帆正挂天西北。』《清平樂》云：『卓午花陰不動，一雙蝴蝶團圞。』《謁金門》云：『燕子雙雙來未久。頗知人意否。』又前調：『妝罷寶奩慵不掩。無風香自滿。』《霜天曉角》云：『卻笑英雄自苦，興亡事、類如此。』《夜行船》云：『說似遊人，直須燒燭，早晚綠陰青子。』《鵲橋仙》云：『黄花似鈿，芙蓉如面，秋事淒然向晚。』又前調云：『夕陽明處一回頭，有人在、高樓凝望。』《虞美人》云：『淺山荒草記當時。篠竹籬邊羸馬、向人嘶。』《臨江仙》云：『覺來烟雨滿平蕪。客情殊索莫，肯喚一尊無。』全闋如《沁園春·次岳總幹韻》云：『日過西窗，客枕夢回，庭空放衙。記海棠洞裏，泥金寶骨。酴醿架下，油壁鈿車。醉墨題詩，薔薇露重，滿壁飛雅行整斜。爭知道，向如今漂泊，望斷天涯。小桃一半蒸霞。更兩岸垂楊渾未花。便解貂貰酒，消磨春恨，量珠買笑，酬答年華。對面青山，招之不至，說與浮雲休苦遮。山深處，見炊烟又起，知有人家。』此詞在黃集中最爲精穩，自是矜心作意之筆。又《傳言玉女》云：『日薄風柔。池面欲平還皺。紋楸玉子，磔磔敲春晝。衾繡半捲，花氣濃薰香獸。小團初試，轆轤銀甃。　夢斷陽臺，甚情懷、似病酒。鳳匳羞對，比年時更瘦。雙燕乍歸，寄與綠牋紅荳。那堪又是、牡丹時候。』《醜奴兒令》云：『綺窗撥斷琵琶索，一一相思。一一相思。無限柔情說似誰。　銀鉤欲寫回文曲，淚滿烏絲。淚滿烏絲。薄倖知他知不知。』或閒情如畫，或雅韻欲流，皆合作也。

宋伯仁

伯仁，字器之，自號雪巖耕田夫，湖州人。僑寓杭州宅，在西馬塍。舉鴻詞科，嘉熙中歷監淮揚鹽課。有《雪巖吟草西塍集》一卷，桉：卽《吟草》首卷。《烟波漁隱詞》、《梅花喜神譜》各二卷。

《四庫全書存目》『烟波漁隱詞提要』：

《烟波漁隱詞》二卷，宋宋伯仁撰。伯仁有《西塍集》已著錄，其書蓋作於淳祐元年，取太公、范蠡、陶潛諸人，各系以詞一首，又有瀟湘八景、春夏秋冬四時景，亦系以詞，調皆《水調歌頭》也。後附烟波漁具圖，凡舟、笛、蓑笠之屬，各系以七絕一首，絕句小有意致，詞殊淺俗。

〔坿攷〕

《四庫未收書目》『梅花喜神譜提要』：

此書《宋史·藝文志》及諸家書目皆不載，惟錢曾《述古堂書目》中有之，寫《梅花百圖》，上卷分五類：一蓓蕾四枝，二小蕊十六枝，三大蕊八枝，四欲開八枝，五大開十四枝。下卷分三類：一爛漫十八枝，二欲謝十六枝，三就實六枝。每圖各綴五言絶句，曰喜神者。殆寫生之意，攷伯仁於嘉熙中曾爲鹽運司屬官，故末首云商鼎催羹。其平日多與高九萬、孫季蕃倡和，自號雪巖耕田夫。所吟亦見於陳起《江湖小集》，《千頃堂書目》并載其《烟波圖》一卷，蓋江湖派中人也。

《南宋古蹟攷》：宋器之寓在西馬塍，見所箸《馬塍稿》，其《寓西馬塍詩》注云：嘉熙丁酉五月二十一日寓京，遭爇僑居西馬塍。又：宋伯仁《寓西馬塍詩》：『十畝荒林屋數間，門通小艇水灣環。人行遠路多嫌僻，我得安居卻稱閒。尊酒相忘霜後菊，一時難盡雨中山。何年脱下浮名事，只與田翁牘往還。』

按：宋伯仁《烟波漁隱詞》，《四庫存目》注《永樂大典》本，此本當時未經刻行，亦絕無傳鈔流布。《御選歷代詩餘》及宋元以來各家選本並未經箸録，近彊邨朱氏輯《湖州詞徵》，甚以隻字未見爲憾。歸安陸氏《宋詩紀事小傳補正》稱伯仁素有梅花癖，闢圃以栽，築亭相對，其雅人深致如此，詞殊淺俗云云，竊疑其非定評矣。

薛夢桂

夢桂，字叔載，號梯飆，永嘉人。寶祐元年登進士第，嘗知福清縣，仕至平江倅。

〔詞話〕

《浩然齋雅談》：　薛梯飆長短句，予嘗收數闋於《絕妙詞》，今復得其《醉落魄》云：『單衣乍著。滯寒更傍東風作。珠簾壓定銀鉤索。雨弄初晴，輕旋玉塵落。　花唇巧借粧梅約。嬌羞纔放三分蕚。尊前不用多評泊。春淺春深，都向杏梢覺。』

〔詞評〕

蕙風詞隱云：　詞筆麗與豔不同，豔如芍藥、牡丹，慵春媚景；　麗若海棠、文杏，映燭窺簾。　薛梯飆詞工於刷色。當得一『麗』字。

〔坿攷〕

《浩然齋雅談》：　薛叔載父大圭，紹熙間上書乞立儲，在趙忠定諸人先。叔載擢高科，通京籍。風度清遠。所居西湖五雲山曰隔凡關、曰林壑甕，通命之曰方厓小隱，諸名士莫不納交焉。儷語、古文詞筆皆灑落，不特詩也。

項刻《絕妙好詞》小傳：　林希逸《竹溪稿》有《和梯飆薛宰鏡中我詩》。

桉：　《絕妙好詞》錄薛叔載詞四闋，其第一闋卽《醉落魄》『單衣乍著』云云，而《浩然齋雅談》乃謂嘗收數闋於《絕妙詞》，今復得其《醉落魄》，詎今世所傳《絕妙好詞》經後人增益，非弁陽翁原本耶？　其《眼兒媚・詠綠牋》云：　『蘸烟染就，和雲捲起，秋水人家。』得不黏不脫之妙。《浣溪沙》云：　『燕子說將千萬恨，海棠開到二三分。』亦工穩，亦靈活，非詞中能品不辨。

陳景沂

景沂，字肥遯，天台人。理宗時人。桉：《四庫全書總目》『全芳備祖提要』：是書前有寶祐元年韓境序，言此書理宗時嘗進於朝。官位待攷。有《全芳備祖》五十八卷。

桉：陳肥遯詞《壺中天·詠梅》云：『江郵湘驛。問暮年何事，暮冬行役。馬首搖搖經歷處，多少山南溪北。冷著烟扉，孤芳雲掩，瞥見如相識。相逢相勞，如癡如訴如憶。最是近曉霜濃，初弦月挂，傅粉金鸞側。冷淡生涯憂樂忘，不管冰簷雪壁。魁榜虛誇，調羹浪語，那裏求真的。暗香來歷，自家還要知得。』《點絳脣·紫薇花》云：『今古凡花，詞人尚作詞稱慶。紫薇名盛。似得花之聖。　爲底時人，一曲稀流詠。花端正。花無郎病〔一〕。病亦歸之命。』《水龍吟·金鳳花》云：『階前砌下新涼，嫩姿弱質婆娑小。仙家甚處，鳳雛飛下，化成窈窕〔二〕。綠葉參差，青枝婀娜，似將玉造。自川葵放後，庭萱謝了，是園苑、無花草。　生恐西風來早。逞芳容、紫團緋繞。圓胎結就，小鈴繁綴，開從清曉。牆角低昂，籬頭約略，空增懊惱。向凡間謫墮，不知西帝，可關懷抱。』並見《全芳備祖》。《壺中天》歇拍二句發人深省，足當花外清鐘。又桉：無錫丁紹儀《聽秋聲館詞話》云：『《歷代詩餘》末附詞人姓氏十卷，中如陸域、劉宰、章良謨、蔡幼學、趙蕃、梅扶、王義山等，僅列其名，詞均缺如。亦有錄其詞而姓氏未列者，胡浩然、陳沂孫、僧仲璋是也。沂孫金鳳花《水龍吟》『階前砌下』云云，陳景沂《全芳備祖》注爲陳肥遯作，肥遯卽景沂之字。』似謂詠金鳳花者，其人爲陳沂孫，非字肥遯之陳景沂，其説未詳何本？《全芳備祖》中尚有《壺中天·詠梅》、《點絳脣·詠紫薇》，亦注陳肥遯作，詎皆陳沂孫作耶？而丁話則未之及，何也？

【校記】

〔一〕病：底本闕，據《全宋詞》補。

〔二〕自『下新涼』至『飛下化』十九字：底本脱，據《全宋詞》補。

徐儼夫

儼夫，字公望，號桃渚，平陽人。淳祐元年進士第一，官至禮部侍郎。

桉：徐桃渚詞《西江月》云：『曲折迷春院宇，參差近水樓臺。吹簫人去燕歸來。空有落梅香在。　花底三更過雨，酒闌一枕驚雷。明朝飛夢隔天涯。腸斷流鶯聲碎。』見《陽春白雪》。《西江月》調最不易填，稍不經意，淺俚滑率之失輒復中之。桃渚詞『在』、『碎』二韻婉麗清新，於北宋人中頗近張子野，詞人之詞，斯爲不愧，惜傳作只此一闋耳。

王同祖

同祖，字與之，號花洲，金華人。奉議郎，淳祐中建康府通判，次改添差沿江制置司機宜文字。有《學詩初集》一卷。

校：王花洲詞《阮郎歸》云：『一簾疏雨細於塵。春寒愁殺人。桐花庭院近清明。新烟浮舊城。尋蝶夢，怯鶯聲。柳絲如妾情。丙丁貼子畫教成。妝臺求晚晴。』見《絕妙好詞》，『新烟浮舊城』五字，未經人道。又《摸魚兒》云：『記年時、荔枝香裏，深紅一片成陣。迎風浴露精神爽，誰似阿嬌丰韻。黄昏近。望翠幕玳席，粉面雲鬟映。嬌波微瞬。向燭影交相，歌聲間繞，私語畫闌並。佳期事，好處天還慳吝。鶯啼燕語無定。一輪明月人千里，空夢雲溫雨潤。蕭郎病。恨天闊鴻稀，杳杳沈芳訊。日長人靜。但時把好山，學他媚嫵，偷就眉峯印。』見《陽春白雪》。『黄昏』『昏』字、『蕭郎』『郎』字、『玳席』『席』字，平仄並與譜異。又桉：花洲有《學詩初集》，其嘉熙庚子自序：同祖少侍家君宦遊，弱冠入金陵幕府，目所觸，意所感，寓於詩云云。後署書於建安郡齋。

李彭老

彭老，字商隱，號篔房。桉：彭老乃其弟萊老詞，近彊邨朱氏錄入《湖州詞徵》，而《絕妙好詞》及各家詞選、《宋詩紀事小傳》並不詳其里居。《吴興掌故集》、《吴興備志》等書亦不見其姓名，未審是否湖州人，抑曾游寓湖州，俟攷。淳祐中爲沿江制置司屬官。有《篔房詞》。桉：江昱《蘋洲漁笛譜攷證》：李彭老、萊老詞，近人有合刻本，名《二隱詞鈔》。

〔詞話〕

《浩然齋雅談》：篔房李彭老詞筆妙一世，予已擇十二闋入《絕妙詞》矣，茲不重見。外可筆者甚多，今復摭數首於此：《惜紅衣》云：『水西雲北，記前回同載，高陽伴侶。一色荷花香十里，偷把秋期頻數。脆筦排雲，輕橈噴雪，不信催詩雨。碧筩呼酒，秀牋題偏新句。　誰念病損文園，歲華搖落，事與孤鴻去。露井邀涼吹短髮，夢入蘋洲菱浦。暗草飛螢，喬枝翻鵲，看月山中住。一聲清唱，醉鄉知有仙路。』又送客《木蘭花慢》云：『折秦淮露柳，帶明月、倚歸船。看佩玉紉蘭，囊詩貯錦，江滿吴天。吟邊。喚回夢蝶，想故山、薇長已多年。草得梅花賦了，櫂歌遠和離舷。　風絃。盡入吟篇。傷倦客、對秋蓮。過舊經行處，漁鄉水驛，一路聞蟬。留連。漫聽燕語，便江湖、夜雨隔燈前。潮返潯陽暗水，鴈來好寄瑤牋。』又：《祝英臺近》云：元案：祝字原本脫，今據《詞譜》增入。『載輕寒、低鳴櫓。十里杏花雨。露草迷烟，縈綠過前浦。青青陌上垂楊，綰絲搖珮，漸遮斷、舊曾吟處。　聽鶯語。吹笙人遠天長，誰翻水西譜。淺黛凝愁，遠岫帶眉嫵。畫闌閒倚多時，不成春醉，趁幾點、白鷗歸去。』又

《清平樂》云：『合歡扇子。撲蝶花陰裏。半醉海棠扶半起。淡日秋千閒倚。寶箏彈向誰聽。一春能幾番晴。帳底柳綿吹滿，不教好夢分明。』又《章臺月》云：『露輕風細。中庭夜色涼如水。荷香柳影成秋意。螢冷無光，涼入樹聲碎。　玉簫金縷西樓醉。長吟短舞花陰地。素娥應笑人憔悴。漏歇簾空，低照半牀睡。』又《青玉案》云：『楚峯十二陽臺路。算只有、飛紅去。玉合香囊曾暗度。榴裙翻酒，杏簾吹粉，不識愁來處。　燕忙鶯懶青春暮。蕙帶空留斷腸句。草色天涯情幾許。荼蘼開盡，舊家池館，門掩風和雨。』又張直夫嘗爲詞敘，云：『靡麗不失爲國風之正，閒雅不失爲騷雅之賦。摹擬《玉臺》，不失爲齊梁之工。則情爲性用，未聞爲道之累。』樓茂叔亦云：『裙裾之樂，何待晚悟？筆墨勸淫，咎將誰執？或者假正大之說而掩其不能，其罪我必焉，雖然，與知我等耳。』

《絶妙好詞箋》：《樂府補題》李彭老《天香·賦龍涎香》云：『搗麝成塵，薰薇注露，風酣百和花氣。品重雲頭，葉翻蕉樣，共說內家新製。波浮海沫。誰喚覺、鮫人春睡。清潤俱饒片腦，芬氳半是沈水。　相逢酒邊雨外。火初溫、翠爐烟細。不似寶珠金縷，領巾紅墜。荀令如今憔悴。銷未盡、當時愛香意。爐煖燈寒，秋聲素被。』《摸魚兒·賦蓴》云：『過垂虹、四橋飛雨，沙痕初漲春水。腥波十里吳歈遠，綠蔓半縈船尾。連復碎。愛滑卷青綃，香裊冰絲細。山人雋味。笑杜老無情，香羹碧澗，空祇賦芹美。　歸期早，誰似季鷹高致。鱸魚相伴菰米。紅塵如海丘園夢，一葉又秋風起。湘湖外，看采擷、芳條際曉隨漁市。舊遊漫記。但望裏江南，秦鬟賀鏡，渺渺隔烟水。』

《古今詞話》：沈雄曰：李彭老，字商隱，有《篔房詞》。李萊老，字周隱，有《秋崖詞》。兩人爲一時翹楚，但俱是寄和草窗者，篇章亦甚富而少餘蘊耳。

〔詞評〕

王定甫云：　筼房詞秀潤醞藉，不失名士風流。

儀墨莊云：　筼房詞夷猶清潤，聲靜氣和。

〔坿攷〕

《蘋洲漁笛譜攷證補》：　《草窗韻語·挽李大監仁永詩》次首云：　『樞衣猶欠日熙堂，僅拜儀刑振鷺行。』此詞桉：　周草窗《祝英臺近·后溪次韻日熙堂主人》『殢餘醒尋舊雨』云云。　與彭老，疑彭老爲仁永，后溪次周草窗韻『杏花開，梅花過』云云〔一〕。　則主人爲彭老，疑彭老爲仁永之子也。

《夢窗乙稿·絳都春·爲李筼房量珠賀情》：　『黏舞綫，悵駐馬灞橋，天寒人遠』云云。

桉：　李商隱詞，余喜其《木蘭花慢》云：　『吟邊夢雲飛，遠有題紅，都在薛濤牋。』《法曲獻仙音·官圃賦梅繼草窗韻》云：　『池苑鎖荒涼，嗟事逐、鴻飛天遠。香徑無人，甚蒼蘚、黃塵自滿。聽鴉啼春寂，暗雨蕭蕭吹怨。』《探芳訊·湖上春遊》云：　『閒簾深掩梨花雨，誰問東陽瘦。幾多時，漲綠鶯枝，墮紅鴛甃。』《浪淘沙》云：　『鈿車羅蓋競歸城，別有水窗人喚酒，弦月初生。』弁陽老人《絶妙好詞》錄其詞十二闋，並皆佳妙，無可軒輊。　又桉：　商隱《高陽臺·詠落梅》云：『飄粉杯寬，盛香袖小，青青半掩苔痕。　竹裏遮寒，誰念減盡芳雲。么鳳叫晚吹晴雪，料水空、烟冷西泠。感凋零，殘縷遺鈿，迤邐成塵。　東園曾趁花前約，記按箏籌酒，戲挽飛瓊。環珮無聲，草暗臺榭春深。欲倩怨笛傳清譜，怕斷霞、難返吟魂。轉銷凝，點點隨波，望極江亭。』前段『誰念』『念』字、『么鳳』『鳳』字，後段『草暗』『暗』字、『倩怨』『怨』字，它家作此調者並用平聲，即商隱自作寄題蓀壁山房闋亦作平聲，此闋一律用去聲，音節尤爲婉雋。商隱倚聲嫥家，必其審酌於宮律之間，故能以拗折爲流美也。　又桉：《浩然齋雅談》所録商隱《惜紅衣》詞『水西雲北』云云，乃《念奴嬌》調，作《惜紅衣》，誤。

【校記】

〔一〕后：底本無，參照前文補。

李萊老

萊老，字周隱，號秋崖。桉：《詞綜》小傳：彭老字周隱，萊老字遯翁。《御選歷代詩餘》『姓氏』：萊老字周隱，號遯翁，當是萊老，一號遯翁。《詞綜》以萊老之字屬之彭老，則誤也。　彭老之弟，咸淳六年以朝請郎任嚴州。有《秋崖詞》

〔詞話〕

《浩然齋雅談》：秋崖李萊老與其兄篔房競爽，號龜溪二隱，予已刊十二闋於《絶妙選》矣。今復別見《倦尋芳》云：『繚牆粘蘚，糝徑飛梅，春緒無賴。繡壓垂簾，骨桉：骨是誤字。有許多寒在。寶幄香銷龍麝餅，鈿車塵冷鴛鴦帶。想西園，被一程風雨，羣芳都礙。　逗曉色、鶯啼人起，倦倚銀屏，愁沁眉黛。待拚千金，卻恨好晴難買。翠苑歡游孤解珮，青門佳約妨挑菜。柳初黃，罩池塘、萬絲愁藹。』又《點絳脣》云：『綠染春波，袖羅金縷雙㶉鶒。小桃勻碧。香襯蟬雲濕。　舞帶歌鈿，閒傍秋千立。情何極。燕鶯塵迹。芳草斜陽笛。』又《西江月·賦海棠》云：『綠凝曉雲苒苒，紅酣晴霧冥冥。

銀簪懸燭錦官城。困倚牆頭半影。　雨後偏饒豔冶，燕來同作清明。更深猶喚玉韡笙。不管西池露冷。』元案：『玉韡笙』三字未詳其義，疑有誤。

《詞苑》：李萊老、彭老兄弟，皆與草牕善，萊老題其詞卷有句云：『白髮潘郎吟欲醉。綠暗蘼蕪千里。』彭老懷嘯翁詞有句云：『鐙暈裏、故人老、經年賦別，相對夜何其。泛剡清愁，買花芳事，一卷新詩。』

《珠花簃詞話》：凡流連光景詞，多以回憶舊事作開，而以本題拍合，千篇一律，頗易生厭。李周隱《浪淘沙》云：『榆火換新烟。翠柳朱簷。東風吹得落花顛。簾影翠梭懸繡帶，人倚鞦韆。猶憶十年前。西子湖邊。斜陽催入畫樓船。歸醉夜堂歌舞月，拚卻春眠。』乃用憶舊作合筆，一氣綰落，全不照拍本題，閱者但覺其烟波縹緲，而不能責其游騎無歸，則在上下截搏合得緊，神不外散故也，此詞雖非傑作，可悟格局變換之法。

〔詞評〕

儀墨莊云：纏緜往復，稱心而言，周隱佳於商隱。

〔坿攷〕

《夢窗詞集小箋》：《德清縣志》：龜谿古名孔愉澤，卽餘不谿之上流也。昔孔愉微時常經谿上，見漁者籠一白龜，買而放之中流，龜左顧數四而沒。

　　桉：李商隱詞一往情深，低徊欲絕，所謂回腸盪氣，庶幾近之。其佳處有如此者，未能凡作，皆然耳。《揚州慢·瓊花次韻》云：『九曲迷樓依舊，沈沈夜、想覓行雲。但荒烟幽翠，東風吹作秋聲。』《高陽臺·落梅》云：『蘚梢空挂淒涼月，想鶴歸、猶怨黃昏。』《杏花天》云：『斜陽苦與黃昏近。生怕畫船歸盡。』《臺城路·寄弁陽翁》後段云：『文園憔悴頓老，又西風暗換〔一〕，絲鬢無數。燈外殘碪，琴邊瘦枕，一一情傷遲暮。故人勸旅。料渭水長安，感時吟苦。政自多愁，砌蛩終夜語。』又按：白石詞《惜紅衣》云：『維舟試望故國。眇天北。』國字是韻。周隱詞云『蘋洲鷗鷺素熟，舊盟續』，『熟』字亦用韻，嚮來嫥家之作，未有律不細者。

【校記】

〔一〕換：底本作『喚』，據《全宋詞》改。

陳允平

允平，字君衡，一字衡仲，號西麓，自稱莆鄮澹室後人，鄞人。德祐時授沿海制置司參議官，元大德間憲使臧夢解、陸垕屢薦不起，有《日湖漁唱》二卷、《西麓繼周集》一卷。

《四庫未收書目》『日湖漁唱提要』：《日湖漁唱》一卷，宋陳允平撰。允平字君衡，鄞縣人。德祐時授沿海制置司參議官，祥興元年允平與蘇劉義書，期九月以兵船下慶元當內應，爲怨家所訐，同官袁洪解之，得釋，事見《袁清容集》。其詩詞與吳文英、翁元龍齊名，張玉田嘗論其所作平正。《千頃堂書目》載《日湖漁唱》二卷，此作一卷，或爲後人所併歟？

江都秦氏刻本《日湖漁唱》跋：

南渡詞人推白石、玉田，得雅音之正宗，此外如梅溪、竹屋、夢牕、竹山、弁陽、碧山，指不勝屈，並皆高揖前賢，別開生面，如五色之相宣，如八音之迭奏，洵乎無美不備，有境必臻，洋洋乎鉅觀也。汲古閣所緝《六十家詞》，獨四明陳允平詞不在甄錄之内，學者憾焉。允平，字君衡，號西麓，有《日湖漁唱》一卷，前列慢曲及西湖十詠三十首，後列引、令三十五首，末附壽詞十九首，又有補遺二十二首，通爲一卷，不知何人所集。余又於諸名家詞中搜得長短調七十六首，爲續補遺一卷，於是西麓著述綜括靡遺，與鮑丈淥飲所刻《花外集》、《蘋洲漁笛譜》可以相媲矣。西麓詞清麗芊緜，小令尤爲擅長，其和周清真韻者甚多，知其胎息於前人者深也。校錄既定，爲敘其崖略，以著於篇。道光歲次己丑仲冬月日長至，江都秦恩復跋於詞隱草堂。

黄丕烈藏舊抄本《日湖漁唱》跋：

癸酉夏日，五柳書居以鈔本宋詞四種示余，余以其皆重本，故未留。越日思之，書不厭復，爲有異處也。遂復問之，索直三番，余因攜歸，出此《日湖漁唱》一種以校，卻有一二佳字誤者，亦未免悉標諸行間。書經繡谷插架，繡谷者，西泠吴氏也，吴君名焯，字尺鳧，蓋藏書家，今其書皆散矣，表之，以著雪泥鴻爪云爾。七月初四伏日，揮汗識，復翁。

《彊邨所刻詞·日湖漁唱校記跋》：

《日湖漁唱》一卷，吴伯宛校録何夢華藏舊鈔本。攷阮文達《揅經室外集》云：《千頃堂書目》稱二卷，或併《西麓繼周集》計之。江都秦氏本跋稱補遺二十二首，與慢曲西湖十詠、引令壽詞通爲一卷，此蓋前人所爲。秦輯續補遺云於諸名家詞中搜得，實皆見《繼周集》中，以補《漁唱》，殊失舊觀。惟《瑞鶴仙》、《垂楊》二首，不知據何本輯入。今依伯宛說附此卷後，並據秦本及周公謹所選諸作校舉如右。丙辰五月夏至後二日，歸安朱孝臧跋。

〔詞話〕

《皺水軒詞筌》：陸輔之《詞旨》所摘雖斷璧碎璣，然多屬宋人佳句。如陳西麓《絳都春》『琴心不度春雲遠，斷腸難托啼鵑』，讀之不見其全，真令人忽忽如失，有帢帳中將旦之惜，深恨藏書不廣。校：陳西麓《絳都春》全闋云：『鞦韆倦倚，正海棠半坼，不耐春寒。殢雨弄晴，飛梭庭院繡簾閒。梅妝欲試芳情懶。翠顰愁入眉彎。霧蟬香冷，霞綃淚搵，恨襲湘蘭。悄悄池臺步晚，任紅薰杏靨，碧沁苔痕。燕子未來，東風無語又黃昏。琴心不度春雲遠。斷腸難託啼鵑。夜深猶倚，垂楊二十四闌。』見《日湖漁唱》。

《珠花簃詞話》：陳君衡詞迄國朝而始顯，其《西麓繼周集》乃至彊邨朱氏，始據何氏夢華館臧鈔本刻行，故前人詞話中論其詞者絕尠。嘉道已還，論南宋詞人者乃皆僂指及之。其詞境如草輭波平，芊緜宛委，自成家數，惜風骨未能高騫，以比王碧山、周草窗，則猶未逮，其殆玉田之仲叔乎？

〔詞評〕

張叔夏云：詞欲雅而正，志之所之，詞亦至焉。一爲物所役，則失其雅正之音。近代如陳西麓所作，平正亦有佳者。

周止庵云：西麓宗少游，和平婉麗，最合世好。又云：書中有館閣書，西麓殆館閣詞也。

王定甫云：西麓平正之作，妙能緜邈，故是家數。

〔坿攷〕

《續甬上耆舊傳》：陳允平，資政殿大學士陳卓之姪，家居鄞之梅墟，所謂世綸堂者也。學於慈湖先生之門。德祐時官制置司參議官。入元，以仇家告變云謀爲崖山接應，遭榜掠，後事得脱，旋被薦，以病免歸。

《南宋古蹟攷》：陳君衡試上舍，不遇，放情山水，旅居錢唐半湖樓。

《絶妙好詞箋》：張炎《山中白雲·解連環·拜陳西麓墓》云：『楚魄難招，被萬疊閒雲迷著。』元注：山中樓扁曰萬疊雲。桉：《南宋古蹟攷》：陳允平《錢塘旅舍》詩云：『雲山千萬疊，身事恨悠悠。』

桉：陳君衡詞，各家選本所錄，竝見《日湖漁唱》，絶無采及《繼周集》者，蓋《繼周集》傳本尤少，比年始顯於世也。竊嘗瀏覽一過，其詞循聲赴節，停勻妥帖，竟卷一律，故其全闋無庸撰錄。其斷句較有韻致者，如《瑞龍吟》云：『深院靜，東風落紅如雨。畫屏夢繞，一篝香絮。』《掃花遊》云：『怕春去。問杜宇喚春，歸去何處。』《夜飛鵲》云：『何似醉中先別，容易爲分襟，獨抱琴歸。』《花犯》云：『烟江暮、佩環未解，愁不到、獨醒人夢裏。』《大酺》云：『東風垂楊恨，鎖朱門深靜，粉香初熟。』《霜葉飛》云：『半江楓葉自黄昏，深院砧聲悄。漸涼蝶、殘花夢曉。西風籬落寒蛩小。』《渡江雲》云：『夜漸分、西窗愁對，烟月籠紗。』《蝶戀花》云：『悵望章臺愁轉首。畫闌十二東風舊。』又云：『悶倚瑣窗燈炯炯。獸香閒伴銀屏冷。』《少年游》云：『比翼香囊，合歡羅帕，都做薄情看。』《解連環》云：『澹月梨花，別後伴、情懷蕭索。』《憶舊遊》云：『更憶西風裏，采芙蓉江上，雙槳頻招。怨紅一葉應到，明月赤闌橋。』《解語花》云：『遊人靜也，東風裏、萬紅初謝。』《過秦樓》云：『澌江空霜曉，黄蘆漠漠，一聲來雁。』《解蹀躞》云：『無奈歷歷寒蟬，爲誰喚老西風，伴人吟苦。』《一落索》云：『落花何處不春愁，料不是、因花瘦。』《虞美人》云：『一天明月一江雲。雲外月明應照、鳳樓人。』張叔夏謂西麓所作平正亦有佳者，此類是已。大凡文章之一體，皆有成就之一境。西麓之詞亦自成就，惜其成就止乎此耳。其長調如《浪淘沙慢》、《西平樂慢》等闋，亦復極見功力，以全體大段言，則樹骨未堅，言情不深，既無驚才絶豔之筆，尤乏驚心動魄之句。以視當時名輩，雖草窗、碧山，未能如驂之靳也。然而西麓，南宋遺老，品節貞峻，詞以人重，固宜裝之寶軸，麗以金箱矣。

宋人詞話卷五

馬天驥

天驥，字德夫，號方山，衢州人。紹定二年登進士第，補簽書嶺南判官廳公事，累遷祕書監、直祕閣，知吉州，以祕閣修撰知紹興府，授沿海制置使，改知池州，兼江東提舉常平，改知廣東，兼經略安撫使，遷禮部侍郎，拜端明殿學士，同簽書樞密院事，封信安郡侯。予祠，起知衢州。再予祠，再起知福州、福建安撫使，升大學士，知平江府，移慶元，提舉洞霄宮，褫職罷祠，送信州居住。後卒于家。

〔坿攷〕

《癸辛雜識》：周漢國公主下降諸閫及權貴，各獻添房之物，如珠領、寶花、金銀器之類。時馬方山天驥爲平江發運使，獨獻羅鈿細柳箱籠百隻，并鍍金銀鎖百，具錦袱百條，其實以芝楮百萬，理宗爲之大喜。

桉：馬德夫詞《城頭月·贈梁彌仙》云：『城頭月色明如晝。總是青霞有。酒醉茶醒，飢餐困睡，不把雙眉皺。坎離龍虎勤交媾。煉得丹將就。借問羅浮□□元敓二字鶴侶〔一〕，還似先生否。』李昴英有和作，並見《花草粹編》。《城頭月》調與《少年遊》字句並同，但係仄韻，後人據德夫詞首句別立一名耳。

【校記】

〔一〕□□：《欽定詞譜》卷八作『蘇耽』。

許棐

棐，字忱夫，號梅屋，海鹽人。嘉熙中隱居不仕。有《獻醜集》一卷、《梅屋詩稿》三卷、詩餘一卷、《融春小綴》、《樵談》各一卷。

〔詞話〕

《絕妙好詞箋》：《梅屋詩餘·滿宮春》云：『嬾搏香，慵弄粉，猶帶淺酲微困。金鞍何處掠新歡，倩燕鶯尋問。　柳供愁，花獻恨，衮絮獵紅成陣。碧樓能有幾番春，又是一番春盡。』《虞美人》云：『杏花窗底人中酒，花與人相守。簾衣不肯護春寒，一聲嬌嚏兩眉攢、擁衾眠。　明朝又有秋千約，恐未忺梳掠。倩誰傳語畫樓風，略吹絲雨濕春紅、絆遊蹤。』《山花子》云：『挼柳揉花旋染衣，絲絲紅翠撲春輝。羅綺叢中無此豔，小西施。　腰細最便圍舞帕，袖寒時復罩香匜。誤點一痕殘粉淚，怕人知。』

《織餘瑣述》：《梅屋詩餘》『紅踏桃花片上行』，七字絕佳，惜上句『綠隨楊柳陰邊去』，稍嫌未稱。

〔詞評〕

沈伯眉云：　梅屋詞生香活色，跌宕風流，小令之特健藥也。桉：《梅屋詩餘》皆小令，無慢詞。

〔坿攷〕

《梅屋記》自譔，見《獻醜集》：　予小莊在秦溪極北，屋庳地狹，水南别築數椽，爲讀書處。四簷植梅，因扁『梅屋』。丁亥震淩，屋仆梅壓，移扁故廬。客顧扁而問曰：『昔吟逋愛梅，未嘗一日去梅，爾愛梅，無梅屋，扁梅屋，猶飢人畫餅，奚益？請去扁。』予曰：『向也以梅爲梅，今也以心爲梅，扁何問焉？扁可以理觀，不可以物視。片木二字而已，理觀，四壁天地，萬卷春風，庾嶺香，孤山玉，豈襟袖外物哉？斷斷以爭其無，喋喋以衒其有，皆非物理之平也，請别具隻眼。』客曰：『唯。』

《融春室記》見《獻醜集》：　予多病畏寒，末冬爲縮殼蝸矣。陋室第三桁下，分立四槅，中垂一簾，對懸樂天、東坡二先生像。當窻晴日煖，肌骨暢柔，爐溫火深，神氣和浹，未信天地間别有春也。嗚呼！室，舊室也；　歲，殘歲也。何昨也冬，而今也春也。疑二先生在焉，霜雪不敢犯，又疑葉葉春風，自書卷中流出。不然，是造物者憐我寒痼，畀令於一室也。然不敢私一室之春，願融而爲天下之春。貧褐富裘，同一溫纊，家居客寓，同一熙臺，此予之心也，二先生之心也。

《梅屋書目序》見同上：　家貧喜書，舊積千餘卷，今倍之，未足也。肆有新刊，知無不市，人有奇編，見無不錄，故環室皆書也。或曰：　耆書好貨，均爲一貪。貪書而飢，不若貪貨而飽；　貪書而勞，不若貪貨而逸。人生不百年，何自苦如此？　答曰：　今人予不知之，自古不義而富貴者，書中略可考也，竟何如哉！　予少安於貧，壯樂於貧，老忘於貧，人不鄙夷予之貧，鬼不揶揄予之貧，書之賜也。如彼百年，何樂之有哉？書目未有序，童子志之。

《澉浦詩話》：梅屋字忱父，隱居秦溪，繞屋徧植梅花，藏書甚富。嘗自言曰：『四壁天地，萬卷春風，一簾香雪，樂而可以忘死。』《檇李詩繫》選梅屋詩十數首，有《春思》絕句云：『朝來一陣蕭蕭雨，敲得庭花半欲殘。燕子不知人冷落，飛來簾底避春寒。』

桉：《梅屋詩餘》一卷，臨桂王氏四印齋依知聖道齋藏鈔本刻入《宋元三十一家詞》，僅小令十八闋，妍豔之句，令人齒頰生香。昔易安居士論詞云：『曉風殘月柳三變，滴粉搓酥左與言。』梅屋之作，緜邈不逮屯田，其殆濟陽之流亞乎？若就其品地而攬其佳勝，則樊榭老人《絕妙好詞箋》采錄之三闋，固猶未足盡之也。《鷓鴣天》云：『翠鳳金鸞繡欲成。沈香亭下款新晴。綠隨楊柳陰邊去，紅踏桃花片上行。鶯意緒，蝶心情。一時分付小銀箏。歸來玉醉花柔困，月濾紗窗約半更。』此闋擬評之曰：『豔錦安天鹿，新綾織鳳凰。』《琴調相思引》云：『組繡盈箱錦滿機。倩人縫作護花衣。恐花飛去，無複上芳枝。已恨遠山迷望眼，不須更畫遠山眉。正無聊賴，雨外一鳩啼。』此闋擬評之曰：『好句如仙，柔情如水。』斷句如《小重山》云：『强排春恨剪新詞。詞未就，鶯唱縷金衣。』《更漏子》云：『羞阮鳳，怯箏鸞。指寒無好彈。』《喜遷鶯》云：『一重簾外即天涯。何必暮雲遮。』《畫堂春》云：『一輪蟾玉墮花西。攜手同歸。』《後庭花》云：『東風不管琵琶怨。落花吹遍。』亦復吹嚼花蘂，雕鎪瓊瑩，非香徑紅樓中人不能道其隻字。

何夢桂

夢桂，字巖叟，學者稱潛齋先生，淳安人。咸淳元年廷試第三人登進士，授台州軍判官，改太學錄，遷博士，爲吉州倅，除太常博士，轉監察御史，遷軍器監，尋轉大府卿。元初薦授江西儒學提舉，以疾辭不赴。有《潛齋詞》一卷。

四印齋刻《宋元三十一家詞・潛齋詞跋》：

儀徵劉伯山序《草窗詞》，據草窗、白石與夢窗唱和年月，謂夢窗與草窗唱和時，其年當在八十上下，白石與夢窗唱和亦在七十以外。今巖叟此集有和邵清溪詞二闋，按巖叟咸淳乙丑進士第二人，邵清溪之生，據《蛾術詞選》攷之，爲至大二年己酉。詞選卷二和趙文敏詞自序云：生十四年而公薨，文敏之歿，爲至正二年壬戌，逆而溯之，當生於是年。距乙丑已四十五年，巖叟生年無攷，其《摸魚子》題云和邵清溪自壽，清溪元作本集不載，不知作於何年。詞選紀年之始，爲後至元二年己卯，是年清溪三十有一，自壽之詞卽作於二十内外，而巖叟又弱齡登第，是時亦年逾大耋矣。厥後清溪亦年至九十有二，何詞人老壽之多耶？書之以備詞壇佳話。半唐老人校訖記。

〔坿攷〕

《嚴州府志》：巖叟幼穎悟，從鄉先生夏納齋游，宋末仕至大府卿，時事已不可爲矣。元初被薦不赴，築室小西源〔一〕，不復與世接。著書自娛，有《易衍》、《大學説》、《中庸致用》等書，學者稱爲潛齋先生，祠之於石峽書院。

桉：何巖叟《潛齋詞·喜遷鶯》云：『留春不住。又早是清明，楊花飛絮。杜宇聲聲，黄昏庭院，那更半簾風雨。勸春且休歸去。芳草天涯無路。悄無語。倚闌干立盡，落紅無數。誰愬。長門事，記得當年，曾趁梨園舞。霓羽香消，梁州聲歇，昨夢轉頭今古。金屋玉樓何在，尚有花鈿塵土。君不顧，怕傷心，休上危樓高處。』斷句如《摸魚兒》云：『青條似舊。問江北江南，離愁如我，還更有人否。』又云：『風急岸花飛盡也，一曲啼紅滿袖。春波皺。青草外，人間此恨年年有。』《滿江紅·和王偉翁上巳》云：『六幅羅裙香凝處，痕痕都是尊前酒。』《喜遷鶯·感春》云：『情寸寸，到如今，只在長亭烟柳。』《賀新郎·寄舊宫怨》云：『亭北海棠還開否，縱金釵、猶在成長恨。』《蝶戀花·卽景》云：『漠漠輕雲山約住。半村烟樹鳩呼雨。』巖叟佳句工於言情者較多，而氣格雅近沈著，在南宋人詞中不失爲中上之選。

【校記】

〔一〕酉：底本作『有』，據《潛齋集》附錄《家傳》改。

翁夢寅

夢寅，字賓暘，號五峯，錢唐人。祖貫崇安，首登臨安鄉書。

〔詞話〕

《浩然齋雅談》：翁孟寅賓暘嘗遊維揚，時賈師憲開帷閫，甚前席之。其歸，又置酒以餞賓暘，即席賦《摸魚兒》云：『捲西風、方肥塞草，帶鉤何事東去。月明萬里關河夢，吳楚幾番風雨。江上路，二十載頭顱，凋落今如許。涼生弄塵。嘆江左夷吾，隆中諸葛，談笑已塵土。　寒汀外，還見來時鷗鷺。重來應是春暮，輕裘峴首陪登眺，馬上落花飛絮。拚醉舞。誰解道，斷腸賀老江南句。沙津少駐。舉目送飛鴻，幅巾老子，樓上正凝佇。』師憲大喜，舉席間飲器凡數十萬悉以贈之。

《珠花簃詞話》：翁五峯《摸魚兒》歇拍云：『沙津少駐。舉目送飛鴻，幅巾老子，樓上正凝佇。』東坡《送子由》詩：『時見烏帽出復沒。』是由送客者望見行人，極寫臨歧眷戀之狀。五峯詞乃由行人望見送者，客子消魂，故人惜别，用筆兩面俱到。

〔坿攷〕

《四朝聞見錄》：翁孟寅，其先本建之崇安人。祖中丞名彦國，僞楚張邦昌僭帝時，嘗提兵勤王，爲李丞相綱之姻亞〔一〕。謙之，進士，孟寅首登臨安鄉書。

《武林舊事》：龍井路崇德顯慶院有翁五峯墓。

《夢窗乙稿・江神子・送翁五峯自鶴江還都》『西風一葉送行舟』云云。

桉：翁五峯詞《齊天樂・元夕》云：『紅香十里銅駝夢。如今舊遊重省。節序飄零，歡娱老大，慵立燈光蟾影。傷心對景。怕回首東風，雨晴難準。曲巷幽坊，管弦一片笑聲近。　飛棚浮動翠葆，看金釵半溜，春爐紅粉。鳳輦鼇山，雲收霧斂，迤邐銅壺漏迴。霜風漸緊。展一幅青綃，淨懸孤鏡。帶醉扶歸，曉酲春夢穩。』《燭影搖紅》云：『樓倚春城，鎖窗曾共巢春燕。人生好夢逐春風，不似楊花健。舊事如天漸遠。奈晴絲牽愁未斷。鏡塵埋恨，帶粉棲香，曲屏寒淺。環佩空歸，故園羞見桃花面。輕烟殘照下闌干，獨自疏簾捲。一信狂風又晚。海棠花、隨風滿院。亂鴉歸後，杜宇啼時，一聲聲怨。』此二闋皆合作。《燭影搖紅》筆情韶令，最易動人。《齊天樂》則漸近凝重，以體格言，則《齊天樂》高於《燭影搖紅》，方與尖之不同也，特尖只微尖方亦近方而已。　又桉：翁五峯著有《淮南襍録》，見《西湖秋柳詞》注。

【校記】

〔一〕婀亞：底本作『亞父』，據《四朝聞見録》改。

胡汲古

汲古，名待攷，嚴陵人。

《胡汲古樂府》林景熙序：

唐人《花間集》，不過香奩組織之辭，詞家爭慕傚之，粉澤相高，不知其靡。謂樂府體固然也，一見鐵心石腸之士，譁然非笑，以爲是不足涉吾地。其習而爲者，亦必毁剛毁直，然後宛轉合宫商，嫵媚中繩尺，樂府反爲情性害矣。樂府，詩之變也。詩發乎情，止乎禮義，美化厚俗，胥此焉寄？豈一變爲樂府，乃遽與詩異哉？宋秦、晁、周、柳輩，各據其壘，風流醖藉，固亦一洗唐陋，而猶未也。荊公金陵懷古，末語『後庭遺曲』，有詩人之諷。裕陵覽東坡月詞，至『瓊臺玉宇，高處不勝寒』，謂蘇軾終是愛君。由此觀之，二公樂府根情性而作者，初不異詩也。嚴陵胡君汲古，以詩名，觀其樂府，詩之法度在焉，清而腴，麗而則，逸而斂，婉而莊。悲涼於殘山剩水，豪放於明月清風，酒酣耳熱，往往自爲而歌之，所謂樂而不淫，哀而不傷，一出於詩人禮義之正，然則先王遺澤，其猶寄於變風者，獨詩也哉！

〔坿攷〕

《伯牙琴·鑑湖修禊序》：歲丙申三月三日，陳用賓、劉邦瑞、胡汲古與予舉修禊故事，會於鏡湖一曲，舊所謂鴻禧觀，今易爲寺，遥望蘭亭，招逸少酹之。

桉：《胡汲古樂府序》，見宋平陽林景熙《霽山先生集》，霽山稱汲古樂府悲涼於殘山賸水，蓋亦南宋遺民也。惜其所作世無傳者，亟錄林序，藉存其人，備它日訪求焉。

范晞文

晞文，字景文，號葯莊，錢唐人。太學生，理宗時同葉李上書詆賈似道，竄瓊州。入元，以程鉅夫薦擢江浙儒學提舉，轉長興丞。有《葯莊廢稿》。

〔詞話〕

《西湖秋柳詞》注：范晞文《葯莊詞》臨安秋晚調《摸魚兒》云：『淡黄宮柳休輕折，曾拂鈿車紅粉。君莫問，君不見琵琶毳帳飄零盡。』

桉：范景文詞《意難忘》云：『清淚如鉛。嘆咸陽送遠，露冷銅仙。嵓花紛墮雪，津柳暗生烟。寒日後，暮江邊。草色更芊芊。四十年，留春意緒，不似今年。山陰欲棹歸船。暫停杯雨外，舞劍燈前。重逢應未卜，此別轉堪憐。憑急管，倩繁弦。思苦調難傳。望故鄉，都將往事，付與啼鵑。』見《絶妙好詞》。此詞前段感時傷往，聲情掩抑，入元薄宦，詎有所不得已耶？其臨安秋晚詞惜全闋已佚，又有《對牀夜話》五卷，馮去非爲之序。

王沂孫

沂孫，字聖與，桉：與，一作予。號碧山，又號中仙，又號玉笥山人，會稽人。入元，官慶元路學正。有《碧山樂府》二卷，一名《花外集》。

四印齋刻《花外集》跋：

右玉笥山人《花外集》，一名《碧山樂府》，一卷。碧山詞頡頏雙白，揖讓二窻，實爲南宋之傑，顧其集傳本絶少，諸家謚錄均未之及。鮑氏《知不足齋叢書》所刊，爲詞六十有五。《御選歷代詩餘》云：《碧山樂府》二卷，則此刻似非完書。光緒戊子春日覆刊元本蘇、辛詞畢，復取鮑氏刻本重加校訂，並增入戈順卿校勘數則，付諸手民，以公同志。張臯文云：『碧山詠物，並有君國之憂。』周止菴云：『詠物最爭托意隸事處，以意貫串，渾化無痕，碧山勝場也。』年丈端木子疇先生釋碧山《齊天樂·詠蟬》云：『詳味詞意，殆亦黍離之感。「宮魂」字點出命意；「乍咽」、「還移」，慨播遷也；「西窻」三句，傷敵騎暫退，燕安如故；「鏡暗」二句，殘破滿眼，而修容飾貌，側媚依然，衰世臣主，全無心肝，千古一轍也；「銅仙」三句，宗器重寶，均被遷敓，澤不下究也；「病翼」二句，更是痛哭流涕，大聲疾呼，言海島棲流，斷不能久也。「餘音」三句，遺臣孤憤，哀怨難論也；「漫想」二句，責諸臣到此，尚安危利災，視若全盛也。』其論與張、周兩先生適合，詳錄於後，以資學者之隅反焉。臨桂王鵬運識。

〔詞話〕

《絕妙好詞箋》：《樂府補題》王沂孫《天香·賦龍涎香》云：『孤嶠蟠烟，層濤蜕月，驪宮夜採鉛水。汎逝槎風，夢深薇露，化作斷魂心字。紅瓷候火，還乍識、冰環玉指。一縷縈簾翠影，依稀海山雲氣。　幾回殢嬌半醉。剪春燈、夜寒花碎。更好故溪飛雪，小窗深閉。荀令如今頓老，總忘卻、尊前舊風味。慢惜餘薰，空篝素被。』《摸魚兒·賦蓴》云：『玉簾寒、翠絲微斷，浮空清影零碎。碧芽也抱春洲怨，雙卷小緘芳字。還又似。繫羅帶、相思幾點青鈿綴。吳中舊事。悵酪乳爭奇，鱸魚謾好，誰與共秋醉。　江湖興，昨夜西風又起。年年輕誤歸計。如今不怕歸無準，卻怕故人千里。何況是，正落日、垂虹怎賦登臨意。滄浪夢裏。縱一舸重遊，孤懷暗老，餘恨渺烟水。』《齊天樂·賦蟬》云：『綠陰千樹西窗曉，厭厭晝眠驚起。嫩翼風微，流聲露悄，半剪冰牋誰寄。淒涼倦耳。謾重拂琴絲，怕尋冠珥。夢短宮深，向人猶與訴憔悴。　殘虹收盡過雨，晚來頻斷續，都是秋意。病葉難留，纖柯易老，空憶斜陽身世。山明月碎。甚已絕餘音，尚餘枯蜕。鬢影參差，斷魂青鏡裏。』

項刻《絕妙好詞》王沂孫小傳：陸輔之《詞旨》載有『霜天曉角』等語，今集所無。

《詞苑叢談》：尤侗序唐詩，有初盛中晚，宋詞亦有之。宋之詞，由五代長短句而變，約而次之：

小山、安陸，其詞之初乎？淮海、清真，其詞之盛乎？石帚、夢窗，似得其中。碧山、玉田，風斯晚矣。

《山中白雲疏證》廣陵江昱按：王碧山詞，余所得鈔本凡二，一名《玉笥山人花外詞集》，爲吾郡吴氏本；一名《玉笥山人詞集》，爲白門周司農櫟園先生藏。凡南宋鈔本詞十六家，余從姑爲司農孫婦，舉以畀余者，較吴本爲多。

《詞學集成》：皋文《詞選》云：『碧山詠物諸篇皆有君國之憂，「漸新痕懸柳」詠新月一篇，喜君有恢復之志，而惜無賢臣也。「殘雪庭除綠梅花」一篇，傷君臣宴安，不思國恥，天下將亡也。「玉局歌殘榴花」一篇，言亂世尚有人才，惜世不用也。』詒案：此解亦古人所未有，而詞家之有少陵，亦倚聲家所亟欲推尊矣。

《冷廬雜識》：作長調貴曲折，而清空一氣。王沂孫《摸魚兒》云：『洗芳林、夜來風雨。匆匆還送春去。方纔送得春歸了，那又送君南浦。君聽取。怕此際、春歸也過吴中路。君行到處。便快折湖邊，千條翠柳，爲我繫春住。　春還住，休索吟春伴侶。殘花今已塵土。姑蘇臺下烟波遠，西子近來何許。能喚否。又恐怕、殘春到了無憑據。煩君妙語。更爲我將春，連花帶柳，寫入翠箋句。』此詞絕佳。

《香海棠館詞話》：初學作詞，最宜讀碧山樂府，如書中歐陽，信本準繩，規矩極佳。二晏如右軍父子，賀方回如李北海，白石如虞伯施，而雋上過之，公謹如褚登善，夢窗如魯公，稼軒如誠懸，玉田如趙文敏。

《珠花簃詞話》：王碧山《聲聲慢》云：『迎門高髻，倚扇清吭，娉婷未數西洲。淺拂朱鉛，春風二月梢頭。相逢靚妝俊語，有舊家、洛京風流。斷腸句，試重拈綵筆，與賦閒愁。猶記淩波去後，問明璫羅襪，卻爲誰留。枉夢想思，幾回南浦行舟。莫辭玉尊起舞，怕重來、燕子空樓。漫惆悵、抱琵琶閒過此秋。』得無自恨慶元之仕乎？《一蕚紅》題梅花卷云：『疏蕚無香，柔條獨秀，應恨流落人間。』又云：『仌骨微銷，塵衣不浣，相見還誤輕攀。』《疏影·詠梅影》云：『算如今，也厭娉婷，帶了一痕殘雪。』其遇亦可悲矣。

《織餘瑣述》：溫湯七聖殿繞殿石榴花皆太真手植，見洪氏《雜俎》。《花外集·慶清朝·詠榴花》云：『誰在舊家殿閣，自太真仙去，埽地春空。』用此故事。

〔詞評〕

張叔夏云：碧山詞琢語峭拔，有白石意度。

周介存云：中仙最多故國之感，故著力不多，地分高絶，所謂意能尊體也。又：中仙最近叔夏一派，然玉田自遜其深遠。又：碧山胷次恬淡，故黍離麥秀之感只以唱嘆出之，無劍拔弩張習氣。又：詞以思筆爲入門階陛，碧山思筆可謂雙絶，幽折處大勝白石，惟圭角太分明，反復讀之，有水清無魚之恨。

許蒿廬云：碧山詠物詞明雋清圓，無堆垛之習。

〔附攷〕

《志雅堂雜鈔》：王聖予嘗輯《對苑》一書甚精，凡十餘冊，止於三字，如獅子橋、鳳兒花之類。

又：辛卯十二月初夜，天放降仙江寧王大圭至，問王中仙今何在，云：『在冥司幽滯未化。』有詩云：『天上人間只寸心，烟花雨意抑何深。十年尚有梢頭恨，燕子樓空斷素琴。』又詩云：『繡閣珠簾半未殘，中年何事早拘攣。春風詞筆時塵暗，手拂冰絃昨夢寒。』

《蘋洲漁笛譜》：《踏莎行·題中仙詞卷》：『結客千金，醉春雙玉，舊游宮柳藏仙屋。白頭吟老茂陵西，清平夢遠沈香北。　玉笛天津，錦囊昌谷。春紅轉眼成秋綠。重翻花外侍兒歌，休聽酒邊供奉曲。』

《山中白雲》：《洞仙歌·觀王碧山花外詞集有感》：『野鵑啼月，便角巾還第。輕擲詩瓢付流水。最無端、小院寂歷春空，門自掩，柳髮離離如此。　可惜歡娛地。雨冷雲昏，不見當時譜銀字。舊曲怯重翻，總是離愁，淚痕灑、一簾花碎。夢沈沈、知道不歸來，尚錯問桃根，醉魂醒未。』

按：碧山詞鏤玉雕瓊，裁雲縫月，聲容鏗麗，骨肉停勻，詞中能品，信無出其右者。蒙獨憙其較近蒼淡之作，殊未易多得也。《水龍吟·落葉》云：『曉霜初著青林，望中故國淒涼早。蕭蕭漸積，紛紛猶墜，門荒徑悄。渭水風生，洞庭波起，幾番秋杪。想重厓半沒，千峯盡出，山中路、無人到。　前度題紅杳杳。遡宮溝、暗流空繞。啼螿未歇，飛鴻欲過，此時懷抱。亂影翻窗，碎聲敲砌，愁人多少。望吾廬甚處，只應今夜，滿庭誰掃。』《齊天樂·贈秋崖道人西歸》云：『冷烟殘水山陰道，家家擁門黃葉。故里魚肥，初寒雁落，孤艇將歸時節。江南恨切。問還與何人，共歌新闋。換盡秋芳，想渠西子更愁絕。　當時無限舊事，嘆繁華似夢，如今休說。短褐臨流，幽懷倚石，山色重逢都別。江雲凍結。算只有梅花，尚堪攀折。寄取相思，一枝和夜雪。』其斷句如《高陽臺》云：『縱飄零，滿院楊花，猶是春前。』又云：『歸來依舊秦淮碧，問此愁、還有誰知。』又云：

『如今處處生芳草，縱凭高、不見天涯。』《聲聲慢》云：『已是南樓曲斷，縱疏花淡月，也只淒涼。』《三姝媚・次周公謹故京送別韻》云：『總是飄零，更休賦、梨花秋苑。』此等句低徊掩抑，盪氣迴腸，庶乎加於能品一等。又桉：碧山詞賦物之作十居八九，就中佳勝，當於空靈處求之，所謂離神，得以始輕黃金。《南浦・春水》云：『孤夢繞滄浪，蘋花岸、漠漠雨昏烟暝。』《聲聲慢・催雪》云：『怕寒繡幃慵起，夢梨雲、說與春知。』《疏影・梅影》云：『幾度黃昏，忽到窗前，重想故人初別。』《齊天樂・詠螢》云：『漢苑飄苔，秦陵墜葉，千古淒涼不盡。』又詠蟬云：『病翼驚秋，枯形閲世，消得斜陽幾度。』《一萼紅・紅梅》云：『欲寄故人千里，恨燕支太薄，寂寞春痕。』昔人謂填詞貴融景入情，碧山尤能卽物寓情而不凝滯於物，斯爲賦體上乘。至如《水龍吟・詠白蓮》云：『三十六陂烟雨，舊淒涼、向誰堪訴。如今謾說，仙姿自潔，芳心更苦。』《齊天樂・詠蟬》云：『病葉難留，纖柯易老，空憶斜陽身世。窗明月碎。甚已絶餘音，尚遺枯蛻。』何言之酸楚乃爾！黃葉故山，歸來恨晚《醉蓬萊》詞意，可以原其心矣。

汪元量

元量，字大有，自號水雲子，錢塘人。度宗時以善琴事謝后、王昭儀，宋亡，隨三宮留燕，後爲黃冠南歸。桉：《西江詩話》：元量，浮梁人，咸淳閒進士，官至兵部侍郎。不知何據。《宋詩紀事小傳》云元量江右人，以爲神仙，多畫其像祀之，蓋沿《江西詩話》浮梁人之說。有《湖山類稾》十三卷詞三卷，桉：見《千頃堂書目》。今傳世者，劉辰翁評點本《湖山類稾》五卷，詞坿《水雲集》一卷。

〔詞評〕

丁松生云：水雲詞沈鬱蒼涼，與玉田並駕。集中《錢塘元夕漸江樓聞笛》及《憶王孫》集句九首，尤爲哀感頑豔，黍離麥秀之痛，一於詞發之，南宋詞家允推後勁。

〔坿攷〕

《南宋書》：汪元量字大有，錢塘人。以善琴出入宋宮掖，臨安不守，太后嬪御北行。汪從之，留宿薊門數年。文丞相被執在獄，汪謁勉丞相必以忠孝白天下。元世祖命奏琴，賜爲黃冠師，南歸。故幼主瀛國公，故福王平原公，故相吳堅、留夢炎，參政家鉉翁、文及翁，宮人王昭儀等分韻賦詩餞行。有《水雲詩》一卷，多紀國亡時事，親見蒼黃歸附，展轉北行，元帝后賜三宮燕賚，宋宮人分嫁北匠，有種種悲嘆。其《酬王昭儀》及《平原公第夜宴》、《謝太后挽詩》尤淒絶，故相馬廷鸞、章鑑、謝枋得咸序曰詩史。後往來匡廬彭蠡之間，人莫測其去留之蹟。

《改蟲齋筆疏》：水雲以善琴供奉，國亡，隨三宮入燕。久之，請爲黃冠南歸。藏有賜硯，背刻『天錫永寶』，四字分書。右刻『水雲』二篆字，左刻楷書絶句，云：『斧柯片石伴幽閒，堪與遺民共號頑。試憶當時承賜事，墨痕如淚盡成斑。』其《北征》古詩有云：『北師有嚴程，挽我投燕京。挾此萬卷書，明發萬里行。』則硯必並載入燕，以詩書授瀛國公，皆此硯矣。

《西江詩話》：汪大有，字元量，桉：名字互易，亦與它書異。號水雲，浮梁人。咸淳進士，官兵部侍郎。工詩，清麗可喜。臨安既失，其詩曰：『西塞山邊日落處，北關門外雨來天。南人墮淚北人笑，臣甫低頭拜杜鵑。』又曰：『錢塘江上雨初乾，風入端門陣陣酸。萬馬亂嘶臨警蹕，三宮灑淚溼鈴鑾。童兒賸遣追徐福，厲鬼須當滅賀蘭。若說和親能活國，嬋娟應遣嫁呼韓。』《題王導像》曰：『秦淮浪白蔣山青，西望神州草木腥。江左夷吾甘半壁，只緣無淚灑新亭。』水雲後從謝后北遷，老宮人能詩者，皆其指教。或謂瀛國公喜賦詩，亦水雲教之。所著詩有《水雲集》。

桉：汪水雲詞筆絕清，《滿江紅·吳江秋夜》云：『一個蘭舟，雙桂槳、順流東去。但滿目、銀光萬頃，淒其風露。漁火已歸鴻雁汊，棹歌更在鴛鴦浦。漸夜深、蘆葉冷颼颼，臨平路。吹鐵笛，鳴金鼓。絲玉膾，傾香醑。且浩歌痛飲，藕花深處。秋水長天迷遠望，曉風殘月空凝佇。問人間、今夕是何年，清如許。』其斷句如《金人捧露盤·越王臺》云：『鷓鴣啼歇夕陽去，滿地風埃。』《傳言玉女·錢塘元夕》云：『玉梅消瘦，恨東皇命薄。』《好事近·浙江樓聞笛》云：『猶有梨園聲在。念那人天北。』《鶯啼序·重過金陵》云：『清談到底成何事。回首新亭，風景今如此。』《滿江紅·和王昭儀韻》云：『事去空流東汴水，愁來不見西湖月。』憂時念亂，故君故國之思流溢楮墨之表。昔李元暉謂讀汪水雲詩而不墮淚者，殆不名人，詞亦何莫不然？又有《憶王孫》集句九闋尤婉婉，情至可誦。　又桉：彊邨朱氏所刻《水雲詞》，即《湖山類稿》第五卷，末補《鳳鸞雙舞》一闋，蓋水雲初直內廷時應制之作，詞云：『慈元殿、薰風寶鼎，噴香雲飄墜。環立翠羽，雙歌麗調，舞腰新束，舞纓新綴。金蓮步、輕搖彩鳳兒，翩翻作戲。便似月裏仙娥謫來，人間天上，一番遊戲。　聖人樂意。任樂部、簫韶聲沸。眾妃歡也，漸調笑微醉。競奉霞觴，深深願、聖母壽如松桂。迢遞，更萬年千歲。』此調《詞律》及《詞律拾遺》並未載，秀水杜氏據《水雲詞》收入《詞律補遺》。又按：《水雲集》坿録陳謨《題呂仲善所藏汪水雲草蟲卷子》七言長篇並序：『卷中百蟲各極情態，而終以大小數鴈，豈所謂江南破百鴈來乎？水雲寓黍離之感於畫圖，觀者淒斷』云云。據此，則水雲又工繪事，顧自宋已還箸録書畫之書，不見其名，蓋所作失傳，後人知者罕矣。

徐霖

霖，字景說，號徑畈，按：徑或作逕，畈或誤畋。衢州西安人。按：一作江山人。淳祐元年進士，四年試禮部第一，授沅州教授。擢祕書省正字，遷校書郎，特改宣教郎，主管雲臺觀。遷著作郎，兼國史編修、實録檢討，兼權尚佐郎官，兼崇政殿說書，兼權左司。乞補外，知撫州，差知衡州、袁州，差主管崇禧觀。景定二年知汀州，明年卒。詔與一子恩澤，賜祭田百畝。

〔坿攷〕

《癸辛雜識》：徐霖居衢，於所居畫諸葛武侯像，終日與之對坐論天下事。

按：徐徑畈《長相思》云：『聽鶯聲，惜鶯聲。客裏鳥聲最有情，家山何處青。問歸程，數歸程。行盡長亭又短亭，征衫脫未成。』見《陽春白雪》。過拍二句承上句『惜』字意，融景入情，句渾成而境深秀，《詞綜補遺》陶樑。按：景說以淳祐十二年出知撫州，未幾以言事罷歸，詞當作於是時。次年改元寶祐，復有鄂州之命。《宋史》霖本傳不云知鄂州。末句『征衫脫未成』，亦句讖也。

《宋詩紀事補遺》卷六十九徐霖七絶一首，卷八十六徐徑畈五律七絶各一首，無小傳。陸氏不知霖號徑畈，七絶題爲笋石，元注：石在郡治東園。並録其自《撫州府志》，蓋知撫州時所作。又桉：徑畈甫登朝籍，即疏劾史嵩之，洊歷清班，以志絜忠精自期許。出知撫州，幾一月而政舉。化去之日，士民遮道，不得行，及暝，始由徑以出。丁外艱，哀毁號絶，水漿不入口七日，及卒，度宗賜祭田百畝，以旌直臣。嘗居衢講道，聽者日三千餘人，庶幾忠孝兩全，政學賅備，不愧完人之目矣。弁陽老人《癸辛雜識》乃於霖頗多微詞，殊不可解。

柴望

望，字仲山，號秋堂，又號歸田，其先衛人，徙居江山。嘉熙間太學上舍。淳祐六年元旦日蝕，詔求直言，乃上《丙丁龜鑑》十一卷，忤時相，詔下獄，臨安尹疏解之，得放歸。景炎二年孔大諫薦，以布衣直疏前殿，特旨授廸功郎、史館國史編校。宋亡，自號宋逋臣。與從弟通判隨亨、制參元亨、察推元彪，稱柴氏四隱。有《秋堂集》三卷、桉：近人南城李氏宜秋館刻本第三卷詩餘，又補遺三首。《道州台衣集》、《凉州鼓吹詞》各一卷。

宜秋館刻本《秋堂集詩餘補遺》雷鳳鼎跋：

右詞三闋，鳳鼎自趙聞禮《陽春白雪》録出，郵寄宜秋館主人刊附集後。其《摸魚兒》一闋雖已見本集，而題目字句閒有不同，合依《山中白雲詞》例兩存之。秋堂詞悽惋沈鬱，與泗水潛夫相視而笑，昔人云：詞至宋末而始極其變，諒哉！甲寅初臨川雷鳳鼎菊農識于拜鵑樓。

〔詞話〕

《珠花簃詞話》：余近作《浣溪沙》句云：『莫向天涯輕小別，幾回小別動經年。』比閱柴望《秋堂詩餘·滿江紅》云：『別後三年重會面，人生幾度三年別。』意與余詞略同，爲黯然者久之。

〔坿攷〕

蘇幼安撰《秋堂公墓誌銘》：秋堂公歿有年矣，有宋革命，公爲舊臣，避地守貞，其故交遺朋非無行義秉文之士可以誌公者。顧潛德遯跡，晨星落落，紀公之實者，非草野外史乎？公之志節昭著宇宙，知之者非一人，乃謀垂之於不朽，以俟後之知公者，則余辱公知最深，又烏得不銘？公姓柴氏，諱望，字仲山，號秋堂。其先衛人，始祖承事公諱仲緊，避五代之難，徙居江山；四代祖諱元瞻，以孝廉著稱，辟於朝；先從祖司封公諱天錫，與弟天因同年進士，能以風節立朝，不附權貴。嗣後太史公禹聲，待制公中行，侍御公瑾，大理公衛，承務公復，皆以禮學政事伯仲後先，柴氏蓋奕奕有聲矣。承務公生朝奉公伯之，朝奉公生廸功公可用，廸功公生公。公生而穎異，五歲能誦詩書，輒不忘。甫成童，博通經史，諸子百家無不研究。屬文葩藻，興致所逼，聯珠貫玉，豪邁逸發，湧若雲波，蓋方閉戶力學，而篇什流遍江左，咸推爲天下士矣。嘉熙間爲太學上舍，除中書省，奏名。倜儻不羈，所交皆當世知名士，相與談論古今時變及經國要務，皆鑿鑿中的。淳祐六年丙午元旦日蝕，詔求中外直言，公素明象數，每夜占星斗，時復慘怛，悲歌慷慨，左右莫知其所爲。及聞詔，乃撰《丙丁龜鑑》一十卷，起周威烈王五十二年丙午，止後漢高祖天福十二年丁未，自秦漢五代，上下通一千二百六十年，爲丙午、丁未，二十有一，數其吉凶禍福於前，指其治亂得失於後，正月書成，上進，忤時相意。秋七月，詔下府獄逮詰，幾不免。時大尹尚書節齋趙公素知公忠直，上疏言柴望忠誠懇切，所述根據史傳，未可重以爲愆，得旨放歸田里，京師之人謂公讜論不容，無不嘆息。在時名公設祖道湧金門外，時與公爲文字交者，三山鄭震，紹武吳陵，建安葉元素，松溪朱繼芳，錢塘翁孟寅，田井陳麟、黄溱，南康馮去辨，西江趙崇嶓、曾原一，盱江黄載，汶陽周弼，咸在焉。晚色涵岫，商飈振林，各賦詩爲別，公神思澹然，不以得失介意，愛君憂國，眷戀不忘，而桑梓松菊之懷，託之聲律者，藹然有度。既抵家，和淵明《歸去辭》以自遣，隱長臺之高齋，有樓扁曰奇氣，廳曰百客，讀書鼓琴，時或焚香宴坐，終日賓友至，則相與笑傲物外，階下蘭蕙宛然，清氣偪人，就之遊者，裛其神采，飄飄起馭風之想。公性至孝，早喪父，太夫人毛氏孀節，授公學業。公在太學時，雖晨遊結駟，無夕不問安否。解職後，益加虔謹，于所居構瑞萱堂，承歡甘旨，務竭其哀，居喪哀毀成疾，蔬食廬墓，塊然骨立，人莫能堪，蓋其天性如此。咸淳初元兵日熾，國事窮蹙，公聞之，輒徬徨流涕。及聞爲國難死事者，必爲文望空酹之，觀者聳動。公家居，聲名藉甚，當途屢薦之。時太師賈似道專政，公弗平之，遂弗起，乃肆意名勝，登天台、雁蕩之巔，由吳江陟廬阜，泛湘流，探赤壁，居武夷山中，踰歲乃返。景炎二年，端宗登極，三山孔大諫舉奏薦公，以布衣直疏前殿，特旨授迪功郎、史館國史編校，屢進疏論。是時顛覆益甚，忠志不遂，鬱鬱成疾，遂歸山中。及宋亡，元朝物色舊臣，公杜門謝客，獨臥一榻，而感慨激烈，每於吟咏間見之。其《卽事》詩曰：『翠華海上知何似，白首山中空自驚。』又《書感》曰：『堂前舊燕歸何處，花外啼鵑月幾更。』悽惋忠憤，讀之可爲下淚。公從弟通判隨亨、制參元亨、察推元彪，俱宋舊臣，與公同志遯跡，不事二姓，賡咏于烟露之間，稱柴氏四隱云。公生於宋嘉定五年壬申，卒于至元十七年庚辰，年六十有九，葬高齋元注：山名之奇氣樓下，即公所居也。娶王氏，生一子希浚，宋太學生，今不仕。公孝友忠義，篤于好古，而練達時事，簡于修飾，而砥礪大節，平居浩歌尊酒，意氣閒逸，勢利紛華一毫不入其胷襟，死生得喪，旁午於前，亦莫爲之動處。宗族曲盡恩意，孤嫠喪葬，力爲周卹，與人交始終不爽，其高誼厚德，真古之豪傑也。爲詩文，率效古法而出以已見，今所存者，馳騁晉魏，駕軼盛唐。工小詞，醞藉風流，與辛、黄諸名家，並可謂彬彬之作矣。其大者則能韜晦終身，不忘故君，黍離悠悠之懷，未嘗少釋。彼有抱琵琶過別船者，視公亦可以少愧矣。所著有《丙丁龜鑑》、《道州台衣集》、《詠史詩》、《涼州鼓吹》，皆行于世。銘曰：兩儀奇氣，迺萃哲靈。少耽文學，長益精明。匡時龜鑑，疏奏彤庭。時與志違，蒙難艱貞。詔歸田里，奕有芳聲。辭賡彭澤，律倣杜陵。鳳翔鸞耀，再起策名。頹波返照，國運倏傾。恥仕二姓，遯跡林坰。文章節義，彪炳可徵。士林傳誦，慶雲景星。深不可量，高匪盡稱。後之稽者，其視斯銘。

桉：弁陽翁錄《絕妙好詞》，柴望秋堂詞僅《念奴嬌》『春來多困』一闋，項刻本於其下注云：桉：秋堂《涼州鼓吹詞》一卷，僅十首，而此篇失載。近人南城李氏宜秋閣所刻《秋堂集》第三卷詩餘十首，殆即《涼州鼓吹》歟？《念奴嬌》『春來多困』闋在十首之後，注云：《絕妙好詞》增，項刻《好詞》又坿錄《鼓吹詞·念奴嬌》『登高回首』闋，即李刻《秋堂詩餘》第十首，其前段末句『腸斷何人重奏』，項作『何人腸斷重奏』，後段末句『嘑血暗霑襟袖』，項作『暗霑嘑血襟袖』，與律竝合，足正李刻之誤，蓋項澹齋曾見《鼓吹詞》也。又桉：秋堂詞悽惋沈鬱，近人雷菊農以比四水潛夫，茲撰錄二闋如左：《念奴嬌》云：『登高回首。嘆山河國破，於今何有。臺上金仙空已去，聞道凝碧池零落，遍梅蘇柳。雙塔飛雲，六橋流水，風景還依舊。鳳笙龍管，何人腸斷重奏。燕子樓高，樂昌鏡遠，人比花枝瘦。傷邊，宮槐葉落，舞馬嘶杯酒。舊恨春風吹不斷，新恨重重還又。燕子樓高，樂昌鏡遠，人比花枝瘦。傷情萬感，暗霑啼血襟袖。」《摸魚兒·登嚴州西樓》云：『望長江、幾分秋色，三分渾在烟雨。傷心已怕江南樹，那更暮蟬如雨。帆且駐。試說著、羊裘釣雪今何許。魚蝦自舞。但一舸蘆花，數聲羌笛，鷗鷺自來去。年年恨，流水朝朝暮暮。天涯長嘆飄聚。衾寒不轉鈞天夢，樓外難歌白紵。君莫訴。君試按、秦箏未必如鐘呂。鄉心最苦。算只有娟娟，馬頭皓月，今夜照歸路。』此足當沈鬱二字之評者也。弁陽所錄『春來多困』闋，自是外甥齏臼，唯言外少寄託耳。

周容

容，字子寬，四明人。

〔詞話〕

《浩然齋雅談》：『謝了梅花恨不禁。小樓羞獨倚，暮雲平。夕陽微放柳梢明。東風冷、眉岫翠寒生。無限遠山青。重重遮不斷，舊離情。傷春還上去年心。怎禁得、時節又燒燈。』此周容子寬《小重山》，子寬，四明人。

桉：周子寬詞僅《雅談》箸錄一闋，它無傳作。詞亦未極工妙，而情韻自深。禁、心並第十三部字與第十一部通叶，嘗檢《山中白雲詞》，乃多有之，如《滿庭芳》『小春晴皎霜花』闋、《八聲甘州》『記當年紫曲戲分花』闋、《鳳凰臺上憶吹簫·趙主簿號孤篷屬予賦之》『水國浮家』闋，皆是玉田生，固倚聲媿家也。林正大《風雅遺音·水調歌頭·括聽真上人琴歌》『耿耿銀潢淨』闋，亦以侵叶庚、耕韻。

薛泳

泳，字叔似，一字沂叔，天台人。寧宗時人。

〔詞話〕

《深雪偶談》：『一盤消夜江南果。喫栗看書只清坐。罪過梅花料理我。一年心事，半生牢落，盡向今宵過。　此身本是山中箇。纔出山來便差錯。手種青松應是大。縛茆深處，抱琴歸去，又是明年話。』此薛泳沂叔客中守歲詞也。沂叔久客江湖，瀕老懷歸，遂賦此詞。晚於溪上小築，扁曰水竹居，迄就窆焉。其所爲詩，如《新堤小泛》云：『柳斷橋方出，烟深寺欲浮。』《早秋歸興》云：『歸心如病葉，一片落江城。』《鎮江逢尹惟曉》云：『欲說事都忘，相看心自知。』皆去唐人思致不遠。

〔坿攷〕

《瓜廬詩·送薛詠》：『病裏風光總虛擲，岸花園柳雨中休。無端好客隨春去，送酒吟詩一併愁。』

桉：薛沂叔客中守歲詞調寄《青玉案》以大、話叶果、坐，《詞林正韻》第九部歌、戈韻，有大字唐佐切、話字，則第十部佳、麻韻有之火跨切，古以魚虞、蕭肴、豪歌、麻尤八韻爲角聲，皆可通轉，沂叔乃用古韻也。沂叔詞自宋已還，各家選本並未經箸録。

薛師石

師石，字景石，永嘉人。隱居不仕，築室會昌湖西，題曰瓜廬。有《瓜廬詩》一卷。

〔坿攷〕

王綽譔《薛瓜廬墓誌銘》：永嘉之作唐詩者首四靈，繼靈之後則有劉詠道、戴文子、張直翁、潘幼明、趙幾道、劉成道、盧次夔、趙叔魯、趙端行、陳叔方者作；而鼓舞倡率，從容指論，則又有瓜廬隱君薛景石者焉。諸家嗜吟如啖炙，每有文會，景石必高下品評之，曰某章賢於某若干，某句未圓，某字未安。諸家首肯而意愜，退復競勸，語不到驚人不止。然景石不但工於詩，而其小楷初授法於單炳文，日經月緯，已忽超詣，識者歎其得昔人用筆之意。蓋詩自建安以來，體制屢變，至開元、元和而後極工。書由魏、晉而下，法度漸失，迨歐、虞、褚、薛而迄不可復。景石著句必於郊、島之間，落筆期於鍾、王之次；詩寖逼唐人，而書不止於唐人焉，斯亦奇已。繼諸家後，又有徐太古、陳居端、胡象德、高竹友之倫，風流相沿，用意益篤，永嘉視昔之江西幾似矣，豈不盛哉？然不知者謂此特晚唐之作，夫使晚唐若杜荀鶴、鄭谷輩置一語於前人集中，雖稍通句律者能辨，諸家顧不能而襲其迹乎？是又可與智者道之爾。薛氏實廉村唐補闕令之之後，傳十有四世而至曾祖敷文閣待制公弼，祖福州教授公叔淵，父華州雲臺觀公浩。母宜人王氏、周氏。景石襟韻疏曠，卓犖有大志，視寒生窶士，思欲盡取衣食之，困於力不給而止，然猶經理整緝，隨所有丐與之。築室于會昌湖上，敲榜擊檝，日與漁翁釣叟相忘於欸乃之間。余舊與讀書於長老山，景石坐滌巖，掬流泉，抵掌長嘯，采茶芽松花以茹之，真若忘世然者。已迺酌古今，談世務，究奇正相生之變，而推攷八陣，旁及遁甲、縱横、斂散，其論高於人數等。蓋家學之傳，遠有端緒，景石又能錯綜而發揮之。嗟夫！余老矣，所恃以詒其後者，顧一二友在，而子舒既亡，景石又不少留焉，其能不澌盡也耶？景石卒于紹定改元之八月二十三日，年五十有一。娶木氏，尚書禮部公待問女。六子：長嵩，國子監進士；次峻，國學免舉生；次嵺、髦、彤、彪。三女：長適黄善，幼未笄。景石不止工小楷，籀篆斯隸，深造其極，四方士友求于門，景石不靳惜畀之，大者徑三數尺許，銘祖父，有不得景石書爲恨。諸孤卜明年三月之二十九日葬于永嘉縣吹臺鄉横嶼之陽，屬余銘，余固期景石之挽我者，而反銘之乎！景石諱師石，有《瓜廬集》若干卷。銘曰：蜂之螯兮蠅營，蟻之垤兮蝸阻。兵排廣莫兮隘滄溟，匪南溟之鯤與東海之若兮，誰其與銘？

桉：薛景石《漁父詞》云：『十載江湖不上船。捲篷高臥月明天。今夜泊，杏村前。只有竿篙當酒錢。』又：『鄰家船上小姑兒。相問如何是別離。雙墮髻，一灣眉。愛看紅鱗比目魚。』又：『平明霧靄雨初晴。兒子敲鍼作釣成。香餌小，繭絲輕。釣得魚兒不識名。』又：『繫船蘭沚鱠長鱸。白袷方袍忽訪吾。神甚爽，貌全枯。莫是當年楚大夫。』又：『春融水暖百花開。獨棹扁舟過釣臺。鷗與鷺，莫相猜。不是逃名不肯來。』又：『夜來采石渡頭眠。月下相逢李謫仙。歌一曲，別無言。白鶴飛來雪滿船。』又：『莫論輕重釣竿頭。伴得船歸卽便休。酒味薄，勝空甌。事事何須著意求。』見《瓜廬詩》。

宋人詞話卷六

董嗣杲

嗣杲，字明德，號靜傳，錢塘人。景定初榷茶富池，改武康令。宋亡，挂冠爲道士，更名思學，字無益，自號老君山人。有《廬山集》五卷、《英溪集》一卷，又有《西湖百詠》、《百花詩集》。

〔詞話〕

《成化杭州府志》：董嗣杲，字靜傳，錢塘人。寄迹黄冠中，博辨强記，前朝典故如諸掌，作詩詞不經思索，下筆輒成。

《六研齋三筆》：僧溫日觀隱南屏山，兼通外學，爲人高潔自恣，以墨戲見意，不輕爲人作。余纔得其葡萄一紙，僅作尺許。一杪破葉，瑣藤間垂十五顆，若隨手灑落，略不經意者，真神品也，乃爲鄉人曾遇心傳省元所作者。本作二紙，以一託心傳寄趙子昂於燕京，此心傳自得而手裝者。跋者聯翩，皆勝國高逸也。老君山人董思學調《齊天樂》云：『玉山曾醉涼州夢，圖芳夐無今古。露顆虬藤，風枝蠹葉，遺墨何人收取。當時贈與。記輕别西湖，笑離南浦。萬里奚囊，豈知隨處助吟苦？歸來情寄漫遠，舊尋猶在望，荒亭荒圃。紺蕾攢冰，蒼陰弄月，休說堆盤馬乳。雲梯尚阻。袖一幅秋烟，掃空塵士。靜想山牕，半垂寒架雨。』

〔坿攷〕

《詞綜補遺》陶樑桉：嗣杲集中元宵懷鄉詩有『清和坊裏燈宵月，負卻東風已兩年。』《咸淳臨安志》：清和坊在臨安府左則，嗣杲爲杭人無疑。以詩中自誌歲月攷之，《盧山集》乃其於宋理宗景定二三年間榷茶九江富池時所作，《英溪集》爲武康令時所作，中有《甲戌大水》詩，與《宋史·五行志》咸淳十年八月安吉武康大水相合。《西湖志》載有道士董嗣杲，蓋卽其人，宋亡後隱於黃冠矣。

《南宋古蹟攷》：董靜傳書樓在孤山，張炎《山中白雲詞》有自東越還西湖飲靜傳董高士樓《春從天上來》詞，董名嗣杲，寄跡黃冠，著有《西湖百詠》。又：仇遠《董靜傳挂冠孤山四聖觀》詩：『靜挼秋淥洗荷衣，閒隱孤山隻鶴隨。得酒可謀千日醉，挂冠猶恨十年遲。雲和家有仙人譜，石鼎今無道士詩。莫對梅花談世事，此花曾見太平時。』

桉：靜傳先生詞《念奴嬌》云：『蓮幽竹邃，舊池亭幾處，多愛君子。醉玉吹香還認取，忙裏得閒標致。心逐雲帆，情隨烟笛，高會知誰繼。宵筵會啓，驀然身外浮世。因見杜牧疏狂，前緣夢裏，謾蹙雙眉翠。香滿屏山春滿几，爐擁麝焦禽睡。月落梅空，霜濃窗掩，兩耳風聲起。豔歌終散，輸他鶴帳清寐。』見《絕妙好詞》。《滿庭芳》云：『蘚石玲瓏，溪亭窈窕，晚花幽樹參差。小風清快，客到捲簾時。拂几閒翻棊譜，凭闌競撚吟髭。夷猶處，迴廊雪沸，新就碾茶詞。誰知。當日裏，歡叢在眼，翠袖金卮。向春宵，爲花沈醉眠遲。庭角重尋舊夢，微茫□印出相思。淒涼甚，秋棠紅影，一簇冷臙脂。』見《御選歷代詩餘》。豔歌終散，觸空山猨鶴之思；秋棠紅影，寓故宮禾黍之痛。黄冠丹訣，有託而逃，豈先生之本心哉？仇山邨贈詩云：『莫對梅花談世事，此花曾見太平時。』音哀以思，則相感於性情之地深矣。又桉：《洞霄圖志》：葉林，字儒藻，一字去文，號本山，眾稱高行先生，錢塘人。讀書博探古雅，詩文多有正體特立，獨情性無苟合。游天目至九鎖山，沈高士介石招致所營沖天觀小室，介溪山間，日一食，二十年如一日。遇積雪，登巖谷，四顧月下，獨步林影間，深夜忘返。每芳辰良夜，遇物觸景，必見之吟詠，至成長短句，辭意宛曲如真有情，經久亦能記誦之，無傳稾云云。此亦道流能詞者，亦錢塘人，惜所作不傳，坿箸其姓名於此。

陳又新

又新，別作文卿，桉：疑名文卿，字又新。自號太白山人，姚江人。有集。

〔詞話〕

《西湖秋柳詩》注：王奕《玉斗山人續集·書陳又新太白山人詩稾後》云：昔與又新萍聚行都，一日出遊湖上，約各倚《綺羅香慢》和周公謹十景樂府，又新卽席上立成十解，予研思苦索，未克就一調而罷。又新餘興未已，復成《柳枝詞》八絕，予益斂手歎服。事往已二十餘霜矣，今覽稾中無一存者，逸與刪與，音書寥闊，皆不可得而知也。予尚記其柳詞之一云：『搖曳烟條馬首迎。綠陰濃處護鶯聲。離人不到蘇隄畔，玉笛何須譜《渭城》。』綴錄於後，還以問諸又新。

〔坿攷〕

《山中白雲·臺城路·寄姚江太白山人陳文卿》：《疏證》本江昱注：別本文卿作又新。『薛濤牋上相思字。重開又還重摺。載酒船空，眠波柳老，一縷離痕難折。虛沙動月。嘆千里悲歌，唾壺敲缺。卻說巴山，此時懷抱那時節。　寒香深處話別。病來渾瘦損，懶賦情切。太白閒雲，新豐舊雨，多少英遊消歇。回潮似咽。送一點秋心，故人天末。江影沈沈，露涼鷗夢闊。』

《清容居士集·寄陳文卿》：『窗對平湖柳對門，隔鄰鐘磬送昏昕。水煎菊本傳家舊，醅壓桃花勸客醺。擬向蠻溪誇戛鑠，爭如月窟養絪緼。通家欲說先賢事，兩岸書燈點點分。』桉：袁集別有《次韻陳又新詩》。

桉：《玉斗山人集》稱陳又新倚《綺羅香慢》和周公謹西湖十景樂府卽席立成十解，何才情之敏贍也。其《柳枝詞》之一宛約輕清，亦復雅近詞筆。其人與張叔夏、袁清容唱酬，生平必多佳構，惜今無傳作，姑列爲一家，俟它日攷求焉。

趙汝迕

汝迕，字叔午，一作叔魯，號寒泉，樂清人。商王元份八世孫，嘉定間登進士第，僉判雷州，以詩忤權要謫官，尋卒。

桉：趙叔午詞《清平樂》云：『初鶯細雨。楊柳低愁縷。烟浦花橋如夢裏，猶記倚樓別語。

小屏依舊圍香。恨抛薄醉殘妝。判卻寸心雙淚，爲他花月淒涼。』見《絕妙好詞》。許蒿廬云：歇拍情至語，不嫌其苦。又按：項刻《絕妙好詞》叔午小傳云：因『夜雨梧桐王子府，春風楊柳相公橋』，觸時相怒，謫官而卒。據《瀛奎律髓》，此二句乃陳起宗之作，而項氏以爲趙作，未知孰是？

方君遇

君遇，名待玫，浙人。

〔埘玫〕

《詞綜補遺》陶樑按：韋居安《梅磵詩話》：鄉人方君遇詩：『是有命焉非倖致，不知我者謂何求。』下語渾然天成，然非詩之正體。居安家於吳興，君遇，蓋浙右人也。

桉：方君遇詞《風流子》云：『春被雨禁持。傷心事、髣髴去年時。記芳徑暮歸，褪妝微醉，暗幃先寢，聞笑佯癡。回首別離容易過，楊柳又依依。紅燭怨歌，鬢花零落，青綾牽夢，屏影參差。桃源今何在，劉郎去，應念瘦損香肌。誤約夜闌，從前怪我多疑。但怕收殘淚，對人徐語，指彈新恨，推戶潛窺。還是懨懨病也，無計憐伊。』見《陽春白雪》。情語蟬嫣，風格於屯田差近。

趙希彭

希彭，一作灦、作澎、作瀞。字清中，號十洲，四明人。燕王德昭九世孫。寶慶二年登進士第，入仕四十年，晚除南雄守，不赴。

〔坿攷〕

《隨隱漫錄》：十洲趙君入仕四十年，虛靜淡泊，寂寞無爲。除南雄守，不赴。丙寅九日別親友，理家事，端坐而逝。遺偈曰：『六十二年，皮袋放下，了無罣礙，青天明月，一輪萬古，逍遙自在。』

按：趙清中調《霜天曉角·詠桂》云：『嫦娥戲劇。手種長生粒。寶幹婆娑千古，飄芳吹、滿虛碧。韻色。檀露滴。人間秋第一。金粟如來境界，誰移在、小亭側。』《秋蕊香》云：『髻穩冠宜翡翠。壓鬢綵絲金蕊。遠山碧淺蘸秋水。香暖榴裙襯地。寧寧一作亭亭二八餘年紀。惱春意。玉雲凝重步塵細。獨立花陰寶砌。』竝見《絕妙好詞》。

韋居安

居安，字待攷，吳興人。景定間登進士第，景炎元年司糾三衢。有《梅磵詩話》三卷。

〔附攷〕

《梅磵詩話》：景定壬戌得數椽于城南慈感渡側，詢之故老，云距賈芸老水閣舊址不遠，因作五言八句：『卜居求靜處，喜傍碧溪灣。隔岸高低柳，當軒遠近山。天開圖畫久，人共水雲閒。聞説賈芸老，舊曾居此間。』

桉：韋居安《摸魚兒》云：錢牧叔別墅在西門外，地名張釣魚灣，卽唐人玄真子張志和釣游處。水亭三間，扁曰漁灣風月，諸公多有賦詠，余亦賦一詞：『繞苕城、水平波渺，雙湖遙睇無際。就中惟有魚灣好，占得西關佳致。楊柳外、羡泛宅浮家，當日玄真子。溪山信美。嘆陳跡猶存，前賢已往，誰會景中意。　蕭閒甚，築屋三間近水，汀洲香泛蘭芷。清風明月知多少，肯滯軟紅塵裏。垂釣餌。趁春水生時，賸有桃花鱖。煩襟淨洗。待辦取輕蓑，來分半席，相對弄清泚。』見《花草粹編》。

潘希白

希白，字懷古，號漁莊，永嘉人。寶祐中登進士第，除幹辦臨安府節制司公事。德祐中以史館檢校召赴闕，不拜。

〔詞話〕

《銅鼓書堂詞話》：潘漁莊希白字懷古，永嘉人。工長短句，其九日《大有》一解云：『戲馬臺前，采花籬下，問歲華、還是重九。恰歸來，南山翠色依舊。簾櫳昨夜聽風雨，都不似、登臨時候。一片宋玉情懷，十分衛郎清瘦。紅萸佩、空對酒。碪杵動，微寒暗欺羅袖。秋已無多，早是敗荷衰柳。强整帽簷欹側，曾經向天涯搔首。幾回憶，故國蓴鱸，霜前雁後。』用事用意，搭湊得瑰瑋有姿。其高澹處，置之稼軒集中，庶幾伯仲。

桉：潘懷古詞九日《大有》一闋見弁陽翁《絕妙好詞》，此外無它傳作。其前段云『恰歸來、南山翠色依舊』，已明點歸來；其後段『曾經向、天涯搔首，幾回憶，故國蓴鱸，霜前雁後』云云，卻又說到未歸以前。章法變换，極峯迴路轉之妙。其『强整帽檐欹側』句暗用落帽故事，筆法亦佳，昔人好詞莫不有章法筆法，蛇灰蚓線，皆可尋繹，而得拉雜淩亂，非合作也。亦閒有拉雜淩亂而反覺其佳者，則是有真氣貫注於其間。觀於靈均唱騷，攬物興懷，胡天胡帝，要不失爲古今之至文也。

陳恕可陳別作練，誤。

恕可，字行之，越州人。桉：《樂府補題》有宛委山房擬賦龍涎香，又稱宛委陳恕可，當是恕可所居之名。輯《樂府補題》一卷。

〔詞話〕

《絕妙好詞箋》：《樂府補題》宛委山房賦龍涎香調《天香》、浮翠山房賦白蓮調《水龍吟》、紫雲山房賦蓴調《摸魚兒》、餘閒書院賦蟬調《齊天樂》、天柱山房賦蟹調《桂枝香》，倡和者爲玉笥王沂孫聖與、蘋洲周密公謹、天柱王易簡理得、友竹馮應瑞祥父、瑤翠唐藝孫英發、紫雲呂同老和父、篔房李彭老商隱、宛委陳恕可行之、菊山唐珏玉潛、月洲趙汝鈉真卿、五松李居仁師呂、玉田張炎叔夏、山村仇遠仁近，皆宋遺民也。按：陳恕可，别本作練，非。按：《詞綜》誤作練。

會稽陳恕可，古靈先生述古之後，有《樂府補題》一卷。按：據此，則《樂府補題》爲恕可所輯。陳旅《安雅堂集》有陳行之墓志云：其爲姓陳無疑。

《蒿廬詞話》：陳行之《桂枝香·賦蟹》云：『西風故國，記乍脱内黄，歸夢溪曲。還是秦星夜映，楚霜秋足。』桉：内黄，地名，此特借用陰陽家以井鬼之分爲巨蟹宫，井鬼分野屬秦。

《織餘瑣述》：陳恕可《水龍吟·賦白蓮》極空靈超逸之致，起調云：『素姬初宴瑶池，佩環誤落雲深處。』飄忽而來，如將白雲，玉谿生句云『萼綠華來無定所』意境，庶幾似之。過拍云：『記當時乍識，江明夜静，只愁被、嬋娟誤。』亦復離形，得似少迴清真。

桉：陳行之詞《水龍吟·浮翠山房擬賦白蓮》云：『素姬初宴瑶池，佩環誤落雲深處。分香華井，洗妝湘渚，天姿淡泞。碧蓋吹涼，玉冠迎曉，盈盈笑語。記當時乍識，江明夜静，只愁被、嬋娟誤。　幾點沙邊飛鷺。舊盟寒、遠迷烟雨。相思未盡，纖羅曳水，清鉛泣露。玉鏡臺空，銀瓶綆絶，斷魂何許。待今宵試采，中流一葉，共淩波去。』《齊天樂·餘閒書院擬賦蟬》云：『碧柯摇曳聲何許，陰陰晚涼庭院。露濕身輕，風生翅薄，昨夜綃衣初翦。琴絲宛轉。弄幾曲新聲，幾番淒惋。過雨高槐，爲渠一洗故宫怨。　清虚襟度謾與，向人低訴處，幽思無限。敗葉枯形，殘陽絶響，消得西風腸斷。塵情已倦。任翻鬢雲寒，綴貂金淺。蜕羽難留，頓覺仙夢遠。』前調前題云：

『蛻仙飛佩流空遠，珊珊數聲林杪。薄暑眠輕，濃陰聽久，句引凄涼多少。長吟未了。想猶怯高寒，又移深窈。與整綃衣，滿身風露正清曉。　微薰庭院晝永，那回曾記得，如訴幽抱。斷響難尋，餘悲獨省，葉底還驚秋早。齊宮路杳。嘆事往魂消，夜闌人悄〔一〕。謾想輕盈，粉匳雙鬢好。』《桂枝香·天柱山房擬賦蟹》云：『西風故國。記乍脱内黄，歸夢溪曲。還是秦星夜映，楚霜秋足。無腸枉抱東流恨，任年年、褪筐微緑。草汀篝火，蘆洲緯箔，早寒漁屋。　敘舊别、芳蒭薦玉。正香擘新橙，清泛佳菊。依約行沙亂雪，誤驚窗竹。江湖歲晚相思遠，對孤燈、謾懷幽獨。嫩湯浮眼，枯形蛻殼，斷魂重續。』並見《樂府補題》卷中。凡行之詞姓名上悉冠以宛委，而宛委山房賦龍涎香，卻無行之之作，是編其所手輯，詎此詞意不自愜故遺之耶？《補題》作者十三人，詞筆並不甚相遠，當時宋祚雖亡，風雅固猶未墜矣。

【校記】

〔一〕闌：底本作『閑』，據《全宋詞》改。

張玉

玉，一作玉娘，字若瓊，松陽人。沈佺聘室，生於宋末，卒於元初。有《蘭雪集》，詞坿。

〔坿攷〕

《金元詩選》小傳：張玉娘，字若瓊，松陽張懋女。字於沈生佺，佺夭，玉娘以悲惋卒。箸有《蘭雪集》。

桉：張若瓊《蘭雪集》坿詞十六首，嚮來未經箸錄。彊邨朱先生近訪得之《玉樓春・春暮》云：『凭樓試看春何處。簾捲空青澹烟雨。竹將翠影畫屏紗，風約亂紅依繡戶。小鶯弄柳翻金縷。紫燕定巢銜舞絮。欲憑新句破新愁，笑問落花花不語。』《玉女搖仙佩・秋情》云：『霜天破夜，一陣寒風，亂淅入簾穿戶。醉覺珊瑚，夢回湘浦，隔水曉鐘聲度。不作《高唐賦》。笑巫山神女，行雲朝暮。細思算、從前舊事，總爲無情，頓相孤負。正多病多愁，又聽山城，戍笳悲訴。强起推殘繡褥，獨對菱花，瘦減精神三楚。爲甚月樓，歌亭花院，酒債詩懷輕阻。待伊趨前路。爭如我雙駕，香車歸去。任春融、翠閣畫堂，香靄席前，爲我翻新句。依然京兆成眉嫵。』《蕙蘭芳引・秋思》云：『星轉曉天，戍樓聽、單于吹徹。擁翠被香殘，霜杵尚喧落月。楚江夢斷，但帳底、暗流清血。看臂銷金釧，一寸眉交千結。　雨阻銀屏，風傳錦字，怎生休歇。未應輕散，磨寶簪將折。玉京縹緲，雁魚耗絕。愁未休、窗外又敲黃葉。』斷句如《法曲獻仙音》換頭云：『夜初永。問蕭娘、近來憔悴，思往事、對景頓成追省。低轉玉繩飛，澹金波、銀漢猶耿。』《水調歌頭・次東坡韻換頭》云：『玉闕愁，金屋怨，不成眠。粉郎一去，幾見明月缺還圓。』並輕清婉約，漸近自然。《玉女搖仙佩》、《蕙蘭芳引》兩調較澀，並皆妥帖易施，雅近嫥家之作。《玉女》調尤能略似屯田風格，其才思雋穎若是。卷中追和宋賢諸闋，尤足驗其規摹有素，刻意精擘，非率爾操觚者比。設令天假之年，斯詣進而愈上，雖未必娣姒易安，容不在幽栖居士下矣，矧若瓊之與沈郎僅乃受幣，未嘗結褵，而能以身殉之，其情可憫，其節尤可欽，輓近士夫愧此豸者夥矣。朱氏所得《蘭雪詞》移鈔本，書眉有識語，云玉傳稱玉娘，知其集中有傳，卽其詩亦可攷見其身世，詎皆未鈔，不可得見，惜哉！

莫崙

崙，字子山，號兩山，吳興人。按：《絕妙好詞箋》崙傳小傳作江都人，《正德丹徒志》云寓居丹徒。咸淳四年登進士第，官位未詳。入元，以遺逸薦，不仕。

〔詞話〕

《餐櫻廡詞話》：莫子山《水龍吟》換頭云：『也擬與愁排遣。奈江山遮攔不斷。嬌訛夢語，濕熒啼袖，迷心醉眼。』此等句便開明，已後詞派風格稍稍遜矣。其過拍云：『但年光暗換，人生易感，西歸水南飛鴈。』《玉樓春》換頭云：『憑君莫問情多少。門外江流羅帶繞。』如此等句便佳，渾成而意味厚也。

〔坿攷〕

《癸辛雜識·續集》：梁棟，字隆吉，鎮江人。與莫子山甚稔。一日，偶有客訪子山，留飲，作菜元魚爲饌，偶不及棟，棟憾之，遂告子山嘗作詩有譏訕語，官捕子山入獄，久之始得脫而歸，未幾病死。余嘗挽之云：『秦邸獄成盃酒裏，烏臺禍起一詩間。』紀其實也。

《湛困靜語》：莫子山暇日山行，過一寺，頗有泉石之勝，因誦唐人絕句以快喜之，云：『終日昏昏醉夢間，忽聞春盡强登山。因過竹院逢僧話，又得浮生半日閒。』及叩其主僧，庸僧也。與語，略不相入。屢欲舍去，僧意以爲檀施苛，留作午供，欝欝久之，殆不自堪。因索筆，以前語錯綜其詞書於壁，曰：『又得浮生半日閒，忽聞春盡强登山。因過竹院逢僧話，終日昏昏醉夢間。』

《山房隨筆》：莫兩山傷丁氏故基，題一絶於太虚堂云：『踈雨斑斑灑葉舟，前山唤客作清游。芳華消歇春歸後，野草荒田一片愁。』

桉：莫子山詞見《絶妙好詞》，凡四闋，録二如左：《水龍吟》云：『鏡寒香歇江城路，今度見春全嬾。斷雲過雨，花前歌扇，梅邊酒琖。離思相欺，萬絲縈繞，一襟銷黯。但年光暗换，人生易感，西歸水、南飛鴈。也擬與愁排遣。奈江山、遮攔不斷。嬌訛夢語，溼熒啼袖，迷心醉眼。繡轂華裀，錦屏羅薦，何時拘管。但良宵空有，亭亭霜月，作相思伴。』《玉樓春》云：『緑楊芳徑鶯聲小〔一〕。簾幙烘香桃杏曉。餘寒猶峭雨踈踈，好夢自驚人悄悄。憑君莫問情多少。門外江流羅帶繞。直饒明月便相逢，已是一春閒過了。』其《水龍吟》歇拍『但良宵』云云，陸輔之《詞旨》摘爲警句，以尋常眼光定詞，固宜取此。顧此等句，在詞中爲敷衍門面語，試反覆翫味之，其中有何真意遠致耶？周公謹《蘋洲漁笛譜》與莫子山譚邗城舊事《踏莎行》换頭云：『賦藥才高，題瓊語俊，蒸香壓酒芙蓉頂。』其爲賞契甚至。子山生平佳構，殆必不止《好詞》所録，惜今不可得見矣。子山詞，《湖州詞徵》未載。

【校記】

〔一〕聲：底本脱，據《全宋詞》補。

王易簡

易簡，字理得，號可竹，山陰人。桉：《樂府補題》稱天柱王易簡。宋末登進士第，除瑞安簿，不赴。隱居城南，有《山中觀史吟》。

〔詞話〕

《龍壁山房詞話》：王可竹《摸魚兒·賦蓴》云：『功名夢，消得西風一度。高人今在何許。鱸香菰冷斜陽裏，多少天涯意緒。』并步兵高致亦一齊撇卻，運意更高，固是熟事生用法，亦是從東坡『不爲鱸魚也自賢』句討得箇消息。

《墨莊詞話》：王可竹《酹江月》云：『衰草寒蕪吟未盡，無那平烟殘照。』『無那』二字欠佳，若略爲改易，當使全首加倍出色，此中消息甚微也。論詩詞原不在一兩字討好，然時有亦須點檢虛字，尤甚所謂牽一髮而全身皆動也。看詞中節拍喫緊處一二句，便知其人是當行與否，字法亦然。

《織餘瑣述》：王易簡謝周草窗惠詞卷《慶宮春》歇拍云：『因君凝佇。依約吳山，半痕蛾綠。』易簡《樂府補題》諸作頗膾炙人口，余謂此十二字絕佳，能融景入情，秀極成韻，凝而不佻。

〔坿攷〕

項刻《絕妙好詞箋》王易簡小傳：易簡，尚書佐之元孫，除官不赴，隱居城南。讀張子《東銘》作疏義數百言，唐忠介震、黃吏部虞皆折輩行與訂交。易簡篤於倫義，尤多可述。

桉：　王可竹詞《天香·宛委山房擬賦龍涎香》云：『烟嶠收痕，雲沙擁沫，孤槎萬里春聚。蠟杵冰塵，水研花片，帶得海山風露。纖痕透曉，銀鏤小、初浮一縷。重剪紗窻暗燭，深垂繡簾微雨。　餘馨惱人最苦。染羅衣、少年情緒。謾省佩珠曾解，蕙羞蘭妒。好是芳鈿翠嫵，恨素被、濃熏夢無據。侍剪秋雲，殷勤寄與。』《摸魚兒·紫雲山房擬賦蓴》云：『怪鮫宫、水晶簾捲，冰痕初斷香縷。柔波蕩槳人難到，三十六陂烟雨。春又去。伴點點、荷錢隱約吴中路。相思日暮，恨洛浦娉婷，芳鈿翠剪，匳影照淒楚。　功名夢，消得西風一度。高人今在何許。鱸香菰冷斜陽裏，多少天涯意緒。誰記取。但枯豉紅鹽，溜玉凝秋筯。尊前起舞，算唯有淵明，黄花歲晚，此興共千古。』並見《樂府補題》。《齊天樂·客長安賦》云：『宫烟曉散春如霧。參差護晴窗戶。柳色初分，餳香未冷，正是清明百五。臨流笑語。映十二闌干，翠嚬紅妒。短帽輕鞍，倦游曾徧斷橋路。　東風爲誰媚嫵。歲華頓感慨，雙鬢何許。前度劉郎，三生杜牧，贏得征衫塵土。心期暗數。總寂寞當年，酒籌花譜。付與春愁，小樓今夜雨。』《酹江月》云：『暗簾吹雨，怪西風梧井，淒涼何早。一寸柔情千萬縷，臨鏡霜痕驚老。雁影關山，蛩聲院宇，做就新懷抱。湘皋遺佩，故人空寄瑤草。　已是搖落堪悲，飄零多感，那更長安道。衰草寒蕪吟未盡，無那平烟殘照。千古閒愁，百年往事，不了黄花笑。漁樵深處，滿庭紅葉休掃。』並見《絶妙好詞》。又《摸魚兒·詠蓴》『過湘皋碧龍驚起』云云，《樂府補題》作無名氏，據《御選歷代詩餘》，則易簡繼詠也。　又桉：《詞旨》撰録可竹警句：　《齊天樂》云『參差護晴窗戶』，又云：　『心期暗數。總寂寞、當年酒籌花譜。付與春愁，小樓今夜雨。』陸氏摘録宋賢詞句，泰半未能愜心貴當，唯於可竹詞，則審擇無譌。

蓋參差二字既妙於形容，歇拍五句尤朗潤清空，不假追琢，漸近北宋人風格。余錄可竹詞五闋，見《好詞》者，較《補題》者爲勝，而《詞旨》所臚斷句，則尤勝中之勝者也。又詞眼：翠顰紅妒。

張幼謙 閨秀羅惜惜

幼謙，字未詳，浙東人。宋末登科，官至倅。

〔詞話〕

《古今女史》：浙東張忠父與羅仁卿鄰居，張宦族而貧，羅崛興而富。宋端平間，兩家同日生產，張生子名幼謙，羅生女名惜惜。稍長，羅女寄學于張。人常戲曰：『同日生者，合爲夫婦。』張子羅女私以爲然。密立券約，誓必偕老，兩家父母罔知也。年十數歲，嘗私合於齋東石榴樹下，自後無間。明年，羅女不復來學。張子雖屢至羅門，閨院深邃，終不見女。至冬，張子成《一剪梅》詞云：『同年同日又同窗。不似鸞凰。誰似鸞凰。石榴樹下事匆忙。驚散鴛鴦。拆散鴛鴦。　一年不到讀書堂。教不思量。怎不思量。朝朝暮暮只燒香。有分成雙。願早成雙。』伺其婢至，與之去，獲報章。明年，隨父交館越州太守家，兩年方歸。羅女遣婢餽箋，篋中有金錢十枚，相思子一粒。張大喜，語婢，欲得一會期。且書一詩云：『一朝不見似三秋，真個三秋愁不愁？金錢難買尊前笑，一粒相思死不休。』嘗擲金錢爲戲，母見詰之，云得之羅女。母覺其意，遣里嫗問婚。羅父母以其貧，不許，曰：『若會及第做官，則可。』明年，張又隨父同越州太守候差於京。又兩年方歸，而羅已受富室辛氏聘矣。張大恨，作

《長相思》詞云：『天有神，地有神。海誓山盟字字真。如今墨尚新。過一春，又一春。不解金錢變作銀。如何忘卻人。』遣里嫗密送與女。女言：『受聘，乃父母意。但得君來會面，寧與君俱死，不願與他人俱生也。』羅屋後牆內，有山茶數株，可以攀緣及牆。約張候於牆外，中夜令婢登牆，用竹梯置牆外以度。凡伺候三日而失期。賦詩云：『山茶花樹隔東風，何啻雲山萬萬重。銷金帳暖貪春夢，人在月明風露中。』復遣里嫗遞去。女言三夕不寐，無間可乘，約以今夕燈燭後爲期。至期，果有竹梯在牆外，遂登牆緣樹而下。女延入室，極其繾綣。遂訂後期，以樓西明三燈爲約。如至，牆外止一燈，不可候也。自後無夕不至，或一二夕，或三四夕，明三燈，則牆外亦有竹梯矣。月餘，又隨父館寓湖北帥廳。先數日，相與泣別，女遺金帛甚厚，曰：『幸未卽嫁，則君北歸，尚有會期。否則，君其索我于井中，結來世姻矣。』其年，張赴湖北留寓，試畢歸里，則女亦擬是冬出閣。聞張歸，卽遣婢訂約，且寄《卜算子》詞云：『幸是那人歸，怎便教來也。一日相思十二辰，直是情難捨。本是好姻緣，又怕姻緣假。若是教隨別個人，相見黃泉下。』張如約至。女喜且怨曰：『幸有期會，奈何又向湖北，又不務早歸。從今若無夜不會，亦祇兩月餘矣。當與君極歡，雖死無恨。君少年才俊，前程未可量。妾不敢以世俗兒女態，邀君俱死也。』相對泣下。久之，張索筆和其《卜算子》云：『去時不繇人，歸怎繇人也。羅帶同心結到成，底事教拚捨。心是十分真，情沒些兒假。若道歸遲打棹篦，甘受三千下。』自是遂無夜不至。半月餘，爲羅父母所覺，執送有司。女投井不果，令人日夜隨之。張到官，歷歷具實供答。宰憐其才，欲貸其罪，而辛氏有巨貲，必欲究竟。張母遣信報其父，父懇湖北帥關節本郡太守。未幾，湖北帥寓試揭曉，張作《周易》魁，旗鈴就圄中報捷。宰大喜，延至公廳賀之，送歸拜母。中州請旨，邑方逮女出官，中途而返。太守得湖帥使書，而本縣申文亦至。辛氏以本縣擅釋張子，赴州呈訴。太守曉辛曰：『羅氏，不廉女也。天下多美婦人，何必是？當令還爾聘財。』令吏取辛情願休親狀，行移本縣，追理聘財。卽令宰了此一段因緣。宰招仁卿相見，具道守意。仁卿歸，招張來贅。張明年登科，仕至倅。夫婦偕老焉。

桉：張幼謙詞見於記載凡三闋，皆寄情之作，語真而質，未嘗於字句間求工，然自是宋人風格。所謂矢口而成，絕無流蕩佻薄之失。羅惜惜《卜算子》詞雖喁喁兒女語，亦復婉婉入情，與幼謙工力悉敵，可謂琴瑟好合、笙磬同音者矣。

釋淨端

淨端，字明表，自號安閒和尚，歸安人。俗姓丘氏，崇寧二年坐化。

〔詞話〕

劉燾譔《端禅師行業記》：淨端，字明表，俗姓丘氏，歸安人。生而慕佛，既受具戒，益有警悟，素不學詩，應聲成偈，天然自應，咸有可觀。自號安閒和尚，芒鞵筇杖，遇溪山勝處，披蓑戴笠行歌，熱惱者頓獲清涼。崇寧二年一日辭眾，歌《漁父》數聲，一笑，趺坐而化。

〔坿攷〕

《直齋書錄解題》：《湖州吳山端禪師語錄》二卷，釋淨端譔。

桉：端禪師詞《漁家傲》云：『斗轉星移天漸曉。驀然聽得鵁鶄叫。山寺鐘聲人浩浩。木魚噪。渡船過岸行官道。　輕舟再奈長江討。重添香餌爲鉤釣。釣得錦鱗船裏跳。呵呵笑。思量天下漁家好。』前調云：『浪靜西溪澄似練。片帆高挂乘風便。始向波心通一線。羣魚見。當頭誰敢先吞嚥。　閃爍錦鱗如閃電。靈光今古應無變。愛是憎非都已遣。回頭轉。一輪明月升蒼弁。』前調讚淨土云：『七寶池中堪下釣。八功德水烟波渺。池底金沙齊布了。羨魚鳥。周迴旋繞爲階道。　白鶴孔雀鸚鵡噪。彌陀接引毫光照。不是修行何得到。一般好。西方淨土無煩惱。』前調云：『一隻孤舟巡海岸。盤陀石上垂鉤線。釣得錦鱗鮮又健。堪愛羨。龍王見了將珠換。　釣罷歸來蓮苑看。滿堂儘是真羅漢。便爇名香三五片。梵□獻。原來佛不奪眾生願。』竝見《湖州詞徵》。

張淑芳

淑芳，西湖樵家女，賈似道妾，後自度爲尼。

〔詞話〕

《西湖志餘》：《宋元遺事》載：張淑芳者，西湖樵家女。理宗選妃日，賈似道匿以爲己妾，卽德祐太學生《百字令》中所指『新塘楊柳』也。有無名氏題壁云：『山上樓臺湖上船，平章高臥嬾朝天。羽書莫報樊城急，新得蛾眉正少年。』淑芳亦知必敗，營別業以遯跡焉。木棉之役，自度爲尼，罕有知者。詞數闋，今錄其《浣溪紗》云：『散步山前春草香。朱闌綠水遶吟廊。花枝驚墮繡衣裳。或定或搖江上柳，爲鸞爲鳳月中篁。爲誰掩抑鎖雲牕。』《更漏子》云：『墨痕香，紅蠟淚。點點愁人離思。桐葉落，蓼花殘。鴈聲天外寒。五雲嶺，九溪塢。待到秋來更苦。風淅淅，水淙淙。不教蓬徑通。』至今五雲山下九溪塢尚有尼菴。

桉：宋已來閨秀詞泰半以情真語質擅勝，若張淑芳者，庶幾藻思綺合，麗矣，香匳矣。余尤憙其《浣溪沙》句云『爲鸞爲鳳月中篁』七字，兼有華貴清新之妙，半閒堂捧硯青娥，自不作三家邨中人語。

章麗真

麗真，字籍無攷，南宋宮人。

桉：章麗真詞送水雲歸吳寄聲《長相思》云：『吳山秋，越山秋。吳越兩山相對愁。長江不盡流。風颼颼，雨颼颼。萬里歸人空白頭。南冠泣楚囚。』見《宋舊宮人詩詞》。

袁正真

正真，字籍無攷，南宋宮人

桉：袁正真詞送水雲歸吳寄聲《長相思》云：『南高峯，北高峯。南北高峯雲淡濃。湖山圖畫中。采芙蓉，賞芙蓉。小小紅船西復東。相思無路通。』見《宋舊宮人詩詞》。又有袁正淑贈別汪水雲詩云：『抱琴歸去海東濵，莫逐成連覓子春。十里西湖明月在，孤山尋訪種梅人。』正淑，當是正真姊妹行。

金德淑

德淑，字籍無攷，南宋宫人，後歸章丘李生。

〔詞話〕

《詞苑叢談》：章丘李生至燕都，嘗對月獨歌曰：『萬里倦行役，秋來瘦幾分。因看河北月，忽憶海東雲。』夜静，聞鄰婦有倚樓而泣者，明日訪之，則宋宫人金德淑也。詢李曰：『客非昨暮悲歌人乎？』李曰：『歌非己作，有同舟人自杭來吟此句，故記之耳。』金泣曰：『此亡宋昭儀黄惠清桉：當作王清惠。所寄汪水雲詩，當時吾輩數人皆有詩贈汪。』因舉其《望江南》詞曰：『春睡起，積雪滿燕山。萬里長城横縞素，六街燈火已闌珊，人立玉樓間。』後遂委身于李云。

桉：金德淑《望江南》詞見《宋舊宫人詩詞》，『縞素』作『縞帶』，『人立』作『人在』，題云：『水雲還家，小詞爲贐，聲寄《望江南》。』

啞女

啞女，姓名無攷，熙寧中居鄞縣戒香寺，後化去。

〔詞話〕

《西廬詞話》：《嘉靖四明志》：啞女，熙寧中見於鄞之戒香寺，婉孌丱角，年若及笄，瘖不能言，唯日掃帚，垂臂跣足。晨粥午飯，每拾菜滓餲餘啖，人以爲顛騃。歷人家，預知吉凶。里士周鍔學舉子業，女屢至其家，鍔知其非常，至必延以蔬飯。一日，造鍔，值鍔趣裝將應舉，女笑不止，鍔疑焉，再三叩之，遂索筆作長短句，鍔襲而藏之。一日，露臥鎮明嶺下，或訶以不檢，遽起歸寺，長吁坐逝，時三月三日也，鍔爲具棺櫬，瘞之柳亭。後鍔見女於京師，追問之，不就。歸發其瘞，則存空棺而已。後鍔果如南雄，以言邊事忤時相，入黨籍。衛開客洛陽，遇李士寧，曰：『公鄉里啞女者，過去維衛也。』

校：啞女詞《醉落魄·贈周鍔應舉》云：『風波未息。虛名浮利終無益。不如早去陪蓑笠。高臥烟霞，千古企難及。　君今既已裝行色。定應雁塔題名籍。它年若到南雄驛。玉石休分，徒累卞和泣。』見《四明近體樂府》。

陳策

策，字次賈，號南墅，上虞人。祐祐中爲荊州閫帥幕僚，以功授武階。

〔詞話〕

《絶妙好詞箋》：陳策《摸魚兒·仲宣樓賦》『倚危梯酹春懷古』云云，李曾伯《可齋雜藁·仲宣樓記》略云：桉《江陵志》：樓名昉於祥符，復於紹興淳祐十年賈公似道爲制置使，重新是樓。六月易鎮全淮，覃懷李某繼之，如前畫，越半朞告成。臘月二十有五日，爰集賓校置酒而落之。又《點絳脣·餞陳次賈》桉：《可齋叢稿》作『辛亥餞陳次賈歸』。云：『懶上巍樓，楚江一望天無際。漫遊萍寄。莫挽東流水。　一片秋光，直到山陰裏。里人還記。戍邊歸未。更憶鱸魚美。』又《齊天樂·和陳次賈爲壽韻》桉：《叢稿》和陳上有『壬子』二字。云：『今年塞上秋來早。昴街尚餘芒曜。舉目關河，驚心弧矢，顧我豈堪戎纛。幾番鳳誥。愧保障何功，恩隆旒藻。笑指呼鷹，露花烟草憶劉表。　頭顱如許相與，歲寒猶賴有，白髮公道。對月懷人，臨風訪古，往事淒涼難考。何時是了。莫馳志伊吾，貪名清廟。松菊歸來，嵇山招此老。』桉：淳祐中可齋爲荊州閫帥，次賈在賓幕，相與倡和，此詞正作於仲宣樓落成之日也。桉：《可齋叢稿·摸魚兒·和陳次賈仲宣樓韻》云：『對樓頭、欠招歡伯，和風吹老芳信。凭闌面面蒲萄綠，依約碧岑纔寸。無盡興。縱燃竹烹泉，亦自清腸吻。憑誰與問。舊城郭何如，英雄安在，何說解孤憤。　銅鞮路，極目長安甚近。當時賓主相信。翩翩公子登高賦，局面還思著緊。乘暇整。謾課柳評花，援鏡搔蓬鬢。江平浪穩。悵我有蘭舟，何人共楫，毋作孔明恨。』又《蘭陵王·甲寅初度和次賈韻》、《大酺・和陳次賈贈行韻》、《水調歌頭・庚申十六夜月簡陳次賈》、《六州歌頭・和陳次賈韻餞其行》、《水調歌頭・辛亥中秋和陳次賈，用坡仙韻》。辛亥，淳祐十一年；庚申，景定元年。太約次賈依可齋甚久，不僅在專閫荊州時也。

桉：陳次賈詞《摸魚兒・仲宣樓賦》云：『倚危梯、酹春懷古，輕寒纔轉花信。江城望極多愁思，前事惱人方寸。湖海興。算合付元龍，舉白澆談吻。凭高試問。問舊日王郎，依劉有地，何事賦幽憤。沙頭路，休記家山遠近。賓鴻一去無信。滄波渺渺空歸夢，門外北風淒緊。烏帽整。便做得功名，難綠星星鬢，敲吟未穩。又白鷺飛來，垂楊自舞，誰與寄離恨。』《滿江紅・柳花》云：『倦繡人間，恨春去、淺顰輕掠。章臺路，雪粘飛燕，帶芹穿幕。委地身如遊子倦，隨風命似佳人薄。嘆此花、飛後更無花，情懷惡。心下事，誰堪託。憐老大，傷飄泊。把前回離恨，暗中描摸。又趁扁舟低欲去，可憐世事今非昨。看等閒、飛過女牆來，秋千索。』竝見《絕妙好詞》。其它與李可齋唱酬之作，惜今竝失傳矣。

賈雲華

雲華，台州人。丞相似道之女，魏鵬聘妻。

〔詞話〕

《詞苑叢談》：賈雲華之母與魏鵬母有指腹之約，其後鵬謁賈，賈命女結爲兄妹，不及前盟。兩人遂私相繾綣，未幾，鵬以母喪歸，雲華賦《踏莎行》與決別云：『隨水落花，離絃飛箭。今生無處能相見。長江縱使向西流，也應不盡千年怨。盟誓無憑，情緣有限。願魂化作銜泥燕。一年一度一歸來，孤雌獨入郎庭院。』遂鬱鬱死，二年後有長安丞宋子璧女暴卒復甦，自言雲華借屍還魂，丞以告賈，遂歸鵬焉。

《蓮子居詞話》：賈似道女雲華，與魏氏子訣別，賦《踏莎行》，起云：『墮水落花，離弦飛箭。此生無處能相見。』語意警絶，卒鬱鬱以死。嗚呼！柏舟守義，而顧得之半閒堂弱息，亦以爲難。因思世俗南詞，動以姦臣之女，極道其貞且賢，亦非理之所必無。

桉：賈雲華詞事，徐、吴二家所記互有詳略，不盡符合。唯吴子律語較雅正可采，其詞首句『墮水落花』，《叢談》作『隨水』，雖相差僅半字，而意則迥殊，蓋『墮水』，若非得已；『隨水』，則流止聽之，無所操持於中。卽其人之品節，從可覘焉。當據吴話訂徐談之誤，不可忽焉者也。此詞又見《聽秋聲館詞話》，亦未詳其爲似道女，『墮』亦誤『隨』。

王玉貞

玉貞，武林名妓。

桉：王玉貞詞《玉樓春》云：『來時吴會猶殘暑。去日武林春已暮。欲知恩愛感人深，灑淚多於江上雨。歡情未舉眉先聚。別酒多斟君莫訴。從今遮莫問西湖，擡眼盡成腸斷處。』見《林下詞選》，小傳云：武林名妓，時陸仲舉飄泊江湖，過武林，邂逅玉貞，一見投契。貞日脫簪珥，買歡湖上，後貞囊篋空乏，仲舉翾然他適，貞留之不得，作詞贈別。仲既去，貞遂赴湖死。

衛芳華

芳華，宋理宗朝宮人。

〔詞話〕

《樂府紀聞》：延祐初，永嘉滕穆僑寓臨安，月夜遊聚景園，遇一美人，自言衛芳華，故宋理宗朝宮人。卽命侍女翹翹設茵席酒果，歌《木蘭花慢》一闋云：『記前朝舊事，曾此地、會神仙。向月地雲階，重攜翠袖，來拾花鈿。繁華總隨流水，嘆一場春夢杳難圓。廢港芙蓉滴露，斷堤楊柳垂烟。兩峯南北只依然。輦路草芊芊。悵別館離宮，烟銷鳳蓋，波沒龍船。平生玉屏金屋，對漆燈無焰夜如年。落日牛羊冢上，西風燕雀林邊。』又詩云：『湖上園亭好，重來憶舊遊。徵歌調《玉樹》，閱舞按《梁州》。徑狹花迎輦，池深柳拂舟。昔人皆已沒，誰與話風流。』自是白晝亦見生，遂攜歸寓所。下第後，美人留翹翹使守舊宅，而身隨生歸里。凡三載，生復赴浙試，美人請與生往，訪翹翹，至則翹翹迎拜於路左矣，美人忽淚下云：『緣盡，當奉辭。』是夜鐘鳴，急起，與生分袂，贈玉指環一枚而別。

桉：《詞林紀事》張宗橚桉：宋季並無延祐年號，或是德祐之譌。唯德祐年間不應遽稱故宋，芳華見夢於滕穆當在元仁宗延祐初矣。又桉：《渚山堂詞話》：聚景園有故宋宮人殯宮，山陽道人瞿宗吉嘗作《木蘭花慢》『記前朝舊事云云，全闋並與衛芳華詞同，唯『重攜』作『閒攜』，『悵別館離宮』

作『根波冷山空』，『烟銷』作『翠銷』，『波沒』作『紅沒』，『玉屏』作『銀屏』，『對漆燈』『對』作『黯』，『冢上』作『隴上』，不同之字僅十有一。瞿詞雖多，予所賞愛此闋爲最。瞿又有詠金故宫白蓮詞卽用此腔，而語意亦仍之。首云『問前朝舊事，曾此地、會神仙』，卽此起句也，是知此詞爲瞿得意之作，故不嫌疊用如此云云。衛芳華詞明已前各説部及國朝名家詞話紀載非一，而水南之説獨異，竊嘗細審詞意，如『平生玉屏金屋，對漆燈、無焰夜如年』之句，似乎確是鬼語無疑。

楊妹子

楊妹子，一稱楊娃，名字無攷，會稽人。寧宗恭聖皇后女弟，以藝文供奉内廷稱大知閤。

〔詞話〕

《韻石齋筆談》：楊妹子，乃宋寧宗恭聖皇后妹，其書類寧宗。凡御府馬遠畫多命題詠，余曾見馬遠松院鳴琴小幅，楊娃題其左方云：『閒中一弄七絃琴。此曲少知音。多因澹然無味，不比鄭聲淫。松院靜，竹樓深。夜沈沈。清風拂軫。明月當軒，誰會幽心。』調寄《訴衷情》，波撇秀穎，妍媚之態，映帶縹緗。

〔坿攷〕

《弇州四部藁》：馬遠畫上有書『賜兩府』三字，并有楊娃印章，遠在光、寧朝，後先待詔。寧后楊氏，楊娃，卽后妹也。以藝文供奉内廷，凡遠畫進御及頒賜貴戚，皆命楊妹子署題。后兄石，位太師，稱大兩府，書兩府者，卽石也。

《書史會要》：楊妹子書似寧宗，馬遠畫多其所題，語關情思，人或譏之。

《清賞錄》：馬河中遠進御及賜貴戚畫，寧宗每命楊妹子題署，有楊娃印章，楊娃者，寧宗恭聖皇后妹也。書法類寧宗，以藝文供奉内庭，其蹟惟遠畫見之。

《珊瑚網》：楊妹子《菊花圖》，并題：『莫惜朝衣准酒錢，淵明身卽此花仙。重陽滿滿杯中泛，一縷黄金是一年。』賜大知閤楊娃，爲寧宗后之女弟，故稱妹子。以藝文供奉内庭，凡頒賜貴戚畫，必命娃題署，故稱大知閤。然印文擅用坤卦，人譏其僭越王弇州，以其字柔媚而有韻，乃此畫亦清妍而有致。第畫記稗乘獨遺之，不得與建炎劉夫人希並垂爲欠事，希掌内翰，文字善畫，師古畫，上用奉華堂印『玉水』〔一〕。

《庚子銷夏記》：楊妹子題馬遠《紅梅》：『遠在畫院中最知名，余有紅梅一枝，菁豔如生。』楊妹子題詩於上，字亦工。按：楊妹子者，寧宗恭聖皇后之妹，書法類寧宗，凡御府馬遠畫，多令之題。此幀李梅公見而愛之，攜去，竟燬於火。余又有《女誡》一卷，爲馬麟畫，相傳爲寧宗書，實楊妹子書，用御書之印耳。此卷今在畿南士夫家。

《呼桓日記》：六月二十四日赴鑑叔招，出馬遠單條四幅，俱楊妹子題。其一白玉蝶梅：『重重疊疊染湘黄，此際春光已半芳。開處不禁風日暖，亂飛晴雪點衣裳。』再題『晴雪烘香』四字。其一著雪紅梅：『銖衣翠蓋映朱顔，未委何年入帝闕。默被畫工傳寫得，至今猶似在衡山。』再題『朱顔傅粉』四字。其一烟鎖紅梅：『夭桃豔杏豈相同，紅潤姿容冷淡中。披拂輕烟何所似，動人春色碧紗籠。』再題『霞鋪烟表』四字。其一綠萼玉蝶〔二〕：『渾如冷蝶宿花房，擁抱檀心憶舊香。開到寒梢尤可愛，此般必是漢宮妝。』再題『層叠冰綃』四字。後各有『楊娃之章』一小方印，與余家所藏妹子題馬遠楊葉、竹枝二冊字畫差大，然筆腕瘦嫩略相似。二冊楊葉題：『綫撚依依綠，金垂褭褭黄。』竹枝題：『雨洗娟娟淨，風吹細細香。』

沈津《吏隱録》：嘗觀馬和之四小景，有楊妹子各題一絶，云：『人道中秋明月好，欲邀同賞意如何。華陽洞裏秋壇上，今夜清光此處多。』『石楠葉落小池清，獨下平橋弄水行。倚日綠陰無覓處，不如歸去兩三聲。』『清獻先生無一錢，故應琴鶴是家傳。誰知默鼓無絃曲，時向珠宫舞列仙。』『雨洗東坡月色清，市人行盡野人行。莫嫌犖确坡頭路，自愛鏗然曳杖聲。』

桉：《書史會要》謂楊妹子題馬遠畫，語關情思，人或譏之。今觀其《訴衷情》詞，思筆雙清，不涉纖豔。過拍『不似鄭聲』云云，尤能揭出雅正之怡。其題畫詩見《珊瑚網》一首，見《呼桓日記》四首，又斷句二聯，見沈津《吏隱録》四首。珊瑚網又有《題趙伯驌畫》云：『蓮開宫沼年年盛，香染斑衣葉葉新。願借琴音奏清雅，薰風涼殿壽雙親。』試就已上諸作，一一雒誦審諦之，烏在其語關情思也？陶氏之言，詎不誣乎？昔人記載之書往往譏評壼闈，夫亦何快於是？殆忌才之一念中之，則古今同慨，不止對於閨秀爲然矣。

【校記】

〔一〕『希掌』以下十七字：底本無，據《珊瑚網》補。

〔二〕萼：底本作『鷩』，據厲鶚《南宋院畫録》卷七引項鼎鉉《呼桓日記》改。

鄭禧吳氏

禧，字天趣，永嘉人。仁宗時人，登進士第，官黄巖州同知。有《春夢錄》，自記其與同郡吳氏女唱和諸詞。

〔詞話〕

《春夢錄》：城之西有吳氏女，生長儒家，才色俱麗，琴棋詩書，靡不究通，大夫士類稱之。其父早世，治命宜以爲儒家室女，亦自負不凡。余今年客於洪府，一日，媒嫗來言，女家久擇壻，難其人。洪仲明公子戲欲與余求之，余辭云已娶，不期媒嫗欲求余詩詞達於女氏，余戲賦《木蘭花慢》一闋。一日，女和前詞，附媒嫗至，乃曰：吳氏之族見此詞，喜稱文士之美，但母氏謂官人已娶而不可，然女獨憐余之才，賡唱迭和，復命乳母來觀，且述女意。雖居二室，亦不辭也，囑余託相知之深者，求啓母意歸余。然余在城之日淺，相知者少，謬屬意山長吳槐坡者往説，其母終亦不從。有周氏子，懼余之成事，挾財以媚母氏，母乃失於從，周遂納其定禮，女號泣曰：『父臨終命歸儒生，周子不學無術，但能琵琶耳，我誓不從周氏。』因佯狂，擲冠於地，母怒，毆之，女發憤成疾，病且篤，母乃大悔，懼逆其意，卽以定禮付媒嫗以歸於周。然女病竟無起色，因以書遺余曰：『妾之病，實爲郎也。若生不救，抱恨於地下，料郎之情，豈能忘乎？』臨終，又泣謂其青衣名梅蘂者曰：『我愛鄭郎，生也爲鄭，死也爲鄭，我死之後，汝可以鄭郎詩詞書翰密藏棺中，以成我意。』未幾，果卒。嗚呼！文君之於相如，自昔所難，而況夫婦之間多才相配，世之尤難者乎？ 夫以女之才如是，而憐余之才又如是，齊眉相好，唱和百年，豈非天下之至樂者乎？ 而況其家本豐殖，復有貲財者哉！ 乃厄母命之不從，發憤成疾，抱恨而死，嗟夫！ 紅顔勝人多薄命，亙古如斯，而況才色之兼全者乎？ 驚綵雲之易失，痛黄壤之相遺，亦徒重余之臨風悒快耳，恨何言也。 抑余非悦於色也，愛其才也，感其心也。 今具録往來詞翰於後，覽者亦必昭余之悽愴也。延祐戊午永嘉鄭禧天趣序。

又：丁巳歲二月廿六日，余寄《木蘭花慢》云：『倚平生豪氣，沖星斗、渺雲烟。 記楚水湘山，吴雲越月，頻入詩篇。 菱花皎潔，劍光零亂，算幾番、沈醉樂生前。 種得仙人瑤艸，儂家五色雲邊。 芙蓉金闕正需賢。 詔下九重天。 念滿院琅玕，盈襟書傳，人正韶年。 蟾宮近傳芳信，姮娥嬌豔待詩仙。 領取天香第一，縱横禮樂三千。』翼日女氏和云：『愛風流俊雅，看筆下、掃雲烟。 正困倚書窻，慵拈鍼線，懶咏詩篇。 紅葉未知誰繫，慢躊躇、無語小闌前。 燕子知人有意，雙雙飛度花邊。 殷勤一笑問英賢。 夫乃婦之天。 恐薛媛圖形，楚材興念，唤醒當年。 纍纍滿枝梅子，料今生無分共坡仙。 贏得鮫綃帕上，啼痕萬萬千千。』二月廿九日，女密令乳母來觀。 三月一日，再賦前腔云：『望垂楊裊翠，簾試捲、小紅樓。 想鴛珮敲瓊，鸞妝沁粉，越樣風流。 吟懷自憐豪健，洒雲牋，醉裏度春秋。 有唱還應有和，纖纖玉映銀鉤。 犀心一點暗相投。 好事莫悠悠。 便有約尋芳，蜂媒纔到，蝶使重遊。 梅花故園憔悴，揖東風，讓與杏稍頭。 況是梅花無語，杏花好好相留。』女氏再和云：『看紅牋寫恨，人醉倚、夕陽樓。 故里梅花，纔傳春信，先認儒流。 此生料應緣淺，綺窻下，雨怨共雲愁。 如今杏花嬌豔，珠簾嬾上銀鉤。 絲蘿喬樹欲依投。 此景兩悠悠。 恐鶯老花殘，翠消紅減，孤負春遊。 蜂媒同人情，思無緣，應只低頭。 夢斷東風，路遠柔情，猶爲遲留。』余觀所和兩詞，其才情標致，豈可易得哉？此余所以深不能忘也。桉：鄭吳唱和詞，字句間有脫譌，與譜不合，當是婁經移寫之故，抑此類詞本無庸以律繩之也。　又：吳氏既終，余召箕仙卜問，得一詞云：『緣慘雙鸞，香魂猶自多迷戀。芳心密語在身邊，如見詩人面。　又是柔腸未斷。奈□天、不從人願。瓊銷玉減。夢魂空有，幾多愁怨。』桉：此詞調《燭影搖紅》。　四月朔，余再調《木蘭花慢》云：『任東風老去，吹不斷、淚盈盈。記春淺春深，春寒春煖，春雨春晴。都來助與詩人興，更落花無定挽春情。芳艸猶迷舞蝶，綠楊空誤流鶯。　玄霜著意搗初成。回首失雲英。但如醉如痴，如狂如舞，如夢如驚。香魂至今迷戀，問真仙消息，最分明。後夜相逢何處，清風明月蓬瀛。』是日，再召箕仙，一道童降筆，詞云：『今日瑤池大會，羣仙不肯來臨。真華傳語鄭郎，君記得，相嘲妒行。　好個《木蘭花慢》，休題相契分明。君還要問，那香魂，正在仙宮聽命。』桉：此詞調《西江月》。　吳氏之母痛憶之甚，亦死。一子年長不慧，移居鄉邨，此真可慘哉！

桉：鄭、吳贈答之作微嫌藻浮於情，唯尚能近質，故未遽涉俗。二人尤工力悉敵，房中奏雅，信嘉耦，惜不偕耳。吳氏名字失傳，當時殆鄭爲之諱，然亦何庸諱耶？《書畫大觀錄》『元賢詩翰姓氏』吳郡鄭禧小傳：公字熙之，善繪事，山水學董北苑，墨竹禽鳥學趙鷗波，尤能書，造詣入古，惜多材執，不永天年云云。此與作《春夢錄》之鄭禧字籍並異，尤不言其登第入官，疑別是一人，坿記俟攷。

吴鎮

鎮，字仲圭，自號梅花菴主，又號梅花道人、梅花和尚、梅沙彌，嘉興人。有《梅花菴稿》。

〔詞話〕

《六研齋三筆》：梅道人倣荆浩寫漁舫十五，中段樹石一叢，前後山嶼，遠近出没四五疊。予兩見臨本，至今年壬申三月始見真者，氣象焕如也。梅老自題云：『予最喜關仝山水，清勁可愛。觀其筆法，出自荆浩。後見浩畫《唐人漁父圖》，有如此製作，遂倣爲一軸，爲人求去。今復見之，不意物之有遇時也。一日，淮仲持此卷來，命識之詞。昔之畫，今之題，殆十餘年矣。流光易謝，悲夫！至正十二年七月十日，梅道人書於武塘慈雲之僧舍。』又畫上方每舫題一《漁家傲》詞，瀟灑超逸，逼真玄真子口吻，亦道人所製。書作藏真筆法，古雅有餘。其一云：『碧波千頃晚風生。舟泊湖邊一葉横。心事穩，草衣輕。只釣鱸魚不釣名。』其二云：『收卻絲綸歇卻船。江頭明月正團圓。酒瓶側，岸花懸。枕著蓑衣和月眠。』其三云：『輕風細浪漾漁船。碧水斜陽欲暮天。看白鳥，下長川。點破瀟湘萬里烟。』其四云：『閒情聊爾寄絲綸。處處江湖著我身。波似練，鬢如銀。欲釣如山截海鱗。』其五云：『極目乾坤夕照斜。碧波微影弄晴霞。舟有伴，興無涯。那個汀洲不是家。』其六云：『近日何人是我鄰。滿川鳧鴨最相親。雲浩浩，水鱗鱗。青草烟深不見人。』其七云：『舴艋爲家無姓名。胡盧世事過平生。香稻飯，軟蓴羹。棹月穿雲任性情。』其八云：『雪色鬚髯一老翁。能將短棹撥長空。人愛靜，浪無風。宜在五湖烟雨中。』其九云：『綠楊初睡暖風微。萬里晴波浸落暉。鼓枻去，唱歌回。驚起沙鷗撲漉飛。』其十云：『年來情況屬漁船。人在船中酒在前。山歷歷，水涓涓。一曲清歌山月邊。』其十一云：『風攪長江浪拍空。扁舟蕩漾夕陽紅。歸別浦，繫長松。出自風恬浪息中。』其十二云：『一個輕舟力幾多。江湖穩處載漁蓑。撑皓月，下長波。半夜風生不奈何。』其十三云：『殘霞一縷四山明。雲起雲收陰復晴。風腳動，浪頭生。聽取虛篷夜雨聲。』其十四云：『鉤擲萍波綠自開。錦鱗隊隊逐鉤來。消歲月，寄芳懷。卻似嚴光坐釣臺。』其十五云：『桃花水暖五湖春。一個輕舟寄此身。時醉酒，或垂綸。江北江南適意人。』

《名畫記》：吳仲圭，工於畫，亦能小詞。其漁父詞品格高妙，何減張志和。

〔坿攷〕

《滄螺集》：吳鎮，字仲圭，號梅花道人。嘉興魏塘人。工詞翰，尤善畫山水竹木，臻極妙品，不下許道寧、文與可。與可以竹掩其畫，仲圭以畫掩其竹，爲人抗簡孤潔，其畫雖勢力不能奪，唯以佳紙筆投之，欣然就几，隨所欲爲，乃可得也，故仲圭於絹素畫絕少。

《圖繪寶鑑》：吳仲圭畫山水，師巨然。其臨摹及合作者絕佳，而往往傳于世者皆不專志，故極率略，亦能墨竹墨花。

《容臺集》：吳仲圭本與盛子昭比門而居，四方以金帛求子昭畫者甚衆，而仲圭之門闃然，妻子頗笑之，仲圭曰：『二十年後不復爾。』果如其言。子昭書雖工，實有筆墨蹊徑，非若仲圭之蒼蒼莽莽，有林下風，所謂氣韻，非耶？

《六研齋二筆》：　仲圭忍貧孤隱，極不喜爲人作畫，至於寫像，尤所蘄者。

《湘管齋寓賞編》：　仲圭性氣渾剛，少好劍術，博易理，知進退消息。隱居禾中，對里築圃，繞屋植梅數十株，日哦詠其間，因號梅花道人。沈硯處左迸一泉，甘寒異常，故名梅花泉。嘗作《一葉竹》，自題云：『誰云古多福，三莖四莖曲。一葉硯池秋，清風滿淇澳。』

《嘉興司志》參《兩浙名賢録》：　仲圭少與兄瑱從毘陵柳之驥講天人性命之學，尤邃先天易言，機祥多中。垂簾賣卜，嘗讀書春波門外。草書學䛒光，畫師巨然，尤善竹石。喜爲詩，輒自題其畫，時號三絶。與黄公望、倪瓚、王蒙，稱畫苑四大家。有勢力者求之，多不得。唯贈貧士，使取值焉。以愛梅，自號梅花道人，題其生壙曰梅花和尚之塔，卒年七十五。

按：　梅花道人喜作漁父詞，題廖溪沈彦實處士畫册云：『紅葉村西日影餘。黄蘆灘畔月痕初。輕撥棹，且歸與。挂起漁竿不釣魚。』見《御選歷代詩餘》，其題仿荊浩寫漁舫十五詞，亦漁父詞，李竹嬾以爲《漁家傲》，誤也。《漁家傲》雙調，六十二字。

袁士元

士元，一名寧老，字彦章，自號菊邨學者，鄞縣人。年幾四十，以茂材薦授縣學教諭，調鄮山書院山長，再薦爲平江路學教授，擢翰林國史院檢閲官。有《書林外集》七卷。

〔附攷〕

《元詩選》袁士元小傳：擢國史院檢閲官，不赴。築城西別墅，種菊數百本，自號菊邨學者。所著《書林外集》七卷，危太樸爲之序，稱其詩清麗可喜，往往自放於山顛水涯之間，與山僧逸人相與爲唱酬，何其興致之高遠也。子珙，孫忠徹，皆以相術知名。珙別號柳莊，嘗識明成祖於潛邸者也。

桉：袁彦章詞《賀新郎·陳架閣家盆藕間歲復開》云：『月影黄昏度。粉牆陰，盆池漾緑，藕花初吐。悄似飛來雙屬玉。風動翩翩素羽。謾引得、人人爭睹。拍手闌干驚欲起，悵無端、並立長凝佇。思往事，意容與。　當年妙選登蓮署。正花開、邀朋醉賞，尚留佳句。藏白收香今六載，還我風流檢府。最好是、冰姿清楚。一點炎塵曾不染，縱盤根錯節仍如許。花爲我，笑無語。』《瑞鶴仙·壽倚雲樓公》云：『緑陰深院宇。正簾捲、華堂午風清署。榴花紅半吐。記仙翁，此夕城南別墅。酒朋詩侶。共歡宴、瑶池容與。笑横空，老鶴飛來，還入五雲深處。　念此閒情如許。別後蓬萊，迥隔風雨。冰紈翠縷。終不似，舊眉嫵。自胷中醖釀，金丹樂事，莫負花前尊俎。休管他、滄海桑田，添籌没數。』並見《四明近體樂府》。

張可久

可久，字伯遠，桉：一作名伯遠，字可久。號小山，慶元人。桉：一云四明人，見《七修類稿》。以路吏轉首領官。有《小山樂府》二卷。

〔詞話〕

《太和正音譜》：張小山之詞如瑶天笙鶴。又云：其詞清而麗，華而不豔，有不喫烟火食氣，真可謂不羈之才。若被太華之仙風，招蓬萊之海月，誠詞林之宗匠也，當以九方皋之眼相之。校：此論曲語，可通於詞耳。

《西廬詞話》：小山在郡城北隅，倪氏有園亭極盛，伯遠以小山自號，當必城北人。而樂府二卷中無一語及之者，蓋是後人收拾叢殘編定，非原書也。集中多曲調詞，不及十分之一。自署慶元張可久，而慶元舊志，一無可徵，唯郎瑛《七修類稿》中曾稱小山爲四明人，蓋浮沈下吏，以官爲家，故鄉不復見其蹤跡矣。或稱小山名伯遠，字可久，今據其自署，以可久爲名。

《詞林紀事》張宗橚校：《小山樂府》，余所見三本：家寒坪兄所藏，係汲古閣鈔本，小令三卷外集一卷，含厂兄所藏，係近時鈔本。唯雨巖兄所藏，係吳興夏煜廷枚選本，六卷，刊於康熙年間。曩時曾取數本較勘，互有異同，覺汲古閣本稍勝，久欲手錄一帙，緣中多曲調，因循未果，今采錄《人月圓》一闋，鼎嘗一臠，未遽不知味，孰謂張小山不如晏小山耶？

校：張小山詞《秦樓月》云：『尋芳屧。出門便是西湖路。西湖路。傍花行到，舊題詩處。瑞芝峯下楊梅塢。看松未了催歸去。催歸去。吳山雲暗，又商量雨。』《人月圓·春日湖上》云：『小樓還被青山礙，隔斷楚天遥。昨宵入夢，那人如玉，何處吹簫？門前朝暮，無情秋月，有信春潮。看看憔悴，飛花心事，殘柳眉梢。』前調云：『松風十里雲門路，破帽醉騎驢。小橋流水，殘楳賸雪，清似西湖。而今杖屨，青霞洞府，白髮樵夫。不如歸去，香爐峯下，吾愛吾廬。』前調云：『羅衣還怯東風瘦，不似少年游。匆匆塵世，看看鏡裏，白了人頭。片時春夢，十年往事，一點閒愁。海棠開後，梨花暮雨，燕子空樓。』前調客吴江云：『三高祠下天如鏡，山色浸空濛。蓴羹張翰，漁舟范蠡，茶竈龜蒙。故人何在，前程莫問，後事誰同。黄花庭院，青燈夜雨，白髮秋風。』前調吴門懷古云：『山藏金虎雲藏寺，池上老梅枝。洞庭歸興，香柑紅樹，鱸鱠銀絲。白家庭館，吴宫花草，可似當時。最憐人處，啼烏夜月，猶怨西施。』《風入松·九日》云：『哀箏一抹十三絃。飛鴈隔秋烟。攜壺莫道登臨晚，雙雙燕爲我留連。仙客玲瓏玉樹，佳人窄索金蓮。琅玕新雨洗湖天。小景六橋邊。西風潑眼山如畫，有黄花休恨無錢。細看茱萸一笑，詩翁健似常年。』並見《四明近體樂府》。小山以工曲著稱於時，觀其詞筆清疏雅淡，絶不涉曲，蓋於體格辨之審矣，宜其曲亦出色當行也。

劉元

元，字待攷，會稽人。

桉：劉元詞《木蘭花慢·游洞霄故宫和陳秋岡韻》云：『問神仙何處，尋溪路、水聲寒。此福地靈巖，西南天柱，洞府名山。翠蛟對誰或舞，更巖飛龍鳳駭人看。見説丹成仙去，當年跨鶴乘鸞。浮生貪勝似棋殘。一著省時難。便采藥眠雲，吟風對月，醉酒長安。一任流行坡止，又何須汩汩利名間。試與林泉相約，幾時容我投閒。』見《洞霄詩集》。

釋明本

明本，號中峯，杭州人。嘗住鄞之海會寺，坐道場於吳興之天目山，仁宗賜號廣慧禪師，及示寂，文宗賜謚智覺。

〔詞話〕

《柳塘詞話》：余經鶯脰湖殊勝寺，挂壁有中峯明本國師題詞，後書至正年號，乃《行香子》調也。詞云：『短短横牆。矮矮疏窗。一方兒、小小池塘。高低疊嶂，曲水邊旁。也有些風，有些月，有些香。　日用家常。竹几藤牀。儘眼前、水色山光。客來無酒，清話何妨。但細烘茶，淨洗盞，滾燒湯。』又云：『閬苑瀛洲。金谷瓊樓。算不如、茆舍清幽。野花繡地，莫也風流。卻也宜春，也宜夏，也宜秋。　酒熟堪篘。客至須留。更無榮無辱無憂。退閒是好，著甚來由。但倦時眠，渴時飲，醉時休。』又云：『水竹之居。吾愛吾廬。石粼粼、亂砌堦除。軒牕隨意，小巧規模。卻也清幽，也瀟灑，也安舒。　嬾散無拘。此等何如。倚闌干臨水觀魚。風花雪月，贏得工夫。好炷些香，圖些畫，讀些書。』若不經意出之者，所謂一一天真，一一明妙也。

〔坿攷〕

《□□筆記》：天目中峯禪師與趙文敏爲方外交，同院馮海粟學士甚輕之。一日，松雪强拉中峯同訪海粟，海粟出所賦梅花百絕句示之，中峯一覽畢，走筆成七言律詩，如馮之數，海粟神氣頓懾。

《書畫大觀錄》『元賢詩翰姓氏』：中峯禪師博涉儒書，徹悟宗乘，爲詩文援筆立就，不假搆思。箸《廣錄》，揭曼碩爲之序，奉詔刊行。書法似柳葉飄揚，雖未入格，自成一家品目。

按：中峯禪師《行香子》詞沖夷和雅，無塵俗氣，亦無蔬荀氣，取之自足，泊然無營。即此是如如真諦。據《書畫大觀錄》『姓氏』，禪師，杭州人。其詞錄入《四明近體樂府》，以其嘗住鄞之海會寺也。

釋梵琦

梵琦，字楚石，象山人。海鹽天寧寺僧。

〔坿攷〕

《樂郊私語》：楚石大師爲沙門尊宿，嘗從駕上都〔一〕，有《漠北懷古》諸作。余嘗讀其『自言羊可種，不信繭成絲』之句，疑以爲羊可種乎？因以問師，師曰：大漠迤西，俗能種羊，凡屠羊，用其皮肉，惟留骨。以初冬未日，埋著地中，至春陽季月上未日，爲吹笳咒語，有子羊從土中出。凡埋骨一具，可得羊數隻。此蓋四生胎外之化也，亦不足怪，特非中國所有，致生疑耳。

按：釋楚石詞《漁家傲·娑婆苦》云：《繙譯名義疏證》：娑婆，此云世界。『聽說娑婆無量苦。人當亂世投軍旅。寇至不分男與女。催腰膂。嗚蟬竟斷螳螂斧。縱有才能超卒伍。幾人衣錦還鄉土。燕頷虎頭封萬戶。虛相誤。奈何李廣逢奇數。』又：『聽說娑婆無量苦。三農望斷梅天雨。車水種苗苗不舉。難禁暑。被風扇作荒茆聚。　久旱掘泉惟見土。海潮又入蒹葭浦。南北東西皆斥鹵。禾黍「禾」上落一字，官糧更要徵民戶。』並見《四明近體樂府》。

【校記】

〔一〕駕：底本無，據《樂郊私語》補。

附原書每冊目錄

說明：本編所摘錄人物名下加下劃線。

第一冊

杜衍　葉清臣　錢惟演　林逋　劉述　謝絳　張先　楊適　沈括

俞紫芝　方教授　丁注　毛滂　周銖　舒亶　劉燾　朱服　周邦彥

第二冊

元絳　陳克　左譽　潘元質　周煇　呂濱老　韋驤　周玉晨　呂本中

李光　江漢　潘良貴　劉一止　沈與求　吳益　沈會宗　朱淑真　琴操

關注　陸淞　陸游　唐琬　陸放翁妾　趙昂　蔣興祖父

第三冊

徐逸　史浩　樓鍔　樓鑰　樓枎　樓采　樓槃　張鎡　史嵩之史衛卿

鄔文伯 陸叡 曹良史 仇遠 朱藻 鄭清之 黄中 朱昺孫 王十朋
沈瀛 趙孟堅 章謙亨 夏元鼎 唐珏 曹豳 岳珂 楊舜舉 魏杞
牟巘 湯思退 吴大有 王淮 錢選 葉閶 龔大明 吴仲方 姜特立
俞灝 尹焕

第四册
戴復古 戴復古妻 王澡 吴文英 梁安世 王居安 徐似道 沈端節 姚寬
盧祖皋 楊纘 洪咨夔 江緯 史彌遠 高觀國 張樞

第五册
張炎 黄機 高似孫 謝直 宋伯仁 薛夢桂 陳景沂 林表民 徐伸
吴禮之 徐照 劉瀾 徐儼夫 王同祖 李彭老 李萊老 陳允平 陳剛
許及之 曹冠

第六册
姚鏞 王埜 馬天驥 許棐 何夢桂 翁夢寅 胡汲古 李廷忠 趙希邁
范晞文 王沂孫 吴淵 吴潛 汪元量 姚述堯 徐霖 柴望 張頎

周　容　范端臣　陸維之　韓彥古　杜　旟　薛　泳　薛師石

第七册

董嗣杲　甄龍友　王自中　陳又新　趙汝迕　方君遇　趙希彭　方有開　蔡幼學

韋居安　潘希白　葛　郯　陳恕可　張　玉　章良能　莫　崙　王易簡　張幼謙

閨秀羅惜惜

釋淨端　張淑芳　章麗真　袁正真　金德淑　啞　女　陸凝之　陳　策　管　鑑

賈雲華　王玉貞　衛芳華　楊妹子　鄭　禧　吳　鎮　袁士元　張可久　劉　元

釋明本　釋梵琦

兩宋詞人小傳

五卷

此書藏上海圖書館，凡九冊，毛裝。清稿本，紅方格，左右雙邊，半頁十行，二十一字。每位詞人均是另起頁，不連抄。原書不分卷，每冊前有目録。原書未見所題書名，也未見編著者名姓，上海圖書館著録書名爲『兩宋詞人小傳殘存稿』，又題『朱慶雲撰』，不知所據。考其中張翥、陳思濟等爲元人，名『兩宋詞人』是不全面的。又核以浙江省圖書館藏抄本『況蕙風撰宋人詞話』，兩書在紙張格式、裝訂情狀、抄録筆迹、編寫體例等方面，均是相同的，兩書出於同人抄寫編録，這是無疑的。浙圖所藏封面題作『況蕙風撰宋人詞話』，參見相關書編者按。此書也應當是在況氏《歷代詞人考略》原稿基礎上抄録編輯而成的，朱慶雲或爲編録者之一。據每冊目録，九冊録詞人一百七十七家，其中有重見者（如葛勝仲）、或有目無文的（如江緯）。本編收録此書中爲《歷代詞人考略》和《宋人詞話》不載的詞人，凡六十二家，附於《宋人詞話》後，仍冠以『兩宋詞人小傳』之名。原書有七冊所載詞人不盡見於《歷代詞人考略》和《宋人詞話》中，其中四冊失載的詞人分別爲十一至十五家，收入本編時，此四冊各自爲一卷，另有三冊失載的詞人分別是一家或五家，收入本編時，三冊所收合爲一卷。共得五卷。并附原書每冊詞人目録於後，以供參考。

兩宋詞人小傳卷一

趙企

企，字循道，桉《鐵圍山叢談》作企道。南陵人。神宗朝舉進士，大觀中知績溪縣，重和初爲台州倅，歷員外郎。

〔詞話〕

《高齋詩話》云：　趙企循道以長短句得名，所爲詩亦工，恨不多見。

《鐵圍山叢談》：　大觀中有趙企企道者以長短句顯，如曰『滿懷離恨，付與落花啼鳥』，人多稱道之，遂用爲顯官。俾以應制，會南丹納土，企道之詞曰：『聞道南丹風土美，流出濺濺五溪水。威儀盡識漢君臣，衣冠已變□番子。凱歌還，歡聲載路，一曲春風裏。』又曰：『萬年觴，傜人北面朝天子。』而魯公深佳之，然趙雅不樂以詞曲進。

桉：　趙循道《感皇恩》全闋云：『騎馬踏紅塵，長安重到。人面依前似花好。舊歡才展，又被新愁分了。未成雲雨夢，巫山曉。　千里斷腸，關山古道。回首高城似天杳。滿懷離恨，付與落花啼鳥。故人何處也，青春老。』見《花庵絕妙詞選》，其因南丹納土，所製詞調名未詳，起四句與《歸朝歡》政同。

楊億

億，字大年，浦城人。雍熙初，年十一召試詩賦，授祕書省正字。淳化中，改奉禮郎，命試翰林，賜進士第。遷光祿寺丞，直集賢院。至道二年，遷著作佐郎。真宗立，拜左正言，出知處州。召還，拜左司諫，知制誥，賜金紫。景德三年，召爲翰林學士。大中祥符初，加戶部郎中，進祕書監。七年，知汝州，代還，判祕閣太常寺。天禧二年冬，拜工部侍郎，權景靈宮副使。卒，贈禮部尚書，謚曰文。有集一百九十四卷。

〔坿攷〕

《詩林廣記》：《三朝正史》云：楊憶祖文逸，爲南唐玉山令，億將生，文逸夢一道士自稱懷玉山人，未幾億生，有紫毛被體七尺餘，經月乃落。

桉：楊文公詠梅《少年游》云：『江南節物，水昏雲淡，飛雪滿前邨。千尋翠嶺，一枝芳豔，迢遞寄歸人。　壽陽妝罷，冰姿玉態，的的寫天真。等閒風雨又紛紛。更忍向、笛中聞。』見《梅苑》。

曾紆

紆，字公衮，南豐人，布第三子。以任爲承務郎，除太常寺主簿，左司諫。入元祐黨籍，竄永州，會赦，復承奉郎，監潭州南嶽廟，簽書寧國軍節度判官，權知鎮江府。宣和中移知楚州，加直祕閣。移秀州，提舉京畿常平、江南東路轉運判官，擢副使罷歸。主管南京鴻慶宮，屏居湖州。高宗立，除直顯謨閣，知衢州。歷司農少卿，改福建路提點刑獄，進直寶文閣，知衢州，未之官，卒。有《空青遺文》十卷。

〔詞話〕

《揮塵前録》：徽宗靖康初南幸，次京口，駐蹕郡治。外祖曾空青以江南轉運使來，攝府事應辦。忽宣至行宮，上引至深邃之所，問勞勤渥，命喬貴妃者出焉，上回顧，語喬曰：『汝在京師，每問曾三，此即是也，特令汝一識耳。』蓋外祖少年日喜作長短句，多流入中禁，故爾。取七寶杯，令喬手擎滿酌，并以杯賜之，外祖拜貺而出。明清少依外氏，寶杯猶及見之，今不知流落何所。

〔坿攷〕

《玉照新志》：外祖曾空青，文肅之第三子也。劉快活每以三運使呼之，後果終漕輓。又：外祖曾空青政和中假守京口，舉送貢士張彦正綱。宣和末守秀水，舉送沈元用晦。紹興間牧上饒，舉送汪聖錫應辰。三人皆爲廷試第一。其後舅氏曾宏父知台州，鹿鳴宴坐上作詩以餞之，末句云：『三郡看魁天下士，丹丘未必墜家聲。』

《一統志》：曾紆，字公衮〔一〕，南豐人。有志節，建炎間常力勸湖州郡將梁端會起兵勤王，官至直寶文閣知衢州。

桉：曾空青詞見《樂府雅詞》者凡九首，兹撰録二首如左。《秋霽》云：『木落山明，莫江碧，樓倚太虚寥闊。素手飛觴，釵頭笑取，金英滿浮桑落。鬢雲慢約，酒紅拂破香腮薄。細細酌，簾外任教、月轉畫闌角。　當年快意登臨，異鄉節物，難禁離索。故人遠、淩波何在，惟有殘英共寂寞。愁到斷腸無處著，寄寒香與，憑渠問訊佳時，弄粉吹花，爲誰梳掠。』《品令》云：『紋漪漲緑，疏靄連孤鶩。一年春事，柳飛輕絮，筍添新竹。寂寞幽花，獨殿小園嫩緑。　登臨未足，悵遊子、歸期促。他年清夢千里，猶到城陰溪曲。應有淩波，時爲故人凝目。』又：《吴興備志》引《氏族大全》及《元祐黨人傳》竝以紆爲布第四子，而《揮麈前録》、《玉照新志》皆以爲第三，王仲言爲空青外孫，其記載較可依據，則云第四者，誤矣。

【校記】

〔一〕衮：底本作『卷』，據其本字改。

釋仲殊

仲殊，字師利，安州人。俗姓張氏，名揮。嘗舉進士，因事出家。住蘇州承天寺、杭州吴山寶月寺。有《寶月集詞》七卷。

〔詞話〕

《東坡志林》：蘇州仲殊師利長老能文，善詩及歌詞，皆操筆立就，予曰：此僧胷中無一豪髮事，故與之游。

《復齋漫録》：元豐末，張詵樞言龍圖之守杭也。一日，宴客湖上，劉涇巨濟、僧仲殊在焉。樞言命即席賦詩曲，巨濟先唱云：『憑誰妙筆，横埽素縑三百尺。天下應無，此是錢塘湖上圖。』仲殊遽云：『一般奇絶，雲淡天高秋夜月。費盡丹青，只這些兒畫不成。』樞言又出梅花，邀二人同賦，仲殊即作前章云：『江南二月，猶有枝頭千點雪。邀上芳尊，卻占東君一半春。』巨濟不復繼也。後陳襲善云：『我爲續之曰：「尊前眼底，南國風光都在此。移過江來，從此江南不復開。」』

《冷齋夜話》：東坡鎮錢塘，無日不在西湖。嘗攜妓謁大通禪師，師愠形於色，東坡作長短句，令妓歌之，曰：『師唱誰家曲，宗風嗣阿誰。借君拍板與門槌，我也逢場作戲莫相疑。溪女方偷眼，山僧莫皺眉。卻嫌彌勒下生遲，不見阿婆三五少年時。』時有僧仲殊在蘇州，聞而和之曰：『解舞清平樂，如今説向誰。紅爐片雪上鉗鎚，打就金毛獅子也堪疑。木女明開眼，泥人暗皺眉。蟠桃已是著花遲，不向春風一笑待何時。』

《花菴絶妙詞選》注：仲殊之詞多矣，佳者固不少，而小令爲最。小令之中《訴衷情》一調又其最。蓋篇篇奇麗，字字清婉，高處不減唐人風致也。

《老學菴筆記》：仲殊長老喜食蜜，崇寧中忽上堂辭衆，閉門自縊死，及火化，舍利不可勝計。鄒忠公作詩弔之云：『逆行天莫測，雉作瀆中經。漚滅風前質，蓮開火後形。鉢盂殘蜜白，爐篆冷烟青。

空有誰家曲，人間得細聽。』末句謂其雅工於樂府詞也。

《中吳紀聞》：仲殊，字師利，承天寺僧也。初爲士人，嘗與鄉薦，其妻以藥毒之，遂棄家爲僧。工於長短句，東坡先生與之往來甚厚，時時食蜜解其藥，人號曰蜜殊，有《寶月集》行於世。慧聚寺詩僧孚草堂以其喜作豔詞，嘗以詩箴之云：『大道久淩遲，正風還陊隳。無人整頹綱，目亂空傷悲。卓有出世士，蔚爲人天師。文章通造化，動與王公知。囊括十洲香，名翼四海馳。肆意放山水，灑脫無羈縻。雲輕三事衲，缾錫天下之。詩曲相間作，百紙頃刻爲。藻思洪泉瀉，翰墨清且奇。惜哉大手筆，胡爲幽柔詞。願師持此才，奮起革澆漓。鶩彼東山嵩，圖祖進豐碑。再續輔教編，高步淩丹墀。它日僧史上，萬世爲蓍龜。迦葉聞琴舞，終被習氣隨。伊予浮薄人，贈言增忸怩。倘能循我言，佛日重光離。』老孚之言雖苦口，殊竟莫之改。一日，造郡中，接坐之間，見庭下有一婦人投牒，立於雨中，守命殊詠之，口就一詞云：『濃潤侵衣，暗香飄砌，雨中花色添顦顇。鳳鞵溼透立多時，不言不語厭厭地。眉上新愁，手中文字，因何不倩鱗鴻寄。想伊只訴薄情人，官中誰管閒公事。』後殊自經於枇杷樹下，輕薄子更之曰：『枇杷樹下立多時，不言不語厭厭地。』

《渚山堂詞話》：仲殊諸曲類能脫絕寒儉之態。如《南歌子》云：『白露收殘月，清風散曉霞。』《訴衷情》云：『紅船滿湖歌吹，花外有高樓。』《念奴嬌》云：『竹影篩金泉漱玉，紅映薇花簾幙。』又別閣云：『絳綵嬌春，鉛華掩畫，占斷鴛鴦浦。』此等句，何害其爲富冶也？

《古今詞話》：沈雄曰：詞選中有方外語，蕪累與空疎同病。要寓意言外，一如尋常，不別立門戶，斯爲入情，仲殊、覺範、祖可尚矣。又：仲殊於每歲禁烟時，置酒果以待來賓，謂之看花局。

〔坿攷〕

《吴都文粹》：《崑山陸河聖像院記》，僧仲殊譔，自題其名云霅川空叟。桉：仲殊，蘇子瞻禪悦友，所稱蜜殊者也，當時或寓吴興耶？

《雲烟過眼錄》：仲殊自署太平閒人。

桉：仲殊《訴衷情》小令，爲黄玉林所盛稱，詞凡五闋，其一云：『楚江南岸小青樓。樓前人艤舟。別來後庭花晚，花上夢悠悠。山不斷，水空流。謾凝眸。建康宫殿，燕子來時，多少閒愁。』其二建康云：『鍾山影裏看樓臺。江烟晚翠開。六朝舊時明月，清夜滿秦淮。寂寞處，兩潮迴。黯愁懷。汀花雨細，水樹風閒，又是秋來。』其三寶月山作云：『清波門外擁輕衣。楊花相送飛。西湖又還春晚，水樹亂鶯嗁。閒院宇，小簾幃。晚初歸。鐘聲已過，篆香才點，月到門時。』其四云：『長橋春水拍堤沙。疏雨帶殘霞。幾聲脆管何處，橋下有人家。宫樹緑，晚烟斜。噪閒鴉。山光無盡，水風長在，滿面楊花。』其五云：『湧金門外小瀛洲。寒食更風流。紅船滿湖歌吹，花外有高樓。晴日暖，淡烟浮。恣嬉遊。三千粉黛，十二闌干，一片雲頭。』末一闋至今尤膾炙人口。其前四闋亦極清空婉約之妙，唯末闋較濃麗耳。《花菴絕妙詞選》録仲殊詞十闋，其《金明池》云元誤《夏雲峯》：『天闊雲高，溪横水遠，晚日寒生輕暈。閒堦静、楊花漸少，朱門掩、鶯聲猶嫩。悔怱怱、過卻清明，旋占得餘芳，已成幽恨。都幾日陰沈，連宵慵困，起來韶華都盡。怨入雙眉閒鬬損。乍品得情懷，看承全近。深深態、無非自許，厭厭意、終羞人問。爭知道、夢裏蓬萊，待忘了餘香，時傳音信。縱留得鶯花，東風不住，也則眼前愁悶。』此詞其豔在骨，其雋在神，風格直逼柳、周，尤非娉家不辨。又《柳梢青》換頭云：『行人一棹天涯。酒醒處、殘陽亂鴉。』亦不在『曉風殘月』下也。

釋惠洪

惠洪，字覺範，俗姓彭，筠州人。以醫識張天覺。大觀中乞得祠部牒爲僧。又游郭天信之門，奏賜寶覺圓明禪師。政和初，坐交張、郭，配崖州，赦還。有《石門文字禪》三十卷。

〔詞話〕

《冷齋夜話》：余至瓊州，劉蒙叟方飲於張守之席，三鼓矣，遣急足來覓長短句，問欲敘何事，蒙叟視燭有蛾，撲之不去，曰：『爲賦此。』急足反走，持紙曰：『急爲之，不然，獲譴之。』余口授，吏書之，曰：『蜜燭花光清夜闌。粉衣香翅遶團團。人猶認假爲真實，蛾豈將燈作火看。方嘆息，爲遮闌。也知愛處實難拚。忽然性命隨烟焰，始覺從前被眼瞞。』按：調寄《鷓鴣天》蒙叟醉笑，首肯之。既北渡，夜發海津，又贈行，爲之詞曰：『一段文章種性，更謫仙風韻。晝戟叢中，清香凝燕寢。落日清寒勒花信。愁似海、洗光詞錦。後夜歸舟，雲濤喧醉枕。』按：調寄《清商怨》。又：予謫海外，上元椰子林中，漁火三四而已。中夜聞猿聲悽動，作詞曰：『凝祥宴罷聞歌吹。畫轂走，香塵起。冠壓花枝馳萬騎。馬行燈鬧，鳳樓簾捲，陸海鼇山對。當年曾看天顏醉。御杯舉，歡聲沸。時節雖同悲樂異。海風吹夢，嶺猿嘯月，一枕思歸淚。』按：調寄《青玉案》。又：衡州花光仁老以墨爲梅花，魯直觀之，歎曰：『如嫩寒春曉，行孤山籬落間，但欠香耳。』余因爲賦長短句曰：『碧瓦籠晴香霧繞。水殿西偏，小駐聞唬鳥。風度女牆吹語笑。南枝破臘應開了。　道骨不凡江瘴曉。春色通靈，醫得花重少。抱甕釀寒春杳杳。譙門畫角催殘照。』又曰：『入骨風流國色，透塵種性真香。爲誰風鬢涴新妝。半樹人邨春暗。校：此句有誤字。　雪壓枝低籬落，月高影動池塘。高情數筆寄微茫。小寢初開霧帳。』前《蝶戀花》，後《西江月》也。又：余留南昌，久而忘歸，獨行無侶，意緒蕭然。偶登秋屏閣，望西山，於是浩然有歸志，作長短句寄意，其詞曰：『城裏久偷閒。塵涴雲衫。此身已是再眠蠶。隔岸有山歸去好，萬壑千巖。　霜曉更凭闌。減盡晴嵐。微雲生處是茅庵。試問此生誰作伴，彌勒同龕。』校：調寄《浪淘沙》。

《復齋漫錄》：洪覺範嘗作長短句贈一女真云：『十指嫩抽春筍，纖纖玉軟紅柔。人前欲展强嬌羞。微露雲衣霓袖。　最好洞天春晚，黄庭卷罷清幽。凡心無計奈閒愁。試撚花枝頻嗅。』校：調寄《西江月》。

《許彦周詩話》：近時僧洪覺範頗能詩，其題李愬畫像云：『淮陰北面師廣武，其氣豈止吞項羽。公得李祐不肯誅，便知元濟在掌股。』此詩當與黔安竝驅也。頃年，僕在長沙，相從彌年，其它詩亦甚佳，如云：『含風廣殿聞碁響，度日長廊轉柳陰。』頗似文章巨公所作，不類衲子。又善作小詞，情思婉約，似秦少游。至如仲殊、參寥雖名世，皆不能及。

《能改齋漫錄》：賀方回爲《青玉案》詞，山谷尤愛之，故作小詩以紀其事。洪覺範亦嘗和韻云：『綠槐烟柳長亭路。恨取次、分離去。日永如年愁難度。高城回首，暮雲遮盡，目斷人何處。　解鞍旅舍天將暮。暗憶丁寧千萬句。一寸危腸情幾許。薄衾孤枕，夢回人靜，徹曉瀟瀟雨。』

《樂府紀聞》：山谷嘗歎美少游《千秋歲》末句『春去也，落紅萬點愁如海』，意欲和之，以『海』字難叶而止。洪覺範爲和其《千秋歲》以題崔徽真子云：『半身屏外，睡覺脣紅退。春思亂，芳心碎。空餘簪髻玉，不見流蘇帶。試與問，今人秀韻誰宜對。湘浦曾同會。手引輕羅蓋。疑是夢，今猶在。十分春易盡，一點情難改。多少事，卻隨恨遠連雲海。』

《古今詞話》：《石門文字禪》載覺範有『青杏欲嘗先齒輭，海棠開徧待新晴』、『分疏積雨調鶯舌，拗束東風倩柳條』句，曾作《漁家傲·頌古以和寶寧勇禪師》。

〔坿攷〕

《能改齋漫錄》：洪覺範有《上元宿嶽麓寺》詩。蔡元度夫人王氏，荊公女也，讀至『十分春瘦緣何事〔二〕，一搦鄉心未到家』，曰此浪子和尚耳。

《玉照新志》：雷轟薦福碑事，見楚僧惠洪《冷齋夜話》。去歲婁彥發機自饒州通判歸，詢之，云薦福寺，雖號番陽巨刹，元無此碑，乃惠洪僞爲是說，然東坡已有詩曰『有客打碑來薦福』之句。桉：惠洪初名德洪，政和元年張天覺罷相，坐關節，竄海外。又數年回，始易名惠洪字覺範。攷此書距坡下世已逾一紀，洪與坡老未嘗先接，恐是已有妄及之者，則非洪之鑿空矣。洪本筠州高安人，嘗爲縣小吏。黄山谷喜其聰慧，教令讀書，爲浮屠氏。其後海內推爲名僧，韓駒作《寂音尊者塔銘》，卽其人也。

桉：洪覺範詞見於其自箸《冷齋夜話》及它宋人說部者，自以和賀方回韻《青玉案》爲佳，竹垞《詞綜》亦止錄此一首。其『凝祥宴罷』闋歇拍云：『海風吹夢，嶺猿嗁月，一枕思歸淚。』苕溪漁隱謂非釋子所當然，然禪門訶綺語亦有以綺語說禪者：『頻呼小玉元無事，祇要檀郎認得聲』，見《五燈會元》『昭覺克勤禪師』章次；『佯走乍羞偷眼覷，竹門斜掩半枝花』，見『雲居德會禪師』章次。彼綺語猶無礙，矧覺範所云不過思歸而已，尚不得謂之綺語耶！余於覺範詞，政喜其無蔬筍氣。又桉：《清商怨》一名《關河令》，又名《傷情怨》，此調《詞律》據以定譜者。晏幾道『庭花香信』関換頭云：『迴文錦字暗翦。謾寄與、也應歸晚。』沈會宗『城上鴉啼』関換頭云：『誰遺鸞箋寫怨。翻錦字、疊疊和愁卷。』二體不同，覺範詞作：『落日清寒勒花信。愁似海、洗光詞錦。』又與晏、沈均異，當是又一體，此體《詞律》及《詞律拾遺》竝失載。

【校記】

〔一〕緣：底本作『紛』，據洪覺範《石門文字禪》卷十《上元宿百丈》改。

釋仲皎

仲皎，字如晦，居剡之明心寺。于寺立倚閣，又于星子峯前築白塔，結廬以居，曰閒閒菴。有《梅花賦》及詩詞傳世。

桉：如晦送春《卜算子》云：『有意送春歸，無計留春住。畢竟年年用著來，何似休歸去。目斷楚天遙，不見春歸路。風急桃花也似愁，點點飛紅雨。』見《花菴絕妙詞選》。沈際飛云：『送春詞中此爲第一，清空超脫，不滑熟，不黏滯，當得一「儁」字。』

陳郁

郁，字仲文，號藏一，臨川人。理宗朝充緝熙殿應制，又充東宮講堂掌書。有《藏一話腴》、《甲乙集》，各二卷。

〔詞話〕

《隨隱漫錄》：庚申八月，太子請兩殿幸本宮清霽亭賞芙蓉、木犀。韶部頭陳盼兒捧牙板歌『尋尋覓覓』一句，上曰：『愁悶之詞，非所宜聽。』顧太子曰：『可令陳藏一撰一卽景，撰快活《聲聲慢》。』先臣再拜承命，五進酒而成，二進酒，數十人已羣謳矣。天顔大悅，於本宮官屬支賜外，特賜絹百疋兩。詞曰：『澄空初霽，暑退銀塘，冰壺鴈程寥漠。天闕清芬，何事早飄巖壑。花神更裁麗質，漲紅波、一奩梳掠。涼影裏，筭素娥仙隊，似曾相約。　閒把兩花商略。開時候、羞趁觀桃堦藥。緑幙黄簾，好頓膽瓶兒著。年年粟金萬斛，拒嚴霜、綿絲圍幄。秋富貴，又何妨、與民同樂。』明年四月九日，儲皇生辰，令旨述《寶鼎見》，俾本宮內人羣唱爲壽，上稱得體。詞曰：『虞絃清暑，佳氣葱鬱，非烟非霧。人正在、東闈堂上，分瑞祥輝騰翠渚。奉玉斝，總歡呼稱頌，爭羨神光葆聚。慶誕節、彌生二佛，接踵瑤池仙母。　最好英慧由天賦。有仁慈，寬厚襟宇。每留念，修身忱意，博問謙勤親保傅。染寶翰、鎮規隨宸畫，心授家傳有素。更吟詠、形容雅頌，隱隱賡歌風度。　恩重漢殿傳觴，宣付祝、恭承天語。對南薰初試，宮院笙簫競舉。但長願，際昇平世，萬載皇基因睹。問寢日、娭雞鳴舞，拜龍樓深處。』又明年，賜永嘉郡夫人全氏爲太子妃，賜宴畢，太子妃回宮，令旨俾立成《絳都春》家宴進酒詞，曰：『晴春媚曉。正禁苑乍煖，鶯聲嬌小。柳拂玉闌，花映朱簾韶光早。熙朝多暇舒長晝，慶聖主、新頒飛詔。貽謀恩重，齊家有訓，萬邦儀表。　偏稱宮闈歡笑。釀和氣共結，天香繚繞。侍宴回車，韶部將迎金蓮照。雞鳴警戒丁寧了。但管取、咸常同道，東皇先報宜男，已生瑞草。』若此者餘百篇，史臣章采稱：『陳藏一長短句，以清真之不可學，老坡之可。東宮應令，含情託諷，所謂曲終奏雅者耶。沈香亭《清平》之調，尚託汗青以傳，藏一此詞，合太史氏書法，宜牽聯得書。』

《錢塘遺事》：史彌遠之比周於楊后也，出入宮禁，外議甚譁。有人作咏雲詞譏之云：『往來與月爲儔，舒卷和天也蔽。』賈似道當國日，陳藏一亦作咏雪詞以譏之，詞曰：『沒巴沒鼻。霎時間、做出漫天漫地。不論高低併上下，平白都教一例。鼓弄滕六，招搖巽二，直恁張威勢。識他不破，至今道是祥瑞。最是鵝鴨池邊，三更半夜，悮了吳元濟。東郭先生都不管，關上門兒穩睡。一夜東風，三竿紅日。萬事隨流水。東望笑道，山河元是我底。』調寄《念奴嬌》。

〔詞評〕

玉梅詞隱云：陳藏一應制詞雅誦承平而骨不媚，風格在曹元寵、康伯可之上，其《寶鼎見》中段詠仁勖德，迥異貢諛。蓋翊贊承華，職志固當如是。

〔坿攷〕

《藏一話腴序》：陳藏一以詩文名世，真西山、劉漫塘、陳習庵交稱之。余始過其語，今觀所述《話腴》，博聞强記，出入經史，研究本末，則可法度。而風月夢恠、嘲謔詭誕、淫麗氣習，淨洗無遺，豈非自

『思無邪』三字中踐履純熟致是耶？迺知三君子可謂具眼矣。嘗謂近時江湖詩人多，然不誇而誕，則空而迂，流於諂者皆是。惟藏一閉戶終日，窮討編籍，足不蹈毀譽之域，身不登權勢之門。及叩其中，則詞源學海，浩乎莫之涯涘。若藏一，豈多得哉？詩史曰：『讀書破萬卷，下筆如有神。』因爲藏一誦而併書之編首云。棠湖翁岳珂肅之。

《隨隱漫錄》：先君號藏一，蓋取坡詩『惟有王城最堪隱，萬人如海一身藏』之句。夢牕吳先生文英爲度夷則商犯無射宮，製《玉京瑤》云：『蝶夢迷清曉，萬里無家，歲晚貂裘敝。載取琴書，長安閒看桃李。爛繡錦、人海花場，任客燕、飄零誰計？春風裏，香泥九陌，文梁孤壘。微吟怕有詩聲翳。鏡慵看，但小樓獨倚。金屋千嬌，從他鴆煖秋被。蕙帳移、烟雨孤山，待對影、落梅清泚。終不似，江上翠微流水。』又：西山真先生點先君集中警句，如『闢戶夜通月，掬泉朝飲星』、『煖曝花巗日，晴眠蘚石烟』、『地曠日難晚，海寬天欲浮』、『與子纔分手，何人更賞心』、『遊歸雲衲破，定起石牀溫』、『道至無偏黨，心何有重輕』、『萬事豈容人有意，一春多被雨無情』、『舉頭莫看王侯面，失腳恐爲名利人』、『千古留芳惟好句，一時得意總微塵』，紫巗潘先生曰：『出入於江西、晚唐之間，而不墮於刻與率者也。』惜端平以後所作，兩先生不得見之，吁！

按：陳藏一應制詞豔而有骨，誦不忘規，庶幾分鑣蓮社，平睨雲壑。《詞林紀事》據李祉《陳盼兒傳》錄其《聲聲慢》一闋，其《寶鼎見》、《絳都春》則僅見《隨隱漫錄》中。《漫錄》譔者陳世崇，藏一之子也。

曾宏正

宏正，字待敔，新淦人。嘗爲大理丞，以朝請郎提點湖南刑獄，淳祐三年調廣西轉運使，兼提舉鹽事、學事，借紫。

桉：《粤西金石略》：曾宏正《水調歌頭》詞磨崖在臨桂水月洞：『風月無盡藏，泉石有膏肓。古今桂嶺奇勝，騷客費平章。不假鬼謀神運，自是地藏天作，圓魄鎮相望。舉首吸空翠，赤腳踏滄浪。　驚龍臥，攀棲鶻，翳鸞凰。秋爽一天涼露，桂子更飄香。坐我水精宫闕，呼彼神仙伴侶，大杓挹瓊漿。主醉客起舞，今夕是何鄉。臨江曾宏正作，同游崇仁吳湜、廬陵楊壽悳、三山陳華子、羽士李可道，子公邁、公适侍。淳祐癸卯九月望。』又，曾天驥識其後云：『先曾祖自宋提點湖南刑獄，淳祐癸卯調廣西運使。家藏文集，知有留題，惜不能抵其地。迨天驥備員臨桂，至馬王慈氏閣，水月、白龍諸洞，得睹先公題詠遺跡，距今百年。其題楹者幸完，刻石者筆法間失其舊，瞻仰留玩，感慨係之，乃捐己俸，命工鐫滌，以永方來。大元至正二年壬午良月，曾孫承務郎、靜江路臨桂縣尹兼勸農事天驥，同曾姪孫直方、元孫義存、子成存拜手謹書。』宏正，直龍圖閣[一]，謚忠節，三聘子。三聘有《神道碑》，刻龍隱巖。宏正又有詩刻元巖中隱山。

【校記】

[一]直：底本作『真』，據官職改。

趙彦端

彦端，字德莊，魏王廷美七世孫。乾道、淳熙間以直寶文閣知建寧府開府事，官至朝請大夫、左司郎，賜紫金魚袋。有《介菴集》十卷外集三卷、詞四卷。

《四庫全書總目》『介菴詞提要』：

《介菴詞》一卷，宋趙彦端撰。彦端，字德莊，號介菴。魏王廷美七世孫。乾道、淳熙間以直寶文閣知建寧府，終左司郎官。《宋史·藝文志》載彦端有《介菴集》十卷外集三卷，又有《介菴詞》四卷。《書録解題》則僅稱《介菴詞》一卷。此本爲毛晉所刊，亦止一卷。然據其卷後跋語，似又舊刻散佚，僅存此一卷者，未之詳也。張端義《貴耳集》載彦端嘗賦西湖《謁金門》詞有『波底斜陽紅濕』之句，爲高宗所喜，有『我家裏人也會作此等語』之稱。其他篇亦多婉約纖穠，不愧作者。集末《鷓鴣天》十闋，乃爲京口角妓蕭秀、蕭瑩、歐懿、劉雅、歐倩、文秀、王婉、楊蘭、吴玉九人而作，詞格凡猥，皆無可取，且連名入之集中，殆於北里之志殊乖雅音。自唐、宋以來，士大夫不禁狹邪之遊，彦端是作，蓋亦移於習俗，存而不論，可矣。

汲古閣《宋六十名家詞·介菴詞跋》：

德莊名噪乾淳間，官至朝請大夫、直寶文閣，知建寧府開府事，賜紫金魚袋，恩遇甚隆。而度量宏博，常戒趙忠定公曰：『謹勿以一魁先置胷中。』可想見其大槩矣。余家舊藏《介菴詞》一卷，板甚精良，惜未得其全集。又有《文寶雅詞》四卷，其中誤入孫夫人咏雪詞。又曾見《琴趣外篇》六卷，章次顛倒，贋作頗多，不能悉舉。至如席上贈人《清平樂》，昔人稱爲集中之冠，乃反逸去，甚恨坊本之亂真也。

湖南毛晉子晉識。

〔詞話〕

《貴耳集》：德莊，宗室之秀。能作文，嘗賦西湖《謁金門》云『波底夕陽紅溼』，阜陵問誰詞，答云彦端所作。上曰：『我家裏人也會作此等語。』喜甚，有《介菴詞》三卷。

《耆舊續聞》：趙德莊詞：『波底夕陽紅濕。』『紅濕』二字，當時以爲新奇，不知乃用李後主校：當作馮延巳『細雨濕流光』，與《花間集》『一簾疏雨濕春愁』之『濕』字。

按：趙德莊《介菴詞》，《宋史·藝文志》作四卷，《貴耳集》作三卷，而汲古閣刻本乃只一卷。當以史志爲可據，毛刻殆非足本耳。其賦西湖《謁金門》全闋云：『休相憶，明夜遠如今日。樓外綠烟村冪䍥，花飛如許急。柳外晚來船集，波底夕陽紅濕。送盡去雲成獨立，酒醒愁又入。』《詞林紀事》張宗橚校：『「柳外」疑當作「柳下」。』然各本俱作『柳外』，似復，今據毛刻本『柳外』作『柳岸』。『岸』字較『下』字爲佳，詠川詎未攷耶？又按：《介菴詞·南鄉子集句》云：『窗戶映朝光，花氣渾如百和香。卽遣〔一〕花飛深造次，茫茫，曲渚飄成錦一張。相憶莫相忘，並蒂芙蓉本自雙。草色連雲人去住，堪傷，海上尖峯似劍鋩。』其『茫茫』、『堪傷』二短句，當是用前人詞句，集詞句爲詞，前此殆未曾有。

【校記】

〔一〕遺：底本作『遺』，據《全宋詞》改。

尤袤

袤，字延之，自號遂初居士，無錫人。紹興十八年登進士第，爲泰興令。召除將作監簿，授祕書丞，遷著作郎。出知台州，除淮東提舉常平，改江東，遷江西漕兼知隆興府，改江東提刑。內召，除吏部郎官，歷樞密院正、太常少卿，權禮部侍郎兼同修國史，兼權中書舍人、直學士院。坐言者與祠，紹熙改元起知婺州，改太平州，除煥章閣待制，進少師、禮部尚書，卒贈太師，謚文簡。有《梁溪集》一卷。

〔詞話〕

《嘯翁詞評》：尤袤潛心理蘊，所著《梁溪集》，長短句尤工。其詠落梅《瑞鷓鴣》云：『清溪西畔小橋東。落月紛紛水映空。五夜客愁花片裏，一年春事角聲中。歌殘玉樹人何在，舞破山香曲未終。卻憶孤山醉歸路，馬蹄香雪襯東風。』

〔埘攷〕

《尤氏家譜》本傳：文簡公登紹興十八年進士，與朱文公同榜；楊文公同官，館中有尤、楊之目。又：公平居無事，日取古人書錄之，家人女穉莫不識字，共錄三千餘部，建萬卷藏書樓。又闢書堂于錫山之麓，久之，樓火，書焚其半，僅存書目。又：公與楊廷秀、范至能〔一〕、陸放翁相倡和，時號四詩翁。又：方文簡公喪父，廬墓三年，一慟累日，卜葬吳塘，始葬。十日，見萬鐙滿湖，叱聲震地。公懼，隱喬松之下，聞空中語曰：『此地發福三百年，彼人子何德而畀之，速令發去。』又聞空中應曰：『尤時亨累世積德，衮又純孝子也。』空中又曰：『世德純孝，可當此地矣。』其善護之，紹興十四年秋事也。

桉：尤文簡《梁溪集》二卷，比年武進盛氏刻入《常州先哲遺書》，集中無長短句。其詠紅梅『清谿西畔』云云，雜見詩卷中，唯題下注云：『此詩一作《瑞鷓鴣》詞。』嘯翁，宋人，時代距文簡未遠，乃稱其長短句尤工，兩宋文人不工詞者殆尠。文簡長短句或集外別行，今佚不傳耳。又桉《直齋書錄解題》：『《梁溪集》五十卷。』今傳本僅二卷，宜其佚遺不少矣。

【校記】

〔一〕至能：底本作『德機』，據南宋人名字改。

朱子

朱子諱熹，字元晦，一字仲晦，號晦菴，又號雲谷老人、滄洲病叟，最後更號遯翁。先世婺源人，父松，宦遊建陽之攷亭，遂家焉。紹興十八年登進士第，除同安主簿。歷事高、孝、光、寧四朝，累官轉運副使、崇政殿說書、煥章閣待制。僞學禁起，落職奉祠，卒。嘉泰二年賜謚曰文，特贈中大夫、寶謨閣直學士。寶慶三年贈太師，追封信國公，改徽國。後從祀孔子廟庭。有《大全集》一百卷、《晦菴詞》

一卷。

〔詞話〕

《鶴林玉露》：世傳《滿江紅》詞云：『膠擾勞生，待足後何時是足。據見定、隨家豐儉，便堪龜縮。得意濃時休進步，須知世事多翻覆。謾教人、白了少年頭，徒碌碌。誰不愛，黄金屋。誰不羨，千鍾祿。奈五行不是，這般題目。枉費心神空計較，兒孫自有兒孫福。也不須採藥訪神仙，唯寡欲。』以爲朱文公所作，余讀而疑之，以爲此特安分無求者之詞耳，决非文公口中語。後官於容南，節推翁諤爲余言其所居與文公鄰，嘗舉此詞問公，公曰：『非某作也，乃一僧作，其僧亦自號晦庵云。』又《水調歌頭》云：『富貴有餘樂，貧賤不堪憂。那知天路幽險，倚伏互相酬。請看東門黄犬，更聽華亭清唳，千古恨難收。何似鴟夷子，散髪弄扁舟。鴟夷子，成霸業，有餘謀。收身千乘卿相，歸把釣魚鉤。春晝五湖烟浪，秋夜一天雲月，此外盡悠悠。永棄人間事，吾道付滄洲。』此詞乃文公作，然特敷衍隱括李、杜之詩耳。

《讀書續錄》：晦菴先生《菩薩蠻·回文》詞幾於家絃戶誦矣，其隱括杜牧之《九日齊山登高》詩《水調歌頭》一闋，氣骨豪邁，則俯視蘇、辛；音韻諧和，則僕命秦、柳，洗盡千古頭巾俗態。詞云：『江水浸雲影，鴻雁欲南飛。攜壺結客，何處空翠渺烟霏。塵世難逢一笑，況有紫萸黄菊，堪插滿頭歸。風景今朝是，身世昔人非。酬佳節，須酩酊，莫相違。人生如寄，何用辛苦怨斜暉。不盡今來古往，多少春花秋月，那更有危機。與問牛山客，何必淚沾衣。』

〔詞評〕

王定甫云：朱文公詞質而不俚，清而能剛，非學養兼到不辨。

〔坿攷〕

《通攷纂略》：仲晦登第五十年，仕于朝僅九攷，立朝才四十六日。

《貴耳集》：胡澹菴有《薦賢錄》，首章謂：『上欲求詩人，遂薦十五人，以王庭珪爲首，晦翁亦以能詩薦。』此時伊洛之學未甚專門也。

《紹興十八年同年小錄》：王佐榜第五甲第九十名進士，朱熹小名沈郎，小字季延。

《太平清話》：朱紫陽畫深得吳道子筆法。

桉：晦菴詞《菩薩蠻·回文》云：『晚紅飛盡春寒淺。淺寒春盡飛紅晚。尊酒綠陰繁。繁陰綠酒尊。老仙詩句好。好句詩仙老。長恨送年芳。芳年送恨長。』又次圭父回文韻云：『暮江寒碧縈長路。路長縈碧寒江暮。花塢夕陽斜。斜陽夕塢花。客愁無勝集。集勝無愁客。醒似醉多情。情多醉似醒。』清辭麗句，妙造自然，幾於家絃戶誦，宜也。其他作如《鷓鴣天·江檻》云：『暮雨朝雲不自憐。放教春漲綠浮天。祇今畫閣臨無地，宿昔新詩滿繫船。青鳥外，白鷗前。幾生香火舊因緣。酒闌山月移雕檻，歌罷江風拂玳筵。』前調云：『已分江湖寄此生。長蓑短笠任陰晴。鳴橈細雨滄洲遠，繫舸斜陽畫閣明。奇絕處，未忘情。幾時還得去尋盟。江妃定許捐雙佩，漁父何勞笑獨醒。』《憶秦娥·雪梅二闋懷張敬夫》其一云：『雲垂幕。陰風慘淡天花落。天花落。千林瓊玖，半空鸞鶴。征車渺渺穿華薄。路迷迷路增離索。增離索。剡溪山水，碧湘樓閣。』其二云：『梅花發。寒梢挂著瑶臺月。瑶臺月。和羹心事，履霜時節。　野橋流水聲嗚咽。行人立馬空愁絕。空愁絕。爲誰凝佇，爲誰攀折。』晦菴於倚聲一道頗有功力，而氣尤極清，自理境瑩澈中來矣。蓋身丁南北宋間，詞學極盛，時代風會使之然也。晦菴詞，元和江氏依彭文勤知聖道齋鈔本刻行於湘南。

兩宋詞人小傳卷二

雷應春

應春，字春伯，郴州人。累官監察御史，出知全州，不就，歸隱北湖。後知臨江軍。有《洞庭》、《玉虹》、《日邊》、《鳴鶴》、《清江》諸集。

〔坿攷〕

《尚友録》：雷應春以工詩擅名，累官監察御史，首疏時相，繼忤權貴，出知全州，弗就。後知臨江軍，安靜不擾。嘗欲城新淦以備不虞〔一〕，當路阻之。及己未之亂，臨江倉卒無備，人始服其先見。

桉：雷北湖詞《好事近》云：『梅片作團飛，雨外柳絲金溼。客子短篷無據，倚長風挂席。回頭流水小橋東，烟掃畫樓出。樓上有人凝佇，似舊家曾識。』《沁園春·官滿作》云：『問訊故園，今如之何，還勝昔無。想舊耘蘭蕙，依然蔥蒨，新栽楊柳，亦已扶疏。韭本千畦，芋根一畝，雨老烟荒誰爲鉏。難忘者，是竹吾愛甚，梅汝知乎。　茅亭低壓平湖。有狎鷺馴鷗尚可呼。把絳紗準擬，新官到也，寒氈收拾，賤子歸歟。略整柴門，更芟草徑，惟有幽人解枉車。丁寧著，與做添棊局，砌換茶鑪。』並見《陽春白雪》，前闋署雷北湖，後闋署雷春伯，不具其名。道光間錢塘瞿氏清吟閣校刻《陽春白雪》，卷端詞人姓氏，雷北湖、雷春伯先後並列，蓋誤分二人也。北湖遺箸雖廑存此二闋，然才情襟抱，大概可知矣。

【校記】

〔一〕淦：底本作『塗』，據地名改。

危復之

復之，字見心，撫州人。宋末貢補太學，至元初，元帥郭昂薦爲本路儒學官，不就。廷累遣奉御察罕、翰林應奉詹玉以幣徵，皆不起，隱於紫霞山。卒，士友私謚貞白先生。

〔坿攷〕

《人物志》：危復之博覽羣書，工詩，尤邃於《易》。

桉：貞白先生詞《永遇樂》云：『早葉初鶯，晚風孤蝶，幽思何限。簷角縈雲，堦痕積雨，一夜苔生遍。玉牕閒掩，瑤琴慵理，寂寞水沈烟斷。悄無言、春歸無覓處，捲簾見雙飛燕。　風亭泉石，烟林薇蕨，夢繞舊時曾見。江上閒鷗，心盟猶在，分得眠沙半。引觴浮月，飛談卷霧，莫管愁深歡淺。起來倚闌干，拾得殘紅一片。』見元鳳林書院《名儒草堂詩餘》。夢繞『烟林薇蕨』，自寫其故國之思；『殘紅一片』，其身世飄零之感乎？先生入元不仕，何得屈爲元人。雖傳先生之詞，甚非先生之志矣。又桉：樊榭山民《跋覆元本草堂詩餘》略云：『無名氏選，至元、大德間諸人所作，皆南宋遺民也。詞多悽惻傷感，不忘故國，而於卷首冠以劉藏春、許魯齋二家，厥有深意。』審此，則是編之輯指別有在，非貿然屈諸君子於元人之列也。當日名賢遺墨，尺縑寸璧，流傳至今，俾後人得以想望風采，是編不爲無功，即亦何庸深責耶？

徐經孫

經孫，初名子柔，字中立，號矩山，豐城人。寶慶二年登進士第，授瀏陽簿，知臨武縣，通判潭州。入爲監察御史，進直寶章閣、福建提點刑獄。陞安撫使，知福州。召爲祕書監兼太子諭德。歷宗正少卿、起居郎，遷刑部侍郎兼給事中，拜翰林學士知制誥。以條論公田法，忤賈似道，致仕奉祠。授湖南安撫使，不拜，授端明殿大學士，封豐城伯。卒贈紫光祿大夫，謚文惠。有《矩山存稾》五卷，詞坿。

〔坿攷〕

熊朋來撰《文惠徐公墓表》：里居洪撫之境有山方正，因號矩山。

桉：徐文惠《矩山存稾》坿詞五闋，撰錄其二如左：《水調歌頭·致仕得請》云：『客問矩山老，何事得優遊。追數平生出處，爲客賦《歌頭》。三十五時僥倖，四十三年仕宦，七十□歸休。頂踵皆君賜，天地德難酬。書數冊，棊兩局，酒三甌。此是日中受用，誰劣又誰優。寒則擁爐曝背，煖則尋花問柳，乘興狎沙鷗。知足又知止，客亦許之不？』《鷓鴣天》云：『安分隨緣事事宜。平生快活過年時。長歌赤壁東坡賦，又詠歸來元亮詞。開八袠，望期頤。人生如此古猶稀。香飄金粟如來供，歲歲今朝薦酒卮。』

徐沖淵

沖淵，字叔靜，自號栖霞子，吳人。淳熙中典洞霄通明館，主豫章玉隆觀。有《經進西遊集》。桉《宋詩紀事》沖淵小傳云『大滌山凝神齋高士』。

〔坿攷〕

《洞霄圖志》：徐沖淵，字叔靜，姑蘇人，自號棲霞子。嘗浪迹江湖間，淳熙中被召，居太一宮高士齋，已而奉詔典洞霄通明館。久之，會孝宗居重華宮，召寘祐聖觀凝神齋。嘗奉命和御製《秋懷》詩二篇，詩云：『東壁星辰爛不收，夜涼河漢截天流。芙蓉院靜琴三疊，翡翠簾開月一鉤。黃屋非心辭大寶，碧雲有意思高秋。金聲玉振掩前作，漢祖空懷猛士憂。』『天末虹蜺晚未收，龍池新雨漲清流。鷗緣適意頻依渚，魚不貪香懶上鉤。賸喜三邊無警報，況當萬寶得成秋。嘯歌高蹈羲皇上，不復深貽海內憂。』又令進《西游詩表》云：『臣伏以頃歲蒙恩，薄技已塵於淵鑒；邇辰奉詔，陳言尚簡於帝心。深慚瓦釜之鳴，疊溷黃鐘之奏。伏念臣知識椎鈍，質性卑昏。哦松愧處士之風，夢草乏騷人之思。綠蓑青篛，徜徉霅水之烟波；破帽蹇驢，潦倒灞橋之風雪。自是結繩樞之手，初非聯石鼎之才。敢期誤徹於聽聰，遂使叨承於顧問。茲蓋伏遇陛下，篤實光輝，日新其德；聰明睿知，足以有臨。學問淵源，決汝漢而排淮泗；文章鼓吹，動天地而感鬼神。創百世之規模，冠四始之風雅。以臣么麽，逢辰休明。

雖聖度謙沖，博采蒭蕘之論；而天威咫尺，妄干斧鉞之誅。拜手陳詞，俯躬待罪。臣所有《西游集雜詩》，類成兩編，謹昧死隨表上進以聞。』上覽之，謂侍臣曰：『近世士大夫詩有不及者。』時豫章玉隆觀主席方虛高士，謝守顥荐於郡，即日具禮走京師迎之，居歲餘假化。朝奉郎府倅丘公琛搜其詩數百篇刻觀中，號《經進西游集》。

按：徐靜叔詞《水調歌頭·懷山中》云：『窮達付天命，生死見交情。人今老矣，□□狗苟與蠅營。贏得一頭霜雪，閒卻五湖風月，鷗鳥負前盟。顏厚已如甲，太息誤生平。想箕山，懷潁水，挹餘清。只今歸去，滄浪深處濯吾纓。笑撫山中泉石，細說人間荊棘，有道苦難行。好補青蘿屋，且占白雲耕。』見《洞霄詩集》。

虞允文

允文，字彬甫，仁壽人，祺子。紹興二十三年登進士第，通判彭州，累遷禮部郎官。借工部尚書充賀正使，除中書舍人。金人南侵，參江淮軍事，師捷，充川陝宣諭使。歷知夔州、太平州、平江府，除知樞密院事兼參知政事。拜資政殿大學士、四川宣撫使。進右僕射同中書門下平章事，兼樞密使，特進左丞相。求去職，授少保、武安軍節度使、四川宣撫使，封雍國公。卒，贈太傅，謚忠肅。有集。

按：虞忠肅詞《水調歌頭·和退翁賦梅爲壽韻》云：『鯨額朔家種，零落雪邊枝。淡妝素豔，無桃花、笑面柳低眉。嬾向深宮點額，甘與孤山結社，照影水之湄。不怨風霜虐，我本歲寒姿。

謝東君，開冷蕋，弄斜暉。强顔紅紫同□，皎潔性難移。祇好竹籬茅舍，若話玉堂金鼎，老恐負心期。歌罷飲先醉，殘月墮深卮。』見《鐵網珊瑚》，後有『寶祐第一癸丑歲書於宛陵道院』十三字。

衛宗武

宗武，字淇父，自號九山，華亭人。淳祐間歷官尚書郎，出知常州，罷歸。有《秋聲集》六卷，詞坿。

〔坿攷〕

《詞綜補遺》陶樑按：張之翰《秋聲集序》稱九山墓宿草已六白，是年爲至元甲午，則九山當卒於至元己丑，距宋亡已閲十年。按：《宋詩紀傳補遺》宗武小傳云罷歸故里三十餘載。故焦竑《國史經籍志》以《秋聲集》列入元人，然九山當屋社之後，息影丘園，未嘗攖褱圭組，仍當屬之滄桑遺老也。

按：衛淇父詞見《詞綜補遺》，凡五闋，其《摸魚兒》二闋較勝，小園晚春云：『小林巒、一年芳事，亂紅還又飛雨。生香冉冉花陰轉，雲擘滿空晴絮。遊燕處。看樂意相關，庭下胎仙舞。歌聲緩度。任圓玉敲寒，飛觴傳曉，未許放春去。　閒中趣，明月清風當戶。莘莘容屋陳俎。剪裁妙語頻賡唱，巧勝郢斤般斧。心自許。拚凋景頹齡，鶯燕爲儔侶。同盟會取。共花下小車，竹間三徑，長作老賓主。』疊前韻云：『見春來、又將春盡，狂風那更癡雨。一番芳徑催人老，回首緑楊飄絮。歡會處。有小小亭池，止欠妙歌舞。光陰梭度。對草木幽姿，候禽雅奏，客至未應去。

十年裏，冷落翟公門戶。朋來草草尊俎。投閒贏得浮生樂，肯羨油幢繡斧。眷幾許。任洛浦名葩，留燕耆英侶。浮榮競取。縱帶玉圍腰，印金繫肘，爭似鶯花主。』

梁棟

棟，字隆吉，湘州人，後遷鎮江。咸淳四年登進士第，選寶應簿，調仁和尉，辟入帥幕。宋亡，歸隱武林。有詩集，詞附。

〔附攷〕

胡迺撰《梁先生詩集敘》：

先生姓梁，諱棟，字隆吉，其先湘州人。曾祖諱翼，字羽之；祖諱琛，字仲玉；父諱定，字安道。皆仕金國。金亡，安道公過江南，寓鄂州。先生以壬寅年十二月十六日生於鄂，後遷鎮江。弱冠領漕薦，戊辰登龍飛第。桉：戊辰，咸淳四年，非元年，亦可稱龍飛耶？初選寶應簿，丁父憂。壬申再調錢塘仁和尉，辟入帥幕，一時聲名張甚。甲戌避地建上。丙子宋亡，歸武林。閒處守道，安貧澹如也。弟諱柱，字中砥，入茅山，從老氏學，先生依焉。庚寅遭詩禍，自是名益聞。卜居建康時，往來茅山中，江東人士從學甚衆。乙巳歲七月七日，無疾坐逝，壽六十有四，葬於城南鳳臺西鄉。先生平日好吟詠，稾無存者，門人問曰：『先生何故不存稾？』答曰：『吾詩堪傳，人將有腹稾在。』可謂名言。惟先生清風峻節，無愧古人，世罕知者，詩抑末耳。先生豈欲以是名世？顧詩無傳，孝子慈孫不忍也，乃裒集門人所記者，得古律絕若干首、樂府若干首，并錄其生平出處大槩，以俟後之君子云。皇慶癸丑上元金華胡迺書。

《至正直記遺編》：宋末士人梁隆吉以能詩名，有《種蔬》詩云：『家貧忽暴富，菜種三十六。癡兒不解事，問我何從得。於義苟有違，吾寧飢不食。」

桉：梁先生詞《摸魚兒·登鳳皇臺》云：『枕寒流、碧縈衣帶，高臺平與雲倚。燕來鶯去誰爲主，磨滅謫仙吟句。愁思裹。待說與山靈，還又羞拈起。簫韶已矣。甚竹實風摧，桐陰雨瘦，景物變新麗。　江山在，認得劉郎阿寄。年來聲譽休廢，英雄不博臙脂井，誰念故人衰悴。時有幾。便鳳去臺空，莫厭頻遊此。興亡過耳。任北雪迷空，東風換綠，都付夢和醉。』《念奴嬌·春夢》云：『一場春夢，待從頭、說與旁人聽著。罨畫溪山紅錦障，舞燕歌鶯臺閣。碧海傾春，黃金買夜，猶道看承薄。雕香翦玉，今生今世盟約。　須信歡樂過情，閒嗔冷妒，一陣東風惡。韻白嬌紅消瘦盡，江北江南零落。骨朽心存，恩深緣淺，忍把羅衣著。蓬萊何處，雲濤天際冥漠。』見《宋遺民錄》。

楊伯嵒

伯嵒，字彥瞻，號泳齋，崞縣人，居臨安。嘉熙三年以朝請郎知江口軍事，淳祐間守衢州，除工部郎。有《六帖補》二十卷、《九經補韻》一卷。

〔考證〕

《鐵網珊瑚》：《薛尚功橅鍾鼎彝器款識真蹟》有『嘉熙三年冬十有一月望後十一日，外孫朝請郎新知江口軍事楊伯嵒拜觀於廿四叔外翁書室』，『後二十年弁陽周密得之外舅泳齋書房』。

桉：楊彥瞻詞《踏莎行·雪中疏寮借閣帖，更以薇露送之》云：『梅觀初花，蕙庭殘葉。當時慣聽山陰雪。東風吹夢到清都，今年雪比前年別。重釀宮醪，雙鉤官帖。伴翁一笑成三絕。夜深何用對青藜，窗前一片蓬萊月。』見《絕妙好詞》。彥瞻，和王存中諸孫，周密之外舅。

文天祥

天祥，字宋瑞，又字履善，小名雲孫，小字從龍，自號文山道人，又號浮丘道人，吉水人。寶祐四年以第一人登進士第，爲寧海軍節度判官。遷刑部郎官，出守瑞州。除軍器監，權直學士院，以忤賈似道劾罷。起爲湖南提刑，改知贛州。德祐初以江西提刑安撫使召入衛，除知平江府，移臨安，除右丞相兼樞密使。元兵至，奉使軍前，被拘，亡入真州，泛海至溫州。益王立，以同都督出江西，加少保信國公。兵敗被執，因於燕京，不屈死。有《指南》、《吟嘯》等集。

〔詞話〕

《浩然齋雅談》：宋謝太后北覲，有王夫人題一詞于汴京夷山驛中云：『太液芙蓉，渾不似、舊時顏色。曾記得、春風雨露，玉樓金闕。名播蘭馨妃后裏，暈潮蓮臉君王側。忽一聲、鼙鼓揭天來，繁華歇。　龍虎散，風雲滅。千古恨，憑誰說。對山河百二，淚盈襟血。客館夜驚塵土夢，宮車曉碾關山月。問姮娥、于我肯從容，同圓缺。』文宋瑞丞相和云：『燕子樓中，又捱過、幾番秋色。相思處、青春如夢，乘鸞仙闕。肌玉暗銷衣帶緩，淚珠斜透花鈿側。最無端、蕉影上牕紗，青燈歇。　曲池合，高臺滅。人間事，何堪說。向南陽阡上，滿襟清血。世态便如翻覆手，妾身元是分明月。笑樂昌、一段好風流，菱花缺。』又代王夫人再用韵云：『試問琵琶，胡沙外、怎生風色。最苦是、姚黃一朵，移根丹闕。王母歡闌瑤宴罷，仙人淚滿金盤側。聽行宮、半夜雨淋鈴，聲聲歇。　綵雲散，香塵滅。銅駝恨，那堪說。想男兒慷慨，嚼穿齦血。回首昭陽辭落日，傷心銅雀迎新月。算妾身、不願似天家，金甌缺。』

校：調寄《滿江紅》。

《詞苑》：　元兵入杭，中宮以下皆赴北。有王昭儀名清惠者題詞於驛壁，卽所傳《滿江紅》也。其後闋云：『驛館夜驚塵土夢，宮車曉碾關山月。願嫦娥、相顧且從容，隨圓缺。』文丞相文山讀至末句，嘆曰：『惜哉！夫人於此少商量矣。』爲代作二首，全用其韻，其一云：『回首昭陽離落日，傷心銅雀迎新月。算妾身、不願似天家，金甌缺。』其二云：『世態便如翻覆雨，妾身元是分明月。笑樂昌、一段好風流，菱花缺。』文山於成敗死生之際，蓋見之明、守之固矣。然《女史》載王昭儀抵上都，懇爲女道士，號沖華。則昭儀女冠之請、丞相黃冠之志，固先後合轍，從容圓缺，取義成仁，何嘗有二也。

《渚山堂詞話》：　文文山云：『王昭儀題《滿江紅》於驛壁，爲中原士夫傳誦，惜其末句少商量耳。拘囚之餘，漫和一闋，庶幾《妾薄命》之義。』『燕子樓中』云云。然予又按《佩楚軒客語》以原詞爲張瓊瑛所作，題之夷山驛中。瓊瑛，本昭儀位下也。若然，則後世可以移責矣，第未審信否耳。　又：

文文山詞在南宋諸人中特爲富麗。其書燈屏《齊天樂》云：『夜來早得東風信，瀟湘一川新綠。柳色含晴，梅心沁暖，春淺千花如束。銀蟾乍浴。正沙雁將還，海鼇初矗。雲擁旌旗，笑聲人在畫闌曲。星虹瑤樹縹緲，佩環鳴碧落，瑞籠華屋。露耿銅虬，冰翻鐵馬，簾幕光搖金粟。遲遲倚竹。更爲把瑤罇，滿斟醽醁。回首宮蓮，夜深歸院燭。』染指一臠，則餘可知矣。史稱文山性豪侈，每食方丈，聲妓滿前。晚節乃散家資，募義兵勤王，九死不奪，蓋子房所謂韓亡不愛萬金之資也，真人豪哉！又：文丞相既敗，元人獲置舟中，既而挾之蹈海。崖山既平，復踰嶺而北。道江右，作《酹江月》二篇以別友人，皆用東坡赤壁韻，其曰『還障天東半壁』，曰『地靈尚有人傑』，曰『恨東風不借世間英物』，曰『只有丹心難滅』，其於興復未嘗不耿耿也。

《歷代詞話》：陳子龍云：文文山驛中與友人言別賦《百字令》，氣衝牛斗〔二〕，無一豪委靡之色。其詞曰：『水天空闊，恨東風不借、世間英物。蜀鳥吳花殘照裏，忍見荒城頹壁。銅雀春情，金人秋淚，此恨憑誰雪。堂堂劍氣，斗牛空認奇傑。那信江海餘生，南行萬里，送扁舟齊發。正爲鷗盟留醉眼，細看濤生雲滅。睨柱吞嬴，回旗走懿，千古衝冠髮。伴人無寐，秦淮應是孤月。』

《蓮子居詞話》：王昭儀題驛壁詞，結語爲文山所諷。後抵北，乞爲女道士，號沖華，卒不得與陳、朱二夫人比烈。觀文山之惜昭儀，卽以見文山審擇自處，蓋已有素，安得重有黃冠之請，與昭儀同符耶？趙翼《陔餘叢考》，謂當以《心史》爲據，《宋史》誣爲文山云云，記載失實。然《心史》記文山事，他亦未可盡信。徐乾學《通鑑後編考異》謂姚士粦所僞託也。昭儀詞，陳霆《渚山堂詞話》云宮人張瓊英作。

《銅鼓書堂詞話》：宋丞相少保信國公文天祥留燕時，題張、許雙忠廟《沁園春》云：『爲子死孝，爲臣死忠，死又何妨。自光岳氣分，士無全節，君臣義缺，誰負堅腸。罵賊睢陽，愛君許遠，留得聲名萬古香。後來者，無二公之操，百煉之剛。堪傷人易云亡。應烈烈轟轟做一場。便當時賣國，甘心降虜，受人唾辱，安得流芳？古廟陰森，遺容嚴肅，枯木寒鴉幾夕陽。郵亭下，有姦雄過此，子細思量。』盥漱讀之，公之忠義剛正，凛凛之氣勢流露於簡端者，可耿日月，薄雲霄。雖辭藻未免粗豪，然忠臣孝子之作，只可以氣概論，未可以辭句求也。

【校記】

〔一〕衡：底本作『充』，據文意改。

〔坿攷〕

《湖山類稾》：《文山丞相丙子自京口脱去變姓名作清江劉洙今日相對得非夢耶》：『昔年變姓走淮濵，虎豹從横獨愴神。青海茫茫迷故國，黃塵黯黯泣孤臣。魏睢張祿夢中夢，越蠡陶朱身後身。今日相看論往事，劉洙元是姓文人。』桉：《宋史》信公本傳坿見劉洙姓名。信公兵潰於興國，洙與吳文炳、林棟同被執，遂遇害，詎別一劉洙耶？抑洙已被執，而信公逸去，乃假借其姓名耶？水雲與信公爲患難風義之交，其詩並序云云，自必可信也。

《夢占類考》：文信公天祥大父夢一兒乘紫雲而下，已而復上行，生天祥，名雲孫。及廷試第一，理宗見其名，曰：『天之祥，宋之瑞也。』

《西湖遊覽志餘》：至元丙子臨安將危時，文丞相天祥語幕官曰：『事勢至此，爲之奈何？』客曰：『一團血。』文曰：『何故？』客曰：『公死，某等請皆死。』文笑曰：『君知昔日劉玉川乎？與一娼狎，情意稠密，相期偕老。娼絶賓客，一意於劉。劉及第，授官，娼欲與赴任，劉患之，乃紿曰：「願與汝俱死，必不獨行也。」乃置毒酒，令娼先飲，以其半與劉，劉不復飲矣。娼遂死，劉乃獨去。今日諸君得無效劉玉川乎？』客皆大笑。

《攷辨隨筆》：『黃冠歸故鄉』之對，前人曾辨其非信公語，以爲《宋史》之謬。信公年譜及龔開、劉岳申所作文丞相傳俱無此語。觀《鄧中甫傳》：欲奏請以公爲黃冠師，乃謝昌元、王積翁等十人之謀耳。《胡廣傳》亦因中甫舊文，謂王積翁諸人以公繫獄，謀奏請於世祖，釋爲黃冠師，冀得自便，留夢炎阻之，遂不果奏。後世祖欲付公大任，積翁以書諭意，公復書鮑叔、管仲云云。積翁知不可屈，猶奏請釋公而禮之。夫曰釋而禮之，則又非黃冠師矣。《宋史》乃以積翁初謀與公復書合爲一説，而有倘緣寬假云云。此豈信公所肯出者？羅念菴《重修祠堂記》誤信《宋史》『黃冠歸故鄉』之語，遂謂信國以箕子之事自重，國不捄而重身以重人之國，不屑取必於一死。此尤不可爲訓矣。校：黃氏《隨筆》又一則辨信公嗣子昇仕元之誣，茲不贅。

《蠡勺編》〔二〕：鄭所南《文丞相敘》：忽必烈欲釋之，俾公爲僧，尊之曰國師；或爲道士，尊之曰天師；又欲縱之歸鄉。公曰：『三宮蒙塵，未還京師，我忍歸忍生耶？』但求死而已，且痛駡不止。諸酋咸勸殺之，毋致日後生事，忽必烈始令殺之。是安有黃冠故鄉語？作《宋史》者不識文山心，殆還就其詞爲之爾。

校：文信公詞，所謂黃鐘大律之音，非尋常名流傑作可同日語。其《百字令》、《沁園春》諸調尤有浩然正氣貫注於字裏行間，蓋自岳忠武王而後，一人而已。《百字令·驛中別友用蘇文忠韻》二闋，其一見《歷代詞話》『水空天闊』云云；其一亦見《御選歷代詩餘》：『廬山依舊，淒涼處、無限江南風物。空翠晴嵐浮汗漫，遠障天東半壁。鴈過孤峯，猿歸危嶂，風急波翻雪。乾坤未老，地靈尚有人傑。　堪嘆漂泊孤舟，河傾斗落，客夢催明發。南浦閒雲連草樹，回首旌旗明滅。三十年來，十年一過，空有星星髮。夜深悉聽，嗚笳吹徹寒月。』又有《南樓令》『雨過水明霞』云云，《耆舊續聞》誤記爲信公作，乃鄧剡光薦作。剡，信客也。

【校記】

〔一〕勺：底本作『酌』，據書名改。

葛長庚

長庚，字如晦，一字白叟，號瓊琯，又號海瓊子，閩清人。祖有興，司訓瓊州，紹興初生於瓊，故一曰瓊人。父歿，隨母適白氏，冒其姓，稱白玉蟾。幼敏慧，應神童科，屢試不售，棄去，入羅浮山學道，晚居武夷，復葛姓。嘉定中詔徵赴闕，對御稱旨，館太乙宮，賜號紫清明道真人。後於鶴林宮別衆而去，不知所終。有《海瓊集》、《玉蟾先生詩餘》一卷。

〔詞話〕

《能改齋漫錄》：白玉蟾居武夷山中，嘉定間詔徵赴闕，嘗過武昌，賦《酹江月》懷古詞云：『漢江北瀉，下長淮、洗盡胷中今古。樓櫓橫波征鴈遠，誰見魚龍夜舞。鸚鵡洲雲，鳳凰山月，付與沙頭鷺。

功名何處，年年惟見春絮。非不豪似周瑜，壯如黃祖，亦逐秋風度。野草閒花無限恨，渺在西山南浦。黃鶴樓人，赤烏年事，江漢亭前路。浮萍無據，水天幾度朝暮。』

《詞品》：白玉蟾武昌懷古《酹江月》『漢江北瀉』云云，此詞雄壯，有意效坡仙。

《湧幢小品》：紫清明道真人白玉蟾，或云姓葛，名長庚，號瓊琯，瓊州人。天資聰敏，少應童子科。自言世間有字之書無不誦讀，文筆灑落，頃刻萬言。善草書，有鸞翔鳳翥之勢。足迹半天下，遇泥丸真人陳翠虛，授以丹訣，往來名山。又於黎母山中遇異人授洞玄雷法，能請雨，無不響應。嘗贊朱文公遺像云：『天地棺，日月葬，夫子何之。梁木壞，泰山頹，哲人萎矣。兩楹之夢既往，一唯之妙不傳。竹簡生塵，杏壇已草。嗟文公七十一年，玉潔冰清；空武夷三十六峯，猿啼鶴唳。絃管之聲猶在耳，藻火之像賴何人。仰之彌高，鑽之彌堅。聽之不聞，視之不見。恍兮有像，未喪斯文。唯正心誠意者知之，欲存神索至者說爾。』其自讚云：『千古蓬頭跣足，一生服氣餐霞。笑指武夷山下，白雲深處吾家。』嘉定間徵赴闕，對御稱旨，館太乙宮。一日，不知所往。後於鶴林宮與眾作別而去。嘉定己亥詔封紫清明道真人。按《歷代詞話》云：白玉蟾自爲像贊，寄《三臺令》。

《詞統》：東坡《水調歌頭》『明月幾時有』一詞，畫家大斧皴，書家擘窠體也。後有《海璚子》一詞足與匹敵，起句云：『一葉飛何處，天地起西風。』卒章云：『鐵笛一聲曉，喚起五湖龍。』此豈胷中有烟火、筆下有纖塵者所能仿佛其一二耶？且讀此老《孏翁賦》：『冰紈火布，錯列交陳。』真令饞眼爲醉。

《古今詞話》沈雄曰：詞選中有方外語，蕪累與空疎同病。要寓意言外，一如尋常，不別立門戶，斯爲入情，仲殊、覺範、祖可尚矣。若世所稱白玉蟾、丘長春，皆仙家之有詞名者；卽羽衣連久道，十二歲亦能詞也。

《織餘瑣述》：宋人稱它人妻曰閤中。孫覿《鴻慶集·與惠次山帖》：『忽聞閤中臥病，何爲遽至此也。伉儷之重，追慟奈何』云云。蕙風外子《香東漫筆》記之，白玉蟾詞有《摸魚兒·壽傅樞閣中李夫人》『跨飛鸞、醉吹瑤笛』云云。

〔坿攷〕

《江湖紀聞》：白玉蟾本姓葛，除去草頭以謝天地父母，除去勾曲以謝兄弟妻子，以中『曰』字，加撇爲姓。校：據此則，隨母冒姓之說非是。

《堅瓠集》：一人以《十八學士》卷獻豪貴，甚賞之，許以百金。及閱畫中人，止得十七，卻還之。其人持卷泣於途，遇白玉蟾，問以故，玉蟾舉筆題其上曰：『臺閣崢嶸倚碧空，登瀛學士久遺蹤。丹青想出忠良手，不畫當年許敬宗。』詩字皆佳，仍獲百金。

校：《玉蟾先生詩餘》一卷續一卷，彊邨朱氏依明鈔《玉蟾先生集》本刻行，詞凡一百二十三闋。玉蟾雖羽流，能爲詞人之詞，多有清辭麗句，卓然雅音，所謂不俗卽仙骨者歟？《賀新郎·肇慶府送談金華、張月窗》云：『謂是無情者。又如何、臨歧欲別，淚珠如灑。此去蘭舟雙槳急，兩岸秋山如畫。況已是、芙蓉開也。小立東風楊柳岸，覺衣單、略說些些話。重把我，袖兒把。小詞做了和愁寫。送將歸、要相思處，月明今夜。客裏不堪仍送客，平昔交遊亦寡。況慘慘、蒼梧之野。未可淒涼休哽咽，更明朝、後日纔方罷。卻默默，斜陽下。』又再送前人云：『風雨今如此。

問行人，如何有得，許多兒淚。爲探木犀開也未，只有芙蓉而已。九十日、秋光能幾。千里送人須一別，卻思量我了思量你。去則是，住則是。　歸歸我亦行行矣。便行行、不須回首，也休縈繫。一似天邊雙鳴鴈，一個飛從東際。那一個、又飛西際。畢竟人生都是夢，再相逢、除是青霄裏。卻共飲，卻共醉。』此二闋低徊欲絕，循環無端，則又多情，是佛心矣。《沁園春·題湖樓嶺菴》後段云：『料驛舍旁邊，月痕白處，暗香微度，應是梅花。揀折一枝，路逢南鴈，和兩字平安寄與他。教知道，有長亭短堠，五飲三茶。』亦未能忘情者之言。玉蟾詞佳構頗夥，如《水龍吟》云：『雨餘疊巘浮空，南枝一點春風至。洞天未鎖，人間春好，玉妃曾墜。錦瑟繁絃，鳳笙清響，九霄歌吹。問分香舊事，劉郎去後，還誰共、風前醉。　回首暝烟千里。但紛紛、落英如淚。多情易老，青鸞何許，詩成難寄。斗轉參橫，半簾花影，一溪流水。悵飛鳧路杳，行雲夢斷，空自有三峯翠。』《摸魚兒》云：『問蒼江、舊盟鷗鷺，年來景物誰主。悠悠客鬢知何似，吹滿西風塵土。渾未悟。漫自許、功名談笑侯千戶。春衫戲舞。怕三徑都荒，一犁未把，猿鶴笑君誤。　君且住，未必心期盡脫負字。江山秋事如許。月明風靜蘋花路，欹枕試聽鳴艣。還又去。道喚取、陶泓要草歸來賦。相思最苦。是野水連天，漁榔四處，蓑笠占烟雨。』此二闋又豈在武昌懷古《酹江月》下也。此外如《瑞鶴仙》『殘蟾明遠照』闋、《水調歌頭》『江上春山遠』闋、《洞仙歌·鶴林賦梅》『南枝漏泄』闋、《賀新郎》『且盡杯中酒』闋、又『露白天如洗』闋、《虞美人》『蘋花零亂』闋、《鷓鴣天》『西畔雙松』闋，清言霏玉，美不勝收，玉蟾固慧業仙人，豈鍊枯鉛汞者可同日語耶？

陳從古

從古，字晞顏，金壇人。舉進士，歷知衡、饒、信三州，入爲直祕閣。有《洮湖集》。

桉：陳晞顏詞《蝶戀花·詠芍藥》云：『日借輕黃珠綴露。困倚東風，無限嬌春處。看盡嫣紅渾漫與。淡妝偏稱泥金縷。　不共鉛黃爭勝負。殿後開時，故欲尋春去。去似朝霞無定所。那堪更著催花雨。』見《全芳備祖》。

兩宋詞人小傳卷三

張履信

履信，字思順，號遊初，鄱陽人。嘗監江口鎮，官至連江守。

〔坿孜〕

《樊榭詩話》：張思順《飛來峯》詩：『飛來何處峯，木杪夜千尺。愁猨喚不應，月色同一白。』《泠泉亭》云：『水石一闌干，僧歸四山靜。攜琴譜澗泉，月浸夜深冷。』《翠微亭》云：『朝朝鳥北出，夜夜鳥南歸。所謀在一食，所息在一枝。人生竟何得，與鳥同此機。身世忽過慮，泉石良自怡。月上飛來峯，更誰登翠微。』右詩俱見潛說友《咸淳臨安志》，因思宋人諸詩不傳於世者何限〔一〕。

【校記】

〔一〕此則，原稿不全，疑謄錄就有缺。

潘牥

牥，初名公筠，字庭堅，號紫巖，閩人。端平二年進士，廷對第三人。歷鎮南軍節度推官、浙西常平、太學正、通判潭州，終福建帥司書寫機宜文字。有《紫巖集》。

〔詞話〕

《後邨詩話》：延平樂籍中有能墨竹草聖者，潘庭堅爲賦《念奴嬌》美其詩畫，末云：『玉帶懸魚，黃金鑄印，侯封萬戶。待從頭繳納，君王覓取，愛卿歸去。』余罷袁守，歸塗赴郡集，席間借觀，今不復有此雋人矣。

《吳中舊事》：潘庭堅《羽仙歌》云：『雕簷綺戶，倚晴空如畫。曾是吳王舊臺榭。自浣紗人去後，落日平蕪，行雲斷，幾見花開花謝。淒涼闌干外，一簇江山，多少圖王共爭霸。莫問愁、金杯瀲灧，對酒當歌，歡娛地、夢中興亡休話。漸倚遍、西風晚潮生，明月裏、鷺鶿背人飛下。』

《珠花簃詞話》：潘紫巖詞，余最喜其《南鄉子》一闋，元注：《後邨詩話》題云《鐔津懷舊》，《花菴絕妙詞選》題云《題南劍州妓館》。小令中能轉折，便有尺幅千里之勢。詞云：『生怕倚闌干，閣下溪聲閣外山。空有舊時山共水，依然。暮雨朝雲去不還。　相見躡飛鸞。月下時時認佩環。月又漸低霜又下，更闌。折得梅花獨自看。』歇拍尤意境幽瑟。

〔詞評〕

黄蓼園云：　潘紫巖詞致俊雅，不同凡豔。

〔坿攷〕

《齊東野語》：　庭堅，富沙人，初名公筠。後以詔歲乞靈南臺神，夢有持方牛首與之，遂易名爲牥。理宗朝殿試第三人，跌宕不羈，爲福建帥司機宜文字。日醉，騎黄犢，歌《離騷》於市。嘗約同舍置酒瀑泉，酒閒行令，曰：『有能以瀑泉灌頂而吟不絶口者，衆拜之。』庭堅被酒豪甚，脱巾髽髻，裸立流泉之衝，高唱濯纓之章。衆謬爲驚歎，羅拜以爲不可及。歸即臥病而殂。庭堅年六七歲時嘗和人詩云：『竹纔生便直，梅到死猶香。』識者知其不永。劉潛夫誌其墓云：『庭堅爲文脱去筆墨蹊徑，秀拔精妙。結字有顔筋柳骨，小楷尤工。廷試第三，策傳，京師紙貴。初遠相擅國，諱聞綱常。端平親政，奮發獨斷，雪故王，收人望。乙未策士，庭堅對曰：「陛下手足之愛，生榮死哀，反不得視士庶人，宜厚東海之恩，裂淮南之土，以致人和。」時對者數百人，庭堅語最切直。』

《高郵州志》：　毛惜惜，郵之官妓也。端平二年榮全據城叛，召惜惜佐酒，不屈，罵賊死。詔封英烈夫人，賜廟。潘牥有詩云：『淮海豔姬毛惜惜，蛾眉有此萬人英。恨無匕首學秦女，向使裹頭真杲卿。玉骨花顔城下土，冰魂雪魄史間名。古今無限腰金者，歌舞筵中過一生。』

桉：　潘紫巖詞《滿江紅》云：『築室依崖，春風送、一簾山色。沙鳥外，漁樵而已，別無閒客。醉後和衣眠犢背，醒來瀹茗尋泉脈。把心情、分付隴頭雲，溪邊石。　身未老，頭先白。人不見，山空碧。約釣竿共把，自慚鉤直。相蜀吞吴成底事，何如只抱隆中膝。漫長歌、歌罷悄無言，看青壁。』見《陽春白雪》。此詞疏宕和雅兼而有之，與《南鄉子》異曲同工。又《清平樂》云：『萋萋芳草。怨得王孫老。瘦損腰支羅帶小。長是錦書來少。　玉簫吹落梅花。曉烟猶透輕紗。驚起半簾幽夢，小窗淡月啼鴉。』見《御選歷代詩餘》，歇拍意境幽瑟，亦不讓《南鄉子》也。

補遺坿一則

項刻《絕妙好詞》潘牥小傳：　庭堅才高氣勁，讀書五行俱下，終身不忘。作文未嘗起草，尤長於古樂府。慨慕先隱，集老子以下迄于宣、靖，各爲小傳，名曰《幽人景範》，其雅尚復如此。

李昴英

昴英，校：或作昂英、公昴、公昂，並誤。字俊明，番禺人。寶祐二年進士第三人，調汀州推官。以平賊有功，遷太學正進博士試館職，除校書郎，遷著作佐郎，擢大宗正丞，權兵部郎中。乞外，除福建提舉。召爲右正言兼侍講，以抗疏與在外差遣。淳祐十二年，除江西提刑，兼知贛州。赴闕，除大宗正卿，兼國史編修實錄院檢討，官至龍圖閣待制、吏部侍郎，封番禺開國男。卒謚忠肅。有《文溪存稿》二十卷詞一卷。

《四庫全書存目》『文溪詞提要』：

《文溪詞》一卷，宋李昴英撰。昴英有《文溪集》，已著錄。此本爲毛晉所刊，卷首題宋李公昴撰，卷後跋語稱《花庵詞選》作名昂英字俊明。楊慎《詞品》作名公昂字昂英，資州盤石人。晉有家藏本，作名公昂字俊明云云。考昂英附見《宋史・黃雍傳》，其《文溪集》載始末甚詳，不云別名公昂。且今本黃昇詞選亦實作昂英，不知晉所據詞選當屬何本。至楊慎『資州盤石人』之説，觀詞內所述，惟有嶺南，無一字及於巴蜀。慎引爲鄉人，尤爲杜撰。原集具在，何可强誣？其詞集本分爲二卷，此本合爲一卷，字句舛謬非一，亦不及集本之完善，蓋慎與晉均未見文溪全集，故有此輾轉訛異也。

汲古閣《宋六十名家詞・文溪詞跋》：

《花庵詞選》云：『李俊明，名昂英，號文溪。』升庵《詞品》云：『李公昂，名昂英，資州盤古人。』予家藏《文溪詞》又云：『名公昂，字俊明，番禺人。』未知孰是？因送太平州太守王子文詞得名，叔陽亦止選此一調，稱爲詞家射鵰手。用修又極稱《蘭陵王》一首可並秦、周，予讀《摸魚兒》諸篇，其佳處寧遜『楊柳外、曉風殘月』耶？古虞毛晉子晉識。

〔詞話〕

《織餘瑣述》：李昂英《文溪詞・摸魚兒》云：『愁絕處。怎忍聽，聲聲杜宇深深樹。』疊字頗可喜。

〔坿攷〕

《貴耳集》：李昂英，字俊明，廣人也。主上諒陰榜第三名及第，初任臨汀推官。陳孝嚴激軍變，盡出家貲撫定之。曾治鳳，帥廣激曾忠之變，崔菊坡臨城，借用經略司印撫諭，李縋城入賊營，曉以禍福，五羊城郭得全，賊之肇慶就捕。朝廷錄功名之首，除榮王府教授，亦因朝臣之請，李力辭，不供職，但云『素無學問，難以移氣習。』士論韙之。

《宋史翼》：時執政狠愎自用，尹京者恃皇族日橫，昴英力詆之。上問爲誰，以陳韡、趙與篡對。上卻其疏，昴英引上裾跪奏。上怒，拂衣入。留疏御榻，再拜而退。有旨：『與在外差遣。』三學諸生以詩餞諸國門外，有『庾嶺梅花清似玉，一番香要一番寒』之句。除知贛州，再除福建憲，又改漳州。俱辭不赴。時趙汝騰有三老八士之薦，三老：李韶、陳愷、徐清叟；八士，昴英其一，所謂國之干將、莫邪者也。元注：黄志。又：自寶祐三年歸，澹然無復仕進意。家文溪之上，因以自號，上嘗賜其所居扁，曰久遠，曰文溪，曰嚮陽堂。元注：仝上。

校：《宋史翼》云：李昴英母黎氏將誕，夢大星降於庭，因名。又云：寶祐五年，忽一夕，大星隕合東，闔城駭觀，後數日昴英卒。據元注並引黃志，可以證作名『昴英』者之誤矣。文溪詞以《送太平州太守王子文》一闋得名，楊升庵又極稱其《蘭陵王》，謂可方駕秦、周。茲錄二詞全闋如左：送王太守《摸魚兒》云：『怪朝來、片紅初瘦，半分春事風雨。丹山碧水含離恨，有腳陽春難駐。芳草渡。似叫住東君，滿樹黃鸝語。無端杜宇。報采石磯頭，驚濤屋大，寒色要春護。陽關唱，畫鷁徘徊東渚。相逢知又何處。摩挲老劍雄心在，對酒細評今古。君此去。幾萬里東南，隻手擎天柱。長生壽母。更穩步安輿，三槐堂上，好看綵衣舞。』《蘭陵王》云：『燕穿幕，春在深深院落。單衣試，龍沫旋薰，又怕東風曉寒薄。別來情緒惡。瘦得腰圍柳弱。清明近，正似海棠，怯雨芳蹤任飄泊。釵留去年約。恨易老嬌鶯，多誤靈鵲。碧雲杳渺天涯各。望不斷芳草，更迷香絮，回文强寫字屢錯。淚欲注還閣。孤酌。住春腳。便彩局誰忺，寶軫慵學。階除拾取飛花嚼。是多少春恨，等閒吞卻。猛拍闌干，嘆命薄，悔舊諾。』又甲辰燈夕《瑞鶴仙》云：『玉城春不夜。映月璧，寒流燭蕖光射。鼇山海雲駕。擁遨頭簫鼓，錦旗紅亞。東風近也。趁樂歲、良辰多暇。想陽和早徧，南州暖入，柳嬌桃冶。堪畫。紗籠夾道，露重花珠，塵吹蘭麝。歌朋舞社。玉梅轉，鬧蛾耍且〔一〕。置占先探，芋郎戲巧，又卜紫姑燈下。聽歡聲、猶自未歸，鈿車寶馬。』此詞亦甚精麗，『耍且』蓋形容『鬧蛾』之詞，疑宋人方言也。

【校記】

〔一〕耍：底本作『要』，據《歷代詩餘》卷七十九改。下同。

許將

將，字沖元，福州人。嘉祐八年進士第一。通判明州。入爲集賢校理，累遷知制誥翰林學士。爲蔡確、舒亶所陷，黜知蘄州。未幾，以龍圖閣待制起知秦州，改揚州、鄆州，進直學士知成都府，拜尚書右丞，爲資政殿學士。知定州，移大名府，入爲吏部尚書，以資政殿大學士知河南府。坐言者，降學士知潁昌府，移大名，加觀文殿學士、奉國軍節度使，召爲祐神觀使。卒，贈開府儀同三司，謚文定。

桉：許文定詞《惜黄花·詠梅》云：『鴈聲曉斷。寒霄雲卷。正一枝開，風前看，月下見。花占千花上，香笑千香淺。化工與、最爭先裁翦。誰把瑤林，閒抛江岸。恁素英濃，芳心細，意何限。不恨宫妝色，不怨吹羌管。恨天遠、恨春來晚。』見《梅苑》。

黄師參

師參，字子魯，號魯齋，閩清人。嘉定十三年登進士第。授國子監學正，出爲南劍州添差通判。

桉：黄魯齋詞《沁園春·餞鄭金部去國》云：『谷口高人，偶泝明河，近尺五天。見紫霄宫闕，空中突兀，玉皇姬侍，雲裏蹁躚。滴露研朱，披肝作紙，細寫靈均孤憤篇。排雲叫，奈大鈞不管，沙界三千。　語高天上驚傳。早斥去人間伴謫仙。念赤城丹籍，香名空在，蓬萊弱水，欲到無緣。還倚枯槎，飄然歸去，回首清都若個邊。家山好，有一灣風月，小小漁船。』見《花庵絶妙詞選》。

牟子才

子才，字存叟，桉：《癸辛雜識》稱存齋。井研人，游寓吳興。嘉定十六年舉進士。對策詆史彌遠，調洪雅尉，通判吉、衢二州。入爲國子監主簿，歷太常博士，遷著作郎兼崇政殿説書，轉軍器少監，權兵部侍郎，以集英殿修撰知太平州。召入對，權工部侍郎，進寶章閣待制。知溫州，以禮部侍郎召，擢權尚書兼給事中，升修國史實録院修撰，進端明殿學士，致仕。卒，贈四官，謚清惠。桉：一作清忠。有《存齋稿》一百卷。

〔詞話〕

《珠花簃詞話》：牟端明《金縷曲》云：『撲面胡塵渾未掃，强歡謳、還肯軒昂否。』蓋寓黍離之感。昔史遷稱項王悲歌慷慨，此則歡歌而不能激昂。曰『强』，曰『還肯』，其中若有甚不得已者。意愈婉，悲愈深矣。

〔坿攷〕

《吴興掌故集》：沈清臣晦巖園，後爲章參政所得。有地數十畝，内有佳林堂、懷蘇書院。相傳東坡守湖時，常遊此。其地本郡官之南園，爲楊漢公所創三園之一。寶元中，知州事滕宗諒所重建。後歸李寶謨，後又歸之牟存齋端明。端明本蜀人，故建岷峨一畝宫，及碩果軒、芳菲亭、孚舫齋，前枕大溪，總曰南漪小隱。桉《癸辛雜識》：南園有元祐學堂、萬鶴亭、雙杏亭。孚舫作桴舫。又，牟存叟，其先井研人，愛吴興山水清遠，因家湖州之南門。

《蕙風簃二筆》：當塗采石磯有《太白脱韡》、《山谷返櫂》兩圖，宋牟子才作竝贊。一燬於火，再燬於傖，今不可復拓矣。余所藏拓本，《脱韡圖》較精整，《返櫂圖》尤剝蝕。《脱韡圖贊》云：『錦袍兮烏幘，神清兮氣逸。淩轢兮萬象，麾斥兮八極。我思古人，伊李太白，孰爲使之。朝禁林而暮采石也，其天寶之嬖倖歟！疏擿詞篇，浸潤宫掖。吾觀脱韡之圖，未嘗不嫉小人之情狀而傷君子之疏直。惟公之高躅兮，霍神龍之不可以羈紲。矧富貴如敝屣兮，其得失又何所欣戚也？』《返櫂圖贊》云：『幅巾兮野服，貌腴兮神肅。孤鶱兮風雅，唾□兮爵禄。我思古人，伊黄山谷，曷爲使之。六年僰道而九日姑孰也，其符紹□□□歟！□□□□□□□□吾觀反櫂之圖，未嘗不感君子之流落而痛小人之報復。

惟公之高風兮，渺鷩鴻之不可以信宿。矧吾道猶虛舟兮，其去來又何所榮辱也。』《返櫂圖》左方坿識語云：『先祖存齋先生立朝剛正，忤閹宦董宋臣，以集英殿修撰出守姑孰，作《脫韡》、《返櫂》二圖以寓意。宋臣益怒，乃罷郡去。理宗悟，召入，真拜翰林學士，有奏疏十卷。後以資政殿大學士致仕，贈光祿大夫，謚清忠公。於今八十三年矣。不肖孫承行省命監督洛漕，敬奠祠下，摩挲石刻，瞻拜而去。至元戊寅五月，孫承務郎、湖州路歸安縣尹、兼勸農事牟應復謹識。』

按：牟存叟《金縷曲》見《花草粹編》〔一〕，調名作《風瀑竹》，絶新。意者謂風瀑與竹聲皆至清，可譜入宮闋耶？詞云：『閣住杏花雨。便新晴、等閒勾引，香車成霧。璧月光中簫鳳遠，嫋嫋餘音如縷。悄一似、羣仙□元缺一字府。天意乍隨人意好，漸星橋、度漢珠還浦。又何啻、列千炬。　晚來乍覺陰盤固。笑人間、玉瓶瑤瑟，錦茵雕俎。無限昇平宣政曲，回首中原何處。慨嗚鏑、已無宮武。撲面胡塵渾未掃，强歡歌、還肯軒昂否。縈舊恨，爲誰賦。』

【校記】

〔一〕叟：底本作『臾』，據人名號改。

周密

密，字公謹，號草窗，又號蕭齋，又號弁陽歗翁、泗水潛夫、華不注山人，晚更號弁陽老人，濟南人，流寓吴興，晚寓杭州。寶祐間按：《宋詩紀事》小傳作淳祐中，誤。爲義烏令，辟臨安尹幕僚，監和劑藥局，充奉禮郎兼太祝。咸淳十年爲豐儲倉所檢察。宋亡，隱居不仕。有《草窗詞》二卷，一名《蘋洲漁笛譜》。

歸安朱氏無著庵校刻本《草窗詞》王鵬運跋：

右周公謹《草窗詞》二卷《詞補》二卷，歸安朱古微學士輯校本。初，余以杜刻《草窗詞》體例踳駮，欲取鮑氏知不足齋本校刊，而以《蘋洲漁笛譜》諸詞序坿見各闋之後，並旁及草窗雜著之足與其詞相發明者，概坿著之。卽校録字句，亦止據《蘋洲漁笛譜》、《絶妙好詞》二書，以成周氏一家之言。商之古微，古微以草窗著籍弁陽，又詞中多吳興掌故，遂欣然從事。往復商榷，踰月而書成。案：草窗雜著之傳於今者，曰《齊東野語》二十卷、《癸辛雜志》四集六卷、《武林舊事》十卷、《浩然齋雅談》三卷、《志雅堂雜鈔》一卷、《雲烟過眼録》二卷《續録》一卷、《澄懷録》二卷、《絶妙好詞》七卷。若陶氏《說郛》所刊爲目幾廿餘種，皆從以上諸書摘出，另立新名，以眩觀聽，爲明人刻書陋習。《南宋雜事詩》所引《乾淳起居注》、《乾淳歲時記》、《武林市肆記》等皆是也。所歎然者，《浩然齋視聽鈔》、《浩然齋意鈔》二書未得寓目耳。詞中標目譌舛，古微跋語中已詳言之。其尤誤者，下卷羼入周明叔三詞，杜氏遂題曰借刻周晉。攷草窗所以稱述其親之見諸雜著者，皆據事直書，無誇大溢美之意；而謂欲於自選詞中借刻己作以誣親而增重，賢如草窗，諒不出此，其爲後人掇拾譌誤無疑。今仍存三詞，而著其說於此，質之古微，當亦謂然也。庚子三月，古微以刊本屬校，記其緣始如此。半塘老人王鵬運識於校夢龕。

又朱祖謀自跋：

右周公謹《草窗詞》二卷詞補二卷，按：公謹詞自定名爲《蘋洲漁笛譜》，長塘鮑氏先據琴川毛氏本刻之，中有脫簡；後刻《草窗詞》，復輯《笛譜》及《絶妙好詞》所載而茲集逸去者，爲詞補二卷。秀水杜氏據之刻於吳中，而或列原題，或以《笛譜》詞序羼入，體例殊未盡善。去年春夏間，半塘老人約校《夢窗詞》，卽卒業，復取鮑氏《草窗詞》重加商斠，編題一依其舊，而以《笛譜》諸題迻附詞後，並倣查心穀、厲太鴻《絕妙好詞箋》之例爲之輯校，取徵本事，間載軼聞。所引皆公謹自著書，不復氾濫旁涉。其摭及查、厲詞箋者，以猶是弁陽翁志也。集中諸題與《笛譜》詳略得失頗相懸異。如《渡江雲·再雪》、《齊天樂·梅》、《一枝春·春晚》、又『和韻』、《長亭怨慢·懷舊》、《乳燕飛·夏游》、《明月引·寄恨》、《柳梢青·梅》，皆爲未盡當時事實。至《拜星月慢》之『春晚寄夢窗』、《齊天樂》之『赤壁重遊』、《聲聲慢》之『水僊梅』、《江城子》之『閨思』，譌舛尤甚，阮氏謂爲後人掇拾所成，其說至審。惟《笛譜》既非完書，不得不據此爲定本。校既畢，爰述其厓略如此。光緒庚子三月，歸安朱祖謀跋。

又《薲洲漁笛譜》江昱攷證本昱自跋：

草窗，南宋遺老，風雅博洽，多所述造，於詞尤爲擅場，同時如張玉田輩極稱之。然所謂《蘋洲漁笛譜》究未之見，昨從慈谿友人處見有副本，方體宋字，於當時避諱字皆闕點畫，似從刻本影鈔者，計五十葉，中闕四葉，後大字有跋者二詞，又夢窗題詞一闋，字體與前無異，末亦脫落數字，想皆原刻。但草窗所選《絕妙好詞》中附己作二十二闋，俱不載入此集。朱秀水《詞綜》亦有八闋爲此所無，意此或其一集，而非生平全稿也。嗟乎！草窗，詞家大宗，康、柳⿰扌黽豔之作偏天下，而此蕭蕭寸帙，不滅沒於網蝨者，殆於一線，亦可慨已。緣鈔而藏之，悉仍其舊。復以家藏草窗詞諸本編附於後，爲集外詞，以存草窗一家之全璧。至題中人地歲月，以及本事、軼事、詞話、倡和之作，凡有交涉，可互相發明者，并疏附詞後。冬釭夏簟，時復披玩，恍聽漁笛靜吹，覺蘋洲夜月，差不冷落耳。大清乾隆四年己未五月，揚州江昱識。

又陳祺壽跋：

右《蘋洲漁笛譜》二卷，儀徵江明經昱爲之考證。集外詞一卷，明經所輯，以補《漁笛譜》之遺，其弟恂刻於新安郡齋者也。明經跋稱原本於宋帝諱皆闕點畫，蓋影宋本鈔者。祺壽考之朱竹垞《詞綜》發凡，有云周公謹集雖鈔傳賦西湖十景，今集無之；又舉所選輯諸集，有《草窗詞》而無《漁笛譜》。十景詞，乃冠此譜之首，知竹垞未見此本也。厲樊榭《南宋雜事詩》注有云：『西湖十景，周草窗賦《木蘭花慢》，已軼不傳。』是又樊榭所未見。《雜事詩》引用書目雖有此譜，恐爲殘本。則此本信足貴矣。明經考證致精，然亦間有疏者。如《長亭怨慢》注稱，《淳安縣志》：『洪夢炎，號然齋。』昱按：『「然」字草書類「恕」，或有一譌，存以備考』云云。祺壽按：《癸辛雜識》續集下卷『秦九韶』條有云：『既至，徧謁臺幕，洪恕齋勳爲憲。』知恕齋名勳，非夢炎也。按《儀徵縣志》：昱，字賓谷，號松泉，廩貢生，與弟恂篤學孝友，著有《尚書私學》、《韻歧》、《松泉詩集》、《梅鶴詞》、《瀟湘聽雨錄》五種行世，而不載及《漁笛譜考證》。《志》爲劉孟瞻、張石樵合纂，兩先生熟諳鄉故，而皆不知明經此書，矧今又百年後乎？明經又有《山中白雲疏證》，彊村先生嘗得其稿本刻之，爰出示此帙，以供賞析。先生忻然，命工重雕，表章先哲，惠此來者。豐城雙劍，久而必合，其諸海內倚聲家所樂聞乎！歲在彊圉大荒落仲夏之月，丹徒陳祺壽跋。

〔詞話〕

《武林舊事》：都城自過收燈，貴遊巨室皆爭先出郊，謂之探春。至禁烟爲最盛，兩堤駢集，幾於無置足地。水面畫楫櫛比如魚鱗，亦無行舟之路，歌吹簫鼓之聲震動遠近，其盛可以想見。若遊之次第，則先南而後北，至午則盡入西泠橋裏湖，其外幾無一舸矣。弁陽老人有詞云：『看畫船盡入西泠，閒卻半湖春色。』蓋紀實也。既而小泊斷橋，千舫駢聚，歌管喧奏，粉黛羅列，最爲繁盛。橋上少年郎競縱紙鳶，以相鉤牽剪截，以線絕者爲負，此雖小伎，亦有專門爆仗，起輪走線之戲多設於此，至花影暗而月華生，始漸散去，絳紗籠燭，車馬爭門，日以爲常。

《宋名家詞評》：《蘋洲漁笛譜》中《玲瓏四犯》詞乃戲調，夢牕作也。後闋云：『憑問柳陌情，人比似、垂楊誰瘦。』其《拜星月慢》乃春暮寄夢牕作也，後闋云：『蕩歸心，已過江南岸。清宵夢、遠逐飛花亂。』又有《玉漏遲・題夢牕〈霜花腴詞集〉》，全闋更覺纏緜深至，可泣可歌。

《珊瑚網》：趙孟堅水墨雙鉤水僊卷自跋云：余久不作此，又方病目未愈。子用徵宿諸良急，亟起描寫，轉益拙俗，觀者求於形似之外可爾彝齋。弁陽老人周密題夷則商《國香慢》云：『玉潤金明。記曲屏小几，翦葉移根。經年汜人重見，瘦影娉婷。雨帶風襟零落，步雲冷、鵞筦吹春。相逢舊京洛，素靨塵緇，仙掌霜凝。國香流落恨，正冰銷翠薄，誰念遺簪。水空天遠，應想蘩弟梅兄。渺渺魚波望極，五十絃、愁滿湘雲。淒涼耿無語，夢入東風，雪盡江清。』

《銅熨斗齋隨筆》：周草窗《一枝春》詞：『還怕裹、簾外籠鶯，笑人醉語。』『怕裹』，《詞綜》作『只怕』。案：周詞用『怕裹』者甚多，如《露華・次張宙雲韻》云『怕裹早鶯啼醒』，《掃花遊・次清真韻》云『怕裹流芳暗水』，與此正同，《花莽詞選》載馬莊父《月華清・憶別》詞云『怕裹又悲來，老卻蘭臺公子』，是『怕裹』乃宋詞中常用之語，『裹』爲語助襯字。竹垞檢討改爲『只怕』，非也。

《銅鼓書堂詞話》：馬臻《霞外集》有《春日遊西湖》詩云：『畫船過午入西泠，人擁孤山陌上塵。應被弁陽摹寫盡，晚來閒卻半湖春。』馬之讚美歗翁之詞，可稱佳話。

《珠花簃詞話》：草窗《少年游・宮詞》云：『一樣春風，燕梁鶯戶，那處得春多。』卽『梨花雪，桃花雨，畢竟春誰主』之意。俱從義山『鶯嗁花又笑，畢竟是誰春』脫出。其《朝中措・茉莉擬夢窗》云：『尚有第三花在，不妨留待涼生。』庶幾得夢窗之神似。

《織餘瑣述》：杜陵詩『水荇牽風翠帶長』、趙嘏詩『紅衣落盡渚蓮愁』，草窗詞《惜餘春慢》『魚牽翠帶，燕掠紅衣』句用此。

〔詞評〕

周介存云：公謹敲金戛玉，嚼雪盥花，新妙無與爲匹。又：草窗鏤冰刻楮，精妙絕倫，當與玉田抗手。

王定甫云：草窗穠纖得中，修短合度，詞中最好家數，其擅美尤在縝密。

〔坿攷〕

《宋史翼》：周密，字公謹。曾祖祕，自濟南來寓吴興，至密四世。元注：戴表元《齊東野語序》。雅思淵才，韜暉沈聲。馬廷鸞《碧梧玩芳集・弁陽集序》臺閣之舊章，宮府之故事，汎濫淹注，童而習之。戴表元集藏書萬卷，居饒臺榭。弁陽山水清峭，遇好景佳時，載酒肴，浮扁舟，窮旦夕賦詠其間。《剡源集・弁陽詩序》最爲馬廷鸞所知。《癸辛雜識》寶祐間爲義烏令。《圖繪寶鑑》景定二年爲臨安府幕屬。《癸辛雜識》：光祖再尹京，余爲帥幕云云。案：光祖再尹京在景定二年。據《臨安志》。監和劑藥局，充奉禮郎兼太祝。《癸辛雜識・前集》：余爲國局云云。案：和劑局當時稱京局，又稱國局、監局，三十人，以士人經任者爲之。咸淳十年爲豐儲倉所檢察，《雜識》：『余爲豐儲倉』凡二見，不言何官。案：豐儲倉有檢察一員。見《雜識外集》。宋運既徂，志節不屈。王行《半軒集》與楊沂中諸孫大受有連，去而寓杭。《陵陽集·復菴記》，參《剡源集》所居癸辛街，卽楊氏瞰碧園也，遺民畸士，日接於野荊棘銅駝，適當其會。石民瞻《志雅堂雜鈔序》唱和者王沂孫、王易簡、馮應瑞、唐藝孫、呂同老、李彭老、陳恕、唐珏、趙汝鈉、李居仁、張炎、仇遠，皆宋遺民也。《樂府補題》其詩，少年流麗鍾情，壯年典實明贍，晚年感慨激發。《剡源集》有《蠟屐集》、《弁陽詩集》。《碧梧玩芳集》樂府妙天下，協比律呂，意味不凡，有《蘋洲漁笛譜》。王櫄跋善畫梅竹蘭石，《圖繪寶鑑》多藏法書名畫，《柳待制文集·題江磯圖後》以鑑賞游諸公。《袁清容集》自號草窗，又號弁陽嘯翁，又號蕭齋，又號四水潛夫，又號華不住山人。《癸辛雜識》、《樂府補題》、《武林舊事》、《絕妙好詞》晚更號弁陽老人。由博返約，落其英華，澄然一室，刻石自銘。《陵陽集跋》有《齊東野語》、《癸辛雜識》、《志雅堂雜鈔》、《浩然齋雅談》、《浩然齋視聽鈔》、《澄懷錄》、《乾淳起居注》、《乾淳歲時記》、《武林舊事》、《武林市肆記》、《湖山勝概》、《弁陽客談》、《雲烟過眼錄》、《絕妙好詞》。石民瞻序

《吳興掌故集》：公謹祖少傅公僑居郡城天聖寺側，公謹復置業弁山。

《齊東野語》：吾家三世積累，先君子尤酷嗜，凡有書及金石之刻，庋置書種、志雅二堂。

《南宋古蹟攷》：周密故居，在曲阜橋。密字公謹，其所著《浩然齋雅談》云：『余家向有小廨，在杭之曲阜橋。每夕五鼓聞早朝傳呼之聲，雖大風雨雪中亦然。於是嘆虛名之役人也如此，既而壁間得一絕云：「霜拂金鞍玉墜腰，鄰雞催喚紫宸朝。爭如林下饒清夢，殘月半窗松影搖。」頗得余心之

同。』按舊志，曲阜橋近紅蓮花、白蓮花橋，今入駐防營。　又：　周密癸辛街居，在楊和王府側。《大滌洞天記》：　癸辛街楊府瞰碧園，有茂林修竹之趣。《剡源文鈔》〔一〕：　周公謹與杭楊承之大受有連，依之居。大受，和武恭王之諸孫，其居苑籞，引外湖之泉以爲流觴曲水，大受指其地之西偏以居公謹，故公謹遂爲杭人。其地爲癸辛街，因作《癸辛雜志》。考楊和王建子第于府側，取癸辛向其門巷，曰癸辛街。據《游覽志》云：　和王府在玉蓮堂北。按：　玉蓮堂在錢塘門稍南。《剡源文鈔》又云：　引湖水入城，當在湧金門與錢塘門相接處，與今營内洪福橋近。

《半軒集・題周草窗畫像》：　宋運既徂，杭有弁陽周草窗，志節不屈，觀其自贊之詞可概見焉。其像藏長洲沈氏。

桉：　周公謹《草窗詞》、《蘋洲漁笛譜》自國初始顯於世，《四庫》未經箸録。康熙間，虞山錢遵王《跋絶妙好詞》云：　『或曰弁陽老人即周草窗，未知然否？』遵王甚非固陋者，並草窗之别號而亦不知耶？《草窗詞》及《漁笛譜》傳本無多，最先琴川毛氏汲古閣本，繼則長塘鮑氏知不足齋本；　近人秀水杜文瀾單刻《草窗詞》與《夢窗詞》合刻，不特體例踳駁，兼字句間多臆改處，讀者未能慊然。二書以吾湖彊邨朱侍郎刻本爲最備最精。草窗詞，王氏參校《漁笛譜》、江氏攷證，並淹雅賅博，多所發明，其《草窗詞》單本別行，不入《彊邨所刻詞》中，則因付梓較蚤，版樣稍不同耳。公謹詞格介夢窗、白石之間，玉緻珠妍，在南宋詞人中允推能品。初學作詞最宜讀之，以其有塗轍可尋也。　又桉：　《師友淵源録》稱公謹咸淳初爲運司同僚，《漁笛譜・拜新月慢》序云『癸亥春沿檄荊溪』，下云『同僚間載酒相慰』，蓋又嘗官宜興。唯第曰『同僚』、曰『沿檄』，是何官名，無從攷定，故小傳姑從闕如。

〔補遺〕

《四庫未收書目》『蘋洲漁笛譜提要』：

《蘋洲漁笛譜》二卷，宋周密撰。密著有《癸辛雜識》，《四庫全書》已著錄。是書乃其所作詩餘。秀水朱彝尊撰《詞綜》，以爲《草窗詞》一名《蘋洲漁笛譜》。今攷《草窗詞》比斯譜實增多數闋，則知《笛譜》是其當日原定，《草窗詞》或後人掇拾所成，特以此爲藍本耳。是書從長塘鮑氏知不足齋舊鈔傳寫，前有吳文英題詞，後附《徵招》、《酹江月》二闋，並王橚識尾。據琴川毛扆舊跋云：西湖十景詞，嚮缺末二首。偶閱《錢塘志》中載此，亟命兒輩鈔補之。然其脫略，仍無從搜輯也。

又按：《草窗韻語》六卷，前人未經著錄。客歲，吾湖蔣孟蘋部郎汝藻得宋本於京師，寫刻絕精。彊邨朱氏考證《蘋洲漁笛譜》補江氏所未備，於是書多所取裁。

【校記】

〔一〕源：底本作『原』，據書名改。

馮去非

去非，字可遷，號深居，都昌人。淳祐元年登進士第，除太常簿幹辦、淮東轉運司。寶祐四年召爲宗學諭。

〔詞話〕

《珠花簃詞話》：馮深居《喜遷鶯》云：『涼生遥渚。正緑芰擎霜，黄花招雨。鴈外漁燈，蛩邊蟹舍，絳葉表秋來路。世事不離雙鬢遠，夢偏欺孤旅。送望眼，但凭舷微笑，書空無語。慵看清鏡裏，十載征塵，長把朱顔污。借箸青油，揮毫紫塞，舊事不堪重舉。間闊故山猿鶴，冷落同盟鷗鷺。倦遊也，便檣雲柂月，浩歌歸去。』此詞多務鍊之句，尤合疏密相間之法，可爲初學楷模。

〔坿攷〕

《愚見紀忘》：宋時内樓五更絶，梆鼓交作，謂之蝦蟇更。禁門方開，百官隨入，所謂六更也。馮去非詩云：『春風吹送笑談香，玉漏銀燈破夜涼。歸去東華聽宫漏，杏花落盡六更長。』

桉：馮深居詞《八聲甘州・過松江》云：『買扁舟、載月過長橋，回首夢耶非。問往日三高，清風萬古，繼者伊誰。惟有茶烟輕颺，零露濕莼絲。西子知何處，鴻怨蛩悲。　遥想家山好在，正倚天青壁，石瘦雲肥。甚抛奇彈秀，猿鶴互猜疑。歸去好、散人相國，迴升沈、畢竟總塵泥。須還我，松間舊隱，竹上新詩。』《點絳脣》云：『秋滿孤篷，翠蒲紅蓼留人住。一簾香縷。邊影驚鴻度。　小據胡牀，舊事新情緒。憑誰訴。蠟燈犀麈。擬共西風語。』並見《陽春白雪》。『石瘦雲肥』、『抛奇彈秀』，陸輔之所謂詞眼也。　又桉：吴夢窗《丙稿》有餞馮深居翼日深居初度《燭影摇紅》詞，長沙釋道璨《柳塘集》有《哭馮深居常簿》詩。

鄧剡

桉：《廣東通志》、《宋史翼》等書作鄧光薦，佚其名。

剡，字光薦，號中齋，桉：一作中父。廬陵人。登進士第，祥興時歷官禮部侍郎，右丞相信國文公門友。有《中齋集》。

〔詞話〕

《浩然齋雅談》：宋謝太后北覲，有王夫人題一詞於汴京夷山驛中：『太液芙蓉，渾不似舊時顏色』云云。桉：調寄《滿江紅》。鄧光薦和云：『王母仙桃，親曾醉、九重春色。誰信道、鹿銜花去，浪翻鼇闕。眉鎖姮娥山宛轉，髻梳墜馬雲欹側。恨風沙、吹透漢宫衣，餘香歇。霓裳散，庭花滅。昭陽燕，應難說。想春深銅雀，夢殘啼血。空有琵琶傳出塞，更無環佩鳴歸月。又爭知、有客夜悲歌，壺敲缺。』

《耆舊續聞》：文信國被執北行，次信安館，人供帳甚盛。信國達旦不寐，題詞于壁，調寄《南樓令》云：『雨過水明霞。潮迴岸帶沙。葉聲寒、飛透窗紗。懊恨西風吹世換，又吹我、落天涯。寂寞古豪華。烏衣又日斜。說興亡、燕入誰家。只有南來無數鴈，和明月、宿蘆花。』或云鄧光薦詞也。

《遂昌雜錄》：鄧光薦，號中齋，信國公之客也。宋亡以義行著。其所著《鷓鴣詞》有曰：『行不得也哥哥。瘦妻弱子羸牸馱。天長地闊多網羅。南音漸少北語多。肉飛不起可奈何。行不得也哥哥。』其贊文山像曰：『目煌煌兮疏星曉寒，氣英英兮晴雷殷山。頭碎柱兮璧完，血化碧兮心丹。嗚呼！孰謂斯人兮不在人間。』

《雪舟脞語》：中齋有《賣花聲》詞曰：『夢斷古臺城。月淡潮平。便須攜酒訪新亭。不見當時王謝宅，烟草青青。』其懷君憶舊，情見乎詞矣。

《皺水軒詞筌》：和王昭儀詞，不獨文信公，鄧剡作亦有佳句。如：『眉鎖嬌蛾山宛轉，髻梳墮馬雲攲側。空有琵琶傳出塞，更無環佩鳴歸月。』甚有風致，但冰霜之氣不如。

〔坿攷〕

《江西通志》：鄧光薦，文天祥門友也。少負奇氣，以詩名世。登進士第，江萬里屢薦不就。後客文氏，贊募勤王，挈家入閩，一門十二口同時死賊火中。乃隨駕厓山，不數日，厓山潰。光薦赴海者再，輾轉不死，敵人援出之，元帥張弘範改容以待。後同文天祥送燕京，至建康，囚天祥於驛中，而寓光薦於天慶觀，得從黃冠歸，天祥賦詩三章送別。又與其弟書曰：『鄧先生真知吾心者，吾銘當以屬之。』

《宋詩紀事》小傳：鄧剡，丞相文信公客也。厓山兵潰，爲張弘範所得，教其次子，得放還。

桉：鄧中齋詞，《絕妙好詞》不載，其《賣花聲》前段云：『疏雨洗天清。枕簟涼生。井梧一葉做秋聲。誰念客身輕似葉，千里飄零。』後段見《雪舟脞語》。此詞芬芳悱惻，含豪邈然，置之《絕妙詞》中，允推上選。弁陽翁甄采未及，不無遺珠之惜矣。

翁元龍

元龍，字時可，號處靜，句章人。杜清獻成之之客。

〔詞話〕

《浩然齋雅談》：翁元龍，字時可，號處靜，與吳君特爲親伯仲，作詞各有所長。世多知君特，而知時可者甚少。予嘗得一編，類多佳語，已刊于集矣。今復摭數小闋于此，《江城子》云：『一年簫鼓又疎鐘。愛東風，恨東風。吹落燈花，移在杏梢紅。玉靨翠鈿無半點，空濕透，繡羅弓。燕魂鶯夢漸惺鬆。月簾櫳，影迷濛。催趂年華，都在豔歌中。明日柳邊春意思，便不與，夜來同。』又立春《西江月》云：『畫閣換粘春帖，寶箏拋學銀鉤。東風輕滑玉釵流。織就燕紋鶯繡。隔帳燈花微笑，倚牕雲葉低收。雙鴛刺罷底尖頭。剔雪閒尋荳蔻。』又賦茉莉《朝中措》云：『花情偏與夜相投。心事鬢邊羞。薰醒半牀涼夢，能消幾箇開頭。風輪慢卷，冰壺低架，香霧颼颼。更著月華相惱，木犀淡了中秋。』又巧夕《鵲橋仙》云：『天長地久，風流雲散。惟有離情無算。從分金鏡不曾圓，到此夜、年年一半。輕羅暗綱，蛛絲得意，多似粧樓鍼線。曉看玉砌淡無痕，但吹落、梧桐幾片。』又如『拗蓮牽藕線，藕斷絲難斷』、『彈水沒鴛鴦，教尋波底香』，真《花間》麗語也。

《絕妙好詞箋》：《花草粹編》：翁處靜《瑞龍吟》云：『清明近。還是遞趲東風，做成花信。芳時一刻千金，半晴半雨，醉春未準。雁歸盡。離字向人欲寫，暗雲難認。西園猛憶逢迎，翠紈障面，花間笑隱。曲徑池蓮平砌，絳裙曾與，濯香湔粉。無奈燕幕鶯簾，輕負嬌俊。青榆巷陌，蹋馬紅成寸。十年夢、鞦韆弔影，韈羅塵褪，事往憑誰問。晝長病酒添新恨。烟冷斜陽晚，山黛遠、曲曲闌干凭損。柳絲萬尺，半堤風緊。』

《蓮子居詞話》：《西京雜記》：『南越王獻高帝蜜燭二百枚，即蠟燭也。』翁元龍詞『花嬌半面，記蜜燭夜闌，同醉深院』用也。又：有以子卿爲蘇郎、道林爲支郎者，今不記其處。適閱翁元龍《絳都春》詞：『恨他情淡陶郎，舊緣較淺。』爲之捧腹。詩文中如阮籍稱阮公、謝朓稱謝公，尚不得借用阮郎、謝郎。況陶公素望巍巍，忽被江淹、沈約之呼，其何以稱？

《珠花簃詞話》：趙汝茪《戀繡衾》云：『怪別來、臙脂慵傅，被東風、偷在杏梢。』翁時可《江城子》云：『愛東風，恨東風。吹落燈花，移在杏梢紅。』語尤新穎，未經人道。

〔詞評〕

杜成之云：時可之作如絮浮水，如荷濕露，縈旋流轉，似沾非著。

〔坿攷〕

《夢窗詞集小箋》：翁逢龍號石龜，四明人。嘉熙中平江通判，見《宋詩紀事》。戴復古《石屏集》有《京口別石龜翁際可》詩，周公謹謂翁時可與吳君特爲親伯仲。時可名元龍，君特兄稱石龜，殆時可昆弟行也。

按：翁時可詞《水龍吟·雪霽登吳山見滄閣，聞城中簫鼓聲》云：『畫樓紅濕斜陽，素妝褪出山眉翠。街聲暮起，塵侵鐙戶，月來舞地。宮柳招鶯，水葒飄雁，隔年春意。黯梨雲，散作人間好夢，瓊簫在、錦屏底。　樂事輕隨流水。暗蘭消、作花心計。情絲萬軸，因春織就，愁羅恨綺。昵枕迷香，占簾看夜，舊遊經醉。任孤山、剩雪殘梅，漸懶跨、東風騎。』《醉桃源・詠柳》云：『千絲風雨萬絲晴。年年長短亭。闇黄看到緑成陰。春由他送迎。　鶯思重，燕愁輕。如人離別情。繞湖烟冷罩波明。畫船移玉笙。』《絳都春・秋晚海棠與黄菊盛開》云：『花嬌半面。記蜜燭夜闌，同醉深院。衣袖粉香，猶未經年如年遠。玉顔不趁秋容換。但换卻、春遊同伴。夢回前度，郵亭倦客，又拈殘管。　慵按。梁州舊曲，怕離柱斷絃，驚破金雁。霜被睡濃，不比花前良宵短。秋娘羞占東籬畔，待説與、深宮幽怨。恨他情淡陶郎，舊緣較淺。』《絶妙好詞》録時可詞五闋，此三闋尤麗密。其《水龍吟》句云：『情絲萬軸，因春織就，愁羅恨綺。』即以此語評時可詞，庶幾似之。

文及翁

及翁，字時舉，桉：一作時學。號本心，綿州人，寓居烏程。登進士第，爲昭慶軍節度使掌書記，官至簽書樞密院事。桉：《吳興掌故集》云仕宋資政殿學士。《歷代詞人姓氏》云歷官參知政事。宋亡，元世祖屢徵不起。有文集二十卷。

〔詞話〕

《古杭雜記》：蜀人文及翁登第後，遊西湖，一同年戲之曰：『西蜀有此景否？』及翁即席賦《賀新涼》曲云：『一勺西湖水。渡江來，百年歌舞，百年酣醉。回首洛陽花世界，烟渺黍離之地。更不復、新亭墮淚。簇樂紅粧搖畫舫，問中流擊楫何人是。千古恨，幾時洗？　余生自負澄清志。更有誰、磻溪未遇，傅巖未起。國事如今誰倚仗，衣帶一江而已。便都道、波神堪恃。試問孤山林處士，但掉頭笑指梅花蘂。天下事，可知矣。』

〔坿攷〕

《山房隨筆》：文本心典淮郡，蕭條之甚，《謝賈相啓》中云：『人家如破寺，十室九空；太守若頭陀，兩粥一飯。』

《湖州府志》：文及翁閉戶校書，通五經，尤長《易》數之學。子志仁，字心之，常州路教授。

桉：《堯山堂外紀》云：賈相似道行推田之令，縣州文及翁作《百字令》詠雪以譏之，詞云：『沒巴沒鼻，煞時間、做出漫天漫地。不問高低並上下，平白都教一例〔二〕。鼓弄滕六，招邀巽二，只恁施威勢。識他不破，至今道是祥瑞。　最苦是鵝鴨池邊，三更半夜，誤了吳元濟。東郭先生都不管，挨上門兒穩睡。一夜東風，三竿紅日，萬事隨流水。東皇笑道，山河原是我的。』此闋《西湖遊覽志餘》、《花草粹編》亦並作及翁詞，唯《錢唐遺事》謂是陳郁藏一作，未知孰是。《吳興掌故集》云及翁仕宋資政殿學士，景定間言公田病民，有聲朝野，此詞殆作於憤慨之餘，當以《外紀》爲可從矣。

〔補遺詞話一則〕

《東林山志·吟飛樓賦序》云：亞中大夫知湖州軍州事江夏趙崇道于景定元年春因到東林祇園

寺瞻回仙像，及登吟飛樓，誦本心文翁詞，有『朗吟飛過』之句，觸目發情，不可勝述，作賦以識之。

【校記】

〔一〕例：底本作『倒』，據詞意與韻腳改。

壺㢧

㢧，字怡樂，自號萬菊居士，又號壺山居士，託名宋自遜，字謙之，校：一作謙父。或曰無名氏，南昌人，游寓烏程。生於宋，恥事元，隱居不出。有《樵雲集》、《漁樵篴譜》。

〔詞話〕

《烏青志》：壺㢧，字怡樂，號萬菊居士，烏程人。同安主簿嘉會之五世孫也。幼以孝弟稱，及長，恥事胡元，隱居不出。工詩詞，有《樵雲集》。集中自稱宋謙之，或曰無名氏，曰宋者，不忘本也；曰無名氏者，恥成名也。其詞曰：『壺山居士，未老心先懶。』『壺山』寓姓，『未老心先懶』寓不仕意也。又曰『身在玉壺邊』，曰『梅瘦玉壺中』，皆此意也。龍泉章，三益之師，他門人之顯者以百計，有怡樂墓志。檇李襄毅公頊忠乃渠孫，守正之徒，事見《襄毅詞林》中。

《江城舊事》：宋自遜，字謙父，別號壺山居士。所居卽蘇雲卿蔬圃，嘗作溪山自述云：『壺山居士，未老心先懶。愛學道人家，辦竹几、蒲團茗椀。青山可買，小結屋三間。開一徑，俯清溪，修竹栽教滿。客來便請，隨分家常飯。若肯小留連，更薄酒、三盃兩盞。吟詩度曲，風月任招呼，身外事，不相關，自有天公管。』

《織餘瑣述》：宋壺敨雪堂弔東坡詞：『一月有錢三十塊，何苦抽身不早。』今人以塊計錢，據此，則宋時已有之。

〔坿攷〕

《瀛奎律髓》：謙父本婺人，父子兄弟皆能詩，而謙父名頗著。

桉：壺山居士自述詞調寄《驀山溪》，又有《賀新涼·雪堂弔東坡》云：『喚起東坡老。問雪堂、幾番興廢，斜陽衰草。一月有錢三十塊，何苦抽身不早。又底用、北門摛藻。儋雨蠻烟添老色，和陶詩、翻被淵明惱。畢竟是，忘言好。　周郎英發人間少。漫依然、烏鵲南飛，山高月小。歲月堂堂留不住，此世何時是了。算不滿、英魂一笑。我有豐淮千斗酒，把新愁、舊恨都傾倒。醉吹笛，到天曉。』見《陽春白雪》。《滿江紅》云：『舉扇西風，又十載、重遊秋浦。對舊日、江山錯愕，鬢絲如許。世事興亡空感慨，男兒事業誰堪數。被老天、開眼看人忙，成今古。　江上路，喧鼙鼓。山中地，紛豺虎。謾乾坤許大，著身何處。名利等成狂夢寐，文章亦是閒言語。賴雙投、酒熟蟹螯肥，忘羈旅。』見《花草粹編》。兩詞格調並與《驀山溪》略同。

趙崇嶓

崇嶓，字漢宗，自號白雲山人，南豐人。簡王元份九世孫，汝悉長子。嘉定十六年登進士第，歷宗簿，知石城縣，改淳安縣。以奉議郎知樂平縣，嘗監豐儲倉，以直言去國。起監都進奏院，累遷至朝散大夫、宗正丞。有《白雲稾》。

〔坿攷〕

《隱居通議》：趙宗丞崇嶓，爲人清俊灑落，富有文采，超然爲宗籍冠。嘗監豐儲倉，直冬至災異，與陳文定公宗禮相繼拜疏，言鄭丞相清之輔政非材，又攻巨閹盧董乃當時竊弄威福者。既入留中，尋以言去國，自是直聲聞天下。平生工字學，尤善作數尺字，筆法遒勁，江浙名扁多出公手。

項刻《絕妙好詞》趙崇嶓小傳：嘗上疏極論儲嗣未定及中人專橫，又嘗以書上時相謝惠國，論救御史洪天錫。

《宋詩紀事補遺》趙崇嶓小傳：嘉熙二年六月，以奉議郎知樂平縣，不屑簿書期會，而文采風流，邦人傾羨。

桉：白雲山人詞見《絕妙好詞》二闋，見《陽春白雪》三闋。《歸朝歡》云：『翠羽低飛簾半揭。寶簟牙牀涼似雪。牕虛雲母澹無風，隔牆花動黄昏月。玉釵鸞墜髮。盈盈白露侵羅韈。記逢迎，鴻驚燕婉，燈影弄明滅。蜀雨巫雲愁斷絕。羅帶同心留綰結。交枝紅豆雨中看，爲君滴盡相思血。染衣香未歇。夜闌天淨魂飛越。正銷凝，一庭秋意，烟水浸空闊。』此闋最爲佳勝。周公謹《蘋洲漁笛譜》〔一〕、陳西麓《日湖漁唱》並有和趙白雲《明月引》自度曲，其元作惜不傳。

【校記】

〔一〕周公謹：底本作『王碧山』，據書名作者改。

兩宋詞人小傳卷四

李霜涯

霜涯，桉：一作霜崖。占籍未詳。理宗時以技藝供奉内廷。

〔詞話〕

《山居新語》：西湖雖有山泉，而大旱亦嘗龜坼。嘉熙庚子水涸，茂草生焉，祈雨無應。李霜涯戲作詞云：『平湖千頃生芳草。芙蓉不照紅顛倒。東坡道。波光瀲灧晴偏好。』邏者廉捕之，不得。

桉：李霜涯詞又見《花草粹編》，卽以闋末『晴偏好』三字爲調名。此調，萬氏《詞律》未載。徐氏《詞律拾遺》據此詞補調，署名李霜崖，未詳所本。《武林舊事》『諸色技藝人・書會』：李霜涯作賺絕倫云云。同時御前應制如姜梅山特立、周葵窗端臣、曹松山邃、陳藏一郁皆擅倚聲，霜涯擩染久之，宜其卽事口占，動諧音律也。

趙時奚

時奚，號雲洞，保平軍節度使鄆國公德鈞九世孫。

桉：趙雲洞詞見《陽春白雪》，凡四闋，録二如左：《多麗・西湖》：『斂吳雲，翠奩推上紅晴。渺澄流、鱗光寒碎，遠峯螺紺低凝。杏香引、畫船影濕，柳陰趁、驕馬蹄輕。橋限寬平，堤横南北，去來人入繡圍行。漸際晚，梅妝遊困，十里曳歌聲。蒼烟潤，飛鴉妒春，一夢催醒。　認名園、當時宴幸，纔痕猶在危亭。露花濃、靜迎直砌，霧蘚冷、淡護飛甍。幾對東風，留連麗景，□年□老越山青。夜深月、照人依舊，何處最關情。歡娛地，星移世换，客恨還盈。』《戀繡衾》云：『迢迢江路日又曛。爲春遲、長是怨春。小立馬、千林下，寄寒香、歸贈故人。　相逢細説經年恨，早匆匆、吹散霽雲。算惆悵、芳菲事，粉蝶知、應自斷魂。』

趙時行

時行，字行可，號石洞。廣平郡王謚恭簡德隆九世孫。

桉：趙行可詞《望江南》云：『霜月濕，人睡矮篷秋。驚覺夜深兒女夢，漁歌風起白蘋洲。別岸又潮頭。』見《陽春白雪》。

胡仲弓

仲弓，字希聖，號葦航，清源人。游寓杭州。有《葦航識小録》。

〔詞評〕

儀墨莊云：葦航詞愈轉折愈穠秀。

〔坿攷〕

《絶妙好詞》胡仲弓小傳：其弟仲參，字希道，有《竹莊小集》。仇山邨多與葦航湖山酬和之作。

《竹莊小稿》：《夜坐與伯氏葦航對牀閲江湖詩偶成》：『對牀因話弟兄情，話到山林世念輕。几上江湖詩一卷，窗前燈火夜三更。茶經未展人先爽，香片纔燒味較清。吟罷忽聞城角動，石橋霜曉有人行。』

《興觀集》：《答葦航》詩：『久矣相期物外遊，長風吹不斷閒愁。兩山翼翼輕欲舞，雙鬢颼颼白始休。蕉鹿夢回天地枕，蓴鱸興到水雲舟。舊藏方鏡明如水，看去看來又一秋。』

桉：胡希聖詞《謁金門》云：『蛾黛淺。只爲晚寒妝嬾。潤逼鏡鸞紅霧滿。額花留半面。漸次梅花開遍。花外行人已遠。欲寄一枝嫌夢短。濕雲和恨翦。』見《絶妙好詞》。又桉：《西湖秋柳詞》注引《葦航識小録》一則，此書未見。

錢繼卓

繼卓，字及占籍待攷。

桉：錢繼卓詞《沁園春·西泠橋作》云：『已遠喧闐，漸覺幽涼，無過西泠。正微霜欲下，滿船楓葉，枯荷未盡，幾點殘螢。鐘入蒼烟，山黏遠樹，抛卷方知午夢醒。悠然起，看文魚唼藻，野鶴梳翎。　安排緑酒青燈。擬陶寫、閒愁向水汀。恰薑絲調醋，新登蟹俎，蕨芽研粉，留作蓴羹。頗怪山童，近添閒供，露菊秋葵插滿瓶。陶然醉，任人呼馬走，我已鴻冥。』見《西湖志》。

施樞

樞，字知言，號浮玉，又號芸隱，丹徒人，寓居湖州。嘉熙時爲浙東轉運司幕屬、越州府僚。淳祐三年以從事郎知溧陽縣，主管勸農公事。有《芸隱横舟稿》、《倦遊稿》各一卷。

〔坿攷〕

《湖州詞徵》小傳：《湖州府志》：施樞《倦遊稿》自序署浮玉，當爲湖州人。宋伯仁贈施詩，有『寧似湖州把釣竿』之句，又一證也。其集載入《湖録》。

桉：施芸隱詞《柳梢青》云：『飛露初霜。冷侵金井，響到銀牀。懊恨碧梧，不留一葉，月占紗窗。　鴈聲做盡凄涼。又陡頓、衾寒夜長。曲曲屏山，重重客夢，無限思量。』《疏影·催梅》云：『低枝亞實。望翠陰護曉，幽夢難覓。凄楚霓裳，瓊闕瑤臺，經年暗鎖清逸。春風似怪重門掩，未許入、玉堂吟筆。想壽陽，卻厭新妝，倦抹粉花宫額。　還記孤山舊路，未應便負了，波泠蟾白。莫寄相思，惟有寒烟，伴我騷人閒寂。東君須自憐疏影，又何待、山前雪積。好試敲、羯鼓聲催，與約鼎羹消息。』竝見《陽春白雪》。又《摸魚兒·詠瓊花》云：『柳蒙茸、暗淩波路，烟霏慘淡平楚。七香車駐猊環掩，遙認翠華雲母。芳景暮。鴛甃悄、銖衣來按飛瓊舞。凄涼洛浦。漸玉漏沈沈，清陰滿地，乘月步虛去。　消凝處，誰説平安小杜。翔螭聲斷簫鼓。情知禁苑酥塵涴，羞與倡紅同譜。春幾度。想依舊、苔痕長印唐昌土。風流千古。人在小紅樓，珠簾半捲，香注玉壺露。』見《全芳備祖》。《陽春白雪》亦載此詞，署施與言，誤。

葉隆禮

隆禮，字士則，號漁郚，桉：瞿刻《陽春白雪》『姓氏爵里』作名士則，號漁郚。中州人。桉：一作嘉興人。淳祐七年登進士第，官承奉郎、建康府西廳通判，改除國子監主簿。

桉：葉漁郚詞《蘭陵王·和清真均》云：『大隄直。嫋嫋遊雲醮碧。蘭舟上，曾記那回，拂粉塗黄弄香色。施䰐託傾國。金縷尊前勸客。陽臺路，烟樹萬重，空有相思寄魚尺。　飄零嘆萍蹟。自嬾整羅衾，羞對瑤席。折釵分鏡盟難食。看桃葉迎笑，柳枝垂結，萋萋芳草暗水驛。腸斷畫闌北。寒惻。淚痕積。想柱雁塵侵，籠羽聲寂。天涯流水情何極。悲沈約寬帶，馬融怨笛。那堪燈幌，聽夜雨，鎮暗滴。』見《陽春白雪》。又桉：《鐵網珊瑚》：趙子固《梅竹》詩，葉士則跋：『吾友趙子固少遊戲翰墨，愛作蕙蘭。晚年步驟逃禪，工梅竹，咄咄逼真。予自江右歸，頗悟逃禪筆意，將與之是正，而子固死矣。鄉人云：子固近日聲價頓偉，片紙可值百千。予未敢謂信。一日，鬻書者攜數紙來少室，果印所聞』云云。末署『咸淳丁卯五月晦日，隆禮書於春詠堂』。又一行署葉士則。據其跋語曰自江右歸，曰鄉人，曰少室，則漁邨籍中州矣。《宋詩紀事》錄葉隆禮《烟雨樓和朱南杰韻》七律一首，元注：《至元嘉禾志》。小傳云：『隆禮，號漁林，嘉興人。淳祐七年進士，官建康府西廳通判，改國子監簿。』則隆禮，其名；士則，其字矣。漁村作漁林，因字形近似而誤。唯云嘉興人，與葉自跋趙詩語不合，尚俟詳攷。《景定建康志·官守志》：《西廳壁記》：『葉隆禮，承奉郎，淳祐十年十月到任，十二年二月改除國子監簿，離任。』

蕭泰來

泰來，字則陽，號小山，臨江人。㫤弟。紹定二年登進士第。理宗朝官御史。有《小山集》，詞坿。

〔詞話〕

《庶齋老學叢談》：蕭泰來《霜天曉角·梅》詞：『千霜萬雪。受盡寒磨折。賴是生來瘦硬，渾不怕，角吹徹。清絕。影也別。知心惟有月。元沒春風情性，如何共，海棠說。』與王瓦全詠梅『疏明瘦直』云云，命意措辭大略相似。

《銅鼓書堂詞話》：蕭則陽詠梅詞『千霜萬雪』云云，命意遣詞，自覺不凡。而於樂章風格，亦見俊雅，較之徒事豔冶綺語者，其身分高出若干等第，識者審之。

桉：蕭則陽以梅詞見稱，盛庶齋謂其命意措辭與王瓦全『疏明瘦直』闋相似。今以兩詞並審之，王作境高語淡，妙造自然，換頭已下尤覺渾雅溫婉；蕭作稍形喫力，頗露寄託之迹，似乎有意作此等語，以視瓦全，不能無少許軒輊矣。龍壁山人謂則陽此作可謂脱盡詠梅窠臼，則亦就詞論詞，不言其關切內心者何若也。

徐元杰

元杰，字仁伯，上饒人。紹定五年以第一人登進士第，簽書鎮東軍節度判官廳公事。嘉熙二年召爲祕書省正字，遷校書郎。請外不許，遷著作佐郎兼兵部郎官，召赴行在奏事。淳祐元年差知南劍州，丁母憂。起復授侍左郎官，兼崇教殿説書。除將作監，拜太常少卿兼給事中、國子祭酒，權中書舍人。以暴疾謁告，特拜工部侍郎，隨乞納禄，詔轉一官致仕。卒謚忠愍。有《梅埜集》十二卷，詞坿。

〔坿攷〕

《詞綜補遺》陶樑桉：《宋史》稱元杰當史嵩之起，復攻之甚力，卒寢成命，後以暴疾卒，人皆以爲嵩之毒之。臺諫及太學生徒上疏訟冤，詔置獄追勘，迄不能白。趙汝騰序其集，亦極言其死狀不明爲可悲也。

按：徐忠愍詞《滿江紅·以梅花柬鉛山宰》云：『似玉仙人，三載見，西湖清客。擷不碎、一團和氣，只伊消得。雪裏水中霜態度，臘前冬後春消息。看簾垂、清晝一張琴，中間著。寒谷裏，輕回腳。魁手段，堪描摸。喚東風吹上，蘭臺芸閣。只怕傳巖香不斷，摩挲商鼎羹頻作。管一番滋味一番新，今如昨。』見《詞綜補遺》。據《宋史》本傳，忠愍蚤年受學於陳文蔚，爲朱文公再傳弟子，後又師事真文忠，得理學宗傳云。

方岳

岳，字巨山，號秋崖，祁門人。紹定間鄉薦爲別省第一，五年登進士第。調南康軍及滁州教授，除淮東安撫司幹官。進禮兵部架閣，除太學正兼景獻府教授，遷宗學博士，差知南康軍，移邵武軍。上疏求去，未報而行。起知袁州，加朝散大夫。以忤丁大全，除爲吏部尚書左郎官，旋被劾罷。有《秋崖小稿》文四十五卷、詩三十八卷、詞四卷。

四印齋刻《宋元三十一家詞·秋崖詞》況周頤跋：

癸巳上元前夕斠畢，疏渾中有名句，不墜宋人風格。應酬率意之作，亦較它家爲少。寘之六十家中，不在石林、後邨下也。玉梅詞人竝記。

〔詞話〕

《堅瓠集》：新安方秋崖《除夕小盡生日》詞曰：『今朝廿九，明朝初一，怎欠秋崖個生日。客中情緒老天知，道這月、不消三十。　春盤縷翠，春缸搖碧，便泥做、梅花消息。雪邊試問是耶非，笑今夕、不知何夕。』調寄《鵲橋仙》。此本七夕八煞韻詞，饒有風趣。

《絶妙好詞箋》：《秋崖詞稿·滿江紅·九日登冶城樓》云：『且問黄花，陶令後、幾番重九。應解笑、秋崖人老，不堪詩酒。宇宙一舟吾倦矣，山河兩戒天知否。倚西風、無奈劍花寒，虬龍吼。　江欲釂，談天口。秋何負，持螯手。盡石麟蕪没，斷烟衰柳。故國山圍青玉案，何人印佩黄金斗。倘只消、江左管夷吾，終須有。』桉：當是樊榭老人曾見《秋崖詞》全帙，而獨賞契此闋。

《墨莊詞話》：方巨山《江神子·詠牡丹》云：『切莫近前輕著語，題品錯，怕花嗔。』昔賢有句云：『平生只是知慚愧，逢著梅花不作詩。』可謂妙於語言，然則國色天香除謫仙《清平》三調外，豈易著語題品耶？方詞云云，可補入《牡丹榮辱志》。桉：《秋崖詞·沁園春·和宋知縣致苔梅》云：『雲臥空山，夢回孤驛，生怕渠嗔未敢詩。』與詠牡丹詞意略同。

《珠花簃詞話》：方秋崖《沁園春》詞，隱括《蘭亭序》，有小序：『汪彊仲大卿禊飲水西，令妓歌《蘭亭》，皆不能。乃爲以平仄度此曲，俾歌之』云云。大抵循聲按拍，宋人最爲擅長。不徒長短句皆可歌，即前人佳妙文字亦皆可歌。水西羣妓，殆非妙選工歌者。如其工者，則必能歌《蘭亭序》矣。它如庾子山《春賦》，梁元帝《蕩婦思秋賦》、《采蓮賦》，李太白《惜餘春賦》、《愁陽春賦》，儻付珠喉，未知若何流美。又如江文通《別賦》、謝希逸《月賦》、鮑明遠《蕪城賦》、李遐叔《弔古戰場文》、歐陽文忠《秋聲賦》、蘇文忠前後《赤壁賦》，皆可撰摘某篇某段而歌之。此類可歌之文，尤不勝僂指。紅簫鐵板，異曲同工已。

《織餘瑣述》：宋方岳《秋崖詞》和楚客賦蘆云：『搔首江南，鴈銜千里月。』用《淮南子》『雁銜蘆以避矰繳』語。又云：『那得似西來，一筇橫絕。』用達摩事。

〔詞評〕

王半塘云：秋崖詞氣息沈靜，饒有骨榦，卻不露鋒棱，所造於洪平齋爲近。

〔坿攷〕

《新安文獻志》：方岳，字巨山，祁門人。七歲能詩，紹定五年試別省第一。殿試已首選，以語侵史彌遠，抑置第七。調南康軍及滁州教授，除淮東安撫司幹官。高郵軍閧，岳以制命往，戮首惡數人，一城帖然。制置使趙葵深倚之。秩滿，進禮兵部架閣，添差淮東制司幹官。先是，史嵩之在鄂渚，主和議，北使王檝有割江之請。岳嘗代葵書稿，責嵩之，嵩之怒，嗾言者論之。閒居四年，及嵩之以父憂去，乃以禮兵部架閣召。尋除太學正，兼景獻府教授。輪對，首言『化瑟雖更，聖心未一』，又奏東西闔和戰之議，及代書掇怒之由。帝再三嘉歎。淳祐六年遷宗學博士。時休寧程元鳳、婺源吳遇與岳皆受知范丞相鍾，同遷博士，有『新安三博士』之稱。進講榮邸，例至客次，俟講，岳獨不可，王與芮甚敬之。趙葵以元樞出，督辟充行府參議官，與同僚辨論不合，乞去，葵不許。葵出行邊，岳自言之朝，乞祠，差知南康軍郡，故當左蠡之衝，置閘以便泊舟，湖廣總領所綱梢據閘，邀民錢，非萬錢不得入。舟多覆溺。岳取綱梢，榜之百。京湖閫賈似道怒，謂無體統，移文令岳具析。岳謂：『湖廣總領所，豈可於江東郡尋體統？』大書判數百語，且曰：『豈不知天地間有一方岳？』因還其文。似道益不堪，遂劾諸朝，朝不直。似道因兩易之，以岳知邵武軍。力乞祠，不許。未至邵武二百里，峒寇作。馳榜諭之，寇知岳威名，迎拜車下而散。後以劾大豪廖復之、廖忠禹。復之等多貲，先爲之計，奏格不下，三上疏求去。未報，則拜交郡印，與次官而行。既歸，然後得旨，如所奏，改知饒州，知寧國，皆未上而罷。程元鳳當國，起知袁州，新其城。其後廣寇入而袁不陷，岳力也。無何，丁大全預政，以先求舉薦，不從，怒之，除爲吏部尚書左郎官，而囑沿江副閫袁玠劾罷之。賈似道相，起知撫州，辭不赴。卒年六十四，官至朝散大夫。自謂秋崖，名所居堂宇曰歸來館。岳氣貌清古，音如鐘，詩文不用古律，以意爲之，語或天出。有《秋崖小稿》行世，及《重修南北史》一百七十卷。

桉：方巨山《秋崖詞》，半塘老人依南昌彭氏知聖道齋藏舊鈔本刻入《宋元三十一家詞》，元分四卷，王刻合爲一卷，仍於元分每卷末闋下注已上第一卷、第二卷云云。　詞凡七十四闋，撰錄慢令各一如左：

《沁園春·餞春》云：『鶯帶春來，鵑喚春歸，春總不知。恨楊花多事，杏花無賴，半隨殘夢，半惹晴絲。立盡碧雲，寒江欲暮，怕過清明燕子時。春且住，待新篘熟了，卻問行期。　問春春竟何之。看紫態紅情難語離。想芳韶猶賸，牡丹知處，也須些個，付與荼蘼。喚取娉婷，勸教春醉，不道五更花漏遲。愁一餉，笑車輪生角，早已天涯。』《漢宮春·探梅用瀟灑江梅韻》云：『問訊何郎，怎春風未到，卻月橫枝。當年東閣詩興，夫豈吾欺。雲寒歲晚，便相逢、已負深欺。煩說與、秋崖歸也，留香更待何時。　家住江南烟雨，想疏花開遍，野竹巴籬。遙憐水邊石上，煞欠渠詩。月壺雪甕，肯相從、舍我其誰。應自笑，生來孤峭，此心卻有天知。』《眼兒媚·泊松洲》云：『鴈帶新霜幾多愁，和月落滄洲。桂花如許，菊花如許，怎不悲秋。江山例合閒人管，也白幾分頭。去年曾此，今年曾此，烟雨孤舟。』《玉樓春・秋思》云：『木犀過了詩憔悴。只有黄花開又未。秋風也不管人愁，到處相尋吹短袂。　露滴碧觴誰共醉。腸斷向來攜手地。夜寒牋與月明看，未必月明知此意。』斷句如《水調歌頭・平山堂用東坡韻》云：『不見當時楊柳，只是從前烟雨，磨滅幾英雄。』《賀新涼・寄兩吳尚書》云：『雲外空山知何似，料清寒、只與梅花約。』《虞美人・見梅》云：『斷橋籬落帶人家。枝北枝南初著兩三花。』巨山詞佳處所謂因方爲規，遇圓成璧，絶無琱琢求工之迹，此等句亦興到偶得之，非矜心作意而爲之也。

又桉：宋有兩方岳，其一字元善，寧海人。時代丁寧、理間，箸有《深雪偶談》及《梅史》行於世。

謝枋得

枋得，字君直，號疊山，弋陽人。寶祐四年登進士第，除撫州司戶參軍，棄去。復出，試教官中兼經科，除教授建寧府。吳潛宣撫江東西，辟差幹辦公事。德祐元年以江東提刑江西招諭使知信州。景炎帝以枋得爲江東制置使，卽弋陽起義兵，軍潰，隱於閩。至元間，集賢學士程文海薦宋〔一〕臣二十二人，以枋得爲行首，丞相忙兀台將旨詔之，尚書留夢炎又薦之，皆不起。後福建行省魏天祐敓脅至燕，不食死。門人私謚曰文節先生。有《疊山集》。

〔坿攷〕

《宋史》本傳：枋得爲人豪爽，每觀書五行俱下，一覽終身不忘。性好直言，一與人論古今治亂國家事，必掀髯抵几，跳躍自奮，以忠義自任。徐霖稱其如驚鶴摩霄，不可籠縶。

桉：文節先生詞傳世絶尠，嚮來選家未經箸錄，茲於《翰墨全書・乙集》得長調一闋，詞以人重，爲之忻忭無已。《沁園春・寒食鄆州道中》云：『十五年來，逢寒食節，皆在天涯。嘆雨濡露潤，還思宰柏，風柔日媚，羞看飛花。麥飯紙錢，隻雞斗酒，幾誤林間噪喜鴉。天笑道，此不由乎我，也不由它。鼎中鍊熟丹砂。把紫府、清都作一家。想前人鶴馭，常游絳闕，浮生蟬蛻，豈戀黄沙。帝命守墳，王令修墓，男子正當如是耶。又何必，待過家上冢，晝錦榮華。』

【校記】

〔一〕宋：底本作『宗』，據《宋史》卷四二五《謝枋得傳》改。

阮秀實

秀實，號梅峯，興化軍人。僑居吳門。咸淳初攝蕪湖茶局。

〔坿攷〕

《隨隱漫錄》：孟享駕出，百官諸司並朝服。阮秀實《仰瞻聖駕》詩云：『紫烟歛翠碧天長，柳蔭旌旗午尚霜。一朵彩雲擎瑞日，光華盡在舜衣裳。』景靈宮恭謝駕回，丞相以下皆簪花。阮秀實詩云：

『宫花密映帽檐新，誤蜨疑蜂逐去塵。自是近臣偏得賜，繡鞍扶上不勝春。』

《宋詩紀事》小傳：阮秀實蚤見知於趙昌甫蕃。

桉：阮梅峯詞《酹江月·慶王漕六十九》云：『漢庭用老，想君王、也憶潛郎白首。底事煌煌金玉節，奔走天涯許久。江右風流，湖南清絶，要借詩翁手。明年七十，人間此事稀有。固是守約堂間，舫齋亭下，要種歸來柳。只恐夜深，思賈傅、便有鋒車迎候。壽岳峯前，壽星池畔，且壽長沙酒。期頤三萬，祖風應管依舊。』見《翰墨全書·戊集》。

余玠

玠，字義夫，號樵隱，蘄州人。少爲白鹿洞諸生，入淮東制置使趙葵幕，以功補進義副尉，擢將作監主簿，權發遣招進軍，充制置司參議，官進工部郎官。嘉熙三年，授直華文閣淮東提點刑獄，兼知淮安州。淳祐元年，拜大理少卿，升制置副使，尋授兵部侍郎、四川宣諭使，進安撫制置使、兼知重慶府、兼四川總領、兼夔路轉運使。進華文閣待制，權兵部尚書，進徽猷閣學士，升大使，又進龍圖閣學士、端明殿學士，召拜資政殿學士。卒，特贈五官。

〔詞話〕

《宋史》本傳：玠家貧，落魄無行，喜功名，好大言。少爲白鹿洞諸生，嘗攜客入茶肆，毆賣茶翁死。脱身走襄淮，時趙葵爲淮東制置使，玠作長短句上謁，葵壯之，留之幕中，未幾以功補進義副尉。

《詞綜補遺》陶樑按：史稱玠治蜀，當諸將骪法之時，首誅都統王夔，政令肅然，頗著威望。其後欲革軍中舉代之弊。統制姚世安恃丞相謝方叔爲援，與之力抗，遂鬱鬱以殁，蜀士深惜之。玩詞中結語云云，按即《瑞鶴仙》詞。亦足驗其平居藴抱矣。

〔坿攷〕

《隱居通議》：余制帥玠鎮蜀有桃符句云：『威行玉斧山河外，春在金符掌握中。』按：玉斧事，乃太祖開基時閱輿地圖，偶持玉斧，因以柄畫其分界。非刀斧也，乃金杖子，長四五尺，以片玉冠其首，人主閒步則持之。神祠中素繪儀從，猶或存此。

按：余義夫詞《瑞鶴仙》云：『怪新來瘦損。對鏡臺、霜華零亂鬢影。胷中恨誰省。正關山寂寞，莫天風景。貂裘漸冷。聽梧桐、聲敲露井。可無人、爲向樓頭，試問塞鴻音信。爭忍？勾引愁緒，半掩金鋪，雨欺燈暈。家童困臥，呼不應，自高枕。待催他、天際銀蟾飛上，喚取嫦娥細問。要乾坤、表裏光輝，照余醉飲。』見《陽春白雪》。

郭居安

居安，字應酉，占籍待攷。知仁和縣，除官告院。

〔詞話〕

《齊東野語》：賈師憲八月八日生辰，四方善頌者悉俾翘館，第甲乙。郭應酉居安《聲聲慢》云：

『捷書連晝〔一〕，甘雨灑通宵，新來喜沁堯眉。許大擔當，人間佛力須彌。年年八月八日，長記他、三月三時。平生事，想祇和天語，不遣人知。　一片閒心鶴外，被乾坤係定，虹玉腰圍。閶闔雲邊，西風萬籟吹齊。歸舟更歸何處，是天教、家在蘇堤。千千歲，比周公、多個綵衣。』且侑以儷語云：『綵衣宰輔，古無一品之曾參；衮服湖山，今有半閒之姬旦。』所謂三月三者，蓋頌其庚申蘋草坪之捷，而歸舟乃舫齋名也。賈大喜，自仁和宰除官告院，既而語客曰：『此詞固佳，然失之太俳，安得有著綵衣周公乎？』

按：賈似道壽詞，《齊東野語》所載自陳惟善迄郭應酉，凡六家，論者或遂以此詞爲諸家人品之疵，亦甚非平恕之論矣。尋常祝賀酬應之作，雖賢士夫容亦在所難免，或且迫於所處之地而不得不然。卽如郭應酉者，當似道盛時，適爲仁和令。其平日能爲文字，似道未必不知。善頌者以數千計，應酉獨不著一字，啓猜甚於權彊，儻猶以雞肋爲可戀，卽亦何敢出此綵衣姬旦云云。安知其非中有所不滿，而若誹若諷之言遂流露於不自檢。似道不加深責，寧非幸乎？若夫抗志高節之士，嫉姦若仇，對於似道，其人峻拒之常如不及，尚何委曲求全之有，是則又當別論者。

【校記】

〔一〕晝：底本作『畫』，據《全宋詞》改。

吳儆

儆，字益恭，學者稱竹洲先生。初名偁，避秀邸諱更名，休寧人。紹興二十七年登進士第。授鄞縣尉，晉秩知安仁縣，以殺盜自劾，坐累數年。淳熙初通判邕州，攝府事。以經略張栻薦舉，召見，首論恢復至計，孝宗嘉之，授廣南西路安撫使。以親老丐祠，主管台州崇道觀，轉朝散郎致仕。卒寶祐四年，追謚文肅，有《竹洲集》三十卷詞一卷。

〔詞話〕

《善本書室藏書志》『竹洲詞提要』：儆生南宋最盛之時，其時姜白石、辛稼軒二詞家尤負盛名。儆集中有與石湖倡和之作，其爲名流推挹者久矣。雖所傳僅十八闋，而『水滿池塘』之《滿庭芳》、『十里青山』之《浣溪紗》二闋，置之白石集中亦無以辨，固不必以少而見棄矣。

《織餘瑣述》：『生綃籠粉倚窗紗，全似瑶池疏影浸梅花』，吳儆《竹洲詞·虞美人》句也，余極喜誦之。昔林逋詩云：『疏影横斜水清淺，暗香浮動月黄昏』，彼形容梅花，此形容似梅者，尤爲妙肖絶倫。

〔坿攷〕

《竹洲集》坿行狀節：吳儆，字益恭，初名偁，休寧商山人。少善屬文，與兄俯俱馳聲太學，時爲之語曰眉山三蘇、江東二吳。登紹興二十七年進士第，授鄞縣尉。捕海盜有功，晉秩。乾道二年知安仁縣，歲大旱，儆度一縣戶口，預令富民儲粟以遏盜，源旁邑饑民爲亂，浸侵邑境。儆親閱丁壯備之。會邑有無賴欲襲旁邑，所爲者立殺之，盜皆駭散。事平，自劾不報，然卒以是坐累數年。其後爲邕州通判，攝府事。時張栻經略嶺右，疑事悉以咨之，且以儆『忠義果斷，緩急可仗』，薦於朝，得召對，栻授以五峯知言，且爲書『孔子之剛、曾子之勇、南方之强』三章以贈。見孝宗，首論恢復至計，大略謂天下大勢有二：紛紜未定之勢宜疾戰，立國相持之勢宜緩圖。又備陳南方諸蠻，經略甚悉。孝宗嘉之，授廣南西路安撫。以親老請祠歸，就所居爲竹洲以養父。暇則與其徒窮搜經史，四方負笈至者，歲數百人，相率結茅於其旁，儆分齋以教之，如胡安定湖學之法，成材甚衆。學者稱竹洲先生。所箸有《竹洲集》三十卷，寶祐四年，曾孫資深獻於朝，賜謚文肅。儆性慷慨好剛，遇事敢爲，無屈撓。初在太學時，天子以邏卒廉外事且至膠庠，儆執而笞之，曰：『國有令，汝無故，烏得輒入此？』卒帖耳受笞，去不敢至。其判邕州也，自杞蠻歲至市馬，恃强驕橫，至不書正朔，人情洶洶。儆召至庭見，數之，遂屈服。有下閉洞湊謐者，歲掠良民，市於他洞。儆遽擒之，梟其首。又有李棫者，藏匿逋逃爲姦。儆書尺紙示棫，棫駭懼，以書幣至請罪。儆責而釋之，反其幣。由是兩江五十餘洞皆相戒懾伏，且曰：『吾寧貧窮，無犯吳公。』其文辭峻潔雄麗，而一衷諸道。嘗爲《尊己堂記》，懇懇於天爵人爵之辨。朱子見之，曰：『往見張荊州、呂著作皆稱吳邕州之才，今讀其文，又有以見其所存矣。』

桉：吳文肅《竹洲詞》一卷，國初無錫侯氏刻入宋元《十名家詞》，光緒乙未元和江建霞氏依知聖道齋藏舊鈔本鍥行於湘中。《浣溪沙·題星洲寺》云：『十里青山泝碧流。夕陽沙晚片帆收。重重烟樹出層樓。人去人來芳草渡，鷗飛鷗沒白蘋洲。碧梧翠竹記曾遊。』前調《題餘干傳舍》云：『畫楯朱闌繞碧山。平湖徙倚水雲寬。人家楊柳帶汀灣。　目力已隨飛鳥盡，機心還逐白雲閒。蕭蕭微雨晚來寒。』《滿庭芳·寄葉蔚宗》云：『宿雨滋蘭，輕風颭柳，新來隨處和融。幽蘭曲徑，花氣巧相通。燕子纔飛又語，帶芹泥、時點芳叢。微中酒，日長睡起，心事在眉峯。　年年，春好處，聯鑣蕩槳，拾翠挼紅。任金貂醉脫，不放杯空。誰信風流一別，當時事、已逐飛鴻。雲山晚，闌干罷倚，烟寺起疏鐘。』前調《用前韻併寄》云：『水滿池塘，鶯啼楊柳，燕忙知爲泥融。桃花流水，竹外小橋通。又是一春顚頷，摘殘英、遶遍芳叢。長安遠，平蕪盡處，疊疊但雲峯。　西湖，行樂處，牙檣漾鷁，錦帳翻紅。想年時桃李，應已成空。欲寫相思寄與，雲天闊、難覓征鴻。空凝想，時時殘夢，依約上陽鐘。』文肅詞饒有骨幹，不事塗澤，兩刻本並與信齋、樂齋纚屬，風格亦復近似。

兩宋詞人小傳卷五

汪夢斗

夢斗，字以南，號杏山，績溪人，晫孫。景定二年魁江東漕試，授承節郎、江東司制幹官。咸淳間轉承務郎，爲史館編校，與葉李等上書論賈似道誤國忤旨，斥歸。德祐元年上其祖晫所箸《環谷存稾》，及纂編《曾子》十二篇、《子思子》九篇，特賜通直郎。元至元元年以尚書謝昌言薦，詔趨京，不赴。以將仕郎教授鄉郡。有《雲閒集》、《北遊集》，詞坿。

〔坿攷〕

《萬姓統譜》：汪夢斗，績溪人。宋末官至承務郎、史館編修。元至元己卯尚書謝昌言等保薦，以將仕郎教授鄉郡。見謝有詩云：『執志本期東海死，傷心老作北朝臣。』又詩云：『不死雖然如管仲，有生終是愧淵明。』有《北遊集》、《雲閒集》。

《徽州府志》：汪夢斗入元，以將仕郎教授鄉郡。後江東提刑奧屯請任考試郡縣儒人，定爲籍。嘗譔《富山廟顯靈碑記》，陳齋盧公讀之，以爲文入韓、柳之室。

桉：汪以南《北遊集》坿詞僅六首，嚮未經箸錄，彊邨朱先生近訪得之。《南鄉子·初入都門謾賦》云：『西北有神州。曾倚斜陽江上樓。目斷淮南山一抹，何由。載淚東風灑汴流。　何事卻狂遊。直駕驢車渡白溝。自古幽燕爲絶塞，休愁。未是窮荒天盡頭。』《金縷曲・月夕再賦》云：『滿目飛明鏡。憶年時、呼朋樓上，暢懷觴詠。圓到今宵依前好，詩酒不成佳興。身恰在、燕臺天近。一段淒涼心中事，被秋光、照破無餘蘊。卻不是，訴貧病。　　宮庭花草蕪幽徑。想夜深、女牆還有，過來蟾影。千古詞人傷情處，舊說石城形勝。今又說、斷橋風韻。客裏嬋娟卻相似，只後朝、不見潮來信。且喜得，四邊靜。』《摸魚兒・過東平有感》云：『憶舊時、東方郡□，東原儘是佳處。梁都破了尋南渡，幾徧狐號鱔舞。君試覷〔一〕。環一抹。荒城草色今如許。芳華舊地，曾一上飛雲，歌臺酒館，落日亂鴉度。　　吟情苦。滴盡英雄老淚，淒酸非是兒女。西湖似我西湖否，只怕不如西子，秋欲暮。要一看秋波，又自催歸計，休□浪語。待過江說與，高車駟馬，今是朝天路。』詞筆宛委悱惻，悉寓故君故國之思。夢斗當宋之季年，挹拍名流，排擊權要，其丰采誠不可一世。其後拜命北朝，薄宦自汙，容或攷於情與勢之萬不獲已，夫攷於情與勢，而遂不能自堅者，自古迄今，何止一夢斗而已，甚惜其不能引決，少定力也。

【校記】

〔一〕覷：底本作『戲』，據《北遊集》卷上改。

易祓妻

祓妻，姓名字籍無攷。

〔詞話〕

《古杭雜記》：易彦祥，寧宗朝狀元，初以優校爲前廊，久不歸。其妻作《一翦梅》詞寄之云：『染淚修書寄彦祥。貪卻前廊。忘卻回廊。功名成就不還鄉。石做心腸。鐵做心腸。　紅日三竿未理妝。虚度韶光。瘦損容光。相思何日得成雙。羞對鴛鴦。嬾繡鴛鴦。』

桉：易彦祥妻《一翦梅》詞，前段以質筆敘情事，後段『虚度韶光，瘦損容光』、『羞對鴛鴦，嬾繡鴛鴦』云云，意隨句轉，輕靈婉麗，不假思索而成。蓋純乎天籟矣。彦祥之爲人，誠如《西湖遊覽志》所云，則所謂『石做心腸，鐵做心腸』，斷章取義，僅對於閨人則然，能無誦此詞而增愧耶？

李曾伯

曾伯，字長孺，覃懷人，居嘉興。歷通判濠州、鄂州，淮西總領，授左司郎官，遷右司，進太府卿，淮東、西制置使，加寶章閣直學士，權兵部尚書，坐論罷。淳祐九年知靖江府，廣西經略安撫使，進資政殿學士，授四川宣撫使，特賜同進士出身。赴闕，加大學士，知福州，兼福建安撫使。辭免，以大學士提舉洞霄宮。起爲湖南安撫大使兼知潭州，兼節度廣南，移治靜江。開慶元年，進觀文殿學士，復坐論罷。景定五年，起知慶元府，兼沿海制置使。咸淳元年，復坐論褫職。德祐元年，追復元官。有《可齋稾詞》七卷。

可齋詞自序

《雜稾》鋟梓，出於兒輩裒次，中多少作，未嘗不動壯夫之悔。一二年間復應醻，又欲從而續之，姑徇其意，然軍書蠭午中安有好語？徒重作者笑。寶祐甲寅孟夏月既望。

〔詞話〕

《餐櫻廡詞話》：李長孺《八聲甘州·癸丑生朝》云：『嘆平生霜露，而今都在，兩鬢絲絲。』只是霜雪欺鬢意耳，稍用曲筆出之，不失其爲渾成。詞之要訣曰重、拙、大，李詞云云，有合於『大』之一字，大則不纖，非近人小慧爲詞者比。

〔坿攷〕

《宋史》本傳：曾伯初與賈似道俱爲閫帥，邊境之事，知無不言，似道卒嫉之，使不竟其用云。

按：李長孺詞七卷，近人依宋本覆刻，即《可齋續稾》卷之七八、《續稾後》卷之十一、《雜稾》卷之三十一至三十四。其詞清剛遒上，最二百首，體格並同，雖非專家之作，其于湖、鶴山之仲叔乎！《蘭陵王·甲寅初度和次賈韻》云：『問梁益。天設金城鐵壁。西風外，依約鴈來，還報關山舊秋色。三秦聽漢檄。遠恨綿綿脈脈。頻年事，虛擲桑陰，禕允諸人竟何策。彤弓誤殊錫。悵活國難醫，救世須佛。平生本藉毛錐力。對弧矢初度，滿頭白髮，何堪兵衛疊畫戟。咄青史陳跡。　酒石。羨王績。任擊缶呼天，此樂何極。奚須太息驚前席。望天閽休待，夢如陶翼。柳邊春後，放定遠，出西域。』《賀新郎・送靜齋堂召和朔齋韻》云：『嶺蜀天涯路。憶前年、擔簦西上，旌麾南去。誰謂瀟湘還解后，重對燈前笑語。挺喬木、森森猶故。梅外柳邊官事了，記牢之、曾著元戎府。聊訪問，舊遊處。　酒邊不用傷南浦。爲御亭、百年門戶，正煩宗主。見說君王方旰食，借箸哺應爲吐。這官職、二郎須做。若見時賢詢小阮，願早攜、襏襫耕春雨。嗟矍鑠，恐遲暮。』《八聲甘州・登經濟樓》云：『上巍樓、指顧劍東西，依然舊江山。悵爲誰荊棘，委渠天險，薄我風寒。金甌經營幾載，鴻雁尚漂殘。一片迷棋局，著手良難。　猶幸紅旗破賊，有竹邊新報，喜聽平安。問紛紛遺事，一笑付凭闌。願天驅、五丁壯士，挽岷峨、生意與春還。斜陽外，夢回芳草，人老蕭關。』《木蘭花慢・送朱子木叔歸池陽》云：『漸吾鄉秋近，正蓴美、更鱸肥。顧安得相從，征帆銜尾，飛蓋追隨。南中眼前時勢，正相持、邊腹一枰棊。將謂燈明月暗，笑談共和韓詩。　誰知。催上王畿。無計可，挽留之。想翠微深處，倚樓日望，天際人歸。中流江濤袞袞，藉烝徒、共楫屬之誰。回首西風過鴈，料君爲我興思。』《唐多令・庚戌六月赴荊閫，宿江亭》云：『楓荻響颼颼。長江六月秋。二十年、重到沙頭。城郭人民那似舊，曾識面、兩三鷗。落日且登樓。英雄休涕流。望黃旗、王氣東浮。借問烟蕪蒼莽處，還莫是、古襄州。』

長孺詞可傳之作甚夥，如右撰錄，庶幾闚豹一斑耳。

馬光祖

光祖，字華父，號裕齋。寶慶二年登進士第。累官江西轉運副使兼知隆興府，坐言者罷。起知太平州，進直寶文閣，歷太府少卿，遷司農卿，拜戶部尚書，兼知臨安府、浙西安撫使，加寶章閣直學士、沿江制置使、江東安撫使，知建康府。拜端明殿學士、荊湖制置使、知江陵府。以資政殿學士、沿江制置大使，進大學士兼淮西總領，召赴行在，進同知樞密院事，尋差知福州、福建安撫使。咸淳五年，拜知樞密院事，以金紫光祿大夫致仕。卒，謚莊敏。

〔詞話〕

《三朝野史》：馬光祖知京口，判奸婦云：『世間若無婦人，天下業風方靜。』觀其尹京之日，不畏貴戚豪强，庭無留訟，頗得包孝肅公尹開封之規模。福王府訴民不還房廊屋錢，光祖判云：『晴則雞卵鴨卵，雨則盆滿鉢滿。福王若要屋錢，直待光祖任滿。』有士人踰牆偷人室女，事覺，到官勘，令當廳面試。光祖出『踰牆摟處子詩』，士人秉筆云：『花柳平生債，風流一段愁。踰牆乘興下，處子有心摟。謝砌應潛越，韓香計暗偷〔一〕。有情還愛欲，無語强嬌羞。不負秦樓約，安知漳獄囚。玉顏麗如此，何用讀書求？』光祖判云：『多情多愛。還了半生花柳債。好箇檀郎。室女爲妻也不妨。傑才高作。聊贈青蚨三百索。燭影搖紅。記取媒人是馬公。』犯奸之士既幸免決罪，反因此以得佳偶。此光祖以禮待士也。

〔附攷〕

《庶齋老學叢談》：馬裕齋帥越日，春閱武，主將張某統軍下教場，福王令諸僕被甲擒去，責其不下馬，懸於王門，撻之流血。公於是夜託辭，請諸僕解紛，至則皆刺配之。事訖具奏，理宗下詔撫諭，福王移食嘉興。馬某別加旌表，詔旨責王尤峻，末云：『在弟則封，雖是聖人之德；齊家以治，將期天下之平。』此與魏絳戮楊干僕事相類。晉侯欲殺絳，絳有辭幸免。理宗賢於晉君遠矣。

校：馬莊敏判合士女詞調寄《木蘭花》，當牒訴倥傯之際，見風流文采之遺，雖談笑而道近於滑稽者流。然雅意憐才，求之晚近鉅公，政未易得。裕齋蓋深於詞者，其它莊雅之作惜未得見，竊疑蒐采未至耳。

【校記】

〔一〕韓：底本作『安』，據詩意典故改。

劉辰翁

辰翁，字會孟，廬陵人。補太學生，景定三年，廷試對策忤賈似道，置丙第。以親老，請濂溪書院山長。薦居史館，又除太學博士，皆固辭不赴。宋亡，託方外隱居。卒。有《須溪集》十卷，詞一卷。校：《四庫全書總目·須溪集十卷提要》云：『今檢《永樂大典》所録記序、雜箸、詩餘尚多，謹採輯裒次，釐爲十卷。其《天下同文集》及記鈔所載而不見於《永樂大典》者，亦别爲鈔補，以存其概。』此辰翁全集也。近歸安朱氏彊邨所刻《須溪詞》止一卷，顧嘗得見《四庫》殘本《須溪詞》八卷，據以校勘，則是《四庫》於《大典》本《須溪集》外別有足本《須溪詞》。朱氏所刻《須溪詞》計三百九十七首、補遺三首。《四庫》殘本第八卷至《聲聲慢》『西風墜綠』闋止，計二百十六首，視朱刻僅乃踰半；後半尤長調較多。以首數約定卷數，則《四庫》本當爲十六卷矣。

〔詞話〕

《識小錄》：廬陵劉辰翁名會孟，號須溪。於唐人諸詩及宋蘇、黃而下俱有批評，《三子口義》、《世說新語》、《史漢異同》皆然。士林服其賞鑒之精，而不知其節行之高也。余見元人張孟浩贈須溪詩云：『首陽餓夫甘一死，叩馬何曾罪辛巳。淵明頭上漉酒巾，義熙以後爲全人。』蓋宋亡之後須溪竟不出也。與伯夷、陶潛何異哉？同時合志者，如閩中之謝皐羽、徽州之胡餘學、慈谿之黄東發、峨眉之家鉉翁，自以中國遺人，不屈犬羊，不知其幾，宋朝待士之效深矣。坿須溪丁酉元夕《寶鼎現》詞云：『紅妝春騎，踏月呼影，千旗穿市。望不見、璚樓歌舞，習習香塵蓮步底。簫聲斷、約綵鸞歸去，未怕金吾呵醉。甚輦路、喧闐且止，聽得念奴歌起。父老猶記宣和事。抱銅仙、清淚如水。還轉盼、沙河多麗。滉漾明光連邸第。簾影動、散紅光成綺。月浸蒲桃十里。看往來、神仙才子，肯把菱花撲碎。　腸斷竹馬兒童，空見說、三千樂指。等多時、春不歸來，到春時欲睡。又說向、燈前擁髻。暗滴鮫珠墜。便當日、親見霓裳，天上人間夢裏。』此詞題云『丁酉』，蓋元成宗大德元年，亦淵明書甲子之意也。按：是年辰翁年六十六。詞意淒婉，與麥秀歌何殊！　又：尹濟翁壽須溪《風入松》詞云：『曾聞幾度說京華。愁壓帽簷斜。朝衣熨貼天香在，如今但、彈指蘭闍。不是柴桑心遠，等閒過了元嘉。　長生休說棗如瓜。壺日自無涯。河傾南紀明奎壁，長教見、壽氣成霞。但得重攜溪上，年年人共梅花。』

《歷代詩話》：卓人月曰：須溪《大酺》詞後闋云：『休回首、都門路。幾番行晚，箇箇阿嬌深貯。而今斷烟細雨。』說春寒，至此大有深味。《蘭陵王》首句云：『送春去，春去人間無路。』九字悲絕。換頭云：『春去。最誰苦？但箭雁沈邊，梁燕無主。杜鵑聲裏長門暮。』此四句淒清，何減夜猿？後段云：『春去。尚來否？正江令恨別，庾信愁賦。蘇堤盡日風和雨。嘆神遊故國，花看前度。人生流落，顧孺子，共夜語。』其詞悠揚悱惻，卽以爲《小雅》、《楚騷》可也，填詞云乎哉！桉：厲樊榭《論詞絕句》：『送春苦調劉須溪。』卽《蘭陵王》闋。

《餐櫻廡詞話》：近人論詞，或以須溪詞爲別調，非知人之言也。須溪詞多真率語，滿心而發，不假追琢，有掉臂遊行之樂。其詞筆多用中鋒，風格遒上，略與稼軒旗鼓相當。世俗之論，容或以稼軒爲別調，宜其以別調目須溪也。所可異者，須溪詞中，間有輕靈婉麗之作，似乎元、明已後詞派導源乎此。詎時代已入元初，風會所趨，不期然而然者耶？如《浣溪沙·感別》云：『點點疏林欲雪天。竹籬斜閉自清妍。爲伊顩頷得人憐。　欲與那人攜素手，粉香和淚落君前。相逢恨恨總無言。』前調《春日卽事》云：『遠遠遊蜂不記家。數行新柳自啼鴉。尋思舊事卽天涯。　睡起有情和畫卷，燕歸無語傍人斜。晚風吹落小瓶花。』《山花子》後段云：『早宿半程芳草路，猶寒欲雨暮春天。小小桃花三兩處，得人憐。』此等小詞，乃至略似國初顧梁汾、納蘭容若輩之作，以謂須溪詞中之別調可耳。又須溪詞《促拍醜奴兒》過拍云：『百年已是中年後，西州垂淚，東山攜手，幾個斜暉。』語極平淡，令人黯然銷魂，不堪回首。此等句，求之蘇、辛集中，亦未易多得。

《織餘瑣述》：劉辰翁《須溪詞》詠牡丹《一捻紅》云：『當年掌上開元寶。半是楊妃爪。』桉：唐開元通寶錢背文作新月形，鄭虔《會粹》云：初進蠟模，文德皇后掐一甲痕，故錢上有掐文，今謂之月，卽掐文也。一說謂是楊妃爪印，劉詞用之。又詠牡丹《魚尾壽安》云：『向來染得渭脂紅。又自細搖花，浪動春風。』『渭脂』二字新，用唐杜牧《阿房宮賦》：『渭流漲膩，棄脂水也。』又詠海棠《御愛紫》云：『離披正午盛時休。閒爲思王，重賦洛神愁。』陳思王作思王，與徐寶之《桂枝香》同。元注：徐寶之《桂枝香》歇拍云：『思王漸老，休爲明璫，沈吟洛涘。』又：《江城子・海棠花下燒燭》詞云：『欲睡心情，一似夢驚殘。』斯意未經人道。

〔坿攷〕

《江西通志》：劉辰翁，字會孟，廬陵人。補太學生，壬戌廷試，賈似道專國，欲殺直臣，以塞言路。辰翁因言『濟邸無後可慟，忠良戕害可傷，風節不競可憾』，雖忤賈意，而理宗嘉之，寘丙第。以親老請濂溪書院山長。江萬里、陳宜中薦居史館，除太學博士，皆固辭。宋亡，託方外以歸。有《須溪集》。子尚友，亦能文。

桉：須溪劉先生詞，世所稱道，《寶鼎現》、《蘭陵王》、《大酺》三慢調，重其指，有所託也。自餘可傳可誦之作，所謂觸目見琳琅珠玉，未易以僂指計。比從彊邨朱先生叚其手斠自刻本，循覽竟卷，先生於其所賞會之句，一一加以密圈，觀其撰擷精審，藉可悟讀詞學詞之法，亟爲述具如左。集中佳勝，亦大略在是矣。《山花子・春暮》云：『更欲徘徊春尚肯，已無花。』《臨江仙・將孫生日賦》云：『尊前萬事莫尋思。兒童看有子，白髮故應衰。』《鷓鴣天・立春後卽事》云：『鹿門亂走團圞久，纔到城門有鼓聲。』《踏莎行・九日牛山作》云：『向來吹帽插花人，盡隨殘照西風去。』《水調歌頭》前題云：『叔子去人遠矣，正復何關人事，墮淚忽成行。』《高陽臺・戊寅登高卽席和秋崖韻》云：『舊日方回，而今能賦斷腸語。』《瑞龍吟・和王聖與壽韻》云：『萬柳漫隄，一絲一淚垂雨。濛濛絮裏，又送金銅去。』《永遇樂・誦李易安詞，遂倚其聲，又託之易安自喻》云：『香塵暗陌，華燈明晝，長是嬾攜手去。』《水調歌頭・謝和溪園來壽》云：『問訊陳人何似，陳似隔年萸。』《金縷曲・五日和韻》云：『欸乃漁歌斜陽外，幾書生、能辦投湘賦。』前調《丙戌九日》云：『不是苦無看山分，料青山、也自羞人面。』《摸魚兒・海棠一夕如雪，無飲，余賦此寄恨》云：『但照影隄流，圖它紅淚，飄灑到襟袖。』前調《酒邊留同年徐雲屋》云：『東風似舊。問前度桃花，劉郎能記，花復認郎否？』又云：『空眉皺。看白髮、尊前已似人人有。』前調《守歲》云：『古今守歲無言說，長是酒闌情緒。』前調《水東桃花下賦》云：『玄都縱有看花便，耿耿自羞前度。』又桉：須溪先生名辰翁，字會孟，諸書並同。明徐樹丕《識小錄》云：『劉辰翁名會孟，號須溪。』其說獨異，未詳所本。須溪，先生所居之名也。

又桉：須溪詞《蘭陵王・丙子送春》云：『送春去。春去人間無路。鞦韆外，芳草連天，誰遣風沙暗南浦。依依甚意緒。漫憶海門飛絮。亂鴉過，斗轉城荒，不見來時試燈處。春去。最誰苦？但箭雁沈邊，梁燕無主。杜鵑聲裏長門暮。想玉樹凋土，淚盤如露。咸陽送客屢回顧。斜日未能度。春去。尚來否？正江令恨別，庾信愁賦。元注：二人皆北去。蘇隄盡日風和雨。嘆人遊故國，花記前度。人生流落，顧孺子，共夜語。』此闋及《寶鼎現》『紅妝春騎』闋，竝皆忠愛之言，悃款纏綿，思沈調苦，丁桑海遷流之世，萬一激發已死之人心，眇眇倚聲之學，於文體誠末之末，得此，庶爲之增重，故録全闋如右云。又《大酺·春寒》云：『任瑣窗深、重簾閉，春寒知有人處。常年笑花信，問東風情性，是嬌是妒。欠柳成鬚，吹桃欲削，知更海棠堪否。相將燕歸後，看香泥半雪，欲歸還誤。漫低徊芳草，依稀寒食，朱門封絮。　少年慣羈旅。亂山斷、欹樹喚船渡。正暗思、雞聲落月，梅影孤屏，更夢衾、千重似霧。相如倦遊去，掩四壁、淒其春暮。休回首、都門路。幾番行曉，個個阿嬌深貯。而今斷烟細雨。』此闋見《御選歷代詩餘》，朱氏彊邨所刻《須溪詞》失載。

孫氏

孫氏，姓名字籍未詳。太學上舍鄭文室，文，秀州人。

〔詞話〕

《古杭雜記》：太學服膺齋上舍鄭文，秀州人。常寓行都，其妻孫氏寄以《憶秦娥》云：『花深深。一鉤羅韈行花陰。行花陰。閒將柳帶，試結同心。　日邊消息空沈沈。畫眉樓上愁登臨。愁登臨。海棠開後，望到如今。』此詞爲同舍見者傳播，酒樓妓館皆歌之，以爲歐陽永叔詞，非也。

《訂譌類編》：孫夫人詞『日邊消息空沈沈』，俗改『日』作『耳』。

桉：鄭文妻孫氏詞《憶秦娥》闋最膾炙人口。又《南鄉子》云：『曉日壓重簷。斗帳春寒起未忺。天氣困人梳洗懶。眉尖。淡畫春山不喜添。　閒把繡絲撏。認得金鍼又倒拈。陌上游人歸也未，厭厭。滿院楊花不捲簾。』《風中柳》云：『銷減芳容，端的爲郎煩惱。鬅慵梳、宮妝草草。別離情緒，待歸來都告。怕傷郎、又還休道。　利鎖名韁，幾阻當年歡笑。那更堪、鱗鴻信杳。蟾枝高折，願從今須早。莫辜負、鳳幃人老。』《燭影搖紅》云：『乳燕穿簾，亂鶯嗁樹清明近。隔簾時度柳花飛，猶覺寒成陣。長記眉峯偷隱。臉桃紅、難藏酒暈。背人微笑，半嚲鸞釵，輕籠蟬鬢。　別久嗁多，眼應不似當時俊。滿園珠翠逞春嬌，沒個他風韻。若見賓鴻，試問待相將、綵牋寄恨。幾時得見，鬭草歸來，雙鴛微潤。』並見《林下詞選》。

王清惠

清惠，占籍未詳。宋昭儀。桉：一作婉儀。入元爲女道士，字沖華。

〔詞話〕

《浩然齋雅談》：宋謝太后北覲，有王夫人題一詞於汴京夷山驛中云：『太液芙蓉，渾不似、舊時顏色。曾記得、春風雨露，玉樓金闕。名播蘭馨妃后裏，暈潮蓮臉君王側。忽一聲、鼙鼓揭天來，繁華歇。　龍虎散，風雲滅。千古恨，憑誰說。對山河百二，淚盈襟血。客館夜驚塵土夢，宮車曉碾關山月。問姮娥、於我肯從容，同圓缺。』

《東園友聞》：至元十三年丙子春正月十八日，淮安王伯顏以中書右丞相統兵入杭，宋謝、全兩后以下皆赴北。有王婉儀者題《滿江紅》於驛『太液芙蓉』云云，或云王昭儀下張瑤英所賦也。夏五月二日，兩后抵上都朝見世皇。十二日夜，故宋宮人安定夫人陳氏、安康夫人朱氏與二小姬沐浴整衣，焚香自縊死。朱夫人遺古詩一篇於衣中，云：『既不辱國，幸免一身。不辱父母，且不辱親。藝祖受命，立國以仁。中興南渡，計二百春。世食宋祿，羞爲北臣。大難既至，刼數回輪。妾輩之死，守於一貞。焚香設誓，代書諸紳。忠臣孝子，期以自新。』時皆服其貞烈。此四人者，視前日之託隱憂於文辭者，相去固萬萬矣。

《詞苑》：至正丙子，元兵入杭，宋謝、全兩后以下皆赴北。有王昭儀名清惠者題詞於驛壁，即所傳《滿江紅》也。文文山讀至末句，嘆曰：『惜哉！夫人於此少商量矣。』爲代作二首，全用其韻，其一云：『回首昭陽離落日，傷心銅雀迎新月。算妾身、不願似天家，金甌缺。』其二云：『世態便如翻覆雨，妾身原是分明月。笑樂昌一段好風流〔二〕，菱花缺。』《女史》載王昭儀抵上都，懇爲女道士，號沖華。則昭儀女冠之請，丞相黄冠之志，固先後合轍，從容圓缺，取義成仁，無有二也。

桉：王昭儀《滿江紅》詞，據《東園友聞》，有昭儀位下張璚英所賦之說。明陳霆《渚山堂詞話》引《佩楚軒客語》亦以爲張瓊瑛作。『英』作『瑛』，與《友聞》異，『瓊』同『璚』。唯其詞中所云：『曾記得、春風雨露，玉樓金闕。名播蘭馨妃后裏，暈潮蓮臉君王側。』卻於昭儀身分較合。容或璚英此詞爲昭儀作，故稱述其恩遇耶？『渾不似』『似』一作『是』，『蘭馨』一作『蘭簪』，『暈潮』一作『暈生』。『風雲滅』『滅』一作『絕』。『千古恨』一作『無限事』，『淚盈』一作『淚霑』，『于我』一作『相顧』。『同圓缺』『同』一作『隨』。

【校記】

〔一〕笑：底本作『算』，據《文山集》卷十九改。

劉震孫

震孫，字長卿，號朔齋，蜀人。校：一作中州人，疑誤。嘗知宛陵。嘉熙元年，以承議郎知湖州。景定二年，官中書，忤賈似道，劾罷。

〔詞話〕

《齊東野語》：景定二年，賈師憲丞相創行公田之法，時中書劉震孫與京尹魏克愚湖邊倡和，詞語偶犯時忌，則隨命劾去之。又：劉震孫知宛陵日，吳毅夫潛丞相方閒居，劉日陪五橋之游，奉之亦甚至。嘗攜具開宴，自撰樂語一聯云：『入則孔明出則元亮，副平生自許之心；兄爲東坡弟爲欒城，無晚歲相違之恨。』毅夫大爲擊節。劉後以召還，吳餞之郊外。劉賦《摸魚兒》一詞爲別，末云：『怕綠野堂邊，劉郎去後，誰伴老裴度。』毅夫爲之揮淚。繼遣一价追和此詞，併以小匳侑之，送數十里外，啓之，精金百星也。前輩憐才賞音如此，近世所無。

〔坿攷〕

《癸辛雜識・別集》：嘉熙丁酉，朔齋守湖。趙毋墮爲鼎倅，既得湖守，爲朔齋交代，劉頗不樂。會劉得史督之辟，是時其父端友適自蜀來，正所由也，不容不就。劉欲卜居於湖，擬郡教場地爲基，乃別相地以遷之，得廣化寺後空地。後得宅於蘇，不復來，斯場遂廢。蔡達夫節守湖日，剙安定書院，用其地爲之云。朔齋在吳日，有小妓善舞《撲蝴蝶》者，朔齋喜而納之矣。鄭潤夫霖來守蘇，蓋舊遊也。因燕集，扣其人，知在劉處，亟命逮之。隸輩承風，徑入堂奧，竄去，取以去，劉大不能堪。未幾，鄭殂，劉復取之以歸，時淳祐己酉也。

《梅磵詩話》：蜀人劉朔齋震孫，嘉熙間由宰掾守霅。郡圃桃符云：『坡仙舊有棠陰在，蜀客新從花底來。』語殊不泛。

按：劉長卿《摸魚兒》詞歇拍又見《庶齋老學叢談》，亦不載其全闋。其它所作，徧檢羣書竝斷句，不可復得，惜哉！唯李曾伯《可齋雜稾》中婁見與長卿贈畣之作。弁陽老人《癸辛雜識》又稱長卿爲蜀之雋人。見別集上。當日應求之雅、月旦之評，略可概見。而能以詞忤賈似道，其風格尤加人一等矣。

廖瑩中

瑩中，字羣玉，號藥洲，邵武人。登進士第。爲賈似道客。嘗爲大府丞，出知某州，不就。似道還越待罪，瑩中仰藥死。

〔詞話〕

《齊東野語》：賈師憲當國日，臥治湖山，每歲八月八日生辰，四方善頌者以數千計，悉俾翹館謄考以第甲乙，一時傳誦，爲之紙貴。廖瑩中羣玉《木蘭花慢》云：『請諸君著眼，來看我，福華編。記江上秋風，鯨虀漲雪，雁徼迷烟。一時幾多人物，只我公，隻手護山川。爭睹階符瑞象，又扶紅日中天。

因懷，下走奉櫜鞬。磨盾夜無眠。知重開宇宙，活人萬萬，合壽千千。皃鷺太平世也，要東還赴上是何年？消得清時鐘鼓，不妨平地神仙。』

《皺水軒詞筌》：賈循州雖負乘，處非其據。然好集文士於館第，時推廖瑩中爲最。其詩文不傳，雖《西湖遊覽志》載數篇，皆諛佞語耳，不爲工也。偶見鈔本有《個儂》一詞，頗富豔：『恨個儂無賴，賣嬌眼、春心偷擲。蒼苔花落，先印下、一雙春跡。花不知名，香纔聞氣。似月下箜篌，蔣山傾國。半解羅襟，蕙薰微度，鎮宿粉、棲香雙蝶。語態眠情，感多時、輕憐細閱。休問望宋牆高，窺韓路隔。尋尋覓覓。又暮雨凝碧。花逕橫烟，紅扉映月，儘一刻千金堪值。卸抹薰籠，藏燈衣桁，任裹臂金斜，搔頭玉滑。更恨檀郎，惡憐深惜。儘顫裹、周旋傾側。輭玉香鉤，怪無端、鳳珠微脫。多少怕曉聽鐘，瓊釵暗擘。』

《聽秋聲館詞話》：周美成製《六醜》調，楊升庵嫌其名不雅，改稱《箇儂》。若不知宋人廖瑩中自有《箇儂》本調，前後極整齊。萬氏《詞律》因升庵所作，雖用周韻，而句讀參差，衹知辨其錯謬，亦不知調本《箇儂》，詞係廖作。其詞云：『恨箇儂無賴，賣嬌眼、春心偷擲。莎軟芳堤，苔平蒼徑，卻印下、幾弓纖跡。花不知名，香纔聞氣。似月下箜篌，蔣山傾國。半解羅襟，蕙薰微度，鎮宿粉、棲香雙蝶。語態眠情，感多時，輕留細閱。休問望宋牆高，窺韓路隔。

尋尋覓覓。又暮雨、遙峯凝碧。花塢橫烟，竹扉映月，儘一刻千金堪值。卸袜薰籠，藏燈衣桁，任裹臂金斜，搔頭玉滑。更怪檀郎，惡憐深惜。

幾顫彈，周旋傾側。碾玉香鉤，甚無端、鳳珠微脫。多少怕聽曉鐘，瓊釵暗擘。』桉：瑩中字羣玉，爲賈似道客，乃宋末人。升庵生有明中葉，其爲竄易廖詞，竊爲己作可知。相傳升庵未貶時，每闌入文淵閣攘取藏書，妄意似此單詞世無傳本，可以公然剽掠，初不料二百年後原詞復行於世。余嘗謂升庵得志，決非純臣，蓋自視過高，意天下後世皆可欺，其不爲無忌憚之小人也幾希。

〔坿攷〕

《癸辛雜識》：賈師憲還越之後，居家待罪，日不遑安。翹館諸客悉已散去，獨廖羣玉瑩中館於賈府之別業，仍朝夕從不捨。乙亥七月一夕，與賈公痛飲終夕，悲歌雨泣，到五鼓方罷。廖歸舍，不復寢，命愛姬煎茶以進，自於笈中取冰腦一握服之。既而藥力不應，而業已求死，又命姬曰：『更欲得熱酒一杯飲之。』姬復以金杯進酒，仍於笈中再取片腦數握服之。姬覺其異，急前救之，則腦酒已入喉中矣，僅落數片於衣袂間。姬於是垂泣相持，廖語之曰：『汝勿用哭我。我從丞相，必有南行之命，我命亦恐不免，年老如此，豈能復自若？今得善死矣！吾平生無負於主，天地亦能鑒之也。』於是分付身後大槩，言未既，九竅流血而斃。又：香水桉：一作月鄰，廖葯洲湖邊之宅，有世綵堂〔一〕、在勤堂、懼齋、習說齋、光祿齋〔二〕、觀相莊、花香竹色、紅紫莊、芳菲徑、心太平、愛君子。門桃符題云：『喜有寬閒爲小隱，麤將止足報明時』、『直將雲影天光裏，便作柳邊花下看』、『桃花流水之曲，綠陰芳草之間』。又：賈師憲選十三朝國史、會要、諸雜說，如曾慥《類說》例爲百卷，名《悅生堂隨鈔》。板成，未及印，其書遂不傳。其所援引多奇書。廖羣玉諸書則始《開景福華編》，備載江上之功。事雖誇而文可采，江子遠、李祥父諸公皆有跋。九經本最佳，凡以數十種比較，百餘人校正而後成，以撫州萆鈔紙、油烟墨印造，其裝池至以泥金爲籤，然或者惜其删落諸經注，反不若韓、柳文爲精妙。又有三傳，節《左傳》，節諸史要略，及建寧所開《文選》。其後又欲開手節《十三經注疏》、姚氏注《戰國策》、注坡詩，皆未及入梓而國事異矣。

《志雅堂雜鈔》：　廖羣玉刻陳簡齋、姜堯章、任希逸、盧柳南四家遺墨十三卷。

《都城紀勝》：　香水鄰，在葛嶺廖瑩中園，名葯洲園，後歸於賈氏。

《福建通志》：　廖瑩中，字羣玉，邵武軍邵武人。少有雋才，文章古雅。登進士，爲賈似道客，似道賜第葛嶺。吏抱文書就第，署大小朝政，一切決於瑩中，宰執充位署紙尾而已。似道自江上歸，匿議和納幣之事，詭報諸路大捷，鄂圍始解。瑩中撰《福華編》，稱頌救鄂功。似道大悦，奏瑩中籌幄之勞比他人爲最，轉官外，贈黄金百兩，瑩中遂用之鑄匜器，勒銘自詡，以爲不朽。嘗於西湖濱，建世綵堂、在勤堂、芳菲徑、紅紫莊，園林擅一時之勝。及似道褫職之夕，與瑩中相對痛飲，悲歌雨泣。瑩中歸舍，不復寢，命愛妾煎茶服冰腦數握。妾覺之，奪救，已無及。翌日，詔下，除名勒停，州羈管，而瑩中已死。

桉：　廖羣玉《箇儂》詞，是其自度腔，體格雅近屯田，而尤以華贍勝，自是外孫齏臼。陶氏《詞綜補遺》録其《木蘭花慢》壽詞〔三〕，而此調未收，亦甄采偶疏矣。羣玉爲賈似道客，似道敗，羣玉仰藥以殉，自言無負於主，誠哉！其無負矣。昔梁鴻以父讓成臣新莽，遂終身不臣漢，范書以介節稱之，不薄其爲愚忠也。士爲知己者用，羣玉雖事非其主，而能效死不二，可以愧晚近士夫朝秦暮楚者。至壽詞貢諛，尤無庸責，在昔舜典禹謨，史臣珥筆，何嘗無溢美之辭耶？

【校記】

〔一〕綵：底本作『祿』，據《西湖遊覽志》卷五改。

〔二〕齋：底本闕，據《癸辛雜識》別集下改。

〔三〕補：底本闕，據書名補。

家鉉翁

鉉翁，號則堂，按：據《宋詩紀事》小傳、《宋史》本傳，無字號。眉州人。以廕補官，累官知常州，遷浙東提點刑獄。入爲大理少卿，直華文閣，以祕閣修撰充紹興府長史，遷樞密都承旨，知建寧府兼福建轉運副使，遷戶部侍郎兼知臨安府、浙西安撫使。賜進士出身，拜端明殿學士，簽書樞密院事。宋亡，旦夕哭泣，不食飲者數月。元世祖高其節，欲官之，不拜命。成宗賜號處士，錫賚金幣，皆辭不受。有《則堂集》，詩餘坿。

〔坿攷〕

《宋史》本傳：文天祥女弟坐兄故，繫奚官，鉉翁傾橐中裝贖出之，以歸其兄壁。

按：《則堂先生集》坿詩餘僅三首，近彊邨朱氏輾轉鈔得之。先生不以詞增重，其詞中不合律處，卽亦無庸置論也。《水調歌頭・題旅舍壁》云：『瀛臺居北界，覿面是重城。老龍蹲踞不動，潭影淨無塵。此地高陽勝處，天付仙翁爲主，郡肯借閒人〔一〕。暫挂西堂錫，仍同過旦賓。

六年裏，五遷舍，得比鄰。儒館豆籩於粲，絃誦有遺音。甚喜黄冠爲侶，更得青衿來伴，應不嘆飄零。夜宿東華榻，朝餐泮水芹。』《念奴嬌·中秋紀夢》云：『神仙何處，人盡道、我州三神之一。爲問何年飛到此，拔地倚天無跡。縹緲瓊宫，溟茫朱戶，不與塵寰隔。翩然鶴下，時傳雲外消息。　露冷風清夜闌，夢高人過我，歡如疇昔。道骨仙風誰得似，談笑雲生几席。共踏銀虬，追隨絳節，恍遇羣仙集。雲韶九奏，不類人間金石。』前調《送陳正言》云：『南來數騎，問征塵、正是江頭風惡。耿耿孤忠磨不盡，惟有老天知得。短棹浮淮，輕氈渡漢，回首觚棱泣。緘書欲上，驚傳天外清蹕。　路人指示荒臺，昔漢家使者，曾留行跡。我節君袍雪樣明，俯仰都無愧色。送子先歸，慈顏未老，三徑有餘樂。逢人問我，爲說肝腸如昨。』其《水調歌頭》『郡肯借人閒』句，『郡』疑『那』誤；『閒』非韻，尤誤。陳正言亦宋遺臣，效忠者。『我節君袍』、『都無愧色』，與先生契合深矣。

【校記】

〔一〕閒人：底本作『人閒』，據《全宋詞》改。

姚勉

勉，字述之，一字成一，高安人。校：一作新昌人。寶祐元年，以詞賦登進士第。廷對萬言，策第一，除校書郎兼太子舍人。嘗上封事論時政之謬。有《雪坡文集》五十卷，詞一卷别行。

〔詞話〕

《輟耕錄》：　桉：檢明刻三十卷本《輟耕錄》，無此一則，而《御選歷代詩餘》末坿詞話引之，當是。內府藏有《輟耕錄》更足之本。　蘇雪坡桉：『蘇』當作『姚』，『蘇』是寫刻之誤。贈楊直夫詞桉：雪坡詞《賀新郎》題云送楊帥參之任。云：『允文事業從容了。要岷峨人物，後先相照。見說君王曾有問，似此人才多少？便咫尺、雲霄清要。四世三公氈復舊，況蜀珍、先已登廊廟。但側耳，聽新詔。』按小說：高宗嘗問馬騏曰：『蜀中人才如虞允文者有幾？』騏對曰：『未試，焉知？允文亦試而後知也。』姚與楊、馬皆蜀人。楊在眉山爲甲族。直夫之妹通經學，比於曹大家，嫁虞氏，生虞集，爲鉅儒，其學無師，傳於母氏也。此事蜀人亦罕知，故著之。

《蕙風簃詞話》：　姚成一《雪坡詞·霜天曉角·湖上泛月歸》換頭云：『烟抹山態活。雨晴波面滑。』五字對句，上句讀作上二下三，『抹』字叶韻，不唯不勉彊，尤饒有韻致，詞筆亦靈活可憙。　又，《雪坡詞·沁園春·壽同年陳探花》云：『憶昔東坡，秀奪眉山，生丙子年。』蓋丙離子坎，四方中氣，直當此歲，間出英賢。詞句用『蓋』字領起，絕奇。子平家言入詞，亦僅見。　又：宋人多壽詞，佳句卻罕覯。《雪坡詞·沁園春·壽婺州陳可齋》云：『元祐諸賢，紛紛臺省，惟有景仁招不來。』命意高絕。前調《壽陳中書》云：『著身已是瀛洲，問更有長生別藥不？』極雅切，極自然。又《壽陶守》云：『春雨慳時，千金斗粟，民仰使君爲食天。』『民以食爲天』，尋常語耳；　桉：見《通鑑》賈潤甫謂李密語，下句『而有司曾無愛惜屑越』。『爲食天』，便雋而新。

〔坿攷〕

《尚友錄》：　姚成一，新昌人。爲文章數千言，頃刻可就。同時胡仲雲、劉元高、黃夢炎，號『錦江四俊』，後皆顯宦。

《詞綜補遺》引《四庫全書總目》：　姚勉登第後，上疏請讓其師樂雷發，理宗詔，親試對選舉八事，賜特科第一人。　桉：《四庫》『雪坡詞提要』只言勉受業於樂雷發，不言以登第讓其師事。

桉：　姚述之《雪坡詞》一卷，光緒乙未元和江建霞標依知聖道齋藏謙牧堂舊鈔本覆鍥於湘南，自序云：　曩在京師，從況夔笙舍人轉鈔得之。《雪坡詞》卷端長調數首，婁攖情於科第，微嫌未能免俗，殊爲風格之累。佳勝在卷末數首。《聲聲慢・和徐同年詠梅》云：『江涵石瘦，雪壓橋低，森森萬木寒僵。不是爭魁，百花誰敢先芳。仌姿皎然玉立，笑兒曹、粉面何郎。調羹鼎，只此花餘事，說甚宫妝。　松竹歲寒三友，恨竹汙晉士，松涴秦皇。雪魄仌魂，回首世上無香。西湖有人覓句，但知渠、清淺昏黄。奇絶處，五更初、横月帶霜。』『雪魄』已下意境高淡，可以蕩滌塵襟矣。《柳梢青・憶西湖》云：『長記西湖，水光山色，濃淡相宜。豐樂樓前，湧金門外，買個船兒。　而今又是春時。清夢只、孤山賦詩。綠蓋芙蓉，青絲楊柳，好在蘇堤。』詞亦濃淡相宜，歇拍云云，濃者亦見爲淡，風格便高。《賀新郎・憶别》云：『鄰笛喚將鄉思動，聽秋聲、又入梧桐雨。秋到也，尚羈旅。』又云：『寄遠裁衣知念否。新月家家砧杵。』並皆清婉可誦。前調爲妓善琵琶名惜者作，過拍云『星盼轉趁嬌拍』，只此六字，能寫出其態度，乃至其精神。《西都賦》句：『精曜華燭，俯仰如神。』此略得其妙處之仿佛，與卷端諸作相去，不可道里計。

張翥

翥，字仲舉，桉：自稱老蛻，見《書畫題跋》。晉寧人。至元末，以隱逸薦。至正初，召爲國子助教，分教上都。尋退居淮東，會修遼、金、宋史，起翰林國史院編修官。歷應奉修撰，遷太常博士，陞禮制院判官。歷翰林直學士、侍講學士，以侍讀兼祭酒，除集賢學士，以翰林學士承旨致仕。加河南行省平章政事，給全俸終身。有《蛻巖詞》二卷。桉：《詞綜》、《詞林紀事》翥小傳並云樂府三卷。

《四庫全書總目》『蛻巖詞提要』：

《蛻巖詞》二卷，元張翥撰。翥有詩集已著録，此編坿載詩集之後而自爲卷帙。案：《元史》翥本傳稱翥長於詩，其近體、長短句尤工。歿後無子，其遺稿不傳。傳者有樂府、律詩，僅三卷。則在當日卽與詩合爲一編，然云三卷，與今本不合。考詩集前有僧來復序，稱至正丙午僧大杼選刻其遺稿。又有僧宗泐跋，作於洪武丁巳，仍稱將刊版以行世。是大杼之編次在至正二十六年，其刊板則在洪武六年。而宋濂等修《元史》則在洪武二年，未及見此足本，故據其別傳之本，與詩共稱三卷也。來復序題《蛻庵詩集》，宗泐跋亦稱右潞國張公詩集若干卷，均無一字及詞。然宗泐稱大杼取其遺稿，歸江南，選得九百首。今詩實七百六十七首，合以詞一百三十三首，乃足九百之數。則其詞亦大杼之所編，特傳寫者或附詩集，或析出別行耳。翥年八十二乃卒，上猶及見仇遠，傳其詩法；下猶及與倪瓚、張羽、顧阿瑛、郯九韶、危素諸人，與之唱和。以一身歷元之盛衰，故其詩多憂時傷亂之作，其詞乃婉麗風流，有南宋舊格。其《沁園春》題下注曰：『讀白太素《天籟詞》，戲用韻效其體。』蓋白璞所宗者，多東坡、稼軒之變調；翥所宗者，猶白石、夢窗之餘音，門徑不同，故其言如是也。又《春從天上來》題下注曰：『廣陵冬夜與松雲子論五音二變十二調，且品簫以定之，清濁高下，還相爲宮犁，然律呂之均，雅俗之正，則其於倚聲之學講之深矣。

〔詞話〕

《玉堂嘉話》：元東嶽廟有石壇，繞壇皆杏花，道士董宇定、王用亨先後居之，張留孫弟子三十八人之二也。虞道園《城東觀杏花》詩：『明日城東看杏花，丁寧兒子早將車。路逢丹鳳樓前過，酒向金魚店裏賒。綠水滿溝生杜若，暖雲將雨少塵沙。絕勝羊傳襄陽道，歸騎西風雜鼓笳。』當時同遊者歐陽元功、陳衆仲、揭曼碩諸公，《葛邏祿》詩『最憶奎章虞閣老，白頭騎馬看花來』是也。又嘗賦《風入松》詞題之羅帕，有『爲報先生歸也，杏花春雨江南』之句，柯敬仲購得之，裝潢作軸，張仲舉爲賦《摸魚子》詞紀其事云：『記蘭亭、舊時風景，西樓燈火如畫。嚴城月色依然好，無復綺羅遊冶。歡意謝。向客裏相逢，還有思陶寫。金章翠斝。把錦字新聲，紅牙小拍，分付倦司馬。繁華夢，喚起鶯嬌燕奼。肯教孤負元夜。楚芳玉潤吳蘭媚，一曲夕陽西下。沈醉罷。君試問、人生誰是無情者？先生歸也。但留意江南，杏花春雨，和淚在羅帕。』自注：『楚芳、吳蘭，二妓名。』

《古今詞話》：元文宗御奎章閣，虞伯生爲侍從，日以討論法書名畫爲事。柯敬仲退居吳下，伯生賦《風入松》詞寄之，末云：『報道先生歸也，杏花春雨江南。』詞翰兼美，一時傳唱。機坊織其詞爲帊，幾如法錦。後張仲舉於姚子章席上同敬仲賦《摸魚兒》，末段及之，云：『楚芳玉潤吳蘭媚，一曲夕陽西下。沈醉罷。君試問，人生誰是無情者？先生歸也。但留意江南，杏花春雨，和淚在羅帕。』

《詞苑》：黄季景湖亭蓮花中有雙頭一枝，方邀客同賞，而爲人折去。季景悵然，張仲舉爲作《摸魚兒》詞云：『問西湖、舊家兒女，香魂還又連理。多情欲賦雙蕖怨，閒卻滿匳秋意。嬌旖旎。愛照影紅妝，一樣新梳洗。王孫正擬。喚翠袖輕歌，玉笙低按，涼夜爲花醉。　鴛鴦浦，淒斷淩波夢裏。空憐心苦絲脃。吳娃小艇應偷採，一道綠萍猶碎。君試記。還怕是、西風吹作行雲起。闌干漫倚。待載酒重來，尋芳已晚，餘恨渺烟水。』

《丹鉛錄》：張仲舉《踏莎行》云：『芳草平沙，斜陽遠樹。無情桃葉江頭渡。醉來扶上木蘭舟，將愁不去將人去。』唐李端詩：『江上晴樓翠靄間，滿闌春水滿窗山。青楓綠草將愁去，遠入吳雲暝不還。』張詞全用李詩語，若不知其出處，亦不見其工緻也。

《西湖志》：張仲舉，其先晉寧人，父爲杭州鈔庫副使，因家焉。翥少時豪放不羈，好蹴踘，喜音樂，父憂之。一旦翻然易業，閉戶讀書，從仇仁近遊，以詩文名海內，著有《蛻庵集》。樂府尤工，《多麗·清明飲西湖壽樂園》云：『鳳凰簫，新聲遠度蘭橈。漾東風、湖光十里，參差綠港紅橋。暖雲蘸、鬱金衫色，晴烟抹、翡翠裙腰。罨畫名園，鬪紅芳樹，蒲葵亭畔綵繩搖。鴛甃落英堪藉，猶作殢人嬌。漬羅袂，莫愁痕退，生怕香消。　憶當年、尊前扇底〔一〕，多情治葉倡條。分蘭女、隔花偷盼，修褉客、臨水相招。舊約尋歡，新聲換譜，三生夢裏可憐宵。縱留得、楝花寒在，啼鴂已無聊。江南恨、越王臺下，幾度回潮。』《朝中措·湖隄晚歸，望葛嶺諸山倒影水中，昔文敏公嘗欲畫此，故及之》云：『梅花處處滿枝開。酒力蕩吟懷。烟染藏鴉萬縷，東風扶起春來。　幽禽唬樹，戲魚跳日，水碧如苔。若個仙翁畫得，翠微倒影樓臺。』《婆羅門引・七月望，西湖舟觀水燈，一鼓歸，宴楊山居山樓達曙》云：『暮天映碧，玻瓈十頃蕊珠宮。金波湧出芙蓉。誰喚川妃微步，一色夜妝紅。看光搖星漢，起舞魚龍。　月華正中。畫船漾，藕花風。聲度鸞簫縹緲，雁柱玲瓏。酒闌興極，更移上、瓊樓十二重。殘醉醒、烟水連空。』《八聲甘州・秋日西湖泛舟，午後遇雨》云：『向芙蓉湖上駐蘭舟，淒泠勝遊稀。但西陵橋外，北山隄畔，殘柳依依。追憶鶯花舊夢，回首泠烟霏。惟有盟鷗好，時傍人飛。　聽取紅顏象板，盡歌回彩扇，舞換仙衣。正白蘋風急，吹雨暗斜暉。空惆悵、離懷未展，更酒邊、忍又送將歸。江南客、此生心事，只在漁磯。』

《詞統》：卓人月曰：古今梅詞甚多，惟張翥《六州歌頭》一首云：『孤山歲晚，石老樹槎枒。逋仙去。誰爲主。自疏花。破冰芽。烏帽騎驢處。近修竹。侵荒蘚，知幾度。踏殘雪，趁晴霞。空谷佳人，獨耐朝寒峭，翠袖籠紗。甚江南江北，相憶夢魂賒。水繞雲遮，思無涯。　又苔枝上，香痕沁，幺鳳語。凍蜂衙。瀛嶼月。偏來照，影橫斜。瘦爭些。好約尋芳客，問前度，那人家。重呼酒，摘瓊葩。校：瓊葩，彊邨刻本『葩』作『朵』，此作葩，是韻。詎此調有此句應叶之一體耶？插鬢鴉。喚起春郊扶醉，休孤負錦瑟年華。怕流芳不待，回首易風沙。吹斷城笳。』真有飛鴻戲海、舞鶴遊天之勢。

《柳塘詞話》：晉寧張仲舉，至正初學士。與同時韓伯清、錢舜舉、姚子章爲友。有《蛻庵樂府》。常集西湖爲賦《綠頭鴨》，俱以『晚山青』爲起句。

《蕙風簃詞話》：《蛻巖詞・摸魚兒・王季境湖亭蓮花中雙頭一枝，邀予同賞，而爲人折去。季境悵然，請賦》云：『吳娃小艇應偷采，一道綠萍猶碎。』《掃花遊・落紅》云：『一簾晝永。綠陰陰、尚有絳趺痕凝。』並是真實情景，寓於忘言之頃、至靜之中，非胸中無一點塵，未易領會得到。蛻翁筆能達，出新而不纖，雖淺語，卻有深致。倚聲家於小處規橅古人，此等句即金鍼之度矣。又：《蛻巖詞·江神子·惜花》云：『縱使專春春有幾，花到此，已堪哀。』《鷓鴣天·爲妓繡蓮賦》云：『一痕頭導分雲綰，兩點眉山入翠顰。』『專春』、『頭導』字並絕新。《百字令·眉間雁》云：『鬢䩡雲低，眉顰山遠，去翼宜相映。』又云：『一點風流應解妒，翡翠雙鈿相並。』『眉間雁』當是花鈿之屬，於此僅見。《瑞龍吟·癸丑歲冬用清真詞韻賦別》云：『斷腸歲晚，客衣誰絮。』『絮』字活用，猶言裝緜，亦僅見。

〔坿攷〕

《西湖遊覽志餘》：張仲舉至正初爲集慶路學訓導，校：《元史》本傳未載。御史下學點視廩膳鄰齋，出對云：『豸冠點饌，是日適用驢肉。』仲舉戲續云：『驢肉作羹。』蓋御史，河南人也，聞之大怒，欲逮捕之。乘夜逃揚州，時揚方全盛，衆聞其名，爭延致之。仲舉肢體昂藏，行則偏竦一肩〔二〕，韓介玉爲詩嘲之云：『垂柳陰陰翠拂簷，倚闌紅袖玉纖纖。先生掉臂長街上，十里朱樓盡下簾。』一座大笑。時有相士在座，或曰：『仲舉，病鶴形也。』相士曰：『不然，此雨淋鶴形也。雨霽，則沖霄矣。』後入大都，致位通顯。仲舉長於詩，其近體、長短句尤工。文不如詩，而每以文自負，常語人曰：『吾於文已化矣。』蓋未嘗搆思也。他日，翰林學士沙刺班示以所爲文，請易置數字；苦思者移時，終不就。沙刺班曰：『先生於文已化矣，何思之苦也？』仲舉大笑。蓋仲舉善謔引笑，故戲之如此。又：至正二十一年，張仲舉爲承旨，在都下，寄浙江周參政伯琦詩云：『天子臨軒授鉞頻，東南無地不紅巾。鐵衣遠道三軍老，白骨中原萬鬼新。義士精靈虹貫日，仙家談笑海揚塵。都將兩眼淒涼淚，哭盡平生幾故人。』觀是詩，時事可知矣。

《書畫大觀録》『元賢詩翰姓氏』：承旨張翥善諧謔，笑傾其座人，而器宇藹然，如在春風中。著《忠義録》，書法勁秀。

桉：張仲舉《蛻巖詞》二卷，彊邨朱氏依《知不足齋叢書》本，以汪季青、金繪卣二鈔本參校鋟行。《四庫全書總目》『蛻巖詞提要』云：『翥所宗者，猶白石、夢窗之餘音。』今細閲其詞審定之，温婉流麗，玉田是其本色；間見精到之作，弁陽翁之仲叔耳。趾美姜、吴，猶未也。《多麗·西湖汎舟，夕歸施成大席上，以『晚山青』爲起句，各賦一詞》云：『晚山青，一川雲樹冥冥。正參差、烟凝紫翠，斜陽畫出南屏。館娃歸、吴臺遊鹿，銅仙去、漢苑飛螢。懷古情多，凭高望極，且將尊酒慰飄零。自湖上、愛梅仙遠，鶴夢幾時醒。空留在、六橋疏柳，孤嶼危亭。待蘇堤、歌聲散盡，更須攜妓西泠。藕花深、雨涼翡翠，菰蒲軟、風弄蜻蜓。澄碧生秋，鬧紅駐景，采菱新唱最堪聽。見一片〔三〕、水天無際，漁火兩三星。多情月、爲人留照，未過前汀。』〔四〕《綺羅香·雨中舟次洹上》云：『燕子梁深，鞦韆院冷，半濕垂楊烟縷。怯試春衫，長恨踏青期阻。梅子後、餘潤留寒，藕花外、嫩涼消暑。漸驚他、秋老梧桐，蕭蕭金井斷蛩暮。　薰籠須待被暖，催雪新詞未穩，重尋笙譜。水閣雲窗，總是慣曾聽處。曾信有、客裏關河，又怎禁、夜深風雨。一聲聲、滴在疏篷，做成情味苦。』如右二闋之類，則是以婉麗勝，蛻翁之本色也。它如《蘇武慢·歲晚再雪前韻》云：『歲晚江空，雪飛風起，老境若爲聊賴。家人解事，準備深尊，旋遣夜窗寒解。萍梗孤蹤，幻影浮生，萬里喜還閩海。但囊中留得，詩篇爛寫，水情山態。　真比似、一個冥鴻，南來北去，閲盡幾重關塞。名韁利鎖，絆殺英雄，都付醉鄉之外。惟不能忘，一舸吳淞，鱸膾豉羹蓴菜〔五〕。且今宵還我，冰壺天地，眼空塵界。』此詞近淡近樸，於蛻翁爲別調，與其傚白太素體又不相同。論蛻翁詞約略具於是矣。其斷句如《摸魚兒・賦湘雲》云：『君且住。怕望斷、蘅皋日暮傷離緒。』《春從天上來・同王繼學憲使賦》云：『淡月疏花，知誰消受，幾度簾捲香收。』《八聲甘州・秋日西湖汎舟遇雨》云：『正白蘋風急，吹雨暗斜暉。』《滿江紅・次韻耶律舜中樟亭觀潮》云：『望入西泠，乍一線、濤頭湧白。疑海上、鼇翻山動，鵬摶風積。銀漢迢遙槎有信，秋光浩蕩雲無跡。快醉揮，吟筆倒瓊瑰，馮夷宅。沙草遠，迷烟磧。雲樹老，攲宮壁。嘆潮生潮落，幾時休息。事往空遺亡國恨，烏飛不盡吳天碧。正銷凝、何處夕陽樓，人橫笛。』〔六〕《解連環・留別臨川諸友》云：『夜來風色。嘆青燈素被，早寒欺客。想寂寞、人在簾櫳，望鴻鴈欲來，又催刀尺。秋滿關河，更誰倚、夕陽橫笛。記題花賦月，此地與君，幾度遊歷。江頭楚楓漸赤。對離尊飲淚，難問消息。趁一舸、千里東歸，眇天末亂山，水邊孤驛。晼晚年華，悵回首、雨南雲北。算今古、此情此恨，甚時盡得。』《踏莎行・江上送客》云：『芳草平沙，斜陽遠樹。無情桃葉江頭渡。醉來扶上木蘭舟，將愁不去將人去。薄劣東風，夭斜落絮。明朝重覓吹笙路。碧雲紅雨小樓空，春光已到銷魂處。』如右三闋，風骨軟，能騫舉，氣體亦近清超，與昔人所稱《六州歌頭》『孤山歲晚』闋，並是卷中最勝之作。其《摸魚兒・春日西湖泛舟》云：『漲西湖、半篙新雨，麴塵波外風軟。蘭舟同上鴛鴦浦，天氣嫩寒輕暖。簾半捲。度一縷、歌雲不礙桃花扇。鶯嬌燕婉。任狂客無腸，王孫有恨，莫放酒杯淺。垂楊岸。何處紅亭翠館。如今遊興全懶。山容水態依然好，惟有綺羅雲散。君不見。歌舞地、青蕪滿目成秋苑。斜陽又晚。正落絮飛花，將春欲去，目送水天遠。』〔七〕如右等句，卽寘之宋賢集中，詎非外孫齏臼耶？ 又桉：《歸潛志》：『明昌、承安間，作詩者尚尖新，故張翥仲舉由布衣有名召用〔八〕。其詩大抵皆浮豔語，如「矮窗小戶寒不到，一鑪香火四圍書。」 又：「西風了卻黃花事，不管安仁兩鬢秋。」人號張了卻』云云。此別是一張翥，它書援引或誤爲一人，非也。《四庫全書總目》『蛻巖集提要』云嘗辨之。 蛻翁雖生金末，上距明昌、承安，則遠甚矣。

【校記】

〔一〕扇： 底本作『肩』，據《全宋詞》改。

〔二〕肩： 底本脫，據《西湖游覽志餘》卷十一補。

〔三〕見： 底本闕，據《詞綜》卷二十九補。

〔四〕『自湖上』至此，底本作『滿目成秋苑，斜陽又晚。正落絮飛花，將春欲去，目送水天遠』，此五句實爲張翥《摸魚兒・春日西湖泛舟》『漲西湖、半篙新雨』下闋末數句，刪此五句，並據《彊邨叢書》本《蛻巖詞》卷上補全《多麗》一詞。

〔五〕膾： 底本作『繪』，據《蛻巖詞》卷上改。

〔六〕此詞底本作： 『事往浮空，遺亡國、恨鳥飛不盡吳飄零。 自湖上、愛梅仙遠，鶴夢幾時醒。空留在、六橋疏柳，孤嶼危亭。 待蘇堤、歌聲散盡，更須攜妓西泠。藕花深、雨涼翡翠，菰蒲軟、風弄蜻蜓。澄碧生秋，鬧紅駐景，采菱新唱最堪聽。□一片、水天無際，漁火兩三星。 多情月、爲人留照，未過前汀。』按自『飄零』以下，爲張翥《多麗・西湖汎舟，夕歸施成大席上，以『晚山青』爲起句，各賦一詞》『晚山青』中句，此據《彊邨叢書》本《蛻巖詞》卷下刪並補全《滿江紅·次韻耶律舜中樟亭觀潮》一詞。

〔七〕自『滿目』以下至此，底本作『天碧。正銷凝、何處夕陽樓，人横笛』，實爲張翥《滿江紅·次韻耶律舜中樟亭觀潮》（望入西泠）一詞末數句，據《彊邨叢書》本《蜕巖詞》卷上删且補正。

〔八〕舉：底本作『揚』，據人名字改。

陳思濟

思濟，字濟民，號秋岡，柘城人。世祖在潛邸，召備顧問。既即位，俾掌敷奏。中統三年，除右司都事。至元五年，遷承務郎、同知高唐州事，拜監察御史，知沁州，同知紹興路總管府事，轉同知兩浙都轉運司事，調陝西、漢中道提刑按察副使。内艱，起復加少中大夫，同知浙東道宣慰司事。授兩淮都轉運使，擢嶺北湖南道肅政廉訪使，改池州路總管。累僉河南、江北等處行中書省事。卒，贈正議大夫、吏部尚書，上輕車都尉，追封潁川郡侯，謚文肅。

〔坿攷〕

《書畫大觀録》『元賢詩翰姓氏』：尚書陳思濟書體方整，饒有姿態。

桉：陳濟民詞《木蘭花慢·與宣慰趙中順讞獄浙西之餘杭，過洞霄故宫，因作樂府，以道吾懷。至元十七年秋七月廿二日，爲吴清虚、周清溪題於琳宇之一庵》云：『望西南三柱，插天翠，一峯寒。盡泄霧噴雲，撑霆拄月，氣壓羣山。神仙，舊家洞府，但玉堂金室畫中看。苔壁空留陳兵餘城郭半凋殘，製錦古來難。喜邨落風烟，桑麻雨露，依舊平安。興亡跡，碧桃何處驂鸞。視今猶昔，問漁樵、何處笑談間。斜倚西風無語，夕陽烟樹空閒。』見《洞霄詩集》。又桉：《元史·陳思濟傳》：『遷中順大夫同知紹興路總管府事，承檄讞獄。桐廬有囚羸瘠將死，縱遣還家，候期來決。囚拜請曰：「聞公名久矣，若不早決，恐終不可保。」爲閱其案而釋之。』事實與詞題合，而縣名異，或記載偶歧誤歟？抑別是一事？史傳詳彼略此也。

附原書每冊作者目錄

說明：本編所摘錄人物名下加下劃線。

第一冊

高宗皇帝　孝宗皇帝　潘　閬　蘇舜欽　蘇　軾　曾　鞏　曾　肇　秦　觀　晁補之

第二冊

曾　覿　米友仁　劉　過　胡　仔　朱敦儒　康與之　仲　并　姜　夔

第三冊

秦　觀　馬　瑊　孔平仲　文　同　葛勝仲　滕宗諒　蒲宗孟　葉夢得　陳　亞

陳　瓘　向子諲　周紫芝　胡松年　陳與義　張　閣　歐陽珣　王庭珪　趙　企

汪　藻　趙　鼎

第四冊
李　邴　胡舜陟　張　綱　洪　皓　張　燾　朱　翌　徐　俯　楊　億　呂頤浩
曾　紆　張　擴　朱　松　釋仲殊　釋惠洪　釋仲皎　張孝祥　辛棄疾
第五冊
陳　郁　張　掄　吳　琚　閻蒼舒　孫惟信　曾宏正　岳　飛　韓世忠　黃公度
范成大　趙彥端　史達祖　葛立方　尤　袤　朱　熹
第六冊
孫　覿　歐陽澈　曾　慥　李處全　雷應春　危復之　王　邁　徐經孫　洪　邁
徐仲淵　虞允文　衛宗武　梁　棟　胡　銓　周必大　京　鏜　李　玨　楊伯嵒
李流謙　文天祥　真德秀　葛長庚　陳從古　徐鹿卿
第七冊
張　栻　張履信　江　緯　刑俊臣　楊萬里　潘　牥　李昴英　許　將　邵　博
王　嵎　程　珌　留元剛　黃師參　牟子才　李士舉　張良臣　劉克莊　周　密
林　仰　馮去非　鄧　剡　翁元龍　文及翁　壺　嶅　曾　惇　王　炎　趙崇嶓

第八册

周端臣　曹　邃　李霜涯　趙時奚　趙時行　胡仲弓　錢繼卓　胡　寅　王　質
施　樞　程公許　葉隆禮　趙汝愚　鄧　肅　劉　褒　崔與之　李　劉　蕭泰來
徐元杰　方　岳　謝枋得　阮秀實　余　玠　趙　廱　王之望　葛勝仲　陳康伯
陳　韡　郭居安　洪　适　韓元吉　魏了翁　吳　儆

第九册

汪夢斗　趙以夫　易　祓　易祓妻　李曾伯　程大昌　岳　密　馬光祖　劉辰翁
孫　氏　王清惠　呂祖謙　劉光祖　劉震孫　廖瑩中　危　稹　家鉉翁　趙磻老
曾　協　林正大　吳　泳　姚　勉　張　翥　陳思濟